Bu kitap ebedidir...

Düşümü
akıl sınırlarımın üstüne çıkaran,
duygularımı bilmediğim derinliklere yuvarlayan,
özgür olabilmem için beni çağıran,
bana rehberlik eden ve
hepimizin içinde zaten var olan Dreamer'a...

İÇİNDEKİLER

Bölüm IV

Antagonist Yasası

Bölüm V

Elveda New York

Bölüm VI

Kuveyt Şehrinde

Bölüm VII

İtalya'ya geri dönüş

Bölüm VIII
Dreamer ile Şanghay'da

Bölüm IX
Oyun

Bölüm X
Okul

Bu Kitap,

bir harita ve bir kaçış planıdır.

Hayat, tıpkı bana yaptığı gibi seni de bir mengenede soluğun kesilinceye kadar sıktığında, seni içinden çıkamayacağın hayal kırıklıklarına uğrattığında ve hiçbir çıkış yolu bulamadığında... işte ancak o zaman, bu Kitap bir anda eline geçecek ve seni bulacaktır. Böylece Bireysel Devrim'in için bir insanın hayal edebileceği en büyük maceraya hazır olduğunu bileceksin: Bütünlüğüne ve yolunu kaybettiğin cennetine yeniden kavuşmak.

Bu kitap, önceden çizilmiş ortak bir kaderin yazgısından çıkarak bir Birey olmak adına izlediğim yolun hikayesidir. Bu öze dönüş yolculuğunda, Oluş'umun en karanlık köşelerindeki ölümcül ağırlığı söküp atmak gibi altından kalkılması son derece imkansız gözüken bütün yıkıcı düşüncelerimi, negatif duygularımı, ikinci el inançlarımı ve fikirlerimi terk edebilmek için insanüstü bir çaba göstermek zorunda kaldım.

Çoğu sıradan insan gibi, yaşamımın dışarıdaki olaylardan meydana geldiğini düşünür ve o doğrultuda konuşurdum. Ancak, 'kendimi fethetme' yolculuğunda, yaşamımızdaki olayların ve dış koşulların; duygularımızın, düşüncelerimizin ve inançlarımızın yansımasından ve Oluş'umuzun maddeleşmiş halinden başka birşey olmadığını kabullenmem gerekti.

İç dünyamız ile dış dünya arasında, zamandan bağımsızlık ve zaman arasında bir sebep-sonuç ilişkisi vardır. Hissettiğimiz her şey; bütün tutkularımız, düşüncelerimiz, umutlarımız, hırslarımız, sırlarımız, anılarımız ve hayallerimiz, korkularımız ve belirsizliklerimiz ve bütün duygularımız, beğenilerimiz, arzularımız, sevgi ve nefret gibi tüm hislerimiz algılanamayan fakat tek gerçek olan Oluş dünyasına aittirler. Oluş seviyemiz, bizi varlıklı ya da yoksul yapabilir veya mutlu ya da zavallı hale getirebilir.

Oluş'umuz yaşamımızı yaratır
Our Being creates our life

Dış dünyamın kalitesinin daha iyi ya da daha kötü olmasının benim temel sorumluluğum olduğunu, hayatımdaki tersliklerin ve bazen trajik olayların Oluş seviyeme bağlı olduğunu ve bunların yalnızca korkularımın, yıkıcı düşüncelerimin ve olumsuzca kurduğum hayallerimin maddeleşmiş halinden başka birşey olmadığını farkettiğim andan itibaren şikayet etmekten, başkalarını suçlamaktan, pişmanlık duymaktan ya da kendime acımaktan vazgeçtim.

Dokuzuncu yüzyılda Lupelius tarafından kaleme alınmış çok değerli el yazmasında iki Latince kelime olan *"Mea Culpa"*nın çok daha derin bir anlamıyla karşılaştım. Bu aydınlanmış monk-filozofun elyazması sayesinde bu sözün ardında saklı bulunan baş döndürücü gücün farkına vardım. Mea Culpa, her şey benim hatam, evrende yaşamakta olan başka hiç kimsenin hatası değil, tek sorumlu benim anlamına geliyor. Bu, sorumluluk düşüncesinin en net ve en güçlü ifadesidir. Sınırsız enerjinin sırrına sahiptir.

Binlerce yıldır bir hazine sandığında saklanmışçasına, bu sınırsız sorumluluk formülü özenle korunmuş, insanın güvenilmezliğinin ve kayıtsızlığının karanlık denizinde adeta bir deniz feneri gibi ışıldamaya devam etmektedir. O zamandan beri, 'Mea Culpa' – 'Benim Suçum', yaşamımın temel öğretisi, değişmez bir ilkesi haline geldi. Bu bilgi ile beraber eylemlerin en verimlisini ve en değerlisini gerçekleştirmeye başladım: Kendimi gözlemlemek. Bu, dikkatinizi iç dünyanıza yöneltme, kendi üzerinizde çalışma, tepkilerinizi, düşüncelerinizi, inançlarınızı ve davranışlarınızı gözlemleme sürecini başlatır. Kendimi tanımak ve bilmek amacıyla yaptığım bu kendini gözlemleme çalışması uzun yıllarımı aldı ve ciddi bir çaba gerektirdi. Bu süreç, araştırmamın beni en çok uğraştıran ama aynı zamanda en çok ödüllendiren kısmıydı. Bana hayatımın efendisi olabilmek ve kaderimin yönünü tayin edebilmek için sürekli gelişen bir dirayet, bir kavrayış kapasitesi sağlamıştı.

Kendini gözlemlemek kendini düzeltmektir.
Self-observation is self-correction.

Bu kitap, aynı zamanda benim Dreamer diye adlandırdığım akıl ermez bir varlıkla karşılaşmamın hikayesidir. Bana çıraklık dönemimin sonunda inanılmaz bir görev vermişti: Evrensel bir *"Okul"*, sınır tanımayan bir üniversite yaratmak. Kendi üzerimde azimle çalışarak öğrendiğim önemli kurallara, fikirlere ve prensiplere dayalı olan Okul'u Londra'da kurdum. Bu yeni üniversitenin görevi, bireyin hizmetinde olmak, dünyanın dört bir yanından geleceğin düşleyenlerini bir araya getirmek ve onları dünyanın ihtiyacı olan vizyon sahibi bireyler ve pragmatik ütopikler olmaya hazırlamaktı.

Ne var ki yıllar sonra, Düş'ümden uzaklaştığım ve hayalimde tasarlamış olduğum Okul'un geleneksel okullardan farklı olarak duvarlarının olamayacağı, kampüslerden, sınıflardan veya kütüphanelerden oluşamayacağı, daha da önemlisi, neredeyse dünyanın birçok yerindeki diğer okullar gibi ders kitaplarına ve artık durağan akademik programlara bağlı olamayacağı sonucuna varmak zorunda kaldım. Kuşkusuz mevcut durumu ilahlaştıran gözü açık ve uyanık bir statükoya bağımlı olamazdı benim vizyonumdaki Okul... Rönesans Çağı'ndan ilham alarak güzelliğin, yaratıcılığın ve kusursuzluğun arayışında olup köklerini Klasik Çağ'ın derinliklerine, Plato ve Plutarco'nun düşüne salmalıydı.

Bu inançla kendimi bu projeye adadım ve bütünlüğe sahip erkek ve kadınları, Tanrılar Okulu'nun fikirlerinden ve ilkelerinden ilham alan mucizevi kişileri işlemeyi hedefleyen vizyoner bir niyetle bu eğitim projesini bir laboratuvar, bir akademik araştırma programı haline getirdim.

Bu nedenle, 2 Aralık 2010 tarihinde, ESE'nin Rektör'ü görevimden ayrıldım, New York'taki vakfın Başkan Yardımcılığı görevimden istifa ettim, böylece özel olarak seçilmiş öğrencilere yücelik hissini, özgürlüğün sınırsız sevgisini ve bir insana hayatı boyunca başarabileceği en önemli şeyi ve liderliğin en önemli vasfı olan 'bölünemez bütünlüğü' öğretebilecek en gelişmiş düzeydeki liderlik programı olan "Dünya için Geleceğin Liderleri"ni yaratabilmek için bütün diğer sorumluluklarımı azalttım. Onlar geleceğin liderleri, bütün ulusların ekonomik büyümesi ve insani gelişimi için en stratejik kaynaktır. Onlar olmadan kalkınmak mümkün değildir.

Bu Kitap, benim hayat hikayemdir ve en ince ayrıntısına kadar gerçektir... Zayıf düşmüş ve yenilmiş bir insanlığın simgesi olan sıradan bir insanın hikayesi ve kurtarılışımızın, yeniden doğuşumuzun mümkün olduğunun bildirgesidir. Özüne geri dönüş yolculuğu, kaybolmuş bütünlüğün arayışında yeni bir göç demektir. Bu arayış, kaderini değiştirmek isteyen bütün insanlara açıktır.

Sizlere yolculuğumu anlattığım bu Kitap, herhangi birşey öğretme niyeti taşımıyor. Kurduğum bu üniversiteyi düşlediğim ve ona öncülük ettiğim zamanlarda, yazmanın ve daha da önemlisi öğretmenin, vermenin en gerçek yolu olduğuna inanıyordum. Şimdi biliyorum ki, bu kitabı yazmak, üniversiteyi kurmak ve aynı zamanda bu kadar uzun yıllar boyunca öğretmiş olmak; kendimi tanımam, tamamlanmamışlığımı keşfetmem ve bunu iyileştirmem için bir taktikmiş. Benim asıl amacım bir yol göstermek ve sizi kendi yolculuğunuza çıkmanız için zorlamak. Bu yol, tıpkı akıntıya karşı yüzen somon balığının izlediği yol gibi korkutucu ama muhteşem, zor ama keyifli olmakla birlikte yorucu ve bir o kadar da gereklidir.

Bilmenizi isterim ki, kendi içime yaptığım bu yolculukta öğrendiğim dersleri size aktarırken okurun kabul etme sınırının ötesine geçebilecek bazı konuları kitabın bölümlerine dahil etmekten bilinçli olarak kaçındım bununla beraber, yine devrimsel olduğunu düşündüğüm ancak insanlığın sadece bugünkü algılama sınırları içinde anlayabileceği olayları ve açıklamaları dahil ettim.

Bölüm I

Dreamer ile karşılaşma

1 Dreamer ile karşılaşma

O sıralar New York'ta, Manhattan ile Queens arasında, East River'in ortasındaki küçük bir ada olan Roosevelt Island'da, bir apartman dairesinde yaşıyordum. Bu adacık, demir atmış bir gemi gibi, sanki palamarlarını çözmüş, okyanusun özgürlüğüne doğru akıntıya kapılıp gidiverecekmiş gibi görünse de, üzerinden günler ve geceler geçmesine rağmen o, gecede karanlık nehrin dalgalarında öylece yerinde durmaktaydı.

Çocuklarıma iyi geceler demek için yatak odasına girdiğimde onlar çoktan uyumuşlardı. Parmaklarımın ucuna basarak oturma odasına döndüm. Gecenin sessizliği beni sarıp sarmalıyor, içine çekiyordu. Tiksinmeye varan bir yabancılaşma duygusu kendimi bir yabancının yaşamına sinsice girmiş bir hırsız gibi hissetmemi sağlıyordu. Karşımda uzanan ışıklı noktacıklarla bezenmiş Queensborough Köprüsü'nün görüntüsünü izlemeye koyuldum. Köprü boşlukta öylece asılı duruyordu, gözdağı veren bir tehdit gibi soğuk ve ürkütücüydü.

Jennifer'ın evliliğimizle ilgili bir tartışmayı kendine özgü tarzıyla sonlandırarak odasına çekilmesinin üstünden az bir zaman geçmişti. O akşam eve geç gelmiştim. Uzun zamandır görmediğim bir arkadaşımı karşılamak üzere JFK Havaalanı'na gitmiştim. Onu görür görmez, yaşantısının benimkinden daha rahat ve mutlu olduğu izlenimine kapıldım. Kendime bile asla itiraf edemeyeceğim bir tür imrenme, kıskanma ve sanki sonuçlanmamış bir hesabın geçmişten çıkıp gelmesi gibi anlamsız bir çekişme hissi kontrol edemediğim kelimeleri ardarda çıkararak konuşmaya zorluyordu.

Arabada, New York'taki hayatımla ilgili gerçek olmayan hayali yalanlar sıraladım arka arkaya...

Ona davet edildiğim partilerin tümüne gitmemin olanaksızlığını, sergilerin açılış kokteyllerini, değişik gösterilerin gala gecelerini, kariyerimdeki başarılarımı, hobilerimi ve özellikle Jennifer ile ne denli uyumlu bir ilişkim olduğunu nefes almadan anlattım. Sözcükler boğazımda düğümleniyor, bir ağıt gibi yüreğime işliyordu. Bu anlamsız gösteriyi yarıda kesmeyi gerçekten çok isterdim ama düzeltmeye çalıştıkça içine düştüğüm durumun parçası olmaktan ve kontrolsüzce bir dizi yalanlar söyleyen adamdan sıyrılıp uzaklaşmam da o derece imkansızlaşıyor.

Aynı bedende iki kişiydik. Siyam ikizi, kentaur, erselik benzeri...adına ne derseniz deyin, ikili bir varlık gibi sonsuza dek incelikten uzak berbat bir yaşama mahkum edilme düşüncesi ayaklarımın yere basmasını sağladı.

Karanlık basmıştı. O sırada yanlış bir yola girdiğimi fark ettim. Gitgide daha da izbeleşen ve pisleşen, sokak lambalarının belli belirsiz aydınlattığı ıssız yollardan oluşan bir labirente doğru ilerlemekteydik. Aramızda giderek azalan sözcükler bütünüyle kesildi ve arabaya ağır, soğuk bir sessizlik çöktü. Şiddetli sağanak altında arabayı bir insanın yürüyüş hızıyla sürerken ardımızda bizi izleyen bir arabanın farlarını fark ettiğimde bir anlığına gözüme bir üst geçidin kolonlarının ardından bizi gözetleyen bazı gölgeler ilişti. Dönüp arkadaşıma baktığımda donakalmıştım. Korkudan bembeyaz kesilmiş, tir tir titriyordu. Gaza bastım. Yüreğim göğsümü delip çıkacakmışçasına kuvvetle çarpıyordu. İçgüdüsel olarak önüme çıkan ilk yola saptım. İçinde ateş yaktıkları bir varilin başında toplanmış bir grup sokak serserisine çarpmaktan keskin bir dönüş yaparak son anda kurtuldum. Etraftaki binaların gölgeleri sanki bizi yutmaya çalışan korkunç canavarların ağızlarına benziyordu.

Bir siren sesi havayı yardı ve bu sıkıntılı atmosferi parçalayıp dağıttı. Gözlerimi ayırmaksızın izlediğim dikiz aynasından peşimizdeki arabanın farlarının giderek uzaklaştığını ve karanlıkta kaybolduğunu fark ettim. Sonrasında daha medeni bir bölgeyi gösteren ve nihayet bizi eve ulaştıracak olan yol tabelalarını yeniden buldum. O geceden sonra eski dostumu bir daha hiç görmedim.

Asansörde sürekli kendi kendine mırıldanan, iri yarı, zeka engelli bir zenciyle birlikte 16. kata çıktım. O sıralarda Roosevelt Island'da sosyal kaynaşma çabalarına önem verildiğinden adada yakınlarıyla birlikte pek çok engelli kişi yaşamaktaydı.

Jennifer'ın, beni Medusa'nın başındaki yılanlar gibi saçlarında sallanan bigudileri ve parmakları arasına sıkıştırdığı sigarasıyla bağırıp çağırarak odayı sinirli sinirli bir ileri bir geri adımlarken karşılaması yaşantımın aynasına ondan yansıyan son görüntülerdi. Yıllardır uyutularak kabullenmeye zorlandığım durumun anestezi etkisinin aniden dağılmaya başlamasıyla ilişkimizin ne denli anlamsız olduğunu ve ruhumun yıllarca nasıl bir acıya maruz kaldığını fark ettim. Bu apartman dairesi, bu kadınla ilişkim ve gördüğüm her şey artık onulmaz bir bayağılık taşıyordu. Kişiliğimi yansıtan ifadelerimin, sadece kendime ait olduğunu düşündüğüm bütün bu seçimlerimin aman vermez tuzaklar olduğu artık açıkça görülüyordu.

Bu benim düşlediğim hayat değildi!

Alnımı kollarımın arasına koymuş dinlendiriyordum ki, içimdeki hüzünle uykuya daldım.

Sökmekte olan şafağın çok az renginin vurduğu villa karanlığa gömülüydü. Büyük odanın arka duvarını eski bir yağlıboya tablosu kaplıyordu. Odanın solgun ışığında, gümüş rengi bir manzaranın tam ortasında, düşle gerçek arasındaki insan siluetini 'gördüm'. Mimarisinden mobilyasına kadar bu ortamın her ayrıntısı tablo gibi kusursuz bir güzelliğin mesajını veriyordu. Geceyle şafak arasındaki bu belirsiz zamanda kendimi bu villada bulmam çok tuhaftı, ama şaşırmamıştım. Daha önce buraya hiç gelmediğimden emin olduğum halde, orada bulunan her şey bana tanıdık geliyordu.

Villa sanki derin düşüncelere dalmışçasına sessizlik içindeydi. Bir odanın masif kapısına uzanan eski taş merdivenleri çıktım.

Hiç tanımadığım önemli bir kişiyle buluşmaya gelir gibi giyimime özen göstermiş olduğumu fark ettim.

Canımı sıkan şeyin ne olduğunu anımsamıyorum ama endişeli ve mutsuzdum. İnce dalların ateşte yanışına benzer bir duygu keşmekeşi iç konuşmamı besliyordu. Ayakkabılarımın bağcıklarını çözüp çıkarttım ve eşiğin önüne bıraktım. Bu yaptığım şey de bana çok doğal gelmişti. Yapılması gereken ve bilindik gelen bu hareketler başka zaman dilimlerinde önceden uygulanmış bir ritüelin parçaları gibiydi. Dahası, en ufak bir fikrimin olmamasına rağmen kapının ardında beni neyin beklediğini de bildiğim kanısındaydım. Kapıyı çaldığım sırada düşüncelerimin akışını aniden alt eden, saygıdan kaynaklanan bir tür korku dalgasına, beklemediğim bir huzursuzluğa kapıldım.

İçimdeki bir şey neler olduğunu biliyordu. Kapıya hafifçe vuruşlarıma herhangi bir yanıt gelmesini beklemeden kapının demir koluna yüklendim, içinden geçebileceğim bir açıklık yaratana kadar kapıyı ittim.

Şömineye bir göz attım. Yalazların parlaklığı gözlerimi öylesine kamaştırdı ki, başımı çevirmek ve yaşarmasını önlemek için gözlerimi kapatmak zorunda kaldım. 'O' şöminenin yanındaydı. Sırtı bana dönüktü. Profilinin duvara yansıyan gölgesini gördüm. Uzak ateşin ışığıyla çok az aydınlanan odanın her iki yan duvarında yükselen pencerelerin antika çerçeveleri karanlığa dikilmiş gözler gibi muhteşem taş kemerlerle çevrelenmişti. Doğu tarafından az sonra sökecek şafakla renklenmekte olan göğün bir kısmını 'gördüm'.

Bir göl gibi gözüken beyaz döşemenin üzerinde tam da çekinerek birkaç adım atmaya yeltendiğim sırada, tüm hareketlerimi ve düşüncelerimi bir anda donduran, dehşet veren, gür sesini işittim.

Arkasına dönmeden, *"Berbat bir yaşantın var!"* dedi. *"Daha içeri girişinden, yürüyüşünden, hatta duygularının ağır kokusundan anlayabiliyorum bunu. Bir yığından, bir düşünceler kalabalığından farkın yok. Bu şekilde nereye varacağını sanıyorsun? Öyle karışıksın ki, bu bin parçaya bölünmüş halinle memur olarak bile varlığını zorlukla sürdürebilirsin."*

Ani bir saldırıdan kendimi sakınmak istercesine, *"Ben memur değilim"* diye sertçe yanıtladım. Karşımdaki kim olursa olsun, onunla aramda bir mesafe koymak uygun olacaktı. Ancak sözlerimin bütün gücü, duvarların yalıtım kaplamalarında sönüp gitti. İçine düştüğüm korkunun pençesinde karşılık vermek için sesim pek hafif çıktı: *"Ben bir yöneticiyim!"*

Ardından, Oluş'umun tam özüne işleyen upuzun bir sessizlik yaşandı, alaycı bir kahkaha sonu gelmeyen bir süreyle içimde yankılandı. Can sıkıcı bir kararsızlıkta kalmıştım, çünkü hangi parçamın neresiyle alay ettiğinden emin değildim. Sonra aynı ses bu sonsuzluğun içinden bir daha yükseldi.

Yüzümün tamamına indirilen kuvvetli bir tokat gibi aşağılayan bir ifadeyle *"Ne cüretle 'ben' dersin?"* dedi.

Benim dünyamda 'ben' bir küfürdür. 'Ben' içinde taşıdığın ayrılıktır, 'ben' senin yalanlar ordundur. Kendi 'küçük benlerinden' birini her söyleyişinde yalan söylüyorsun.

Ancak kim olduğunu biliyorsan 'ben' diyebilirsin yaşamının efendisiysen ve bir iraden varsa.

Bir suskunluk oldu. Yeniden konuşmaya başladığında sözleri daha da göz korkutucuydu.

Bundan böyle sakın 'ben' deme, yoksa buraya bir daha asla dönemezsin! Kendini gözle. Kim olduğunu bul!

Kalabalık içinde bir 'ben' olmak; gerçek dışı, kaçışı olmayan, kendi kendine yarattığın sahte inançlar ve yalanlar sisteminin tuzağına düşmek demektir.

Bir bütün içinde olmamanın eksikliği, insanı cehalet, korku ve kendi kendini imha etmeye mahkum eder ve onu hastalıklara, çöküşe, saldırganlığa, acımasızlığa ve dış dünyada savaşmaya kadar götürür.
Lack of unity leaves man in the prison of ignorance, fear and self-destruction, and causes illness, degradation, violence, cruelty and wars in the outer world.

Dünya, senin onu düşlediğin gibidir, o bir aynadır. Dışarıda kendi dünyanı bulursun, yarattığın, düşlediğin dünyayı.
Dışarıda kendini bul! Git ve kim olduğunu gör...
Diğerlerinin, senin içinde taşıdığın yalanın, uzlaşmanın, cehaletinin yansıyan görüntüleri olduğunu keşfedeceksin...
Değiş... ki dünya değişsin.
Hastalıklı bir dünya yaratıyorsun, sonra da kendi yarattığın eserinden dehşete düşüyorsun. Dünyanın nesnel olduğunu düşünüyorsun... Oysa dünya senin onu düşlediğin gibidir. Git, dünyaya gir ve bunları kabullen... Kendi içindeki yoksullarla, zorbalarla, toplum dışına atılmışlarla tanış. Onları kabullen! Sakın onları görmezden gelme ve sakın suçlama. Dünyana teslim ol. Git ve yarattığın şeyi bilinçli olarak kabullen: sabit, cahil bir dünya... ölü bir dünya. Bir kişinin gücü, kendine sahip olmasında ve aynı zamanda kendisine teslim olmasında yatar.

Birdenbire sesi değişti ve sert bir buyruk halini aldı.
Benimle beraberken kağıt ve kalemin yanında olacak!
Bunu sakın unutma!
Sesindeki otoriter hava ve konunun bu kadar hızlı değişmesi beni altüst etti.
Ardından bu tedirginliğim yerini hızla, önce korkuya, sonra paniğe bıraktı.
Başımın üzerinde ölümcül bir tehlike asılıymış gibi hissettim. Sesinin güçlü bir tıslama haline geldiğini işittiğimde tüm duyularım katıldı: *"Artık yazmak zorunda kalacaksın. Kağıt ve kalem kurtuluşun olacaktır,"* dedi. *"Sözlerimi yaz, çünkü onları anımsamanın tek yolu budur... Yaz! Yazmak, varlığının etrafa saçılmış parçalarını bir araya getirebileceğin tek yoldur."*
Ardından, sözü hiç kesilmemişçesine, söyleyebildiğim son sözlerime geri dönerek beni yanıtladı: *Bir yönetici, yaptığı işe inanmaya uğraşan bir çalışandır, bir inancı savunur. Ne denli sıradan olursa olsun, kendisine bir şeye ait olma duygusu ve bir yöne sahip olma yanılsaması veren bir cemaatin papazıdır.*

Fakat sende bu bile yok! İrade olmadan düşünceler, duygular ve arzular, Oluş'un içinde başıboş dolaşan parçacıklar gibidir ve 'sen' de evrenin insafına kalmış küçük bir parçacıksın...

Bu sözleri bende ummadığım bir anda başımdan aşağı buz gibi sular dökülmüş ve nefesimi kesmişçesine bir etki yarattı. Sıcaklık epeyce düşmüş olmalıydı ki, ben donuyordum. Yaşantımda daha önce hiç hissetmediğim derin bir utanç, ağır zalim adımlarla gelip yüreğime yerleşiverdi. Aniden kulağımın dibinden gelen sesiyle irkildim; öylesine yakındı ki, nefes alışını bile işitebiliyordum. Ses tonu tatlılıktan uzak, son derece boğuk ve haşindi.

Amerika'nın Kızılderili kabileleri arasında, en alt seviyede yaşayan bir insan sınıfı vardı ki, bu insanlar ne şaman, ne de savaşçıydılar, ne avlanır, ne de kadın veya mevki için yarışırlardı. Bu kişilere kimsenin yapmak istemediği en zor ve en aşağılayıcı işler verilirdi. Bunlar cesaret veya dürüstlükle sınandıklarında geri çekilen insanlardı. Sözlerinin bu noktasında sustu, sonra aşağılayıcı bir bakış fırlattı. Tutulmuştum... beni hedef alan bu vuruşun ne yönünü değiştirmek, ne de hızını kesmek için bir şey yapabildim. *"İlkel veya modern olsun, herhangi bir kabile içinde senin ait olacağın yer işte burası olurdu: Merdivenin en alt basamağı."* diye sertçe fısıldadı.

Bu sözleri içime işlemişti. Çok utanmıştım. Artık susmasını dahi istemiyordum. Sadece buradan uzaklaşmak istiyordum, arkama bakmadan çıkıp gitmek için yeterli bir güce ihtiyacım vardı.

Keşke bir telefon veya bir saat alarmı çalsa ve beni bu ortamdan çekip alıverseydi. Ancak hiçbir kasımı oynatamıyor, hareket edemiyordum. Dreamer'ın dünyasındaki amansız bir yasa, ne bir parmağımı kaldırmama, ne de haysiyetsizce bir nefes almama izin veriyordu.

"'Düş'ten ayrılmak istediğini biliyorum, ama bil ki gerçek olan benim. Yaşantın ve kendi seçimlerini yapıp, kararlarını verdiğine inandığın dünyan gerçek değil...onlar korkunç birer kabus. Aile kurman, kariyer yapman, başarılı olman, para kazanman, başkaları tarafından takdir edilmen, bel bağladığın diğer bütün bu şeyler, inandığın ve diğer yeğlediğin her şey aslında yaşamın için gerçek sebepten kaçtığın bir yoldu. Bir tek 'düş' gerçektir," diye onayladı.

'Düş', var olan en gerçek şeydir. Sen, gerçek olanın dünyasında hareket etmeyi öğren. Burada artık alışkanlıkların, inançların ve eski kalıpların, anlamlarını bütünüyle yitirirler. Senin gerçeklik diye nitelediğin yalnızca bir görüntüden ibarettir ve bu bütünüyle alt üst edilmeli ki, yanında eski bir şey taşıma... Nasıl düşüneceğini, hissedeceğini, nefes alacağını ve besleneceğini eskisinden bütünüyle farklı bir biçimde yeni baştan öğrenmelisin...

Acılarla dolu, amaçsız bir yaşam sürdün. Bir işin, bir maaşın yanıltıcı güvenliği ardına saklandığın için bu dünyanın yoksulluk ve acılarının kalıcı olmasına yol açıyorsun. Bu son saptamayı tatlılıkla, ama yine de oldukça ciddi bir ses tonuyla çok ciddi bir hasarı gözden geçiriyormuşçasına yapmıştı. *Yaşam, bağımlılık içinde harcanmayacak kadar değerli ve bir kaybeden olmayacak kadar bolluk ve imkanlar içindedir! Artık değişme zamanıdır!* Bir parça suskunluk, bundan sonraki sözlerini daha da kuvvetlendirdi.

Sahip olduğun bu çatışmacı dünya vizyonunu terk etmenin zamanıdır. Senin için yaşamayan her şeyin yok olma zamanıdır. Yeniden doğma zamanıdır. Kölelikten çıkışın ve özgürlüğe yeniden kavuşmanın zamanıdır. Zaman, bir insanın hayal edebileceği en büyük serüveni; 'kaybolan bütünlüğünü' yeniden ele geçirme zamanıdır. Dışarıda ağarmakta olan gün gecenin karanlığını silmeye başladığında gözlerim nihayet alacakaranlığa alışmıştı. Odaya dolan güneş ışığı şöminenin üzerinde, taştan çekeri olan büyük maun kirişe vurdu. İri Gotik harflerle oyulmuş ve altın yaldızlı yazıyı okudum:

Visibilia ex Invisibilibus.

2 Çalışmak esarettir

Gücümü zorla topladım ve sordum. "Siz kimsiniz?"

"Ben Dreamer'ım," dedi. *"Ben düşleyenim ve sen de düşlenen. Kendinle olan o bir anlık samimiyetin, yalanlarınla örülü duvardaki şimşek çakması gibi ani beliren bir çatlak senin beni görmene izin verdi."*

Odaya bir su damlası gibi düşen sessizlik halkaları sonsuzluğa yayıldı. Sesi bir fısıltıya dönüştü.

"Ben özgürlüğüm!" dedi. *"Artık beni tanıdın; bundan böyle 'değersiz' bir yaşam sürdüremeyeceksin."* Onun şu sözleri o andan itibaren sonsuza dek hafızama kazınmış olarak kalacaktı: *"Bağımlı olmak, istem dışı bile olsa her zaman kişisel bir seçimdir. Hiç kimse veya hiçbir şey seni bağımlı olmaya zorlayamaz, bunu kendin için ancak sen yaparsın."*

Doğrudan gözlerimin içine bakarak; dünyayı suçlamanın ve şikayet etme eğilimlerinin olması bu ilkelerin insanoğlu tarafından anlaşılmadığının en kesin kanıtı olduğunu söyledi. İnsan, bir şirkete bağımlı değildir, onu bağımlı kılan bir yönetim kademesi veya bir patron değil, kendi korkularıdır. Bağımlılık korkudur. *Bağımlı olmak bir sözleşmenin sonucu değildir. Bir rolle ilişkili olmadığı gibi, bir sosyal sınıfa ait olmakla da oluşmaz... Bağımlılık, kendine olan saygının azalması ve itibarından vazgeçmenin bir sonucudur. Kendini ezdirmeye izin verdiğinde ortaya çıkan bir durumdur.*

Bu içsel durum, dış dünyadaki bu bozulma hali bir iş biçimini alır ve işyerinde ast konumundaki bir görev kimliğine bürünür. Bağımlı olmak, kendi korkularına ve hayali kuruntularına esir düşmüş sağlıksız bir aklın eseridir... Bağımlılık hali, 'düş'ün terk edilmesinin görünür sonucudur.

Bu sonuç, onun 'bağımlı' sözcüğünü her söyleyişindeki biçimi ve heceleri yavaşça vurgulaması bu sözcüğün genel kullanımının sıradanlığına gizlenmiş gerçek anlamını açıkça ortaya koyuyordu.

Dreamer beni suçlarcasına, *"Bağımlılık, 'Oluş'un bir hastalığıdır!..."* dedi. *"Kişinin tamamlanmamışlığının bir sonucudur. Bağımlı olmak, kişinin kendisine inanmayı bırakması ve düşlemekten vazgeçmesi demektir."* Sözlerini düşündükçe, her bir sözcüğün içime ayrı ayrı işlediğini hissediyordum. Ona duyduğum kırgınlık derinleşerek kızgınlığa dönüştü. Bu denli geniş bir insan kitlesini bu şekilde yargılıyor olması kabul edilir bir şey değildi. Bir insanın hayatı ve iş yaşamı ile onun duyguları ve korkularıyla ne gibi bir bağıntısı olabilirdi?

Oysa bana göre, içteki ve dıştaki bu iki dünya birbirinden ayrıydı ve öyle de kalmaları gerekiyordu. Ben her zaman kişinin dışarıda bağımlı ama kendi içinde özgür olabileceğine inanmıştım. Bu inancım kızgınlığımı körüklüyordu.

"Milyonlarca kişi gibi sen de bütün yaşantını, içinde yaşam olmayan kuruluşların katmanları arasında saklanarak geçirdin. Özgürlüğünü bir avuç uydurma gerçekliğin içine hapsettin.

Sana dayatılan sahte uykundan uyanmanın, cehennem misali hayat görüşünü bırakmanın zamanı geldi artık!" diye devam ediyordu ki, meydan okurcasına patladım, zira şimdiye kadar kimse bana böyle davranmamıştı:

"Benimle böyle konuşma yetkisini sana kim veriyor?"

"Sen."

Bu beklenmedik yanıtıyla iktidarsızlık haline teslim edilmiştim. Üzerime çöken suçluluk duygusu altında eziliyordum. Saklanmayı ne çok isterdim. Hala kim olduğu belli olmayan bu varlık karşısında anlatılması olanaksız bir utanç bana çırılçıplak kalmışım hissi veriyordu. İçimde kaçıp gitmek dürtüsünü hissettim. Beni dünyanın sınırlarının dışına fırlatan bu durumu kurtarmak için kalan son gücümle çabaladım. Konuşmayı yeniden tutarlılık ve mantık çerçevesine sokabilmeye uğraşarak alçak sesle, "Fakat organizasyonlar çalışanları olmadan nasıl sürdürülebilir?" dedim. Dreamer susuyordu. Sorduğum soru karşısındaki sessizliğini onun şaşırmış olmasına ya da yanıt verememesine yordum ve bu suskunluğundan cesaret alarak bir hamle daha yaptım. "Onlar olmasaydı dünya dururdu," dedim.

"Hayır, tam tersi! Dünya durma noktasına gelmiştir, çünkü bağımlı olan ve korku içinde insanlar mevcuttur. İnsanlık, içinde bulunduğu bu halleri ile, bağımlılıktan özgürleşmiş bir toplumu tasavvur edebilecek durumda değildir." Şaşkınlığımı gördü. Algılama sınırlarıma ulaşıp hatta aştığımın farkına varınca, ses tonunu neredeyse beni yüreklendirecek kadar yumuşattı.

İğneleyici bir ifadeyle, *"Korkma!"* dedi. *"Senin gibi insanlar var oldukları sürece bağımlılık dünyası da hep var olacak ve dünya aşırı nüfuslu olmayı sürdürecektir."*

Ardından gelen suskunluk yüzünden aramızdaki hava buz kesti. Alaycı ve yumuşak tavrı birden çelik gibi sertleşti:

"Sen! Senin, bundan böyle bunda bir payın olmayacak; çünkü sen Beni tanıdın!"

Sanki ışıktan bir bisturi, taşlaşmış düşünce tabakalarını ve duygu molozlarını zorla yarmıştı.

"Bağımlılık, düşün eksikliğidir. Bağımlılık, özgürlükten yoksunluğu ve yaşamdan vazgeçişi gizlemek için insanların taktıkları maskedir."

Bu 'bağımlılık' sözcüğünü birçok kez duymuş ve kullanmıştım, ancak Dreamer'la bu ilk görüşmemizden sonra acı dolu anlamının farkına vardım. Günümüzdeki çalışanların, içinde bulundukları koşulların eski dönemlerdeki köleliğin çağdaş bir uyarlamasından başka bir şey olmadığı anlaşılıyordu. Bir tür içsel hamlık ve tedirginlik. Bilincimde açılan bir yarıktan, kendi seçmedikleri ve yaratıcılığı bulunmayan yorucu bir işin sonsuz yinelenmesine bağlanmış, Sisyphos'un kaderine mahkûm olmuş kitleler halindeki insanları gördüm.

Sonra, yine geçmişten bir anımsamayla, Milano'da, Sarca Bulvarı'ndaki Rusconi binasının, çalışanlarına ayrılmış uzun giriş kapıları üzerinde yüksekçe bir yere asılmış "Personel Girişi" yazılı levhanın bulunduğu ön cephesini gördüm. Kamburu çıkmış, boynu eğik bu insanların dar kapılardan geçişi, Sannio'da yenilip esir düşmüş Romalıların mecbur tutularak, utanç içinde Caudine Forks'tan geçişleri gibiydi. Kendi eşsizliklerine inanmaktan vazgeçmiş kadınlar ve erkeklerin dünyasal bir geçit töreni. Bireyin yok oluşuna dair bir önsezi üzerime kara bulutlar gibi üşüştü ve bu kaderin hüznü yüreğimi dağladı. Dreamer, ölümcül bir yaraya müdahale etmek için yaklaşan birinin titizliğiyle aynı görüntüye dahil oldu. Konuşmasında ağırbaşlı bir tonlama vardı:

Bir gün artık çalışması gerekmeyen, sadece düşlemeyi bilen bir toplum olacak, düşleyecek kadar zengin ve düşlediği için ebediyen zengin kalacak bir insanlık.

Evren bolluk içindedir. Bir kişinin içten isteyeceği her şeyi fazlasıyla veren 'Bereket Boynuzu'dur... Böyle bir evrende kıtlıktan korkmak imkansızdır. Sadece senin gibi korku ve şüphe dolu insanlar yoksul olabilir, dünyada bağımlılığı ve yoksulluğu sürekli kalıcı kılabilirler.

Öfkeden kısılmış bir sesle, "Fakat ben yoksul değilim ki!" diye haykırdım. "Neden böyle söylüyorsun?" Bu suçlamasının ne denli saçma olduğunu ona gösterebilmek için mümkün olan tüm gerekçelerimi ve karşıt görüşlerimi içimden bir bir sıralamaktaydım.

Dreamer suskunluğunda ısrarcıydı. "Ben yoksul değilim!" diye yeniden haykırdım.

"Güzel bir evim, bir yöneticilik makamım, beni sayan dostlarım var. Hem babalık, hem annelik yaptığım iki de çocuğum..." bu dayanılmaz adaletsizliğin ve haksız saldırının baskısıyla sözlerimin bu noktasında sustum.

Dreamer, *"Yoksulluk, kişinin kendi sınırlarını görememesi demektir,"* diye açıkladı... *"yoksul olmak, kişinin hoşlanmadığı ve yapmayı seçmediği bir iş karşılığında kendi yaratıcılık hakkından vazgeçmesidir."*

Tam sözünü bitirmiş olmasını umarken, *"Sen!"* diye ekledi. *"Sen yoksulların en yoksulusun. Çünkü hala kim olduğunu bilmiyorsun. Sen unutmuşsun! Bugüne dek hiç kimseye sana verdiğim kadar başarılı olma fırsatı vermedim.*

Bu son fırsatın olacak."

Birdenbire Oluş'umun her santimini kaplayan saldırıya ve haksızlığa uğramışlık duygusu yok oldu ve tüm savunmalarım onun bu baskılarına karşı koyamayıp boyun eğdiler. Yaşantımın sıkıca tutturulduğu tüm eski menteşelerinin zorlanıp gıcırdadıklarını işittim. Kökleri en derinlerde olan inanışlarım temelinden sarsılan mabetler gibi birer birer yıkılıyordu.

Gözlerini aç ve kendine dikkatlice bir bak; insanın kendi egemenliğinden ne denli uzaklaştığını o zaman anlayacaksın.

Görünüşe göre burada aynı odadayız, ama biz çağlarla ölçülebilen zaman dilimleriyle birbirimizden ayrıyız.

Gecenin karanlığını yırtan bir şimşeğin çakışına benzeyen bu sözler bana bu varlıktan ne kadar uzak olduğumu gösterdi. Saygınlığıma saldırının yalnızca bir tahmin olduğunu ve Dreamer'ın huzurunda söylediğim 'ben' sözcüğünün, koskoca evrende bir vızıltı kadar önemsiz kaldığını anladım. Karar mercii olan insanlar sınıfına, sorumlu insanlardan oluşan bir elit tabakaya, özgür irade sahibi, bağımsız ve kendi yaşamlarının efendisi olanlara ait olduğum yanılsamaları sanki komik bir opera gösterisinde perdenin inmesi gibi düştü ve kayboldu. Gözlerim açılmıştı.

Farkında olmadan, kendine acıma halinin çamuruna batmaktaydım.

Neyse ki Dreamer, Oluş'uma yönelik sert bir mesajla araya girdi. *"Uyan artık! Kendine baş kaldır ve kendi devrimini gerçekleştir!"*

Bu uyarısıyla bir yandan beni sarsarken, diğer yandan da bana kendimi sıkıştırmış olduğum köşeden kurtulabileceğim bir çıkış yolu sundu.

Özgür olmayı, her türlü kısıtlamadan uzak bir özgürlüğü düşle. İstediğin her şeyi elde edebilmekten kendini alıkoyan tek kişi sensin! Düşle... Düşle... Sınırsızca, sonu olmadan düşle.

'Düş', var olan en gerçek şeydir.

3 "Ben bir kadınım..."

Ardından sesinin tınısı değişti; daha bir dakika öncesinde derin ve kararlı olan sesi, şimdi bir kadının sesine dönüşmüştü. Bu değişim damarlarımdaki kanı dondurdu. Bu olanaksızdı! Bu ses... bu ses... düşüncelerim bir girdaba kapılmıştı, sözler artık önceki kadar şiddetli olmamasına rağmen, dayanılmaz bir hale gelmişti.

O ses, *"Ben ölmekte olan bir kadınım,"* diye mırıldandı. Bunu izleyen suskunluk bana hiç tanımadığım bir korkunun tuhaf, mide bulandırıcı tadını sonuna kadar hissetmemi sağladı. Felç olmuş gibiydim, gücüm tükenmiş, elim kolum kıpırdamaz olmuştu. Bakışlarımı yerden kaldıracak gücüm yoktu. Tüm ufku kaplayacak denli büyük, acımasız bir göz geçmişimin üzerine açılıyordu. Onu görmeye katlanabileceğimi hiç sanmıyordum.

"Ben kanser hastası bir kadınım; bırakıp gittiğin ve ölüm döşeğinde olmama katlanamadığın için seni lanetleyen o kadınım." Onun sözlerine kulak kabarttığımda bedenimi ürperti kaplıyor ve işittiğim her sözcük beni biraz daha dipsiz bir karanlığa doğru çekiyordu. Benimle konuşmakta olan Luisella'dan başkası değildi... yaşam ve ölüm sınırlarının ardından, zamanın ötesinden yatıştırıcı sesiyle bana ulaşmıştı. Henüz 27 yaşındayken ölüşünün korkunç ayrıntıları bilincime yeniden düşüyordu. Birlikteliğimizde yaşanmış pek çok olayın bana göre sıradanlığı, bir parça güvenlik sağlamak uğruna her şeyden ve herkesten beni uzaklaştıran bencilliğim, kariyer ve kazançla ilgili tüm endişelerim, onu sevmekteki yetersizliğim beraberce derin bir ıstırap halinde içimden taştı. Ruhumu, nefret edercesine, sonsuz bir utanç duygusu kapladı. O dönüştüğüm adamdan kendimi koparmaya çalıştım.

"Bu 'senin' ölümündür," dedi. *"Bu, seni sen yapan her şeyin ölümüdür. İçinde taşıdığın tüm döküntülerin ölümüdür... Ölümden kaçma. Onu bir kez ve sonsuza dek olmak üzere göğüslemekten çekinme! Her insan 'yeniden doğmadan' önce mutlaka 'ölmelidir'."*

Bu sözleri, uzun süre soluksuz kaldıktan sonra bir nefes gibi içime çektim. Ancak bana olanları mantıksal bir çerçeveye oturtmaya kalkışmam, aklımı başıma getiren o anın yok olmasına neden oldu ve yerini boğucu bir sıkıntıya bıraktı.

"Ölmek ne demek?" diye sordum. Bu basit soruyu sorarken sesimin belli belirsiz tonu şu andaki tutumumun ne denli farklı olduğunu anlamama neden oldu.

Gizemli bir ifadeyle, *"Ölmek, olaylara, durumlara, insanlara karşı bakış açını bütünüyle altüst etmen demektir. 'Ölmek' acılar tarafından yönetilen kaba saba bir dünyadan yok olmak ve daha üst bir seviyede tekrar ortaya çıkmaktır,"* dedi.

Hala anlamakta zorlanıyordum. Bir parçam buna bir şekilde karşı çıkmak istiyordu. Şimdiye dek hiç işitmediğim bu sözler ve bu fikirler beni paramparça ediyor, anılarımı, arkadaşlarımı ve en köklü inanışlarımı kırıp geçiyordu. Sınıfın en iyisi olmak için yıllarca dirsek çürütmüştüm. Kendime bir isim yapmak ve bir yerlere gelebilmek hırsıyla yorulmak bilmeden çalışmıştım. Kavga ederek kazanmak, mücadele ederek kazanmak...yoluma çıkan her engelin üstesinden gelmek. Çok çalışarak 'başarmak' hayatımın en temel ve tek inandığım ilkesiydi...bu dünyada kazanmak ve yarışın önünde olmak ise benim için en büyük tatmindi...ve şimdi, bütün bunlardan vazgeçmem ve hepsini geçersiz mi kılmam gerekiyordu? Tüm bu çabalarımı kötülemekte Dreamer'ın haksız olduğu kanısındaydım. Yeni bir güç akımı tarafından alt üst olmuştum, yine de hareketsizliğin üstesinden gelme arzusuna yapışmış ve en sağlıklı, en yaşamsal parçam olduğuna inandığım irademin tortularına sıkı sıkıya tutunmuştum.

"Senin dışında gerçekleşen her şey, açığa çıkabilmek için senin içsel onayını almak zorundadır. Bu, hayatında meydana gelen herhangi birşeyin, senin niyetinin sadık bir yansıması olduğu anlamına gelir," dedi ve ben bu sözleri uzun bir dalışın ardından büyük oksijen lokmalarıymış gibi yuttum. Az önce duyduklarımın ima ettiği şeyi mantıksal olarak anlama çabalarım konsantrasyonumu kaybetmeme sebep oldu ve bunu ölümcül bir acı takip etti.

'Öyleyse Luisella'nın ölümünden ben mi sorumluydum, bunu ben mi istemiştim?'

"Etrafındaki dünya ölüyor çünkü sen içinde ölüyorsun... Çok değerli bir insan, tüm dertlerinin mutlak sebebinin kendi ölümcül hayat vizyonun olduğunu fark etmeni sağlamak için ölüyor. Onun bu fedakarlığının kendi kendine acıman ve anlayışsızlığın yüzünden heba olmasına izin verme. Katlanılmaz olsa da, kendinle ilgili bir gerçeği anlamana ve bilmene sebep olan her şey daima iyidir."
'Bunu nasıl düzeltebilirim?' diye sordum. 'Bu trajediyi şu anda değiştirmek için hayatımı veririm.'

Sen bir yalancısın, geçmişin ise iki yüzlülüğünün ve hastalıklı hayallerinin bir yansıması. Oluş'undaki en ufak bir değişim tamamen farklı bir geçmiş yansıtır. Bu an, geçmiş hikayeni değiştirebileceğin yegane fiziksel deneyim noktasıdır, Oluş'unda gerçekleştireceğin her bir değişimle beraber farklı bir dünyada yaşayan farklı bir insan olursun. İçsel durumlarındaki en ufak bir değişim, eş zamanlı olarak geçmişin, geleceğin ve bütün evren değişecektir. Gerçekten yaşamış olduğuna inandığın ve kendine çok yakın hissettiğin geçmiş hikayen sadece bu kusursuz anda ürettiğin hayali bir tecrübedir.

Hatırla! Tüm olasılıklar Şimdi'nin içinde bulunur.

4 Ölmekte olan bir tür

Dreamer, bir hurda yığınını andıran düşüncelerimi okumuş olmalı ki, bana, *"Hiç kimse kimseden üstün değildir!"* dedi. *"Başkalarına hükmetmek fikri, bir yanılsamadır... Köhnemiş olan çatışmacı, yağmacı, kaybetmeye mahkûm insanlığın önyargısından başka bir şey değildir."* Sözlerini kesercesine sonlandırması bana rahat bir nefes alabileceğim hissini vermişti ki, bu duraksamanın birazdan, *"Sen, ölmekte olan bu türü simgeliyorsun, daha gelişmiş bir varlığa yol açan bir tür,"* diyen sözleriyle üzerime indireceği daha güçlü bir darbe için elindeki çekici havaya kaldırırken geçirdiği sessizlik süreci olduğunu anladım.

Sözleri eski fikirlerin ve değerlerin tüm katmanlarının arasından bir tünel açıyordu. Doğmak için var gücüyle içimden çıkmaya çalışan bir varlığın kasılmalarını hissediyor ve bunu başaramayacağından korkuyordum. Derken evrenim, önce yumuşak hale geldi, sonra sıvılaştı. Derin sularda yüzüyordum.

Senin bir ölüm hissi olarak algıladığın bu durum artık bir işe yaramayan boş inanışlarını ve eski kurnazlıklarını terk etmeye zorlanmış, dipsiz karanlığın kıyısında bir tür olan ve kabuk değiştiren bir insanlığın boğuluşudur.

Bu sözler, insanlık durumunun evrensel bir yazıtı gibi havaya kazındı. Kendimi, boğulmak ve ölmek üzere olduklarını kabullenmiş, akıntıyla sürüklenen bedenler ve sallanan başlardan oluşan uçsuz bucaksız bir enginlikte debelenirken buldum.

"Erken yaşlardan itibaren insanlara Oluş'larının en ıssız bölümlerinde yaşamaları öğretildiği için, anlama sınırlarını aşan herhangi bir konseptle veya çok daha büyük fikirlerle karşılaştıklarında direnç gösterirler ve bu fikirleri bilinçlerinin dar kabına sığdıracak kadar küçültmeye çalışırlar." Bunları söylediği sırada aklımdan güçlerini çıkartmak amacıyla düşmanlarının kafasını kurutan vahşi Borneo yerlilerinin görüntüleri geçiyordu ki, Dreamer'ın sesi, beni bu düşüncelerimden çekip aldı.

Bir babanın ağırlığıyla, *"'yolculuğuna' hazırlanma vaktin geldi,"* dedi. Sözlerinde şefkat, üzüntü ve 'bilen' bir kişinin otoritesi vardı. Kullandığı ses tonunun benim onu dinlerken takındığım tavra mükemmel bir şekilde yakıştığını fark ettim, sanki kendimi bir ses aynasında görür gibiydim. Benim karşı çıkışlarıma dayanmak zorunda kaldığında sesi merhametsiz ve korkunç oluyordu. Karşı çıkışım kadar haşin, boyun eğişim kadar nazik ve yumuşak olan sesi, şimdi de daha değişik bir ton aldı. Bana gizlice bir şey söylemek istercesine ellerini teatral bir edayla ağzının kenarına götürerek kulağıma şunları fısıldadı: *"Şu ana kadar önüne çıkan yaşam sınavlarında sen, kendini işine kaptırmaktan, sekse sığınmaya çalışmaktan, uykudan ya da bir şekilde hastane yatağında zaman geçirmekten daha iyi bir şey yapmadın."* İçine düştüğüm kendime acıma halinden beni kasıtlı bir zorbalıkla sarsmak suretiyle çıkartıp, *"Hoş olmayan durumların veya felaketlerin ağırlığı altında iki büklüm olmak ve olan biteni son derece ciddiye almak, dünyanın hüzünlü betimlenmesini güçlendirerek bu sıkıcı olaylara süreklilik katmaktır,"* dedi.

Umutsuzluğa kapılan birinin yorgun sesiyle, "O halde ne yapmalıyım?" diye sordum.

"Kişi, başına gelen durumlara karşı tavrını değiştirdiğinde, başına gelecek olayların doğası da zamanla değişecektir."

Oluş'umuz yaşamımızı yaratır."
"Our Being creates our life.

Yalnızca birkaç santim yaklaşmıştı ki, bu hareketi beni endişelendirmeye yetti. Tetikte ve rahatsız olmuş gibi uyanık duruyordum.

Aslında ne beklediğimi ben de bilmiyordum. Şimdiye dek hiç bu denli dikkat kesilmemiştim, sanki bütün hücrelerim yüzlerce yıllık bir uykudan birdenbire uyanıvermiş ve şimdi tümüyle dinlemeye odaklanmıştı. Dreamer, dikkatimin en yoğun olduğu ana ulaşmasını bekleyip ardından o dayanılması güç sözcüklerini sıraladı.

"Eşinin ölümü, başından beri içinde taşıdığın ıstırap ezgisinin sendeki dramatik bir tezahürü, acının maddeye dönüşmüş halidir. Durumlar ve olaylar, bir gerçeklik madalyonunun iki yüzü gibidir."

Kendimden geçmek üzereydim. Dayanılmaz bir suçluluk duygusu midemi bulandırıyordu. Önümde beni yutmaya hazırlanan dipsiz bir kuyu açıldı. Gerçeğin en yalın ve beraberinde en katlanılmaz olan yüzüne bütün gücümle karşı durmaya çalışıyordum çünkü ben, hayatımdaki olayların tek sorumlusuydum, yaşadığım her ıstırabın ve felaketin tek nedeniydim.

Dünyanın ışıkları solmuş, neredeyse tümüyle sönmek üzereydi. O sırada sırat köprüsünün önünde duruyordum. Karşı koyamadığım bir teslimiyet beni ağır çekimle oraya doğru sürüklemekteydi.

5 Uyanış

Uyanır uyanmaz, olanlara kafa yormaktan kendimi alamadım. Dışarıda hala geceydi. Manhattan trafiği ince ırmaklar halinde görünmez bir yanardağın ağzından çıkan parlak lavlar gibi akıyordu. Birkaç dakika daha kıpırdamadan, bilincimde yüzen ve bir hayalet kadar solgun 'dünyaya' baktım. Yeni bir ışık demeti, yaşantımın ve bu apartman dairesinin içindeki her şeyi acımasız gözlerle bir bir inceliyordu. Böylesi bir hızda, mobilyalar, kitaplar ve döşemelikler, sıradan ve mutsuz bir yaşantının ıstıraplarından başka bir şey değillerdi. Sahipsiz eşyaların yaydığı yeni hüzün dalgası yüreğimi burktu. Var olmak için gösterdiğim olağanüstü çabayı ve beraberinde değişimimin olanaksızlığını hissettim.

Çocuklarımla karşılaşacağım ve onların gözlerinde de buradaki her şeye işlemiş olan ölüm duygusunu göreceğim düşüncesi bedenimde şiddetli bir sancıya yol açtı. Onların da diğer her şeyle birlikte solup yok olmalarından korkuyordum.

Dreamer ile buluşmam süresince olanları ve o gizemli villada beyaz yer döşemeli dairede söylediği her sözü kaydetmek saatlerimi aldı.

Dreamer artık yaşamımın bir parçasıydı. Sözlerini ve buluşmamızın tüm ayrıntılarını olduğu gibi titizlikle not ettim. Bu hiç de zor olmadı.

Bütün ayrıntıların zihnimde kusursuz bir belirginlikte ortaya çıktığını görmek için sadece gözlerimi bir anlığına kısmam yetiyordu. Bilincim, onunla geçirdiğim ve hiçbir zaman diliminde yeri olmayan o süresiz zamandaki kadar açık olmamıştı. Artık iyice biliyordum ki ben bütününden ayrılmış ve bilinçsizliği seçmiş bir insanlığın karanlık denizinin bir parçasıydım ve yine biliyordum ki, sevmekten ve sevilmekten yoksun, uyurgezer gibi yaşayan kalabalık bir gezegene aittim. Artık bu gerçeği yok sayamayacak ya da tam aksini savunamayacak kadar uyanmıştım.

Sonraki haftalarda beni tekrar ona ve onun dünyasına götürecek bir iz bulmak için tuttuğum tüm notları defalarca tekrar tekrar okudum..

Café de la France'ın terasından, Batılı turistlerin çarşı içine doğru ilerleyişlerini izliyordum. Tıpkı, El Fna'nın damarlarındaki akyuvarlar gibi bu sokak labirentinde dolanıp duruyorlardı. Bağırıp çağıran seyyar satıcılar, güneşten kavrulmuş ellerini turistlere uzatan dilenciler ve hayvan postuna sarınmış soğuk su satan esmer tenli adamların kuşattığı yollarda adım atmak zordu. Kolye, küpe satan genç kızlar etrafına bakınarak gezinen yabancıların gözünü alıyor, kendilerinden bir dirhem sihir dilenen büyücüler gibi adamların sırtlarını sıvazlıyorlardı. Onların bu ateşli, keskin bakışlarını ve yüzlerine yayılmış, aşıkların cilveleşmesini andıran yakaran tebessümlerini iyi tanırdım.

Üç gündür Marakeş'in canlı yaşamını dört koldan çevreleyen aynı kafeye gidiyordum hep. Beklerken hem çayımı yudumluyor hem de okuyordum. Buraya geldiğimde aldığım bir çift bukalemun da bana eşlik ediyordu. Bazen okumayı bırakıp sokak yaşamının durmaksızın değişen renkli gösterisini, alışveriş yapmak için satıcıların başına üşüşen insanları ve yerli halkın yoğun çalışma hayatını yakından izliyordum. Sonra yine masama dönüyordum. Artık ümitlerim tükenmeye başlamıştı! Her şeyi unutup ilk uçağa atlayarak New York'a dönme düşüncesi günler ve saatler geçtikçe aklımdan daha sık geçer olmuştu.

Hala bana ne olduğunun yanıtını bulmaya ve anlamaya çalışıyordum. Sahra'nın ateş saçan dudakları arasına sıkışmış birkaç palmiye ile bir avuç evden başka bir şey olmayan ve adından başka hakkında hiçbir şey bilmediğim bu şehre, onunla buluşmaya gelmiştim.

Onun mesajını aldığımda, yola çıkmadan önce uzun süre duraksamıştım. Adını bile bilmediğim fantastik bir karakterle buluşmaya gitmek için koca okyanusun ötesine geçmek bana çılgınlık gibi geliyordu. Bu yolculuğu engelleyecek birçok aksilik üst üste gelmişti. Hepsi bir yana, Jennifer'a bu yolculuğu haklı gösterecek geçerli bir neden de bulamamıştım. Bu kararımı her gün bir sonraki güne erteliyordum. Fakat yalnızca Dreamer'ın yanında hissettiğim iyileşme duygusunu, yeniden yaşama ihtiyacını ve onu tekrar görebilme şansını yitirme korkusu üstün gelince, ne olursa olsun yola çıkmaya karar verdim.

Dreamer'dan ve onunla olan karşılaşmamızdan söz ettiğim, güvendiğim, tek sırdaşım saydığım kişi Giuseppona idi; zaten karar vermeme de o yardımcı olmuştu. Bu konuda konuşmak üzere odasına gittiğimde, beni yüreklendirmiş, kendine özgü Napoli aksanıyla bana, "Git oğlum," demişti. "Bul onu! Sanırım bu Dreamer iyi bir insan."

Giuseppona beni doğduğum günden beri tanıyordu. Her zaman ailemizin vazgeçilmez bir parçası olmuş, hatta beni doğururken Carmela'ya yardım etmişti. İlk adımlarımı onun yanında atmış, ilkokuldaki ilk günlerimin sıkıntısını onunla aşmıştım. Beni okula götürürken Napoli halkı ve şehrin daracık sokakları üstüne her sabah yeni bir öykü anlatırdı. Tıpkı Napoli tuluat tiyatrosunun vazgeçilmez giysileri Pulcinella gibi üst üste, kabarık ve kat kat yükselmiş birçok uygarlıktan oluşan Napoli şehrine dair Giuseppona'nın anlattığı kahramanları, destanları ve onların ruh halleri hakkında her şeyi dikkatlice dinlerdim, öğrendiklerim iliklerime kadar işlerdi. Giuseppona bana sanki onlar hala yaşıyorlarmış hissi verirdi; yamaların ve paçavraların arasından parıldayan altınların ve paha biçilmez ipek kumaşların bir görünüp bir kaybolduklarını görebiliyordum. Yağmurlu günlerde, kuşluk vakti okul bekçilerinin ve hademelerin engellemelerine aldırmadan damdan düşercesine sınıfa girerek ıslanmış çoraplarımı ve ayakkabılarımı değiştirdiğinde ne kadar utandığımı hala anımsarım.

Biraz daha büyüdüğümde beni okula götürürken elimi tutmasını istemezdim. O, bir süre daha benimle okula gelmeyi sürdürmüştü, ama aramızda biraz mesafe bırakarak... Gençliğimde tüm gönül meselelerinde akıl hocam olmuştu, yaşadığım bazı duygusal durumlarda ise "zaten o senin için doğru kız değildi!" diyerek beni rahatlatan kısa ve öz yorumlarını hala anımsarım. Uzun yıllar boyunca aşk üstüne yanılgılarımı hep bu sözlerle teselli etti.

İlk andan itibaren eşim Luisella'ya hayran olmuştu, evlendiğimizde ve kızımız doğduğunda da gelip bizimle yaşamaya başlamıştı. Giuseppona, sınırsız bir adanmışlıkla bağlı olduğu Giorgia ve Luca için sahip olabileceğimiz en iyi bakıcıydı.

Dış görünümü hiç de narin olmayan, biraz despot tavırlı, kararlı, hırçın, kısa boylu ve tıknaz bir kadındı... Güçlü fiziği ve yüzünün kararlı ifadesi ona, bir kabile reisi ile yaşlı bir Kızılderili kadını karışımı olan bir Amerikan yerlisi görüntüsü veriyordu. Bir reisin tüm cesaret ve ağırbaşlılığına sahipti. Yavaş ve ağır hareket ederdi, ama her gittiği yeri derler toparlardı. O yanında olduğunda hiçbir şey eksik olmazdı. Yaşantım boyunca bir çok durumda başvurduğum görüşleri, sağduyunun ve halka özgü bilgeliğin bir daha dünyaya gelmeyecek karışımıydı. Nereye gidersem gideyim, yanımda olduğu her an bana hep neşe ve keyif vermiş, hayatım boyunca güvendiğim sağlam bir kaya olmuştu.

Luisa hastalanıp aramızdan ayrıldığında, bir anne gibi çocuklarımın bakımını üstlenmiş, onları tek bir gün bile ihmal etmemişti. Ne dört nesildir ailem için taşıdığı önemini, ne de benim ona olan minnet borcumu sözcüklerle dile getirebilmem asla mümkün olamayacaktır. Sevgili Giuseppona, ebediyen kalbimde, her zaman benimle olacaksın.

Marakeş'e gelmiştim, ancak Dreamer'ı bulmak için tüm çabalarım sonuçsuz kalmıştı. Üçüncü gün olmuştu ve beni buralara kadar getiren gizemli mesajı onun yazdığından bile kuşkulanmaya başlamıştım.

Onu beklerken, bir yandan da beni ona götürebilecek herhangi bir ipucu bulabilmek umuduyla şehirde saatlerce başıboş gezinmiştim. İki akşamdır, sonuç getirmeyen araştırmalarla geçen günün sonunda otelime döndüğümde, beni ona götürebilecek hiçbir ayrıntıyı göz ardı etmeksizin zihnimde son karşılaşmamıza dair her detayı defalarca yeniden yaşamıştım. O sabah yine çarşı bölgesinin en hareketli yerinden geçiyordum ki, kentin baharat kokulu küçük sokaklarının gün ışığı girmeyen labirentinde ilerlerken, gülümsemenin eksik olmadığı yüzleriyle, yüzlerce cin bakışlı esnaf akla hayale sığmayacak kadar çok çeşitli malın satıldığı ağzına kadar dolu dükkanlarından içeri girmem için bana ısrar ettiler. Mallarının çoğu sanki bir deniz kazası sonucunda batık bir tekneden geriye kalan birbiriyle ilgisiz eşyalar gibi dağınık bir düzenle raflara yerleştirilmişti.

Genellikle insana pek sıcak gelmeyen, karanlık arı kovanlarına benzeyen bu sonsuz sayıdaki dükkan silsilesi sanki akan bir insan ırmağının önüne çekilmiş setler gibi her milletten, renkten, ırktan ve dilden insanı beklenmedik bir anda içlerine çekiverirdi.

Üstündeki renkli giysisiyle Disney'in kaleminden çıkmış bir figürü andıran çam yarması Mustafa, komşularının hoşnutsuz ve kıskanç bakışlarına rağmen beni dükkanına nasıl sokabileceğini çok iyi biliyordu. Zeki ve dostça görünen bir yüzü olsa da, kurnazlıkla parlayan gözleri onu ele veriyordu. Dükkanın içi hiç umulmayacak kadar genişti. İki çalışanının yardımıyla, bana satabileceği ilgimi çekebilecek bir şey bulabilmek için bütün mallarını altüst edip önüme serdi. Yüzlerce halı rulosunu önümde yuvarladı, bir pazarı doldurmaya yetecek kadar çok sayıdaki pirinç ve gümüş eşyayı yenine silerek parlattıktan sonra bana uzattı. Birçok girişiminden ve buranın adetlerine göre geri çevirmenin kabalık sayılacağından içmek zorunda kaldığım sayısız bardak çaydan sonra, yine de bir şey almadan çıkmaya karar vermiştim ki, son rafta duran yığınla malın arasından ahşap ve fildişi karışımı bir kutu gözüme çarptı. Üzerindeki ince kakma işlemesi öylesine kusursuz, boyutları öylesine uyumlu yapılmıştı ki, ilgimi fark eden satıcı malın özelliklerini abartıp aklındaki fiyatı yükseltirken ben gözlerimi ondan alamıyordum.

Kutunun kapağında, Gotik harflerle oyulmuş yazıyı okudum:

Visibilia ex Invisibilibus.

Gördüğümüz ve dokunduğumuz her şey, her görünen bir görünmeyenden meydana gelir.

6 Geçmişi değiştirmek

Çarşıdan ayrılarak yeşil bukelemun arkadaşlarımı almak için Café de la France'a geri dönmüştüm ve şimdi de terasın demir korkuluklarına dayanmış, olanları düşünüyordum.

Arkamdan birisinin, *"Çölde yolculuk yapmanın ilk kuralı, beraberinde az şey taşımaktır,"* dediğini duydum, birden irkildim. Her ne kadar bu anın gelmesini beklemiş ve onu yeniden görmeyi çok istemiş olsam da bir korku duymama engel olamamıştım.

İçimi kaplayan bilinmeyenin korkusunu ve ensemde onun mucizevi nefesini hissettim. Binbir güçlükle, yavaşça başımı çevirip ona bakacak cesareti topladım. Dreamer bana gülümsüyordu. Görünüşü geçmiş zamanların varlıklı aristokrat gezginlerine benziyordu. Sıkıntılı halleri ve burnundan kıl aldırmayan birinin tembel tavırlarına rağmen sesi sınırsız bir enerjiyi açığa vuruyordu. Konuşmaya başladığında sesinin hışırtıyı andıran kararlı tonunu tanımıştım.

Lafı hiç dolaştırmadan, doğrudan konuya girerek bana *"Oluş'unu hafifletmek ciddi bir emek ister,"* dedi. *"Bunun için ebeveynlerinin, öğretmenlerinin, felaket tellallarının ve kıyamet habercilerinin sana dayatma yoluyla öğrettikleri her şeyi arkanda bırakman gerekir.*

Onlardan, kurbanlık bilincine nasıl düşüleceğini, nasıl sefil, yoksul ve hasta olunacağını öğrendik." Ardından, yavaşça yüzünü yüzüme yaklaştırarak ekledi: *"Onlardan, ölmek için binlerce yol öğrendik.*

Uygarlığın doğuşundan beri bilinci perdelenmek suretiyle uykuya yatırılan milyonlarca insana, 'nesilden nesile kirlenme yolu ile', kendilerinin kıt ve sınırlı olduklarına körü körüne inanmaları öğretildi."

"Neden?" diye sordum. "Neden sınırsız çokluğu seçmeyelim?... Neden yaşamı seçmeyelim?"

"Çünkü insan artık geri döndürülemeyecek şekilde telkin yoluyla uyutulmuştur. Her felaketinin arkasında kötülerin en kötüsü yatmaktadır: Ölümün kaçınılmazlığına olan sarsılmaz inanç."

"Özgürlük yolunda atılması gereken ilk ve en zor adım, bu korkunun kişinin tüm yaşamına despotça egemen olduğu gerçeğidir."

Bana doğru ilerlemesiyle birlikte bu sözleri ve ses tonunun ciddiyeti beni fazlasıyla şaşırtmıştı. Antik medeniyetlerin dinlerinde ve kutsal ayinlerinde olduğu gibi onun oyunculuğu, en basit bir edimi sihirli bir jeste, yaratıcı gücün eşsiz kozmik bir olayına dönüştürüyordu.

Mideme giren bir sancı, sözlerinin kesin bir yargıyla sonuçlanmak üzere olduğunun işaretlerini veriyordu.

Dreamer kısık bir sesle, *"Geçmişin bir felaket!"* dedi ve sonra sustu. Bu suskunluk sanki gelmesi geciken bir işareti bekliyormuş gibi konuşmasına yeniden başlayana dek uzadı.

Sonra, *"Onu yeniden kazanman gerek... gerekli bedeli ödeyerek... onu değiştirmen gerek!"* dedi.

"Değiştirmek... geçmişi?" diye sordum.

"Geçmişinde hala pek çok açık var; kapatılmamış hesaplar, hiç ödenmemiş iç borçlar, suçluluk hisleri, kurban durumuna düşmeler ve hepsinden öte, kir pas içinde olan karanlık köşeler," diye sıralarken sanki ıvır zıvırla dolu bir çekmeceymişim gibi içimi didik didik ediyordu.

"'Oluş'un, fiyatları rasgele konulmuş kötü yönetilen bir dükkandan farksız; büyük değeri olan şeyleri ucuza satarken, hurdaları gülünç bir şekilde yüksek fiyata satıyorsun. Böyle devam etmen demek, yakında iflas bayrağını çekeceksin demektir." diyerek gözlemini açıkladı.

Onun, nefes aldırmadan sürekli üstüme gelen bu yıkıcı darbelerine bir set çekmek isterdim.

Kendimi korumak, beni sorumluluğa boğan bu ırmağın akış yönünü değiştirebilmek amacıyla, "fakat geçmişi ve olup biteni değiştirmek nasıl mümkün olabilir?" diye sordum.

"Düşüncelerin, hislerin, duyguların, davranışların ve olayların ebediyen kaydedildiği ve yıllar geçse bile aradığımızda kolaylıkla bulabileceğimiz bir yer var Oluş'umuzda, tıpkı tavan arasına kaldırdığımız, görünürde atıl ve zararsız duran eşyalar gibi. Oysa gerçekte, tüm bu kayıtlar yaşamaya ve yaşamımızın tamamını şekillendirmeye devam ederler. İşte, gitmen gereken yer orasıdır!" bunun için uzun bir hazırlık sürecinin kaçınılmaz olduğunu da ekledi.

Tehlikeli bir serüvene çıkmak üzere olan birisinin hem kabına sığamayan hem de ürkek haliyle, "Ne kadar sürer?" diye sordum.

"En azından hayatını kötü idare ederek harcadığın yıllar kadar" diye verdiği soğuk cevabı ile geçmiş davranışım ve şimdiki sorum için beni mütemadiyen azarlamaya devam ediyordu.

İğneliyici bir suçlama hissi psikolojik bir şartlı refleks gibi adeta içimi kapladı. Ardından yükseldiği gibi aynı hızla azalarak hafif bir keyifsizliğe büzülerek kaybolup gitti.

Dreamer masalardan birinde oturmuştu, ben de yanına oturdum. Uzun bir süre devam eden sessizlik, akşamın yaklaşmasıyla bir örtü gibi yayılıp El Fna'nın da yaygarasını susturarak daha da derinleşmişti.

7 Kişinin kendisini içinde bağışlaması

Güneş son ışınlarını da yollamıştı. Kobalt mavisi gökyüzünde Orion yıldızı şimdiden seçilebiliyordu. Hava sıcaklığı düşmüştü ama Dreamer bunu ne fark etti, ne de içeri geçmek istedi. Bütün işaretler, aldığım bu çıraklık eğitimimde yeni ve önemli bir dönemin başlamakta olduğunu gösteriyordu.

Terasa basan karanlığa rağmen, söyleyeceği hiçbir sözü kaçırmadan yazma kararlılığıyla not defterimi ve kalemimi elime aldım. Yanımda her zaman bir kağıt ve kalem bulundurmanın önemini anlamıştım. Kağıt kalem benim için, Dreamer'ın çok uzağındaki bu dünyada ziyan ettiğim değerlerimi anımsamak, yeniden bulmak ve yerine koymak anlamına geliyordu. İşte şimdi onun sözlerini not etmek üzere burada, onun karşısındaydım ve bu durum tıpkı var olmanın yasak bölgelerine parmak ucunda girmek gibiydi. Sesi beni suçüstü yakaladı.

"Var olmanın özgürlük, bilgi ve güçten meydana gelen bu özel durumuna erişmek, kendi üzerinde yıllarca sürecek bir çalışmayı gerektirir, bunun adına 'kendini özünde bağışlamak' denir." dedi. Farklı bir tonlamayla vurgulandığı bu sözleri, bana Dreamer'ın savaşçı kimliğine ve acımasız diline yabancı olduğum hissini verdi. Bir bakış atarak, sözlerini aynen yazıp yazmadığımı denetledi. Bir süre daha yazma işini bitirmemi bekledi, sonra kaldığı yerden sürdürdü. *"Kendini içinde bağışlamak; yaşayan bir insanın yapması gereken asıl işidir... uzun bir süreçten geçen dikkatinin, kendini mercek altında incelemesinin sonucudur. Kendi yaşamının kopuk kalmış kısımlarına inmek demektir, hala kapanmamış yaraları temizleyip iyileştirmek, yarım kalmış hesapları kapatmak demektir."* Ardından teatral biçimde tedbirli bir tavır takınarak sanki bir sırrı paylaşırmışçasına sesini alçalttı ve *"kendini içinde bağışlamak, geçmişi ve içindeki bütün safralarını dönüştürme gücüne sahip olmak demektir"* dedi.

Bu kavranması olanaksız sözlerin üstüne belli ki zaman zaman akıl yoracaktım. *"Her şey burada ve andadır! Her insanın yaşamında, geçmiş ve gelecek daima birlikte hareket etmektedir."*

Bu sözleri, içimde anlatılması mümkün olmayan mantık dışı bir mutluluğa dönüştü.

Kendimi sınırsız bir vizyonla karşı karşıya buldum.

Geçmiş ve gelecek birbirinden ayrı değildi, birleşik ve ayrılmaları olanaksız dünyalardı ve tek bir gerçeklikti. 'Kendini özünde bağışlamak' ise bir zaman makinesiydi... sıradan bir düşünce şeklinde çoktan silinip gitmiş olan geçmişe ve henüz bilinmeyen bir geleceğe yolculuk etmemizi sağlayan bir makine...

"Geçmişin yaşamlarımızı nasıl etkileyebildiğini anlıyorum, ama ya gelecek?..." diye sordum.

"Gelecek de, tıpkı geçmiş gibi gözlerinin önüne serilidir, ama sen henüz bunu göremezsin," dedi.

Bana, geçmiş ve geleceğin -bu an- içine sıkıştırıldığı 'dikey zaman' ve 'zaman-beden' kavramlarından söz etti. Bu 'zamandan bağımsız' zamana girişi sağlayan ana kapının, içinde bulunduğumuz an olduğunu söyledi. İşin sırrı hiçbir zaman dikkatinin dağılmaması ve 'an'dan hiçbir zaman uzaklaşma riskine girmemekti. 'Zaman-Beden'e erişmek demek, geçmişi değiştirebilmek ve yepyeni bir kader yaratabilmek demekti.

Karşı konulamaz bir heyecan dalgasına kapılmıştım.

Dreamer'ın beni yapmaya zorladığı şey buydu. Bu serüvenin bir an önce başlamasını istedim. Ölesiye istedim... Ama fırsat vermeyen acımasız sözleri karşısında içimdeki heyecan da fazla uzun sürmeden yok olup gitti. Ses tonu, herhangi bir suçlama yapmaktan çok, salt bir yargıda bulunur gibiydi:

"Ne var ki, senin gibi kişilerin kendilerini özde bağışlamaları olanaksızdır! Bir Okul'un fikirleri, prensipleri olmadan bunu gerçekleştiremeyeceğin gibi, nereden başlayacağını bile bilemezsin.

"Geçmiş yaşamına dönmek ve onu iyileştirmek çok uzun bir hazırlık süreci gerektirir. Bu, sadece kendi üzerinde çalışmayla mümkün olabilir."

Dreamer, sözlerini bitirdiğini gösteren bir tonlamayla,

"Kendimizi özümüzde bağışlamak, özümüze bir geri dönüştür ve bu dünyaya gelişimizin asıl nedenidir. İnsanlar bu iyileşme sürecini asla yarıda kesmemelidirler." dedi.

Bunun için çok fazla çaba göstermem, ama her şeyden de öte, kendimi yargıdan uzak bir gözlemleme ile mercek altına yatırmam gerekiyordu.

8 Kendini gözlemlemek kendini düzeltmektir

Kendini gözlemlemek, kendini düzeltmektir... "Self-observation is self-correction... Kişi 'kendini gözlemleyebilirse' geçmişindeki her şeyi düzeltebilir," dedi Dreamer. Sözlerini, insanın içinde bulunduğu koşulların, kendini bilmemesinin ve daha da önemlisi, kendisini gözlemlemekteki yetersizliğinin bir sonucu olduğunun altını çizerek sürdürdü.

Öz gözlemleme, yaşantına yukarıdan bakmaktır!
Bu, sanki olayları, durumları ve geçmiş ilişkileri
bir ışık demetinin altına koymaya benzer.

Anlayabildiğim kadarıyla kendini gözlemlemenin vazgeçilmez ön koşulu; bunu yargıdan uzak, etik ve tarafsız olarak yapabilme yeteneğiydi. Dreamer'a göre 'kendini gözlemlemek', bir yargı mahkemesinin önündeymiş gibi değil, dıştan bakan bir insan zekasının x-ışınları altında, hiçbir şekilde yargılamadan ya da eleştirmeden, yalnızca gözlemleyebilen tarafsız bir tanığın önünde, yaşanmış hayatı başa sarmaktı. Bu, London Business School'a devam ettiğim yıllarda öğrendiğim, bir kuruluş bünyesinde yapılmış bazı psikolojik deneyleri anımsamama neden oldu. Bazı büyük şirketler, *wandering management* (araştırmacıların söylemiyle; gezinerek yönetim) yönteminden yararlanarak üretimlerini önemli ölçüde artırmışlardı. Bu sonuca ulaşmanın temelinde, *'wandering management'*ın dikkate alınması ve işe yaradığının destek görmesi yatıyordu. Bir *'wandering'* yöneticisinin görevi, tam anlamıyla şirket içinde 'gezinmek' ve etrafta olduğunun şirketin her köşesinde, hatta en ücra yerlerde bile hissedilmesini sağlamaktı.

Sesi, düşüncelerimi ve aklımdan geçenleri birdenbire böldü ve beni Londra'daki London Business School ortamından uzaklaştırdı.

Dreamer, *"Kendini gözlemleme, kendini düzeltmedir,"* diye tekrarladı. *Eğer kendini gözlemleyebilecek kapasiteye sahipsen, otomatik olarak kendini düzelteceksindir. Kendini gözlemlemek bir iyileşmedir... Gözlemci ile gözlenen arasında yaratılan ayrılığın doğal bir sonucudur.*

Kendini gözlemleme, insanın, dünyanın yürüyen bantlarına kendisini nelerin bağladığını görmesini sağlar; eskimiş fikirler, suçluluk duygusu, önyargılar, gerginlikler, felaket beklentileri... Bu bir kopma, sahte uykudan çıkma ve yeniden uyanış eylemidir...

Dünyanın, senin üstündeki uyutucu etkisinden en ufak bir uzaklaşman, şimdiye kadar inandığın her şeyi yıkacaktır ve hayatın yanıltıcı kesinlikleri ile beraber görünen dengesini çözüp aydınlatacaktır.

İşte bu nedenle, insanların çoğu kendini gözlemlemeye yanaşmayacaktır. Bir anlığına bile olsa kişinin kendisini dünyanın betimlenmesinden uzaklaştırması, alışılmış sınırların ötesinde muazzam bir girişimdir.

Uzunca bir süre ciddi gözlerle bana baktı. Konuşmasını doğrudan bana bakarak yapıyordu.

Mideme giren bir sancı, biraz sonra olacakların bana çektireceği eziyetleri önceden haber veriyordu.

İçindeki gözlemciyi harekete geçir! Kendini gözlemlemek, hayatını en başından beri yöneten düşünce kalabalığının ve olumsuz duygularının ölümü demektir.

Eğer özüne döner, kendini gözlemlersen gerçek şeylerin olmaya başlayacağını, gerçek olmayanlarınsa yavaş yavaş çözülüp gideceğini göreceksin.

Bir bakışta benim dehşete düşmüş ifademi yakaladı ve ekledi.

Hiç kimse bunu tek başına başaramaz. Kusursuz bir hazırlıktan geçmeden, kendinle ve yalanlarınla tanışman, Oluş'unun çıkmaz labirentlerinde bir maceraya atılman seni bir an içinde öldürebilir.

Onun bu sözleri bir mahkûmiyet kararı gibi gelmişti. Benim yararıma olacak her tür işi ve olumsuz halimi yargılamasından, beni bırakıp gitmesinden korkmuştum. İçimde müthiş ve kahramanca bir kararlılık yükseldi. Benim böylesine gönüllü olmam onu düşündürdü. Derin düşüncelerinde öylece kalışı bir sonsuzluk kadar sürdü... Bana bakmıyor gibiydi, ama düşündüklerimin hiçbirinin kendisinden kaçmadığına emindim. Sonuca götürecek bir karşılaşmanın final oyununu oynuyordum, belki de en sonuncusunu. Her şey bana bağlıydı, bekledim.

Sonunda Dreamer sessizliği bozdu.

Çenesinin ucuyla gökyüzünü işaret ederek *"Bak, dolunay çıktı,"* dedi. *"Bir insana ömründe en fazla bin defa dolunayı izleme fırsatı verilir, ama büyük bir olasılıkla, yaşamının sonunda onu bir kez bile izleme zamanı bulamamış olacaktır...*

Ay'ın insanın dışında olduğunu düşünürsen, insanın kendini gözlemlemesinin, dikkatinin yönünü kendisine çevirmesinin ne denli zor olacağını düşün. Kendini gözlemleme, Düşleme Sanatı'nın sadece ilk adımıdır."

Uzun süre sessiz kaldık. Karanlığa uzanan Café de la France'ın terası, sanki yıldızlı gökyüzüne çıkmaya hazır bir uzay gemisinin başı gibiydi. Gemide sadece biz vardık; görünmeyenin yalnız Argonaut'ları.

Bir eylemcinin kararlı sesiyle, *"Hazırlan,"* dedi. *"Bu bir kır gezintisi olmayacak."*

Son önerilerini dikkatle dinledim. Dreamer hemen yanı başımda olacaktı. Bir tür zihinsel ara bölgede, yani geçmişin tam olarak kapsanmadığı, terk edildiği ve geleceğin düzeninin henüz oluşmamış olduğu bir bölgede tuzağa düşerek takılıp kalma riskini bana serinkanlılıkla söyledi. Böylelikle bu uzay-zaman diliminden Dreamer'ın dünyasına geri dönmek için bir daha şansım olmayacaktı. Bunun son buluşmamız olabileceğini vurguladı.

Sıradan bir insanın geçmişi... 'Oluş'un bütünlüğüne doğru henüz ilk adımlarını bile atmamış bir insanın geçmişi kancalara tutturulmuş gibidir. Geçmişine geri dönmek için yaptığı her hamlede ve onu değiştirmek için attığı her adımda bu kancalar bir pençe gibi etine saplanırlar.

Bunlar duyabildiğim son sözleri oldu. Palamarlarını çözen bir tekne gibi terasın sarsılmaya başladığını, etrafımdaki nesnelerin benden giderek uzaklaşmaya başladığını hissettim.

Cesaretimi toplayarak, "buraya kadar" diye düşündüm.

Dreamer'ın dediklerini duymam çok zordu, sesi görünmeyen motorların gürültüsü tarafından bastırılmıştı. Teras, mürettebatı sadece Dreamer ve benim olduğum bir zaman makinesine dönüştü. Evren durdu, zaman geriye sarmaya başladı, bilincimde ve geçmişimde geriye doğru yaptığımız bu yolculuktan başka dünyada hiçbir şeyin önemi kalmadı.

Zifiri karanlık bir tünelin içine doğru hızla çekildiğim hissine kapıldım; sanki 'makinemiz' yaşamın taşlaşmış katmanlarını, içsel jeolojik yapısını kat kat geçerek ilerliyordu.

Yaşantımın ilk kesiti, karanlık içinden çıkan bir ada gibi belirdi. Yaklaşmasını ve giderek büyümesini izlerken, tanıdık olması yanında anlaşılmaz, gizemli ve bilinmeyenin hemen kıyısındaki bir dünyaya girdiğim duygusuna kapıldım.

Dreamer ile beraber doğrusal zamanda aslında yalnızca birkaç yıl önceki olaylara gitmemize rağmen yaşantımın bu kesiti inanılamayacak kadar uzakta görünüyordu.

9 "Ölüm çözüm değildir"

Luisella öldüğünde yirmi yedi yaşındaydı. Küçük bir çocuğun plajda, kumda kazarak derinleştirdiği bir kuyu gibi, bir tümör, bacağında yavaş yavaş bir yara açmıştı. Dünyamı saran çizgiler giderek daha bulanıklaşmıştı; sanki dünyayı artık bir boksörün aldığı darbeler yüzünden kapanmış gözleriyle görüyordum. Aylardır nefretten başka bir şey duymuyordum: bu, öfke ve korku arasında sıkışıp kalmış, duyarsız bir içerlemeydi.

Baş dönmesi...Acı...
Karanlık...
Düşüncelerin ve duyguların suç ortaklığı...
'Oluş'un başıboş parçacıkları...
Kesici bir ışık demetinin varoluşumun karanlıklarını yarıp geçmesi.
Acı...Baş dönmesi...
Karanlık...
Derin bir kesik...
Ardında karanlık... ve yine acı!...
Ona doğru uçuyorum, yaklaşıyor, giderek büyüyor,
geçmiş yıllarımın solgun gezegeni...
Yere ineceğim... Ama nereye?
Ne bir boşluk, ne bir geçit,
ne de bir milimetrekarelik
samimiyet,
düşüncelerimin kayalık bozkırında.
Bir boşluk beni yutuyor...
Karanlık... Acı... Baş dönmesi!...
Bir kasaba hastanesinin küçük odası...
dezenfektan... hastalık ve çaresizlik kokusu.
Kımıldamadan yatan birisinin önünde diz çökmüş,
kalbi kırık bir kişi...
Ona yaklaşıyorum...
dehşet içindeki o adam...
o benim!

Dreamer ile birlikte izlemekte olduğumuz sahne buydu. Yaşama çoktan yabancılaşmış, mermerden bir heykele benzeyen bu görüntünün sadeliği acımasız bir ışıkla bu kalbi kırık, ufak tefek adamın yanlış bir tarihte olduğunu ortaya çıkarmıştı.

İçinde bocalandığı karmaşık düşünceler kalabalığını, anlamsız arzularını ve olumsuz hislerini duyabiliyordum, tüm bunlar aldatıcı bir ruhun görüntüsünü oluşturuyordu. Dreamer'ın gözlerinden sanki halüsinasyon etkisi yaratan bir maddenin etkisi altındaymış gibi, görünümlerin ötesinde bu adamın indirgenmiş olduğu bencillik ve korku öbeğini 'görebiliyordum.'

Dreamer, çenesiyle onu işaret ederek, merhametsiz bir ifadeyle, *"O kendi ölümüne ağlayan bir hayalet,"* diye açıkladı. *"Korku, ıstırap ve üzüntü onun bütün sıkıntılarının sonucu değil, asıl nedenidir."*

Dreamer, bana bütün kötülüklerin en kötüsünü; toplumsal, bireysel, bölgesel ya da dünyevi felaketlerin kaynağını gösteriyordu!

Her insanın içinde taşıdığı kaos yani kendi cehennemi; dünya üzerine çatışma ve ayrımcılık, ya da ırklar, ideolojiler ve inançlar arasındaki savaşlar formunu alarak yansır.

Bunu keşfetmenin heyecanı, bu adamdaki erken yaşlanma belirtilerini fark ettiğimde dehşet, acıma ve utanç duygularıyla karıştı.

Dreamer kısaca, *"Bu adam, yaşadığı hüzün ve ıstırap yüzünden acı çekmiyor, onun burada çektiği acı kendi doğal seçiminin bir sonucu olduğu için ona acı veriyor."* dedi.

Yaşantımda şimdiye dek başıma gelen ve gelecekte başıma gelecek her şeyin tıpkı bir meşe palamudunun, koca bir meşe ağacının yaşam döngüsünü içinde kapsadığı gibi, zaten orada olduğunu, anda yaşandığını fark ettim. Her ayrıntı, o adamın yaşantısındaki ihmalciliği, dikkatsizliği ve yıpranmışlığı ortaya koyuyordu. Geçmişte ben olan o adamı bugünkü Oluş seviyemizde uyarmak için bir şeyler yapmayı isterdim. Mümkün olsa onun içine girip her şeyi yeni baştan düzene koymak isterdim; itibarını ona geri kazandırmak, bükülmüş sırtını düzeltmek ve yüzündeki kederli ifadesini silmek isterdim…

İç sesimi duyan Dreamer, *"Müdahale etmek olanaksızdır!"* dedi. *"Artık yapabileceğin hiçbir şey yok!"* Sesi şimdi biraz daha cana yakındı. *"O adam acı çekmekten hoşlanıyor! Bunun doğru olmadığına yemin edebilir, ama gerçekte dünyaları bile versen cehennemini asla terk etmeyecektir."*

Böylesi bir gaddarlığa inanmam olanaksızdı, hayrete düşmüştüm. Dreamer yüzümdeki kuşku belirtisini fark ederek ekledi:

"Tiryakisi olduğu bu durum, onun dünyaya tırnaklarını geçirerek tutunmasını ve kendisini güvende hissetmesini sağlıyor. Bu kederli hali ile bile, dışarıdan kendisine gelebilecek bir yardımın yanılsamasıyla avutuluyor.

Keşke kendisini gözlemleyebilseydi... davranışlarında ve tepkilerinde atom zerreciği kadar bile olsa bir değişiklik yapabilseydi... düşüncelerinden ya da duygularından sadece bir tanesini yalnızca bir milimetre yükseltebilseydi, o zaman yaşamı farklı olurdu."

Sözlerinin bu noktasında sesini dramatik biçimde değiştirerek güçlü bir fısıltıya dönüştürdü. Bu ani değişim dikkatimi daha da keskinleştirdi.

Bir kişi yaşamındaki olayları değiştiremez, yalnızca onları göğüsleme biçimini değiştirebilir.

A man can not change the events of his life but only his way to take them.

Suçlayıcı bir ses tonuyla ona karşı çıktım. *"Bana geçmişin değiştirilebileceğini söylemiştin..."* İçime ateş düşüren bir hayal kırıklığı, bir umutsuzluk dalgası gözlerimde dolmaktaydı, gözyaşları gibi.

Dreamer sertçe karşılık vererek, *"Şimdi burada gördüğün, yaşantında değiştirmek istediğin bu küçük kesit, senin geçmişin değil. Geleceğin!*

Yaşantında her şey tekrar ediyor... Aynı olaylar defalarca aynı şekilde yaşanıyor, çünkü onları değiştirmek istemiyorsun. Yine şikayet ediyor, yine dünyayı suçluyor ve yine dışarıdan birilerinin seni incittiğine ya da talihsizliklerinin sebebi olduğuna inanıyorsun."

Zamanın döngüsüne sıkışıp kalmış sıradan birinin bir geleceği olamaz, yalnızca tekrar tekrar kendini yineleyen bir geçmişi olur.

Şimdi benim gözlerimden bakıyorsun! Bir gün sorumluluk sende olduğunda, kendine acımanın bir sonuç değil, felaketlerinin başlangıcı olduğunu ve bütün bunların sebebinin sen, yalnızca 'sen' olduğunu anlayacaksın. Ancak o zaman geçmişine ışık tutacak ve onu iyileştirebileceksin.

Cenaze odasındaydık. Karımın ölü bedeninin yanında hareketsiz yatan başka bedenler de vardı. Hiçbiri Luisa kadar genç değildi. Sessizlikte bazı sözcükler yankılandı, bunlar asla unutmayacağım sözcüklerdi.

"Bu kadının ölümü, senin yaşamının ve kendi iç ölümlerinin aynadaki görüntüsüdür."

Dreamer, geçmişimi tekrar ziyaret ederken karşılaşacağım zorluklar konusunda beni önceden uyardığı halde, onları onunla birlikte yeniden deneyimlerken, vizyonunun ağırlığı karşısında kendimi ezilmiş hissediyordum. Sonuç olarak içimde filizlenmekte olan sorumluluk duygusu katlanabilir gibi değildi. Adı, 'benim hayatım' olan bu korku filminin yaratıcısı ve yönetmeni olduğumu nasıl kabul edebilirdim?

Sert bir sesle, *"Ölüm bir hatadır,"* dedi, *"ve doğaya aykırıdır."*

Fiziksel ölüm, her gün içimizde gerçekleşen milyonlarca ölümün sadece maddeye dönüşen görüntüsüdür; acıya düşkün ve ıstırap çekmeyi seven bir insanlıktan ödünç alınmış bir inancın kristalleşmesidir.

Şaşkınlığımı dikkate almaksızın konuşmasına inatla devam etti; *"İnsanlar ölümü kaçış yolu haline getirdiler. Kendilerini öldürmek için ne yapmaları gerektiğini ve bütün yöntemleri kusursuz bir biçimde biliyorlar. Beden yok edilemez! Yine de olanaksız olanı kaçınılmaz kıldılar... Hiçbir insan ölemez, ancak 'kendi kendisini öldürebilir'! Bunu başarabilmek içinse elindeki tüm imkanları bu işe koşması, kendine acıma ve kendini baltalamayı tam günlük bir iş haline getirmesi gerekiyor."*

Sözlerinin burasında, direncimi kırmak ve bu devrimci fikirlerin gizemli gücü karşısında uyuşan beynimin istemeden de olsa ördüğü uyku duvarını delebilmek için uygun sözcükleri bulmak üzere biraz durdu. *"Ölüm, her zaman bir intihardır!"* Bunu söylerken bu kez sesine bir savaş narası atıyormuşçasına şiddet havası vermişti. *"Bu düşünce şeklini kanın, canın gibi benimsediğinde, dünya görüşünle birlikte kendi gerçeğin de tepetaklak olacaktır."*

Dreamer, çağlar öncesinden gelen inanışlara, sarsılmaz bir inanca, ölen bir türün genel koşuluna göre bir araya getirilmiş ve bütün insanların paylaştığı "ölümün doğal ve kaçınılmaz olduğu evrensel gerçeğine" saldırıyordu. Onun bu sözleri, sanki birisi birdenbire bütün değer verdiğim şeyleri kapıp kaçırıyormuşçasına kendimi saldırgan ve aşağılanmış hissetmeme yol açtı. Bir şey varlığımın en derin yerine bir kesik atmıştı. İçimde sessiz, kontrolsüz bir çığlık yükseldi ve Oluş'umun derinliklerinden yankılandı.

"Şu anda milyarlarca insan da, tıpkı senin gibi aynı içerlemeye takılıp kalarak olumsuz düşünüyor, kendilerini kötü hissediyorlar," dedi. O, Oluş'umun gizli ve erişilmez sandığım saklı bölmelerine sızıyordu, bense çaldıklarım elimde yakalanmışçasına utanıyordum.

"Hayatın en acı veren ortamlarından kaçış umudunu insanlıktan esirgeyen bu Oluş halidir." Bunu ifade ederken üzüldüğü belli oluyordu. Sonra benim için unutulmaz olan bu dersi sonlandırmak üzere, *"İnsanlar ölüme tapıyorlar,"* dedi. *"Ve ellerinde olsa bile ondan asla vazgeçmek istemezler, çünkü ölümü bütün sorunlarının çözümü sayıyor, çektikleri ıstıraplara ve kendi kendilerine yarattıkları binlerce ruhsal ölüme son vereceğini düşünüyorlar... oysa ölüm bir çözüm değildir!"*

Uyuşmuş beynimdeki sis bulutu dağıldı ve görüntü açıldı. Dreamer'ın sözleri gerçeğe dönüşürken, Luisella'nın ölümü, siyahlarla kaplamış o odada, etrafında mumlar yanan küçük yataklardaki diğer bedenlerle birlikte bana gerçek dışı gelmişti, adeta bir oyunun ölümle ilgili bir sahnesi gibiydi.

10 İyileşme içten gelir

Geçmişe uzanan yolculuğumuzu Luisa'nın yaşamının son aylarını kapsayan o döneme varana dek sürdürdük. Bu kısımda kendimi yine böylesi bir kara yazgının ağırlığıyla daha otuzuna bile gelmeden iki büklüm olmuş kederli bir koca ve bir aile reisi rolünün kayıtsız kalma bölümünü bilinçsizce sürdürürken gördüm. Bu genç adamın kendine acımasını izledim; pençesine düştüğü suçluluk hissi ile yürek darlığı arasında çırpınan, hasta görüntüsünün içinde kaybolmuş bir halde içerlemesini, nefret etme eğilimini ve kırgınlıklarını gördüm. Onun ıstırap ezgisinden dünyaya, herkese ve her şeye karşı o bitmez tükenmez tüm suçlamalarını dinledim. Dayanacak gücüm kalmayana dek.

Gördüklerimin utancıyla kahrolmuş bir halde, yakışıksız kaçan bir biçimde Dreamer'a "Neden bütün bunlar? Burada ne işim var?" diye haykırdım. Arkamı dönüp çıkıp giderdim, ama tek bir kasımı bile kımıldatamıyordum.

Dreamer, beklemediğim bir incelikle bana yolculuğumuzun amacını anımsattı: Geçmişe ışık tutmak ve oraya yeni bir anlayışla geri dönmek. Bu, bir daha asla ele geçmeyecek bir fırsattı.

Tatlılıkla, *"Her gerçek iyileşmede olduğu gibi, süreç içte, özde başlamalıdır,"* diyerek, her an üstüme çökebilecek kendime acıma durumundan beni çekip çıkarttı.

Dünyayı yaratan bizim Oluş'umuzdur; aksi düşünülemez!

Diğer bütün insanlar gibi sen de, seni bu duruma getiren olayların dışarıdan kaynaklandığını, içine düştüğün mutsuzluk ve güvensizlik haline başkalarının yol açtığını sanıyordun. Şimdi bunun, gerçekliğin çarpıtılmış bir görüntüsü olduğunu öğrendin.

Kendimi toparlıyordum. Birkaç saniye daha bekledikten sonra, Dreamer'a başımla devam etmeye hazır olduğumu işaret ettim.

Bir sonraki sahne, Floransa'da, Bolognese Caddesi'nde yönetici eğitimiyle uğraştığım dönemdi. Bütün bu aylar boyunca iş arkadaşlarımla aramızda benim onlara kendi açımdan kederimi anlatıp onların da bana kendilerince verdikleri sözde destekle ortaya çıkan bir tür duygusal paylaşımımız oluşmuştu. Benim 'bahtsızlığım', farkında olmadan onların kendilerini daha iyi hissetmelerini sağlamış ve içinde bulundukları hayatın tehlikeli hali ile karşılaşıp, bir anlığına yaşamlarının sıradan paylaşımlarına gerçekten değer verebilmişlerdi. Bana genelde ciddi bir hastaya, yaralı veya yenilmiş bir kişiye duyulan ilgi ve şefkatle davranıyorlardı. Bu dehşet dolu değiş tokuşu 'gördüm' ve tarifi olmayan derin bir rahatsızlık hissettim.

Ne tarafa baktıysam geçmişim gölgelerle doluydu ve saklamaya değecek bir kırıntı parçası dahi bulamıyordum.

Felaket alanından kurtaracak bir şey bulabilmek amacıyla bakınan çaresiz biri gibi aranıp duruyordum; sevilen birisi, bir ilişki, değeri veya yararı olabilecek herhangi bir şey. Boşu boşuna. Dehşete kapılmış, soluksuz kalmıştım. Dreamer orada olmasaydı devam edecek gücü bulamazdım.

Bu duyguların ağırlığı altında sendeleyip yıkılmak üzere olduğumu görünce, *"Suçu olaylara yükleme,"* dedi. *"İki küçük çocukla yirmi dokuz yaşında dul kalmak bir lanet değildir. "*

Hiçbir olay ne iyi, ne de kötüdür. Yalnızca bir fırsattır. Bunları önceden öğrenmiş olsaydın, bu yaşadığın durumu aydınlık bir olaya dönüştürebilirdin. Kendini tanıma cesaretin olsaydı, Luisa'nın ölmesi, bunca felaketin başına gelmesi gerekmezdi.

Oluş düzeyimiz yaşamımızı kendisine çeker.
Our level of being attracts our life...

Ve her şey senden kaynaklanır. Gördüğün ve dokunduğun her şey senin Oluş'unun, noksanlığının ve içindeki boşluğun dışa yansıyan görüntüsüdür.

Yaşamda boşluklar yoktur. Eğer kendini yeni bir biçimde düşünmeye ve davranmaya zorlayarak bu boşlukları bilinçli olarak sen doldurmazsan, bunu senin adına tüm zalimliğiyle dünya yapacaktır.

Görmezsen, ya da görmeyi istemezsen hastalık vahimleşir ve hayatının komedisi giderek daha da acı verir. Her şey sana bu trajedinin nedenini göstermek ve seni bütün bunların kaynağına gerisingeri götürmek üzere ortaya çıkar... ve bir gün devreye girip ölümlü yaşam vizyonunu değiştirmeni sağlamaya çalışır.

11 Ev sahipleri

Hayatımın diğer bölümleri, geçmişten görüntüler bir filmin kareleri gibi, birbiri ardınca gözümün önünden hızla akıp geçti. Kişilerin yüzlerinden, geçtiğim yollardan, yaşadığım şehirlerden ve oturduğum evlerden yüzlercesini tanımıştım. Ta ki... o gölge gözüme ilişene dek! Yeni evimi nerede seçersem seçeyim, beni her taşındığım yerde izleyen o gölge varlık. Midem demir bir mengeneyle sıkılıyormuşçasına gerildim.

Taşındığım her evde karşıma bir cadı çıkmıştı: Akıl almaz ve kavgacı ev sahipleri... üstelik bunlar, kaderin garip bir cilvesi olarak tekrarlanan bir yazgının harikulade eğitimi gereği komşularım olmuştu.

Bana göstermek üzere olduğu şeyin ıstırabını göz önünde tutarak sesinde değişmeyen bir tatlılıkla, *"Dikkatlice bak, onları iyi gözle!"* dedi. *"Karşılaştığın bütün ev sahipleri aslında tek bir kişi. Hep aynı kişi. Asla değişmez. Bir ev sahibi maskesi ardına gizlenerek her zaman orada duran kişinin kim olduğunu 'görmek' istemedin. Oysa her seferinde sen kendinle karşılaşıyordun!"*

İçimde bir şeyler kırılmıştı... Ağır bir kapı kapandı ve kilidin çevrilirken çıkarttığı metalik tıkırtıyı işitmiştim. Artık emindim, korkunç derecede emindim... bu sözleri bir kez işittikten sonra bir daha asla hiçbir şey eskisi gibi olmayacaktı. İçimde gözyaşlarımın dökülmediği umutsuz bir ağıt yükseldi, benim yaşantım bir hayaletin yaşamıydı; ardında hiçbir iz bırakmadan yok olan ve dünyanın aynasında şimdi giderek silindiğini gördüğüm bir yansıma. Dreamer'ın sözleri bana bir can simidi gibi ulaştığında sanki dipsiz bir uçurumun kıyısındaydım. *"Onlar, senin kendi bağımlılık durumunu ebedileştirmek adına senin bizzat işe aldığın muhafızlar, gardiyanlardır.*

Bugüne kadar yaşantını yönetmiş olan o ıstırap ezgisini kökünden söküp atmazsan, bu hayaletler gelmeye devam edeceklerdir."

Ardınca gelen suskunluk öylesine uzadı ki, bizi birbirimize bağlayan altın kordon kopuverecek sandım. Beni 'düşünden' çıkarıp atabileceği düşüncesiyle yüreğime bir ateş düştü. Bu korkunç bir duyguydu. Bu boşluğu, yokluğu hissettiğim o geçmek bilmez süre boyunca adeta var olmayı kesmiştim. Böylece, varlığımın Dreamer'la ne denli bütünleşmiş olduğunu anlamıştım. Sanki hayatı içime çektiğim yaşamsal bir organ, saf hava soluduğum üçüncü bir akciğer haline gelmiş, çok değerli bir kordon ile ona bağlanmıştım.

Sonra gözlerimin önünden ağır ağır, geçmişimden başka görüntüler geçmeye başladı, sanki yaşamımı seyrettiğim bir düzelti odasında gibiydim. Bir anlamda onları yönetmeyi kavramıştım. Artık bu görüntüleri durdurabildiğim gibi, istersem büyütebiliyor, onlara yakından veya uzaktan bakabiliyor, hatta kendimi sahnenin dışına çıkartabiliyordum. Yeniden Fortini Caddesi'ndeki villayı gördüm. Şimdi çok büyük ve sessizdi... Luisa, Milano'da Venezian Caddesi'ndeki hastanede, Luca ve Giorgia da Piemonte'de dedelerindeydi. Günlerin birbiri ardınca geçişi yine hızlanmıştı, göz açıp kapayana dek bir belirip bir yok oluyorlardı. Günbatımında çam ağaçlarının gölgeleri eski evi ele geçiriyor, sanki Oluş'umun en derin kısımlarına sinsice o ince uzun parmaklarını sokuyorlardı.

Dreamer'ın beni neden yine buraya getirdiğini bilmiyordum. Hayatımın yine hangi bölümünü tekrardan yaşayarak geçecektim ama tek bildiğim, engel olamadığım şekilde titremeye başlamıştım.

Beni yüreklendirme çabasıyla, *"Yaşantının tavan arasına, yani onun en karanlık köşelerine girmek üzereyiz. Şimdi biraz düzeltme ve yüklerden kurtulma zamanı."*

*"O adamdan kurtul, onu hayatından bir kez ve sonsuza dek olmak üzere at."*dedi.

Toplayabildiğim bütün cesaretimle ana girişin büyük demir kapısına doğru uzanan bayırı tırmandım. Tepeden bayır aşağı esen rüzgarın tam bu noktada güçlendiğini anımsadım. Rüzgar, dik yol boyunca kenarlardaki çukurluklardan bir dere gibi akıyor, yaban otlarının beyaz ve yeşilleriyle beneklenmiş, kaba, kuru duvarların etrafında dönüyordu. Küçük demir kapıdan girdiğimde, o günlerde kullandığım Citroën marka arabamın park halinde olduğunu gördüm. Garaj yolu öyle kısaydı ki, villa beklemediğim bir hızla önümde belirivermişti. Taş ve tuğladan yapılmış bir merdivenin basamaklarının önüme çıkması da bir o kadar ani olmuştu. Basamakları çıkmaya hazırlanırken dönüp öteye, bahçenin bitimine çevirdim başımı.

Orada duraksayıp küçük ek binanın aydınlık pencerelerine baktım. Tek komşumuz orada yaşıyordu. Anılar... hepsi bir arada zihnime üşüştüler. Judith'le öykümün ilk karelerine göz atmaya başladığımda soluk alışımın sıklaştığını hissettim.

12 Judith, "Sinyorina"

Giorgia ve Luca ona 'sinyorina' derlerdi. Benden yalnızca birkaç yaş büyük, uzun boylu ve çekici bir kadın olan Judith, içine kapanık biriydi. Bizim bahçenin bitimindeki o küçük evde tek başına yaşardı. Hiçbir şey onu şaşırtmazdı ve kitapları ile müziği dışında hiçbir şey ilgisini çekmezdi. Soğukkanlı ve kayıtsız görünüşü, gözlerini heyecanlı bir durumdaymış gibi sürekli kırpmasıyla bir parça hareketlenirdi. Dreamer'ın yanı başımda olduğundan emin olduktan sonra, küçük oturma odasının pencerelerinden birine yaklaştım. Korku ve başıma gelenleri üstlenmekteki acizliğim içinde ona gittiğim ve bedeninde teselli aradığım gecelerdeki gibi yüreğim çalkantı içindeydi.

Bir kez daha o küçük odayı gördüm; duvarları kitaplarla kaplı, orta yerinde çiçekli kumaşla döşeli bir divan ve uzun parmaklarıyla klavyesinin başında oturan Judith'i ve ona Luisa'nın hastalığından, onun giderek kötüleşen durumundan bahseden kendimi gördüm.

Müziği, her atomunu harekete geçirdiği odayı baştan sona dolduruyordu. Gittikçe yükselen müziğin sesi, bencillik ve karım için duyduğum sahte ilgiyle yüklü o kelimeleri bastırdı. Düşüncelerimin dehşetini ve niyetimin mide bulandırıcı kokusunu duyabiliyordum. Beni ikiye ayıran mücadeleyi ilk kez açıkça fark ettim: Karımın yakında öleceği haberinin verdiği hüzün ve bu bozuk giden olgunlaşmamış evliliğin yükünden yakında kurtulacağımdan içten içe duyduğum gizli ve tuhaf sevinç arasındaki çatışmayla bölünmüştüm. Mutsuzluklarım ve düş kırıklıklarım için, meslek hayatımdaki kısıtlamalar ve engeller için gizliden gizliye bir bakıma onu suçlamıştım.

"Ölüm hiçbir zaman bir tesadüf değildir" –Dreamer'ın sesi araya girmişti– *"hastalık, mutsuzluk ve yoksullukta da olduğu gibi. Bunun olması için yıllarca dua ettin... kendine bile itiraf etmeden, şiddetle bunu arzuladın ve hatta Tanrı'ya yakardın. Düşler her zaman gerçekleşir, en karanlıkları bile."*

İkiyüzlülük perdesi kalkmıştı. Bundan böyle artık gizlenemezdim. Bunun hiçbir yolu kalmamıştı. Bu basit adamın gözyaşı ve umutsuzluğunun ardında, takındığı maskesiyle teninin arasındaki suçluluğun verdiği alaycı gülümsemeyi görmüştüm. Dehşetten soluğum kesilmişti. Karşı konulmaz bir güç kaçmamı engelledi, beni Judith'in penceresinin önünde hareketsiz bir şekilde tuttu.

Judith'le ilk buluştuğum sahneyi yeniden gördüm. Luisa ölüyordu ve ben sımsıkı Judith'in yaşamına sarılmış, ondan biraz dostluğunu, bana acımasını ve bedenini istiyordum. Judith niyetimi anladığında ne tutumunu değiştirmiş, ne de bozulmuştu. Elimden tutup beni yatak odasına götürdü ve ondan dilenmekte olduğum şeyi bana verdi; her şeyi unutmak, uzaklaşmak, ruhuma azap veren korkuyu dindirmek için tek şeydi seks. O günden sonra birçok kez buluştuk. Fazla konuşmuyorduk ve aramızda herhangi bir merasime de gerek olmuyordu. Geceleri endişelerimi gidermek üzere onu arıyordum fakat yaptığımız seks, bir hapşırık kadar anlamsız orgazmlarla yıpranıp tükeniyordu. Dreamer bütün sahnelere bakmamı istediğinden, orada durmamı, o sahnelerden birini seyretmemi ve o iğrençliğin acısını tamamıyla tatmamı istemişti.

Luisa, bizden biraz ötede, bahçenin diğer tarafındaki evde yatıyordu. O adam ben olamazdım. İğrençlik katlanılmaz düzeye çıkmıştı. Kendimi kurtarmak uğruna her türlü rezilliği yapabileceğimin farkına vardığımda fenalaştım. Geçmişimdeki açık yaralar zalimce de olsa bu yolla kendilerini iyileştiriyordu.

Judith seksi özenle, gayretle ve ciddiyetle yerine getirilmesi gereken bir görev sayıyordu ama varlığımdan tek bir atomun bile yaşantısına takılmasına asla izin vermiyordu. Hayatı benim hayatımdan etkilenmeden geçiyordu ilişkimiz onun yaşamından.

Ona tam anlamıyla sahip olamamak rahatsız ediciydi, bu bağımsızlığı yüzünden kendimi güvensiz hissediyordum. Judith'in yalnızca kendisi için yaşadığı sonucuna varmıştım. Kitaplara ve müziğe olan düşkünlüğünün yalnızca bencilliğinin bir kalkanı olduğundan emindim. Böylece, bu yargıyla onu etiketleyerek, camdan bir sümenin altına koyup anılarımın arasına yollamıştım. Ancak ve ancak şimdi Dreamer'ın gözleriyle baktığımda Judith'in benim için neyi temsil ettiğini anlamıştım. Onun içine kapanık doğasında her türlü ikiyüzlülükten arınmış içten bir kadının saf sevgisini ve bir bilgenin kendine özgü kayıtsız tavrını ancak şimdi görebiliyordum.

Judith benden daha iyiydi. Hayatın haşin dalgalarının arasından güçlükle kendini kıyıya atmış benim gibi bir zavallıyı alıp kabul etmişti.

Onsuz ne yapardım düşünemiyorum bile. Kim olduğumu kesinlikle görmüştü! Anlamsız yaşamımın dehşete dönüştüğünün farkındaydı. Benim ölüm taşıdığımın farkındaydı! Beni yaşantısının dışında tutmak onun kurtuluşu olmuştu. Onu nasıl böylesine insafsızca yargılayabilmiştim?

Judith artık anılarımın tavan arasında karanlık bir köşeyi kaplamıyor, bilakis parlıyordu. Onun müziği yaşamdı. Yine de eksik olan bir şeyler vardı. Judith neden karşıma çıkmıştı? Neden Judith gibi birisi tam da ihtiyacım olduğu bir sırada, cehennemden farksız hayatıma girivermişti?

Dreamer'a döndüm. Bacaklarımın kesildiğini hissediyordum. Saçma bir fikir, bir parça delilik gerçekçiliğimdeki bir çatlaktan içeri sızıyordu. Bir şeyin yavaşça ve karşı durulmaz şekilde içeriye doğru işlediğini hissedebiliyordum. Bütün gücümü yerle bir etmeden onu durdurmalıydım. Bu olanaksızdı!... Judith... Dreamer'ın bana bir armağanıydı! Judith... Dreamer'dı!... Acaba beni kurtarmak için kaç kez yaşantıma girmişti? Nasıl bu kadar kör olabilirdim? Böylesine bir mükemmelliğe karşı nasıl kayıtsız kalabilmiştim? Düşüncelerim dipsiz karanlığın kıyısında fırıl fırıl döndü ve içine düştü. *"Her birimize muazzam bir kurtuluş payı verilmiştir."* Dreamer bu sözlerle beni kurtarmaya gelmişti. Ses tonu şaşırtıcı biçimde yumuşaktı. *"Ancak ne var ki, bitmeyen ihmalkarlığımız, hayatın uyarılarını, işaretlerini, trafik ışıklarını görmezden gelen sorumsuz davranışlarımız, kırılgan ve her türlü tehlikeye maruz olduğumuza olan inancımız sebebiyle bu imkanı hızlıca tüketir, boşa harcarız."* Dreamer'ın sesi yine çekilmez kararlılığına geri döndü ve sözleri beni ürpertti. *"Yaşam çok güçlü ve beden bozulamazdır. Ölmek için ancak olanaksızı olanaklı kılabilmemiz gerekir."*

Sanki bir başkasından söz ediyormuşçasına, eskiden olduğum adamı kastederek, *"Onu bağışla! Onu bağışlaman geçmişini iyileştirecek ve yerini bugünün ışığı ile değiştirecek,"* dedi.

İçimde bir şeyler yerinden oynayıp dağılmıştı. Bir çocuk gibi ağladım. Suçluluk duygusu, pişmanlıklar, suçlama ve suçlanma gibi acılardan, düşüncelerden ve hoş olmayan duygulardan oluşan bir lav akıntısı yüzeye çıkmıştı.

Kadınlar ve erkekler... hiçbiri senden farklı değil. Olumsuz hislerin yönlendirmesiyle evrende yüzen parçacıklar gibi... Suçlamak, şikayet etmek ve bağımlı olmak... hepsinin yaşam öyküsü aynı... her şeye yükledikleri yegane anlam bu kadar! Kedere batmış bir halde, ölümü ölümle unutmaya çalışıyorlar.

13 Teşekkürler Luisa!

Geçmişe yolculuk yeniden başladı. Yavaşça sahne değişti ve Dreamer beni geriye, Venezian Caddesi'ndeki hastanede yatan Luisa'yı ziyaret etmek üzere Floransa'dan Milano'ya sık sık yaptığım yolculuklara götürdü. Ben de derhal o zamanlar içine düştüğüm aynı zihinsel kafese ve ruhsal duruma geri döndüm. Her yolculuğa çıkışımda giderek daha şiddetlenen aynı sancıyla kıvranmaktaydım. Kocası olarak onun yanında olmanın bana yüklediği sorumluluk ile ıstırap çeken insanlarla dolu ortamlara girmek fikrinin verdiği iğrenme arasında sıkışmış olmaktan acı çekiyordum.

Koğuşların arasından geçerken ya da koridorlarda karşılaştığım diğer hastaların durumlarını, bir kitabın solmuş yapraklarını çeviriyormuşçasına yüzlerinden kolayca okuyabiliyordum. Büyük bir kederle, onların öykülerinin satır aralarına giriyor, yüz ifadelerindeki sözcükleri okuyor ve ıstıraplarının mürekkebini içimde hissediyordum. Bir gün onlarla aynı kaderi bedenimle paylaşacağımı düşünmekten kendimi alıkoyamıyordum. Sonra, her şeyi unutmak ve onları arkamda bırakarak oradan kaçıp gitmek için dayanılmaz bir istek duyuyordum.

Yaşam dediğim şey dışarıda beni bekliyordu: her gün anlamsız bir koşuşturmanın içinde kaybolup giden insanlar, trafik gürültüsünün yanında boş kahkaha sesleri ve işte tüm bunlar bana göre, insana güven veren yaşam belirtileriydi. Bir sığınak gibi oraya, kalabalığın arasına koşuyordum. Üzgün koca rolündeki kutsal görevi alelacele tamamladıktan sonra, bu kez de endişeli koca maskesiyle doktoruna durumu hakkında sorular soruyor, suçluluk duygumu biraz olsun hafifletiyordum; sonunda da bir bahane bularak derhal oradan uzaklaşmanın yollarını arıyordum, üstelik arkama bile bakmadan, kaçar gibi.

Hüznünü hafifletmeye çalışan bir derbeder gibi kendimi şehrin kalabalık sokaklarına atar, trafik keşmekeşinin orta yerinde başıboş dolaşır dururdum.O anda şehrin renkleri ve ışıkları beni hızla kendine çekerdi; boyalı bakımlı kadınların kahkahaları ve dükkanların göz alıcı vitrinleri başımı döndürürdü.

Tüm bunlar dünyanın, mutlu insanların yaşadığı son derece sorunsuz ve güvenli bir yer olduğu kanısını içimde güçlendirirdi. Kendimi bu hayali gerçeğin kollarına bırakırdım. Kendi salyasında soluyan yılanbalığı gibi, ben de bu ruhsal hava kabarcığının içinde solumaya çalışırdım. Bu sarhoşluk halimi sadece olur olmadık zamanlarda, beklenmedik bir anda aklıma düşüveren Luisa bozardı. Endişeler, korkular ve suçluluk duygusu, bir sinemada, bir sanat sergisinde veya bir kafedeyken peşimi bırakmayan öç tanrıçaları Furies'ler gibi beni her yerde bulurdu. İşte o zaman yaşamın pamuk ipliğine bağlı olduğu gerçeği altında ezilir, güvenilmezliğinden kaynaklanan güçsüzlük ve huzursuzluk bir korku dalgası gibi beni alabora ederdi.

Dreamer ile birlikte Luisa'nın hasta yatağına yaklaştım. Gözleri kapalıydı. Tek başınaydı. Dreamer benim işte olduğum veya sokaklarda dolaşıp kendimden kaçtığım bir günü seçmişti. Luisa'nın zorlukla kesik kesik soluk alışı, üstündeki çarşafı bir insanın yapamayacağı, inanılamayacak kadar yüksek bir tempoda havalandırıyordu. Yüreğime bir bıçak saplandı. Bunun ne anlama geldiğini biliyordum; yaşamı sönmek üzereydi. Ona yaklaşmam için Dreamer bir işaretiyle beni yüreklendirdi.

Bir sandalyeyi dikkatle yatağın başucundaki metal komodinin yanına çektim ve uzunca bir süre hiç konuşmadan onu öylece seyre daldım. Terden düğüm düğüm olmuş saçları, alnını ve örtünün açıkta bıraktığı yüzünü kısmen kaplamıştı. Olaylar ve anılarla dolu evlilik günlerimiz, aylarımız gözümün önünden bir bir akıp geçti. İlk apartman dairemiz... İşten döndüğümde ona anlattığım öyküler ve ilk başarı haberlerimi dinlediğinde gözlerinin gururla parlayışı. Giorgia'nın doğumu. Geceleri onun bir türlü dindiremediğimiz bitmez tükenmez ağlamaları. Luca'nın doğumu. Ardından da bu hastalık.

İkimizin de henüz yeterince olgun olmaması kısa zamanda anlaşmazlıklara, kıskançlıklara, kavgalara, pişmanlıklara ve karşılıklı suçlamalara yol açmıştı. Aslında her ikimiz de, birbirine tutunmuş, kendilerini birlikte bir bütün olabileceklerine ve birbirlerini tamamlayabilecekleri düşüncesine inandırmış iki güçsüz kişiydik. Daha kendi içlerinde tamamlanmamış iki insanın birleşmesinin sonucu noksanlığın karesi demektir. Bu düşünceler ve diğerleri dudaklarımdan Luisa'nın kulağına fısıldadığım sözcükler halinde döküldü. Ona yaşamdan, güzellikten ve mutluluktan söz ettim. Beni işitip işitmediği önemli değildi. Göğsüme keskin bir acı yerleşti. Gözlerimden dökülmeyen yaşlar boğazımda düğümlendi. Yine de sevinçliydim. Aşık olduğumu hissettim, şimdiye dek hiç olmadığı kadar büyük bir tutkuyla...

O güne kadar kendi işlerime ve binlerce asılsız uğraşlara ipnotize olmuş bir şekilde öylesine kaptırmıştım ki, Luisa ile birlikte geçirdiğim zamanı tam bir cefa olarak görüyordum. Geçmişi ve geleceği olmayan bekleyiş, hiçbir şey olmadan geçen zaman, hareketsizlik, sessizlik ve sakinlik o dünyada yüce hakimiyetini kurmuş beni yenik düşürmüştü. Bu görüntü dayanılmazdı. Karşı koyamayacağım tek bir arzu hissettim: damarlarımdaki kanı donduran bir gerçeğin rahatsızlık vermesinden kendimi korumak üzere kaçıp gitmek.

Arkamda duran Dreamer, *"Ölmekte olan bu kadın senin geçmişin,"* dedi. Sözcüklerinin gücü ve bu sözleri söyleyişindeki yumuşaklık, içimde bana dokunan bir canlanmayla beni özgür bıraktı. Aylardır Luisa'nın etrafında hissettiğim bu ölüm duygusu benim dışımda değildi. Bu benim ölümümdü. En başından beri içimde taşıdığım ölüm. Luisa bunu görmemi, hissetmemi ve buna dokunmamı sağlamıştı. Bu yüce anda, bana ölümü yenme şansını da veriyordu. Ben ise, karşılığında onu her türlü suçlama ve kötülükle kirletmiştim. Dreamer bir baba gibi, *"Ondan seni bağışlamasını iste!"* dedi. *"Onun yaşantısı çok özeldi... sana içindeki ölümü, yaşamına yön veren kendini acındırma, suçluluk duygusu ve yıkıcılığı tanımanı sağladı."*

Terden sırılsıklam olan alnını ve saçlarını kurulayarak, "Teşekkürler Luisa!" diye fısıldadım. Nasıl budalaca bir bilgi eksikliği... bilmiyordum. Bu bizim yeniden dirilişimiz… Artık ebediyen değişeceğim ve çocuklarımız da benimle birlikte değişecekler!"

Saatler geçmesine rağmen hiç yorgun değildim. Burada onun yanında olmanın dışında şu anda dünyada olmayı isteyebileceğim başka bir yer daha yoktu. Bu hastaneye onu ve diğerlerini görmek için uzunca bir süre gelmiş olduğumu düşündüm, aralarındaki tek sağlıklı kişinin ben olduğuma ikna olmuş bir şekilde kendimi onlardan ayrı tutmuştum. Burada haftalarca, Luisa gibi, vermek zorunda oldukları şeyi anlamadan, bir parça hayata tutunan o insanların yanında yaşamıştım.

Bütün bu insanların benim dışımda olmayıp yaşamın hastalıklı bir görüntüsünün sinema perdesine yansıması gibi hastalığımın, bölünmüşlüğümün, sorumsuzluğumun yansıyan kareleri olduğunun bilincine varmak, benim için o zamanlar imkansızdı. O dünya, benim içimde taşıdığım ölümü açığa çıkarıyordu. Onu içinde tutmak, sorumluluğunu almak daha henüz başlamamış olan bir sürecin, Dreamer'ın "kendini özünde bağışlamak" olarak nitelediği şeyin bir parçasıydı.

Kendini gözlemleme, kendini iyileştirmedir.
Self-observation is self-healing.

Bütün bunları gözlemlemek, bu dünyadaki en küçük ayrıntıdan bile ne kadarının benim olduğunun farkına varmak ve bundan şükran duymak, sağlığıma yeniden kavuşmamın ilk belirtilerini müjdeliyordu.

Geceydi. Hastanenin koridorları sessizdi. Luisa'nın yanı başında ne kadardır durduğumu bilmiyordum. Tüketmem gereken her şeyi tüketmiştim; sözcükler, anılar, gözyaşları... Hala yapacak bir şey vardı! Örtüyü çekerek üstünü açtım. Geceliğinin altından vücudundaki büyük şişlikleri gördüm. Özellikle de karnı, doğurmaya hazır bir hamileninki kadar büyüktü. Güzel kokulu ıslak bir mendille göğsünü ve bacaklarını sildim. Gözüm bir kuş yuvası gibi derin ve oyuk bir yaraya takıldı. Asla hiçbir zaman hayal edemeyeceğim derecedeki açıklık, kararlılık, ve soğukkanlı profesyonellik ellerimi gerektiği şekilde yönlendiriyordu yarasını temizlerken. Yarasındaki ölü dokuları temizleyip sıyırıp atarken, aynı zamanda yılların yanlış anlamalarını, kabuk tutmuş kabalıklarını ve ihanetlerini de kaldırıp atıyordum. Yarayı dezenfekte ettim, üzerine biraz gazlı bez koyup bantla sardım. Örtüyü tekrar çenesine kadar çektim ve onu öptüm.

Geçmişin kutsanması ve iyileştirilmesi gerekir. Her katmanına gir! Her köşesini aydınlat! Yeni bir anlayışla onu dönüştür!

Endişelere, şüphelere ve korkulara kapılmayı bıraktığında geçmişin iyileşecektir. 'Kendini özünde bağışlamanın' gerçek anlamı budur.

Bir kapak açılmışçasına ayaklarımın altındaki zeminin kaydığını hissettiğimde, Dreamer'ın bu sözleri hala havada çınlamaktaydı. Sırtüstü düştüm ve görünmez bir kaydırakta, bir renkler uçurumu beni yutana dek baş döndüren bir hızla aşağı kaydım.

Gözlerimi açtığımda, Marakeş'teki otel odasındaydım. Aynı gün New York'a dönüş yolculuğumu ayarladım. Olağanüstü bir duygu, Café de la France'da buluşmamızdan ıstırap dolu geçmişimde Luisa'yla geçirdiğim geceye dek onunla yaşanmış her anın hatırası hala benimle birlikteydi.

Bavullarım alınmıştı, dışarıda beni havaalanına götürmek üzere bir araba bekliyordu ama ben oyalanmayı sürdürüyordum. Onun varlığını henüz solumaktayken buraları terk edip etmemeye karar veremiyordum.

Beni geçmişime götürmüş ve bir sürü gereksiz yükümden kurtulmama yardım etmiş olduğu için Dreamer'a bir şükran düşüncesi yolladım. Geçmişimden geriye artık Oluş'uma takılmış yalnızca birkaç parça kalmıştı. Özellikle bir parça vardı ki bir tek onu iki elimle kavramış, sıkıca tutuyordum. Ne kadar acı veriyor olsa da onu tutmayı sürdürüyor ve bırakmak istemiyordum; bu, Luisa'ya son bakışım, hayatın sınırlarında geçmişle gelecek arasında birbirimize verdiğimiz aşkın son öpücüğüydü.

Bölüm II

Lupelius

1 Okul ile karşılaşma

Kuşluk vaktiydi. Antikacı dükkanlarının sıralandığı gösterişli bir sokakta yürüyordum. Arkamda hissettiğim yakıcı güneş, bir anlık bakışla yakaladığım meydana doğru beni itekliyordu. Bir randevuya yetişecekmişim gibi sağlam adımlarla ilerlediğimi fark ettim. Ancak nerede ve kiminle buluşacağımı bilmiyordum. Yürümekte olduğum kaldırım, masalarıyla sokağa açılan tipik bir İtalyan kafenin önünde son buldu ve burası benim uzaktan tahmin ettiğimden de büyük ve belki de o ana dek gördüğüm en güzel meydanlardan biriydi.

Dreamer dışarıdaki masalardan birinde oturuyordu. Etrafı, önerilerini saygıyla dinleyen küçük bir garson ordusuyla çevriliydi. Ben geldiğim sırada ikinci bir masayı yaklaştırarak iki büyük tepside getirdikleri onca yiyecek için masada bir düzenleme yapmaya çalışıyorlardı. Dreamer'ın her zamanki zengin görüntüsü uzaktan da olsa göze çarpıyordu. Her ayrıntıda mükemmellik arıyor ve bolluktan hoşlanıyordu, bununla birlikte tüm tavırları bir Makedon savaşçısının sadeliğini yansıtıyordu. Beslenme düzeni ise ölçülü olma sınırlarının hayli altındaydı.

Beni yeniden görmekten mutlu olmuş gibiydi. Başının tek bir hareketiyle beni hem selamlamış, hem de kendisine eşlik etmek üzere masasına davet etmişti.

O andan sonra Dreamer bütün dikkatini üstünde çeşitli küçük kekler, kurabiyeler ve değişik tatlıların özenle yerleştirildiği masaya yöneltti. Marakeş'teki buluşmamızdan bu yana kendisini ilk görüşümdü. Bu anın gelmesini sabırsızlıkla beklemiştim. Şimdi karşısındaydım ve aklım binlerce soruyla doluydu. Bazıları dünya tarihi boyunca, yüzyıllarca yankılanmış, yükselmiş ve hala yanıtsız kalmış sorulardı. Nesiller boyu tüm dinler, bilgelik okulları ve peygamberliğe dayalı gelenekler, bilim adamları, araştırmacılar, filozoflar ve ermişler bir sonuca ulaşmak için boşu boşuna çabalamışlardı.

Bu binlerce yıllık arayışın son halkası olan modern çağ insanını düşündüm; tıpkı Sfenks'in önündeki Oidipus gibi kendi varoluşunun gizemi karşısında hala öylece çıplak bir halde durmaktaydı.

Bize çay servisi yaptılar. Dreamer bu süre içinde her ayrıntıyı titizlikle izledi, garsonların hizmet edişlerini yalnızca kendisinin bildiği bir ritüel gibi adım adım yönetti. Yiyeceklere neredeyse hiç dokunmadı. Sanki besinini kendi dikkatinden, izlenimlerinden ve yapılan her bir ufak hareketin uyumu ve ritminden alıyor gibiydi.

Çaylar içildikten sonra çok uzun bir suskunluk oldu. Söze girmesini sabırla bekledim. Bu arada not defterimi açmış, kalemimi elimde tutuyordum. Sesi yankılandığında tonlaması can alıcıydı. *"Benim yanımda, kaderinin değişmez sandığın güzergahını değiştireceksin,"* dedi. *"Benim yanımda alışkanlıkların ve suçluluk duygusunun sende yarattığı o mekanik döngüyü kırıp atacaksın... varlığının ölümlü olduğuna seni inandıran yalanı terk edeceksin.*

Değişmek için, seni programlayan düzenle mücadele etmen gerekecek! Tüm bakış açılarını altüst edeceksin. Ancak bu şekilde ve uzun bir çalışmayla kaderini değiştirebilirsin. Hiç kimse tek başına bunun üstesinden gelemez. Bunun için bir okul gerekiyor."

'Okul' sözcüğünü söyleyişindeki vurgu ve sözcüğe yüklediği anlam, bana bu sözcüğün bilinenden hayli farklı bir anlam taşıdığını düşündürdü. Sanki bu sözcüğü ilk kez duyuyormuş gibiydim. Bu sözcükte, önceden asla tanımadığım bir gücü ve uzun zaman önce yerine getirilmemiş bir vaadin buruk tadını hissettim. Bir ürpertiyle tepeden tırnağa varlığımı etkisi altına alan bu düşünce, bir soruya dönüşerek dudaklarımdan döküldü. "Okul nedir?" diye sordum. Sesim titriyordu ve bu anlatılmaz heyecanıma kendim de şaşırmıştım.

Dreamer, *"'Okul', bir geri dönüş yolculuğudur,"* dedi. Koyu renkteki gözleri gizli bir sevinçle parlıyordu.

Okul, çokluktan Bütünlüğe, çatışmadan uyuma,
kölelikten özgürlüğe doğru bir kuantum sıçrayışıdır.
The School is the quantum leap from multitude to Integrity,
from conflict to harmony, from slavery to freedom.

Okulu bulmak; 'düş'e çelik bir halatla bağlanmak, sorumluluğun daha yüksek bilinç gerektiren bölgelerine girebilmek demektir. Ancak az sayıdaki insanın çok az bir kısmı böylesi bir buluşmayı göğüsleyebilir.

Sözleri ve bakışı bende güçlü bir teslimiyet etkisi yarattı. İçimde, nasıl işlediğinden habersiz olduğum ezbere dönen dişli çarklardan birinin kırıldığını hissettim. O anda yüreğime bir bıçak gibi saplanan vicdan azabıyla, yıllar yılı 'yuvadan uzak' yaşamış olmanın düzene ne denli aykırı bir davranış olduğunu anladım ve yine yıllar yılı umutsuzca aradığım bir kişi ya da bir şey karşısında kendimi bulmuş olmanın harikuladeliğini yaşadım.

Ancak çok az sayıdaki kişinin başına gelebilecek böylesi bir olayın olağanüstü niteliğini duyumsayarak derin bir saygıyla ve fısıltıyla "Okul'u nasıl bulacağız?" diye sordum.

Dreamer, *"Merak etme! Okul seni bulacaktır,"* diye yanıtladı. Bakışlarımdan bu kısacık yanıtın pek de açık olmadığını fark ederek, *"Bir kişi yaşantısında içinden çıkamayacağı kadar hayal kırıklığına uğradığında... kendi eksikliğini ve güçsüzlüğünü fark ettiğinde, hayat onu bir mengenede soluğu kesilinceye kadar sıktığında, Okul, ancak o zaman ortaya çıkacaktır,"* dedi.

2 Dünya bir efsanedir

Bu bilinmeyen şehirde bir kafede oturmuş sayfalarca not tutarken onu dikkatle dinliyordum. O eşsiz villada başlayan ve Marakeş'te devam eden çıraklık sürecimin, bir resmin hiç kesilmeyen hatları gibi gizemli bir eğitim yolu izlediğini sanıyordum.

Dreamer, *"'Okul'la karşılaşmak, bir insanın hayatında başına gelebilecek en mucizevi olaydır. Senin görmekte olduğun ve çevreni saran her şeyin aslında dünya değil yalnızca bir tasvir olduğunu anlamak ve telkin yoluyla içine düştüğün kitlesel uykudan uyanmak için tek fırsattır,"* dedi.

"İyi ama ben seni dinliyorum, bu masaya dokunuyorum ve yoldan geçen insanları görüyorum. Bu insanların her birinin bir yaşamı, bir işi, bir ailesi olduğunu biliyorum...

Bütün bunlar nasıl bir tasvir ya da sadece benim yarattığım bir vizyon olabilir?"

Dreamer, *"Retina üzerine düşen görüntüler dünya değildir, dünyanın hikayesidir. Sana defalarca tekrar tekrar anlatılan bir hikaye: Bir efsane."* diye kısa ve öz olarak yanıtladı.

"Dünya, sadece sana anlatılandır."

Bu sözlerini dinlerken uğradığım şaşkınlık, ardından fısıltı halinde gelen, *"Çevrende var olan şeylerin tümünün asıl yaratıcısı sensin! Ne var ki sen bunu unuttun,"* sözlerini duyduğumda yerini çok daha büyük bir şaşkınlığa bıraktı.

"Unuttuğum nedir?" diye sordum. Sesimdeki karşı çıkış havası aramızda giderek artan mesafeyi işaret ediyordu.

"Sen her şeyin nedenisin ve her şey sensin. Bir gün iyileştiğinde, dünyanın kaynağının sen olduğunu bileceksin. O, var olabilmek için sana gereksinim duyuyor... Onu yaratanın, keşfedenin sen olduğunu unuttun ve kendi yarattığın şeyin gölgesi oldun." Ses tonu bende tomurcuklanmaya yüz tutan her farklı görüşü kökünden söküp attı ve beni bir okul çocuğu gibi yeniden hizaya soktu.

Dünya özneldir, kişiseldir!... Oluş'umuzun aynadaki yansımasıdır... Görüntü ve gerçeklik aynı şeydir, özdeştir; yalnızca 'zaman' onları birbirinden ayırır.

Onun bu görüşünü kabul ettiğime dair 'evet' demek istiyordum ancak içimden bir ses buna itiraz ediyordu. Mantık tarafım bocalıyor ama teslim olmuyordu. Nasıl olur da aynı nesnenin, manzaranın, olayın veya kişinin karşısında olup yine de farklı algılara sahip olunabilirdi ki?

Ezberime yerleşmiş olan görüşleri desteklercesine, "Fakat nesnel bir gerçeklik elbette var!" diye ileri sürdüm. "Ne de olsa sonuçta hiçbir şey kendi olduğundan başka bir şey olamaz..." Hala 'kendi' inançlarımı savunmaya çalışıyordum; ama ne denli kök salmış olursa olsunlar, ayakta kalamayacaklarını biliyordum. Dreamer'ın vizyonu karşısında yıkılmaya mahkûmdular. Her zaman olduğu gibi bu kez de, yine öngörülemeyecek kadar şaşırtıcı bir şey onunla birlikteyken apaçık kavranır hale gelecek, zamanını ve nasıl olacağını bilmememe rağmen kaçınılmaz olarak gerçekleşecekti. Bu değişimi çok istedim ve bekledim, nihayet geldiğinde daha net, daha özgür ve çok daha bilgili bir dünya vizyonuna yer açabilmek için Oluş'umun duvarlarının daha da genişlediğini hissediyordum. Hala kafamın karışık olduğunu görünce, dünyanın genel geçer betimlemesine bir can alıcı darbe daha indirerek,

"Biz ancak ne olduğumuzu görebiliriz!" diye ekledi. Ardından, kendisine özgü nüktedanlığını bir parça alaycılıkla birleştirerek,

"Bir azizle de karşılaşsa, hırsızın gözü daima onun cebinde olacaktır," dedi.

Bu nüktesi benim için çok aydınlatıcı olmuştu. Aklım bir süre daha bu komik ve öğretici görüşe takılı kaldığında, Dreamer irdelediği konuya çoktan dönmüş, ne denli önemsiz olursa olsun konudan böylesine sapmış olmamın kendisini engellediğini –buluşmamızın amacının çok dışına çıktığımızı– söylemek ister gibi bakıyordu bana..

Sıradan zihinlerin derinlere kök salmış vizyonundan uzaklaşmak ancak Okul ile karşılaşmakla mümkün olacaktır...

Aldatmacı tasvirlerinin arkasındaki dünyayı bir gün 'görebilmek' de ancak 'Okul çalışması' ile mümkün olacaktır.

Uyum içindeki bir görüşe, bir bütünleşme haline, bir gün ancak 'kendi üzerinde çalışan kişi' erişebilecektir. Ve dünyayı yine uyum ve bütünlük içindeki bu görüş iyileştirecektir.

3 Altüst etmeyi öğrenmek için bir Okul

Dreamer bana, üstün nitelikli kişilere özel eğitim veren okulların her çağda ve her toplumda daima var olduğunu açıkladı. Bu okulları farklı kıldığı sanılan felsefi ve kültürel ayrılıklarının ötesinde, bu 'okullar' aslında tek bir Okul'du. Bunları tekdüze bir sesle anlatırken düşünceleri tüm çağların ve kültürlerin üstünden geçmekteydi.

Bu okulu 'Oluş Okulu' olarak adlandırdı...Düşleyenlerin şekillendirildiği, vizyon sahibi aydınlık ütopyacıların her zaman niyetlerini arındırmış oldukları evrensel bir atölye..

Dreamer ayrıca bunun bir *"Dönüşüm Okulu"* olduğunu söyleyerek ona yeni bir tanım daha getirdi ve sonra sustu.

Çaydan yükselen nefis kokulu buğuyu derin derin içine çektikten sonra, alçak bir sesle, *"Kişinin başkalarını yönetmeden önce kendisini yönetmeyi öğreneceği bir okul... Tanrılar Okulu..."* Dövüşen bir savaşçının attığı naraya dönüşen sesi, tüylerimin diken diken olmasına neden oldu. *"Bir altüst etme okulu,"* dedi.

Fikirlerin, inanışların ve en önemlisi, ölümün kaçınılmaz olduğu düşüncesinin altüst edileceği yer. Ölüm; gerçeğe, uyuma, güzelliğe karşı en son dirençtir. Ölüm, gerçek olmaya yetersiz olan ne varsa yıkıp döker. Eğer vücudumuzun her bir hücresinde biz gerçeksek, o halde asla ölmeyeceğiz.

İnsanlığı, aralarında sonsuzluk kadar uzaklık bulunan iki ayrı türe ayıran Homeros'un zamanından da önceki klasik çağ düşünce geleneğini anımsadım: Kahramanlar, düşleyen bir insan soyunun örnek şampiyonları, yani olanaksız olanı gerçekleştiren bireyler ile niyeti ve düş'ü olmayan silik ve tanınmayan bir çoğunluk. Antikçağ düşüncesine hakim olan Sonsuzluk Yasası'nın rehberliğinde yaşam sürenler büyük bir bireysel maceradan geçerken, anlamsız ve sıradan bir yaşama boyun eğen diğerleri ise rastlantısallık ve kader yasası ile çizilmiş bir akıbetin peşi sıra ilerliyorlardı.

Çok eski çağlardan bize ulaşmış en önemli efsanelerde 'Okul'la karşılaşmış kişilerin başarı öykülerinin anlatıldığı fikri beni oldukça etkiledi. Gezgin ozanlar tarafından dilden dile aktarılarak günümüze taşınmış olan bu destanlarda onların başarıları, canavarlarla ve dev yaratıklarla mücadeleleri aslında kişinin kendi yaşamının ve Oluş'unun en karanlık, en gizli kıvrımlarının içine yaptığı yolculuğun yani 'içsel yolculuğunun' en kayda değer evrelerinin anlatıldığı öykülerdir. Dreamer'ın bana anlattığına göre, yaşamın en saklı alanlarında, yani olumsuz duyguların köpürdüğü ve yıkıcı fikirlerin suçluluk duygusuyla çağıldadığı unutturucu Lethe ırmağında bu canavarların, bayağılığın, ölümün ve her bir yenilgimizin kaynağını buluruz.

En önemlisi, derimizin altına yerleşmiş olan düşmanı ele geçirmemizdir. Kazıyı bitirir bitirmez onu yine orada bulacaksın, hatta daha göz boyayan, bu kez daha güçlü, daha dik başlı bir halde olacaktır. Antagonist seninle büyüyor! Binlerce değil, tek bir düşman vardır, tıpkı tek bir zaferin olması gibi... bu zafer elbette kendine karşı olandır.

"'Dönüş yolculuğu' kişinin kendi geçmişini iyileştirmesi için çok büyük bir fırsattır," dedi ve bakışlarını meydanda, ikiz kiliselerde, asillerin saraylarında ve antik dikilitaşın çevresindeki heykellerde gezdirdi; etrafında toplanan insan kalabalığını seyretti.

En akılda kalıcı özdeyişlerden birini kurgulayarak, *"Dünya geçmiştir,"* dedi.

Her kimle ve her neyle karşılaşırsan karşılaş, o hep geçmiştir. Şimdi gözünün önünde bile olsa gördüğün ve dokunduğun her ne varsa, durumların elle tutulur, gözle görülür halidir.

Past is dust. Geçmiş tozdur. Şimdi şu anda gördüğün ve dokunduğun dünya, sen olan her şeyin maddeye dönüşmüş halidir. Düşüncelerinin daha önceden onaylamadığı hiçbir şey yaşamında karşına çıkamaz.

Dünya tozdur. Bir üfleme ile yok edersin.

Dreamer kalkmak istermişçesine sandalyesini bir parça oynattı.

Bu hareketiyle yeni düşüncelerine ayak uydurma çabalarımı birdenbire kesmiş oldu. Mideme oturmuş bir yumru vardı. O yerinde duramayan, durduğu yerde çağlayan taze şarabı eski inançlarımın tulumuna boşaltmak istiyordum. Bu engin okyanusu, onun her bir darbesiyle kırılıp paramparça olan mantık sınırlarımın içinde tutmayı istiyordum. Dreamer'ın öğretisinin varlığımın sürekli daha derinlerine işleyerek eski dengelerimin daha tehlikeli, öldürücü hale geldiğinin kanıtlarını görmezlikten gelerek boş ve anlık zihin yormalarımın içinde yitip gidiyordum. Bu arada Dreamer ayağa kalkmıştı. Yaptığı bir işaretle, sessizce kendisini izlemem için davet etti. Sözlerinin havayı titrettiği o huzur dolu yerden ayrılmak istemiyordum. Bilginin içinde saklı tutulduğu eski bir tapınağı, taştan kutsal bir mezarı terk ediyor gibiydim. Bu buluşmamızın her ayrıntısı hücrelerimde kazılı olarak kalacaktı: kafenin yiyeceklerle donatılmış masaları, garsonların hareketleri ve hatta fırından taze çıkmış *sfogliatine*.

Birlikte meydanı geçtik ve onun bir kiliseden içeri giren adımlarını izledim. Ana salonu baştan sona geçtik, sunakla yan holün arasından da geçerek küçük bir şapele girdik. Gözlerim loş ışıkta karşılıklı duran iki büyük yağlıboya tablosunu zorlukla seçebilmişti. İçeri şöyle bir baktım, bulunduğumuz yerden kilise tamamen boş görünüyordu. Dreamer, ışıkmetreye bozuk para atmamı söyledi. Güçlü bir ışık demeti yağlıboya tablolarının üstüne düştü.

Tablolara şapelin tam orta yerinden, her iki tabloya eşit uzaklıktan bakmamı söyledi. Dediğini yaptım ve bu iki başyapıtı dikkatle inceledim. Soldaki, Aziz Pietro'nun baş aşağı çarmıha gerilişini, diğeri ise Aziz Paolo'nun Şam yollarına düştüğü zamanı gösteriyordu.

"Bu tablolar rastlantı sonucu birbiriyle karşı karşıya durmuyorlar," dedi. *"Birbirlerine tek bir mesajla, ayrılmaz bir biçimde bağlanıyorlar."*

Dreamer sustu ve bir süre ikimiz de sessiz kaldık. Bu suskunluğu, bu simgesel sır üzerinde düşünmeye ve onu çözmeye çalışmaya çaba göstermem için bir davet olarak yorumladım. Epeyce bir zaman geçmesine rağmen tüm çabalarım sonuçsuz kalmıştı ki, Dreamer beni çıkmazdan kurtararak bu iki tablonun, 'altüst etme' düşüncesini yansıtan en güçlü ikonografik resimler olduklarını açıkladı. *"Bu iki şaheser, büyük bir sorumluluk Okulu'nun engin düşüncesinin nefesini yayıyor,"* dedi. *"Ancak böyle bir Okul binlerce yıllık önyargılar ve inanışlarla mücadele ederek eskiçağ insanına ait zihinsel paradigmaları alaşağı edebilir, onun kavgacı yanını tamamen iyileştirebilir ve içinde taşıdığı ıstıraplarından onu sonsuza dek özgürleştirebilir."*

Görüntü ve gerçeklik tektir ve birbirine özdeştir.
Vision and reality are one and the same thing.

"Dünya senin yansımandır. İnanışlarını altüst et, o zaman dünya bir gölge gibi senin peşinden gelecektir. Gerçeklik yeni bir görüntünün biçimini alacaktır."

Işıkmetre süresini doldurdu, ışıklar söndü ve tablolar kınına sokulan iki kılıç gibi karanlığa gömüldü. Mum kokulu loş ışıkta, Dreamer'ın anlattığı bin yılı aşkın zamandır sessiz kalmış Okul'un olağanüstü öyküsünü dinledim. Sözleri yerini uzun süren bir sessizliğe bıraktı ve ardından gizemli bir havada, artık Okul'un sesini dinleme zamanının geldiğini söyledi. Ağzım açık kalmıştı. Yüzyıllar sonra, üstlendiği görevi açıklamak üzere ortaya çıkmış bin yıldır nefes alan bir okulun varlığını düşününce yıldırım çarpmışa dönmüştüm. İşte o sırada Dreamer bana efsanevi bir savaşçı-keşişten ve kaybolmuş çok değerli bir elyazmasından söz etti. *"Gerçeği kitaplarda bulacağına inanan sen ve senin gibiler için bu eski Okul'un izlerini araştırmak yararlı olacaktır,"* dedi. Sonra sesi buyurgan bir havaya büründü.

"Bu elyazmasını bul!" dedi.

Ses tonunun sertliği ve kesin emreder vurgusu bir tarafa, bana vermekte olduğu görevin önemini iliklerimde hissettim. Bundan dolayı ona minnettardım. Yemin kadar ciddi, kocaman bir 'evet' derken göğsüm kabarıyordu. Kendimi bütünüyle bu araştırmaya verecektim.

Bu görevi her düşünüşümde, beni, yabancısı olmadığım ve son derece dahiyane bulduğum bir dünyaya yansıtacağı coşkusu da içimde o denli büyüyordu. Dreamer benim yine eski alışkanlıklarıma daldığımı ve bir akademisyenin kalıbı içine düştüğümü görerek:

Bir gün dışarıdan alınacak hiçbir şeyin olmadığını anlayacaksın; bildiklerine ekleyebileceğin hiçbir şey olmadığını, öğretilerin ve deneyimlerin senin anlama düzeyine herhangi bir şey katmayacağını göreceksin. Gerçek bilgi sadece 'hatırlanabilir'. Bir kişinin bilgisi kendisinden ne daha büyük olabilir, ne de daha küçük. Kişi yalnızca ne olduğunu 'bilir'.

Bilmek, her şeyden önce, olmak demektir. Ne kadarsan, o kadar 'bilirsin'. Yıllar sonra Dreamer, bana zamanın ötesinde bir hafızadan bahsedecekti... sonsuz bilgiyi içeren durumlardan ve seviyelerden oluşmuş, bir 'dikey hafıza'.

Bu herkesin sahip olduğu bir mirastır, hepimizde olan ama anahtarını kaybettiğimiz bir miras...

Hatırla.

Döşemenin eski mozaikleri genişleyerek açıldı ve aramızdaki mesafe de önce belli belirsiz, derken tamamen görünür şekilde açılmaya başladı. Söylediği son sözlerine kulak verirken, onu kaybettiğim düşüncesiyle içimde bir acı hissettim.

Bilgi, insanın devretmesi mümkün olmayan, vazgeçilmez malıdır. En az insan kadar eskidir. Bir gün, ekleyecek bir şey olmadığını, aksine... bilmek için, elenmesi gereken çok fazla şey olduğunu anlayacaksın.

Çok uzun zamandır beklediğim bu sözleri kana kana içtim; onları biliyordum. Tenimdeki hafif bir ürperti aslında her şeyin içimde, özümde saklı olduğu duygusuna eşlik etti. Ben mükemmel ve evrensel bir sistemdim. Tek tek ve bütün olan her şeyle aramda bir bütünleşme, algı ve ilgi hissettim. Yıkılmaz olmanın, Dreamer'ın mükemmelliğinin sarhoşluğunu yaşıyordum. Bu bütünlüğü etkileyecek ya da bozacak hiçbir şey yoktu.

"O elyazmasını bul!" diye yine sıkıca tembihledi. Yüz hatları yok olmaya başlamıştı bile. *"Onu bulduğunda yeniden görüşeceğiz!"*

4 Lupelius

Hemen daha o gün, Dreamer'ın sözünü ettiği eski okulu ve elyazmasını araştırmaya başladım. Benden bulmamı istediği kitap, bir keşiş-filozof olan Lupelius tarafından 9. yüzyılda yazılmış, 'Tanrılar Okulu', 'School for Gods' adını taşıyan elyazmasıydı. Karanlık ortaçağ döneminin özgür ruhu olan Lupelius, o dönemde eğitimli kişilerin sığınağı, kültürlerin ve geleneklerin kavşağı, her türlü savaş ve çekişme altında işkence görmüş İrlanda'da doğmuştu.

Lupelius'un yaşantısına dair çok az şey bilinmekle birlikte, bu bilgilerin de kesinliği konusunda şüpheler vardır. Benim de ulaşabildiğim belgeler sayılıydı ve bunlardan bazıları güvenilir bile değildi. Lupelius, ergenlik çağından itibaren, babası tarafından savaş sanatları konusunda eğitilmesi için en iyi hocalarla ve onların disiplini altında çalışmıştı.

Daha çok genç yaştayken manastır yaşamını kabul eder ve o dönemde her Hristiyan toplumdan her münzevinin gittiği Bet Huzaye'de (bugünkü Kuzistan dağlarında) inzivaya çekilir. Dini ve manevi eğitimine ilişkin olarak, daha sonra oraya yakın Şaban Rabbur manastırına girdiğini, buradaki olağanüstü kütüphanesine kapanarak yutarcasına Kutsal Yazıtları, Yunan Tanrılarını ve Origen'den Apemea'lı Yuhanna'ya, çöldeki rahiplere dek her çağın büyük mistik öğretilerini öğrenmeye çalıştığını biliyoruz.

Sonraki haftalarda akademisyenlerden oluşan ortaçağ felsefesi konusunda bilgi ve deneyim sahibi kişilerle yaptığım uzun sohbetler sonucunda Lupelius'un tek eseri olan orijinal elyazmalarına dair tüm izlerin yüzyıllar önce silinip gittiğine bir kez daha emin oldum.

Büyük üniversitelerin kütüphanelerini araştırmaya gittim, felsefe okullarıyla bağlantılar kurdum, akademisyen ve araştırmacılarla buluştum, araştırmalarımın çapını Avrupa'ya kadar genişlettim ama sonuç değişmedi. Sonunda bir başka izin peşinden İrlanda'nın Dublin kentindeki Wrighter's Müzesi'nde, ona dair bilinen tek bir kopyanın bulunduğunu öğrendim. Ne var ki bu kopya da kum saatinin tanecikleri altında çok uzun bir zaman önce kaybolmuştu.

Karşılaştığım engeller ve zorluklar karşısında, sanılanın aksine kararlılığım ve araştırmalarıma olan inancım daha da büyüdü. Bu kayıp öğretinin izinde her ipucu, her yeni karşılaşma yaşamımı daha da düzene sokuyordu. Öyle ki, sanki titizlikle yapılmış bir tasarımın ana hatlarını takip edercesine, bilinmeyen bir mozaikin dağılmış parçacıkları gibi hayatımın bölünmüş tüm parçaları şimdi biraraya geliyordu ve her biri kendi doğru yerini buluyordu... Bu elyazmasını bulmak ve Dreamer'a geri dönmek artık tek uğraşım olmuştu. Aslında onu yeniden görebilmemin başka da bir yolu yoktu. Bana yüklediği araştırma sorumluluğunu sürdürme enerjim de her seferinde bu düşünceyle tazeleniyordu. Her geçen gün parça parça toplayarak biriktirdiğim bilgi yığınından ve binbir zahmetle bir araya getirdiğim Lupelius felsefesini oluşturan parçacıklardan, yüce bir Okul'un düşüncesi ve onun özgün niteliği tıpkı ölümsüz bir şehrin sağlam surları gibi yükselmekteydi. Binlerce yıl öncesine dayanan bu öğretinin kırıntıları, o çağın toplumsal ve ahlaki değerlerini parçalayan med cezirle çığlık gibi yükselen aynı ışığı bir kez daha filizlendiriyordu.

Dünyanın bir hizmetkarı olan Lupelius karakteri kısa sürede etkilemişti beni. Araştırmalarımın başından beri bu bilinmeyen filozofa karşı giderek büyüyen bir hayranlık duyuyordum.

Ona ve onun görevine yaklaştıkça bu düşünürün tek başına, insanların ve olayların içinden çölde yükselen bir kule gibi ne denli sivrildiğini daha iyi görüyordum. Okul'u cehalet ve boş inançlar denizinin orta yerinde bir kaya gibi dimdik ayakta duruyordu. Düşüncesi, suçların ve felaketlerin ilmek ilmek dokunduğu bir tarihin içinden geçen altın bir ip gibiydi. Yaşantısına dair pek fazla bilgiye ulaşamamıştım; sadece bir dönem Fransa'da, Kral Dazlak Karl'ın maiyetinde yaşadığını biliyordum. Lupelius kesinlikle eşsiz bir karakter, sadece kendisiyle kıyaslanabilecek bir filozof, bir eylem adamıydı. Belli başlı alışkanlıkları ya da adetleri yoktu. Söylentiye göre günlerce uyumadan durabilirdi. Aslında onun uyuduğunu gören de yoktu. Öğrencilerine,

"Uyku, sizi hem akılca hem de bedence güçsüzleştirir," der ve İrlandalılara özgü şakacılığıyla eklerdi, *"Uyku yalnızca kötü bir alışkanlıktır."*

Onu diğerlerinden ayıran en tuhaf huyu ise Avrupa şehirlerinin en tehlikeli ve her anlamda izbe ve bakımsız pazar alanlarını amaçsızca dolaşmaktı. Buralarda, görünüşe göre en olumsuz koşullarda, öğrencilerinde, düşünmenin ve hissetmenin yeni yöntemlerini keşfetmelerini, dünyanın dar görüşlü ve sıradan bakış açısını altüst etmeyi başlatırdı. Onun bu parlak çılgınlığı, dolandırıcıların, katillerin, kurnazların karanlık dünyasını bir bütünlük okuluna dönüştürürdü. Öğrencilerinin kök salmış inançlarını kökünden kazımak ve ruhsal dünyalarındaki duygu bataklığını kurutmak için dahiyane yöntemler uygulardı. Onun okulu sıradışı kişiler, yenilmez savaşçılar yetiştirirdi. Lupelius, keşfettiği yaratıcı eğitim yöntemleri ve saflaştırma tekniklerinden çok yararlanırdı. Kendisini bir köle, serseri, politikacı, banker, zengin bir tüccar giysisi altına saklar, rollerinin stratejisini kendi kullanım amacına göre belirlerdi.

Lupelius, bir kralın tacı veya bir keşişin cüppesini giyer, öğrencilerine de aynılarını giydirir ve bunun esiri olmadan, sadece bir oyun olduğunu unutmadan, 'bu rolü' nasıl oynayacaklarının tüm inceliklerini keşfederek en ince ayrıntısına kadar öğrenmelerini sağlardı. Onları, eşkıya ve suçluların kol gezdiği korkunç tüccarlarla bir arada olacakları çarşıya götürür, toplumun en mahrum kalmış kesimlerine girmeye yüreklendirir ve neredeyse hiç dönüş olasılığı bulunmayan çok tehlikeli serüvenlere atılmaya zorlardı.

Lupelyanlar, nedenlerini bile bilmedikleri anlamsız çatışmalara, ihtilallere ve uzak ülkelerdeki manasız savaşlara birer paralı asker gibi gönüllü katılırlardı.

Onlar savaş meydanlarına ne zayıfı ya da mazlumu korumak için, ne soyut ilkeleri ya da ideolojileri savunmak için, ne de düşmanlarının düşmanlarını yenmek ya da onların öcünü almak için giderlerdi; onlar kendilerinin efendisi, kaderlerinin belirleyicisi olmak için savaşırlardı.

Gerçek savaşçılar başkalarına üstün gelmek ya da onları kontrolleri altına almak için savaşmazlar. Onlar, bir zafer, mülk ya da ödül kazanmak için de savaşmazlar, onlar gerçek önemi olan tek bir şeyi kazanmak için savaşırlar: kendi içsel özgürlüklerini.

Lupelianlar için, savaş alanları onlara, Okul'un öğretilerini ve ilkelerini en elverişli şekilde uygulayabilecekleri bilinçli dönüşümlerinin ve kavrayışlarının gerçek kanıtını gösterebilecekleri bir imkan sunuyordu. Sadece içsel bütünlüğünü fetheden kişi bir saldırı karşısında zarar görmeden kalabilirdi. Lupeliusların zarar görmezliği bu kusursuz bütünlükten gelmekteydi, ölüm yakınlarında olabilir ama onların arasına giremezdi.

Lupelius'un öğretisi, iradenin geliştirilmesine dayalı bir yıkılmazlık eğitimiydi. Amacı, bütün kısıtlamalardan kurtulup özgürleşmekti.

Tüm insani koşullardan ve doğal kısıtlamalardan ebediyen özgür ol.
Free forever from all human conditions and natural limitations.

Lupelyanlar insanın tüm koşullarından ve doğal kısıtlamalarından ebediyen özgür olmasına dayanan *'kendine hakim olma'* sanatını uyguluyorlardı. En yüce zafer *'kişinin kendisini kazanması'* idi; hiçbir dış olayın ya da koşulun kendi içinde yaralar açmasına ya da Oluş'unu karalamasına izin vermemekti. Lupelius öğrencilerini en zor koşullarda bile sessizliklerini ve dinginliklerini korumak üzere eğitmişti. Kendi bütünlüklerini test etmek için, kırılganlıklarını ortaya çıkarmaya, düşmanlıklarını teşvik etmeye zorlardı. Yollarının kesiştiği salgın ve bulaşıcı hastalıklara yenik düşmüş şehirlerden ve deniz aşırı bölgelerden bile hep sağ salim çıkarlardı.

Dürüstlük ve saflık bir savaşçıyı sağlam ve dayanıklı kılar, böylece en büyük saldırılar bile ona işlemez olur.

Stoacılar tarafından savunulan vurdumduymazlık (apatheia) ile mistik Lupelyanların desteklediği, ruhun tutkular ve dış düşüncelere karşı ilgisizliği arasındaki farkı irdeleyen sorunun üstüne gitmeye çalıştım. Lupelius'a göre aldırmazlık; insanın unuttuğu doğal bir durum olan bütünlüğün yeniden kazanımı ve Oluş'un birliği ile karakterize ediliyordu. Ruhun, kendisini dışsal ve dünyevi maddelerin ağırlığından kurtarmak adına yarattığı boşluktan, kendi dışımızda herhangi bir şey olduğu yanılsamasına kapılmadan, doğal bir hareketle, sonsuzluğa, ölümsüzlüğe ve sınırsızlığa doğru durmaksızın ilerleyen bir Oluş durumu doğar.

Yaşantımızda kısaca 'dünya' olarak nitelediğimiz, yaşamımızı ilgilendiren tüm olaylar ve durumlar kendi yansıttığımız görüntülerdir. Bunun farkındaysak, sadece yaşam, refah, zafer ve güzellik yansıtabiliriz. Eğer her an uyanık ve dikkatliysek, özgürlüğü, yani engelleri olmayan, yaşlılığın, hastalığın ve ölümün yer almadığı sınırsız bir dünyayı yansıtabiliriz.

Lupelius'un okulu beni büyülemişti. Öğrenmek için dersimi tutkuyla çalışıyor ve seviyordum. Sanki oradaydım ve aynı havayı soluyor gibiydim. Gözlerim açık, onu düşlüyordum. Düşlemeyi bilen tüm bu insanlar; kadınlar, erkekler, savaşçı-öğrenciler tinsel bir savaşın yalnız kahramanları, benim gözümde eşsiz bir cesaretin ve kararlılığın yenilmez örnekleri, sıradışı kişileriydi. Onların ödün vermez bir şekilde kendilerini ele geçirme çabaları sırasında gösterdikleri olağanüstü çılgınlıklarını ve coşkulu arayışlarını hayranlıkla inceledim. Araştırmamı hiç ara vermeden sürdürürken, Kutsal Roma İmparatorluğu'nun yavaş yavaş katmanlarına ayrıldığı, Büyük Karl sonrasındaki o karışık dönemde paralı askerlik yapan pek çok kahramanın, Lupelius'un kimliklerini gizlemiş öğrencileri olduğunu gösteren sağlam kanıtlar buldum. Bu savaşçı-keşişler kendilerini asla göstermeyen, yenik savaşları görkemli zaferlere dönüştürebilen eşsiz kahramanlık destanlarının efsanevi önderleri olmuşlardı.

Araştırmalarım bir noktada kilitlendi. Binbir güçlükle topladığım o çok az bilgiye, haftalarca tek bir bilgi ekleyemedim. Ve sonunda, bu efsanevi elyazmasını bir gün bulabileceğime olan inancımı ve böylece Dreamer'a geri dönebilme umudumu da yitirmiş bulunuyordum. Bir gün, bu kayıp öğretinin izleri üstünde yaptığım kısa bir gezinti sırasında, sınırsız bir kültüre sahip olan Domenikan bir rahibin araştırmamda bana yardımı dokunabileceğini öğrendim. Üstelik bu kişi, Kilisenin ortaçağ tarihine ilişkin ansiklopedik bir eserin de yazarıydı.

5 Peder S. ile buluşma

Uzun süren araştırmalarım sonunda bana Hristiyan öğretisinin yaşayan rahiplerinden biri olarak önerilen bu kişiyle randevuma birkaç dakika erken gitmiştim.

Peder S. eski bir Karmelit manastırında yaşıyordu. Katı ve koruyucu ufak tefek rahibelerden oluşan bir grup, bilimsel çalışmalarla ve düşünmekle geçen yaşlılığında onun bakımını üstlenmişti. İki rahibe beni küçük bir ilkyardım odasına götürdü ve orada onu ayakta bekledim.

Yarı açık duran pencereden büyüleyici avlunun bir köşesini görebiliyordum. Sütunlu girişin milimetrik geometrisi ile huzur dolu sessizliğin arasında uzanan çimenli yolun sonundaki eski giriş kapısından manastıra girerken başka bir zaman dilimine açılan özel bir kapıdan geçiyormuşum duygusuna kapıldım. Aklıma hemen Napoli'nin uzak bir köşesinde Barnabite'lerin dar görüşlü okulu Collegio Bianchi'nin avlusu geldi.

Sundurmalar arasındaki koşuşturmaların, bağırışların ve kovalamacaların sesleri havada çınlıyordu; yemekhaneden yayılan kokuyu alabiliyordum, zihnim çocukluğumdan binlerce anı ile dolup taşmıştı...

İçeri giriş iznim tam vaktinde geldi. Çocukluğumun o kaybolmuş krallığından ve beni görmeye gelen birkaç okul arkadaşımdan üzüntüyle geri döndüm. Gülen yüzleri gittikçe soldu ve hatıralarımın gölgesinde kayboldular...

Bana yolu gösteren mikroskobik ölçülerdeki muhafız-rahibelerden biri, "Peder S. Hristiyan ortaçağı hakkındaki çok geniş eserinin yeni bir cildini tamamlamakta," dedi. Ses tonundaki sert ifade, ziyaret ettiğim kişinin zamanını ve sabrını özenle kullanmam konusunda bir uyarı niteliğindeydi, bunu çabucak anlamıştım.

Etrafını çevreleyen kitaptan duvarlar ile daha da daralmış olan sarmal biçimdeki merdivenlerden yukarı çıktım. Yukarı çıkarken basamakları tırmanmaktan çok ne olduğunu bilmediğim dik ve mecazi bir yapıda yükseliyormuşum hissine kapıldım. Bu simgesel sahnedeki her ayrıntı, sanki beni uyarmak için oradaymış gibi duruyordu.

Hristiyanlık dünyasının en önemli düşünürlerinden biriyle tanışmak üzereydim ki düşüncesiyle bile, bir tür saygıyla karışık bir korku hissine kapılmıştım. Aynı zamanda insanı aniden saran bir melankoli ile birlikte pişmanlığın ızdırabını hissediyordum. Bir zamanlar ben de kendi hayatımı araştırmaya ve öğrenime adamayı istemiştim... Hocalara ve kitaplara körü körüne olan inancımın bir an için yeniden canlandığını hissettim...

Dreamer'ın sert ve tam da gereken zamanda yetişen sözleri zihnimi dolduruverdi:

Bildiklerine ekleyebileceğin hiçbir şey yok.
Gerçek bilgi sonradan edinilemez, o yalnızca 'hatırlanabilir'.

Hastalığımı kabul ediyordum: Dünyaya bağımlı olmaya ve özellikle de kitaplardan edinilen bilgiyi putlaştırmaya olan eğilim. İşte bir kez daha dış dünyayı tanrım yapmıştım. Herhangi tapınacak biri ile yüz yüze gelmek ya da hiç tanışmasam bile, o insanı kendime yol gösterici olarak seçmem için yeterliydi.

Bu kez de Peder S.'yi, entelektüelliğin tuzağına düşmüş ve hatta 'düşlemeyi' unutmuş bir insanlığın öncüsü olarak gözümde canlandırmıştım. Hristiyanlığın, unutmuş olduğu zirvesine kitaplarla var olan insanları ve entellektüel gururu yerleştirmişti.

Dreamer, *"Dünyanın bütün kitapları, insanın Oluş'unun tek bir atomunda saklıdır,"* demişti. *"Kitaplar sendeki bilgiye hiçbir şey ekleyemezler; sen onlardan hayata ulaşamazsın. Bilgi senin Oluş'una bağlıdır. Ne kadarsan, o kadar bilirsin!"*

Güçlü bir ses, kitaplar arasında açılmış bir yarıktan yankılanırcasına, *"Buyurun,"* demişti... tonlaması yüksek perdeden ilahi okur gibiydi. Oysa beni rahat etmem için davet eden ses öyle yakınımdan gelmişti ki, bu bana birazdan gireceğim odanın mütevazı boyutlarda olduğunun mesajını veriyordu.

Son birkaç basamağı çıkarken bilinen bir tehlikeye doğru yaklaşmakta olan ve kendisini toplayan bir savaşçı gibi gergin hissediyordum. Dreamer'ın sözleri bir kez daha araya girdi:

Her insan beşeri idrak merdiveninde bir basamağı işgal eden ve daha üst basamakların kaçınılmaz bir bekçisidir. Bozulmadan, sağlam kalırsan, her karşılaşma senin için bir fırsat, bir adım daha öteye gidebilmek için ayağını basabileceğin bir basamak olacaktır. Unutursan, yaşamının korkunç karmaşasına seni gerisingeri fırlatacak olan dışsal ve sanal bir oyunun tuzağına düşmüş bulursun kendini.

Peder S. varoluşun bir kapısıydı. Burada gerçekten karşılaşacağım kişi idi: bana kesinlikle Oluş'un merdiveninde hak ettiğim yeri verecek olan, hakimlerin en katısı olan bir Minos, bir gözlemci-bekçiydi.

Masayı kaplayan, dalgalar misali kitap yığınlarının arasından yaşlı bir adamın yeni traş olmuş, kel, kocaman kafası belirdi. Uzunca bir süre beni dikkatle süzdü. Kara gözleri gerçek olamayacak kadar genç görünüyordu; onların kendisinin olmadığını, kesinlikle ödünç alınıp bu yaşlı yüze yerleştirildiklerini düşündüm. Sanki olağanüstü bir nedenden dolayı bedenin geri kalanı tümüyle biyolojik yazgının ellerine bırakılmışken bu gözler nasıl olmuşsa, yaşlanma sürecinden kaçmanın bir yolunu bulmuş gibiydiler. Bunu fark ettiğimi anlamıştı. Yavaşça gözkapaklarını indirdi. Bir kaplumbağanın kabuğuna çekilmesi gibi onların üstünü örtmüştü. Gözlerini yeniden açtığında, bu kez yaşlı bir adamın bakışları vardı.

Konuğunu törensel bir tarzda karşılayan bu adamın yüzünde yakaladığım öğretmene özgü ciddi ifade ise, yine şaşkınlığımı pekiştiren bir başka çelişkiydi. Bu karmaşık duygular aramızdaki mesafeyi anımsatırcasına görüşmemiz boyunca arka planda havada asılı kaldı.

Ses tonu, giyimi ve hareket tarzı karşılıklı etkileşimimizin kurallarını belirliyordu. Belli ki, Peder S. bir araya gelişimizin amacını ve görüşmenin içeriğini çevreleyen sınırları saptamak istiyordu.

Elini sıktım. Aldığım enerji bakışlarında yakaladığım enerjiden farklı değildi. Peder S. beni incelemekteydi. Gülümsemesinin arkasına gizlese de, gerçekte beni sınıflandırmak üzere hakkımda bilgi topluyor ve değerlendiriyordu. Konuğu, tipik bir akademisyenden çok genç bir iş adamına benziyordu. Bu, büyük bir olasılıkla Peder S.'nin pek sık rastlamadığı bir insan türüydü.

"Sizin hakkınızda sadece ahlaki felsefe ile ilgilendiğinizi ve bir Amerikan üniversitesinden..., New York'tan geldiğinizi biliyorum... eğer yanılmıyorsam," dedi. Bunları söylerken, doğası ve profesyonel tutumundan uzaklaşıp, 'sadece' sözcüğünü azarlar gibi söylemişti.

Birkaç gün önce Fordham Üniversitesi'nden gönderilen bir mektubun kopyasını uzatırken, "Ben 'İş Yönetimindeki Ahlaki Değerler' konusuyla ilgileniyorum," diye nazikçe sözlerini düzelttim. Bu belge benim iş yönetimi branşında bir öğrenci, bir araştırma görevlisi olduğumu doğruluyordu. Zaten bu buluşmayı da referanslarım sayesinde sağlayabilmiştim. Bu rolde çok rahat davrandığımı hissediyordum. Sustum. Kendisine hakkımda daha fazla bilgi vermeden onu bu hafif rahatsız edici durumda, merak ve konuya yabancı kalma arasında, işini pek kolaylaştırmadan bırakmayı yeğlemiştim.

Mektubu okurken yüzünde giderek artan bir ilgi ifadesi yakalamıştım. Bu ifade Lupelius üstüne araştırmalarım hakkındaki açıklamalarımı ve bu buluşma sayesinde söz konusu araştırmalarımı ileriye götürebileceğime dair ümitlerimi öğrendiğinde açıkça irkildiğini gösterene dek sürdü. İşin aslını öğrendiğinde, göstermekte olduğu duygusal tepkiyi büyük bir özenle kontrolü altında tuttu ve yalnızca bu konuyu, bilinen tüm bilim çevrelerinin dışında kalan, böylesi sıradışı bir düşünce okulunu seçmiş olmamın kendisinde yarattığı şaşkınlığı göstermekle yetindi.

Kendisine Dreamer'dan hiç söz etmeden, Lupelius'a olan özel ilgimi, iş yönetimine çağdaş bakışta ve yeni nesil liderlerin eğitilmesinde onun düşüncesinin önemli bir etkisi olabileceği gerekçesine bağladım. Bu yaptığım araştırmalar hakkında yüksek beklentilerim olduğunu belirttim ve iş dünyasında, eski düşünce okullarına ait felsefi ilkelerin ve eski değerler sistemine dayalı eğitim yöntemlerinin kullanılması gerektiğinden söz ettim. Beni özellikle ilgilendiren hususun, Lupelius'un öğretileriyle onun yıkılmazlık ve yenilmezlik üstüne araştırmaları olduğunu, çünkü bu niteliklerin askeri alanlardakinden daha sert ve tehlikeli olduğunu ve çağımızın ekonomik meselelerinin çözümlerinde bugün hala önemli olabileceğini belirttim. Lupelius'un okulunun ölümsüzlük üstüne gerçekleştirdiği araştırma ve deneyler pekala günümüzün işletmelerine de uyarlanabilirdi. Ekonomi akademisyenleri, dünya çapında endişe verici bir olay karşısında uzun zamandan beri çaresizdi. "Şirketler uzun ömürlü olamıyorlar.

Tüm dünyada şirketler, yalnızca bir elin parmakları kadar bir süreyi ayakta geçiriyorlar," diye anlattım. "En büyük uluslararası şirketler, hatta finansman ve ekonomi sektörünün devleri bile kırk yıldan sonra ayakta kalabilmek için büyük bir uğraş veriyorlar." Dreamer'ın öğrettiklerini kendi görüşlerimmiş gibi kullanarak, uzun yıllar ayakta kalacak bir şirketin yıllara meydan okumuş bir kurucudan doğabileceği gibi, ölümsüz bir şirketin de ancak ölümsüz bir kişinin düşlerinden doğabileceği inancını savundum.

Dreamer, bir keresinde sevgi/korku kutuplaşması üstüne konuşurken, sevgi sözcüğünün gerçek anlamını, Latince karşılığı olan a-mors, yani 'ölümün yokluğu veya ölümsüzlük' etimolojisinde bulabileceğimizi açıklamıştı. Aslına bakarsanız, ölümsüz şehir Roma'nın adı da 'amor' sözcüğünün tersten yazılmış biçimiydi ve bu bir rastlantı değildi. Roma'ya, kurucusunun ona verdiği adın içine mühürlenerek 'ölümsüz' yazgısı kazınmıştı.

Daha çok yakın zamanda, aralıksız süren etkinliğinin 2800. yılını kutlayan Roma'yı belirtme sebebim, herhangi uzun ömürlü bir kuruluşun, kurucusunu ve onu ölümsüz bir varlık yapan niteliklerinin bahsedilmeden açıklanamayacağına dair bir örnek olduğu içindi. (Roma'nın kurucusu Romulus, Tanrı Quirinus olarak tanrılaştırılıp Romalılar tarafından tapınılmıştır.)

Peder S.'ye uzun zaman önce kurulmuş başka sıradışı şirketlerden, bin yıllık Windsor ve dünyanın en büyük uluslararası kurumu olan Katolik Kilisesi'nin kendisi gibi örnekler verdim. Yine Dreamer'ın öğrettiklerini kullanarak, zengin bir ekonominin daima ölümsüz bir düşüncenin ifadesi olduğunu belirttim.

Vizyon ve gerçek birdir.
Vision and reality are one.

Sonsuzluğun en ufak bir kırıntısı dahi, bir ülkenin görüşünü genişletmeye ve ekonomisinin ufkunu büyütmeye yetecektir. Ölümsüzlük kavramı bireylerin, kuruluşların ve tüm ulusların finansal kaderini yükseltmeye yeterlidir.

Araştırmalarımın ilerlemekte olduğu yön buydu. Bu buluşların çok yakın zamanda, iş dünyasının görüşünü değiştireceğini, bütün üniversitelerin ekonomi fakültelerinde eğitim ve bilimsel araştırmalarda devrim yapacağını iddia ettim.

Peder S.'ye ölümsüzlük kavramıyla ilgili ekonomik teorilerden ve Lupelius'un felsefesinin az da olsa bildiğim kısmından söz ettiğim ölçüde, ilgisi de artıyordu. Global ekonomi perde arkasında, ülkelerin ve şirketlerin dev boyutlardaki askeri birlikleri gibi, ekonominin yeni sınırlarını saptarken mevcut olanları da kendi yararlarına nasıl değiştirebileceklerini belirlemek için her gün karşı karşıya geldikleri muazzam bir savaş meydanı gibi durur. Sadece tek galip çıkar bu mücadelelerden.

Diğer tüm yenik düşenler, üstün gelenin savaş arabasının arkasına zincirlenerek köleliğe sürüklenirler. Onlar yaşayabilmek uğruna kendilerini yeni efendilerinin yöntemlerine ve diline uydurmak zorunda kalırlar. Ona hizmet ederler. Peder S.'nin, devam etmemi istediğini gösteren bir işaretinden cesaret alarak gizemli keşiş filozof hakkında bildiğim her şeyi ona aktardım. Lupelius ve olağandışı öğretisinin üzerimdeki büyüleyici çekim gücünü ondan saklamadım. Çabucak araştırmamın tıkandığı noktaya geldim. Kendisine ayrıca, 'Tanrılar Okulu' isimli elyazmasını bulma çabalarımdan ve her bir nüshanın gizemli bir şekilde kayıplara karıştığından söz ettim. Lupelius'un çalışmalarıyla birlikte, onun ölümsüz kişiler için kurduğu okulun tüm izlerini silip yok etmek adına ortada kasıtlı bir girişimin olduğuna dair şaşkınlığımı saklamadım.

6 Lupelius'un öğretisi

Peder S., çenesini göğsüne dayayarak, beni büyük bir dikkatle dinledi. Başını kaldırdığında gözlerinin içi parlıyordu. Tanıştığımız ilk anda beni çok etkileyen o olağanüstü genç gözlerini yeniden gördüm. Ve bu kez onları gizlemeden, gözlerimin içine doğru bakmayı sürdürdü. Üstelik yüzü, tanı beni dercesine beklentisini yansıtan farklı bir ifadeye bürünmüştü.

Ben de oyundan geri durmadım ve bu son hamlesine odaklandım. Bilmecenin çözümü gecenin karanlığını yırtan bir yıldırım gibi birdenbire ve göz kamaştırıcı bir biçimde gelmişti. Başım alabildiğine hızla dönüyor, kulaklarım uğulduyordu. Bu adam kendisini yaşlı bir kişi görünümünde gizliyordu. Elbette yaşlılığı bir maske olarak kullanıyordu, stratejik bir maske. Peder S. gerçekte yaşlı olmayan bir adamdı. Yüreğim hızla çarpmaya başlamıştı. Peder S.... bir Lupelyandı. Bundan kesinlikle emindim. Bu fark edişim karşısında duygularımı saklayamıyordum. Aramızda kurmaya çalıştığı bu suç ortaklığının bana verdiği gizli hazzın tadını duyumsadım.

Bin yıl uzunluğundaki ince bir halat, amaçlarının gerektirdiği şekilde yaşamasını bilen ve kendini gizleme sanatında ustalaşmış o savaşçı nesle bizi bağlıyordu. Bir bukalemun gibi kendisini gizleme yeteneği, Hristiyanlığın bağrında saklı olan kendi dinsel öğretisinin katmanları arasında yaşamasına olanak sağlıyordu. Zaman içinde bir tünel açıldı ve beni Okul kapısının önüne götürmek üzere, bin yılı aşkın sürelik bir zaman kısacık bir anın içine sıkışıverdi. Şimdi karşımda oturan, belki de onun son neferiydi.

Bir soru, damarlarımla birlikte atmakta olan şakaklarıma darbeler indirdi.

Acaba Peder S., Dreamer'ı tanıyor muydu?

Ona 'Düş' ile olan buluşmamı ve yaşadığım olağanüstü serüveni anlatmaya can atıyordum.

Peder S., heyecanlı düşüncelerimi keserek ve baştaki ketum halini bir kenara bırakarak, "Lupelius, kendi irademizle vazgeçip bıraktığımız ve yeniden ele geçirmemiz gereken bir hakkın, doğduğu andan itibaren her insanın hakkı olan fiziksel ölümsüzlüğün elçisidir," diye açıkladı.

Ardından, sanki görünmeyen bir kitaptan alırcasına ezberinden söylemek yerine gözlerini kapatıp sözcükleri okudu: *"Beden, ruhun ete bürünmüş halidir. Ruh ne kadar ölümsüzse, beden de o kadar ölümsüzdür."*

Okul'u anımsamaktan ve yıllardır kendisinin de duymadığını sandığım kendi sözlerini yeniden işitmekten duyduğu sevinci apaçık ortadaydı. Bana düşünceleri nedeniyle Lupelius'un Hristiyanlıktan aforoz edildiğini ve yakılmaktan bir mucize sonucu kurtulduğunu anlattı. Onlar için en büyük tehlike, Lupelius'un bir bireyin gerçekleştirebileceklerinin olağanüstü boyutlarda olduğuna ve yaşamın ölüm karşısında son zaferi kazanacağına olan kesin inancıydı. Esasen, cemaatin toplu olarak ibadetine dayalı Katolik Kilisesi ve diğer bütün dini kurumsal düzenler için tek tek her bireyi kendi kırılganlığını ve ölümlü yazgısını değiştirmek üzere ayaklanmaya çağıran 'Oluş devrimi' kavramından daha tehlikeli bir düşünce daha olamazdı. Bu düşünce, şeytanlar, ejderhalar ve içteki hilkat garibelerine karşı insanların 'şüphe', 'korku' ve 'acı' olarak adlandırdıkları ve Lupelius'a göre de her kötülüğün ve her felaketin asıl nedeni olan canavarlara ve devlere karşı verdikleri mücadeleyi anlatıyordu.

Düzen karşıtı böylesi yıkıcı düşünceler yüzünden insanların ona saldırması ve eziyet etmesi pek şaşırtıcı değildi. Nitekim Lupelius ve eserinin bütün izleri yok olmuştu. Fakat şimdiki görüşüme göre bu, amansız bir düşmanlığın sonucundan çok, Lupelius'un kendi planladığı bir strateji gereği gerçekleşmişti.

Onun okuluna kabul edilmek, çetin sınavlardan geçmek demek, Lupelius'un yanında yaşamak ise, uzun süre büyük zorlukları göğüslemeye razı olmak anlamına geliyordu. Lupelius, öğrencilerinin en büyük tehlikelerin arasından sağ salim geçilebileceğini kendilerinin de görmesini sağlayarak, fiziksel ölümsüzlük ve yıkılmazlık üstüne doğrudan bir deneyim geçirmelerini istiyordu. Nitekim onun kutsamasını alarak yola koyulan bütün öğrencilerinin en küçük bir çizik bile almadan döndüklerine tanık oluyordu.

Böylesi gerçeküstü durumun neye mal olduğunu sordum.

Peder S. gözlerini yarı kapalı tutarak, "Kişinin kalkanı, kendi saflığıdır, hayata ve ustasına olan sevgisidir," diye ezbere okudu.

Vereceği yanıt üzerine düşünmekten öte, sanki bir şeyi yeniden hatırlıyormuş gibi göründü. "Lupelius'a göre saflık, insanın sahip olması gereken en önemli özellik ve insanlığın en yüce hedefi olan fiziksel ölümsüzlüğe onu götüren yoldur." Sözlerini kesip ara verdiğinde zaman geçmek bilmedi.

Peder S.'nin Lupelius'dan söz ederken şimdiki zaman kipi kullanması dikkatimi çekmişti; sanki günümüze ait ya da hiç ölmemiş birinden söz eder gibiydi. Konuşmasının devamında beni, kendilerini ulaşılması imkansız sınırların, yani dünyanın bilinen betimlenmesinin önündeki Herakles Sütunlarının* ötesine atmak için her şeyi yapmaya hazır bu insanların olağanüstü dünyasına götürdü. Peder S., "Lupelius'un okulunda ölümün kaçınılmaz ve yenilmez olduğu düşüncesinden aklı özgürleştirmek için her tür çaba verilmekteydi," dedi. Yaptıkları her şey kişinin kendini içinde kazanma stratejisinin bir parçasıydı; sıradan bir insanın bir çok farklı şekilde seçtiği akıl sır ermez ölme arzusunu alt ederek onun ikinci doğası haline getirmek ve yaşamının kaçınılmaz bir parçası olana kadar psikolojisine işlemek.

Ölümün yenilmez olduğu inancı insanlar için zararlıdır. Ne kadar uzun yaşayacağınız, içinde bulunduğunuz zihinsel durum ve yaşama isteğinizle belirlenir.

Peder S., yararlanmam için Lupelius'un düşüncesini özetleyerek, "Ne kadar uzun yaşayacağınız kendi zihniniz tarafından belirlenir. Bu demektir ki, eğer ölürsen, sorumlusu yalnızca sensin!" dedi.

Ufak tefek bir rahibe, kusursuz bir çay servisiyle sessizce odadan içeri girdi. Fincanları ve demliği masaya yerleştirdikten sonra, buharı çıkan çayı fincanlara koyarken şaşkınlık içinde bana gizlice bir bakış attı ki, bu hareketinden, Peder S.'nin biriyle bu kadar uzun bir vakit geçirmesinin çok nadir yaşanan bir durum olduğunu anlıyordum. Rahibenin çay servisi yaptığı süre boyunca Peder S. hiç konuşmadı. Rahibe odadan çıktıktan sonra kaldığı yerden konuşmasını sürdürdü ve Lupelyanların, ölümün kaçınılmazlığını ironiyle bile olsa sorgulamanın, onun gücünü nasıl zayıflatacağını bildiklerini açıkladı.

Peder S. bir yazıt biçemiyle ve yüksek sesle, "Herkesin ölümsüzlük hakkı olduğunu savunması ve insanın en korkunç ve en haksız önyargısının ölüm olduğunu ortaya koyma çalışması nedeniyle Lupelius, fiziksel ölümsüzlüğün en önemli mistiği olarak anılacaktır," dedi.

---

* Herakles Sütunları, Herakles'in Cebelitarık Boğazı'nı geçerken diktiği boğazın iki yakasındaki kayalıklardır; dünyanın bilinen en uç sınırıdır. (ç.n.)

Daha sonra Lupelius'un bu düşüncesinin; başlangıçta ortaya fiziksel ve bedensel bir din halinde çıkan Hristiyanlıkla bağlantılı olduğunu, Lupelius'un, bedenin yok edilemezliği mesajını veren ruhsal materyalizmin ve bu düşüncenin bir büyük üstadı olduğunu iddia etti.

Peder S. konuyu bağlarcasına, "Yalan söylemek, gizlenmek, şikayet etmek ve kendi sorumluluklarından kaçmaya yeltenmek ruhsal yozlaşmadır, ahlaksızlığa ve parçalanmaya maruz kalmış, hayatının amacını unutmuş bir insanın taşıdığı silinmez işaretleridir," dedi. "'İnsanlık, doğuştan kendisine ait olan haktan bir kez vazgeçince ve bütünlüğünü unutunca, sefaletine bir son verebilmek için bir çare olarak ölümü icat etti. İnsan muazzam bir görev olan kendisini, kendi eksikliklerini yenmeye çalışmak yerine, ölmeyi yeğliyor. Oysa ölüm bir çözüm değildir. İnsan, daima bıraktığı yerden yeniden başlar."

Lupelius, parçalanmış insanlığın, sadeliğe, bütünlüğe ve gömülü iradesine dönüş yolunu göstermek üzere bir ulaşım aracı, bir sorumluluk okulu olan Tanrılar Okulu'nu kurmuştu.

7 "Asklepios'a bir horoz ada"

Lupelius'un kayıp eserinden toparlayabildiğim parçalarda ve Peder S.'nin aktardığı düşüncelerin arkasında Dreamer'ın verdiği ilhamı çok daha net farkettim. Lupelius'un sesinden daha gür ve daha eski olan sesini duyar gibiydim, kendisini minnetle andım.

Peder S., gördüğüm kadarı ile yanından hiç ayırmadığı ve elinde derin bir saygıyla tuttuğu küçük bir kitaptan bazı cümleler okuyordu bana şimdi. Sesi duyduğu heyecanla titriyordu. Lupelius'un bazı, daha skandal olabilacek inançları, yani mantıklı bir aklın veya kurumsal bir inancın kesinlikle kabul edemeyeceği gerçekler açılan fikir tomurcuklarıyla gün ışığına çıktıkça, Peder S.'nin heyecanlı ses tonu giderek daha da kuvvetleniyordu. Bir yandan dinleyip, bir yandan yazarken sözlerdeki dayanılmaz farklılığı ve kabul edilmiş evrensel ve köklü inançlarla olan çarpıcı çelişkisini görebiliyordum.

"Yaşlılık, hastalık ve ölüm, insan onuruna hakarettir, bunlar dünyanın yanılsatıcı açıklamasını destekleyen binlerce yıllık sütunlardır.

Kötü iyinin hizmetindedir. Her zaman!... Her şey bizi iyileştirmek için gelir.

Aslında fiziksel ölüm bile bir iyileştirmedir. Son fırsattır!"

Bu onay ifadesi, Lupelius'un benimsemesi pek de kolay olmayan bu aykırı savı, gizli bir düzeneği harekete geçirdi. Baldıran zehri içine girip yaşamına son vermek üzereyken Sokrates'in ağzından çıkan son sözleri zihnimde yankılandı.

Anlamları dayanılmaz bir parlaklıkla içimde patladı, sadece göz açıp kapayana kadar sürmüştü ama bu kadarı bile anlamam için yeterliydi. Sokrates'in son dileği tam iki bin beş yüz yıldır anlamına akıl sır erdirilemeyen bir gizem olarak duruyordu.

En yakın öğrencileri yanı başındayken, Sokrates baldıran zehrini yutmuştu, zehrin felç edici etkisi ayaklarından başlayıp kalbine doğru hızla yayılmaktaydı. Artık sona yaklaşıyordu. İşte o anda ağzından şu sözler döküldü: "Asklepios'a bir horoz borcumuz var, bu adağı yerine getirin, unutmayın!"

Sokrates, ölümünün kaçınılmaz olduğu, yaşamının parmaklarının arasından kayarak gittiği o anda, neden arkadaşı Kriton'dan iyileştirme tanrısına sunulmak üzere bir horoz adamıştı.

İşte bu sözler tam iki bin beş yüz yıldır, nesiller boyu akademisyenler, bilginler, alimler için bir bilmece olarak kalmıştır.

Lupelius'un felsefi önermeleri geçilmez bir perdeyi yırtıp açtı ve bu sayede mesajın anlamı şimdi, zamanın dipsiz karanlığının içinden tüm görkemiyle bir güneş gibi yükseldi. Bir deniz kazazedesinin, mesajını muhafaza etmek ve yerine ulaştırmak üzere bir şişeye koyması gibi, Sokrates de anlayışını bize ulaştırmak üzere onu zaman okyanusuna bırakmıştı. Aralıksız sürdürdüğü araştırmasının semeresi, son sözlerinin derinliklerinde mühürlenmiş olarak durmaktaydı: Ölüm bile bir iyileşme, son çareydi! Yapılacak her şey bittiğinde gelen son çare! Ölümünün sıradışı koşullarının sonucu olarak Sokrates, daha önce asla çıkamadığı bir içsel birlik haline ulaşmış, bütünlük yüksekliği onu gizemlerin en büyüğüne erişme imkanı vermişti: insanoğlunun neden ölmesi gerektiği ve bir gün buna artık gerek kalmayacağı. Sokrates'in son sözlerinin ardında, bir daha asla böylesine aşırı bir arınma gösterisinden geçmeye gereksinim duymayacak, iyileşmiş ve bütünleşmiş bir insanlık geleceğinin düşü yükselmekteydi.

Dreamer bir gün bana, *"Bizi iyileştirmek ve kucaklamak için tüm girişimler boşa çıktığında, yaşamın dönüp gireceği en son sığınak ölümdür,"* diyecekti.

Sokrates, anlamak için ölümü kullanmıştır! En önem taşıyan o anda, ölümün, iyileştirme yolunda atılan bir adımdan, bütünlük merdivenindeki uzun bir basamaktan başka bir şey olmadığının farkına varmıştı. Bu onun son ve en büyük öğretisidir.

Sokrates, iki farklı görüşün arasında sıkışıp kalmış insanlığın bir örneğidir. O bir araştırmacı, bir kaşifti.

Ölümün üstesinden gelememişti, ama en azından ölümü anlamak için yine ölümü kullanmıştı. Sokrates bize yolu göstermişti.

8 Kişinin özde kendisini öldürmesi yasaktır

Peder S., "Oluş'un bütünlüğü, ebediyen yaşamayı seçen bir insanlığın sadece başlangıcıdır. Benzer, benzerini çeker. Ölüm ölümü çeker ve yaşama sarılmış kişilere dokunamaz," dedi. Öz varlığına sıkıca sarınmış olan Lupelyanlar, en tehlikeli serüvenlerden bile hiç yara almadan döndüler. Sanki ölümle bağlantılı her şey onların önünde tamamen etkisiz hale geliyormuşçasına savaş sırasında hiçbir silah onlara zarar veremezdi.

Lupelius'un savaşçı keşişleri, kimsenin fikirlerini değiştirmeye kalkışmadan veya herhangi bir felsefenin çığırtkanlığını yapmadan, Oluş'un daha yüksek bir düzeyine nasıl yükseleceklerini biliyorlardı ve bu sayede çevrelerindeki olaylar ve insanlar da yükseliyordu. Onlar daha başlamadan savaşı kazanıyorlardı. Kazanmak demek, kişinin kendisini yenmesi, şüphelerin, korkuların ve bilgisizliğin üstesinden gelmesi demekti. Dış zafer yalnızca içteki zaferin bir kanıtıydı. Dolayısıyla onlar, kendi Oluş'una özen gösterip kusursuzluklarını besleyerek ve kendilerini kötülüğe kapatarak olanaksız meydan savaşlarını kazanmış, efsanevi başarılar elde etmişlerdi.

Peder S., "Ölümün birinci nedeni, kendimizi Tanrı'dan ayrı tutmamız, ilahi olanı kendi dışımıza taşımamızdır," derken bir çekmeceden birkaç kağıt çıkartıp üstüne bir şeyler yazmaya koyuldu. Sonra devam etti, "Lupelius der ki, hastalandığınızda, acı çektiğinizde ve yoksulluk içine düştüğünüzde Tanrı'dan nefret edebilirsiniz, ama sizi temin ederim ki, hastalığınızın, acılarınızın ve yoksulluğunuzun nedeni Tanrı'dan kopmuş olmanızdır.

İnsanlar bunu unuttu ve bu gezegeni bir ölüm dünyasına dönüştürdü. Ölümü yaşama nedenleri yaptılar. Ölüme adanmamış tek bir düşünceleri, tek bir davranşları yok.

'Sev ve hizmet et' mottodur... İnsanlığa hizmet edebilmek için sevmek gerekir. Ama her şeyden kişi önce kendisini ve kendi yaşamını sevmeli."

Sözlerinin burasında Peder S. sesini alçalttı. Birazdan onun okuldan alınmış olan tüm öğretilerin en büyük sırrına ve gerçeklerin en gerçeğine dair sır perdesini aralayacağını tahmin ettim.

"Lupelius öğrencilerine derdi ki," dedi ve hemen ardından geçmek bilmeyen kısa bir süre suskun kaldı. Ustasının sözlerini aktarırken dudakları titriyordu, "Sizler unutmuş olan Tanrılarsınız… Hafızasını kaybetmiş Tanrılarsınız."

"Yüzlerce asırlık kurumlaşmış dinsel gruplar bile unuttu bunu," dedi ve aklına, keşiş olmasına ilham kaynağı olan savaşçı ruhu gelince, yaşlı adamın gözleri dolu dolu oldu.

"Unutkanlık her insanın içindeki savaşçıyı güçsüzleştirir...
Biz Domenikanlar, bir zamanlar vejetaryendik ve günde bir öğün yerdik; bedeni ve ruhu tek bir varlık olarak beslerdik... Mesih İsa'nın mesajı ve kendi misyonumuz bizim için netti: yaşamın, fiziksel ölüm karşısındaki zaferi."

Sadece kendi üzerinde durmaksızın çalışan biri ölümün üstesinden gelebilir.

Sesinden, eski eğitim sistemine ve okulun unutulmuş görkemli anısına duyduğu özlem açıkça belli oluyordu. Buna hayran kalmıştım, mutlu olmuştum. Peder S. gibi, dünyanın merkezinde hala kendilerini savaşların en kutsalına, 'ölümü öldürmeye' adamış haçlı savaşçıları sakladığına inanamıyordum.

Peder S., "Okullar, kiliseler, üniversiteler, dinsel öğretiler ve devlet kurumları sorumluluk taşıyan bireyler yetiştirmeyi bırakalı uzun yıllar oluyor. Bugün artık hepsi yalnızca kirletilmiş akıllar ve bedenler üretiyorlar," dedi. Önündeki kağıdı kargacık burgacık bir el yazısıyla doldurmayı tamamladı. Ardından birkaç kez katladıktan sonra herhangi bir şey söylemeden bana uzattı. Bu davranışı bana, sanki yüzyıllar boyunca hiç bir aksatma olmadan elden ele geçirilmiş bir asanın devir teslimi gibi göründü. Peder S. insanlığın kendi hapishanesinden bir kaçış yolu bulmak adına yüzyıllardır koşturduğu yarışın kaderi için bana güveniyordu.

Küçük çalışma odasının kapı aralığında birbirimizle vedalaşırken, bana gülümseyerek göz kırptı; bu hareketiyle beni, sadece çocukluğumun mahallesindeki ışıl ışıl parlayan Napolili sokak çocukları arasında bulduğum, içimi sevinçle dolduran ve bozulamayacak bir suç ortaklığına bulaştırdı. Kendisine, Lupelius'un araştırmasını özetleyen ve ölümün nasıl alt edileceğinin gizli formülünü gösteren en önemli buyruğundan bana söz etmesini rica ettim.
Peder S. hiç duraksamadan, "Kendini içinde öldürmen yasaktır!" dedi. Binlerce psikolojik ölümlerdir bizi her gün yavaş yavaş fiziksel ölüme doğru götüren.

Ölümün yenilmez olduğuna inanmak da bizi öldürür. Onun kaçınılmaz olduğu inancı ise gerçek bir katildir.

9 Tanrılar Okulu

Yayladaki dik yamaçları, neredeyse görkemli yanardağların zirvelerine dek tırmanmıştım. Kuru, açık bir havada ve göz alabildiğine geniş bir alanda, ağaçsız bir manzaranın bozkır bitki örtüsü üzerinde gözlerimi dolaştırdım. Erivan'a vardığımda, keşiş Mashtots'un heykelini arkamda bırakarak çıplak bir tepenin üstünü kaplayan gri bazaltla yapılmış bir çeşit korunak yönünde yürüyerek meydanı boydan boya geçtim. Ermenistan'ın kalbindeydim. Buraya tamamen Peder S.'nin yönlendirmelerine uyarak gelmiştim ve şimdi eski kütüphaneye ev sahipliği yapan bu gösterişsiz, sade yapıya yaklaşmaktaydım. Bu antik kütüphane, yüzyıllardır yok olmanın sınırında yaşamış bir halkın belleğini oluşturan binlerce kitabı bünyesinde saklıyordu. Beşinci yüzyılın ikinci yarısından bugüne kadar eserleri kopyalayan ve tercüme edenlerin ermişlik düzeyinde saygı gördüğü bu yerde, Klasik döneme, Hristiyanlığa, aynı zamanda paganlara ait binlerce klasik eser orijinal haliyle korunmuş ya da kopyalanmıştı. Bugün dünyanın, kaybolduğuna inandığı birçok değerli kitap ve şaheser burada orijinal metinlerinden asıllarına uygun olarak titizlikle klasik Ermenice'ye tercüme edilmiş ve saklanmış bulunuyordu. İşte bu nedenle Erivan, Lupelius'un elyazmasını veya en azından bir kopyasını bulmak için benim son umudumdu.

Kütüphane sorumlularına birçok soru sorarak ve kütüphanenin bütün bölümlerini en ince ayrıntılarına dek araştırarak günler geçirdim. Duvarları kitaplarla ve tozlu kağıt tomarlarıyla dolu uçsuz bucaksız koridorlarda sanki bir yeraltı şehrinin duvarları arasındaki bir arkeolog gibi ilerlemekteydim. İki genç kütüphaneci araştırmam boyunca bana yardım ettiler. Kütüphane müdürü onları bana yardım etmeleri için görevlendirmişti. Bu kişilerin bana yardımcı olmaları için mi, yoksa beni kontrol etmek için mi görevlendirildiklerinden hala emin değildim. Onlarla birlikte kâğıtlardan oluşmuş labirentlerin içine süzüldüm, sararmış koyun derili ruloları ve parşömenleri inceledim, yüzyıllar sonra ilk defa onları gün ışığına çıkarıyordum. Ben, önemli olabileceğini düşündüğüm ciltleri ve tomarları belirliyordum, yanımdaki iki genç de onları raflarından indirerek ruloları açıp incelemem için bana hazır hale getiriyorlardı. Bu değerli belgelere asla çıplak elleriyle dokunmadılar, neredeyse kutsal bir törene yaraşır nahif tavırlar içinde, işlemelerle süslü değerli kumaşlarla tutuyorlardı.

Bir gün Antik Elyazmaları Kurumu'nun kataloğunu incelerken, isimsiz, 7722 kayıt numarasıyla orijinal tarihine göre saklanmış bir cilt dikkatimi çekti. 1204 yılında, bir kralı kurtarmaya yetecek kadar ağırlığınca altın karşılığında Selçuklular'dan alınmış ve Karadeniz'e bakan sarp ve karlı dağlarda kurulmuş bir manastırda koruma altına alınıp saklanmıştı.

17. yy. sonlarında, Moskova'da Slavca bir kopyasını bastıran Paisij Velichovskij'nin sahibi olduğu tinsel ve mistik metinler koleksiyonuna dahil olmuştu. Başından birçok olay geçtikten ve değerini bilmeyen kişilerin elinde yok olmaktan mucizevi bir biçimde bir kez daha kurtarıldıktan sonra, 1915'te Erivan'a geri getirilmişti. Çelik bir kasadan çıkartılırken, yazarın el yazılarıyla dolu parşömen ruloları gördüğümde kalbim yerinden fırlayacakmış gibi çarpıyordu. Bunun Lupelius'un eseri olduğunu hemen anlamıştım. Bundan emin olmak için sadece birkaç satır okumam yetmişti. İçeriğini hevesle incelerken sevincimi saklayamıyordum.

Lupelius'un dilinin, Latince ve halk arasında kullanılan ingilizcenin bir karışımı, çok çarpıcı bir yaratıcılık sergileyen bir tür Avrupa Esperanto'su olduğunu gördüm. Bu sözler, bin yılı aşkın bir sürenin ardından zamanı silerek, savaşçı keşişler nesline ilham veren değerli enerjiyi mutlak biçimde iletecek bir güce sahiptiler.

Erivan'da kaldığım sürede Galler'den gelmiş akademisyen araştırmacı bir çiftle arkadaş oldum. Adam tarihçi, karısı ise Latince uzmanıydı. Kaldığımız hanın küçük lobisinde o akşam, onlara buluşumdan söz ettim. Gecenin büyük bir kısmını bu konu hakkında yaptığımız heyecanlı konuşmalarla geçirdik. Bana öyle çok yardımları oldu ki, sanki gökten ilahi bir lütufla gelmişlerdi. Böylesine harikulade bir 'rastlantıyı' ancak Dreamer düzenleyebilirdi.

Bu araştırmacıların gözünde en inanılmaz olan şey, bu eseri ortaya çıkarış sürecim ya da yaşadığım diğer şeylerden çok, eserin orijinal başlığını bildiğim gerçeğiydi. Bu başlık yüzyıllardır kayıp olan ve hiç kimsenin bilmediği bir eserin adı idi.

Onların yardımıyla hemen bazı bölümlerin yazılı kopyalarını çıkarmaya ve çevirilerini yapmaya koyuldum. El yazmasının üstünde haftalarca birlikte çalıştık. Okudukça, Lupelius'un felsefesine daha çok yaklaşıyor, bu kayıp öğreti için duyduğum tutkunun içimde giderek büyüdüğünü hissediyordum.

Bir paragrafın açıklanması, bir işaretin yorumlanması, ölümsüzlük sırrının yorulmaz araştırmacıları olan bu insanların, kadınların ve erkeklerin okulunun kutsal eşiğinden geçmemi sağlıyordu.

'Tanrılar Okulu'nun bir eş kopyasının çıkartılması için uzman kopyacılarla anlaştım. Sonuç gerçekten muhteşemdi: Sayfaları bitkisel parşömenden ve Lupelius'un orijinal eserinin en ince ayrıntısına kadar eşi olan, deri ciltli bir kitap. Bu kopyayı yanımdan asla ayırmadım.

Kitabımı, Büyük İskender'in bir zamanlar İlyada'ya yaptığı gibi, ben de her gece yastık yaparak yanağımın altında saklıyordum. Bu, benim Dreamer'a hazırladığım bir armağandı ve onu kendisine vermek için sabırsızlanıyordum.

Biliyordum ki, günden güne ilkelerini anlama yolunda attığım her küçük adım beni ona daha da yaklaştırıyordu. İmkansızlığın sınırlarındaki bu araştırmanın sonucunda elde ettiğim olağanüstü başarı karşısında sıkça kontrol edemediğim bir coşkuya kapılıyordum, öyle ki bazen iyice yükselen bu coşkuyla mest olma durumuna geçiyordum. 'Mucizevi' bir şekilde, Peder S.'yi tanımış ve 'Tanrılar Okulu' el yazmasının orijinaline ulaşmış, çeviri çalışmalarımı sınırsız bir özveriyle sürdüren araştırmacı çiftle karşılaşmıştım. Ve yakında yine Dreamer'ı bulacağımdan en ufak bir şüphem yoktu. Şimdilik, elyazmasının içine gömülmekten, her gün Kral Süleyman'ın madenlerine inip kutsal tünellerini geçerek ve durmaksızın arayarak, 'değerli malzemeyi' bulmaktan başka gözüm hiçbir şeyi görmüyordu.

Yaşamı seçebilmek için ölümün yenilmez olmadığı fikrini seçmemiz gerekir. Ve bu yolla kendi Oluş'umuzda canlılığın, uzun ömürlü olmanın ve sonsuzluğun ilkelerini bulmak zorundayız.

In order to choose life we have to choose the thought that death is not invincible. And so, we have to find the principles of aliveness, longevity and eternity in our being.

Lupelius'un elyazmasından öğrendiğim bu ve benzeri kurallar, bir gün benim tüm gelecek eylemlerimin mihenk taşları ve uluslararası iş dünyasındaki sayısız girişimin dayandığı temel ilkeler olacaktı.

Bir girişim, ancak kurucusunun görüş ve ilkeleri kadar canlı, zengin ve uzun ömürlü olabilir.

Lupelius'a göre insanlar arasındaki asıl eşitsizlik ve her görünür farklılığın kaynaklandığı kök, onların farklı içsel sorumluluk düzeylerine ait olmalarıdır.

Düşüncelerinin farklı nitelikleri insanları, Oluş merdiveni boyunca dikey olarak farklı düzlemlere yerleştirmektedir.

Hiçbir savaşın ya da devrimin ortadan kaldıramayacağı içsel bir hiyerarşi bulunmaktadır, çünkü insanlar arasındaki gerçek farklılığın zenginlikle, inançla veya ırkla bir bağıntısı yoktur. Bu içsel hiyerarşi Oluş durumundaki bir farklılıktır, psikolojik, dikey, evrimsel ve aşamalı bir farklılık. Bundan dolayı, bu aşamalar arasındaki bir yükseliş, ancak düşünme ve duyumsama biçiminin kökten değişimi ile gerçekleştirilebilir.

Gerçek bir gelişme, Oluş'ta bir değişim olduğunu gösterir. Gerçek bir gelişme, yeni bir düşünüş biçiminin benimsenmesiyle, eskimiş, ölümcül zihniyetin bırakılması sonucunda, Oluş'un birliğine doğru bir evrimleşme veya büyüme demektir. Yalnızca Oluş'taki bir değişim, insanı özgürlükte, aydınlanmada ve mutlulukta daha yüksek düzeylere taşıyabilir.

10 Mea Culpa*

Lupelius'a göre yeryüzü, ölümün elinde oyuncak olmuş insanların mahkumlar gibi yaşadıkları bir kozmik hapishane, dünya boyutunda bir zindandır. Bu görüşten son ve kesin bir yenilgi oluştuğu sonucunu çıkarmak yerine, akıl almaz çılgınlığıyla çok cesur bir plan tasarlar. Lupelius, insan için onu sınırlarının ötesine geçirecek olası bir serüven düşler: insanın kaçınılmaz görünen ölümcül yazgısından ve dünya yasalarından kurtulmasını sağlayacak bir serüven. İnsanın kendi elleriyle ördüğü duvardan sınırlarını, yine insanın yıkmaya gücü vardır. Doğaya kafa tutabilir ve Herakles Sütunları gibi, kendisine en uç nokta olarak kabul ettiği ve ötesine geçmeyi hayal bile edemediği sınırları yerle bir edebilir. Lupelius, etrafına birkaç cesur adam toplar ve ayrıntılı bir kurtuluş planı hazırlar.

Hep aynı olaylarla karşılaşıyorsun, çünkü sende hiçbir şey değişmiyor
Benzer benzeri çeker. Like attracts like.
Cenneti yaşayan cennete, cehennemi yaşayan cehenneme doğru yol alır.

Lupelius'un felsefesine göre, bizim Oluş durumlarımız uygun olayları kendisine çeker ve bu olaylar, bizim içinde bulunduğumuz aynı durumları yeniden yaşamamıza neden olur. Sadece niyet, insanın hayatını sarmalayan hipnotik çemberi kırabilir, hiç sonu gelmeyen bu rutin oyunu ve yine bitmeyen bu kısır döngüyü durdurabilir.

Düşünce yaratıcıdır. Düşünce yaratır.
Thought is creative. Thought creates.

Olaylar, düşüncelerimizin ve Oluş durumlarımızın, gözle görünür halidir. Bu sebeple, olaylar ve durumlar aynı şeydir. Durumlar, her kişinin Oluş'unda üretilirken, olaylar da insanın yaşamında, zaman içinde, başına gelen ve sanki insanın iradesinden bağımsız olarak ortaya çıkıyormuş gibi görünen olgulardır. Tek gerçek ise onları yaratanın biz olduğumuzdur, olması için sürekli yakaran ve farkında olmadan olayları hayata geçiren biz...

İster olumlu, ister olumsuz olsun, insanın düşünceleri daima yaratıcıdır ve mutlaka ortaya çıkacak uygun bir zamanı bulur. Düşüncelerimiz, elimizle yazdığımız hatta yolladığımızı bile unuttuğumuz davetiyeler gibi düşüncelere karşılık gelen olayları kendine çeker.

---

* Mea culpa. Mea culpa, mea maxima culpa (Lat.): Ben suçluyum, her şeyin tek suçlusu benim.

Koşullar, buluşmalar, olaylar, sorunlar ve aksilikler, sürtüşmeler ve başarısızlıklar, yani üstü örtülü bir biçimde kendilerini çağırdığımız tüm istenmeyen konuklarımız, artık onları aklımıza bile getirmediğimiz bir zamanda kapımızı çalarlar. Onların beklenilmeden ve birdenbire olduğunu sanmamızın asıl nedeni, bizim kendi durumlarımıza dikkat etmememizdir.

Beklenilmeyen, her zaman uzun bir hazırlık dönemi gerektirir!

İster bilinçli, ister bilinçsiz olsun, kişinin başına dışardan gelen hiçbir olay onun rızası olmadan gerçekleşmez. Hiçbir şey insanın düşüncelerinin içinden geçmeden oluşamaz. İşte bu yüzden, düşünce en büyük güçtür.

Olgular, olaylar ve deneyimler olarak tanımladığımız ve yaşamda gerçekleşmesi muhtemel olan her şey, tüm bunlarla aynı frekanstaki durumlarla buluşmaya uygun adım yürüyen Oluş durumlarımızdır. Durumlar, gerçekleşmek için doğru zamanı bekleyen olaylardır. Duygularımızın kalitesi, düşüncelerimizin genişliği, içinde bulunduğumuz andaki ruh halimiz, hayatımızda neyin görünür olacağına, nelerin gerçekleşeceğine ve kendi yaşamımızda başımıza gelecek olayların doğasına karar vermektedir.

Düşüncelerimiz kaderimizdir.
Düşüncelerimizin kalitesi yükseldikçe yaşam kalitemiz de yükselir.
Thinking is Destiny.
The higher our thoughts, the greater our life.

Lupelius'un felsefi düşüncesinin temeli, olaylarla durumların bir tek gerçekliğin iki yüzü olduğunun ortaya konmasıdır. Bu saptama, kişinin kendi durumlarını bilmesi ve kendi kendisinin efendisi olması yoluyla, kaderini istediği gibi yönetmesine izin vererek içimizdeki ve dışımızdaki dünyayı birbirinden ayıran duvarı ortadan kaldırır.

Yaşam bizim kendi keşfimizdir ve bu yüzden sadece bize bağlıdır.

Lupelius'un rehberliğinde, Hristiyanlığın mea culpa sözlerinde gizlenen 'yapmanın somutluğunu', onun baş döndürücü gücünü ilk kez keşfediyordum. Bin yıllık insan zekasının kısacık özeti sanki bir mücevher kutusunda gibi bu iki sözcükte saklanmıştı. Mea culpa, mea culpa, mea maxima culpa. Bunun kişisel sorumluluk fikrinin en güçlü ve en özlü ifadesi olduğunu ancak şimdi anlayabiliyordum. Benim suçum. Mea culpa. Gezegenlerin hiyerarşisinden atomların hareketlerine dek, tüm evrene gem vurabilecek bu formül, sınırsız bir enerjinin sırrını içermekteydi.

Oluş durumlarını değiştirmek yoluyla, başına gelmesini beklediğin olayları değiştirebilirsin. İşte insan da kendi üstünde çalışarak, düşünme ve hissetme biçimlerini değiştirerek, hayatının zamana bağlı yatay çizgisinde değişimler yaratabilir. Yeryüzündeki yaşamımız bizim muazzam Okul'umuzdur. İnsanlığın gözünde bir hapishane gibi görünen, bir Yaşam Okulu.

Bakış açımızı altüst etmeyi öğrenmemiz gerekmektedir. İnsanların genellikle zorluk veya felaket olarak gördükleri, beddua ettikleri, her ne pahasına olursa olsun kaçındıkları her şey aslında ölüm psikolojilerini yaşam psikolojisine dönüştürmelerini sağlayacak çok değerli malzemelerdir.

Dünyadaki yaşam, bir Tanrılar Okulu'dur.
Karışıklık, şüphe, kargaşa, kriz, kızgınlık, umutsuzluk ve acı,
tümü büyümek için yararlanılması gereken mükemmel fırsatlardır.
Life through this world is a School for Gods.
Confusion, doubts, caos, crisis, anger,
dispair and pain are all excellent conditions for growth.

11 Durumlar ve olaylar I

Bir insanın Oluş'u, yaşamındaki durumlar ve olaylardan meydana gelir. Bu sebeple hayatımız, birbirine paralel iki hat üzerinde ilerler; birincisi 'olaylar', hayatlarımız boyunca zaman ve mekanın taşıma bandı üzerinde bize doğru akan ve birbiri ardına oluşan şartlar, diğeri ise hislerimizi, ruh halimizi ve duygularımızı tetikleyen iç dünyamızda çoğunlukla bilinçsiz bir şekilde yükselen 'durumlardır'. Bir insanın kişisel tarihçesi, yatay düzlemde olaylardan ve dikey düzlemde durumlardan oluşmuştur. Buna rağmen insanlar gözlerini kendi yaşamlarına diker, ısrarla onu anlamaya çalışır ve yaşamı sadece dışardan gelen olayların belirlediğine inanıp, öyle de anlatırlar. Gerçekte ise, yaşamda oluşan olayların türü ve dolayısıyla yaşamın kalitesi, düşüncelerin niteliğine ve Oluş durumlarına bağlıdır.

Dolayısı ile yaşam olaylardan oluştuğu kadar, hatta çok daha fazlasıyla, ruhsal durumlardan oluşmuştur. Örneğin, bir konferansa ya da tiyatroya gittiğimizde oturacağımız yeri seçenin biz olduğuna inanırız, ya da bu sabah giyeceğimiz elbisenin kendi seçimimiz olduğuna yemin edebiliriz. Aslında oturacak yeri veya giysimizi 'biz' değil, Oluş durumumuz seçmiştir.

Lupelius, herkesin elbise dolabında sevmediği ve hiç giymediği bir elbise, bir gömlek ya da herhangi bir giysinin mutlaka olduğunu gözlemiştir.

Ne var ki, hiç kimse bu kullanılmayı bekleyen giysiyi giymediği halde kaldırıp atmayı göze alamadığını söyler çünkü bilir ki, zamanını kestiremediği bir gelecekte o kıyafeti giymesini gerektirecek uygun bir ruh hali, farklı bir düzeyi içinde olacaktır. Bunu bilen kendisi değil, Oluş'udur. Kendimizi ne zaman öyle 'hissedersek', o kıyafeti o zaman 'seçeriz'.

Özgür irade sorgulamasının ve kaderin, rastlantısallıkla mı yoksa gereklilikle mi açıklandığı konusundaki asırlık muammanın özünde, durumlar ve olaylar, içsel koşullar ve dışsal olaylar arasındaki ilişki, bir insanın psikolojisi ve başına gelen olaylar arasında o esrarengiz bağ bulunmaktadır. Bu bilmecenin etrafında, insanlar asırlar boyunca bugün bilinmeyen önemli bir bilim bilgisini biraraya getirdiler.

Eski Yunanlılara göre, kişinin içsel durumları ile dışında olanlar arasında bir neden-sonuç ilişkisi vardı. Geçmişte kalan bu uygarlık, bir insanın kaderinin, insanın iç dünyasının Oluş'unun yansıttığı bir görüntü olduğuna içten inanıyordu. Bu sağlam inancın üstüne bir bilim ve sanat keşfetmişlerdi ki, bu onlar için en büyük değerdi.

Homeros öncesi çağda bilge, yalnızca engin deneyimleri veya bilgi zenginliği olan biri değildi, aynı zamanda bilinmeyeni açıklayan ve geleceği de bilen kişiydi. Yunanlılara göre; karanlığa ışık tutmak, bilinmeyeni açıklamak, gerçek bilgi ve aynı zamanda da bir sanattı. Geleceği görmek ve ondan bilgiler vermek başka toplumlarda da yüceltilmişti, ama hiç kimse, bu inanışın yaşamın en önemli öğesi olduğuna onlar kadar inanmamıştı. Böylece bütün Helen topraklarında bilgeliğin, yani insanların yazgısını bilen ve söyleyen en büyük güç olarak benimsedikleri Dionysos'a değil, Apollon'a kutsal tapınaklar adıyorlardı ve bunların sayısı her geçen gün çığ gibi büyümekteydi.

Yunanlıların bu büyük yeteneği olan geleceği bilme sanatı, en yüce ifadesine Delphi'de kavuşur. İşte bu nedenle Yunanistan'ı tanımlayan bir kısaltma gibi, Delphi tanrısı Apollon, bu uygarlığın birleştirici bir simgesidir.

Tanrı'ya geleceği hakkında soru sormak için, çok uzak yolları aşıp, bir çok tehlike ile yüze yüze geldikten sonra, nihayet Delphi'ye ulaşan yolcu, tapınağın girişindeki alınlığa kazılmış olan şu sözlerle karşılaşacaktı: *"Kendini bil."* Geleceğini mi bilmek istiyorsun? O halde kendini bil! der gibiydi... ince bir alayla insanı etkileyen bu aykırı düşünceyle Yunanlılar, insanlığın en eski bulmacasını çözmüş, sırların sırrını, özgür iradenin olup olmadığına dair bin yıllık meseleye çözüm getirmişlerdi.

O dönemde, dünyanın tüm felsefelerini temellerinden sarsan bir ikilemle: önceden belirlenmiş ve kaçınılmaz bir gelecek bildiren ölümlü kaderini mi, yoksa *homo faber*, yani insanın kendi kaderinin mimarı olduğu inancını mı izlemeli sorusu arasında kararsız kalmışlardı.

Yunanlılar, Delphi'nin bu özlü sözünü tüm sanatların en kutsalı ve bilimlerin en yücesi olan kehanet için yapılan tapınağın ön cephesine kazıyarak, iç ve dış dünyanın yani durumlarla olayların arasındaki gizli ilişkiye dikkat çekmişlerdi. Bu keşiflerini bize ulaştırmak üzere, şişeye konmuş bir mesaj gibi zaman okyanusuna bırakmışlardı. Kendisini, kendi Oluş'unu, düşüncelerini, fikirlerini, davranışlarını bilen kişi aynı zamanda geleceğini de bilir, ruhsal durumlarımız bizim kaderimizdir.

Düşünmek kaderdir. Thinking is Destiny.

Apollon, dünyanın simgesi, insanın içselliğinin aynasıdır. Dünya bizi yansıtır. Klasik geleneğin aktardığı Kör Peygamber Homeros efsanesi, son bilge Sokrates'le kapanan o bilgeler çağından gelen bir başka mesajdır. Antik çağın iki büyük kutsal kitabı olan İlyada ve Odysseia'nın yazarına yakıştırılan körlük, Yunanlıların psikolojik dünyaya kendilerini ve kendi içsel durumlarını bilmeye gösterdikleri özeni simgeler. Kişinin kendi içine bakması dünyayı tanımasının anahtarıdır, bu durum aynı zamanda onu, olayları anlamaya ve öngörüye götüren yoldur. Bazı kişilerin olağanüstü cesaret gösteren davranışlarını, giriştikleri işlerde sıradan bir kapasitenin çok ötesinde gösterdikleri becerilerini en tehlikeli durumlarda bile özel bir koruma altında olduklarından emin bir tutum gösterip bundan keyif duyduklarını ve hayatlarını sıradışı olayların tam merkezinde nasıl yaşadıklarını farkeden Antik Yunanlılar, böylesi kişilerin nerdeyse ilahi olduğunu düşünmüş, ayrıcalıklı bir yapıya, aydınlatıcı gücü olan bir Oluş'a ve manevi niteliklere sahip olduklarını farketmişlerdir. Bu sebeple insanları, kahramanlar ve yarıtanrılar ile sırandan insanlar olarak iki farklı tür olarak ayırmışlardır.

Homeros'un çağında yalnızca kahramanlar ya da yarı tanrılar, olağanüstü başarıları sayesinde kendi yazgılarını kendileri yazma hakkını ele geçirebiliyorlardı. Herhangi bir ilahi yargıya bağlı olmayan eşsiz ve özgün yaşantılarında rastlantıların ve beklenmedik olayların yeri yoktu. Onların dışında kalan diğer sıradan insanlar ise sürekli tekrarlanan bir yaşantıya mahkûmdular. Onlar, olasılık yasalarının geçerli olduğu, uzun ya da kısa fark etmez, tüm yaşamları boyunca yaptıkları her şeyi bir boşluğa yöneltmiş, hiçbir iz bırakmamayı kader olarak seçmiş kişilerdi.

Lupelius'a göre, bu iki insan türü ve dolayısıyla insanlar arasındaki farklılık, onların Oluş merdiveninin farklı basamaklarında bulunmalarından kaynaklanır.

İnsanlar, yıllarca ya da sadece birkaç dakikalığına bir araya geldikleri her anda, mutlaka bir piramit oluştururlar. Parlaklıkları, kütleleri, yörüngeleri ve güneşe olan uzaklıkları gibi bir hesaplamaya göre sıralanan gezegenler gibi, insanlar da kendilerini içlerindeki matematiksel bir hesaba göre, görünmez bir merdivenin basamaklarına yerleştirirler.

Bizler bunu belki de farkında olmadan yaparız, ama diğer yandan yazgımız, yaşam kalitemiz ve başımıza gelen olaylar da bu hiyerarşiye saygı göstermek durumunda kalırlar.

Her şeyin nasıl bir Oluş'tan çıkıp yayıldığını, bütün toplumun ve bireylerin yazgılarının, Oluş'unun dışa yansıtılmış görüntüsünden başka bir şey olmadığını anlayan klasik Yunanlılar, dinden politikaya, bilimden felsefeye ve sanattan savaşa kadar ellerindeki her aracı ruhu yükseltmek uğruna kullanmışlardır. Atina gibi bir şehrin harikulade mimarisi ve meydanlarında sergilenen Phthia'nın şaheserleri gibi sanat eserleri, ruhu yükseltmek amacıyla güzellik, gurur ve uyum mesajları taşıyan birer araç olmuştur.

Oluş sayesinde yapmanın sırrını, yalnızca Yunan şiirinin etimolojisinde bulabiliriz. İzleyicilerinde bir rahatlama sağladığı ve ağırlıklarından arındırarak ruhlarını hafiflettiği için Yunan tiyatrosunun, uygarlıklarında iyileştirici ve temizleyici bir işlevi vardı. Yunanlılar için trajedinin esas amacı tutkuları arındırmak ve bu şekilde Oluş'un gelişimini gerçekleştirmekti.

12 Durumlar ve olaylar II

Durumlar ve olaylar hakkında öğrendiğim her şeyi ve bu bilginin önemini çoğu zamanlarda derinlemesine düşündüğümde; ömrümüzün çeyreğini okul ve üniversitelerde geçirirken, Oluş hakkında ya da ruhsal durumlarımızın yaşam şartlarımız ve karşılaştığımız olaylardaki gücü hakkında hiçbir şey bilmeden, tüm hayatımızın elimizden kayıp gitmesinin ne kadar anlamsız olduğunu fark ettim.

Gördüğümüz ilk eğitim bizlere, neyin iç, neyin dış kaynaklı olduğunu ayırt etmemiz bilgisini sağlamayacağı gibi düşüncelerimizi yönetmemiz ve hislerimizin farkına varmamız için de bizi donatmaz.

Sıradan kültür, herhangi bir kasti amacı olmadan, hisleri, duyguları ve düşünceleri 'gerçekten' uzaklaştırmış, onları ayrı olaylar diye düşünüp efsanelerin, hayallerin ve masalların geçici ve idrak edilemeyen küresine indirgemiştir.

Klasik uygarlığın yolunu takip ederek, -her anlamda tarihten daha faydalı ve güvenilir olan- efsanelerini ortaya çıkararak ve Lupelius'un elyazmasını inceleyerek heyecan verici bir keşifte bulundum; gerçekte, olaylar ve durumlar arasında öncesi - sonrası ya da sebep - sonuç ilişkisi değil, aslında sadece mutlak bir benzerlik vardı. İçimizdeki durumlar ve dışımızda gerçekleşen olaylar, aynı gerçekliğin farklı Oluş düzeylerine yerleşmiş iki yüzü ya da dikey bir çubuğun iki ucundan başka bir şey değildi.

Durumlar ve olayların özdeş olduğunu görmemizi engelleyen şey, onların birbirlerinden bir tür seyreltici işlevi gören zaman faktörüyle ayrılmış olmalarıydı. İçsel durumlarımızla, buna karşılık bizim dışımızda oluşan olaylar arasında belli bir zaman geçmektedir ve Oluş'umuzdaki durumlar zaman boşluğunda dışımızdaki olaylara dönüşerek karşımıza çıkmaktadırlar. Ne var ki bir sis perdesi gibi araya giren zaman, bu gerçeği anlamamızı engellemektedir.

Düşünceler, duygular, heyecanlar gibi bütün ruhsal durumlarımız, her an yolladığımız davetiyeler gibidir ve biz unutsak bile onlar, davetiyelerin yanıtları gibi karşılık gelen olayları bize çekmekten asla geri durmazlar. Daha açık bir ifadeyle, olaylar zaten ve her koşulda mevcuttur. Başımıza gelmeleri yalnızca bir zaman meselesidir. Gerçekleşmesi kısa veya uzun süre alabilir, orada veya burada olabilir, ama ne olursa olsun daima bize ulaşırlar.

Kişinin duygusal durumları, aslında görünür hale geçmek ve
kişinin başına gelmek için fırsat kollayan olaylardır.
A man's emotional states are in reality events seeking an opportunity
to happen and become visible.

Zaman; olayları durumlardan ayırır, onların kimliğini gizler ve bizi şaşırtarak, duygusal durumlarımızın her şeyin tek sorumlusu olduğunu tam da unuttuğumuz veya hiç farkında bile olmadığımız bir anda, sanki bir ekranın arkasında saklı duran olayları görünür hale getirmek üzere olayların üzerine sepia renklerini püskürtür.

Hiçbir şey birdenbire olmaz.
Beklenilmeyen, her zaman uzun bir hazırlık dönemi gereksinir.
Nothing happens suddenly.
The unexpected always requires a lengthy preparation.

Bir kişinin, Oluş'undan ve psikolojisinden bilinçli veya bilinçsiz olarak geçmeden karşılaşabileceği hiçbir şey, başına gelebilecek hiçbir olay yoktur. Dünya heyecanlarımızla, tutkularımızla ve düşüncelerimizle yakından alakalıdır. Bunlar iç dünyamız ile dış dünyamız arasındaki aktarımı sağlayan bir kemerdir. Duygularımızla düşüncelerimizi, ayrıca belirli bir anda hissettiklerimizle yaşadıklarımızı denetleyebilirsek, yani duygularımıza hakim olursak, yaşamımızın kontrolünü ele geçirmiş, kaderimize yön vermiş oluruz. İşte Romalıların talih ve *homo faber* anlayışının kaynağı buradadır.

Onların bu anlayışı, Yunanlıların ve Orta Doğu'nun Talih'i, olayları gelişigüzel dağıtıp kendi aklına estiği gibi yönlendiren gözü bağlı bir tanrıça olarak betimledikleri görüşüyle çelişir.

Genellikle, dış olayların davranışlarımızı koşullandırdığı ve ruh halimizi belirlediği ortak bir inanıştır. Bir şey olur, birisiyle karşılaşırız veya bir haber alırız ve hissettiğimiz huzursuzluk, kaygı, şaşkınlık gibi psikolojik dışavurumlarımızın, bu olayların etkisiyle ya da sonucunda oluştuğuna inanırız. Fotoğrafın bulunuşundan önce, gözden çok daha hızlı hareket ettiği için, dörtnala koşan bir atın ayak hareketlerinin doğru sırasını belirlemek olanaksızdı. Aynı şekilde düşünceler, heyecanlar, algılamalar ve duygular da elektronik bir şimşek gibi çakarak, nöronlarımızın gizemli ormanından neredeyse ışık hızıyla geçtiği için, duyguların dış olaylarla zaman düzlemindeki bağlantılarının doğru sıralamasını yapmak olanaksızdır. Kısacası, başımıza bir olay geldiğinde içine düştüğümüz psikolojik durumun bir olayın sonucunda ortaya çıktığını düşünürüz. Böylece, aslında tam tersi olduğu halde, Oluş durumumuzu dışımızda gerçekleşen olaylar ile haklı çıkartırız. Oysa gerçekte, hayatımız boyunca, dışımızda gerçekleşen olayları belirleyen ve önceden ilan eden bizim Oluş durumumuzdur.. Olumsuz duygularımız, zaman içinde şikayetçi olduğumuz aksilikler haline gelirler. İster iyi olsun, ister kötü, belli bir olayın başımıza gelebilmesi için öncelikle içimizde onun gerçekleşeceği koşulları yaratmamız gerekir.

İnsanın en büyük yanılgısı, dış koşulları değiştirebileceğine ve dünyayı düzeltebileceğine inanmaktır. Halbuki ancak kendimizi değiştirebilir, tutumlarımızı farklılaştırabilir, tepkilerimizi düzeltebilir ve hissettiğimiz olumsuz duyguları ifade etmemeye çalışabiliriz.

Evren olduğu haliyle mükemmeldir. Değişmesi gereken yalnızca sensin!
The universe is perfect the way it is. The only one who must change is you!

Bir kişinin enerjisiyle iyi niyetinin, hayatın gelişigüzel ve kaçınılmaz görünen olayları karşısında hiç öneminin olmayacağına inanmışızdır. Bizi bir sel gibi içine alan bu olaylar, fazla belirsiz, öngörülemeyecek kadar karışık ve denetleyemeyeceğimiz kadar güçlüdürler.

Lupelius, bize olaylarla durumların arkasında daima kendimizin olduğunu 'görmeyi' öğretmektedir.

Herhangi bir çözümün ortaya çıkması için, öncelikle kendimizi değiştirmemiz gerekmektedir.

Oluş seviyesinde en küçük bir değişikliği bilinçli olarak gerçekleştirmesini bilen kişi, dağları yerinden oynatabilir ve kendisini dış dünyaya bir dev görüntüsünde yansıtabilir.

Durumlarımıza, düşüncelerimizin kalitesine, hissetme biçimimize göre hareket etmek bazı duygularımızı aç bırakmak, bazı duygularımızı da besleyerek, yalnızca davranışlarımız ve dış dünya ile karşı karşıya bırakan olaylara verdiğimiz tepkilerimizi değiştirmekle kalmayıp günden güne karşılaştığımız olayların doğasını da değiştirmiş oluruz. Yapmamız gereken ilk iş kendimizi gözlemlemek olmalıdır. Düşüncelerimizi dikkatlice kontrol etmemiz ve olayları 'alış' şeklimiz, bize insanların nasıl olumsuz düşündüğünü ve hissettiğini anlamamıza sebep olacaktır.

Kişi kendisi için açık ve seçik olarak sadece sağlık, zenginlik ve esenlik diler. Kendisini gözleyebilseydi ve yüreğini duyabilseydi, aslında hiç durmaksızın bir olumsuzluk ezgisi söylediğini, yani endişelerden, sağlıksız imgelerden ve başına gelebilecek ya da belki de hiç gelmeyecek korkunç olayları beklemekten ibaret bir felaket duasıyla yakardığını işitebilecekti.

Peki ama, Oluş'un içsel durumları, ruh halimiz, duygularımız ve düşünme şeklimize göre nasıl hareket etmeliyiz? Bir dağı yerinden oynatabilecek enerji, kişiyi kötü ruh halinden ya da olumsuz duygularından çıkarmak şöyle dursun, bir düşünceyi bile değiştirmeye yetmez. Düşünceyi yeniden yönlendirmek için gerekli olan güç ya da bir duygu üzerindeki hakimiyet Oluş'un daha yüksek seviyelerinde oluşturulabilir. Bu özel enerjiyi toplayabilmek için sistemimiz içerisindeki tüm çatlakları ortadan kaldırmak gerekir; çoğunlukla olumsuz duyguların ifadesinden ve kaybettiğimiz hatalı içsel tavırlarımızdan meydana gelen binlerce küçük yarıklar... Eğer dış dünyamızda bir olay meydana geldiyse ve o olayı yaratan Oluş durumumuz ile olanı bağdaştıramazsak, değerli bir fırsatı kaçırırız demektir.

Dikkatle bakacak olursak, yaşamımızda birçok olayın aynı şekilde sürekli tekrarlandığını görürüz, eğer bu olaylara karşılık gelen Oluş'un özel durumlarını gözlersek olayların doğasını daha iyi anlama şansımız olur.

Örneğin, bir toplantıya 'geç kalmanın' yönettiği duygular kümesini ele alalım. 'Geç kalmak' kaygı hissini tetikler. Dışımızda gelişen bu olayların, henüz meydana gelmemiş hangi içsel duruma karşılık geldiğinin farkında olmamız gerekir. Oluş'umun bir kısmı beni bu olaylara bağlamaktadır. Onları yaşantımdan silebilmek için yapabileceğim tek şey, gerçekte Oluş'taki bir hastalık, içsel bir kusurdan başka bir şey olmayan endişe, korku ve kaygı olarak adlandırdığım bu olumsuz iç koşulu düzeltmektir.

Onu yaratan psikolojik durumlar içimde devam ettiği sürece, bu türdeki endişe verici olaylar da yaşantımda öyle ya da böyle tekrarlanacaktır.

Aslında bu olaylar, bize bir iyileşme sürecinin başlayabileceğini gösteren işaretlerdir, tabii eğer bu olaylara sebep olan duygusal durumlarımızla ilişkilendirme farkındalığına sahipsek. Kendi psikolojik durumlarımıza dikkat etmek; süreci ters çevirerek, olaydan, olayın çıkmasına sebep olan durumumuza doğru geri gitmek anlamına gelir. İşte burası, yaşamlarımızı dönüştüreceğimiz gerçek fırsat ve anlayışa erişebileceğimiz yerdir.

Bahaneler üretmek, kendimizi haklı çıkarmak, suçu dışımızdaki bir olaya yüklemek, nedenin kendi eksikliklerimizde, içsel durumlarımızda, düşünme, hissetme ve tepki verme şeklimizde olduğunu kabul etmemek bizim anlamadığımızı gösterir, anlamamak ise, herhangi bir durumda o olayın başımıza tekrar tekrar geleceğinin belirtisidir. Koşullar değişecek, olaylar her seferinde farklı bir maske takarak başımıza gelecek ve biz, her seferinde suçu dışımızda gelişen olaylara yüklemeyi sürdüreceğiz; bu tavrımızla da o olaylardan sonsuza kadar kurtulma şansını kaçırmış olacağız.

Her şeyde kendinizi suçlayın,
başınıza her ne gelirse gelsin kendinizi sorumlu tutun.
Bu düşünce gücü iki sonsuz kelime içinde özetlenmiştir:
Mea culpa. Suç benim...

Ülkelerin de durumlarına uygun gelen olayları kendilerine çektiklerini düşünmekteyim. Örnek olarak ABD'deki ırkçılık durumunu ele alırsak, farklı ırk, inanç ve kültürdeki kişilere karşı bir nefret olduğunu kabul etmek ve bunu sona erdirmek üzere gereken koşulların düzenlenmesi yüzlerce değilse de onlarca yıl aldı.

Malcolm X, M.Luther King, J.F.Kennedy gibi haksızlığa uğratılıp vakitsizce öldürülen liderlere yeni olayları ve fırsatları çekebilme yeteneğini veren özellikleri; ulusların ve uygarlıkların değişmesi gereken psikolojik durumlarını, düşünme ve hissetme koşullarını zamanı kısaltarak ve hızlandırarak gerçekleştirmiş olmalarıydı.

Oluş durumlarımız, yaşamda bize kazandırır ya da kaybettirir. Bizi yoksul ya da varlıklı yapar. Bizi hasta eder ya da iyileştirir. Kendini gözlemlemek, kendi üzerinde çalışmak demek tüm bu durumlarımızı bilmemiz anlamına gelir. Bizi daha zeki ve daha farkında yapacak şey, sadece kendimizi gözlemleme eylemidir.

Kendini gözlemlemek kendini düzeltmektir.
Self-observation is self-correction.

13 "İşe Tanrı katın!"

Lupelius'un elyazmasını okurken hararetli bir heyecan hissine kapılmıştım. Yüzyılları aşarak gelmiş o sayfaları derinlemesine incelerken Tanrılar Okulu'nda bir sınıfın sıraları arasında yürüyordum. Onun zamanla sınırlı olmayan sesini kendimden geçercesine dinliyordum. Anlama sınırlarımın ötesine uzanan yolculuğum her gün ayrı bir zihinsel maceraydı, araştırmalarımın ödülü ise bir ölümsüzlük düşüncesinin hazineleriydi.

İnsanın dışarıdan alması gereken hiçbir şey yoktur; ne yiyecek, ne bilgi, ne de mutluluk. Kendisi dışında herhangi bir şeye bağımlı olmamak, onun doğuştan gelen hakkıdır. İnsan; kendi aklı, kendi iradesi ve kendi ışığı ile kendisini içinden besleyip geliştirebilir.

Lupelius'a göre, bu düşünce fiziksel ölümsüzlüğün temeli, bütün dinlerin ve bütün felsefelerin mihenk taşı idi. Belleğin gizli kalmış bir yerinden dünyadaki en eski sözle insanın yazmayı bile bilmediği zamanlarda, dört bin sene önce tıpkı bir çocuğun sözleriyimiş gibi insanın dudaklarında tellafuz ediliyordu. *Thou shalt have no other God before Me!... Benden başka Tanrın olmayacak!* Birdenbire geçmişin karanlıklarına tutulan bir ışık gibi bir yandan titrerken, bir yandan farklı bir anlayış içimde büyüyüp yayılarak güçlü bir ateş gibi alevleri içimi sardı.

"Başka Tanrın olmayacak..." Bu sözler, insanın yaratıcı olduğundan habersiz, dış dünyayı tanrısallığı yaptığı, onu kendi efendisi seçerek kendi kendisinin patronu yaptığı anlamına geliyordu. Binlerce yıllık bu uyarı, emirlerin ilkini ve en büyüğünü bildiriyordu: Hiçbir şeye bağımlı olma!... Bütün bunları yaratanın sen olduğunu hatırla!...

Kendi dışımızdaki bir dünyaya inanmak ona bağımlı olmak demektir, kendi yansımanın yasaları içinde kapana kısılmak demektir. Arka arkaya gelen düşüncelerim yeni bir şey keşfeden çocukların heyecan dolu sesleri gibi üst üste oturarak beynimde bütünleştiler. *'Kendi Tanrını sev. Kendi dışında başka Tanrın olmayacak'*... Tüm ve her şeyin tek mimarı, yaratıcısı, efendisi ve patronu sensin. Bütün bunları sen yansıtıyorsun, bunların hepsi 'sensin'. Bu kadar gerçek ve somut bir Tanrı'nın nefesine bir daha hiç bu kadar yakın olamayacaksın... Bu noktada düşüncelerim durdu ve asılı kaldım.

Erivan'da bir araya getirdiğim akademisyenler ve araştırmacılar grubundan her gün bana ulaşan tercümelerden, bir gün Lupelius'la onun savaşçı keşişlerinden biri olan Amanzio arasında geçen bir diyalog çıktı. Mesajı satırların arasından o kadar canlı ve zinde çıkıyordu ki sanki öğrencisi sorularını Lupelius'a tam da benim okuduğum anda yöneltiyormuş gibiydi.

Zaman sıkıştırılmıştı ve ben, kendimi o Okul'un kutsal duvarlarının arkasında bulmuştum.

Lupelius:

Dış dünyaya gerçek bir şeymiş gibi inanırsan, sonunda kendini ona teslim etmiş olursun ve her ne yapıyorsan içinde kaybolursun. Oradan gelen herhangi bir şey sana sadece sıkıntılarının, sınırlarının ve yoksulluğunun gerçek kaynağını hatırlamana yardım eder.

Bu nedenle, başkalarıyla olan tüm sürtüşmelerin, dışında gerçekleşen tüm durumların ve olayların senin içinde bir anlam bulmasına izin ver ki, işe yaramaz boş şeyler burada yeni bir gerçeğe, yeni bir enerjiye ve yeni bir yaşama dönüştürülsün.

Siz yaşamı ve dış dünyayı Tanrınız yaptınız. Oysa yaşam gerçek değil, sizin kaynağa dönmeniz ve neyin gerçek olduğunu bulmanız için 'düş'e hizmet eden bir araçtır sadece. Dışımızda 'düş' tarafından yönetilmeyen hiçbir şey yoktur.

Amanzio: Peki öyleyse içinde bulunduğumuz şato ve üç yüz yıllık bu odalar nedir?

Lupelius: *Senin yarattığın şeylerden biri; şimdi, tam şu anda!*

Amanzio: Ya annemle babam?

Lupelius: *Onlar da senin yarattığın kişiler; senin dışında senden önce olan hiçbir şey yoktur! Yaşam anne babamızdan gelmez, ne doğumu ne ölümü olan, ne başlangıcı ne sonu olan bir şekilde görkemli, sonsuz ve gerçek olarak durur.*

Amanzio: Peki... öyleyse... insan... Tanrı mı?

Lupelius: *Hayır!...Çok daha fazlası! Kendisine hizmet eden bir Tanrısı var.*

Amanzio: Bu da ne demek?

Lupelius: *Dilediğin her şeyi ondan isteyebileceğin anlamına gelir... ve Tanrı, her istediğini yerine getirecektir; sınırsızca... Tanrı iyi bir hizmetkardır, ama iyi bir efendi değildir... Tanrı hizmet etmeyi sever, sevmeyi sever... Tanrı tüm teslimiyetiyle senin hizmetindedir... Tanrı vardır, çünkü 'sen' varsın. Sen var olmasaydın onun var olmasının bir nedeni olmayacaktı. Tanrı, senin devinmekte olan iradendir.*

Amanzio: Anlamıyorum.

Lupelius: *İnsan aklı anlayamaz... yalnızca yalan söyleyebilir. Akıl yalan söyler. Yalan söylemeyen akıl kendini yok eder ve Oluş'un bütünlüğüne yer açar.*

Geçmişe şeklini veren içinde bulunduğun şu andır, eğer bunu anlayamazsan geçmişi değiştiremezsin.

Şu anda idrak ettiğin her şey eş zamanlı olarak her yöne intikal eder.

Eğer şu an mükemmel değerlendirilirse geçmişindeki her şey de bu mükemmellikle birlikte düzene girer. Geçmişin her olayı bedeninin şimdi gönderdiği bir titreşimin rezonansı sadece.

Her şey Burada olur... her şeye Burada dokunulur... her şey Burada hareket eder... gerçeklik, masumiyet, güzellik ve güç... Burada... bu kusursuz, ölümsüz, yok edilemez bedende yaşam sürmektedir.

14 Uyanık kalma sanatı

Elyazmasında; Beden savaş alanıdır, diye okudum. Lupelius'un tüm zamanların özeti niteliğindeki bu sözleri yükselen bir savaş nidası gibi bedenimde yankılandı. Beden savaş alanımızdır. Zaferin adı ise bütünlüktür. Bir insanın yaşamının amacı, hedefi, Oluş'unun bütünlüğüdür. Lupelius'a göre bu eser, insanın binlerce yıllık araştırmalarının özetidir, yaşamın gerçek sebebini ve tüm bir tarihin anlamını açıklamaktadır. Lupelius'a göre varılan bu durum fiziksel bir başarı olduğu kanısındadır. Beden Oluş'un en görünür kısmıdır, Oluş bütünlüğü ise her hücremizde yer alan bir zaferdir.

Her bir organın, kasların, dokuların ve hücrelerinle tüm bedenin en son atom parçacığına dek düşlerinin ışığıyla yıkanıncaya kadar, düşlerini genişlet. Düşlerin harekete geçtiğinde her şey mümkün olacaktır.

Düşlerin, yeryüzü cennetindeki krallığını ilan etmen için bütün güçlere, ilkelere ve kurallara sahiptir. 'Kendini kazanmak' kadar kutsal bir savaş yoktur; kendi sınırlarını aşmak kadar büyük bir zafer yoktur.

Bütünlük, Oluş'un şifasıdır. Bin yıllık inanışları yıkmayı, olumsuz duyguların ve yıkıcı düşüncelerin dönüşümünü, kendi ustalığına ulaşmayı, yiyecekler, uyku ve nefes alma üstüne hakimiyet kurmayı gerektirir.

'Tanrılar Okulu'ndan bu ve diğer parçalar üzerinde çalıştığımda, bin yıl önce İrlanda'da bir Okul olan onun muhteşem laboratuvarında, Lupelius'un çevresinde yaptığı deneylerin doğasında yatan nedenleri bulup çıkardım. Onun savaşçı-öğrencileri orada kendilerini uykuya ve yemek yemeye egemen olmak üzere eğitir, yıkılmazlığa ve ölüme yenilmezliğe hazırlanmaları aşamasında bugün temel saydığımız bu gereksinimlerini günden güne azaltırlardı.

Lupelius'a göre uyku, solunumun yerine geçen düşük bir ikamedir; bedenin kendisini yetersiz ve verimsiz solunumdan kurtarmak için sadece birkaç saatliğine de olsa tasarladığı bir düzenektir. Lupelius'un düşüncesinin daha da derinlerine indikçe, hiçbir şeyin nefes alışımız kadar bize yakın ama bir o kadar da bilinmez ve gizemli olmadığını fark ettim. Biz bir hava okyanusunun altında yaşayan varlıklarız.

Bu elementin içinde olmamıza ve bedenimizin her santimetrekaresi bu eterik okyanusun basıncı altında olmasına rağmen ciğerlerimize hala yetersiz miktarda oksijen çekmekteyiz. Lupelius sıradışı bir şey keşfetmişti; nefes aldığımız hava miktarı gerçekte ihtiyacımız olandan yüzlerce defa daha azdı. El yazmasında 'underbreathing' yani yetersiz soluma olarak isimlendirdiği, insanın hayatta kalmakta zorlandığı bu solunum durmasına yakın durumunu dikkatle inceliyor ve açıklıyordu.

Lupelius'a göre, bu garip olgunun bir sonucu olarak organizmamızdaki bazı yaşamsal kısımlar oksijen eksikliği çekiyor ve yetersiz besleniyordu. Yüzyıllar öncesinden öngörülen organ yenilenmesi ve katabolizmada nefes almanın öneminin keşfiyle Lupelius insanlığın tehlikeli boyutta kirlendiği sonucuna varmıştı. Kişinin gün içinde kendisini birkaç saat, dolu dolu, derin ve eksiksiz bir biçimde nefes almaya adaması gerektiğine inanıyordu ve yine bir gün, gelecekte her okulun, kuruluşun, topluluğun ve sosyal kurumların, insanlara bedenin gerçek ihtiyacını karşılayacak oksijeni daha fazla miktarda soluyabilme tekniklerini öğreteceklerini biliyordu.

Bin yıl sonra ne yazık ki, bu öngörünün hala gerçekleşmekten oldukça uzakta olduğunu ve oksijeni sanki evrende en az bulunan, elde edilmesi en pahalı veya üzerinde çok ağır vergisi olan ürünler arasındaymış gibi insanların 'yetersiz soluma' durumlarını sürdürmekte olduklarını görüyordum. Lupelius'a göre, derin nefes alışı mekanik olarak değil, ancak derin bir istek ve çaba ile yapılabilir. İnsan kaderinin, doğru nefes almaya - çift kat kordonla - bağlı olduğunu ondan öğrendim.

Bir insanın nefesi genişledikçe, gerçeği de zenginleşir. Kaderini değiştirmek istiyorsan, nefesin üstünde çalış, bilerek nefes almaya yeterince zaman ayır.

Lupelius öğretisinin köşe taşlarından biri olarak, kişinin kendi kaderini doğrudan kendisinin yazması ve büyük kişisel bir serüvenin kahramanı olması için, insanın derin ve bilinçli olarak soluması, yiyecek ve cinsellikte azla yetinmesi ve uykuda daha az zaman geçirmesi gerekmektedir. Kişi, tüm çabasını bu doğrultuda vermelidir. El yazmasında bulduğum bir mektupta, Lupelius bildiğimiz içten tarzıyla bir öğrencisine bu konuda bazı öğütler vermekteydi.

İnsanlar nasıl ölmeyi umuyorsa, uykuya da öyle dalmaktadır; bir anda. Sana gelince, sen gününün ne denli uzun sürdüğüne, savaşının ne denli zorlu geçtiğine veya saatin kaç olduğuna bakmaksızın, 'ayık olarak uykuya daldığından emin ol. Enerjilerini yönetmesini bilmeyenler için günün sonunda tükenmiş olarak uykuya dalmak, canlı olmaktan çok ölü olmaktır. Eğer birkaç dakika uyuman gerekiyorsa, o zaman uyanık haldeyken uykuya geçmeye çalış. Bu senin, cehennemin derinliklerine düşmemeni önleyecektir.

Bu sözlerin, o sıralar da sıkça yaptığım gibi TV karşısında veya bir kitap okurken hemen uykuya dalma alışkanlığım yüzünden dolaylı bir uyarı biçiminde bana yöneltildiğini düşündüm. Lupelius'un sözlerinin gücü ve ikna kabiliyeti öylesine yüksekti ki, onları okurken derhal 'ayık olarak uykuya dalmayı' bir alışkanlık olarak kendime uyarlamaya, yaşamımın şifresi ve ilkesi yapmaya karar verdim. Lupelius'a göre, insanın uykuya dalış şekli yaşantısının niteliğini gösteren bir sistem, bir turnusol kağıdı gibidir. Uyku bastırıp gözlerimizi artık açık tutamadığımızda Lupelius, irademizi kullanarak ayağa kalkmamızı ve uykuyu yenmek için elimizden gelen her şeyi yapmamızı öğütlemektedir. Lupelius, bir kılıç çekmemizi, yıkanmamızı veya dans etmemizi önerir; bu amaca yönelik olarak yardımcı olabilecek birçok oyun ve hile bulmuştur.

Lupelius'un görüşüne göre, *'Uyumak ölmektir!'* Eşi bulunmaz kara mizah yeteneği ve binlerce kılığa girmesine olanak veren şakacı doğasıyla, insanların her gece sahneye son çıkışlarının kostümlü provasını yaptıklarını iddia etmekteydi. İnsanlar için 'kötü bir alışkanlık' olan uykuyu bırakmamakta ısrar ediyorlar ve böylece gezegenimizin yarı nüfusu, sahneledikleri korkunç temsilin farkında bile olmadan birbirlerine iyi geceler dileyip uykuya çekiliyorlar. Yenilmez savaşçılar Okulu'nun başkanı, olanaksızı düşlemeye cesaret eden keşiş-filozof, uyanık durma sanatı üstüne sıradışı bazı önerilerde bulunarak mektubunu bitirmişti.

Uykunun, ölümün bir temsil edilişi olduğunu kavradığında, ona artık asla eskisi gibi yaklaşmazsın. Önlemlerin ve araçların ne olursa olsun, kesinlikle hiç kimsenin, hatta kadınının bile seni uyurken görmesine asla izin vermezsin. Uyanık durma sanatında kendini yetiştir! Bir savaşçı, uykusunda yakalanmasının, savunmasızlığını ifşa ettiğini bilir, dünyayı sana saldırması ve seni ölümcül şekilde yaralaması için davet etmek gibidir.

15 Kötü alışkanlıklar

Lupelius, aslında insanda aklın algılayamayacağı bir gizemin varlığını keşfetmişti; insanın hücrelerini kirleten duygusal bir bataklığın, bir tür 'psikolojik köpüğün' barındığı bir kara delik.

Kişi, oruç tutma ve solunum gibi teknikleri kullanarak yeni bir vizyon, yeni fikirler ve koyacağı olağanüstü çabaları sonucunda çevresindeki gerçekliği değiştirebilir; kendisini eksik, çatışmalarla dolu ve ölümlü bir insandan, bütünleşmiş, uyumlu ve ölümsüz bir bireye dönüştürebilir.

Azla yetinmeye doğru yaptığımız her diyet ve her çaba, yıllardır birikmiş duygusal kabuklarımızı soyarak bizi hafifleteceği için sıradanlığımızın cehennemlerinden kaçışımıza bir hazırlık olacaktır. Lupelius'a göre, yalnızca arınmış bir öğretmenin rehberliğinde Okul'dan bir kişi böylesine bir iyileştirme sürecine göğüs gererek bu girişimin engellerini ve zorluklarını aşabilir.

Her insanın içinde arınmak üzere ilerlerken, bu yolda karşısına çıkan ve kendisine eşlik eden işaretleri genel bir anlamama durumu vardır. Sıradan bir kişi, bunları bir iyileşme belirtisi olarak yorumlamak yerine, tersten okuyarak ciddi bir hastalık olarak görür.

Kimse, çabanın içinde yaşanacak olan acı ile yüzleşmek istemez, Lupelius'a göre, bu sebeple, tam da işe yarayacağı sırada her tür perhizden vazgeçilir.

Lupelius, uzun yolculukları sırasında yoğun çalışmaları ve yorulmak bilmez araştırmalarıyla saklı din okulları hakkında bilgi topladı; büyük dini ve mistik geleneklerden gelen sıradışı insanlarla tanıştı. Her çağda ve bütün uygarlıklarda *otium*, yani hiçbir şey yapmama sanatı; yüksek sorumluluk düzeylerini ele geçirmeye yönelmiş kişiyi bu büyük maceraya sıkıca bağlayan bir altın kordon gibi, her öğretinin ve insanın içsel arayışlarının temel dayanağı idi.

El yazmasının işaret ettiği yol haritası izlendiğinde; bir ruhbanın perhizi, bir münzevinin tekbaşınalığı ve bir keşişin azla yetinmesi ile kendilerini, savaşçı uyanıklığı ve savaş öğretilerine bağlı zamansız araştırmaları ile farklı bakış açıları olan tek bir Okul'un ifadeleri olarak ortaya çıkarıyordu.

Daha da yakından incelediğimde, Büyük İskender'in yanındaki iki tarihçiden biri olan Arrianus, *Anabasis Alexandrou** adlı eserinde İskender'in beslenme alışkanlığını ve enerjisinin sırrını bir cümleyle ifade ettiğini fark ettim:

"... azla yetinmek üzere eğitilmişti: kahvaltı olarak şafak sökmeden bir yürüyüş ve akşamları hafif bir yemek." Cesaret ve gücün eşsiz örnekleri sayılan Makedon savaşçılarının dillere destan olan azla yetinmeleri de böyleydi. Onlar çıplak toprak üzerinde uyurlardı; en çetin mücadelelerde, enerjilerini son damlasına kadar tükettiklerinde bile sadece bir avuç zeytin yerlerdi. Yine de asla yorgun düşmezler ve düşman orduları için en tehlikeli ve en korkutucu kabus olmayı sürdürürlerdi.

Lupelius'a göre, bir gram yiyeceğin bile bilinçli olarak tüketilmesi ve bir dakikalık da olsa uykudan kaçınmak öylesine güçlü bir etkiye sahipti ki, kişinin bütün inanç sistemini yerinden oynatabilir ve yanlış kurulmuş dengelerini altüst edebilirdi.

---

* Anabasis Alexandrou: Büyük İskender'in Seferleri.

Onun Okul'u, hastalığın, yaşlılığın ve ölümün olmamasının, insanın doğuştan gelen bir hakkı ve doğal bir durumu olduğunu savunuyordu.

Hastalanmayan, yaşlanmayan ve ölmeyen bir insan.

A deseaseless, ageless, deathless man.

Zamanın başlangıcından beri, yüzyıllar boyunca ve bütün geleneklerde görülen kendine hakim olma arayışı Lupelius'un 'duygusal atık' diye nitelediği şeyin yüzeye çıkarılması için tasarlanmış bir araç olan disiplin ve uygulama gerektiriyordu. Bu zorunlu işlem, iç yaraların açığa çıkarılmasını ve Oluş'un katmanları arasından sarkan bütün gölgelerin temizlenmesini amaçlıyordu.

Bir gün el yazması üzerinde çalışırken, Lupelius'un bulduğu inanılmaz bir sırrı öğrendim. Bir düşünce devriminin bildirisini sunuyor ve sanki kendi döneminin insanlarına değil de, geleceğin bir bilim konseyine sesleniyordu: "... İnsanlığın geçmişinden miras kalan metafizik bir uykudan uyanmasının artık zamanı gelmiştir. İnanç sisteminin üstündeki binlerce yıllık tozu silkelemesinin zamanıdır." Bu belge şu kararlı sözlerle son bulmaktaydı: "Yiyecek, uyku, seks, hastalık, yaşlılık ve ölüm, 'zihinsel kötü alışkanlıklardır.' Bunlardan kurtulmalıyız."

Ayrıca el yazmasının birçok yerinde, bunlardan "boş inanış" ve "yanılsama" olarak da bahsediyordu.

Lupelius, "The battlefield is the body... Savaş alanı senin bedenindir," diye iddia ediyordu. "Reddedilen her yiyecek, uykudan kurtarılan her an, senin için ölüme karşı bir zafer sayılacaktır. Fiziksel ölüm ahlakdışı, doğaya aykırı ve gereksizdir."

Lupelius yiyecek, uyku, seks ve çalışma hallerinde azla yetinmemenin enerji ve canlılık kaybındaki en önemli neden olduğuna inanıyordu; böylece insan için imkansız olan fiziksel ölüm ilk olarak olanaklı, ikinci olarak ise kaçınılmaz bir duruma dönüşmüş oldu. Lupelius, tarihteki tüm uygarlıklar boyunca, dinsel geleneklere bağlı çok az sayıdaki insanın hipnotik uykusundan uyanarak, bir öğretiyi izlemeye çalıştığını söylemiştir; onların, zengin ve uzun ömürlü olmanın kaynağı olarak düşünce sistemlerinin merkezine fiziksel ölümsüzlük fikrini yerleştirdiklerini de eklemiştir.

Dreamer bir gün bana, yeni bir insanlığın ve özellikle de yeni liderlerin psikolojisinde, fiziksel ölümsüzlük fikrinin bir temel öğe olacağını söyleyecekti. İnsan, Herakles Sütunları'nın ötesine geçmezse, eninde sonunda sınırına dayanacak ve gerisingeri dönecektir. Ölümün alt edilmesi fikri psikolojimizi belirleyen her sınırlamayı söküp atacak ve sorumluluğumuzu yükseltecektir; bu durum hayati önem taşıyan zengin ve uzun ömürlü bir yaşam girişiminin gerçekleşmesi için zorunlu bir önkoşuldur. Dreamer'a göre, bütün okulların her sınıfında ve her düzeyinde, üniversitelerde ve akademilerde fiziksel ölümsüzlük felsefesi öğretilmelidir.

Ebedi yaşam fikri, yoksulluğa, suç işlemeye ve ölüme karşı en güçlü panzehirdir.

Erivan'dan ve Eski Elyazmaları Enstitüsü'nden ayrılırken, zimmetimde en kıymetli ganimeti, 'Tanrılar Okulu'nun bir kopyasını Dreamer için yanıma alarak New York'a döndüm. Tuttuğum yığınla not arasından özellikle iki sözcük, yinelenen bir özdeyiş ve belki de Lupeliyanlar'ın bu özlü sözü, bütün yolculuğum boyunca zihnimi meşgul etti: Daha az öl. Bu sözcükler, Okul'un felsefesinin özlü bir formülü ve kısaltılmış haliydi.

Daha az öl ve ebediyen yaşa.
Die less and live forever.

Bu sözcüklerin sade görünürlüğünün arkasında gizli olan devasa buluş üstüne düşündüm. İnsan kendi içinde gün boyunca birçok kez ölmektedir. Yıkıcı durumlar ve düşüncelerle olumsuz duygular Oluş'umuzun içinde hiç durmaksızın bizi öldüren zehiri ağır ağır salarak zihnimizi karıştırır ve sürekli yinelenirler. Belki ebediyen yaşamak için nereden başlayacağımızı bilmiyoruz, ama Lupelius'un bin yıllık özdeyişini izleyerek kesinlikle 'daha az ölebiliriz'. Lupelyanlar'ın şarkısını çok kez söyledim:

Daha az ye, daha çok düşle. Daha az uyu, daha çok nefes al.
Daha az öl ve ebediyen yaşa.
Eat less and Dream more. Sleep less and Breathe more.
Die less and Live forever.

16 "Sen bunun altından kalkamayacaksın!"

Sanki bir yeraltı yolculuğundan çıkmış gibiydim. Odayı ve en uzak duvarında asılı duran büyük yağlıboya tabloyu anımsamakta gecikmedim. Bu kez Dreamer'ın dünyasında sabahın bir saat daha ilerlemiş zamanıydı ve bu gün ışığında ortalığın aydınlığı villanın bu kısmının mimarisini kolaylıkla seçebilmeme imkan veriyordu.

Bakışlarımı yukarı çevirdim ve duvarın tuğlalarla etkileyici bir kemer oluşturduğu noktaya gelene dek tavanı kenar çizgisinden aşağıya doğru gözlerimle takip ettim.

İşte tam o noktada bir başkasının varlığını sezinledim. İrkildim.

Kemerin iki ucunda kımıldamadan, muhafızlar gibi duran iki çıplak varlık bana bakıyordu: bir erkek ve bir kadın. Ben ne olduklarını anlayana dek sırtımdan aşağı bir ürperti kapladı. Bunlar gerçek boyutta birbirlerine dönük iki heykeldi. Öylesine güzeldiler ki, onların Helenistik döneme ait kopyalar olduklarını düşündüm. Kalkık, düzgün ve bir zırh kadar güçlü savaşçı çenesi, bana bir gurur mesajı aktarıyordu. Bir askeri emir almışçasına dikleştirdiğim bedenimi, öne doğru eğdim.

İçgüdüsel olarak hiç duraksamadan, Dreamer'ın odasına çıkan parlak volkanik taştan dik merdivenin yanından geçerek karşı yöndeki alışılmamış biçimli, kristal camlı, demir kapıya yöneldim. Bir tablo, boydan boya kapının yanındaki duvarı kaplıyordu. Durup inceledim. Bunun Narcissos efsanesinin göz kamaştırıcı bir yorumu olduğunu gördüm: Narcissos, sulara gömülmeden hemen önce, suda kendi yansımasını seyrediyordu.

Büyük bir sanat galerisinde XVII. yüzyıl şaheserleri arasında yerini alabilecek bu tabloyu hayranlıkla uzun uzadıya seyrettim. Ardından kristal camlı kapıyı dikkatle iterek açtım ve birdenbire bir peri masalını andıran odanın eşiğinde büyülenip öylece kalakaldım. Gözlerimi görüntüden ayırmaksızın eğildim, ayakkabılarımı çözdüm ve ilk geldiğimde yaptığım gibi çıkartarak odanın eşiğinde bıraktım. Yalınayak, temkinli bir şekilde seramik yer döşemesinin geniş karoları üzerinde yürüyerek, adımlarımı büyük ve kapalı bir botanik bahçesine benzeyen bir yere doğru çevirdim. Çoğu tropik olan bitkilerin zengin çeşitliliği ve duvarları oluşturan kemerli camlar, botanik bahçesine dair izlenimi güçlendiriyordu. Dışarıda bahçenin koyu yeşili villayı kuşatmış, bir tekneyi çevreleyen bitki denizi gibi ahşap doğramalara dek dayanmaktaydı. Burada gördüğüm her ayrıntının göz alıcı zarafeti, sanat eserleri, değerli tablolar ve beyaz mermerden yapılmış modern heykeller bu sıradışı mekanın, gerçekte ne olduğunu anlamamı engellercesine beni büyülemişlerdi.

Sabahın ilk ışıkları iki geniş çatı penceresinden içeri süzülüyordu. Çatıyı taşıyan iki devasa kirişe baktım ve onları kaldırıp oraya yerleştirebilen Titanı gözümün önünde canlandırmaya çalıştım. Mekanın her bir köşesini dikkatle inceledim, ama Dreamer'dan herhangi bir ize rastlamadım. Onu yaklaşık bir yıldır görmüyordum. İlerlediğimde, geniş holün ortasında yerde ayna gibi yansıyan sudan bir yüzeyi gördüm.

Bir yüzme havuzundan çok, pişmiş seramik zeminde açılmış mavi renkli su dolu küçük bir çukuru andırıyordu. Suyun yüzeyi hafif bir ürpertiyle tatlı tatlı salınmaktaydı. Yüzeyinde onun dalgalanan görüntüsünü görene dek bakışlarımı suyun çevresinde gezdirdim. Yavaşça bakışlarımı kaldırdım. Dreamer gümüş bir flütü dudaklarına yerleştiriyordu.

Zarifçe eğildi ve parıldayan flütle birlikte yüzünü ışığa doğru çevirerek kaldırdı. Notalar, bir kolyede birbiri ardınca dizilmiş inciler gibi bir anda havayı dolduruverdi. Müziğin de tıpkı o villa gibi, o salon gibi, o an gibi bir dönemi veya zamanı yoktu. Kımıldamadan dinledim. Çocukluğumun neşesini, denizin kokusunu ve onun unutulmuş mutluluğunu yeniden yaşadım.

Kayalar üstündeki çılgınca yarışlarımız, henüz yakalanmış istiridye ve yengeçlerin tadı, delice bir cesaretle büyük kayadan denize atlamadan önce kalbimin atması, Ischia'daki evin serin gölgeleri, marketten kan ter içinde dönen Carmela'nın öpücükleri... Bir nota, diğerlerinden daha uzun süreyle havada asılı kaldı, müzikten kendini kurtararak titreşip tek başına tınlayan bir kabarcığa dönüşmeden önce havanın molekülleriyle biraz oynaştı ve ona can veren nefesle çırpındı. Sonra birdenbire sustu. Sonu gelmeyen bir an boyunca flüt alt dudakta kaldı, ardından onu nazikçe yastığın üstüne bırakan eli dikkatle izledi. Anımsadığımdan daha genç ve ince görünüyordu. Gözlerini dikip beni uzun uzun süzdü. Ona yeniden gelebilmek için gösterdiğim çabalardan, elyazmasını arayarak geçirdiğim zamandan, sonunda görevimi başarıyla tamamlayarak beni Okul'un düşüncesine daha da yaklaştıran elyazmasına ulaştığımdan ve onun üstünde yaptığım tutkulu çalışmalarımdan elbette haberdardı. Çıraklık dönemimi başlatan fırtınalı buluşmamızdan ve Marakeş'te beni geçmişime götüren maceralı yolculuktan sonra, hiç olmazsa bu defa beni övmese bile, yüreklendirici birkaç söz söyleyeceğini umuyordum.

Ona doğru birkaç adım attım. Dreamer hiçbir şey söylemeden bana bakmayı sürdürdü. Başlangıçtaki huzursuzluk hissim şimdi bir acıya dönüşmüştü. Onun bakışları altında dikkatim yön değiştiriyordu. İlk kez kendi içime bakıyordum. Gördüklerim kabul edilir gibi değildi: suçluluk duygusu, düğümlenmiş hisler ve kapkaranlık düşüncelerden oluşmuş bir bulut, bilincimde karışık bir duygu yumağı gibi kendini göstermekteydi. Bakışları hiçbir zaman görmek ve yüzleşmek istemeyeceğim bir psikolojik çamuru bulandırırcasına içimi oyuyordu. Duyduğum acı, dayanma sınırıma gelmeden hemen önce kesildi. Ne var ki tutuşunu gevşetmedi. Sonrası çok daha ıstırap vericiydi.

İncelemesini tamamladığında, sanki kesin yargıya varmışçasına son kararını bildirdi: *"Sen bunun altından kalkamayacaksın!"*

Kararın ardından gelen sessizlik botanik bahçesinin her köşesini hızla kapladı. Melankoli, hayal kırıklığı, keder ve öfke birbirine karışarak hep birlikte tek bir soğuk acı içinde eridi. Bütün enerjimin boşaldığını hissettim. O anda sadece rahat bırakılmak ve olduğum yere yığılıp kalmaktan başka bir şey istemiyordum. Bir sanık gibi nefesimi tutmuş, kararın sonucunu bekliyordum. Zaman geçmek bilmiyor, zalimce uzuyordu.

Nihayet, deneyin milyonuncu kez başarısız olduğunu görüp yine başarısızlığa uğrayacağını bilmesine rağmen, yine de hayal kırıklığına yenik düşmeyen azimli bir araştırmacı edasıyla, *"Kimse başaramaz. Başaramayan insandır!"* dedi. Benimle, sanki yok olmaya yüz tutmuş bir türün, yenik düşmüş bir ırkın temsilcisine seslenir gibi konuşuyordu.

Seni olduğun gibi kalmaya zorlayan pek çok kural var. Hatta seni görevlendirdiğim araştırmayı bile, kendini beğenmişliğini ve ben merkezciliğini besleyen bir şeye dönüştürdün.

Ona karşı derin bir kızgınlık duyuyordum; bu, insanın haksızlığa uğradığında hissettiği türden kendine acımayla karışık bir nefret duygusuydu. Amerika Birleşik Devletleri'nde ve Avrupa'da, aylar süren seyahatler ve araştırmalar sonrasında Lupelius'un araştırmacılar, akademisyenler ve arkeologlarca yok olmuş sayılan el yazmasını bulduktan ve acılarla dolu geçmişimle cesurca yüzleşmemden sonra onun tarafından bu şekilde davranılmayı hak etmiyordum. Dreamer'ın sözlerine bir şekilde karşılık vermek istiyordum, ama onurumu ayakta tutacak kaslarım hala çok güçsüzdü. Ayrıca içimde onun haklı olduğunu da biliyordum. Ruh halimi yapmacık bir uysallığın ardına gizlemeye çalıştım. Bütün söyleyebildiğim, *"Değişemiyorum,"* oldu. Buna rağmen sesim, çaresizliğimin kinine; kendime tutunup kalma ve bağımlılık eğilimime ihanet etti.

Dreamer, e harfini sonu gelmez biçimde uzatarak korkunç bir sesle *"Keeeees!!!"* diye bağırdı. Saniyeler, giderek yaklaşan bir işkencenin geri sayımı kadar korkunçtu. Kanlı bir meydan savaşının tam ortasında, silahların ve savaş borularının gürültüsü arasında onun kükreyen bir nara gibi yükselen bu korkunç bağırması, içimde bir boşluk gibi derin bir sessizlik yarattı. Bir irkilmeyle kendime gelerek onu can kulağıyla dinlemeye başladım.

Dreamer sesindeki aynı acımasız tonu sürdürerek şaşırtıcı biçimde alçak bir sesle, *"Sesini yitirene dek saatlerce ağladığın zamanları hatırlıyor musun?"* diye sordu. Uzak geçmişime ait kesitlerden görüntüler, bir illüzyonistin elinde maharetle karışan iskambil kartları gibi birbiri ardınca, üst üste binmiş ve karmakarışık halde hızlıca zihnimden geçti. Tüm bu kesitler birbirine benziyordu; ışık hep aynıydı, Napoli'deki çocukluğumun büyülü atmosferini, eski evi, Carmela'nın odasını ve kapakları aynalı gardırobu tanımıştım. Sanırım altı yaşlarında bir çocuk, yerde oturmuş feryat figan, durmaksızın ağlıyordu... o çocuk bendim.

"Hala oradasın, henüz hiçbir şey değişmedi. Çocukluk kaprislerin hiç değişmedi, şimdi sürekli olarak şikayet etme ve kendine acıma eğilimiyle aynı şekilde devam etmekte." Sustu ve zaman hiç geçmeyecek gibi geldi.

Dreamer sonunda, *"Kimse değişmiyor... değişmek olanaksızdır,"* dedi.

Yedi yaşındaki bir çocuk, küçük bir Spartalı gibi, çoktan kederli yetişkinler ordusuna alınmıştır. Kendisine dünya çapındaki mutsuz ruhlar kulübünde yaşam boyu üyelik verecek olan, dünyanın tepetaklak betimlemesi ile birlikte tüm inançları, önyargıları, boş inanışları ve fikirleri ile tamamlanmış paketi çoktan eline almıştır.

Bir insanın düşüncesi, duyguları ve bedeni iç içe geçmiş eşmerkezli evrenlerdir, hepsi birbiriyle bağlantılıdır. Kişinin bilerek ses tonunu veya tınısını değiştirmesi, sırtını bir milim dikleştirmesi veya açıkça görünen önemsiz alışkanlığını düzeltmesi bütün yaşamını değiştirmesi demektir. Bu, neredeyse olanaksızdır.

Uzun bir süre kılı kırk yararcasına sert bakışlarla yüzümü inceledi ve ben de bu incelemeye sessizce katlandım. Ruhumdaki en ufak bir kıpırtının bile onun gözünden kaçmayacağını ve bu karşılaşmada hile yapmanın imkanı olmadığını biliyordum. Bu benim için ya hep ya hiç demekti. Bir yanda bir gün kendimi fethetmem, 'düşe' bağlanmam, yaşamımın muhteşem bir kişisel maceraya dönüşme olasılığı, öte yanda çaresizce boşluğa düşercesine kendimi ebediyen yitirme olasılığı, hepsi aynı yerde, bir aradaydı. Yaşamım bir pamuk ipliğine bağlanmış, asılı olarak dipsiz bir karanlığın ağzında öylece sallanıyordu. Tek bir sözcük, ses tonundaki bir değişim veya bir parça uzayan sessizlik onu uçurumdan aşağıya, ortak bir yazgının içine düşürmeye yeterdi.

Antrenmanlı birinin bedenindeki esneklik ve çeviklikle, Dreamer da aniden, eğildiği yerden doğruldu, havuzun açık mavi rengi hareketini yakalamakta gecikmedi, yansıması suyun titreyen yüzeyinde sallandı.

Ağır adımlarını bana doğru çevirdi. Nefesimi tutmuş, bitmek bilmeyen o birkaç saniyenin geçmesini bekliyordum. Ardından bu kez cana yakın bir sesle, *"Ancak beni hatırlarsan, altından kalkabilirsin!"* dedi.

17 "İnançlarını altüst et!"

Bu arada yastıkları bedeninin çevresine özenle yerleştirdi ve rahat bir pozisyon alarak oturdu. Yaptığı işi gerektiği gibi yapmaktan sakınmayan biri gibi görünüyor ve çoktan sonuçlandığına inandığı uzun sürecek bir işe bile, ilk adımını mutlaka enerjisini tazeleyerek atıyordu. Sıkı sıkıya tembihlercesine, *"İnançlarını altüst et!"* dedi. Beni, karşılaştığımızdan beri durduğum yerde ayakta bırakmıştı, oturmaya davet etmek aklının köşesinden bile geçmedi. Bu davranışını beni önemsemediğine yorduğum için gücenmiş ve kırılmıştım. O anda, insanın Dreamer gibi her anını amaçlı olarak yaşayabileceğine inanmamın imkanı yoktu. Eğer, amacına bilinçli olarak hizmet etmezse, göz kapağını dahi kırpmıyordu.

Suları titreyen havuzun hemen yanındaki ilk seramik yer karosunun sınırları içine hapsedilmiş bir halde duruyor, içerlememe takılı aklımla onu dinlemeyi sürdürüyordum.

Dreamer bana, *"İnsanın bugünü, geçmişi ve geleceği... kendi yolunda yürürken başından geçen olaylar, koşullar ve deneyimler, kendi inançlarının yansıttığı gölgelerdir; onun yaşamı ve kaderi, kendi inançlarının ve bağımlılıklarının gözle görünür hale gelmesidir,"* dedi.

'Visibilia ex invisibilibus.' Algıladığın, gördüğün ve dokunduğun her şey, bir görünmeyenden kaynaklanır. Bir insanın yaşamı, 'düşünün' gölgesidir, ilkelerinin ve inandığı her şeyin gözler önüne serilmesidir.

Herkes kararlılıkla inandığı şeyin, noktasına virgülüne kadar gerçekleştiğini görmüştür. İnsan daima yaratır. Karşısına çıkan engeller ise insanın kendi sınırlarının, çelişen fikirlerinin ve zayıflığının maddeye dönüşmesidir.

Kimisi vardır yoksulluğa inanır, kimisi hastalığa tapar, kimisi sürekli olarak kıtlığa ve kısıtlamaya inanır ve kimisi de tüm umudunu suç işlemeye bağlamıştır...

İnsan her zaman, kendi Oluş'unun zindanları içinde hapisteyken bile yaratır.

Dreamer'a göre, kimsenin inancı bir başkasının inancından daha fazla değildir. Herkes kendi inancını yönetecek ve inancı üzerine yatırım yapacak paya sahiptir... inanç herkese eşit olarak pay edilmiştir. *İnsanları birbirinden ayıran şey, onların farklı kaderlere ait olmalarını sağlayan şey bilinçli veya bilinçsiz, her birinin inançlarının yönü, niyetlendiği hedeflerinin farklı niteliğidir.*

Beni altüst eden bu sözlerin etkisi azımsanır gibi değildi. Her zaman inancın değerli bir şey olduğunu ve insanlar arasındaki asıl farkın onların sahip oldukları değişik inanç biçimlerinden kaynaklandığını düşünmüştüm. Benim dünya anlayışımı dayandırdığım ideolojik baskılardan biri de hiç şüphesiz; Muhammed'in, İskender'in, Sokrates ve Lao Tzu'nun, Churchill ve Napolyon'un sağlam inançlarının gücü sebebi ile diğer insanlardan ayrı tutulduğu inancıydı.

Sözlerimi desteklemesi için kutsal yazılardan ve onların otoritesinden güç alarak, "Madem herkes, üstelik de eşit derecede inanç sahibi," dedim, "o halde 'bir hardal tanesi kadar imanınız olsa...' sözleri ne anlama geliyor?"

Bunun ardından yaptığı konuşma bilincime ebediyen kazındı. Söylediği akılda kalıcı sözlerden çok, sözlerini aktarışındaki otoritesiydi beni etkileyen.

Dreamer, bana İncil'deki o bölümün bir yorumunu vermiyor, onu yaratıyordu. Bu binlerce yıllık mesajın düşsel özü ve onun her bir atomuna sıkıştırılmış bilgisi, o anda açığa çıkıyordu. Dinlemekte olduğum sözler ise yepyeni ve capcanlıydılar. Ve onlar, dünya tarihinde daha önce asla söylenmemişti.

İnsanoğlu inacının yönünü bir milim dahi değiştirebilseydi; inançlarının gücünü, ölüm yerine yaşama doğru yönlendirebilseydi, olaylar dünyasındaki dağları yerinden oynatabilirdi.

Bu düşünce, karanlığı yırtan şimşeğin bir anlık parlaması ve bir kaç dakika öncesinden gölgelerde batmış olanı aydınlatması gibi zihnimden geçmişti. İnancın bir tek atomunda, ne kadar fazla enerjinin yer kapladığını şimdi daha etkileyici bir şekilde anlamıştım. Cehenneme dair en küçük bir inancın bile yok edilmesiyle, her insanın körü körüne inandığı en köklü inançlarından biri olan ölüm kavramı yüzde yüz yıkılacaktı. Böyle bir girişimin büyüklüğünün farkına vardım. Bunun sadece düşüncesi bile, dünyanın ve göklerin ağırlığını sırtında taşıyan Titan'ın gereksindiği kuvvete denkti.

Kendime ilk kez neye inandığımı sordum ve Dreamer'la karşılaşana dek neye değer verdiğimi... Bunu düşünürken sesini işittim ve düşüncelerim geçmişimin karanlık derinliklerine doğru kayarken bana yol gösterdi.

Çok iyi biliyor olmama rağmen, onun için açık bir kitaptan farksız olduğumun bir kez daha onaylanması utandırıcıydı.

Bugüne dek, diğer tüm insanlar gibi, senin de yaşama sebebin; hayatının amacı kendini içinde öldürmek oldu. Hastalık, Yaşlılık, Ölüm, insanoğlunun binlerce yıldır tapındığı tanrılardır... bu sebepledir ki insan, hayattan ve sonsuz düşünden acı vererek feragat etti.

'Bir hardal tanesi kadar inancın olsaydı...' demek, yaşam görüşümüzdeki en ufak bir yükselme, en küçük bir dönüşüm, ölümlü kaderimizin yönünü değiştirebilirdi anlamına geliyordu.

Düş, var olan en gerçek şeydir.

Kendi sınırlarını 'görmek', onları bir çember içine almak kendini onlardan kurtarmak demektir. Ne zaman bu sınırları ortadan kaldırıp bu zayıflık durumundan kaçmayı başarabileceksin?

İnsanın yaşamı olumsuz duygular tarafından yönetilmektedir. İçinde taşıdığı sıkıntılar, başına gelen tüm felaketlerin ve mutsuzlukların gerçek sebebidir. Dreamer ayağa kalktı ve arkasını bana dönerek, dikkatli adımlarla büyük havuzun yanından geçti, olağanüstü güzellikteki botanik bahçesinin tam karşı köşesine doğru gitti. Sırtı dönük olarak konuşmasına rağmen, sesini kulağımın dibindeymiş gibi gür ve net işitiyordum. O konuşurken hiçbir sözünü kaçırmadan not defterime yazdım.

Sadece zaman meselesi... Zamanı gelince hepimiz kendimiz için belirlediğimiz hedeflere ulaşacağız. Sonunda, hepimiz kazanacağız. Hepimiz inandığımız şeye dönüşeceğiz. Hepimiz neye sıkı sıkıya sarılıp inandıysak onu gerçekleştireceğiz; sen kendi mutsuzluğunu, ahlaksızlığını ve ölümü, ben ise mükemmelliği, sonsuzluğu ve ölümsüzlüğü...

18 Narcissos sendromu

Dreamer, *"Senin en sarsılmaz inancın, en zararlı inanışın, kendin dışında bir dünyanın varlığına, bağımlı olduğun bir şeye veya birisine, sana bir şeyler veren veya senden alan, seni seçen veya suçlayan bir şeye veya birisine inanmandır,"* dedi. *"Bir savaşçı, bir anlığına bile olsa kendisine dışarıdan gelecek bir yardıma inanacak olsa, o anda kendine olan yıkılmaz inancını kaybeder,"* diye devam etti. Ardından sustu ve gözlerini kapadı.

Bu arada onun son söylediklerini defterime yazdım. Suskunluk uzadı. Kendimi aniden değersiz, ortada kalmış gibi hissettim ve yaşadığım utancı, bazı notlarımı aklımdan yeni baştan tekrarlayarak yenmeye çalıştım. Sonunda Dreamer sessizliği bozdu ve gözleri kapalı şekilde, benim notlarımdan bir bölümü okudu:

Dışarıda hiçbir şey yok... Hiçbir yerden gelecek bir yardım yok.
There is nothing out there...
There is no help coming from anywhere at all...

Sert bir sesle, *"İnsanın en ciddi hastalığı bağımlılıktır,"* dedi. Birdenbire dikkat kesildim. Yanılgıya imkan vermeyen bu ifadenin önemini ve bunu yerleştirmem gereken yeni inanç sistemimin merkezini bedenimde hissettim.

Başkalarına ve başkalarının mevcudiyetine ve yargılarına bağımlı olmaktan daha kötüsü yoktur. Tüm bunlardan kendini kurtarabilmek uzun bir hazırlık gerektirir... Kişi kendisini eğitmek zorundadır.

Sonradan, bu ve buna benzer diğer durumlardaki davranışlarımı hatırladığımda Dreamer, doğrudan bana yönelik bir eleştiri yaptığında içimde zaptedilemez bir direncin tepkisini kışkırtıyordu, oysa insana yönelik genel konuştuğunda sorgusuz sualsiz hemen kabul ettiğimi fark ettim.

Dreamer sözcüklerin üstüne bastırarak, *"Senin gibiler, yaşadıklarını yalnızca başkalarının arasındayken hissederler, onlar kalabalık yerleri tercih ederler, devlet dairelerinde veya büyük şirketlerde, yani kalabalığın güven veren garantisini nerede hissederlerse orada çalışırlar. Sadece bir grup insan arasında olmak, kendilerinden ve tek başınalığın dayanılmaz mesuliyetinden kaçmak için, sinemalar, tiyatrolar, hastaneler, stadyumlar, mahkeme salonları, kilise gibi bağımlılık tapınaklarında başkaları ile biraraya gelerek, bağımlı olmanın bütün ritüellerini beraberce yerine getirirler."* dedi.

Kendimi savunurcasına insana yakışmayacak bir harekette bulundum. Sanki bu sözleri can alıcı bir şeyi tehdit etmiş veya düzenlenmesi uzun zaman almış bir planı bozmuş gibi boğazımı sıkan bir öfke Oluş'umu kararttı.

Ona söylemek istediğim öfke dolu itirazlarımı savrulmayı bekleyen havan mermileri gibi zihnimde sıraya dizmiştim. Bu rezil yığınağı kaldırmak üzere zihinsel bakışımı içime çevirdim, ama sessiz saldırı sadece öfkeye dair acı dolu bir ifadenin çizgileri olarak yüzüme yerleşti. Dreamer direnç duvarlarımın gücünü sınıyordu. Onlarda nasıl bir gedik açacağını çok iyi biliyordu.

Gülümsemesinde, sanki bana vuruverecekmiş gibi zalimce bir hava vardı. Alçak sesle, *"Senin gibi biri, hastalandığında dikkatleri üstüne çekmek ve dünyaya sımsıkı tutunmak için cerrahlar, yani hala ilkellikten çıkamamış bilimin şamanları tarafından parçalara ayrılmaya hemen hazırdır,"* dedi. Mideme ani bir yumruk yemiş gibi sersemlemiştim. Dreamer aynı ringde hem rakibim hem de bir hakem edasıyla geri sayar gibi, birkaç saniye geçmesini bekledi.

Tavrını ve ses tonunu beklemediğim bir anda bütünüyle değiştirerek, *"Tabloyu anımsıyor musun?"* diye sordu. Ağzından çıkan her sözü beni şaşkına çevirmeye yetiyordu. Şimdiye dek hiç kimsede görmediğim, birdenbire ve ustalıkla yapılan böylesine ani değişimlere asla alışamayacaktım. Yepyeni bir kişiliğe bürünmesi ve bir saniye sonrasına bir saniye öncekinin tek bir atomunu bile taşımadan geçebilme yeteneği beni hayrete düşürüyordu. Birden, sözünü ettiğinin, şu an içinde bulunduğumuz camdan bahçeye girmeden önce hayranlıkla seyrettiğim tablo olduğunu anladım. Boğulmadan hemen önce, sudaki yansımasına hayranlıkla bakan Narcissos'un görüntüsü zihnimde yeniden canlandı.

Dreamer, *"Bu, kendi görüntüsüne kapılıp kalmış insanın simgesel bir öyküsüdür,"* derken, onun ani konu ve tutum değişimine hala uyarlamayı başaramadığım yüz kaslarımın olağanüstü çabası karşısında çok eğlendiğini saklamaya gerek bile duymamıştı. *"Narcissos'un masalı, dünyanın bir kurbanı olan insan metaforudur."* Ardından konuşmasını sürdürerek, genel inanışın aksine, bana Narcissos'un kendisine değil, onun salt bir yansıma olduğunu fark etmediği sudaki görüntüye aşık olduğunu açıkladı. Kendisi dışında bir varlık gördüğüne inanarak ona sevdalandı ve suya düşüp acıklı bir şekilde öldü.

Dreamer sözlerini,

"Dünyanın kendi yansıman olduğunun farkına vardığında, ondan bağımsız olursun," diye kesin bir yargıyla tamamladı.

Çok şaşırmıştım. Uygarlığın en önemli efsanelerinden birinin binlerce yıldır yanlış anlaşılması nasıl mümkün olabilirdi? Böylesine basit bir açıklama nasıl gözden kaçırılabilirdi?

Dreamer'ın yanında, Sokrates'la son bulan bu devler çağının ve teselli mahiyetindeki felsefenin insana rahatlama sunan bulunuşunun sesini duydum.

Bu bilginin yankıları bizlere ulaşmak için zaman okyanusunu aşıp gelmesine rağmen, bizler insanın gerçek durumunu ortaya koyan ezeli masallarını yanlış anlamayı sürdürüyorduk.

Efsanesi aslında, dünyanın sıradan vizyonuna sahip olmanın aptallığına ve tehlikelerine karşı bir çığlık olmasına rağmen, biz Narcissos'u ısrarla kendini beğenmişliğin temel bir örneği olarak kabul ediyoruz. Dreamer'ın birçok kez bana anlatmaya çalıştığı şey şimdi aklıma çok daha derinlemesine giriyordu. Narcissos'un öyküsü, Altüst Etme Okulu'nun bir bildirisiydi; tıpkı Aziz Pietro'nun çarmıha gerilişini ve Aziz Paolo'nun düşmesini tablolarını yapması için Caravaggio'ya ilham veren bildiri gibi.

Kendimizin dışındaki bir şeye aşık olup kendi varlığımıza olan inancı unutmak, bağımlı olan bir dünyanın karmaşası içinde kendimizi yitirmek, kişisel gerçekliğimizin tek yaratıcısının kendimiz olduğunu unutmak demektir.

Sözlerini vurgularcasına, *"Bizim dışımızda başka bir dünya yoktur, her karşılaştığımız, her gördüğümüz ve her dokunduğumuz şey aslında sadece bizi yansıtmaktadır. İnsanın yaşantısındaki diğer kişiler, olaylar ve durumlar, onun koşullarını açığa çıkarır."* dedi.

Dünyayı suçlamak; ondan yakınmak, kendini haklı göstermek ve saklanmak, düşmüş bir insanlığın göstergeleridir; 'gerçek' bir iradenin yokluğu, bağımlı olmanın kesin belirtileridir.

Beni hazırlıksız yakalayarak, *"Narcissos da Adem gibi elmayı yedi!"* dedi. Önce dört bin yıllık yaratılış öyküsüne yanaşıp, hemen ardından ani bir sıçrayışla klasik Yunan döneminin en eski efsanelerinden birine atlayarak, uzak dünyalar arasındaki zaman ve mekan uçurumlarını böyle tek bir adımla geçtiğinde, benim ona ayak uydurmam güçleşiyordu.

"O da, Adem gibi, bir dış dünyanın var olduğuna inanmıştı."

Kültürel açıdan çok farklı olmalarına rağmen, her iki gelenekte de mesaj aynıydı: bir dış dünyaya inanmak demek, onun kurbanı olmak ve onun tarafından yutulmak anlamına geliyordu.

Dreamer, *"Dünyayı her an sen yaratıyorsun!"* diye sözlerini sürdürdü. *Narcissos'un kendi yansımasını gördüğü su birikintisi dış dünyadır. Onun gerçek olduğuna inanmak, onu ne pahasına olursa olsun benimsemek, kişinin kendi gölgesine bağımlı olması anlamına gelir. Böylece kendi ellerinle yarattığın şey seni nefessiz bıraktığı sürece, sen yaratanken yaratılan, düşleyenken düşlenen ve efendiyken köle haline geleceksin.*

Dreamer'ın, bu efsaneleri keşfetmemi sağladığı mesajlarını, hem kutsal kitabın çağlar öncesinden gelen öykülerinde, hem de Frankenstein, Alice Harikalar Diyarında, Blade Runner gibi yeni öykülerde bulunduğunu anımsadım.

Adem ve Havva'nın cennetten kovulması her anda olur. Dünyevi yaşam bizi ele geçirdiğinde, onu yaratanın kendimiz olduğumuzu unuttuğumuz her anda, biz de sürekli cennetten kovuluyoruz. Yaratılan ancak bu aşamada karşı saldırıya geçer ve isyan eder.

Bu ilk günahtır, sebeple sonucun yer değiştirdiği, bağışlanmaz ölümcül günah. İnsan bütün ve gerçek bir varlıktır... bu, onun kendisine egemen olduğundandır; olayların görünür dinamizmi ve konumların çeşitliliği yerine insan, dünyanın kendisinin aynası olduğunu bilir. İster iyi, ister kötü olsun, güzel veya çirkin, doğru veya yanlış, kişinin karşılaştıklarının hiçbiri gerçeklik değil, kendi yansımasıdır. Dreamer bunları söylediğinde ses tonundan buluşmamızın sonuna geldiğimizi anlamıştım. Benden ayrılmak üzereydi.

Herkes kendinde neyi ekerse daima ve yalnızca onu biçer. Tohum da, harman da sensin. İşte bu nedenle tarihteki bütün devrimler hep başarısızlığa uğramıştır. Onlar dünyayı dıştan değiştirmeye kalkıştılar, su birikintisindeki görüntünün gerçek olduğunu sandılar.

Bundan böyle yardım almak için dünyaya bel bağlama. Sen onun ötesine geç!
Dünyayı geliştirenler, ancak dünyanın ötesine geçenlerdir.
Do not rely anymore on the world for help. Go beyond it!
Only those who have gone beyond the world can improve the world.

Sözlerinin burasında bir süre durakladı. Sonra bana bir kez daha, *"Ötesine geç!"* dedi ve yine sessizliğe büründü. Aşmak için dünyanın ötesine geç! Bunun anlamı ne olabilirdi acaba?

İnsan yüzyıllardır, kendi yansıttığı filmdeki görüntüleri değiştirebileceğine inanarak ekranı tırnaklarıyla kazıdı.

Sayısız insan neslinin tarihin yönünü neden değiştiremediğinin yanıtı bana bir gümüş tepside sunulmuştu. Acı bir alay içeren bu bakış açısı, işkencelerin, kavgaların ve kahramanlıkların sonsuz öyküsünü tek bir yargıyla özetliyordu: devasa, yararsız bir saçmalık. Hiç beklemediğim bir nezaketle bana,

"Sen, bu delilikten vazgeç! Savaşları, devrimleri, ekonomik, politik ve sosyal reformları unut. Her olanın ardındaki gerçek nedenle ilgilen. Düşlenenle değil, içindeki düşleyenle ilgilen.

En büyük devrim, tüm girişimlerin en büyüğü, hatta tek ve en anlamlı olanı, kendini değiştirmektir," dedi.

19 İnsan saklanamaz

Dreamer beni uyararak, *"Dünyaya bağımlı kalanlar, yaşamlarının en alt seviyelerinde çamura batmış olarak kalırlar,"* dedi. *"Tüm yaşantın boyunca, hep bağımlı olmanın kökleri olan korku ve umut arasında asılı kalarak, kendin dışındaki güvencelerin ve gelip geçici mutlulukların peşinde koştun."*

Konuşması sırasında Dreamer, genellikle bendeki engelleri devirip daha derinlerime girmek istediği zamanlarda yaptığı gibi bana gözlerini dikerek öyle sert bir ifadeyle bakmaya başladı ki, ne gözlerimi kırpabildim, ne nefes alabildim. *"Bütün bağımlı olanlar gibi senin yaşantın da çok korkunç. Seninki de bir köle yaşamı... Sıradanlığı ve eksikliği her gün yeni baştan yaşayarak, hayatını içine hapsettiğin ofisini bir an olsun terk etmeyi düşünmeden geçirdiğin uzun kölelik yılları."* Çapraz ateş altında kalmış bir savaş muhabiri gibi söylediklerini yazıyordum. Köklü inançlarımın üstüne bu ifadesinin etkisini güçlendirmek için Dreamer yine;

"Sana bunu tekrarlamaktan asla vazgeçmeyeceğim. Senin dışında olan hiçbir şey yok...dışarıdan gelecek hiçbir yardım yok... senin, adına 'dünya' dediğin yer, bir görüntüden ibaret... gerçek dediğin şey ise düşlerinin ya da kabuslarının pürüzsüz bir aynaya yansıması, maddeye dönüşmesidir..." diye tekrarladı.

Bu vizyon, Dreamer'ın bütün öğretilerinin temelini oluşturacak ve gelecekte benim anlama sınırlarım genişleyip sözlerinin yıkıcı etkisine dayanma gücüm artınca, birçok vesileyle bana bu sözlerinin anlamını daha da derinlemesine açacaktı. O ana dek bütün öğrendiklerimin tepetaklak edilmiş olması nedeniyle bunları ilk kez duyduğumda nasıl beynimden vurulmuşa döndüğümü çok iyi anımsıyorum.

Dünya senin içinde, aksini düşünme!
Realize that the world is in you and not vice versa!

Dünyada olan ya da ona ait olan hiçbir şey yoktur. Bu dünya seni ne kurtarabilir, ne de sana yardım edebilir. Ardından, konuşması öğüt vermeye dönüştü; bunlar yalnız bana değil, bütün insanlara bir çağrı niteliğindeydi. Sesi, takdir etmeyi bilmeyen, hatta doğru kullanacağından bile endişe duyduğu birine çok büyük bir serveti emanet eden birinin sesi gibi hüzün yüklüydü.

Özgürlüğün peşinden koş, bu sefil insan kalabalığından uzaklaş!...
Hissetmeyi yeni biçimiyle hayata geçir. İçindeki sonsuzluğu ele geçir, böylece galaksiler kum taneleri haline gelecektir... Vizyonunu genişlettiğinde dünyanın küçüldüğünü göreceksin... Vizyon ve gerçeklik bir ve özdeştir. Bütünlüğü ara. Başkalarına aşılmaz görünen sıradağlar senin gözünde küçük tümsek yığınlarından farksız olacaktır.

Bu sözlerinden sonraki suskunluğunu, aklımdan geçenleri ona iletmem için bir davet olarak yorumladım ve bazılarını düşüncesizce sıralamaya kalkıştım.

Yaşantımızdaki her türlü olay ve koşulun bizden kaynaklandığı görüşünü kabul etmemin zorluğundan söz ettim. Konuşmamda her türlü tartışmacı vurgulamadan kaçınmak üzere bütün önlemlerimi aldım ve bir yabancıyla genel bir durum değerlendirmesi yaparken takınmaya çalıştığımız, üstün olan tarafa yakışır şekilde bilgece bir ses tonuyla konuştum. Dreamer'ın sözlerini benimkilerden ayıran sorumluluk basamaklarındaki, uçurumlarla ölçülecek kadar uzak olan mesafeyi göremeyecek kadar kör olduğumu fark ettim.

Sözlerimi, "İster soğuk algınlığına yakalanmış olsun, ister bir uçak kazasına kurban gitsin, bir insanın başına gelen olayların, onun psikolojisinin ve Oluş durumlarının maddeleşmesi sonucuna bağlamak bana göre olanaksız," diye bağladım. Dreamer'ın vizyonu beni hem hayran bırakmış, hem de korkutmuştu. Düşüncelerimin izinden gittiğimde, uygarlığımızın bugüne dek dünyayı bölen iki karşıt görüşe kadar uzanan köklerine iniyordum. Klasik Yunan dönemi, lütuflarını körü körüne bağışlayan bir Talih Tanrıçası olan Fortuna'ya inanıyordu. Fortuna gözleri bantlı olarak tasvir ediliyordu. Buna karşın, Antik Roma ise *homo faber*'e inanıyordu.

Roma'nın gözleri çok bozuk olan tanrıçası Fortuna ise insanların bireysel erdemlerine saygı göstermekteydi.

Aklımca, Dreamer'ın Roma'daki dünya görüşünü taraf tuttuğuna inanmıştım. Daha bir yargıyı kurgulamaya bile zaman bulamadan, bundan önceki bazı korkunç anlarda da olduğu gibi sesi damarlarımdaki kanı donduran bir kükremeyle yükseldi.

"...Sen burada kendin gibi birkaç iş arkadaşınla toplantı salonunda muhabbet etmek için mi bulunduğunu sanıyorsun?" Tam bu sırada sözünü vurgulamak istercesine işaret parmağıyla orta parmağını bitiştirip sağ kulağına hafif hafif vurdu ve *"Beni dikkatle dinle..."* dedi.

'Dünya senin Oluş durumlarını yansıtır demek, Luisa'nın kanserden ölmediği anlamına gelir. Onun ölümü, senin içsel dramın, ölümcül kederinin sahnelenen temsilidir... Bütün diğer olaylar gibi bu olay da, yalnızca senin Oluş durumlarının görünür halidir... Durmaksızın kendini suçlayarak ve kendinden yakınarak bu gerçeği gizlemeye çalışsan da, aslında senin hüzün dolu ezgin, yaşamının tüm sıkıntılarını ve zorluklarını birer birer davet etti.

Aniden her şey sessizliğe gömüldü.

İçimde, beni karanlık bir engele doğru bastıran tuhaf bir sıkıntı vardı... hareketsiz ve sert bir kayaya benzeyen bir yer giderek beni içine çekecek kadar geniş, dipsiz, karanlık bir kuyuya dönüştü. Yüreğim 360 derecelik göğüs kafesinde delicesine çarpıyor ve ciğerlerimde bir zerre hava kalmamışçasına nefes darlığı çekiyordum.

Sonsuz bir düşüşün mide bulandıran sersemletici etkisini, umutsuzluk ve utanç dolu yardım isteyen sessiz bir çığlığın tek bir noktada toplanmış gibi hayatımın bütün acılarının, varlığımın en uç liflerinde yankılandığını hissettim. Ancak o tekrar konuşmaya başladığında yeniden soluk alabildim ve soluyabileceğim tüm havayı yutarcasına ciğerlerime çektim.

"İnsan saklanamaz!" Dreamer sanki gizli bir öğretiyi aktarır gibi bu kez fısıltıyla konuşuyordu.

Hiç itiraz göstermeden ve çıt çıkarmadan tıpkı bir çocuk gibi dinliyordum onu.

En küçük hareketimiz, her görüşümüz, her düşüncemiz ve yüzümüzün aldığı her şekil ve her ifademiz sonsuzlukta kaydedilir.

Bana bir film karesi gibi, her anı yaşama biçimimizin Oluş'ta meydana getirdiği iniş veya çıkış hareketleriyle bizi başımıza gelecek olaylarla nasıl aynı dalga boyuna getirdiğini anlattı.

İnsan saklanamaz! A man cannot hide! Burada, benim yanımda, varlığının önünde tek başına duruyorsun. Burada ortak olmak ve sendikalaşmak yok. Bu odaya girdiğin andan itibaren geçmişinden hiçbir şeyi yanında getiremezsin, zaten bir yalan olan adını ve üstlendiği rolünü kapının dışında bırakırsın. Burada tutunabileceğin çengeller yok... Burada senin karşında duran senden başka kimse yok...

Açıkça titrediğimi gördü; ateşim çıkmış gibi dişlerim birbirine vuruyordu. *Korkmayı bırak ve saklanmaktan vazgeç! Sende, anlamsız olduğu için ölmesi gereken bir parça var. Bu ölüm, senin için büyük bir fırsattır... Bunu ancak sen yapabilirsin...*

Fiziksel bir acıyla, Dreamer'ın, yıllardır içimde birikerek artık bir kaya gibi sertleşmiş olan bilgisizlik ve psikolojik çöplük katmanlarımın arasından birer birer geçtiğini hissettim. Söz verir gibi tatlı bir fısıltıyla konuştu:

"Hiç durmaksızın çalışır ve kendini yıpratmak için harcadığın yılların kadar zamanı bu işe adarsan, bir gün zamanın çökeceğini ve içinde açılacak bir tünelin seni en gerçek ve en doğru parçana, herkesin bir gün yeniden birleşmesi gereken parçasına, kendi düşüne yönelteceğini göreceksin."

Dreamer'ın bunları söyledikten hemen sonra bakışlarını benden çekmesiyle, ben de yeniden nefes almaya başladım. Su üstündeki yansıması gibi bedeninin dalgalandığını gördüm. Anlaşılan beni terk etmeye hazırlanıyordu. Millerce mesafeyi tek bir nefesle koşmuş biri gibi aniden dayanılmaz bir yorgunluk hissettim. Bacaklarım beni taşımaz oldu. Günün doğmakta olan ışıklarının uzayan gölgeleri arasında şimdi daha belirgin bir hale gelen halının üzerinde diz çöktüm ve bir ölü gibi olduğum yere yığıldım.

Bölüm III

Beden

1 "Dünya sensin"

Dreamer ile son buluşmamızın üzerinden birkaç ay geçmişti.

Botanik bahçesinin etkileyici atmosferinde, havuz başında işittiğim sözleri hala zihnimi tedirgin ediyordu. Özellikle korkunç bir sesle *"Kes!!!"* diye bağırışı sık sık kulaklarımda çınlıyor ve yankısının içimde yarattığı boşluk hissini unutamıyordum. Uzunca bir süre başka bir şey düşünemedim. Tuttuğum notları her fırsatta yeni baştan okuyordum ve her okuyuşumda sözlerinin kimyası tüm canlılığı ve kuvvetiyle içimde o ilk duyduğum andaki etkiyi bana yeniden yaşatıyordu. Diğer yandan, New York yaşamı da beni her geçen gün biraz daha hızlı bir şekilde içine çekmekteydi.

Hayatım, ACO'daki işlerim, çocuklarım ve Jennifer'la kurduğumuz aile hayatının günlük düzeni, tıpkı bir nehrin kendi yatağında akması gibi eski biçimini almıştı. Dreamer'la birlikte olduğum zamanlarda depoladığım o kıymetli cevher uçup gitmiş, ruhsal durumlarım, düşüncelerim, davranışlarım hatta kullandığım sözcükler bile onunla karşılaşmadan önceki haline geri dönmüştü.

Bir akşam işyerinden birkaç arkadaşımla yorucu iş gününü New York usulü sonlandırmak üzere Madison Sokağı'ndaki bir bara gitmiş, bir kadeh bir şey içiyordum. Aramızdan birinin doğum gününü kutluyorduk. Bir anda birileri dünyanın ses ayarıyla oynamış gibi, tüm bar ve müşterileri sessizliğe gömülüverdi. Zaman yavaşladı. Gözlerim dostlarımın alkolden şişmiş yüzlerine takıldığında, onların sessiz kahkahalarının ardına gizledikleri kederli ifadelerini tüm çıplaklığıyla 'gördüm'. Elimde olmadan, alaycı bir yaklaşımla, böylesi kederli bir toplantıyı 'happy hour' diye adlandırmanın ne büyük bir tuhaflık olduğunu belki de ilk kez fark ediyordum. Sonra ani bir acıyla bir şeyleri eksik bıraktığım, hayati önem taşıyan bir şeyi ihmal ettiğim hissi yüreğime bir bıçak gibi saplandı.

Günün bu saatinde böyle bir yerde bulunuyor olmamın anlamsızlığı, yerini Dreamer'ı yeniden görebilmek için duyduğum derin özleme bıraktığında, tüm varlığımın bu arzuyla kaplanmış olduğunu hissettim.

Sessiz, umutsuz bir çığlıkla ona seslendim. Şimdiye dek hiç kimse, canının kurtarılması için böylesine derinden ve anlamlı bir S.O.S. göndermemiştir.

Birkaç gün sonra asistanım Valery, her sabah olduğu gibi bir elinde bir fincan sıcak beyaz çikolata, diğer elinde ise gizemli bir zarfla odama girdi. Kocasının ihanet delilini eline geçirmiş bir kadın edasıyla, önce zarfı açtı, sonra içinden çıkardığı uçak biletini gözüme sokmak istercesine bir süre elinde salladı ve kızgın bir ifadeyle önüme bıraktı.

Sitem dolu bir sesle, "Demek, Barselona'ya gidiyorsun, öyle mi?" dedi. "Bana haber bile vermeden...Teşekkür ederim." Sekreterimin bu sözleri, sesinin tınısı söylerken takındığı tavırla bütünleştiğinde gördüğüm şey tüm yaşantımı berbat eden binlerce tavizin bedenleşmesi gibiydi.

Onunla buluşuncaya kadar birçok salondan geçtim. Sırtı bana dönüktü, taş şöminenin küllenmeye yüz tutan ateşini canlandırmakla meşguldü. Şöminenin metal paravanının üzerinde titizlikle işlenmiş büyük bir arma göze çarpıyordu. Çok büyük bir tablo, siyahtan griye uzanan tonlarda resmedilmiş miskin adımlarla yürüyen bir işçi grubunu gösteriyordu. Ortega'nın fırça darbelerini tanır gibi oldum.

Yalazların aydınlattığı Dreamer'ın profilinden başka bir şey göremiyordum. Yüzündeki yansımanın yalazların aydınlığından değil, kendi esmer teninin ışığından şömineye yayıldığı izlenimine kapılmıştım. Üstünde ince ipekten bir ropdöşambr vardı. Doğuştan soylu ve varlıklı olma ayrıcalığının görkemli bir yaşam sürmek durumunda bıraktığı bir aristokrat, bir asilzade gibi duruyordu. Ruhumun içinde açılan küçük bir kapıdan geçerek ilk karşılaştığımız ana geri döndüm. O zaman da sırtı bana dönüktü. Bu benzerlik beni huzursuz etmeye yetti. O zamanki sözleri hala tenimi yakıyordu; bunu hissedebiliyordum. Ayrıca pek de hoş olmayan benzer bir karşılaşmayı bir kez daha yaşayacak olmanın kaygısı gitgide içimde büyüyordu. Dreamer'ın suskunluğu uzadıkça uzadı, üstelik oradaki varlığımı fark ettiğine dair herhangi bir işaret de vermiyordu. Birçok oda ve salondan oluşan bu görkemli malikanedeki etkileyici Mas Anglada kütüphanesini inceliyor, giderek artan bir sıkıntıyla vakit geçirmeye çalışıyordum. Bulunduğumuz salonun duvarları yerden tavana kadar inanılamayacak kadar çok sayıdaki kitapla hıncahınç doluydu. Odanın yer döşemesi üzerinde, boydan boya sırlı küçük seramik parçaları bir puzzle gibi bir araya toplanmış, canlı renkleriyle bir Chagal tablosu oluşturmaktaydı. Adlarını seçebilmek için bakışlarımı göz hizamdaki kitaplara yoğunlaştırdığım sırada, o yüzünü bana dönmüş ve gür sesiyle ortamın durağan havasını bozarak, *"Benden uzak kaldığında kendini alçaltıyor, ölüm planına geri dönüyorsun,"* dedi. Çelik kadar keskin bakışlarının bir kılıç darbesi gibi bedenimi bir baştan bir başa delip geçtiğini hissettim.

"Beni unuttuğunda, kendi kendini tekrarlamanın kör kuyularına düşüyorsun. Yaşantında olanları bir kısırdöngü gibi yeniden yaşıyorsun ve üstelik sadece bunları değil, aynı şekilde endişelerini de yeni baştan tekrarlıyorsun."

Bu söylemin verdiği dayanılmaz acı ve tehditkar ses tonunun ötesinde, sözleri insana tazelik veren ölümsüzlük esansını ve sınırsız özgürlüğün huzur veren parfümünü yayıyordu. Arada geçen zaman sanki donup kalmış da, şimdi onun dönüşüyle yeniden akmaya başlamış gibi Dreamer, aylar öncesinde bıraktığı yerden söze başladı. Ben de bloknotumu çıkarıp her sözünü kağıda dökmeye başladım.

Senin dışında olan hiçbir şey yok! Buna rağmen sen hala güveni başkalarının gözlerinde, mutluluğunu ve gerekli çözümleri yine seninle aynı hastalığı çeken bir dünyada arıyorsun. Dünya senin tenindir. Dünya sensin! Sen her zaman ve sadece kendinle karşılaşıyorsun.

"Ya diğerleri?" dedim.

"Diğerleri 'senin dışındaki' sendir!... Onlar senin zamana dağılmış parçalarındır. Bütünden ayrılmış Oluş'un yansımalarıdır..." Dreamer bu konudaki sözlerini bitirirken, *"Bu, tüm günahların üstündeki en büyük günahtır,"* dedi. Bu buluşmamız süresince de, yazgımızın bağımlı olduğu irademiz dışında var olan, özellikle bir dış dünyaya inanmamızı sağlayan ölümlü bedenlerimiz üstüne sayfalar dolusu not tuttum.

2 Psikolojik cüceler

Dünyanın tarifine ilişkin olarak Dreamer, gerçeği algılamak konusunda bize verilen 'ilk eğitimde' bize dünyanın karar veren, uygulayan ve kendi iradesini dayatan dışımızdaki bir varlık gibi algılama şeklinin öğretildiğini açıkladı. İnsanın, gerçeklik karşısında kendisini sürekli tehlikede ve bir kurban gibi hissetmesinin nedeni de budur dedi.

İşte, insanlar küçük psikolojik cüceler haline böyle geldiler... hatta böcekten bile küçük. Kuyruklarını bacaklarının arasına kıstırarak dünya üzerinde dolaşıyor, bir tür suçluluk duygusu besliyor ve korkuyorlar.

İnsan bir kez bu alçalma düzeyine indiğinde, ihanet etmekten, suçlamaktan, yakınmaktan, kendine acımaktan ve yalan söylemekten, özellikle de, yaşadığı sorunun önemsiz, takıldığı ayrıntıların değersiz, arada bir karşılaştığı sorunların ufak tefek ya da anlık terslikler olmasının dışında yaşantısının aslında mükemmel olduğuna inanarak, kendine yalan söylemekten başka bir şey yapamaz hale gelmiştir.

Bütünüyle körleşmesi sonucunda, yaşantısında hoşuna gitmeyen bir durumun ve tamamen önemsiz görünen bir ayrıntının arkasında, tüm insanlığa bulaşmış aynı hastalığın bulunduğunu görmek dahi istemez. Yaşamının tek bir atomunu değiştirmek için her şeyi değiştirmesi gerekir. Düşünce biçimini, kararlarını ve genel geçer tüm dünya görüşlerini baş aşağı etmesi gerekir!

Dreamer konuşmasını, İsa'nın bedeninde açılan beş yaranın, aslında yatay konumdaki insanı varlığının en alt kısımlarına mıhlayan beş duyunun sembolü olduğunu açıklayarak bitirdi.

Dünyayı yaratanın sen olduğunu ve dışındakilerin seni değil, senin onları memnun ettiğini anladığında... gördüğün, işittiğin ve dokunduğun her şeyin senin yarattığın şeylerin sonucu olduğunu anımsadığında, korkuların da son bulacak... Dünya çiğnediğin bir sakız parçasıdır, dişlerinin biçimini alır.

Bu benzetmesi çok hoşuma gitmişti... söylemek istediğini öylesine alışılmamış ve sade bir biçimde açıklıyordu ki, Dreamer'ın unutulmaz özdeyişlerinin arasına hiç vakit kaybetmeden bunları da yazıverdim.

Unutma ki, dünya ve diğer insanlar, bizim gerçekte
ne olduğumuzun en yalın, en samimi ve en dürüst ifadesidir.
Dünya böyledir, çünkü sen böylesin.
The world is such because you are such.

Bir işaretiyle büyük perde kenara toplandı ve camdan bir duvar açığa çıktı. Ötelerdeki tepelere, asma bağlarının yoğun yeşiline ve toprağın üzerinde yeni sürüldüğünü gösteren yol yol açılmış koyu renkli izlere baktım. Mas Anglada arazisi sanki sonsuzluğa uzanıyordu. Sesi bir vaadin tatlı tınısını taşıyordu. *"...Dreamer'ı hatırla! 'Düş'ü hatırla!*

İşte o zaman hastalıksız, kusursuz bir dünyayla buluşman an meselesidir... yeryüzü cenneti bir Oluş durumunun halinin, 'portatif bir cennetin' yansıyan görüntüsüdür... Onun saf halini koruyabilmek, tüm atomlarını bir arada tutabilmek için sürekli tetikte olmak, daima 'müdahale etmek' gerekir..."

Elimin altındaki defter sayfaları tıka basa dolmaktaydı ve ben onu izlemekte zorlanıyordum. Önemini vurgulamak için 'müdahale etmek' fiilini birçok kez daire içine aldım ve ilk fırsatta da, bu ifadesiyle neyi kastettiğini sordum.

Dreamer sorumu, sözlerine hayati önem taşıyan bir sırrı açıklar gibi özel bir derinlik katarak, *"Bunun anlamı, bir kişinin kendi karanlıklarına nasıl gireceğini bilmesi ve oralara ışık tutması demektir,"* diye yanıtladı.

Uzunca bir süre suskun kaldı ve onun bu duraksaması, bana derin anlamlar taşıyan bir şeyler söylemek üzere olduğunu, ama sözlerinin benim anlama eşiğime takılmasından endişe ettiği için kararsızlık yaşıyor gibi gelmişti. Nefesimi tuttum ve bana güvenmesini içten ümit ederek bekledim.

Elleriyle önce etrafımızdaki yalazlarla aydınlanmış şömineyi, kitaplarla sanat eserlerini, ardından parkın canlı yeşilini ve devasa malikaneyle çevrelenmiş, neredeyse bir göl kadar büyük olan havuzu göstererek, *"Eğer cennetime tek bir cehennem parçasının bile girmesine izin verecek olursam bütün bunlar ortadan kaybolabilir,"* dedi.

Bir gün bir cennet hak etmek ve onu sürdürebilmek için, bayağılıklar, ihmalkarlıklar ve içsel ölümlerinin karşısında kendini nasıl koruyacağını öğrenmen gerekir. Bir ışık işçisi kendi ışıltısını, kendi mutlu ve tam olan dünyasını yansıtır ve hiçbir şeyin onu gölgelemesine izin vermez...

İşte bundan sonra, Dreamer'ın 'tetikte olmak' sözüyle tam olarak demek istediği şeyin içerdiği anlama içimde yetecek kadar büyük bir yer açmaya başladım. *"...Tek bir cehennem parçasının bile girmesine izin verirsem..."*

Bu sözler içime, ta en derinlerime dek işledi. Kemiklerime ulaştığında bilincimde bir açılma oldu. Beynimde sanki bir şimşek çakmışçasına, dürüst ve hatasız bir önder olmanın ne anlama geldiğini ve Oluş'larını en hafif bir gölgeden bile sakınmak isteyenlerin işinin nasıl da zor olduğunu anladım. Onun katılığının altında yatan nedeni; bir surat asmanın, bir sert tepkinin, en küçük bir olumsuzluk işaretin bile neden onun, en sert azarlarına maruz kaldığını o anda anladım.

Dreamer, insanın Oluş'unu ve sorumluluk seviyesini uzaktan bile olsa ortaya çıkaran düşüncelerin ve duyguların, renklerden ve kokulardan oluşan fiziksel bir doğası olduğunu söyledi.

Dreamer'ın dünyasına, kaç kez şüphelerimin kokuşmuşluğunu ve korkularımın keskin kokusunu getirdiğimi düşününce, saç diplerime kadar yandığımı hissettim.

Bizim durumumuzdaki tam olamamış, eksik kalmış insanları düşündüm ve ruhsal atıklarımızın bir gaz kaçağında olduğu gibi, düşüncelerimizden ve olumsuz duygularımızdan yayılan o pis kokuyu birilerinin hissedebileceğini aklımızdan bile geçirmeksizin, etrafa yaydıkları kokuların bizi ele verdiğini, diğer yandan da bizi ciddi bir tehlikeye, çok yakınımızdaki bir felakete karşı uyardığını düşündüm.

Dünya, senin içsel durumlarının mükemmel göstergesidir. Dünya böyledir, çünkü sen böylesin; yani dünya böyle olduğundan sen böyle değilsin.

3 Bir ıstırap ezgisi

Artık Mas Anglada'da değildik; havuz, park ve yöre manzarasının kırsal güzelliği gözümüzün önünden silinip gitmişti. Tanımadığım bir kentin sokaklarında Dreamer'la birlikte yürüyordum. Limandan gelen yoğun deniz kokusu, nehir sularının gizlediği görünmeyen yollar gibi dar sokakları dört koldan kaplıyordu. Şehrin, denizle iç içe olan bu kesiminde adım adım ilerlerken, Dreamer'ın buraları çok iyi bildiği hissine kapıldım ve suyla kaplı bu yerde ses yankılanmaları ve ışık yansımaları arasında yol aldıkça, içimi hafiflik duygusu kaplıyordu. Küçük çekmeli bir vagon bizi oflaya puflaya tepeye çıkardı. Yukarıda bizi, kayalıklar ile deniz arasında asılı bulunan manzarayı seyretmek için yapılmış harika bir teras karşıladı. Burası, insanlığın bebeklik döneminde ortaya çıkan çok değerli masalların ve efsanelerin amniyotik sıvısında adeta bir beşik gibi sallanan dünyanın antik bir köşesiydi.

Dreamer ciddi bir havada, *"Dışarıdan bakıldığında, insan kendisi için sadece sağlık, zenginlik ve esenlik diler,"* dedi. İnsanın özüne seslenircesine ağır ağır konuşarak, *"Oysa kendisini gözlemleyebilseydi... kendi yüreğini ve içindeki ıstırap ezgisini duyabilseydi, başına belki gelecek ya da belki de hiç gelmeyecek korkunç olayların beklentisiyle yazdığı felaket senaryolarının repliklerini bir dua gibi hiç durmadan tekrarlayan sesini de işitebilecekti..."* diye devam etti.

Biraz ileride, göz kamaştıran bu deniz ve gökyüzü manzarasının orta yerinde, gözünde siyah güneş gözlüğü, üstünde siyah tişörtü bulunan bir adam duruyordu. Göbeği dikkat çekecek kadar iriydi ve kolları, daha çok bedeninin üst kısmı şişmanlamış insanlardaki gibi içe dönüktü. Bir yandan manzarayı seyretmeye devam ediyor, bir eliyle koca bir cips poşeti tutuyor, diğerini ise hiç ara vermediği ritmik bir hareketle her daldırışında hatırı sayılır bir miktar çerezi avuçladıktan sonra ağzına götürüyor ve neredeyse hiç çiğnemeden yutuyordu.

Çenesinin ufak bir hareketiyle onu göstererek, *"Gördüğün gibi bu adam kendisini öldürüyor..."* dedi. *"Eski zamanlardaki bir beyefendi veya farklı tarzda biri olsaydı, bu iş için kesinlikle bir silah seçerdi. Ve biz de şimdi onun silahını ciddiyetle şakağına dayamasına tanık olur, ardından da onun bu olağanüstü manzaraya son bir bakış atarken dünyaya elveda dediğini işitirdik."*

Hiç tanımadığı birisi hakkında böylesine bir saptamada bulunması beni çok rahatsız etmişti. Ben onun sözlerinde beni altüst eden şeyin ne olduğunu anlamaya çalışırken, Dreamer konuşmasını sürdürdü.

"İnsanın kendini öldürmesi için, silah ile yiyecek arasındaki tek fark, seçilen yöntemin çabukluğudur!"

Bu sözler bir başkasının ağzından çıksaydı kesinlikle yersiz bir nükte, kötü tat bırakan, maksadını aşmış bir söylem sayardım. Oysa Dreamer şaka yapacak biri değildi.

Ne var ki sözlerinin beni bu denli altüst etmesini, içime huzursuzluk vermesini kendime açıklayamıyordum. Sanırım bu şaşkınlıkla gerginlik arasında gidip gelen ruh halim ve o ıstırap duygusu, Dreamer'ın hor gören aşağılaması yüzünden olabilirdi. Huzursuzluğumun asıl nedenini tahmin etmekten çok uzaktım.

İçimdeki sıkıntıdan uzaklaşmak ve içimde kontrol edilemez bir biçimde büyüyen bu açıklayamadığım düşmanca tutumu durdurmak veya en azından saklayabilmek için aklıma gelen tek yol, esprili bir yorumla ona karşılık vermek oldu.

"Her iki seçenekte de polisten müdahale etmesini ve adamın elinden silahını alıp canını kurtarmasını istememiz gerekir," derken dudaklarımdaki gülümseme çoktan donmuştu. O anda susabilirdim, ama artık ok yaydan çıkmıştı ve sözlerimi aynı alaycı ifadeyle sürdürerek, "Şu anki duruma göre polise, adamın bir paket patates çereziyle canına kıymakta olduğunu ihbar etmeliyiz," dedim.

Zaten sert olan yüzü birden çelik gibi sertleşti ve daha da zalim bir ifadeye büründü, benim de damarlarımdaki kanı dondurdu. *"Sen de intihar etmek istiyorsun,"* dedi ve alçak sesle fısıldadı. *"O adam sensin!"*

Nakavt olmuş bir boksör gibi düştüğüm yerde toparlanmam için bana biraz zaman verdi. Derken kesin olarak yenildiğimi ilan ederek saymayı bıraktı. *Sıradan bir kişinin yaşantısı tek yönlüdür... O sadece sınıra giden yolu bilir... Onun tek inandığı ve sadık olduğu şey ölümdür... İnsanın tek özgürlüğü, kendisini ne şekilde öldüreceğini seçmektir. Kendini öldürebilmek için, sen korkularını ve yıkıcı düşüncelerini kullanmayı seçtin.*

İnsan vücudu çok dayanıklıdır. Bedenlerimizi yok etmek için kendimize izin verdik. Hastalık, çöküş ve ölüm gibi yaşlanmayı yaratan düşünce ve duyguları bedenlerimize yüklüyoruz.

Bedenlerimize ne yaparsak, dünyanın başına da aynı şey gelir.
Dünya sen ne isen odur ve sen de bu doğumu, ölümü olmayan bedensin.
Whatever happens in your body, happens to the world.
The world is as you are, and you are this birthless, deathless body.

Bütün söyleyebildiğim, "Ne yapılabilir?" oldu. Bu soruyu aslında intihar etmekte olan tüm insanlık için sormak ve şöyle demek istemiştim: "Ne yapmalıyız?" Elbette bunu yapabilmek için enerjiye ihtiyacım vardı, ama bende olanın tümü varlığımdaki bilinmez bir çatlaktan boşalıp gitmişti. Zorlukla ayakta durmayı sürdürüyordum.

Dreamer, *"Onları durdurmayı ve ölümü yansıtmalarını engellemeyi denememiz, onların gözünde bizi bir kurtarıcı veya bir yardımsever gibi göstermeyecektir, tam tersine bu girişimimiz canlarına kıymalarını sonuçta biraz erteleyecek, ama onları bizim amansız düşmanlarımız haline getirecektir,"* dedi.

Sanki birazdan söyleyeceklerinin sorumluluğunu taşımaya yeterli olup olmadığımı anlamaya çalışır gibi beni dikkatle inceledi ve fısıltıyla: *"İnsanın 'ilk eğitiminden' miras olarak aldığı Oluş'unun karanlık bir tarafı vardır ki bu bir yıkım kucaklaşmasıdır, insanın önce kendisine, sonra diğerlerine zarar veren içsel bir dürtüdür."* Dreamer, eski çağlardaki insanın en belirgin özelliği "önce kendisini baltalamak ve ölüme sadakat" olan psikolojisini açıkladı. Bu psikoloji, sıradan insanın neredeyse ikinci bir doğası gibi, intihar etmek için dayanılmaz bir dürtü olarak ortaya çıkıyordu. İnsan, etrafındaki her şeyin sanatçısı, yaratıcısı ve mutlak efendisi olduğunu unuttuğu zaman, dünyanın hüzünlü yüzünün bir kurbanı olup çıkıyordu.

İnsan, bundan sonra hem suçluluk duygusunun, hem de giderek büyüyen başarısızlığının ve yıkıcı düşüncelerinin kurbanı olduğunun algısıyla yüklü bir dilencinin yaşantısını yaşamaya koyuluyor.

Kendinizi gözlemleyin! Kendinizi titizlikle irdeleyin! Varlığınızın en karanlık köşelerine kadar girin! Her türlü şüphe ve korkunuza, içinizde yükselmeye başladığı anda sınır koyun. Gerekirse kendinize karşı zor kullanın. Kendinize mutluluk, huzur ve netlik yükleyin. Dışınızdaki dünyanın koşulları sizi mutsuz edemez, ama sizin mutsuzluğunuz dünyadaki tüm sefaletlerin kaynağını yaratır. Yoksunluk aklın bir hastalığıdır!

4 Beden yalan söyleyemez

Dreamer, birdenbire yeniden konuşmaya başlayıp, *"Kendine bir bak!"* dedi. *"Otuzlu yaşlarının henüz çok başındasın ama vücudun şimdiden bir yaşlı adamın vücuduna benziyor."* O anda kanın yüzüme hücum ettiğini, sanki manzara izlemeye gelmiş bu insan kalabalığının önünde beni çırılçıplak teşhir etmişçesine utançtan yerin dibine girdiğimi hissettim.

Hiç acımadan sözlerini sürdürdü. *"Beden, Oluş'u sergiler. O hep çocuksu bir neşe ve keyifle uyum halinde titreşmelidir... ama sen çoktan unuttun... Beden asla yalan söyleyemez!"*

Sesinde herhangi bir suçlama değil, yalnızca bir felaketi bildiren kişinin soğuk havası vardı. Tek bir darbeyle tenime batan iğnenin acısını hissettim; suçlamaya, kırılmaya izin vermeyen, yoğun ve salt bir acı. Kendimi toparladım ve sırtımı doğrultmaya çalıştım ve işte tam o anda kambur yaşamaya ne denli alıştığımın ve bedenimi sevmeyip ona bakmadığım için ne denli suçlu olduğumun farkına vardım.

Bu noktada, doğal mizacım gereği her zamanki kendime acıma alışkanlığıma sürüklenmek üzereydim ki, Dreamer buna izin vermedi. Aslında bana sunduğu çok büyük bir fırsattı. Bunu kaçırmamam gerekirdi, ama henüz hazır değildim. Değişimi bilinçsizce reddedişin bir yansıması olarak doğrudan savunmaya geçtim.

Bedenime iyi bakmaktan beni alıkoyan bütün geçerli nedenleri çabucak bir araya getirdim: İşim, bitmek bilmeyen seyahatlerim, şehir hayatı, ailemin gereksinimleri, Luisa'nın hastalığı ki, bununla da bitmiyordu, çok küçük yaşlardan beri çektiğim böbrek taşları da aynı derecede önemli nedenlerim arasındaydı.

Sesi, hazırladığım savunmamı kesti ve gerekçelerimi birer birer havaya savurdu. Ben de onlarla birlikte içinde bulunduğum yerden dışarı savruldum ve kendimi Dreamer'ın gözlerinden gördüm. Oradaki görüntüm, sadece kendini savunmanın derdine düşmüş, kendini aklayacak iyi gerekçeler arayan, sorumluluğunu reddederek değişmemekte direnen küçük bir adamın sıradan görüntüsünden başka bir şey değildi. Ne denli acı verirse versin, bu görüntünün gözümün önünde kalmasını isterdim, çünkü bu gözlem kendimden çıkarak yine kendimi gözlemlemenin saflaştırıcı etkisini, bütünlüğün iyileştirici berraklığını deneyimlemem anlamına geliyordu. Ne yazık ki görüntü çok çabuk kayboldu.

Solgun yüzün, şişmiş gözlerin ve gevşekliğinle bedenin, senin yaşamaktan vazgeçtiğini gösteriyor. Senin fiziksel ölümünle karşılaşmayı hızlandırdığın bilinçsiz planından herkes haberdar, sen hariç!...

İnsanın bedenini böyle bir duruma düşürmesi için, önce kendisine olan saygısını yitirmesi gerekir. Tıpkı avlanılması ve yakalanması için ardında kan izi bırakan yaralı bir hayvan gibidir.

Varoluşun yasaları, balta girmemiş ormanların dışında da farklı değildir.

Oluş, beden ve dünya tektir ve aynıdır!

Bu son cümleyle allak bullak olmuştum. Oluş ile bedenin aynı şey olduğunu, en azından bir olasılık olarak mantığımla kavrayabiliyorken, beden ile dünyanın bir neden-sonuç ilişkisi içinde bulunduğu düşüncesi benim kabul etme sınırları mı çoktan aşıyordu.

Dreamer, *"Gördüğün ve dokunduğun ne varsa hepsi katılaşmış ışıktır, algıladığın her şey ise organlarının yansıttığı görüntüden başka bir şey değildir,"* diye vurguladı. *"Organların sadece senin dünyaya en yakın kısımların değildir, onlar dünyanın gerçek kurucuları, yapıcıları ve yaratıcılarıdır,"* dedi.

Ardından, bazen yaptığı gibi, gözleri yumuk bir halde, ezberinden bazı satırlar okudu, ben de onları harfi harfine not ettim:

Beden gerçek Düşleyen'dir.
Beden düşler ve onun hücreleri ve organları da onunla düşlerler.
Beden senin kişisel dünyanın gerçek yapıcısıdır.
The Body is the real Dreamer.
The Body dreams and its cells and its organs dream.
The Body is the real maker of your personal world.

Dreamer bana, insanın gözleriyle kendisi olarak gördüğü şeyin onun bedeni olduğunu, daha yüksek bir frekansta titreştiği için göremediği şeyin de Oluş olarak adlandırıldığını açıkladı. Sanki içinde bulunduğum durumu değerlendirircesine beni yeniden dikkatle incelemeye başladı. *"Aslında beden Oluş'tur... Oluş'un göze görünür halidir,"* dedi. Sesi yeniden sertleşti.

Dışımızdaki bir tanrısallığa iman etmek, bedenimizin ötesinde bir varlık olduğu düşüncesi, dünyadaki en yaygın boş inanıştır ve insanlığın en büyük katillerinden biridir. Birçok dini gelenekte insanın dışındaki tanrı, bir ruhsal rehbere, bir ruha, insanın içindeki görünmez bir varlığa olan inancın yerini tutar. Dreamer'a göre bu inanç şekli de bir katildir. Öyle ya da böyle, bedenlerimizi reddetmeye, yaşam kalitemizi düşürmeye ve bedenlerimizi öldürmek için sürekli ve farklı girişimlerde bulunmaya yönlendirildik. İşte, insanın ölümün pençesine düşmesi ve sıradanlığa kapılması böyle oldu. Düşüncelerim, ondan öğrenmekte olduğum bu devrimci kavramların etrafında fırıl fırıl dönüyordu.

"Beden yalan söyleyemez," diye tekrarlarken, dikkatimi hemen toplamamı sağlayan sert bir ses tonuyla beni dinlemeye davet etti. *"Beden, Oluş'un en samimi, en dürüst kısmıdır. Bedenimiz bizi ele verir. İçinde bulunduğumuz durumda, bizim bir bütün olmadığımızı ve çatışmacılığımızı sergilemektedir."* Sessizce boğazımı temizledim ve hafifçe öksürdüm. Dreamer ağır adımlarla aramızdaki mesafeyi birkaç milim kadar kısalttı, gözlerinden vahşi bir varlığın yırtıcılığını ve onun masum acımasızlığını okuyabiliyordum. Hava karardı. Kendimi amansız bir düşmanla karşı karşıya kalmış gibi hissettim. Kontrol edemediğim büyük bir sıkıntıya doğru yuvarlanıyordum. Korkunç bir sesle, *"Öksürmek... senin kendince bana hayır demen.. yani karşı koyma ve ayak direme biçimindir,"* dedi.

"Ben, senin yaşlanmana, hastalanmana ve ölmene ayak direyen tek engelinim. Ben, seni geçmişindeki müşkülpesentliğin, kendini aynı döngüde yineleyişine, rastlantısallığına geri dönmene bir engelim.

Ben yanında olduğum sürece kendini alçaltamayacaksın. İşte bu yüzden beni en kötü düşmanın olarak görüyorsun."

"Alçalmaya ve ıstıraba giden eski yolunda hipnotize olmuş bir halde yürümek; tırmanmaktan, akıntıya karşı yüzmekten ve yoksulluğa, yaşlılıkla hastalığın zulmüne, ölümün bayağılığına baş kaldırmaktan çok daha kolaydır..." Benim için sözlerine kısa bir ara verdi ve ben, bir deniz kazazedesinin karaya ilk çıkışında yutarcasına aldığı soluk gibi bu sessizliğe sıkıca tutundum.

Bu sözler, beni koyu bir karamsarlığın içine düşürmüş, bedenimdeki tüm enerjiyi son damlasına kadar boşaltmıştı. Şimdiye dek kimse benimle böyle konuşmamıştı ve ben kendimi asla böyle hissetmemiştim. Kimdi bu varlık? Tenimi bir bisturi gibi deşen, böylesine inatçı ve keskin sevgisi nasıl bir şeydi?

Dreamer, *"Benim yanımda yaşlanmayacaksın, hastalanmayacaksın ve ölmeyeceksin,"* derken, duyduğum bu ebedi sözler karşısında donup kalmıştım. Bedeninin titreşimlerini daha üst bir seviyeye nasıl çıkaracağını öğrenirsen, onun tehdit eden zararlı görüntüsünden ölümcül dünyayı yok edeceksin. Savaş alanı bedenin kendisidir. *"Ne var ki, ölümü kendisine rehber edinen sizlere, ışık ve yaşam, dehşet veren şeyler olarak görünmektedir. Zaten sizinle Benim aramda var olan hodri meydan mücadele de bu yüzdendir..."*

Bu olağanüstü mesajını, 'sizler' diyerek dünyadaki tüm insanları içine alacak şekilde geniş tuttu. Bu hiç tanımadığım şehrin nefes kesen güzellikteki manzarasına kuşbakışı bakan bu terasta, Dreamer'ın karşısında artık yalnız durmuyordum, geri kalan tüm insanlık da benimle birlikte onu dinliyordu.

5 "Azla yetin!"

Dreamer sakin, donuk bir ifadeyle, *"Aramızdaki bu mücadele ancak, sen ebediyen değiştiğinde son bulacaktır,"* dedi. *"Sana sert, acımasız biri gibi görünüyorsam; sen de buna karşılık acı duyuyorsan ve beni gözlerini kan bürümüş bir canavar olarak görüyorsan, bu senin anlama zorluğunun ve değişime olan direncinin bir yansımasıdır... Benim yanımda, eğer istersen, kendi kaderinle birlikte binlerce insanın kaçınılmaz yazgısını da değiştirebilirsin."*

Yumruğunu yavaşça sıkan bir el gibi, yeni bir kararlılık, bir kesinlik, Oluş'uma ilerlemesi için kendi yolunu açmaktaydı. Artık dünyaya ve başkalarına bağımlı olmak istemiyordum, şimdiye kadar çaresizce yaptığım gibi... Şartların ve ihtimallerin korkunç ipleri ile oynatılan biyokimyasal bir kukla ve bir gölge olmak istemiyordum. Dreamer'ın büyük bir gayretle üzerime etiketlemeye çalıştığı bu ilkeleri, asla yolundan saptırmadan, olduğu gibi hayatıma geçirmek için elimden gelen her şeyi yapacağıma dair kendi kendime yemin ettim.

Hala zamanın varken kendi kendine gerçekleştirdiğin felaket tellallığın ile savaşmak için tüm gücünü kullan. Tüm hayatın boyunca yenilgi ve bağımlılık için programlandın. Bu görüşü yık ve hayatın boyunca karşılaşmış olduğun bozulmuş yetişkinler ve tüm kara talih ustaları tarafından sana aktarılan dünya tarifinden kurtar kendini!. Hastalığa ve yaşlılığa inanmaktan vazgeç... Yalan söylemeyi bırak!... Bütün bunlara başkaldır ve sırtında taşıdığın ağırlıkları at gitsin... Sırtını doğrult, boynunu ve başını dik tut. Gereksiz kilolarından, yağlardan ve yalanlardan kurtul.

Neden benimle obez biriymişim gibi konuşuyordu? Beni inciten sözlerinin yüreğimi yaktığını hissettim, katlanılması zor bir haksızlık karşısında sessiz bir içerleme hissettim. Aslında, kilom seksen beşin biraz üzerindeydi ve bana göre, benim boyumdaki biri için hiç de aşırı değildi. Dreamer'la benim aramda oluşan bu küçük sayılabilecek ayrılık, açıklayamadığım fiziksel bir acıya dönüştü. İnsanlar arasında sadece doğal ve kabul edilebilir olmakla beraber, tarafsız bir aydın olmanın ve güçlü bir karakterin belirtisi de sayılan farklı görüş ve düşünce biçimleri, Dreamer'la birlikteyken bağışlanamaz oluyordu, hatta yasadışı gibi geliyordu. Şimdiye kadar, ona gözle görülemeyecek kadar incecik liflerle nasıl bağlı olduğumun ayırdına çoktan varmıştım. Yıldızlar arası mesafeleri kat ederek bir araya gelen varlıklarımızın, birbiriyle yavaş yavaş nasıl sarmalandığını gördüm. Görünmeyenden doğan mitolojik bir varlık ortaya çıktı ve zihnimin içinde bir baştan bir başa doludizgin koşan, yarı insan yarı at vücutlu bir kentaur biçimini aldı. Bu varlık, gelecekten canlı bir anı gibi, insanın tüm geçmiş nesillerinin ufuk çizgisine doğru bir sıçrama yaptı ve ben bu yeni varlığı, yarı insan-yarı düş olan yeni türün özgün örneğini tanımıştım.

Nedenini bilmiyorum, ama bu görümü acilen zihnimden uzaklaştırmak ihtiyacı duydum. İçimde, onu gizlice çalmışım ya da bir insan görmemesi gerekirken Aktaion'un gördüğü şeyi ben istemeden gözetlemişim gibi bir tür mahcubiyet, tarifsiz bir suçluluk duygusu uyanmıştı. Suçüstü yakalanmaktan korktum. Ancak Dreamer da sanki imgelemem için beni serbest bırakmış görünüyordu.

Sonrasındaki suskunluk süresi düşüncelerimi yeniden toparlamama, en azından eski doğrularımın kırık parçacıklarını önceki haline getirmem için bana zaman verdi.

Ağzından çıkan her sözü yazdığımdan, beni uzun bir bakışla inceleyerek emin olduktan sonra, tenimde hançerlenmiş gibi hissetmeme yol açan o cümleyi söyledi: *"Yiyecek ölümdür."* Ve tıpkı daha önce olduğu gibi, yine işittiğim bu sözler karşısında buz kestiğim sırada, o konuşmasını sürdürdü. *"Bedenin, yiyeceklerin sana şantaj yaptığının göstergesi.. Erken yaşlanman, senin azla yetinmekten uzak olduğunu, aklını kullanmadığını ve sevgi yoksunluğunu ortaya koyuyor."*

Bu sözleri söylerken, bir yandan da bakışları beni delip geçiyordu. Benim şaşkınlıktan dehşete kapılan, gülünç derecede acıklı görüntüm karşısında aniden kahkahalarla gülmeye başladı.

Alaycı bir ifadeyle, *"İnsanoğlu, ölüme sadık olduğu kadar yiyeceğe de sadakatle bağlıdır,"* dedi. Ardından beni ikna olmaya zorlarcasına, *"Bu boş inanışları terk et!"* dedi.

İnsanların, bırakın ölümü, yiyeceklerden boş inanç diye bahsettiğini daha önce hiç duymamıştım. Lupelius'un elyazmasında bununla ilgili insanların kendi kendisinin cahili olması, olumsuz duyguları ve yiyeceklerin ölüme yol açan belli başlı unsurlar arasında olduğunu okumuştum, ama bunu okumakla Dreamer gibi birisinden duymak aynı şey değildi. Onu sadece dinlemek bile insanlığın daima inanmış olduğu her şeye meydan okuma ve en sarsılmaz inançlara bir saldırı idi. Sanki derin bir uçuruma düşüverecekmişim gibi gözlerim karardı. Dahil olduğumu düşündüğüm ne kadar insan topluluğu varsa, her birinin kapısını açacak anahtarları yitirmekteydim. Sürüden dışlanmış, doğal ortamının dışına fırlatılmış bir varlığın avutulmaz ümitsizliğine kapıldım. Dreamer ise hala, beni içine düşürdüğü karışık halimle eğlenir gibiydi. Şüphesiz ki, bunu iyi bir işaret ve ne olursa olsun, verimsiz 'normalliğimden' çok daha verimli ve ileri bir durum olarak sayıyordu. Bir süre sonra yüz ifadesi daha ciddileşti.

Sözlerini tekrarlayarak, *"Günde bir kez ye ve azla yetinen biri ol,"* dedi. Bu isteği öylesine anlamsız, hatta doğanın düzenine öyle ters görünüyordu ki, kötü bir cinin veya bizzat şeytanın karşısında olup olmadığımdan şüphelenmeye başladım. Babam Giuseppe, savaş yıllarında uzun süre günde yalnızca bir kez yemek yediğini bana birçok kez anlatmıştı, ama o günlerden hep farklı bir dönem olarak söz ederdi. Çoğunun kökenleri geçmiş kültürlere dayanan farklı geleneklerde bir ritüel, bir tür inzivaya çekilme veya dinsel bir uygulama içinde oruç tutma dönemleri olduğunu duymuştum, biliyordum. Çağdaş iş ortamının gereklerine ve ritmine kapılmış çalışan bir kişinin, böyle bir disiplini uygulayabileceğini asla düşünmemiş, aklımdan bile geçirmemiştim.

Ayrıca sonunda ne olacaktı? İslam inancında sıkı ve titiz bir uygulama ile tutulan Ramazan orucu bile yalnızca bir ay tutuluyordu. Benden bunu istemesinin, insafsızlık, haksızlık olduğunu, ayrıca bunun zalimce ve hatta bir kişinin sağlığı açısından tehlikeli olduğuna inanıyordum. Bu isteği, bende hemen ve kesinkes bir karşı çıkma duygusu uyandırmıştı.

Bir gün buna hazır olduğunda, tek bir öğün yemeğin bile aşırı olduğunu anlayacaksın. İnsanın iç organları yemekleri sindirip atmak için yaratılmadı...

Duyguları kırılmış sesimi güçlükle denetleyerek, "Peki niçin yaratıldı?" diye sordum.

Dreamer, hoş bir iddiacı tutumla, *"İnsanın organları... bütün organları... düşlemek üzere oluştu! Bu onların doğal işlevidir. Beden besinlerden arındığında, yüz daha zarifleşir, zihin açık, hazır ve hızlıdır. Hücreler minnet duyarlar, kendilerini yenilerler; iyileşme süreci yoluna girmiştir, varlığın yeniden doğuşu önce bedende, sonra olaylar dünyasında kendisini göstermeye başlamıştır"* dedi.

Yiyecekten daha akıllıca bir besin sırrını bilen eski yenilmezlik okullarıyla ilgili öykülerini ağzım açık dinledim. Çok eskiden beri, hatta İskender'in fetihlerinden bile yüzyıllar önce, Makedon savaşçıları yeme alışkanlıklarını en aza indiren ve bununla yetinmeyi bilenler arasındaydı. Onlar, aynı zamanda cesaretleriyle en çok korku salan ve eşsiz yetenekleriyle de ünlü savaşçılardı. Adamlarıyla birlikte aynı zorluklardan, hatta en çetin mücadelelerden geçmiş olan İskender'in kendisi de çok az yemek yerdi, günde tek bir öğünle yetinirdi. Onun yenilmezliği bir efsaneydi, savaş meydanında yanındakiler bedenlerine saplanan oklarla yere yıkılırken, kendisi ok yağmurunun içinden geçer, hiç yara almadan çıkardı.

Bunun sırrı, organlar yiyecekten arındığında kendi gerçek ve doğal işlevlerine, düşlemeye yeniden dönmeleridir. Düşleme gücüyle, günlük yaşamında bir insan neyi isterse, onu maddeye dönüştürür.

Konuşmasının başında Oluş'umun her bir lifini karartıp tehdit eden gölge giderek dağılmaya başladı. Sonunda biraz anlayabildiğimin farkına varınca, *"Dikkat et!"* dedi. *"Yiyecekten sakınmak, oruç tutmak demek değildir. Benim sözünü ettiğim şey, yerine başka bir şeyi koymaktır."*

6 Açlık olmayan bir dünya

Yaşam kaynağı olarak dış dünyaya inanmaktan vazgeçtiğinde, artık olur olmaz yiyecekleri yiyemez, kaba saba şeylerle beslenemezsin. Yüksek sorumluluğunun bilincine varmış bir insanlık, hem Oluş'unun niteliklerini yükseltmek yoluyla, hem de yeni bir düşünce, hissetme, nefes alma ve hareket etme biçimiyle alternatif bir besin kaynağını keşfedecektir. Gerçek besinimiz olan bu yiyeceğin menşei bizdedir ve sadece tanımlanmış dünya yerine kendi irademiz hayatlarımızı yönetmeye başladığında yeniden erişilebilir olacaktır.

Birdenbire, hatta açıklamasını henüz anlamadan önce, içimdeki karşılıklı konuşma susuverdi, geriye yalnızca çocukça bir kaprisin uzantısı gibi bir mızıldanma kaldı, ardından o da kesildi.

Klasik efsaneler ve eski Yunanlıların, Tanrıların sofrasının ölümlülerin yiyecekleriyle değil, cömert bir bollukla, nektar ve ambrosia** ile donatıldığına olan inançları hakkındaki bilgiyi yeniden hatırladım. Ayrıca özgürlüğe doğru esaretten kaçan Yahudi halkının 'cennetten gönderilen yiyecekle' beslendiklerini anımsadım. Gözümün önüne olmayacak bir şeyi getirdim: Yiyecek bulunmayan bir uygarlık. Açlık olmayan bir dünya. O anda, yaşantımızda yiyeceğe ayrılan zamanın ve yerin ne muazzam büyüklükte olduğunu ve ne çok sayıda kaynak tükettiğini fark ettim. Yemeden yaşayamayacağımıza inandığımızdan, açlık hayaletinin bizi kovaladığından kesinlikle emindik. Farkında olmasak da yaşantılarımızı yiyecek üstüne kurarak, bu konuyu dünya çapında bir saplantıya ve sıkıcı bir etkinliğe dönüştürmüştük.

Binlerce insanın azimle besin maddelerini ekmesini, biçmesini, üretmesini, yetiştirmesini, sonra onları pişirmesini, dağıtmasını, tüketmesini, öğütmesini, dışkı yoluyla atmasını düşününce bunaldım. Bakkalların, lokantaların, süpermarketlerin olmadığı şehirlerin neye benzeyeceğini düşündüm; gözümün önüne yiyecekler ortadan kalktıktan sonraki günü getirdim; çöpe atılmış erzak, boş buzdolapları, boş masalar, artık olmayan iş yemekleri, babaların sofrada başköşede oturmadığı ve yemek zamanlarına göre yönetilen ailelerin olmadığı...

Peki, dünyada bu eksik nedeniyle açılan zaman ve yer boşluğu neyle doldurulabilirdi?

Vizyonunu altüst et, bakış açını değiştir. Güzelliklere, sanata, müziğe, eğlenceye, gerçeği aramaya ve kendini bilmeye ne kadar çok kaynak ayrılabileceğini bir düşün. Yiyecekten arınmış bir toplum, hastalıktan, yaşlılıktan ve ölümden kurtulmuş bir toplum olacaktır. Kesimevlerinin ve çiftliklerin olmadığı bir dünyada suç örgütleri ve yoksulluk olmayacak, fakir mahalleler, savaşlar ve çekişmeler yaşanmayacaktır. Hatta sosyal hizmet çalışanları bile olmayacaktır. Yiyecekten arınmış bir dünya, ideolojik bölünmelerin, boş inanışların ve dinlerin bulunmadığı bir dünya olacaktır. Açlık çeken çocuklar veya bakım evleri olmayacaktır. Mahkemesiz, hastanesiz, mezarlıksız bir dünya olurdu şüphesiz... Kaynakların, insanlığın en büyük hayaline kavuşmasına yönelik kullanıldığı bir dünya olurdu.

İnsan, bir kez korkularının maddeleşmiş hali olan ölüm sanayisini ve çöküş ekonomilerini yenmeyi başardığında doğuştan hakkı olana tekrar kavuşup varloşunun yüce amacı olan fiziksel ölümsüzlüğe erişebilir.

---

* Ambrosia: Yunan mitolojisinde, Tanrılara ölümsüzlük veren yiyecek ve içecektir. Eski Yunanlılara göre Tanrılar, insanların yediği ve içtiği ile beslenecek olsalardı asla ölümsüz olamazlardı.

Artık gözlerimi kaldırabiliyordum. Dreamer'a baktım. İçimden onun vizyonuyla benimkini karşılaştırırken, sanki tüm gücümle bir şeyi itip uzaklaştırmaya çalışıyormuşum gibi bedenimin gergin ve başımın eğik durduğunu fark ettim.

Yiyeceğe inanmayı bırakmış, yani yemek ihtiyacından kurtulmuş bir toplum, nesilden nesile aktarılan açlık saplantısı ve onun insanı dehşete düşüren tüm uzantılarını arkasında bırakınca, çok daha amansız bir düşmanla yüz yüze gelir: yememenin sıkıcılığı.

Bugünkü koşullarında insanlık, yeme alışkanlığının zararlı olduğunu anlasa ve yemekten vazgeçmeye ikna edilse bile, yiyeceklerin ortadan kalkmasıyla yaşamında açığa çıkacak sonsuz zamanı göğüslemek zorunda kalacaktır. Bütün öğretiler ve dünya zevklerinden elini eteğini çekenlerin gelenekleri bakımından yiyeceklerle ilgili olan geleneklerine yüz çevirmekte neden her zaman çok zorlandıklarını ve bunu neredeyse imkansız saydıkları gerçeğinin kapısını açacak tek anahtar olduğunu düşündüm. Hatta öyle ki, tarihler boyunca yiyeceğe direnebilenler sadece azizler ve inzivaya çekilen keşişler olabilmiş ki, bu durum onlar için de genel olarak kısmi ve geçici bir zaferden öteye gidememiş. Bu düşüncemi Dreamer'a söyledim.

"Bu uzun bir hazırlık ve yeni bir eğitim gerektirir," dedi. *"Hala ölüm saplantısıyla korkan ve ölümün kaçınılmaz olduğundan emin, işlenmemiş - zoolojik bir insanlık, yiyeceğe bağımlı kalmaktan başka bir şey yapamadığı gibi bu şişmanlatan, ölümcül besinlerle dışarıdan beslenmeden de yaşayamaz.*

İçten beslenme, farklı bir düşünce ve nefes alma yönteminin doğal bir sonucudur ve olumsuz duygularla yönetilen çatışmacı kişiden, bütünle uyum içinde olan dikey kişiye geçiş demektir."

"Bu durumun ekonomiye yansıması nasıl olacaktır? Çalışma faaliyetimizin bu denli geniş bir kısmını kaybetmeyi nasıl dengeleyeceğiz?" diye sordum.

Sanki bir kehanette bulunur gibi, *"Senin ekonomi olarak adlandırdığın şey, aslında en zengin ülkelerde bile bir hayatta kalma mücadelesinden başka bir şey değildir. Ne var ki, artık kabul edilemeyecek bedeller karşılığında ayakta tutulmaktadır. Bir toplum, düşüncenin yaratıcı gücünü ve onun besleme kapasitesini kavrayabilsin diye her bir bireyi için olduğu kadar, tüm insanlık için de daha iyi ürünler ve hizmetler üretecektir,"* dedi. *"Yüklerinden kurtularak hafiflemiş, daha esnek ve düşleyen bir toplum, kendisini her bireyinin eğitimine ve onun her bir hücresinin mükemmelleşmesine adayacaktır."*

Zihnimde, geldiği kaynağı ve amacını unutmuş bir insanlığın yeniden eğitilmesine kendilerini adamış kadın ve erkeklerden oluşan bir ordu hayal ettim. Dreamer, *"Böylesi kökten bir değişim kalabalık kitlelerle yapılamaz,"* dedi.

İnsanlığı eğitmek için her bir bireyin ve her bir hücrenin içinde yeni bir vizyon açılması gerekir. Kendi yazgısına başkaldırabilmesi ve içimize işlemiş, dışarıdan alınacak bir şeyle beslenebileceğimize ve bizi iyileştirebilecek şeyin de yine dışarıdan sağlanacağına olan köklü inançlarımız gibi, içimizde yer eden her bir kötülüğü kökünden tutup çıkarmak üzere mücadeleye girişmek gerekir.

Bu boş inanışlar, anlamlarını en çok ilaç ve gıda endüstrilerinde bulmaktaydı. Oyunu unutunca, insan şeytani bir üretim döngüsünün son halkası haline gelmekteydi. Tüyler ürperten bir masalda veya bir korku filminde olduğu gibi böylesine ağır bir büyünün etkisi altında kalmış insanlar da, yaşantılarının yarısını yiyerek, diğer yarısını da ilaç tedavilerinin kontrolü altında geçirmek zorundadır. İnsanlığın en önemli görevi, düşleme sanatını öğrenerek ve bundan yararlanarak kendisini aşmaktır. Bu nedenle de beslenme gereksinimi ve gerekliliği mutlak minimuma indirilmek zorundadır.

Bu içten dışa uzanan bir süreçtir. Bu denli önemli bir anlaşılmazlığı ancak yeni bir eğitim anlaşılır kılabilir. Dreamer'ın vizyonuna göre, yiyeceğin ortadan azar azar kalkmasıyla birlikte hastalıklar, yaşlılık ve ölüm de yok olacaktı. Hiçbir yerde duyamayacağım bu dışavurumlarını defterime kaydederken temkinlice duraksadığımı görünce, beni yüreklendirerek, *"Bunu duyurmaktan korkma!"* dedi. *Bu geçiş aşama aşama olacaktır, üstelik zengin ülkelerde çoktan başladı bile. İnsanlık giderek daha az yiyecek!... İnsanoğlu bir gün, plankton dolu bir denizde yüzdüğünü ve gereksinim duyduğu anda zahmetsizce ve mücadeleye girmeden sonsuz kaynağı kendisinde bulunan besinle donatılmış olduğunu keşfedene dek bu gereksinim de azalarak sürecektir.*

"İnsanın yemeden yaşaması mümkün mü?"

"Ben yemek yemeden yaşamaktan değil, yiyeceğin yerine başka bir şeyi koymaktan söz ediyorum.

İnsanın bu konudaki görüşü farklı bir şekil kazandığında ve yepyeni bir sayfa açarcasına şimdiye kadar inandıklarını alt üst etmeyi başardığında, daha gelişmiş bir insanlık, eski alışılmış yiyeceği daha zekice bir gıda ile değiştirecektir. Kendisine uyutularak dayatılan bu gereksinim bir kez ortadan kalktığında, insan, diğer yaptığı işlerde olduğu gibi, yemek ya da yememek konusunda da seçim yapacaktır."

Dreamer'ın bu sözleri, insana özgü zevk ve ıstıraplar konusunda deneyim kazanmak üzere kendilerini alçaltmak pahasına bir hayvan kılığında Olympos Dağı'ndan canlılar dünyasına inen Homeros'un tanrılarını anımsattı.

Luisella'ya aşık olduğum günlerde ve onun gençliğinin baş döndürücü parfümü varlığımın her zerresine işlediği zamanlarda tüm günü hiç yeme ihtiyacı duymadan geçirebiliyordum.

Annem Carmela'nın, benim en sevdiğim yemekleri, hatta bayıldığım lokma tatlısını ve diğer hamur işlerini önüme koyduğunda benim tabağı geri çevirdiğim andaki şaşkın bakışlarını Dreamer'a anlattım.

"Bu, ölümcül yiyeceklerin daha narin ve içsel beslenme ile ikame edilmesidir," dedi. *"Bu durum, artık insana ezberletilen dünya kurallarına göre değil; kendi iradeleri, kendileri ve 'düş' tarafından yönetilen tüm insanlar için mümkün olacaktır..."*

"Ya anoreksi hastaları?"

İştahsız insanlar hasta değillerdir, onlar daha gelişmiş ve daha uzun yaşayan insanlığın öncüleridir. Onlar, ölüm dağıtan sektöre karşı gerçek başkaldıranlardır.

"Peki, iştah kaybı yüzünden ölen insanlar var, onlara ne diyeceksin?"

"İnsanlar iştah kaybından ölmez. Onlar sadece, yeni insanlığın öncüleri olduğunu anlayacak donanıma henüz sahip olmayan ailelerin ve ilkel ilaç çalışmalarının kurbanıdırlar." Dreamer daha önce birçok kez yaptığı gibi, bana bu gençlerin sorunlarını anlattı, onların yardım çağırma işaretlerinden ve yetişkinlerce kirletilmiş, artık hiçbir geçerliliği kalmamış insanlığa yeni bir yön, yeni bir çıkış yolu sunabilmek için, sonuçsuz kalan umutsuz çabalarından söz etti.

Sen, 'kötü alışkanlıklarından' vazgeç artık. Azla yetinen biri ol! Ama unutma, buna hazır olana dek, sakın oruç tutmaya veya gece uyanık kalmaya çalışma. Yemeğini ne zaman bir lokma ile sınırlayacağını, ne zaman bir dakika az uyuyacağını sana ben söyleyeceğim. Bunun üstünde yıllarca...yıllarca çalışmamız gerekir.

Aslında, Dreamer'la birlikte olduğum süre boyunca ne benim oruç tutmam ve bir şeyden vazgeçmem gerekti, ne de o herhangi bir zorluğa katlanmam konusunda beni uyardı. Aksine, onu hep bolluk ve zenginlikle iç içe gördüm ben. Benim azla yetinmem, yavaş yavaş ilerleyen bir süreç ve onun huzurunda olmanın doğal bir sonucu oldu. Felsefesine bu denli yakın olmakla birlikte, yiyeceğin Dreamer'ın gözünde yalnızca bir simge gibi, insanın dünyaya bağımlı olduğunu gösteren en belirgin işareti olduğunu anlamam için uzun bir zamanın geçmesi ve benim de çok çaba göstermem gerekmişti.

İnsanı zehirleyen yiyecek değil, ona bağımlı olması, yani onun kendisi için zorunlu olduğuna inanmasıdır.

Azizler ve dünya nimetlerinden elini eteğini çeken keşişler bile azla yetinme öğretisinin esas amacını kaçırdılar; azla yetinmek, yiyeceği ortadan kaldırmak değil, ona olan gereksinimi, bağımlılık halini yok etmektir.

Sonuçta kişinin kendi içinden beslenmesi de aslında bir tür bağımlılıktı.

İçinde olana, kendine bağımlı olmak, bağımlı olmak değildir! Bu, kendine egemen olmaktır!

Dreamer'a göre, ölümün kaçınılmazlığı fikrini sorgulamayan kişiler, kendi kendilerini baltalama işini çeşitli kişisel gelişim etkinlikleri, diyetler, oruçlar ve her türlü yüksek performans gerektiren spor programlarının arkasına gizlerler. Yiyecek ve uykuyla ilintili dinsel ve ruhsal öğretilerin sis perdesinin arkasında, insan genellikle kendine zarar verme ve kendini ortadan kaldırma arzularını gizler.

Bilim tapınaklarının, yardımsever kuruluşların, ilaç laboratuvarlarının, gıda sanayisinin, dinsel yardım ünitelerinin, güzellik enstitülerinin, keşişlik ve katı kurallara bağlı din okullarının bilinçsizce ölüme hizmet ettiklerini göreceksin; onlar da bu ölüm düzenini beslerler ve bu düzendeki ekonomik felaket ile de beslenirler... Onların sağlık ve refah, mutluluk ve uzun yaşam mesajlarının altında bilinçsiz olarak ölüme kayıtsız şartsız bir bağlılık, çok güçlü bir hizmet anlayışı yatmaktadır.

Endişeyle, "İnsanlığa içtenlikle adanmış kurumların bulunması mümkün değil mi? Her tür bağımlılık biçimine karşı bir başkaldırıya önderlik edebilecek hiç kimse yok mu?" diye sordum. Yaşadığı ortamdan alınarak birdenbire soğuk, bilinmeyen ve ıssız bir dünyaya terk edilmiş bir insandan farksızdım. "Eski devirlerde gördüğümüz o kurtarıcılar, azizler, kahramanlar bunu yapamazlar mıydı?"

Dreamer sorumu, *"Kahramanlar, azizler, kuruluşlar, tüm bu kişiler insanlığa hizmet etmektedir, aslında onlar, kendi kendini yok eden bugünkü insanlığa hizmet etmektedir,"* diye yanıtladı. *"Daha gelişmiş bir toplumda yoksulluğun ve hastalığın sürekli var olmasına yarayan çarpıtılmış özgecilikleri ve çürümüş hayırseverlikleri yüzünden bunların hepsi yasadışı sayılacaktır.*

Dünyayı iyileştirmek, kendini iyileştirmektir. Dünyayı senin dünya görüşün yaratır. Bu sana son derece karmaşık, saçma, hatta tümüyle mantıksız gelebilir, ama dünya tam da senin düşlediğin gibidir. Onu sen hasta ediyorsun. Onu harap eden tüm çatışmaların, felaketlerin, açlığın ve işlenen suçların tek sorumlusu sadece sensin.

Sen özünle yeniden bir bütün olduğunda, dünya ebediyen iyileşecektir!"

7 Dünya, senin onu düşlediğin gibidir

Dreamer bu andan itibaren öğreteceği ilkelerle uygulamaları ve etkinliklerle teknikleri çok dikkatle yazmamı istedi. Hepsi çok değişik ve karışık görünüyordu, ama birlikte ele alındıklarında tam bir öğreti, bir sistem oluşturuyorlardı.

Bilinmeyen bir kıtanın ufuk çizgisi gibi, eşsiz ve büyüleyici bir evrenin doğumunun dış hatlarıyla belirdiğini gördüm. 'Tanrılar Okulu'nu' anlamamda önemli rol oynayan paha biçilmez kitapların bulunduğu eşsiz Mas Anglada kütüphanesinde sıkı çalışmalar ve incelemeler yaparak birkaç gün geçirdim. Elyazmasında karşıma çıkan çizimlerle formüllerin anlamlarını Dreamer'a sordum. Lupelius beden ve ruhu birbirinden ayrılmaz tek bir gerçeklik sayıyordu; bir mikroptan Tanrı'ya kadar uzanan çok çeşitlilikte, 'bedeni' dünyada algıladığımız her şeyin yaratıcısı olarak kabul ediyordu. Yeri gelmişken, kullandığım 'ruh' veya kimi zaman da 'öz' gibi terimlerin bana ait olduğunu, okuyucuya daha anlaşılır aktarabilmek adına bunları kullandığımı belirtmeliyim. Dreamer bu kelimelerin hiç birini kullanmadı.

Lupelius'un yiyecek ve beden üstüne teorilerini öğrendikçe daha da şaşırıyordum ve onun önermelerinin getirdiği en uç sonuçlarının karşısında çareyi geri adım atmakta buluyordum. Bazı savaşçı keşişlerin, mantıksızlık kırıntılarına benzeyen en zorlu cümleleri aklıma takılmakla da kalmadı, beynimi oyarcasına beni sürekli rahatsız etti. Bunları Dreamer'la konuşmak istedim.

Üçüncü akşam, Dreamer beni muhteşem malikanesinin şarap mahzenlerinde dolaşmaya davet edince, ben de aklımdakileri ona sorma şansını yakalamış oldum. Şaraplarını ülke, kalite ve üretim yılına göre yerleştirme düzenine hayran olmamak elde değildi; tek kelimeyle muhteşemdi. Bu kadar geniş ve eksiksiz bir şarap koleksiyonunun var olabileceği hiç aklıma gelmezdi. Şöminenin başında, en değerli şaraplarından birinin tadına bakarken, çalışmalarımın nasıl gittiğini ve kayda değer bir şey bulup bulmadığımı sordu. Ona Lupelius'un beden üstüne teorilerinin en çetin ve kabul edilmesi en zor noktalarından, dahası, beni özellikle rahatsız eden, Lupelius'un, öğrencilerinden biriyle beden ve organlarının dünyayı yaratma kapasitesi üstüne yaptıkları söyleşiden bahsettim.

Daha bu sözler ağzımdan çıkar çıkmaz, birazdan söyleyeceklerini dinlemeye bile henüz hazır olmadığımı fark ettim. O anda oradan kaçıp gitmeyi ne çok isterdim! Ama artık çok geç olduğunu ve kaçamayacağımı anladığımda tutuşmaya başladım, sanki çok ciddi bir tehlike içindeymişim gibi yüreğim hızla çarpıyor, demir bir mengene şakaklarımdan sararak beynimi sıkıyordu. Dreamer'ın büyük bir otoriteyle bana gösterdiği harikulade vizyonu ne kabul edebiliyor, ne de reddedebiliyordum; sonuçta bütün bu anlattıkları dikkatimden kaçıyordu.

Düşüncelerim dipsiz bir karanlığın kıyısında sendelemekteydi.

Dreamer, *"Düş ve gerçeklik arasında ne bir mesafe, ne de bir ayrım vardır. Aynı şekilde, var olmak ve sahip olmak, ya da inanmak ve görmek arasında da hiçbir mesafe yoktur,"* dedi. *"Bir kişi her ne düşlerse, artık o gerçek olmuştur. Sadece, görünür hale gelmesi biraz zaman alır...*

Düş + Zaman = Gerçeklik
Dream + Time = Reality

Düş, zamanın içinde kendini belli eder çünkü sınırlı anlama kapasitemiz nedeniyle onu görebilmek için zamana ihtiyaç duyarız.

Zaman, insan için sihirli bir boya gibidir, aksi halde insan gözünde görünmez olan şeyleri bir anda görünür kılar.

Gördüğün ve dokunduğun her şeyin var olabilmesi için, arkasında düş vardır... mükemmel ya da korkunç bir dünyanın her haliyle gerçek olabilmesi için önceden hayal edilmiş olması gerekir. Düş, var olan en gerçek şeydir. Her gerçekliğin ardında, bir düş ve her düşün ardında da beden vardır.

Hücrelerimiz, organlarımız... düşlerler!" diyerek sözlerini bitirdi.

Hayal kırıklığımı ve başkalarını suçlama huyumu açığa vurarak, "Eğer bedenin düşlemesi ve dünyayı yaratması mümkünse, neden tek bir atomu bile istediğim yönde değiştiremiyorum?" diye sordum.

Bakışları, büyük kollu gümüş şamdanlardaki küçük alevlerin içinden Mas Anglada'nın yüzlerce yıllık eski duvarlarının çok ötesine uzandı ve orada asılı kaldı. Çenesini sol avucuna dayayıp uzun süre dalgın dalgın baktı. Sonra, *"Herkese göre nesnel, durağan ve aynı olan bir dünya yoktur... Dünya, senin onu düşlediğin gibidir... Olumsuz ve yıkıcı görünen şeyler de senin hayalindeki bir çatışmanın sana geri yansımasıdır,"* dedi.

"Peki, ters giden şeyler nasıl değişecek?"

"Düşlerini değiştir!

Düşlerini değiştirmezsen, bir kısırdöngü gibi aynı olayların sürekli yinelendiği ve başa döndüğü bir monotonluğun dışına çıkman da imkansızlaşır.

Düşlemek için izlediğin sana zarar veren yolu terk etmek zorundasın. Yepyeni bir düşü düşle... düşlemek için, irade gücünün kumanda ettiği, sevgi gücünün yarattığı, netlik ve kararlılık gücünün üstün geldiği yeni bir yolu öğrenmek zorundasın."

"Düşlemeni örseleyen halinden kurtulmalısın. Kendine daha açık yürekli ve dürüst ol, hayatını değiştirme konusundaki sahte isteğinin arkasında tam da şu andaki gerçekliğini sürdüren gizli bir plan olduğunu fark edeceksin"

Dünya böyle çünkü sen böylesin.
The world is such because you are such.

8 İçte savaş olmazsa dışta da savaş olmaz

"Dünya, 'düş'ün görünür, hissedilir halidir. Düşüncelerin, senin kişisel gerçekliğini yaratır." Dreamer bir yandan benimle konuşuyor, diğer yandan evinin spor salonundaki karmaşık makinelerin birinden bir diğerine geçerek bir dizi egzersiz yapıyordu. Burası Mas Anglada'nın uzantısı olan uçsuz bucaksız araziye hakim olan antik bir kulenin en tepesiydi. Tavandan yere kadar uzanan camdan duvarların ardından, bizi çepeçevre saran uzak tepelerin yüzlerce yıllık yeşillikleri ve asmaları şimdi tam burada aramıza katılıp, bu odanın içinde sessiz ve güçlü duran ağırlıkların, kondisyon aletlerinin metalik bir yansıması olan çeliğin egemenliğine kafa tutuyordu. Tavandan içeriyi aydınlatan geniş bir pencere, ışık ve bulut kümelerini bir İtalyan freski gibi çerçevelemekteydi.

"O halde herkes düşlüyor ve herkes bir dünya yaratıyor."

"Kesinlikle! Herkes kendi dünyasını..."

"Peki, dünyanın kirlilik sorunu? Ya saldırılar, çatışmalar, cinayetler?"

"Onlar da senin kişisel gerçekliğinin parçalarıdır... Dünya, senin olduğun kadar sağlıklı veya senin olduğun kadar hastadır! Onu ancak kendi organlarını engelleyip körelterek sen kirletebilirsin.

Hatta bedenlerini kirletenler bile yaratır!... Onlar hastalıklı bedenlerinin yansıttığı olayların ve koşulların yaşandığı, ama her şeyden önce de kendi Oluş durumlarının ve düşüncelerinin yansıması olan bozulmuş bir dünya yaratırlar.

Thoughts are always creative at any level. Thinking belongs to your way of dreaming and is the basic factor in shaping your destiny".

Düşünceler her düzeyde daima yaratıcıdır. Düşünce senin düşleme şeklinin bir parçasıdır ve kaderini biçimlendirmede en temel etkendir."

Böylesine büyük bir sorumluktan endişe duyarak, "Ya savaşlar ve yoksulluk?" diye sordum.

"Istırap, yoksulluk ve dünyadaki tüm çatışmalar, işkenceler ve katliamlar, hepsi düşlendi. Oluş'unu ciddi bir biçimde kirleten ve kendi gücünden habersiz bir insanlık, gizliden gizliye bir şekilde bunları içten içe arzuladı."

"Biz konuşurken, dünya genelinde yüzlerce fabrika, çatışmaları beslemek ve hatta insanlığı yok etmek üzere silah üretiyor ve depoluyor. Böylesine yıkıcı bir güçten kendimizi nasıl koruyabiliriz?"

"Kendini her türlü hipnotizma, bağımlılık ve batıl inanıştan uzaklaştır. Kimsenin bilgisine, hayal gücüne ya da kehanetine sırtını dayama. Bil ki, dışarıda seni yok edebilecek bir güç yok. Dışarıda, senin onayın olmadan hiçbir şey gerçekleşemez.

Olaylar ve koşullar dünyası tamamen sana bağlıdır; bütünlüğünü sağlar, birliğine erişirsen, o zaman dünya güvende olacaktır.

Öyleyse, dünya için değil, sadece kendin için endişelen. Senin içinde savaş olmazsa, dışında da olmaz. Kural budur."

Dreamer, titizlikle katlanmış temiz havlu yığınından bir tane alıp yüzünü kuruladıktan sonra, onu değerli bir şal gibi omuzlarına attı ve zarif bir hareketle uçlarını göğsünde bağladı.

"Bir insan, kendi bedenine egemen olmayı öğrenirken, evrene de egemen olabilir," dedi. Bu sırada başını kaldırdı ve gözlerini kırpmadan uzun süre dikkatle bana baktı. Düşüncelerim giderek artan bir hızla, zihnimi bütünüyle terk edene dek, birer birer kayboldu.

Bana bakmayı sürdürüyordu, *"Kaliforniya'yı anımsıyor musun? Hani San Fransisco'lu o arkadaşını?"* diye sordu.

Başka bir şey söylemesine gerek yoktu. Kimden söz ettiğini kesinlikle biliyordum: Corrado. Bu ismin hiç duraksamadan aklıma bu kadar kolay gelmesine şaşırmıştım.

San Fransisco'da yaşadığım sıralar çok iyi dost olmuştuk. Çok iyi bir müzisyendi ve henüz çok gençken bir oryantal dansöze çılgınca aşık olup evlenmişti.

Dreamer birazdan bana herkesin kendi dünyasının kaşifi ve yaşantısında başına gelen her olayın mutlak yaratıcısı olduğunu söyleyecekti ama bu arkadaşımla bağlantılı olabilecek hiçbir şeyi anımsamıyordum. Sonra, uzak bir olayı çevreleyen hatlar giderek belirginleşti ve tuhaf bir öykü o yılların anıları arasından zihnimde kendine yer açtı. Corrado, Amerikalı zencilere karşı daima bir hayranlık duymuştu. Onların aralarında konuşurken kullandıkları jargonu, tarzlarını, umursamaz hallerini ve hatta yürüyüşlerini taklit ederdi. Onların kültürüne bayılırdı ve diğer müzik türleri içinde onlarınkini en üstünü sayardı. Sık sık onların takıldığı mekanlara, hatta kiliselerine giderdi. Sokakta bir zenciyle karşılaşacak olsa onlara duyduğu yakınlığı bir göz kırpma, bir selam veya tatlı bir sözle belli etmeden geçmezdi.

Karısını da bu garip takıntısının ardından sürükledi ve zamanla zenci arkadaş grupları oldu; hatta akşamları birlikte ailece restoranlara, San Fransisco'nun zenci barlarına gittikleri zenci çiftler de oldu.

Bir akşam, San Francisco'da, karısıyla birlikte evlerine dönerlerken, bir grup zenci tarafından, üstelik hiçbir neden yokken saldırıya uğradılar ve fena şekilde dövüldüler. Öyle kötü hırpalanmışlardı ki günlerce hastanede kalarak tedavi görmeleri gerekti. Corrado'nun, bu kötü olayı bana anlatırken, hırsından ağladığını anımsıyorum.

Dreamer, dikkatle bana bakıyordu ve belli ki yüzümde herhangi bir anlama belirtisi olup olmadığını arıyordu; saniyeler birbirini kovaladı ancak zihnimde Corrado'ya dair özel bir ışık yanmadı. Onun genel olarak, müzisyenlerin ve sanatçıların düşük bir sorumluluk düzeyine sahip olduklarını düşündüğünü biliyordum. Dreamer'a göre bohem dünya zayıf ve sorumsuzdu. Birçok ünlü, hatta insanların dahi saydığı sanatçılar bile, aslında kendi sanatlarının bağımlısı, bir bireyin kendi gerçeğinin yaratıcısı, gördüğü, dokunduğu her şeyi yaratan yüce bir sanatçı olduğunu keşfetmekten korkan insanlardı. Birçok sanatçı varolmalarının sebebini bilmez ve sayesinde yaşam bulduğu *"düş"*ün, sadece çok uzak bir ışığı olabilecek başka bir şeye kendisini teslim eder. Sanatı, kendilerini tanımak ve bayağılıklarının üstesinden gelmek için geçilecek bir köprü gibi kullanmak yerine ona bir ilahmış gibi sarılarak, yaşantılarını felakete sürükleyen bağımlılık durumlarını içinden çıkılmaz bir hale getirirler.

Özgürlüğün daha yüksek mertebesine ulaşmış ve adımlarını Oluş birliğine çevirmiş bir kişi, artık bir sanatçı olamaz. Dünyanın yaratıcısı ve sanatçısının sen olduğunu anladığın zaman ne resim yapabilirsin ne de bir parça besteleyebilirsin. Dreamer'a göre yaşamın kendi anlamı, her türlü bağımlılık ve kölelikten özgürleşmektir. Roller, tüm roller, aşılması ve terk edilmesi gereken hapishanelerdir. Ancak, bu düşünceler, yine de beni bir yere götürmüyordu.

Corrado bir müzisyendi; yaşamını sürdürmek için elbette müziğine bağımlıydı. Dreamer'ın bana böyle bir anıyı hatırlatma nedenini bir türlü anlayamıyordum.

Dreamer, benim daha fazla kafa yormamın bir zaman kaybı olduğu kanısına varmış olmalı ki, söze girdi: *"Bu olay hayatın ta kendisidir, Oluş'unda dokunmak istemediğin yere dokunmanı, görmek istemediğin şeyi görmeni sağlamak için yaşamın hem şiddet, hem de şefkatle üstüne geldiğini gösteriyor. Bu kazanın, arkadaşının yalanını, üstü örtülü ırkçılığını, uzun zamandır içinde taşıdığı şiddeti görmesini ve sonunda da onu özgür bıraktığını gösterdi!"*

Dreamer, aynı hastalığın farklı yönlerini gösteren ikiyüzlülük ve kendini kandırmak konusunda Corrado'nun yaşantısından bazı önemli kesitler seçti.

Aceleyle verdiği evlilik kararını bile, o kadın için duyduğu gerçek sevgiden çok, Birleşik Devletler'de kalabilmek ve bir Amerikan vatandaşı olmak isteğiyle vermişti.

Durdu. Ardından, biraz daha egzersiz yapmak için makinelerden birindeki ağırlıkları değiştirdi, bilgisayarlı sistemde başka bir programa geçti. Hayret etmiştim. Ona arkadaşımdan hiç bahsetmediğimden emindim. Bunca yıldır ne gördüğüm ne de haber aldığım bir arkadaşımın yaşantısıyla ilgili bunca şeyi nasıl bilebilirdi, merak ediyordum. Bu sırada Dreamer egzersiz yapmayı bıraktı.

"İşte!" dedi kimonosunun kuşağını bir savaş hazırlığı yapar gibi gurur ve zarafetle bağlamaya çalışırken, *"Oluş'un her bir katı arasında saklı duran 'şey', egoizmi örten ve gizleyen yalan, önyargı, kibir ve ırkçı nefret, dünyanın tüm kötülüklerinin de gerçek nedenidir."* Ses tonu, sanki yaşamın kıyısına kadar takip ettiği bir virüsü sonunda bulduğunu açıklayan bir bilim adamınınki gibiydi.

Istırap, yoksulluk ve tüm felaketler hep düşlendi, gözü kara bir biçimde istendi ve bilinçsizce yansıtıldı. Bunlar insanın kendi karanlıklarında barınmakta olan ve ancak, bir pantografla büyütüldüğünde elle tutulur gözle görünür hale gelebilen gölgeler ve canavarlardır.

İnsanlar bugün dersi anlasalar, daha samimi ve daha özgür olacaklar, zamanla yalanlarının farkına varacak ve bir gün onu iyileştirecekler.

İnsanoğlunun sürekli söylediği ıstırap ezgisini, Dreamer'ın bana dinlettiği ve içimde ayırt etmemi sağladığı felaket duasını anımsadım.

Sonunda, onun kendisi üzerinde çalışmaya, kişinin durumlarının farkında olmasına ve onlar üstüne insafsızca dikkat kesilmesine, 'öz gözlemlemeye', özellikle Oluş'taki herhangi bir canavarlığa bir ışık huzmesini tutar gibi, gizlenecekleri hiçbir karanlık yer bırakmamasına dair verdiği hayati önemi anlamıştım. Bu anlayış bana özlü sözlerini hatırlatmasına sebep olmuştu:

Öz gözlemleme öz düzeltmedir. - Self-observation is self-correction.
Vizyon ve gerçeklik birdir. - Vision and reality are one.
Düşünce kaderdir. - Thinking is destiny.
Dünya böyle çünkü sen böylesin. - The world is such because you are such.

Ve en şaşırtıcı olanlardan biri: Dünya bir sakız parçasıdır; dişlerinin biçimini alır. Bütün bunları birbirlerine bağlayan altın ipliğin ayrımına vardım; hepsi aynı mesajın farklı söylemleriydi. Dreamer'ın tüm öğretilerini içinde barındıran ve aynı zamanda insan aklının gitmeye çekindiği en uç noktada duran bir mesajdı.

Bir ışık parlarcasına, saniyenin binde birinde, her şeye kadir Tanrı'nın bir bildirisi gibi, güçlü ve göz kamaştırıcı bir gerçek aklıma düşüverdi:

Dünya, Oluş'un bir aynasıdır! Bir lazer demeti benim dünya tarifimin katmanlarının çökelti tabakalarını yararak geçti. Her molekülün her şeye, nasıl mükemmel biçimde bağlantılı olduğunu 'gördüm'. Ayrıca bu 'her şey' kişisel ve öznel bir şeydi.

Dünyanın değişimini engelleyen tek kişi sensin. Kendini değiştir, o zaman dünyanın da gözlerinin önünde değiştiğini göreceksin! Berraklığın, özgürlüğün ve ölümsüzlüğün her bir atom parçacığı, dünyanın biçimlenmesinde yerini alacak ve onu her türlü kötülükten arındıracaktır. Kendini bilmenin ve Oluş'u yükseltmek için durmaksızın çalışmanın önemini, herhangi bir ahlaksal veya metafiziksel bir süslemeye girmeden bilimsel olarak kavradım.

Bir kişi hangi yolculuğu benimserse benimsesin... ister tarihi, ister efsanevi olsun, ne şekilde özgürleşme mücadelesine girerse girsin... ister gerçek olsun, ister imgesel, hepsi tek bir hedefe yönelir: kendini bilmek! Kendini bilmek, seni hem kendinin, hem de dünyanın efendisi yapacaktır.

9 Düşünce kaderdir

İnsanlar uzun yıllar boyunca kendilerini ıstırap ve yoksulluğa adadıkları kadar kararlı bir şekilde, güzellik ve uyum içinde olmaya adasalardı ve düşüncenin yaratıcı gücünden haberdar olabilselerdi, geçmişi ve kaderlerini dönüştürebilirlerdi. Dünya bir yeryüzü cenneti olurdu.

Bu sözlerin ardında bir yürek gibi çarpan sonsuzluğu hissettim. Vizyon ve gerçeklik, durumlar ve olaylar, olmak ve sahip olmak denkleminden zaman çıkarıldığında, zıtlıkların birbirinden ayrılmayan doğasını, açıkça görülen her bir anlaşmazlığın ardına saklandığı bütünlük halini gösteriyordu.

'Eğer insanın düşünceleri kendi evrenini, onun kendi gerçekliğini yaratıyorsa, onları nasıl değiştirebilir?'

Sadece düşüncelerini daha iyi bir hale getirebilirsin ya da kalitesini kontrol edebilirsin, tabii Oluş kalitesini yükseltmeyi biliyorsan. Bunu yapabilmek için özel bir Okul'da eğitim alman, okulun öğretisini ve bilgilerini kendi üzerinde uygulaman gerekiyor.

İnsan, muazzam çabalar göstererek kendi içindeki şiddetin üstesinden gelmediği sürece, şu anki durumunda 'yapamaz'. İnsan, tüm evrensel kötülüklerin ve bireysel sefaletin kendi yıkıcı içsel durumlarının ve olumsuz tutumlarının sonucundan başka bir şey olmadığını anlamadığı sürece 'yapamaz'. Dünya senin aynan. Dışarıdan gelen herhangi bir şey senin nefesinle soluk alıyor, her şey senin canlı olduğun kadar canlı.

Evrende sen olmayan hiçbir şey yoktur.
There is nothing in the universe that is not you.
Düşünmek kaderdir. Thinking is destiny.

Bu sözcüklerin sesleri, içimde vahşi ve şaşırtıcı olduğu kadar, yüzlerce devrim marşından daha güçlü bir haykırış gibi yankılanmıştı. Hiçbir siyasi, ekonomik ya da sosyal değişim, hatta hiçbir devrim ya da savaş, önüme konan bu yeni insanlaşma eşiğinin incecik çizgisini aşmak kadar büyük görünmemişti. Bir türün, evrimsel gelişimindeki bir kurtuluş çabasına, yani hala içgüdüsel-zoolojik kalmış ilkel bir türden çatışma, şüphe, korku, yaşlılık, hastalık ve son olarak ölümden kurtulmuş gerçek bir insanoğluna doğru geçiş çabasına kendi gözlerimle tanıklık ediyordum.

"Herkesin 'Uyuyan Güzel' olarak bildiği bir masal vardır." dedi. Bu ani konu değişikliğiyle şaşırmıştım ve ardından gelen suskunlukta dikkatim mideme vuran ani bir spazmla yükseldi.

Sonra fısıltı halinde sözlerini sürdürdü.

"Onun gerçek adı La belle au bois dormant - Uyuyan Ormandaki Güzel'dir." İlerde bir gün bana, özü bu önemsiz detayda saklı bir görev verecekti. Uyuyan Orman; bize anlatıldığı şekliyle dünyadır; yoksulluk ve çatışmadan kırılan, hipnozla uyutulmuş bir dünya. Güzel ise; iradenin ve 'ben'in yeniden uyanışı, yani 'düş'. Kısa bir zaman sonra kuracağım Okul, yeni bir gençliğin eski değerler dizisini altüst etmesine olanak verecek ve yeni bir gerçeklik görüşüne erişmesine izin verecekti.

Dreamer, o akşamüstü bana, *"Yardım konusunda başkalarına yapabileceğin tek şey, senin o uykudan kendini uyandırmandır,"* dedi. Ses tonu görülmemiş derecede sakin, sözleri güneşe bırakılan hurmalar gibi yumuşaktı. Onların tahtamsı tadını tüm varlığımda hissettim. Dreamer'la bu birlikteliğim, ummadığım kadar uzun sürmüşse de sona ermek üzereydi. Büyük kollu şamdanlardan birindeki son mum alevi de sönmek üzereydi. Mas Anglada'nın bu görkemli salonu, zarif mobilyaları, sanat eserleri ve ışıl ışıl parlayan gümüşlerinin üstü gölgeden bir örtüyle ağır ağır örtülmekteydi. Dreamer'la birlikte olduğum günler boyunca, sanki kusursuz bir dünya ile insanoğlu arasındaki zayıf da olsa tek bağlantının ben olduğunu hissetmiştim. Şu anda onu sessizce izliyordum. Uzun süredir hareketsiz duruyordu. Gözleri yarı açık yarı kapalı, bedeni yukarı doğru uzanmış, öylece duruyordu.

Konuşmaya başladığında, bir öngörü niteliği taşıyan sözcükleri içime işledi. *İnsanoğlu, yavaş yavaş kabuk değiştirmekte... Bir gün, gölgeler arasında didik didik aramayı bırakacak; yiyeceğe, ilaca, sekse, uykuya ve çalışmaya itibar etmekten vazgeçecektir.*

Her türlü yoksulluğun, felaketin ve çatışmanın bittiğini gösteren Oluş bütünlüğü gerçekleşene kadar, insan bilincinde azla yetinmenin değeri artacaktır. Bu, zaman ister çünkü insanlık zamandır. Şimdilik kendi üzerinde çalış, kendini gözlemle ve tanı! Böylece bir gün sen de dünyadaki en büyük gösteride 'kendi bütünlüğünde' yerini alacaksın!

Dreamer'dan ayrıldıktan sonra beni Barselona'da tutacak hiçbir şey kalmamıştı. O akşam ilk uçakla New York'a döndüm. Onunla birlikte geçirdiğim olağanüstü günlerde duyduğum her şeyi dönüş yolculuğum boyunca gözden geçirdim. Bedenim şimdiye dek hiç hissetmediği bir duyguyla titriyordu: bütünlük, düzen ve kutlama hali. Tüm evren benim nefesimle soluk alıyordu. Her şey bütüne bağlıydı ve hiçbir şey bir diğerinden ayrı değildi.

Bölüm IV

Antagonist Yasası

1 Koşu

"Beden yalan söyleyemez. Bedenin şimdiden yaşlı bir adamın bedenine benziyor..." Dreamer'ın bu sözleri, kulaklarımda onları ilk duyduğum andaki acıyla çınlıyordu. *"Benim yanımda, yaşamdan elini eteğini çekmiş insanların yeri yoktur."*

Bu acımasız sözler, savunmalarımın kalın kabuğunda kocaman bir delik açmıştı, oradan da canlı hücrelerimin içine işlemekteydi. Patlarcasına yayılan bir gücün, inançlarımı, davranışlarımı yerinden oynatarak, her şeyi silerek temizlediğini ve beni değiştirdiğini hissediyordum. Özellikle Dreamer'ın karşılaşmamızın sonuna doğru yaptığı açıklamaları... Sanki her birinin ucunda birer mahmuz varmışçasına tenime batıyordu. *"Organlar düşlemek için yaratılmıştır. Bedendir dünyayı yaratan. Bedenini kirletenler bile yaratır ama kirli bir dünya yaratır. Dünya senin yansımandır. Dünya da senin kadar hastadır, her şey birbiriyle bağlantılıdır, hiçbir şey bir diğerinden ayrı değildir."* Dreamer, bir insanın kaderinin ve sahip olduğu her şeyin, beden sağlığına sıkıca bağlı olduğunu öğretti. İleride bir gün bu açıklamaların ışığı altında ekonomi ve iş idaresi alanlarında yapacağım bir araştırmanın sonucunda, bir kişinin finansal kaderinin bile kendi fiziksel mükemmelliğine, bedeninin sağlığına bağlı olduğunu ortaya çıkaracaktım. Milletler ve tüm medeniyetler gibi büyük yatırımlar, şirketler, finans sermayeleri ve sanayi imparatorlukları da kendi liderleriyle veya kurulmasına öncülük eden fikir babalarıyla birlikte ya gelişir büyürler, ya da hastalanır ölürler. *"Bir organizasyon piramidi, liderinin nefesine bağlıdır. Liderinin görünüşü ve kişisel yazgısı, altın bir iplikle, kendi kuruluşuna ve adamlarına bağlanır. Onun gerçek bedeni, eski hükümdarlarda olduğu gibi, ekonomik benzerliği ile bire bir örtüşür. Kral ülkedir ve ülke kraldır."* Bundan böyle, bu denli doğrudan ve kritik bir mesajı göz ardı edemezdim.

Ben de kendi fiziksel çürümemle savaşarak Dreamer'ın gösterdiği yolda ilerlemeye karar verdim. Mas Anglada'daki karşılaşmamızda ondan aldığım temel bilgileri izleyerek, beslenme düzeninden nefes almaya, seksten uykuya kadar, bedenimi 360 derecelik bir açıyla, üstünde cesaretle çalışmaya niyetlendim.

Elimdeki seçenekleri gözden geçirdikten sonra, yaşam biçimime büyük darbeler indirecek bir form tutma programını uygulamaya koyuldum, fakat karşıma çıkan zorluklar dayanılmazdı. Alışkanlıklarımı değiştireceğim, fiziksel çaba sarf edeceğim ya da herhangi bir özveride bulunacağım fikri bile içimdeki farklı derece ve nitelikteki içsel dirençlerimi nefret noktasına kadar yükseltmeye yetmişti. Gerekli görülen katı yaşam tarzını düşünmek, duygusal durumlarımın tıpkı kırlangıçlar gibi birbiriyle çekişmesine, birbirlerini kovalamasına neden oluyordu.

Tepkilerim üzerindeki dikkatim, sıkıntılarımın iç haritasının sanki radar ekranında yerleri belirlenmişçesine su yüzüne çıkmasına sebep oldu; dağlar ödün vermediklerimi, sarp yamaçlar şüphelerimi, dipsiz uçurumlar korkularımı, çöller ise anlayışsızlığımı ve yalnızlığımı gösteriyordu. Kendimi salt bu şekilde inceleyerek ve gözlemleyerek, içimde değişim fikrine en çok direnen ve acı veren yönümü tespit edebildim. Ve tam olarak oraya, o düğümü hissettiğim yere irademin kılıcını sapladım. O günden itibaren kendimle aramda yıllar sürecek bir mücadele, amansız bir meydan okuyuş, kutsal bir savaş başladı.

O yıl, New York'un meteoroloji tarihindeki en sert kışlardan biri yaşandı. Şehrin üzeri kalın kardan bir battaniye ile örtülmüş, esen kutup rüzgarlarının allak bullak ettiği metropol, sihirli bir değnek dokunmuşçasına, gökdelenlerinin, Titan soyundan çocuklar için buzdan kaydıraklara büründüğü buzul bir ülkeyi andırıyordu.

Sabahları erkenden, henüz apar topar kendimi sokağa atacak cesareti bulmadan önce, panjurların kancasını hafifçe aralar, hava durumu keşfi yapardım. Ben şanslılardan biriydim. 16. kattan East River'a ve şehre tepeden bakarak hava koşullarını hemen öğrenebiliyordum. Halbuki New York'luların büyük çoğunluğunun, dışarı bir göz atıp ne giyeceklerine karar vermek istediklerinde, televizyonu açmaktan ve onu elektronik bir pencere gibi kullanmaktan başka seçenekleri yoktu.

Manhattan, siluetindeki karla kaplı kuleleriyle sivri uçları görünen beyaz gotik bir evren gibi haftalarca bu kristal fanusun içinde hapis kaldı. Bu görüntü karşısında kararlarımı uygulamakta zorlanıyordum. Her sabah, galip çıkacağım amansız bir savaşa uyanıyordum. Çalar saatin sesiyle birlikte bu dondurucu kutup koşullarında dışarı çıkma fikri, değişmenin nasıl olacağını bilmeyen çürümüş, tembel bedenimle aramda destansı bir kavga başlatıyordu. Yıllarca kötü muamele görmüş ve her türlü özenden mahrum bırakılması sonucunda hevesini yitiren bedenim, çürümesini durdurmak, hiç değilse azaltmak yönündeki her girişimime itiraz ediyordu. Benim dışarı çıkma tehdidime karşılık, o da gerçek durumunu ortaya seriyordu.

Bu uğraşımın, tıpkı Baron Münchhausen'in bataklıkta batmamak için kendisini umutsuzca perukasından tutup havaya kaldırması gibi anlamsız olduğunu ancak, bugün geriye dönüp baktığımda görebiliyorum. Sadece Dreamer'ın sesi ve onun sözlerini anımsıyor olmam bu niyetimi destekliyor ve beni yüreklendiriyordu.

Bütünlüğe doğru bir milim dahi ilerlemeyi istiyorsak, dünya vizyonumuzu tersyüz etmemiz gerekir. Bu, insan dışı bir çaba gerektirir. Ama bundan daha büyük bir lütuf yoktur. Sonsuzluğun bu bir milim fethi, olaylar dünyasındaki okyanusları yutar.

Kendime koyduğum, adanın çevresini bir tam tur koşmak üzere yaptığım sabah programım, sonra duş alıp giyinmem ve okula gitmeden önce Giorgia ve Luca ile kahvaltıda bir süre laflamam için bana yeterli zamanı bırakacak şekilde idi, ama yataktan çıkmayıp çocuklarla ilgilenme işini Giuseppona'ya bırakmam konusunda bir şey aklımı çeliyordu.

Birçok kez kendime, her sabah beni koşudan caydırmaya çalışan bu sesin nereden geldiğini sordum. Derinden bir ses "Böyle bir havada, yataktan çıkmadığın için seni kim suçlayabilir ki?" diyordu. "Sen gerekenden fazlasını yapmadın mı zaten? Bir gün koşmasan ne fark eder?" Bu böyle sürüp gidiyordu. Başka durumlarda, örneğin çok geç yattıysam veya sabah erken saatteki bir uçağa yetişmem gerekiyorsa, bunlar bu çabadan kaçınmam için günün bahanesi oluyordu. Sonuç olarak her ayrıntı, kararlılığımın çatlakları arasına sızmaya ve kendim için belirlediğim sıkı programı yarıda kesmem için iyi bir mazeret olmaya çalışıyordu. Kaynağı her ne olursa olsun bu iç ses beni çileden çıkarıyordu.

Beni baltalamak üzere sürekli pusuda bekleyen bu iç sesi susturmak isterdim ancak ne var ki o, suyun üstündeki bir buzdağının yalnızca görünen kısmıydı.

Koşu programım sayesinde içimdeki dirençle boğuşup alışkanlıklarıma kafa tuttuğumda, varlığımın en bilinmeyen ve en karanlık kısımları ortaya çıkmaya başladı.

Hatırla... Dışta olan hiçbir şey yok... Kendi evriminin önündeki tek engel sensin!

Remember... Nothing is external... You are the only obstacle to your evolution!

Dreamer bu sözleri defalarca söylemişti, *"kaynağını senden almayan hiçbir zorluk ya da sınırlanma yoktur."* Ama bu sözleri 'anlamam' ve bedenimin can damarı yapabilmem yıllar alacaktı. Binlerce kez sürünmek, yere düşmek ve yeniden doğrulmak zorundaydım... Bu yürüyüşümde karşıma çıkan her zorluğu kutsamayı öğrenene dek ve antagonistin yalnızca içimde olduğunu anlayana kadar, önce ölmek sonra yeniden doğmak zorundaydım.

İnsan, kendi fani kaderini ve yaşamında başına gelen talihsiz olayları haklı göstermek için, önüne çıkan tüm engellerin ve tüm kötülüklerin kendi dışındaki olaylardan kaynaklandığına inanır. Dünyanın, kendisinin bir yansıması olduğunu aklına bile getirmediğinden ve aynadaki yansımayı değiştirmek için kişinin önce kendisini değiştirmesi gerektiği gerçeğini anlamazdan gelerek olayları, dış koşulları ve diğer insanları suçlar, şikayet eder ve kendini haklı çıkarır.

Hiçbir yerden herhangi bir şekilde gelecek bir yardım yok. Sadece sana dayanan bireysel devrimini gerçekleştirmelisin.

There is no help coming from anywhere at all. You have to make your own individual revolution which is purely based upon you.

Bir gün, tüm bu öğretileri bir yöntem biçiminde derlemek, bir doktrin veya yeni bir felsefe sistemi olarak betimlemek olanağı olsaydı, mekanik davranışlara çelmeler diye belirttiklerine, başlı başına özel bir bölüm ayırmak gerekirdi. Dreamer'a göre, *mekanik davranışlara çelme takmak*, bizim kendimizi sürekli tekrarlayışlarımızın, kendimizi kandırmalarımızın önüne bir tuzak kurmamız, günlük rutin alışkanlıklarımız içinde taşlaşmış eski zihinsel sistemlerimizin ardına gizlediğimiz demirden savunmaları atlatmak için bir şaşırtmaca yapmamız demektir.

Zaman geçip ben çıraklıkta ilerledikçe, sabah koşusunun yalnızca egzersiz yapmak veya güç harcamak gibi basit bir şey olmadığını, aslında duyumsamazlık ve sürekli yinelenişi içeren, kendiliğinden yürüyen bir düzeni altüst etmeye yönelik bir 'çalım atma' veya bir savaş hilesi olduğunu anlayacaktım.

Koşmak, düşüncelerimin kapkara seller gibi akmasını sadece birkaç saniyeliğine de olsa durdurmama yardımcı oldu. Koşmak, insanların asıl gerçek diye nitelediği, dünyanın zavallı ve kederli tarifiyle çarpışarak onu parçaladı. Koşmak, bu hapishane düzeninde bir tünel kazdı. Bir nefes özgürlük, harcanan bu fiziksel güç aracılığıyla zaman hapishanesine girdi ve köleliğimin prangalarını gevşetti. Dünya, hiçbir boşluk bırakmama kararlılığıyla her çukuru dolduran bir okyanus gibi, amansız düşmanı ve gezegenin doğal yasasına bağışlanamaz bir itaatsizlik gibi bu küçük boşluğu kapatmak amacıyla ayaklanarak üzerime tabur tabur olaylar ordusu saldı. Bana, yalnızca Dreamer'ın anısı ve onun ne yaptığını bilen varlığı şaşılacak boyutta bir enerji sağlayarak destek oldu.

O zamanlar bana, irade değilse bile, ciddi bir inat yardımcı oldu. Bu fiziksel gücü harcamamın mutlak gerekliliğine kendimi inandırdım ve herhangi mantıklı bir açıklama getirmeden, koşuya her sabah ilk yapılacak iş olarak ve yaşamım sanki buna bağlıymışçasına öncelik verdim. Kişinin kendisine öncelikler belirleme yeteneğinin ve uygun sırayı unutmadan hedefine sıkı sıkıya sarılmasının önemini belirtmek için Dreamer, *" Önemde ilk olan, öncelikte ilk olur,"* demişti.

Şimdi artık, günlük rutin işlerimden kasıtlı olarak çalınan sabah saatlerinin, benim için bir güç kazanma zamanı, dünyayı değiştirmek için bir kaldıraç noktası olduğunu biliyorum.

Daha yükseği amaçlayan ve o yoldaki ilerleyişe kendisini kusursuzca adayan bir insan, dağları yerinden oynatabilir, görünüşte içinden çıkılamaz durumlara çözüm bulabilir ve zorlukları daha üst seviyedeki durumlara dönüştürebilir.

2 Ana caddenin bekçileri

O zamanları şimdi yeniden anımsadığımda, başımda berem, boynumda atkım ve üst üste giyinmekten Michelin lastik adamına benzeyen görüntümle, Roosevelt adasında oturduğum binanın ana girişindeki güvenlik odasının önünden geçişimi görüyorum. Monitörlerin önünde başlarını sallayan görevlilerin donuk mavi ışıkla aydınlanan yüzlerinde saklamaya çalıştıkları gülümsemeleri, benim sabahları sergilediğim cesur teşebbüsümün onlar tarafından kabul görmediğinin alaycı belirtisiydi. Onların bu tavırlarının dünyanın bana verdiği ilk tepkisi olduğunu ve benim o zamanki iç direncimle, gönülsüz adanmışlığımın yansımasından başka bir şey olmadığını ancak şimdi görebiliyorum.

Dreamer'ın öğrettikleri arasında özellikle bir tanesi inançlarımı kuşatma altına alıp doğrularımın savunma güçlerini tokmak darbeleriyle parçalayıp dağıttı.

Dünya böyle, çünkü sen böylesin.
The world is such because you are such.

Dünya, içsel durumlarımızın sadık bir görüntüsüdür ve o bekçiler beni yansıtıyorlardı! Onların alaycı gülümsemelerinin altında, Jennifer'ın kuşkuculuğunun, arkadaşlarımın ifadelerinin ve sabah egzersizimden haberi olan herkesin tepkilerinin ardında benim zayıflığım vardı. Bu tavırların hepsinin arkasında, bir yanda benim kararlılıktan yoksun olmam açıkça görünürken, öte yanda 'diğerlerinin' sanki dünyayı yansıtan aynada kendi yüzümü farklı mimiklerle farklı yüzlere dönüştürüyormuşum gibi bana hemen geri dönen şüphelerim ve yalanlarım bulunuyordu.

Bunu hep hatırla! Senin dışında olan hiçbir şey yok... Gördüğün ve dokunduğun dünya, yalnızca bir sonuçtur. Senin nefesini paylaşıyor. Sen yaşadıkça canlı ve sen öldüğünde ölü.

Dreamer'ın öğretileri olmasaydı, onların hala güvenlik bekçileri, ekmek parası kazanmaya çalışan zavallı şeytanlar olduklarını düşünmeyi sürdürecektim.

Binadan çıkarken ve yine hergün binaya dönerken onlarla selamlaşır, aklımın onların, bırakın bekçi olmayı, insan bile olmadıklarını geçirir her gün ironileriyle şüpheciliklerinde yansırdım. Onlar sinir uçlarıydı: dünyanın oldukça akıllı enstrümanları ve hassas duyarlı algılama aygıtlarıydılar.

İnsan saklanamaz.

A man cannot hide!

Dünya bilir! Dünya, seni açığa çıkarır! Kendini herhangi bir anda geliştirebilir veya alçaltabilirsin. Bu sana bağlıdır. Düşüncelerinin, tutumlarının, sözcüklerinin ve görünüşlerinin her biri, hatta yüzündeki belli belirsiz bir kasılma bile tüm dünyaya, senin sorumluluk düzeyinin hangi yükseklik derecesinde bulunduğunu ve ne kadar özgür olduğunu anlatır. Bu, hem seni mucizevi biçimde bulunduğun yere yerleştirir, hem de kaderini, ekonomini, yaşam tiyatrosundaki rolünü belirler.

Bu fikirler içime işledi ve yıllar geçtikçe beni değiştirdi.

Hakkımdaki her şeyi bilen bir evren hayal ettim; sayısız sensörden oluşan, gerek varlığımın en küçük bir devinimiyle, gerekse düşüncelerimin ve durumlarımın kalitesiyle gerçek zamanda güncellenen bir aygıt. Bazı eski çağ kahinlerinin geleceğe dair bulundukları kehanetlerin çevirisi gibi bu önemli ipuçlarına dikkat etseydik; kim olduğumuzu, neleri bilebileceğimizi, neleri yapıp neleri yapamayacağımızı, neleri kendimizde tutup neleri kaybedebileceğimizi bilebilirdik.

Günden güne, sabah koşularıyla ve kendimle randevumu asla atlamadan, niyetimi hatırlayıp pekiştirerek, hayatım boyunca biriken tüm atıklardan kendimi arındırıyor, hafifliyordum. Varlığımın ritimleri evrene yeni mesajlar yolluyordu. Onun vuruş ritmi bir başka adamın daha, özgürlüğü için kaçmaya yeltendiğinin haberini yayıyordu. Onun sıradan yaşamın dehşetinden aptalca kaçma girişimi yola koyulmuş bulunuyordu.

3 Duvarlar

Adanın çevresinde bir tur koşmak için yaptığım ilk girişimlerim kahramanca bir çabayı gerektirdi. Ve sonrasında da günlük koşularıma biraz alıştığımda, koşunun özellikle belirli anlarındaki yorgunluğumun üstesinden gelebilmek, üzerinde kendimi sürekli geliştirmem gereken bir unsur oldu. Gerekli görülen zorlanma ve gayretin, umduğum gibi doğrusal bir gelişim içerisinde artış göstermek yerine, dalgalar halinde geriye ve ileriye doğru bir sarkaç gibi salındığını fark ettim.

Her koşuda, neredeyse hiç çaba göstermeden çok rahat koştuğum zamanlar, dayanılmaz acı çektiğim zamanlarla sürekli yer değiştiriyordu.

Bu kritik safhalarda önüme çekilmiş 'duvarlar' bariyer gibi geliyordu; üzerlerinden atlamak için olağanüstü güç gerekiyordu.

Dreamer'ın yanındaki çıraklık eğitimimin temel bölümlerinden birinde, kişinin tepkilerini çeken veya tetikleyen her şeye, heyecanlarına, duygularına, düşüncelerine, durumlarına ve zihinsel çerçevelerine dikkat ederek ayrıntılı bir öz gözlemlemenin nasıl yapılacağını öğrenmiştim. Kendimi özellikle, enerjisiz kaldığım o anlarda gözlemleyerek fark ettim ki, kritik anların öncesinde her zaman psikolojik bir duvarın yapısı şeklinde, Oluş'umu karartan bir gölge bulunuyordu. Bu zamanlar, kötümserlikle kuşkulanmanın denetimi ele aldığı ve içimdeki Antagonist'in, bu çabadan vazgeçmem için yeni gerekçeler sıralayan sesinin kendini duyurduğu zamanlardı.

Sabah koşuları sayesinde, nasıl dişlerimi sıkıp biraz daha dayanacağımı öğrendim, bu zor zamanlarda yeniden rahat bir duruma geçebilmek için nasıl biraz daha ileri gitmem gerektiğini fark ettim. Aklımın, koşmaktan vazgeçmek veya pes etmek yönündeki ayartmalarının üstesinden geldiğim anda hemen yepyeni enerji depoları devreye giriyordu. Aşılmaz göründükleri her seferinde o duvarları yıkıp devirmeseydim ve kendimi yenmeseydim, ne yeni enerji depolarına erişebilirdim, ne de var olduklarından haberim olurdu.

Bu duvarları ortaya çıkaran işleyiş düzeni üzerinde çalıştıkça, koşmak benim için dünyayı açıklamaya yarayan değerli bir araca, kavramsal bir modele dönüşüyordu. Koşunun sürekli salınım halindeki bu seyrinde, her fiziksel gerçekliğin temel unsurunu, dinamik ilkesini fark ettim. Atom çekirdeğinden evrenin sınırlarına dek her şey, bedenimde keşfetmekte olduğum bu dalgalı harekete uygun olarak hareket ediyor ve yayılıyordu. Hatta yaşam bile, başı ve sonu olmayan dalga hareketlerine benziyordu. Bazen önüme 'duvarları' diken koşu ve onların üstesinden gelmeyi gerektiren olağanüstü bir çaba, yalnızca koşarken değil, yaşamda da yinelenen olaylar dizisini anlamamı sağladı. Onları yere yıkmak, yenilgiye uğratıp yoluma devam etmek için ne çok kez onlara inatla dayanmam gerekecekti.

Ne var ki, bir şey daima, bırakıp pes etmem için beni ikna etmeye çalışıyordu. Hep dış etkenlerin sonucunda oluştuğuna inandığım yenilginin, aslında içten dışa bir süreç olduğu, yani içten gelen bir buyruğa boyun eğen bir işleyiş düzeni, bir kendini baltalama etkinliği olduğu ortaya çıkmıştı.

Bir gölge doğar, Oluş'a yayılır ve uygun fırsatı yakaladığında karşılaşmalar, koşullar ve ters giden olaylar biçiminde kendini gösterir. Bu işleyiş düzeninin farkındalığı ve kendimdeki her yenilginin başlangıcı olan bu karanlığın özümde belirmesini saptayan duyarlılık, bana sadece koşumdan değil, varlığımdan da çıkarıp atan altın fırsatı verdi.

Genellikle tek başıma koşuyordum. Tepemde uçan martılar yol arkadaşlarım oluyor veya East River'i içeriye doğru yol alan bir feribot, bir süre yanımda benimle birlikte gittikten sonra, hep aynı yerde düdüğünü öttürerek beni selamlayarak geçip gidiyordu.

Koşarken genellikle düş kurardım; er ya da geç diğer serüvencilerle, yani benim gibi vasat bir hayattan uzaklaşmaya karar veren diğer gözü pek insanlarla karşılaşacağıma inanmak hoşuma giderdi.

Bir defasında, beş erkek ve iki kadın bir grup oluşturduk. Azimle koşmaya başladık. Sabah gökyüzü açıktı ve Manhattan'ın silueti gökyüzüne meydan okuyordu. Yan yana bütün adanın çevresinde koştuk. Onları daha önce hiç görmemiştim, ama onlarla aramda hemen bir bağ kurulduğunu hissetmiştim. Uyumlu bir grup oldukları her hallerinden belliydi. İçlerinde, ipekli gibi parlak kumaştan bir eşofman giymiş, siyahlı grili koşu ayakkabıları olan bir erkek, başlangıçta ağır adımlarla bize tempo verdi. Derken birdenbire hızlandı. Giderek hızlanan tempoyu sürdürmekte zorlandıkça birer birer gruptan koptuk. Hantallaşmış, yorgun bedenlerimiz dayanma sınırını gösteriyordu. Biraz sonra onu gözden tümüyle kaybettik.

Bu karşılaştırma, hepimizin ne kadar çalışması gerektiğini acıyla da olsa açıkça ortaya koydu. Karşımıza çıkan ilk oyun parkının banklarına nefes nefese yığılana kadar koşmayı sürdürdük. Adada yaşayan çok az sayıdaki çocuğun şimdi etrafında ilgiyle oynadığı bir itfaiye aracı bizden biraz öteye park edilmiş halde duruyordu. Geçmiş kahramanlıkların bir simgesi olan bu aracın kaderi göründüğü kadarıyla tüm bir uygarlığın zayıflamasının ve gerilemesinin utanç veren bir anıtı olmaktı. İçimden, kendimi düzene sokmak ve bedenimi bugünkü haline getirdiğim koşullara bir son vermek için gereken çabayı elimden geldiğince artırmaya söz verdim. Kimse konuşmuyordu; buna gerek de yoktu. Harcadığımız eforla arınmış sessizlikte, soluk güneşi mayasız bir ekmek gibi paylaştık ve doğaçlama arkadaşlığımızın keyfini sürdük. Birkaç saniye arayla, birileri ayağa kalkıp başıyla veda ederek sıradan bir New York'lu gibi günlük işlerine başlamadan önce sıcak bir duş almak üzere parktan ayrıldı. Hala çok erkendi... Yarı açık göz kapaklarımın arasından bir süzülüp bir kaybolan güneş ışınlarıyla bir süre oyun oynadım, bir yandan da Manhattan ile Queens arasında sürekli sefer yapan küçük kırmızı tramvayların görüntüsünü yakalıyordum..

4 Antagonist Yasası

"Antagonistten korkma! Onun korkunç maskesinin altında bizim en büyük yandaşımız ve en sadık hizmetkarımız bulunur."

Bu sözleri duyunca irkildim. Bir süre gözlerim kapalı, inanmamakla umutlanmak arasında gidip geldim. 'Bu olanaksız!' diye düşündüm; buna inanamazdım. Ancak bu sesi nerede olsam tanırdım...bu onun sesiydi... ve bunlar onun sözleriydi...

Yüzümü sesin geldiği yöne doğru çevirdim ve gözlerimi açtım. Dreamer yanımda oturuyordu. Korkunç bir ürperti sırtımdan boşaldı, tenimin altından saç diplerime kadar dağıldı ve hafif ama kalıcı bir titreme halinde buraya çöreklendi. Dikkatimi çekmiş olan o ipekli eşofmanı ve o siyahlı grili koşu ayakkabılarıyla gelecekten gelen birini andırıyordu. Birlikte adanın çevresini neredeyse tam tur koştuğum adamın Dreamer olabileceği aklımın ucundan dahi geçmezdi! Sanırım gruptaki diğer erkek ve kadınlar da onun öğrencileriydi. Şaşkınlığım geçtikten sonra, ona aldığım kararlardan söz ettim; son zamanlarda bedenime nasıl dikkat ettiğimi anlattım... yiyecek, uyku ve nefes alma üstüne çalışmalarımda elde ettiğim sonuçları açıkladım. Yaptığım sabah koşularından, 'duvarları' keşfetmemden ve bana sürekli bırakmamı, pes etmemi ve hedefimden vazgeçmemi söyleyen içimdeki o gizemli sesten bahsettim.

Dreamer, çıraklık döneminin en zor sınavlarından birinin konusunu ortaya çıkaracak olan bir konuşmayı başlatarak, *"Duyduğun ses, içinde taşıdığın antagonisttir,"* dedi. Bunları söylerken bir yandan da gülümsüyordu. Bu gülümsemesi onu olduğundan çok daha genç gösteriyordu. Yüzünde nadiren rastladığım bu sevecen ifade, beni teşvik etmek yerine bende tam tersi bir etki yaptı. Endişelendim. Önümde aşmam gereken kritik bir geçit vardı. Sırtımı dikleştirdim ve derin bir nefes aldım: Bu engel her ne olursa olsun onu alt etmek için gücümü son damlasına dek kullanacaktım.

Dreamer, tarihimizin simgeleşmiş belli başlı olaylarını, insanın ve toplumların başına yüzyıllarca dert olmuş felaketleri ele aldı. Nedenlerini inceleyerek ve kökenlerine inerek, fizikteki sürtünmenin psikolojideki eşdeğeri olan bir gezegenin gücünü ayrıntılı olarak açıkladı. Hareket halindeki bir cismin karşılaştığı gibi, bir kişinin yaşamında hissettiği her dürtü, aynı güçte ama zıt yönde etki gösteren bir kuvvetle karşılanır.

Dreamer, bu vesileyle *'Antagonist Yasası'* diye nitelediği, bir önermeler sistemiyle bir ilkeler yapısını ortaya koyuyordu. *"Her şey, en basitten en karmaşığa, bir insandan bütün bir uygarlığa kadar, gelişme yolundaki her organizma, 'görünüşte' zıt bir güçle, kuvvet ve kapasite bakımından kendi projesine eşdeğer bir düşman gücüyle karşılaşır."*

Zaman içinde araştırma ilerledikçe, bütün o fikirler yüzyılların tarihini çözebilen, doğumundan beri insanlığı sıkıntıya sokan sonsuz zorluk ve felaket silsilelerini yorumlayabilen gerçek bir 'genel anlaşmazlık teorisinin' ana hatlarını ortaya çıkaracaktı.

İnsanın koşullarına yukarıdan baktığımda, yaşamın ıstırabını 360 derecelik bir açıdan gözlemlediğimde, sanki dipsiz bir karanlığın kıyısındaymışım gibi nefesim kesildi.

Mucizevi bir şekilde ellerimin arasında bir not defteri buldum. Kurtuluşum için elime geçen son bir şans gibi ona sıkı sıkıya sarıldım bu açık havada ve büyük bir özenle bu eşsiz dersin her bir detayını not ettim. Oyun parkında oturduğumuz bank, içinde zaman kavramı bulunmayan saf bir hava kabarcığı ile sarılmıştı ve sanki tüm Roosevelt Adası, düşünce hızıyla uçup gitmeye hazır bir uzay gemisine dönüşmüştü. Manhattan ve onun yoğun iş yaşamı artık çok uzaklardaydı.

Dreamer bana herkesin bir 'Dreamer' olduğunu açıkladı. Bir düşleyen olarak iyi ve kötü olan zorlu deneyimlerinin, kendi kişisel gerçeğinin ve kaderinin yaratıcısı olur. Zaman içinde herkes her düşünün, her düşüncesinin ve içinden geçirdiği her şeyin gerçekleştiğini görecektir.

Dünya bir sonuçtur... senin 'düşlerinin' olduğu kadar kabuslarının da bir yansımasıdır. Cennet de olabilir, cehennem de. Nerede ve nasıl yaşamak istediğine sen karar vereceksin.

5 Düşmanını sev

Açıklamalarını sürdürerek, *"Antagonistin maskesinin ardında, yani onun düşman görüntüsünün arkasında, bizim en iyi yandaşımızın yüzü saklıdır,"* dedi ve ekledi, *"İnsanın inandığının aksine, hiç kimsenin karşısına kendisinden daha büyük, daha üstün bir güç çıkmaz. Antagonist asla bizden daha güçlü değildir!"* Eşit olmayan karşılaşmalar konusunda en çok bilinen ve simgesel bir önem taşıyan öyküyü anımsadım ve "O halde, Davut ve Golyat öyküsüne ne demeli?" diye sordum.

Aklımda hemen, binlerce yıldır baştan aşağı silahlı dev Filistin karşısında, cebinde yalnızca bir sapan olan çoban gencin mücadelesini betimleyen filmin yüzlerce karesi canlandı. Dreamer yığınla görüntünün arasına girip beni düzelterek, *"Bir sapan... ve kral olma 'düş'ü!"* dedi.

Her mücadele, görünenin ötesinde daima adildir! Hiç kimse, asla, ne kendisinden daha büyük, ne de kendi zekasından ve kapasitesinden daha üstün bir düşmanla karşılaşabilir. Davut ve Golyat'ın karşı karşıya geldikleri öykü de, görünüşteki kuvvet eşitsizliğinin ötesinde, evrensel düello yasalarına uygundur.

Dreamer'ın vurgusu matematiksel bir işlemi sonuçlandırır gibiydi. *"Antagonistin merhametsizliğinin altında gizlenen tek ve yegane amaç, senin zaferindir. Antagonist, senin 'düşünü' gerçekleştirmene yarayacak bütün yöntem ve araçlara sahiptir... O, sana başarıya giden en kestirme yolu gösterir."* Bu sözler ne denli aykırı görünürse görünsün, inanıyorum ki, aslında Davut'un düşünü ne başka bir müttefik, ne de başka bir strateji bundan daha hızlı bir şekilde taçlandırmaya götürürdü. Dreamer, bu ilk anlama belirtilerimi başının hafif bir hareketiyle yüreklendirerek, sessizce onayladı. Sonra, *"Yeryüzünde hiç kimse seni düşmanından daha çok sevemez,"* dedi.

Söyleyecek söz bulamadım. Şakaklarımın alev alev yanarak zonkladığını hissettim. Hristiyanlığın *'düşmanını sev'* düşüncesinden yola çıkan insan zekasının ulaştığı aynı üstün seviyeye yüzyıllar sonra, Dreamer'ın çok daha sade ve devrimci bildirisiyle ulaşılıyordu: *Düşmanın seni sever!*

İnsan, bundan böyle düşmanını sevmek için karşı koymamalıydı (bu artık – olanaksız değilse bile – iki bin yıldır öç alma ve intikam peşinde koştuktan sonra insanlık için uygulanabilir olmaktan çoktan çıkmıştı). Yeni insanlık için, seni sevenin senin düşmanın, *antagonistin* olduğunu anlamak yeterli olacaktı.

Dreamer'ın verdiği mesaj, üzerinde ne kadar çok düşünürsem, bana o denli büyük görünüyordu. Özellikle Hristiyan öğretisinin mihenk taşı olan binlerce yıllık *'düşmanını sev'* bildirisi kendi katılığını açığa çıkarmıştı. Kimi dinler gibi yüzyıllar geçtikçe kiliseler arasındaki bölünmelerle zayıflayan Hristiyan inancı da, gerçeğin değişmez olmadığını ve sabit kalamayacağını unutmuştu. Dünün gerçeği aşılamazsa, çürüyüp bugünün yalanı olur. Oturduğumuz banktan kalkarak kaderine terk edilmiş itfaiye aracına sırtımızı verdik ve nehir boyunca uzanan sokaktan kuzeye doğru yürüdük. Dreamer'ın yanında hem yürüyor, hem de o, muhteşem teorisinin son parçalarını yerlerine yerleştirirken onu can kulağıyla dinliyordum.

Dışımızdaki düşmanı bağışlamak, binlerce yıllık bir kibrin ve bir anlama yetersizliğinin bildirgesidir. Tek düşmanın var, o da senin içindedir. Dışarıda, ne sana zarar verebilecek, ne de bağışlaman gerekecek bir düşman vardır. Antagonist senin en değerli yandaşındır. Kendini geliştirmen, mükemmelleştirmen ve bütünleştirmen için bir araç; Oluşun yüksek bölgelerine erişmek için yegane anahtardır.

Artık bütünüyle bir harabeye dönüşen, gotik stilindeki Good Shepherd şapelinin yanından geçtik. Istıraplar içindeki İsa'nın taştan bir heykeli, harabenin orta yerinde sessizce yükselmekteydi.

Dreamer, *"Bu binlerce yıllık 'okul' da başaramadı,"* diye vurguladı. Onun sesinde zamana ait olmayan bir dramın yaşadığı sondan dolayı duyduğu kederin belli belirsiz izleri çıkıyordu. *"O da hedefi tutturamadı."*

Antagonist; düşman, özel bir güçtür. Sorumluluk derecemiz ne denli yüksekse, antagonistin saldırısı da o denli acımasız olacaktır. Antagonist bizi ölçer, ne olduğumuzu gösterir, bizi tamamlar... Özgürlük derecemiz ne denli yüksekse, onun hareketi de o denli sinsicedir.

Antagonistten korkma!
Zalimlik maskesinin altında, en büyük yandaşın, en sadık uşağın saklıdır.
Antagonistin tek ve yegane amacı senin zaferindir...
Antagonist her aracı, her stratejiyi kullanır, esas hedefi, senin bütünlüğündür.
Dünyada kimse seni antagonistten çok sevemez
çünkü, sen onun var olma nedenisin.

Antagonistten korkma!
Mükemmelliğin, onun acımasızlığıyla,
ölümsüzlüğün de onun görünen ölümsüzlüğüyle büyüyecektir.
Bilgin, onun gücüyle, gücün, onun bilgisiyle gelişecektir.
Çünkü antagonist, sensin!

6 İçinde gülümsemeyi öğren

Bu sözün büyüklüğünü merak ettim. Böyle bir gerçek, insanlık tarafından bilinmiş olsaydı, düşünce ve hissetme biçimlerimizde bir devrim yapar ve onları ebediyen dönüştürürdü. İleride bir gün bu görüşün gücünü ekonomi bölümündeki öğrencilerime: Antagonistin saldırısı ne denli acımasız, aşağılaması ne denli ağır olursa, bizim ilerleme fırsatımız da o denli büyük olur, diyecektim.

Sana yapılan saldırı ve aşağılamalar tüm acımasızlığıyla sürerken,
sen içinde gülümsemeyi öğren.
Dışarıda savaşman gereken antagonist, içinde hemen bağışlanmalıdır!
Bağışlama yalnızca içinde gerçekleşebilir.
Dışında ise en amansız savaşı kusursuz biçimde yapmak zorundasın,
ama ona inanmadan!

Sonunda bir yarık açılıyordu... binlerce yıllık açıklanamamış çelişkinin üzerine bir parça ışık düşmüştü: Eğer onu seversen o artık senin düşmanın değildir, yok eğer o senin düşmanınsa, onu nasıl sevebilirsin?

'Düşmanını sev', ancak bütüne ulaşmış bir kişinin anlayıp uygulayabileceği üstün bir fikirdir.

"Sadece kendisini çatışmalardan ve bölünmelerden sıyırıp kurtarmış bir kişi, antagonisti olmadan kendi yolunu bulabilecektir. Oysaki dualite mantığıyla hareket eden, hala karşıtlık aracılığıyla anlayıp düşünebilen kişiler için değişim, ancak acımasız maskesiyle kendini gösteren antagonist sayesinde olacaktır. Zorluklarla karşı karşıya gelen bir liderin tutumu bu olmalıdır," derken, kavramı örneklercesine sanki uzun süredir beklediği ve istediği bir şeyi sonunda bulmuş biri gibi ellerini keyifle ovuşturdu.

Bir lider bilir ki, düşmanı ne denli korkunç görünürse görünsün, kavga daima adildir ve zorluklar sadece birer yanılsamadan ibarettir. Antagonistin maskesinin altında ve görünürdeki zalimliğinin arkasında, sorumluluğun daima en yüksek düzeylerine erişme fırsatı vardır.

Dreamer, sanki tüm gezegen onu dinliyormuşçasına, tüm insanlığa seslenir gibi, *"Şimdiye dek hiç kimse oyunun ne olduğunu böylesine net olarak açıklamadı!"* dedi. Sözlerini, *"İnsanların çoğu, bu anlayış ve bir Okul olmadan, bedelini ödemeyi reddettikleri için bu geçidin eşiğinde kalırlar,"* diye sürdürdü.

Arzularımızın gücünü, isteklerimizi, hazırlığımızı ve kararlılığımızı sınayan fiziksel ve psikolojik düşmanlara benzeyen engellerle karşılaşır, daima bizi yolumuzdan caydırmaya çalışan iç sesimizi duyarız.

İmkansız olan, her zaman diğer bir imkan kapısını açar...

Dreamer'ın görüşüne derinlemesine girdikçe, özel bir eğitimden geçtiğim duygusuna kapıldım. Dreamer beni, yaşamda bize karşı çıkıyor görünen her şeyi ve bize yapılan her saldırıyı, ileri gidebilmek için bir itme kuvvetine çevirmemi sağlayan bir savaş sanatında eğitiyordu. Engeller ve düşmanlar, şimdi yeni bir ışık altında eskisinden farklı görünüyorlardı.

İster bir insan, ister bir olay biçiminde görünsün, Antagonist, sendeki her boşluğu, her eksikliği, her zayıflığı veya her korkuyu sana gösterdiği gibi, senin hazırlıksız yakalandığın her durumu, günahlarını, hatalarını, eksiklerini ve kendine koyduğun sınırları da hiç ödün vermeden yüzüne vurmak gibi hoş olmayan bir görevi üstlenmiştir.

Dreamer muzip bir ifadeyle, *"Antagonist bize tüm bu değerli hizmetleri sunarken biz de kin ve öfke ile ona karşılık veririz,"* diye vurguladı.

Collegio Bianchi'de karşılaştığım çocukluk yıllarımın pek çok antagonistlerinin oluşturduğu bir kalabalık içinden, zihnimde Peder Nuzzo'ya dair bir yer açıldı. Ona yaptığımız bütün kötülükler için hissettiğim hafif pişmanlıkla içim sızladı. Acımasızlığının ve sert saldırılarının arkasında ancak şimdi Dreamer'la birlikteyken, 'oyunun' denetimini elinde tutan birinin sevgisini, gülümsemesini 'görebiliyordum'.

Dreamer bir özdeyiş gibi, *"En nefret ettiğimiz öğretmenlerimiz, bize en çok emek verenlerdir,"* dedi. Onun bu sözü düşüncelerimi dağıtmış, gereksiz duyguların zihnime taşıdığı hayaletleri ve gölgeleri anılarımdaki yerlerine geri yollamıştı. Onun sözlerinden, bireysel ve sosyal bütün insan davranışlarına uygulanabilir, yinelenen kozmik bir modelin, bir sistemin oluştuğunu fark ediyordum; bu, her düzeyde gözlenebilir türden evrensel bir yasa gibiydi.

Beni en çok sarsan, Dreamer'ın Antagonist Yasası'ndan kaçma olasılığına değinmesi olmuştu. Bu noktada, hiçbir şekilde karşı koyma gereğinin olmadığı, yani antagonistin acımasız ve değerli yardımlarını kullanmadan, istediğimiz her hedefi seçerek ona ulaşmanın mümkün olduğu bir dünyayı zihnimde hayal edemediğimi belirttim.

Antagonistin sonunda giremeyeceği bir yaşamı yeryüzü cennetine dönüştürme olasılığından büyülenerek, "Nasıl?" diye sordum.

Dreamer, soruna kesin çözüm getiren birinin sert tonlamasıyla, *"Yerçekimi yasası olmadan bu dünya üstünde nasıl yaşanabilir gibi bir soruyu sormakla eşdeğerdedir,"* diye yanıtladı. Ardından, gizli tutulacak bir sırrı aktarırcasına alçak bir sesle:

"İnsan hangi etkiler altında yaşamak istediğini seçebilir ve daha yüksekteki bir şeyin gücüne teslim olabilir, ama acı içinde yaşar ve çünkü Düşleme Sanatı hakkında hiçbir şey bilmez! Acı çeker, çünkü düşlemez." dedi. Gizemli bir şekilde sözlerini sürdürerek;

"İnsan, Düşleme Sanatı sayesinde, ıstırap çekmeye ve ölüme son verebilir. Bir tek kendisini içinde öldürmeye son veren kişi, antagonistin sözcüklere sığmaz gizemlerine sahip olma 'hakkını' elinde tutar." dedi.

Roosevelt Adası ve martıların gökyüzünü tırmalayan hareketleriyle ilgileniyormuşçasına, sözlerine uzun süre ara verdi. Sonra, *"Şimdilik, antagonisti en yakın yandaşın olarak görmeyi öğren ve sana karşı daha güçlü, daha sert olmasını umut et. Sorumluluk düzeyimiz yükseldikçe, antagonistin saldırıları daha acımasız olacaktır.*

Zamanla bu bakış açısı senin yaşamını altüst edecek ve her zaman istemiş olduğun dünyayı yaratacaktır," dedi.

Dreamer benim, yaşantımdan saldırı ve tehdidi nasıl yok edeceğim sorusuna bir yanıt beklediğimi anlamıştı.

"Aslında antagonist; değiştirmek istediğin şeylerle, görmek, dokunmak ve hissetmek istemediğin şeyleri sana işaret eden bir sinyaldir..."

Söylediklerinden hiçbir şey anlamamış göründüğüm için bu konuyu şu anda kaldıramayacağıma karar verdi. Şimdilik Antagonist Yasası'nı, evrensel ve kaçınılmaz bir yasa olarak almamı söyledi. Sözlerini bitirircesine, *"İnsan, karşıt kutupların yönettiği, her şeyin çatışmalar ve zıtlaşma oyunuyla yaratıldığı karşıtlıklar dünyasında egemen olan bu yasadan kaçamaz,"* dedi. Kendimi, yazgımızın nasıl değişmez olduğunu ve bir kişinin kurtuluşunun tüm insanlığa nasıl yayılabileceğini düşünürken buldum.

Düşüncelerimin arasında korkunç bir sesle gürleyerek,

"Dünyanın ihtiyacı olan tek şey senden kurtulmakken, bütün bir insanlığın kurtuluşunun seninle ne ilgisi var!

Şimdilik, ıstırabına ve çektiğin eziyete katlan! Ve orada dur. Kaçma. Kendini gözle ve ıstırabının köklerini açığa çıkart. Ancak sana dayatılan dünya tarifini aklından silerek özgürleştiğin zaman dünyayı özgürleştirebilirsin.

Tüm dünya bir düşünme ve yapma tarzıdır, onun güvenilmez ve tehlikeli koşulları senin içindeki Evet ve Hayır bölünmesinin tıpatıp bir yansımasıdır. Şimdi ve burada kavramını devamlı olarak yaşayan sen, sadece sen bu dünyayı karşıtlıklardan kurtarabilirsin. Sadece sen, içindeki ihtilafı terk edip ayrılık, şiddet ve savaşları özgür kılabilirsin," dedi ve karşılaşmamızın bu kısmına son noktayı koydu.

Bu konuya geri dönmesi için birkaç ayın geçmesini bekleyecektim; Londra'da unutamayacağım bazı kişilerle birlikte bir akşam yemeğinde bana, proaktif olmanın sırrını açıklayacaktı.

Onu yürüyerek dinlediğim bu hareketli dersimizin sonunda, kendimi parkta, kalktığımız bankın hemen yanında buldum. O otururken ben de aramızda yeterli bir mesafe bırakarak yanına iliştim. Güneş bir bulutun arkasından aniden çıktı ve doğrudan gelen bir ışık demetiyle gözlerimi biraz kıstım.

Çok hoş bir duyguydu ve anın keyfini çıkarmak için bir süre öyle kalmayı sürdürdüm. Dreamer'ın huzur veren sözleri, sanki uzak bir dünyadan gelir gibiydi.

"İnsan, kendi gerçekliğinin yaratıcısı olduğunu unutup yaşamındaki Antagonistin hareketini kaçınılmaz ve yakın kıldı."

"Vizyonunu altüst et! Özgür ol!" dedi. Sesi babacan bir tonda, ama bir emrin sert ve buyurgan gücündeydi. Bir an için titredim ve içine düştüğüm uyuşukluk tüm duyularımı ele geçirdi. Söylediği şu sözleri duyacak zamanım olmuştu:

"Düşleyen, yaratan ve seven insana dönüştür kendini! Sadece kendisini yenmeyi kafasına koyan kişi antagonistle karşılaşır. Düşen bir adamın antagonisti olmaz, onun düşüşü boş ve acısız bir düşüştür."

7 St. James'teki suit

Çantamı kalın halı döşemeye bırakarak etrafıma bakındım. Süitin lüksü, ağır brokar döşemeliklerin ve mobilyaların etrafa yaydığı zenginlik beni huzursuz etmişti. Böyle lüks bir otele geçmemi isterken Dreamer'ın aklından geçenleri merak ettim. Onunla iken hiçbir şey tesadüfen olmuyordu, hatta hiçbir şey önceden planlanamazdı. Dreamer için küçük bir hareket bile stratejiyi oluşturan bir parçaydı.

Çıraklık yıllarım boyunca, onunla en uzak ülkelerde ve dünyanın belli başlı başkentlerinde buluştum. Her karşılaşmamız, çok değerli bir deneyim ve yaşamımı sıradışı bir serüvene dönüştüren bir yükselişin aydınlık basamakları olmuştu.

Bu kez Dreamer'ın mesajını, Londra'ya varır varmaz yerleştiğim küçük oteldeyken almıştım. Veronica's'ta buluşacaktık. O akşam buluşmak için bir saat kararlaştırmanın yanında, Dreamer benden Eaton Palace'tan ayrılıp Mayfair'deki St. James'te bir süite geçmemi istemişti.

Ve işte şimdi de kendimi, buluşma saatine dek beni onunla karşılaşmaktan ayıran, geçmek bilmeyen dakikaları öldürmek için tembel tembel otururken bulmuştum. Çiçekler, görkemli bir meyve tabağı, şampanya, iki ayrı banyo, tarihi bir yazı masasıyla bir çalışma odası, gösterişli bir kanepe... tüm bunlara ne kadar ödeyeceğim düşüncesi, midemin bulanmasına, yüreğimin daralmasına, özetle kendimi kötü hissetmeme yol açıyordu. Dreamer'ın aklında her ne varsa ve benden her ne yapmamı istiyorsa ki buna Londra'daki en lüks otellerden birine geçmem de dahildi, hiç kuşkusuz hepsi bir stratejik planın parçasıydı. Bununla beraber, bu mide bulantısının üstesinden gelemiyordum. Lüks bir otelden benim adıma düzenlenmiş bir faturayla karşılaşınca, yönetimden Mr. Lyford'un yüzünün alacağı şekli gözümün önüne getirmemeye çalıştım. Bunu kendi cebimden ödemem gerekecekti. Doğrusu ACO'nun benim kendi masraflarımı karşılamasını istemek söz konusu bile olamazdı, Saint James'te geçireceğim bu birkaç gece zaten New York'taki aylık kazancımın tamamını yok edecekti. Bu düşünce, psikolojik bir acıdan fiziksel bir acıya dönüştü.

O sıralarda koşulların ve olayların yaşamımı her yönüyle eline geçirdiği köklü inancı yüzünden, huzursuzluğumun ve mutsuzluğumun suçunu dış dünyadaki her şeye ve herkese yüklüyordum. Dreamer daha sonra bana, *"Bir kral dairesi yerine, Londra'nın en fakir bölgesinden bir otele geçmeni isteyecek olsaydım, bana aynı şekilde içerler, aynı öfkeyi duyardın,"* diyecekti. *"Karşılaştığın şeyin dışarıyla bir bağlantısı olmadığı gibi olaylar veya koşullarla da bir ilgisi yoktur. İçinde taşıdığın bir şey var senin, her zaman beraberinde getirdiğin, bu şey her türlü zorluklarının ve yaşadığın cehenneminin asıl nedenidir."*

Bu sabahki düşüncelerimin zihnimde idam edilmiş mahkûmlar gibi sallandığını görünce utandım. Bastıramadığım bir mide bulantısı beni bütünüyle ele geçirerek tüm hücrelerime yayılmıştı. Toparlanıp yeniden nefes alabilmek için oturmak zorunda kalmıştım. Fiyat listesini bulmak için her yere bakmıştım ama yoktu.

Sonunda dayanamayıp telefonu kaldırmış, süitin fiyatını sormuştum. Belki hala iptal etme şansım olabilirdi. Düştüğüm bu durumdan ve çaresizlikten sıyrılmak için her şeyi söyleyebilirdim. Ölüm döşeğindeki bir insanın geçmiş yaşamı gözünün önünden nasıl geçerse, benim de zihnimden kırılgan bir yaşamın rasgele kareleri geçmekteydi. Birkaç saniyeliğine felç olmuşum gibi öylece kalakaldım. Sonra ahizeyi yavaşça yerine bıraktım. Yepyeni parlak bir ışık, beni tuttuğu gibi endişe bataklığından çekip çıkardı.

O anda hatırladım. Bir zamanlar bana fısıldadığı ve satır arası sayabileceğim sıradışı bir cümleyi ne mutlu ki algılamış ve not defterime kaydetmiştim: *Yaşam stili bilinçtir. Elinde avucunda olan her şeyi, hatta olmayanları bile kendine yatır! Daima! Böylece yaşamının her anlamda zenginleştiğini ve genişlediğini göreceksin. Sen kendine yatırım yaparsan, yaşam da sana yatırım yapar.*

Para için endişelenme. Sen kendin için, kendi bütünlüğün için endişe duy. Para ihtiyaç duyulduğu anda sana gelecektir. Sen kendine güven, düşlerine inan, işte o zaman güzel bir hayat için gereken tüm paraya sahip olacaksın. En içten düşlerinin başyapıtı sensin.

Dış dünya, senin içindeki yaratıcılığın sadece solmuş bir gölgesi, eşsizliğinin silik bir belirtisidir.

Don't worry about money. Worry about yourself, about your integrity. When money is needed, it will be right there.

Trust yourself, trust your dream and you will have all the money necessary to match a beautiful life. The masterpiece of your very dreaming is you.

8 Horoz ötmeden önce

Vücut kimyamın değiştiğini hissediyordum. Hücresinin kapısı beklenmedik bir şekilde açılan bir mahkûmun heyecanını duymuştum. Beni korkutmanın, cesaretimi kırmanın ve iki büklüm etmenin ne denli kolay olduğunu düşündüm. Varlığımın çapı bu kadardı işte ve yaşamımdaki her türlü zorluğun asıl nedeni de bu idi. Buna rağmen Dreamer'la bağlantıda olmak, bakışlarımı onun olduğu yöne çevirmek hatta onu düşünmek bile beni değiştirmeye ve benim için çözümü ortaya çıkarmaya yetiyordu. Önceki diğer birçok karşılaşmamızda onun engin eğitim sistemiyle oluşturduğu gibi, St. James'teki bu süit de, Dreamer'ın genellikle *'Yapmanın Bilimi'* diye nitelediği Düşleme Sanatı'nın ilkelerini çalışarak öğrendiğim Okul'un bir sınıfı haline geldi.

Ne olduğu hakkında en ufak bir fikrim olmasa da Dreamer beni sıradışı bir göreve hazırlıyordu. Hiç kuşkum yoktu ki, bir gün bana güvenerek vereceği bu görev tümüyle bir 'devrim' gerektirecekti ve şimdiki durumumda asla katlanamayacağım ağır bir sorumluluk olacaktı.

Minnettarlığımın yükseldiğini ve aynı zamanda niteliğinin yoğunlaştığını hissediyordum. Gözlerimi hafifçe kapadım ve bu ortamın her ayrıntısını, zenginliğini, güzelliğini ve lüksünü doyasıya içime çektim. Hiçbir şeyin dışımızda olmadığını anladım. Dreamer'ın hayatımdaki varlığı benim bilinmeyen taraflarımı tamamen ortaya çıkarıyordu.

St. James'teki süitte olağanüstü bir şey oldu. Sadece birkaç dakikalığına da olsa, korkak, şüpheci, yenik bir adam ve bir kurban olmayı bırakmış, bu oteli tasarlayan bir mimar, bir sanatçı haline dönüşmüştüm. Düşleyenle düşlenen, özgür adamla bağımlı adam arasında gidip geldiğim sonsuz mesafeyi yaşayarak kavradım.

Dünya, Oluş'un bir yansımasıdır. İşte kaynak buydu!

İncil aradım. Yatağın başucundaki komodinin çekmecelerinden birinde buldum. Gelişigüzel bir sayfa açtım ve karşıma İsa'nın Petrus'a üç kez "Beni seviyor musun?" diye sorduğu bölüm çıktı, okudum. Petrus, önce şaşırıp sonra biraz utanarak yanıtlar: "Evet, seni seviyorum!"

"Hayır!" diye yanıtlamalıydı oysa, "Henüz değil!"

Eğer daha dürüst ve daha içten olsaydı; eğer kendini derinlemesine bilseydi, 'Seni sevmeye çalışıyorum!" derdi.

Üç kez tekrarladığı bu soruyla, İsa ona aslında şunu soruyordu: Kendini tanıyor musun? Kim olduğunu biliyor musun? Kendini her şeyden fazla seviyor musun? Kendini içinde öldürmeye son verdin mi? İsa'nın Petrus'tan beklentisi, ona öğrettiklerini Oluş'un en derin kısımlarına aktarması, vizyonunu altüst etmesi, düşünme biçimini değiştirmesi ve katılığını yumuşatması idi.

Belki de İsa onun bu katılığını bildiğinden ona Petrus (Taş) ismini vermişti. Petrus, değişmeyi reddeden, yalan söyleyebileceğine, saklanabileceğine inanan insanı temsil ediyordu. O insan bendim. Okuyordum ve ağlıyordum. Petrus'a, ihanetinden kaçınması üç kez şans verilmişti. İhanet duygusu herkeste olduğu kadar onun içinde de mevcuttu ve çıkması için sadece uygun ortamın oluşmasını bekliyordu. Zavallı Petrus! Keşke sadece kendini gözlemleyebilseydi o zaman, bu isteğin dışarıdan değil, içinden, kendi Oluş'undan kaynaklandığını anlayacaktı: "Petrus, sen kendini seviyor musun? İçindeki ölüme ve bölünmeye dur diyebildin mi?"

Böylece o kendi yalanını, korkusunu ve şüphelerini keşfedecek ve evimizde burun buruna geldiğimiz bir hırsıza yapacağımız gibi onları içinden söküp atacaktı.

Kendini sevmek bir irade işidir, kendini tanımak demektir. İçinde kendini sevmek, yaşamı durmaksızın her an, her saniye yeniden, bütünüyle kutsamak demektir.

Dreamer'ın bu sözlerini anımsadım ve anladım ki Petrus, İsa'nın ondan istediği kendini gözlemlemeyi, tanımayı ve sevmeyi kabul etmiş olsaydı, ölümlü yazgısını değiştirebilmeyi başaracaktı. İnançlarını baş aşağı edebilmiş olsaydı, günü geldiğinde cellatlarından istediği gibi baş aşağı çarmıha gerilmesine gerek kalmayacaktı. O, sadece İsa'nın öğretisinin altüst edici doğasını anlamanın geç ama özgün bir simgesi olarak sundu kendini. Kitaptaki bu bölümde aktarılan Hristiyanlığın ilkel dönemindeki büyük Okul'dan yayılan bu mesajdan uzaklaşarak, yeniden Dreamer'ın büyük öğretisine dönüyordum. Oluş, olaylar dünyasında karşılaştığımız her şeyin kaynağıdır.

Kendi içine baktığında kaderini göreceksin!

Look at yourself inside and you will know your destiny!

Bu üç *'evet'*, Petrus'un görmek istemediği ve yaşamına son verilmesine neden olan yalandı. *Bir şeyleri değiştirmek istiyorsak, bunu ancak Oluş'umuzu yükselterek yapabiliriz. Tıpkı bir kuruluşun, bir ülkenin veya tüm bir uygarlığın olduğu gibi, bir kişinin kaderi ve ekonomisi de kendi Oluş'unun ve vizyonunun yansımasıdır. Vizyonu genişleyen bir kişinin, kendi gerçeği de o denli zenginleşir.*

Böylesine kapsamlı bir yasayı, hiçbir ekonomi okulunda öğrenemezdim. Tüm bunlar benim için gerçek ekonomi, yöneticilik, yüksek finans ve eğitim konularındaki en önemli dersler oldu. Bugün varoluşa dayalı, insanlığın en eski zihinsel paradigmalarını değiştirebilecek, vizyonunu altüst edebilecek ve onu dünyadaki yoksulluğun, suça itmenin asıl nedeni olan çatışmalardan, şüpheden, korkudan ve acıdan ebediyen kurtarıp özgürleştirecek güçteki psikolojik devrimin, bu öğretideki yeni eğitimin mihenk taşları olduğunu artık biliyorum.

9 Dreamer ile akşam yemeğinde

Veronica's'a çok erken gitmemek için sabırsızlığımı denetlemek zorunda kaldım. Salon kalabalıktı. Dreamer, zengin yiyeceklerle donatılmış bir masada oturmuş, çevresi lokantanın sahibi ve heyecanla çalışan garsonlar ordusuyla kuşatılmıştı. Dreamer'ın siparişlerini ve ayrıntılı önerilerini saygıyla dinlemek üzere bir kuş sürüsü gibi birlikte duraklıyor, sonra yine hep birlikte işlerinin baş döndürücü dansına dönüyorlardı.

Dreamer'ın üzerinde, modanın hiçbir dönemini çağrıştırmayan siyah takım elbise vardı ve uzun saçlarını ensesinde toplamıştı. Yakaları saten kaplı ceketinin içindeki, yakası ve kol ağızları siyah kadife bantlarla çevrili gömleği göz alıyordu. Yalnız olmadığını görünce şaşırdım. Masada onunla birlikte dört erkek ve üç kadın vardı.

Daha sonra yakından tanıyacağım bu kişiler, sırasıyla Zürih'teki önde gelen bir reklam ajansının patronu olan Bruno W. ve eşi, Frankfurt'tan, uluslararası bir vakfın Başkanı olan Klaus E., bir Britanya üniversitesinin öğretim dekanı olan, kıyafetinin oryantal havası ve etkileyici atletik fiziğiyle gruptaki en farklı, ama bir aydın rolünün fiziğinden hayret edilecek kadar uzak görünen Ben F., Londra ve New York'ta iki insan kaynakları şirketinin kurucusu ve sahibi olan bir kadın, çekici ve kararlı havası bakışlarından okunan bir insan kaynakları uzmanı olan Linda ve son olarak da sessiz, nazik, çekingen görünüşlü ve hemen kanımın ısındığı İrlandalı çift Peter C. ve karısı Susan'dı, çekingen ve sessiz. Peter katolik olmasına rağmen, karısı Susan bir protestan vaizin kızıydı ve her ikisi de Regent's Park'ta tarihi bir kolejde yürütülen bir projede çalışıyorlardı.

Ve ortamın ilgi odağı olan kişi elbette Dreamer'dı. Ona herkes bir tanışıklık havasında ama hürmetle hitap ediyordu. Bu kişilerin varlığı uzun zamandır hissetmediğim, hatta artık içimde kalmadığını düşündüğüm bazı duyguların canlanmasına neden oldu.

Bir çeşit davetsiz misafir olarak aldığım bu duruma gücenmiş olmamın yanında, zengin görünüşleri ve onları saran parıltılı başarı haleleri, içimde aynı zamanda imrenme ve kıskançlık duygularını da uyandırmıştı. Etrafımı saran aydınlık, içimdeki karanlığa işlemiyordu. Elbette, Dreamer'ın başka 'öğrencileri' de olduğunu hep düşünmüştüm hatta birkaç kez, onlarla karşılaşmayı hayal etmiştim, ama böyle haberim olmadan karşılaşmak beni hazırlıksız yakalamıştı. Tepkim ve hissettiğim duygular nedeniyle utanç duydum. Dreamer'la aramda sonsuzluk kadar uzak iki adımlık mesafe beni bambaşka biri yapmıştı.

Dikkatimin yönünü dışımdan içime çevirmek şeklinde tamamen değiştirdim.

Buna rağmen, bunları gözlediğim anda o duygular da solarak yok oldular. Bu keşiften artakalan, sadece büyülenmişçesine bir hayranlıktı, benim gibi Okul düşüncesiyle buluşan başka insanları tanımanın ne denli değerli bir fırsat olduğunu gördüm. Sanki sanal bir olay yaşıyordum ve kendimi teatral bir boşluğun içine düşmüş gibi hissediyordum; burası oyuncularla seyircilerin arasındaki belirsiz çizginin sürekli değiştiği ve ihlal edildiği bir yerdi. Uyumsuz tiyatroda perde ağır hareketlerle açıldıkça, ortaya ayrı bir gerçekliğin sınırları çıkıyordu. Bizler bütününü göremeyeceğimiz, bilinmeyen bir senaryonun canlı sayfaları, bir tablonun fırça darbeleriydik. Şimdi ise, kaderimizi öğrenmek üzere 'Sanatçı-Yazar-Kreatör' huzurunda bekleşiyorduk. O gece orada bulunan her bir davetliyi büyük bir dikkatle gözlemleyerek onları tanımaya çalıştım. Bu insanların her biri kendi alanlarında isim yapmış, adeta birer otoriteydiler. Bruno W. orta yaşlı bir adamdı; tavırları ve konuşmasındaki sadeliğine rağmen kararlı ve yapıcı olduğu açıkça görülüyordu. Görünüşüne hoşluk katan kır sakalı ona rahat bir kişi havası vermekle birlikte, karakterinin diğer yönü olan sade, hatta bir parça çocuksu adamı yansıtıyordu. Karısı Rebecca ince yapılıydı, hatta kırılıverecekmiş kadar narin görünüyordu, ama uluslararası alanda başarılı bir iş kadınının sahip olması gereken enerjinin tümünü bünyesinde taşıyordu. Yılın önemli bir kısmını, büyük bir aile çiftliğinin ve bir şarap üretim işletmesinin bulunduğu Toskana'da geçiriyordu. İlk bakışta zarif, kozmopolit tavırları ve parlak kişiliği ile dikkat çeken Klaus E. soylu bir maceraperesti andırıyordu. Havai tavırları ve neşeli konuşmalarına rağmen, kınındaki bir kılıç gibi, içinde güçlü yükselme hırsına hizmet eden keskin bir zekayı gizliyordu. Peter C., güzel konuşması ve ilginç fikirleriyle adeta canlı bir André Chénier olduğunu gösterdi. Genç karısı Susan, hayranlıkla eşinin ağzının içine bakıyordu.

Hepimiz en yalın halimizle Dreamer'ın önündeydik. O bizim yeteneklerimizle sınırlarımızı ve iş ekonomisindeki mükemmel konumlarımızı biliyordu. Eşsiz ve mükemmel projeyi tek bilen o idi ve onun zihnindeki büyük mozaiği oluşturan her birimizin nasıl bir düzen ve hassasiyetle birbirimize bağlanacağımızı da bir tek o biliyordu.

Benim gelişimle kimsenin ilgilenmediği kanısına kapılmıştım. Öyle ki, herhangi bir merasim veya tanıştırılma bile olmamıştı. Onlara sessizce katıldım ve masada benim için ayrılan yere oturur oturmaz, tüm dikkatimi Dreamer'ın anlattıklarına yönelttim.

Ben gelmeden önce başladığı konuşmasının şu bölümünü yakaladım:

Gerçek insan hiçbir felsefeye, ideolojiye veya dine bağlı değildir. Gerçek düşleyenin hiçbir etiketi yoktur. Herhangi bir şeye ait olamaz, sınırlandırılamaz. O, antagonistin sadece limitlerimizi aşabilmemiz için geldiğini bilir.

Ortaya çıkan açık seçik her engeli, karşı duran her zorluğu kutsamasının nedeni de budur.

Bir gün bahçede yürürken bir dikene basacak olursanız, teşekkür etmeyi sakın unutmayın.

10 Dürüst olmayan yönetici

Bu nükte ve antagoniste yapılan bu atıf, bir öyküye ve anlamı pek de açık olmayan güç bir meseleye, dürüst olmayan yöneticinin öyküsü hakkında yorumda bulunmak için bir araç oldu. Dreamer, binlerce yıllık bilinmezliğiyle birlikte, onu olduğu gibi gözlerimizin önüne seriverdi. Zengin bir adam, işlerinin başına koyduğu kahyanın, günün birinde servetini çarçur ettiğini ortaya çıkarır. Onu karşısına alır, bütün gerçekleri yüzüne vurduktan sonra, görevine son verir. Kahya kendi kendine, 'Ne yapacağım ben?' diye umutsuzluk içinde sorar. 'Toprak kazmaya gücüm yetmez, dilenmekten utanırım.' Aklına, ustasının alacaklılarını tek tek yanına çağırarak borç senetlerindeki rakamları azaltmak yoluyla yeniden düzenlemek gelir. Yüz varil zeytinyağı elli, yüz deste tahıl seksen deste olur ve bu şekilde devam eder. Bu şekilde, işten atılmış olsa da bu kişilerin gözünde iyi bir insan olarak takdir göreceğini hesaplar.

Onun bu dürüst olmayan davranışını öğrenen ustasının tepkisi ise onu 'övmek' olur...

Dreamer,

"Ustanın bu davranışı, yüzyıllar boyunca en bilgili akademisyenleri dahi hayrete düşürdü; nesillerce sayısız bilgeyi, teoloğu, o dönemin yorumcularını zorladı," dedi ve sustu.

İçimizden bazıları açıkça meydan okuyan bu sözlerine bazı açıklama getirmeye yeltendiyse de görüşleri bu kez de diğerlerince çürütüldü. Bu bilmecede anlaşılmayan bir taraf vardı. Sonunda hepimiz pes ederek yüzümüzü Dreamer'a çevirdik. Hepimiz biliyorduk, onun parmakları arasında Gordian düğümü bile zorlanmadan yavaşça çözülürdü. Bu bilmeceye öylesine kusursuz bir açıklama getirdi ki, bize sadece doğruyu göstermekle kalmadı, aynı zamanda binlerce yıllık karanlığa da ışık tuttu.

Dreamer, ustanın görünürdeki bu anlaşılması güç olan tepkisinin, tıpkı insanoğlunun evrimsel bir eşikten atlamasının insan ırkı açısından kozmik bir olay olması gibi, ciddi ve önemli olduğunu açıkladı.

İnsan psikolojisi açısından bu durum, sadece dik durma becerisi ya da atalarının izini kaybetmesi ile kıyaslanabilecek çok önemli bir kuantum sıçrayışıydı. Bu meselde ustanın verdiği karşılık, 'sapiens sapiens' türünün, insan sonrası insanın doğumuna işaret etmektedir. Bu yanıt, insan soyunu, hala ilkel, hayvani koşullara bağlı olan bir psikolojiden çıkışa yönlendiren toplu bir göçün temsilidir.

"İnsan proaktif olmayı, an'ı yönetmeyi, yolculuğu için her saldırıyı bir avantaja, her aşağılamayı bir itme kuvvetine dönüştürmeyi keşfeder. Bu hazinenin yer haritasını da ulaşılamaz derinlikteki küçük bir öykünün içine gömer."

"Saldırıyı yüreğinizin derinliklerinde hissedin!" Yüksek bir sesle ortaya savrulan bu beklenmedik buyurgan ses, beni yerimden sıçratmaya yetti ve daha da dikkat kesildim. *"Orası, savaş meydanıdır... zaferin kararlaştırıldığı yerdir orası. İşin sırrı ise daha savaşmadan önce savaşı yenmektir."*

Not defterimi çıkardım ve her sözünü yazdım:

Dürüst olmayan yöneticinin övülmesi, her bir iç yarasının iyileştiği, özde kendini bağışlamış, savaşmak zorunda kalmadan kazanan bir insanlığın feryadıdır... çünkü artık antagonistin yararlı fakat korkunç müdahalesine ihtiyacı kalmamıştır.

Dreamer, yaşam sahnesinde spot ışıklarının altında sergilediği görkemli performansının sonuna ulaşmış olgun bir insanın, kendisine dostluk ve sevgi verenlere teşekkür etmek yerine, ona engel olan, acı çektiren ve saldıran herkese resmi olarak teşekkür etmesi gerektiğini söyledi.

Konuşmasını keserek, yaptığı bir işaretle masaya ilk yemek servisinin yapılmasına izin verdi. Anlaşılması zor meseli yorumlamaya ara vererek, üzerleri açılmış tabaklarla gelmeye başlayan yemek servisini sade, ama otoriter bir tutum içinde izledi. Dreamer'ın bazı gastronomi ve yemek tarihi konularındaki özlü açıklamalarından sonra birbiri ardına, İngiliz mutfağına ait daha önce hiç duymadığım, bilmediğim yemekler önümüze gelmeye başladı; tarihi 1600'lere uzanan hardal bazlı özel yemeklerden, daha modern tariflere dayalı, ama hepsi Birinci Dünya Savaşı öncesi dönemin yemekleriydi. Dreamer, her zamanki gibi yemeklerin hiçbirine dokunmadı. Önüne konan tabaklar neredeyse hiç dokunulmadan mutfağa geri gidiyordu. Çok kibar bir sofra arkadaşı, kaliteli yemeklerle şaraplar hakkında çok bilgili, cömert ve ilgili bir ev sahibi olmasına rağmen, Dreamer azla yetinmenin somutlaşmış bir örneğiydi.

Sofra adabında gereken her ayrıntıyı titizlikle uyguluyordu; farklı servis tabaklarını alıyor, yiyecekleri kendi tabağına koyuyor, sofraya gelen servisleri ikram ediyor ve yemekler hakkında yorumlarda bulunuyordu, ama neredeyse hiç yemiyordu. Arada bir çatal alsa bile yutmuyordu. Görünüşe göre Dreamer sofra düzeninin her ayrıntısına titizlikle uyarak besleniyordu. Garsonun bir hareketi, bir tabağın süslemesi ve sunuluşu, yemeğin rengi, kokusu, restoranın dekorasyonu ve ortamdaki her şey Dreamer için duyguların, algıların ve coşkuların zengin bir planktonuna, yalnızca onun bildiği bir beslenmeye dönüşürken, bizim organlarımızın henüz kabul görüp özümseyebildiği bir şey değildi.

11 Kurban daima suçludur

Görünüşe göre, bu gezegen üzerindeki her şey 'karşıtlık yasası' ile dengede tutuluyor: Her şeyin, onun vasıtasıyla varolduğu ve onunla denkleştiği bir karşıtı var. Bir bireyin hayatının, tıpkı bir ulusun ya da bütün bir uygarlığınki gibi, sıkı sıkıya karşıtlık yasası ile yönetildiği 'görünüyor'.

Konuşma, bu konu etrafında sanki sihirli bir değnek değmişçesine canlanmıştı. Dreamer gruptaki herkesi o anda, kendi antagonistini kim ya da ne olarak tanımladığını açıklamaya davet etmişti. Herkesi can kulağıyla dinledi. Ben ise, onun cümlesine neden 'açıkça görüldüğü gibi' diye başlayıp, 'gibi görülmektedir' diye bitirdiğini merak ediyordum. Bu arada o yine konuşmaya başlamıştı. Düşüncelerimi bir kenara bırakarak dinlemeye koyuldum. New York'ta üzerine çok az değindiği proaktif olmanın sırrı, artık sonunda ortaya çıkıyordu.

Dreamer, *"Her insan, isteği ile bunun gerçekleşmesi arasında yer alan bir gücün varlığını hisseder. Bir tür evrensel uyuşmazlık durumu,"* dedi ve ardından, tarihe ve insanlığın mücadele etmek zorunda kaldığı tüm zorluklar ele alındığında, insanın gelişmesine ivme kazandıran asıl gücün kendisine karşı koyan antagonist güçten kaynaklanabileceğini söyledi. *"Yaşamınızda bir şey yapmak isterseniz, insanların 'antagonist' olarak tanımladığı zıt bir kuvvetle karşılaşmak zorundasınız."* Sözlerine sanki havada doğru sözcükleri ararcasına ara verdi ve sonra, *"Ne var ki, antagoniste ilişkin sadece çok az kişinin bildiği bazı sırlar vardır,"* dedi. Onun bu gizemli girişi oradaki herkesin dikkatini üstünde topladı ve bizi dinlemeye hazırladı.

Antagonist bizi ölçer dedi. Bizim AIM'imizi, yani amacımızı, 'düşümüzün' büyüklüğünü ölçer. AIM, I AM' in farklı dizilişidir.

AMAÇ = BEN
AIM = I AM

Hiç kimsenin, kendinden büyük bir amacı olamaz. Sıradan bir insan küçük bir apartman dairesine sahip olmayı düşlerken, bir başkası sahilde bir villa düşleyebilir, ama Versailles Sarayı'nı ancak bir kral düşleyebilir.

Dreamer'ın, bir kişinin olmak istediği ile olduğu arasında kurduğu bu denklem karşısında kendimden geçercesine büyülenmiştim. Bütün bunların, kişinin isteklerinin sınırı olmadığını söyleyen genel geçer inanışla, sağduyudan ayrılmadığı sürece istediği her şeyi, elinin altındaki kaynaklarının ve sağduyusunun yeterliliğine bakmaksızın hedefleyebileceği ortak inancına ters düştüğünü düşündüm. Buna göre, kısıtlamalar olmadan herkes en büyük düşleri besleyebilir veya en yüksek emellere demir atabilirdi. Dreamer, bu genel inanışın, temelinden ne kadar asılsız olduğunu bize şöyle açıkladı: *"Kişinin yaşamdan ne isteyebileceğinin maksimum sınırını kendi Oluş kapasitesinin genişliği belirler. Bu, onun tüm isteklerinin doruk noktasıdır. Aynı zamanda, bütün kabul edebileceklerinin ve sahip olabileceklerinin sınırıdır."*

Bu muhteşem bir keşifti. Onun öğretisinin şimdiye dek her yana dağılmış parçaları artık bir araya geliyordu. Aldığım görkemli bilgileri açıkça göremediğimden, anlamaya yoğunlaştım. Zihnimi yoran bu düşüncelerden sıyrıldığımda, uzun süre aynı yere takılı kaldığımı anladım. Geçen sürenin farkına varmadan, konuşmaların çok gerisinde kalmıştım. Diğerlerine katılmak için acele ettim. Çocukluğumda da hep böyle yapardım; okulun duvarlarında asılı duran içi doldurulmuş hayvan figürlerine ya da zevksiz tablolara bakarak hayallere dalmaktan zamanında sıraya giremezdim, sonra da arkadaşlarıma yetişebilmek için kolejdeki bütün koridorları koşmak zorunda kalırdım.

Dreamer, *"Antagonist, düşünce ve duygu boyutlarımızın en hassas ölçüsüdür,"* dedikten sonra kendi sonuçlarımızı çıkartmamız için bizlere birkaç saniye verdi. Sonra sözlerine devam ederek, *"kuvvet açısından bizden asla üstün olmamasının nedeni de budur.*

Zalim, tehdit edici veya yenilmez görünse bile, antagonistle karşı karşıya gelmek her zaman adil bir savaştır ve bu oyunda her iki tarafın da güçleri birbirine eşittir," diye ekledi.

Bu sözlerinden sonra bizleri ürpertecek biçimde, bir savaşta fısıltıyla konuşurcasına sesini öylesine alçalttı ki, hepimiz sanki tek bir kişiymişiz gibi etrafına toplandık.

İnsan sadece 'görünürde', kendi dışındaki engeller, düşmanlar ve zorluklarla yüz yüze geliyor. Antagonist, aslında içimizdeki bir gölgenin, yani bizim tanımadığımız ve tanımayı istemediğimiz karanlık bir tarafımızın maddeleşmiş halidir. Bir saldırı, bir zorluk veya bir sorun olarak önümüze çıktığında şaşırıp kalırız. Oysa gerçekte onu, uzun uzadıya ve farkında olmadan kendi içimizde biz yetiştirmişizdir.

Bizim dikkatsizliğimiz yüzünden küçücük bir belirti, iz, işaret kötüleşmek için gereğinden fazla zaman bulmuş ve bizim onu tanımamızda yetersiz kalarak bir şey yapamamış olmamız, onun büyük bir tehlike halini almasına neden olmuştur. İşte sırf bu nedenle, daha bilinçli bir insanlık kurban durumuna düşmeyi ve kendi kendine acımayı Oluş'undan bütünüyle sildikten sonra, mahkeme salonlarına büyük harflerle, 'Kurban daima suçludur!' yazacaktır.

Bruno W. samimi bir ifadeyle, "Peki, milyonlarca insanın ölümüyle sonuçlanan Yahudi soykırımı için ne diyebiliriz, bunu nasıl açıklarız?" diye sordu. "Bu bilgilerin ışığında, Yahudi katliamındaki bir kurbana kendi celladı olarak nasıl bakılabileceğini algılayamıyorum. Almanlar gibi aşırılıkları ve Ari ırk yaratmak adına sapkın teorileri olan bir millet nasıl milyonlarca masum insanın sorumlusu olabilir?"

Tam bu sırada lokantanın sakisi yaklaşarak masanın etrafında dolanıp herkesin kadehine değerli, özel bir şarap koydu. Dreamer sustu ve yeniden konuşmaya başlamak için adamın işini tamamlamasını bekledi. Bu arada aniden, sanki sesli düşünürcesine ve yüksek sesle, Klaus E., "Doğrusu, tarihin yüzyıllarca uzun bir dönemine baktığımızda, Yahudi olmak hiçbir zaman kolay olmamıştır. İsa'dan 600 yıl önce Kral Nabukadnessar, Kudüs'teki Yahudi Tapınağını taş taş üstünde bırakmadan yıkıp tüm Yahudileri Babil şehrine sürgün etmişti. Sonra Mısırlılar, arkasından Romalılar. Adları Führer, Sezar, Pharoah veya Satrap, her ne olursa olsun, hiçbir dönemde Yahudi antagonistleri eksik olmadı," dedi.

Dreamer, bir bilek hareketiyle kadehini döndürdü, kadehin iç çeperinde şarabın süzülüşüne dikkatlice baktı, aromasını kokladı, ardından bir bakışıyla sakiyi uzaklaştırdı ve yeniden konuşmaya başladı.

Karşıt olan, bir kırıntıdır. Kendi kendisini ayırmış, bütünden uzaklaşmış bir parça. Görünen antagonist, kadının kaybettiği bir gümüş paradır... ya da çobanın kaybettiği bir koyundur.

Bütünlüğünü yeniden bulamayanlar, varlığından kopan o atom parçasını getirip yerine koyamayanlar kendilerinin dışında o parçayla karşılaşmak zorundadır ama çok daha büyük olarak... büyük bir sınırlayıcı, çok büyük bir engel ve daha büyük bir sıkıntı formunda.

Bu sözlerle Linda'nın yüzü parladı, heyecanla, "Evet," dedi, "Çocuk yuvaları, okulları, hastaneleri ayrıydı. Kasapları, bakkalları, lokantaları, tatilleri, gelenek leri ve adetleri diğerlerinden hep ayrıydı.

Denilebilir ki, Yahudi dini, felsefesi, yaşam tarzı ve o insanların çalışma şekli ağırlıklı olarak hep ayrılıkçı bir dünya görüşüne dayanıyordu. Bir tarafta Yahudiler öte yanda diğerleri vardı."

Peter söze girerek, "Kudüs tapınağında Yahudilerle, Yahudi olmayanları birbirinden ayıran bir duvar bulunmaktaydı, bu duvarı geçen bir pagan ölümle cezalandırılırdı," dedi.

Sonra sanki kendi kendine konuşur gibi alçak bir sesle;

"Getto doğduğunda, dikenli tel çoktan Yahudi psikolojisinin içine örülmüştü, korkunç bir gerçekliğe dönüşmek için sadece doğru şartlar bekleniyordu..."

Bruno, sanki hiç beklenmeyen bir şey keşfetmenin heyecanıyla ve Linda'yla Peter'in de sözlerini desteklercesine, "Şimdiye dek hiç düşünmemiştim, ama İbranice 'kutsal' sözcüğü etimolojik olarak 'ayrı' anlamına geliyor. Yahudiler kendi din anlayışlarına göre dünyayı ikiye böldüler: kutsal olanlar, yani kendi inançlarındakiler ile diğerleri, yani dinsiz ve murdar olanlar," dedikten sonra, bir darbe almışçasına sandalyesine yığıldı. "Öyleyse?" dedi, kafası karışmıştı, devam edemedi.

Dreamer, *"Öyleyse,"* diyerek bu anlama belirtisini yakalayıp Bruno'nun söylemeye cesaret edemediği şeyi dile getirdi. *"Bizim bütünleşmekteki eksikliğimiz, dış dünyada canavarları yaratmaktadır. Bölünmüşlüğümüz ise karşılaştığımız şiddeti yaratır. Antagonist biziz. Kendini başkalarından ayrılmış hissetmek, içimizdeki suç işleme eğilimini besleyen bütünden kopmuş bir Oluş'un sonucudur ve bir gün olaylar dünyasında; şiddet, saldırı, çatışma ve eziyet biçiminde ortaya çıkacaktır."*

Hayretten donakalmıştık. Nefeslerimiz kesilmiş, aklımız geçmekte olduğumuz karanlık uçurumun vahametiyle düşünemez olmuştu.

"Shoah, ne tarihsel bir rastlantı, ne de belli bir rejimin sonucunda bir milletin ya da daha kötüsü bir adamın, zorba bir yöneticinin etkisiyle oluşmuştu,"* dedi. *"Kendini içinde henüz bağışlayamamış bir toplumun kendi vizyonunu hayata geçirmesiyle birlikte ayrılıkçı, çatışmacı düşüncenin bir yansıması olarak ortaya toplama kampları, sürgünler, katliamlar ve vahşet çıkmıştır.*

Tek düşman kendi içimizdedir!... Dışarıda, nefret edilecek ya da bağışlanacak bir düşman veya bize zarar verebilecek herhangi bir kötülük yoktur."

---

* Shoah: Yahudi Katliamı

Rebecca, "Şimdi hatırladım," dedi. "Yeremya'nın ağıtlarında, Babil'e sürgüne gönderilen Yahudilerin acıklı ezgisi, acı bir şaşkınlık bildiren 'eckah' yani 'neden?' sözüyle başlar."

Dreamer, *"Beklenilmeyen daima uzun bir hazırlık dönemi gerektirir. Oluş'umuzda ve içsel durumlarımızdaki bu hazırlık uzun bir kuluçka dönemi gibidir,"* dedi. *"Bu sebeple, içinizdeki antagonisti tanıyın. Onu kendinizle uyumlu bir hale getirin. Bütünleşmenizi sağlayın. Kendini bütünde tutmak, 'içinde kendini bağışlamak' demektir.*

Her bir parçanın bütüne katılması, 'kaybolan evladın geri dönüşü' gibidir. Böylece, yaşam sana hep 'evet' diyecektir. Size başkalarının 'ne şanslısın' diyecekleri, sürekli bir bereket kaynağınız olacaktır," dedi.

O akşam Dreamer, evriminin belli bir noktasında, insanlığın onu iki ırka, yani birbirinden tamamen farklı iki psikolojik türe bölen bir yol ayrımına ulaştığını anlattı.

Bağımlı olan, şikayet eden, kendine acıyan ve dış koşulları suçlayan insanlar vardır. Dreamer bunları 'tepki göstermekten yana olanlar' diye nitelendirdi. Bunlar iki kutuplu bilince sahip olan, hayata tersliklerin, aksiliklerin penceresinden bakan insanlardır.

Dışındaki dünyaya senden daha gerçek bir şeymiş gibi inanırsan,
yaptığın her işte başarısız olur, yok olur gidersin.

Bir de; etkin, yaratıcı ve arzuları yönünde atacağı her adımında kendi psikolojisinden kaynaklanan zıt kuvvetleri yenerek zafer kazanması gerektiğini bilen başka bir insan türü vardır. Bu kişiler, dışımızda bize inat bir dünyanın veya bize karşı koyan dış bir düşmanın var olmadığını bilirler. Dreamer bunları 'proaktif kişiler' olarak tanımlar. Onlar, kutuplaşmanın arkasındaki birliği ve düşman görüntülerinin arkasındaki uyumu görürler.

Bu proaktif kişilerin, Oluş'un en karanlık yerlerine girmeye, gölgelerin, hayaletlerin ve korkuların karşısına dikilip yüzleşmeye cesaretleri vardır, çünkü bütün bunların bir gün düşmanları olarak karşılarına çıkmadan önce alt edilmeleri gerektiğini bilirler.

Dışarıdan gelen her türlü şeyin dönüştürülmesi gerekir. Olayları, koşulları, ilişkileri ve beklenmedik durumları, değersiz fazlalıkların ve atıkların yeni bir maddeye, yeni bir enerjiye ve yeni bir yaşama dönüşebileceği bir yerde toplamalısın içinde.

Dreamer, kişinin kendi üzerindeki böylesi zaferlerin, *'yaratıcı zaferler'* olduğunu söyledi ve ekledi:

Bunlar, kişinin düşünü somutlaştırmasının yolunu gösterirler. İphigeneia'nın kurban olarak sunuluşu, Odysseus'un yolculuğu, İshak'ın kurban olarak sunuluşu, Arcuna'nın savaşı, İsa'nın ayartılmak için denenmesi amaçların gerçekleşmesinin önündeki tek gerçek engeli, yani içlerindeki antagonisti yenebilen kişilerin ulaştıkları yaratıcı zaferlerin sırrını açıklamaktadır.

Sonra, sanki hiç kurtuluşu olmayan bir durumu açıklayan üzgün ses tonuyla, *"İnsanın asıl hastalığı, hep 'yuvadan uzakta'... 'kendisinin dışında' olmasıdır, onun için, içsel bir dünya yoktur. O, dış dünyayı tapınılacak bir ilah, hayranlık duyduğu ve bağımlı kalmak zorunda olduğu bir saplantı haline getirmiştir."*

Hiç kimseden hiçbir şey bekleme.
Do not ever expect anything from anybody.

Yemeğin sonunda, ayrılmadan hemen önce, Dreamer bizde kabul edilemeyecek yaşlanma ve çürüme belirtilerini vurguladı; gördüklerinin Oluş Okulu bünyesindeki kişiler için asla kabul edilemeyecek bir durum olduğunu açıklayıp bireysel 'çalışmaların' yavaş, ilerlemelerin yetersiz olduğunu söyledi. Sert ve akılda kalıcı sözlerle orada bulunan herkesin olağanüstü projeler yürütüp, kendi dünyalarında en yüksek zirvelere erişmeleri için daha sadece birkaç yıl önce verdiği enerji ve gücün artık kibirlerini ve gururlarını beslediği için duyduğu memnuniyetsizliği dile getirdi. Dreamer'a göre, onun yanında olmalarının gerçek nedeni olan, yeni insanlığın liderleri ve öncüleri olmak üzere ettikleri yemini unutmuş olan bizler, eski tip liderlerin birer kötü kopyaları gibi, yok olan bir türün cansız kalıplarına dönüşmekteydik.

Önce ayakta, sonra dışarıda, Veronica's'ın giriş kapısının önünde, okul çocukları gibi etrafında halka olup bizi azarlamasını dinledik. Bunlar da kötüydü ama asıl darbe bunun sonrasında geldi. *"Size ün, para ve güç kazandırdım. Düşlediğiniz her şey gerçek oldu. Şimdi önünüzde yeni bir serüven, yeni bir uçuş var. Yeni bir düşü, yeni bir dünyayı düşlemenin zamanı geldi. Sahip olduğunuza inandığınız her şeyi bırakın, yerinizi bir başkasına bırakın. Kendinizi tümüyle Projenin gerçekleşmesine verin."*

Burada Dreamer'ın yaptığı konuşmayı aktarmayacağım, çünkü bugün ancak çok az kişi bunu anlayıp kabullenebilir, ama söylediği sözlerin hepsi bende kayıtlı ve onları en değerli hazinem olarak özenle ve dikkatle saklıyorum. *"Yaşlanan maskenizin altında kendi yalanınızı gizliyorsunuz!"* diye gürledi. *"İşlerinizi, yönetecek kişilere devredin! Bu rollerinizden vazgeçin! Bunu kendi kararlılığınızla yapın, yoksa yaşam onu size zorla yaptıracaktır."*

Burada kadın erkek herkesin gözlerindeki şaşkınlığı ve paniği görebiliyordum; o sırada zengin gencin öyküsünü anımsadım.

O gece Dreamer'ı dinleyip her şeyi bırakmaya karar veren ve zamanla her biriyle tek tek derin ve samimi dostluklar kuracağım bu kişiler hakkında size ileride daha çok bilgi aktaracağım.

Dreamer'ın o geceki son sözleri korkudan şekli değişmiş endişeli yüzlerimize bir tokat gibi inmişti.

"Bundan böyle müdahale etmeyeceğim. 'Gerçek' özgürlük kimseye verilemez. İnsan bunu tüm gücüyle içten istemeli ve bedeli her ne olursa olsun onu hak etmek için çaba gösterip kendisi kazanmalıdır. Bunu ancak o zaman elinde tutabilir!

Benim dünyamda, korkunun ve kayıtsızlığın tek bir zerresine bile yer yoktur. Daha fazlasına 'sahip olmak' ve daha fazla 'olmak' için sahip olduğun her şeyden vazgeçmen gerekir."

Bundan sonra çok ciddi ve özlü bir uyarıyla sözlerini noktaladı: *"Benim sözlerimden anlamadıklarınızı, yaşam size kendi yasaları ve iyileştirme yöntemleriyle açıklayacaktır. Bu durumda size 'sizin' anladığınız özgürlüğü; ıstırap çekme, yıkılma, hastalanma, yaşlanma ve ölme özgürlüğünüzü geri vereceğim..."* Ben bu sözleri ruhumu karartan bir kehanet olarak algıladım. Yıllar sonra yaşamımın en zor koşullarında tenimi dağlarcasına yazılacak o sözleri ilk orada işitmiştim.

Dreamer'la baş başa kalabilmek için diğerlerinin gitmesini bekledim. Bu sert sözlerinin anlamını ve her şeyden çok da bu sözlerin neden beni bu denli derinden etkilediğini ona sormak istiyordum. Aslında içten içe, doğrudan benimle yakından alakalı bir şeye tanık olduğumu, bir gün 'düş' ile 'düşlenen' ve gerçek yaşam ile düşün yansıttığı gölgelere bağlılık arasında bir seçim yapmak durumunda kalacağımı biliyordum. Oradaki insanların yerinde ben olsaydım, ne yapardım diye kendi kendime sordum.

O akşam biraz da benimle ilgilenmesini istiyordum. Ancak sadece, New York'a geri dönmeden önce onu bir kez daha görüp göremeyeceğimi sormakla yetindim.

Ertesi gün akşamüstü için bana bir randevu verdi. Savoy'da buluşacaktık. Sonra, sanki geçerken de bir görelim der gibi, *Les Misérables - Sefiller* gösterisine iki bilet almamı istedi. Bu isteği beni şaşırtmıştı, ama herhangi bir şey söylemedim. Sabah ilgileneceğime söz verdim.

12 Biletler

En olağanüstü buluşmalarımızdan biri olacağına inandığım bu randevuya tam zamanında gittim. Savoy'un Thames lobisi o saatte çok kalabalıktı. Dreamer oradaydı, elindeki dumanı tüten çay fincanından bir yudum almak üzereydi. Önündeki küçük masa değişik pasta ve keklerle doluydu. Keklerin, pastaların ve gümüş servis takımlarının yer aldığı masa kusursuz görüntüsü ile tam da onun hoşlandığı biçimdeydi. Görünüşe göre daha hiçbir şeye dokunmamıştı. Her zamanki gibi kendisini saygıyla selamladım ve yanındaki boş yere sessizce oturdum. İyi bir tavır ve gülen bir yüz ifadesi takınmaya çalıştımsa da, içimde yenilmişliğin beni yakan ateşini hissediyordum.

Buranın gösterişli atmosferi ve pek de net duyamadığım piyanodan yükselen müzikle sakinleşmeye çalıştım, ama diğerlerinden çok daha can sıkıcı, yinelenen bir düşünce sinirlerimi bozmaya, beni taciz etmeye devam ediyordu. Yol boyunca zihnimi meşgul eden yüzlerce gerekçe şimdi bir tufan gibi esmekte, gürlemekteydi. Çaresizlikten bunalmıştım. Dreamer'ın 'hayır' yanıtını kabul etmeyen biri olduğunu çok iyi biliyordum ve bunu ona nasıl söyleyeceğimi bilemememin kararsızlığı, içimde dayanılmaz bir gerginliğe dönüşmüştü. Soğuk ve sakin sesi düşüncelerimin arasına girerek beni kendime getirdi.

Doğrudan, *"O biletleri bulamadın!"* dedi. Sesindeki haşin tonlama en korktuğum şeyin başıma geldiğini gösteriyordu, Dreamer bana verdiği görevi hayati bir mesele olarak görüyordu. Yaşadığım korku ve aşağılanmışlık hissi içimde öfkeye dönüşürken yüzümde ise önüne geçemediğim küstahça bir ifade belirmişti. Yapamayacağımı bildiği halde bana bu görevi neden vermişti? O biletleri bulabilmek için her şeyimi ortaya koymuştum. Bütün günümü o imkansız iki koltuğun peşinde oradan oraya koşturup durmuştum.

Sefiller, West End'in* yakın tarihindeki en başarılı gösteriydi. Dreamer'a araştırmamın sabah erkenden ne şekilde başladığını ve hiçbir şeyden habersiz biçimde St. James'teki resepsiyon görevlisine, bu akşamki oyun için iki yer ayırtmak istediğimi söylediğimde bana nasıl bir kahkahayla güldüğünü anlattım. Adam gülerek, "nasıl yani, bilmiyor musunuz?" diye yanıtlamıştı. "O gösteri için üç ay öncesinde bile yer bulabilir misiniz, bilmiyorum..."

İşte o andan itibaren, saatler geçtikçe arayışım daha da sıkıntı verici bir hale gelmişti. Dreamer'a da itiraf ettiğim gibi, aklımdan birçok kez bana bilerek olanaksız bir görev verdiği düşüncesi geçmişti. Dreamer konuşmuyordu; çenesi hafifçe göğsüne dayalı, öylece duruyordu. Sanırım zihni başıma gelenleri dinlemekle fazlasıyla meşguldü, bu duruşu bende, başarısız çabalarıma ilişkin tüm öyküyü dinlemek istediği inancını uyandırdı.

---

* West End: Londra'nın tiyatrolarıyla ünlü, zengin batı bölgesi.

Bilet satış gişelerini ve bilet makinelerini yok yere taramıştım. Gişelerden makinelerin sliplerine dek her şey, otel görevlisinin söylediklerini doğruluyordu: tiyatronun biletleri aylar öncesinden tükenmişti. Anlaşıldığı kadarıyla o biletleri bulmak, Londra sınırları içinde olabilecek en zor şeydi. Şaşırtıcı bir biçimde, bulamazsam yitireceğim şeyin, bu görevimin görünürdeki başarısızlığın çok ötesinde olacağını bilen bir iç ses gibi, bana onları bulmam için altına bakmadık taş bırakmayana dek çabalarımı sürdürmem gerektiğini söylüyordu. Savoy'daki çay saati ve beraberinde Dreamer'a sunacağım korkutucu raporu açıklama zamanı yaklaşmaktaydı ve ben Londra'daki sözü geçen bazı arkadaşlarımı bile aramıştım. Bir yardımı olur inancıyla Lady Ellis'e, Westminster'daki bir oylama sırasında verilen kahve molasında yaptığım ziyareti de Dreamer'a anlattım. Bu yol da bir işe yaramamıştı. Her an kızgınlığını üzerime boşaltmasını, ya da daha kötüsü alaylarına hedef olmayı bekleyerek, zamanı doldurmak amacıyla bu serüvenin başka sahnelerini sıralıyordum ki, Dreamer baştaki cümlesini tekrarlayarak sözlerimi kesti.

"O biletleri 'sen' bulamadın!" dedi. Aynı ses tonuyla söylemişti, ama bu kez sanki anlama özürlü birisine söylercesine 'Sen bulamadın' sözcüğünü biraz kışkırtıcı bir havada vurgulamıştı. Yüzünü bir parça yüzüme yaklaştırdı.

"Onları bulabilmek için kendi kaderinin raylarından çıkmış olman gerekirdi. Onları bulmak seni ebediyen değiştirecekti!" dedi. Düşündüklerimin aksine, benden o biletleri bulmamı istediği anda görevimin çoktan yapılmış olduğunu açıkladı. Dreamer'ın bu sözü beni sersemletmişti. Karşılaştığım güçlüklerin nesnel olmadığına beni kim ikna edebilirdi? Onları bulmak uğruna denediğim tüm yolları benden daha iyi kim bilebilirdi? Şimdi burada, Savoy'da bir masada oturup konuşmak kolaydı. Bu görevi üstlenen bir başkasının benden daha iyi yapıp yapamayacağını görmek isterdim!

"Sen hala dünyanın betimlenmesiyle uyutulmuş durumdasın. Sana göre gerçeklik dünyadır!" dedi. Sesindeki belli belirsiz huzursuzluk ifadesi, etkisini kuvvetlendiriyordu. *"Oteldeki görevli sana bunun için üç ay gerekeceğini söylediği anda sen zaten yenilgiyi kabul etmiştin. O andan itibaren sen biletleri aramadın."*

İkna edebilmek için sözünü kesmeye yeltendim ve Dreamer'ın sert bir hareketi, daha ağzımı bile açamadan kanımın donmasına yetti. *"O dakikadan itibaren sen biletleri değil, dünyanın sana dayattığı imkansızlık tarifini desteklemek için, her şeyin gerçekten öyle olduğu ve başarmanın imkansız olduğu inancını güçlendirmek için mümkün olan yolları aradın. Teslimiyetin, her girişiminden önce oraya varıyordu ve seni beklediğine inandığın 'hayırlar', sen daha kapıyı çalmadan orada hazır bekliyorlardı.*

Adeta, başarısızlık kehanetini doğrulamak ve kendi kendine bulamayacağına dair verdiğin sözü onurlandırmak için boyun eğdin."

"Hangi söz?" diye kekeledim. Korkunç varsayımlarım arasından açılan bir delikten küçücük bir ışığın süzüldüğünü gördüm; bir alçakgönüllülük ve böylece bir anlama parıltısı, bana mazeretlerimin uzun öyküsünün anlamsızlığını hissettirdi.

Dreamer, *"Başarmak için her yolu denediğin inancıyla, karşıma yenik gelmeye dair kendine verdiğin söz,"* dedi. Asla unutmayacağım o sözleri söylemeden önce bir parça suskun kaldı. *"O adama inanmak. Dünyanın sesine körü körüne inancının bir parçasıdır. Onun ifadesini kabul ettiğin andan itibaren artık başarmak için değil, yenilgini haklı göstermek için uğraştın. İşte senin yaşam öykün... yenilginin kehaneti."*

Ölmek üzere olan birinin hayatından kesitlerin film kareleri gibi, benim de o gün olanlar bir bir gözümün önünden geçti. Gördüğüm sadece olayların zamana göre sıralanışı değil, aynı zamanda biletleri ararken yaşadığım ruh halim, düşüncelerim ve hissettiğim her şey. Yine yapabileceklerime dair güvensizliğimi, yetersiz kalma duygumu, altında ezilmekten duyduğum korkuyu, o biletleri benden bile bile gizlediklerini düşündüğüm kişiler için sürekli dünyayı suçlamamı, anlaşılmaz derecede düşmanca davranışlarımla daha birçok şeyi ve son olarak da suçluluk duygumu gördüm. Bütün günümün içine işleyen ve hala Oluş'umun etrafında kendi keyiflerince dolaşan bu hoş olmayan işe yaramaz duygular yığınını fark ettim. Dreamer'ın sözleri, beni her zamanki eğilimimle yüz yüze getirmekteydi. Bu görev, en derinlerde yatan bendeki sıradan yaraları göstermiş ve ben ne denli miskin olduğumu fark ettikçe, açığa çıkan sınırlı olduğum gerçeği bana daha da acı verir olmuştu.

Dreamer'ın ustalığı, dünyanın belini bükmüş ve bunları görebilmem, üstesinden gelebilmem için tüm evreni işe katmıştı.

Kaçırdığım fırsatın ne kadar önemli ve eşsiz olduğunu kavradığımda, başaramamış olmanın acısı içimde daha da büyüyordu. Gerçeklik ve yanılsatıcı yansıma arasındaki halat çekme yarışmasında, Dreamer'ın görüşü ve bana dayatma yoluyla öğretilen dünya anlayışı arasındaki çekişmeyi, bir kez daha var olmayan yanılsama kazanmıştı. Dünya hala gerçekti ve insanı içine çeken hipnotik gücü çok yüksekti..

Dreamer'ın varlığı ise hala çok silikti.

"Senin yaşadığın tam bir yenilgi sayılmaz, buna; bir yenilginin sonucu, içinde kırılan direncin çatırdayan sesi, Oluş'unun bir durumu demek daha yerinde olur."

Yaşamda yenilgi diye bir şey yoktur, sadece sonuçların getirdiği etkiler vardır.
There are no failures in life but only effects.

Yeni tutumumu yansıtan bir ses tonuyla Dreamer, *"O biletleri bulmak için geçmişini tümüyle değiştirmiş olman gerekirdi!"* dedi. Aşırı bir abartı olarak görünen şey, şimdi en açık gerçek olarak ortaya çıkmıştı. İnsanlığın yegane temsilcisi benmişim gibi, acımasız bir nezaketle, *"Eğer 'düş'e sadık kalabilmiş olsaydın, yazgını değiştirirdin,"* dedi. Ardından bir solukta ekledi: *"Uyuyan ormandaki güzel, senin içindeki düşleyendir, bilen düşleyen..."*

Bu varlığı dünyadaki her şeyden fazla sevdiğimi hissettim ve şimdi onunla birlikteyken bulduğum bu berraklığı seviyordum. Onu kaybetmemek için dişimle tırnağımla ona sımsıkı tutunacaktım. Bütünlük ve çözümler dünyası bana: "Hadi durma... her şey zaten yapıldı!" derken, bölünmüşlük, çatışma ve karmaşa dünyası 'bu imkansız!' demişti. Ve ben, evrenin en alçak, en perişan parçasına inanarak, kendimi onunla özdeşleştirerek, dünyanın yüzeysel betimlemesine boyun eğmiştim.

Düş, var olan en gerçek şeydir. Ama ben bunu sürekli unutuyordum.

"Kendini çürümekten sakınmak için, içinde yetersizlik bilincini, çatışmalarını, kendine acımanı ve seni bağımlı, korkak, şüpheci ve mutsuz kılan hipnoz uykunu kesinlikle yenmen gerekir."

"İnsanların dünya tarifine olan sarsılmaz inançları onların zayıflıklarının kaynağıdır, yaşamlarındaki olayların ve yaşam oyununda her birine dağıtılan rollerin son açıklamasıdır.

Hastalık dünyanın yalanlarından bir diğeridir! Hasta oluruz çünkü hastalık tanımlanmıştır bize ki, böylece gerçekliğini sorgulama gereği bile duymaksızın taklit yeteneğimizle yaşlanır ve ölürüz." Dreamer'ın yükselen sesi ve her zamanki konuşma tarzının sözcüklerini çınlatması, artık sözlerin yalnızca bana değil, görünmeyen büyük bir dinleyici kitlesine de yöneltildiğini açıkça gösteriyordu.

Sıradan insan düşlemez, o sadece kendisine dayatılan hipnotik bir hayat masalına körü körüne itaat eder. Eşsizliğini, yaratıcı doğasını çoktan unutmuştur çünkü, kendisine erişme imkanı yoktur... O kendisini tanımaz!..

Düşlediğin her şey gerçekleşir.
Kendini tanımaya başlarsan, dünyanın neden bu halde olduğunu anlayacaksın...Sen artık dünyanın neden bu halde olduğunu biliyorsun!
Çünkü, onu sen böyle düşledin!
Whatever you dream, happens.
If you begin to know yourself, you will understand why the world is as it is.
Now you know why the world is as it is..! Because you dream it so!

Defterimde boş sayfa kalmadığı için bu sözlerini Savoy'un yemek mönüsünün üzerine yazdım ve dakikalarca listenin üzerindeki her boşluktan yararlanarak onu tamamıyla doldurdum. Şef garsonun dikkatini çekmek için bir işaret yaptığını gördüğümde ben hala yazıyordum.

Ayağa kalktı, başka bir söz söylemeden, *"Gidelim,"* dedi.

13 Dreamer ile tiyatroda

Dışarı çıkar çıkmaz hızlı adımlarla yürümeye başladık. Bir taksiye bineceğimizi düşündüm ama Dreamer adımlarını daha da hızlandırınca ben de onu izledim. Onu ilk kez acele ederken görüyordum. Kendimi oldukça antrenmanlı saymama rağmen ona yetişebilmek için birçok kez hızımı artırmam gerekti, ama o her seferinde arayı açmayı başarıyordu. East River'da oturduğum adanın etrafını her sabah koşuyordum. Oakland gibi bazı çok zorlu maratonlara ve bisikletle 24 saat hiç durmadan yol kat ettiğim Central Park'ta, Pepsi Kupası gibi başka ciddi yarışlara da katılmıştım. Yine de hiçbir çaba harcama belirtisi göstermeyen Dreamer'a yetişmekte zorlanıyordum. İyi de nereye gidiyorduk? Dreamer'a böyle acele ettirecek kadar önemli kişi kimdi? Bizi kim bekliyordu? Bunları ona sormak istedim, ama cesaret edemedim; zaten konuşacak nefesim de kalmamıştı. Birdenbire Dreamer, koşarak bir delikanlının çevikliğiyle hemen önümüzde kalkan çift katlı eski bir otobüse atladı. Ben de koştum, ama kolunu uzatıp beni içeri çekip almasaydı asla yetişemeyecektim.

Gözlerine baktığımda hala elini tutuyordum. Önümde açılan bir zaman tüneli beni aniden Napoli'deki çocukluğuma götürüverdi.

Benim afacanlar çetesini, Mergellina'daki cesaret sınavlarını, raylar üstündeki koşu yarışlarını ve tramvayın amortisörlü tampon çıkıntılarının üzerine atlayışlarımızı yeniden gördüm. Bu küçük savaşçılar çetesine katılabilmek ve onların heyecan dolu tehlikeli yaşamlarını paylaşabilmek için, 10 yaşında bütün bu şeyleri kusursuz bir biçimde yapabilmek gerekiyordu. Ne var ki, o gün bir şeyler ters gitmişti. Soluk kesen bir hızla koşarken, vagonun kenarındaki büyük çıkıntıyı kavramıştım, tam üstüne atlayacağım sırada taşıt beklenmedik bir şekilde hızlanmaya başlamıştı. Yakaladığım demir parçasını bırakmak istemediğim gibi, üstüne de atlayamıyordum. Bacaklarım kesilmeye başlarken içimde büyüyen çaresizliği hissetmiştim. Vagonun penceresinden uzanan ince, ama güçlü bir kol beni bileğimden kavramıştı, yukarı atladığımda kurtulmuştum. O gencin sakince gülümseyen gözleri, aynı gözlerdi... Onlar Dreamer'ın gözleriydi.

Kim bilir kaç kez, kaç durumda Dreamer'la karşılaşmıştım? Yaşantıma acaba kaç kez müdahale etmişti? Bu kez şaşkınlığımı gizleyemedim, nefesimi yeniden toplarken yüz ifadem ona çok komik görünmüş olmalıydı ki bu ilginç gezinin en azından bir kısmını açıklamak zorunda hissetti.

Yüzünde şimdiye dek hiç görmediğim bir gülümsemeyle, *"Tiyatroya gidiyoruz,"* dedi. *"Ve bu akşamki oyunun başını kaçırmak istemem,"* diye ekledi. Samuel Beckett, Brecht veya Çehov'dan bir oyunu kastettiğini sandım. Bu saatte onun iki kişilik yer bulma umudunu karşılayabilecek oyunlar ancak bunlardı. Açıklama, ışıktan bir kılıç gibi gelmişti. Evet, başka bir şey olmazdı. Şimdi emin olmuştum. Uzaktan tiyatro binasını görünce, artık hiç şüphem kalmamıştı. Tam isabet! Kabul etmeliydim. Dreamer biletler cebindeyken, bana Londra'nın altını üstüne getirtmişti. Ona ne düşündüğümü olduğu gibi söylediğimde, o kahkahalarla gülmekten kendini alamadı. Otobüsün kapısına yaklaşıp inmeye hazırlanırken, *"Bilet filan yok!"* dedi. Keyfim kaçmıştı. Bana inanmamış olması mümkün müydü? Bu gösteri için salonun en dibindeki son koltuğun biletini bile bulmanın olanaksız olduğunu ona anlatamamış olabilir miydim? Demire tutunup onunla birlikte inmeye hazırlanırken, "Mümkün değil," dedim. "Bilet bulmanın, üstelik de akşamın bu saatinde tek bir yer bulmanın hiçbir ihtimali yok," dedim. Dreamer bıkkınlık duyduğunu ifade eden bir işaretle beni susturdu. Otoriter ses tonuna geri dönerek,

"Endişelenmek, şüphelenmek ve ıstırap çekmek düşten yoksun, sevgiyi bilmeyen insanların işidir ki, bu durumlar, mantık ve boş inanışlar dünyası tarafından hipnotize edilen kişilerin günlük takip ettiği rutin işleridir." dedi.

"Endişelenmek, şüphelenmek, korkmak ve ıstırap çekmek dağılmış bir psikolojinin belirtileridir... aynı zamanda, Oluş'taki bir çatırdamanın göstergesi ve olaylar dünyasında bir süre önceden başlayan felaketlerin, başarısızlıkların ve yenilgilerin ilk habercileridir."

Bu sözleri işittiğimde utancımdan kıpkırmızı olup yerin dibine geçtim. Yaşam oyununda karamsar ve heves kaçıran bu rolün içinde tutsak kalmıştım ve uzun zamandır beni tiksindirmesine rağmen hala bir türlü 'mantıklı' ve akıllı adam kalıbından çıkmayı başaramamıştım. Otobüsten indi, ben de onun peşi sıra indim. Fuayenin parlak ışıklarını birkaç adım önümde görebiliyordum; burada gelmiş geçmiş bütün o büyük gösterilerin büyülü atmosferini soluyabilirdiniz. 1832'deki Paris ayaklanmasının destansı sahnesinin önünde halkın ellerinde devrim bayrakları dalgalanırken, ön planda ele avuca sığmaz sokak çocuğu Gavroche'un efsanesini çağrıştıran ve eski püskü giysiler içindeki ufak tefek korkusuz bir kadın kahramanın bulunduğu gösteri afişlerinin önünde şimdiden büyük bir kalabalık toplanmıştı.

Gösteri başlamak üzereydi. Umudu kalmayan kalabalığın üzgün yüzlerle dağılmasına bakarken, birdenbire sanki varlığımdan kapkara bir göktaşı geçmiş gibi hissettiğim, tıpkı tahminlerinin gerçekleştiğini gören ve bu geçici zaferinden sapıkça haz duyan felaket kahinleri gibi benimki de aynı türden aşağılık bir sevinç, tuhaf bir hazdı. Bundan başka, kahramanın mahkûm edildiğini gören fakir halktan bir topluluğun veya serserilerin yaşadığı bayağılığın huzur veren güvenini de hissettim.

O anda, yüzyıllardır dünyada işlenmiş bütün korkunç suçların sorumlusunun Oluş'umun karanlık köşesi olduğundan emin oldum; savaşların, katliamların, yıkımların ve dayanılmaz eziyetlerin kaynaklandığı yer, ruhumun bir kıvrımında barınan o gölgeydi. Tiksinti ve nefret duygularıyla dolup, nefesim tutulmuş olarak bilincimde açılan bu derin yarıktan Oluş'umun gerçek dokusunu gözlemledim.

Bu arada Dreamer'ı gözden kaybetmiştim. Onu yeniden buldum ve bir daha yanından ayrılmadım. Girişin önünde kalabalık dağılıp, geriye ikimizden başka bir de kısa boylu orta yaşlı bir kadınla, uzun boylu iri yapılı bir erkek kalıncaya dek birkaç dakika bekledik. Sonrasında, dostlarını bekleyen Amerikalı bir anne-oğul olduğunu öğreneceğimiz bu kişilerin giysileri çok şıktı ve aristokrat görünümleri dikkatimden kaçmamıştı. Genç adam, papyonu ve şık smokininin kendisine verdiği rahatsızlığı asaletiyle saklamaya çalışırken, şehirlerden çok, kırların uçsuz bucaksız özgürlüğüne alışkın olduğu apaçık görülüyordu.

Elinde birkaç tane bilet vardı.

14 Sefiller

Kalabalık tamamen dağılmış, tiyatronun girişinde bu çiftin ve bizim dışımızda hiç kimse kalmamıştı. Bakışlarımız bir noktada kesişiverdi. Gözlerinden şimşek hızıyla geçen bir saygı sunuşunu, Dreamer'ın önünde saygıyla eğilerek onu selamladıklarını fark ettim; bu ruhsal selamlaşma tıpkı bir kadınla bir erkeğin karşılaştıklarında görünmeyen bir hiyerarşiyi gözlerinden tanımalarına benziyordu.

Dünyanın Dreamer'ı 'tanıyor' olduğuna her tanıklık edişimde, tıpkı varlığını ortaya koyan bir bitkinin bitkisel zekasıyla, köklerine özen gösteren ve onu besleyen sahibinin varlığını hissederek ona şükranlarını sunması gibi, ben de ona gösterilen saygının ve önceliğin işaretlerini yeniden düşündüm. Bu durum bana, bir seferinde New York'ta Dreamer'la birlikte bir asansöre binişimizi anımsattı. Asansör hareketi boyunca birçok katta durmuş ve içi iyice kalabalıklaşmıştı.

Biz dışarı çıkarken Dreamer, bu kadın ve erkekler arasındaki esas ayrımın, yani farklı Oluş seviyelerine ait olmalarının, katlar arasında akıp giden o sonsuzluk kesiti boyunca yaşadıkları fazla ya da az seviyedeki utangaçlığın davranışlarında gözlenebileceğine dikkatimi çekti. Sadece birkaç saniyeliğine de olsa ve hiçbiri bilinçli olarak yapmadığı halde her bir kişinin zemin kattan, binanın son katına kadar hiyerarşi basamaklarındaki kendi konumlarına göre, asansör içinde de aynı hiyerarşik düzene göre uygun yeri seçtiklerini ve içsel sorumluluklarına göre görünmez bir piramit oluşturduklarını açıklamıştı.

Nerede karşılaşırlarsa karşılaşsınlar, bir kaç saniyeliğine ya da yıllar boyu olsun, insanlar, tıpkı ışıkları, yörüngeleri, kütleleri ve kendi güneşlerine olan uzaklıkları doğrultusunda belirlenen gezegensel hiyerarşiler gibi, içsel, matematiksel bir düzene riayet ederek kendilerini görünmez bir piramidin farklı seviyeleri üzerine yerleştirirler. Oluşun dereceleri ve seviyeleri vardır. Bu evrensel bir yasadır.

Amerikalı çiftle birkaç kelime konuştuk. Bize, bu dakikaya kadar arkadaşlarının ortalıkta görünmemesinin tuhaflığından söz ettiler. Sohbet sürerken, kadının yüz ifadesinin giderek daha sakin, huzurlu ve neredeyse keyifli bir hal alarak değişmeye başladığını gözledim. Gösteri başlamak üzereydi ve onları daha fazla bekleyemezlerdi. Kadın, programlarının değişmesinden pek de rahatsız olmadığını gösteren bir gülümsemeyle yüzünü Dreamer'a çevirdi. Bize, gösteriyi onlarla birlikte izlemeyi teklif etti. Ellerindeki biletleri daha ABD'den hareket etmeden önce ayırtmışlardı ve onlar salonun en iyi koltuklarıydı. Tüm ısrarıma rağmen biletlerin parasını kararlı bir nezaketle geri çevirdi. Böylece onların davetlisi olarak içeri girecektik.

Dreamer'ın etrafını saran o mucizevi haleye hiçbir zaman alışamayacaktım. Şüpheciliğimden dolayı birkaç sözle özür dilemek için ona döndüğümde o bana bakmadan, koluna giren bu hanımla hararetli bir sohbete dalmış olarak kapıdan içeri giriyordu. Biletlerin burada bizi bekliyor olması nasıl mümkün olabilirdi? Bu Amerikalı çifti, arkadaşlarının gösteriye gelememesi ve hatta onların Avrupa seyahatlerini, tüm bu olanları Dreamer'ın yarattığı düşüncesi insanın aklını karıştırıyordu... üstelik tüm bunları o anda, orada, gözlerimin önünde yaratıvermişti. Ustalığı, benim dünya görüşümü bir daha değişmemek üzere ebediyen tepetaklak ediyordu.

Işıklar azalırken ön sıradaki yerlerimize sakin bir şekilde yerleştik ve o sırada Dreamer kulağıma eğilerek:

"İnanmak ile görmek bir ve aynı şeydir.
Zaman içinde, inandığın ve düşlediğin her şeyin gerçekleştiğini göreceksin,"

diye fısıldadı. Tiyatronun loş ışığında bana fısıldanan bu sözler, eski bir koronun büyüsünü uyandırdı. Ruhumun yükseldiğini ve özgürlüğün çözüm sunuşundaki saflığı, iyileşmeyi duyumsadım; bu iyileşme, yüreklerde yükselen eski bir trajedinin kefaretini adalet yasalarıyla ödemenin simyasıydı.

İnanmak için, kusursuz ve bütün olman gerekir. Oluş'undaki en ufak bir çatırdama, en ufak bir şüphenin gölgesi dahi senin, inanmadan önce görme ihtiyacının cehennem tuzağına düşmüş, kendi kaderlerinin yazarları olarak telif haklarından vazgeçmiş milyarlarca insanla birlikte ölümlü ve yenik düşenlerin arasına geri dönmene sebep olacaktır.

Dreamer beni oldukça uzun bir zamandır eğitiyordu, bununla beraber, kendi yarattığımız bir dünyaya ellerimle dokunmak bile beni hala aynı dipsiz karanlığın kıyısında sallandırmaya yetiyordu.

Herkes bir yaratıcıdır.
Dünya bir parça sakız gibidir.
Her düşlediğin gerçekleşir...

İnsanlığın, dünyayı tepetaklak gördüğü için ıstırap çektiğini anladım. İnanmak ve görmek bir ve özdeştir, ama insanlar bunları birbirlerinden zaman faktörünün etkisiyle ayrılmış, bölünmüş farklı şeyler gibi algılarlar ve inanmak için görene dek beklerler. Beklenti sırasında oluşan yanılsatıcı boşluğu, var olan ıstırap duyma ve acı çekme duygularıyla doldurmak, insanlık için tek çare olmuştur. Bir kişide görmek ve inanmak bir araya geldiğinde, o kişi yaşamından her türlü acı ve ıstırabı yok etmekle kalmaz, aynı zamanda bunları kendi evreninden de tamamen çıkarır. Gösteri başlamak üzereydi, sahne perdesi kalkarken,

"Görmek için inanmak: bir yaratıcının yasasıdır, yönetenin ilkesidir, kralların vazgeçilmez yasasıdır," dedi. *"İnanmak, düşleme sanatına aittir ve düşleyenin en derinlerindeki niteliğidir. İnanmanın (cre-do) kökeninde, yaratıcılık (cre-ed, cre-ation) vardır. Ve 'Düş', var olan en gerçek şeydir."*

Sesini fısıltı haline gelene dek alçalttı. Sözlerini çok zor anlıyordum, ama samimiyetinin yanılmaz ciddiyetini hissettim. 'Sefiller' oyununa değinerek.

"Dikkat et! Bu hikaye on sekizinci yüzyıl duygusallığının ötesinde, antagonistle ilgili çok önemli bir ders içeriyor. Bu, tüm insanlığı ilgilendiren, ibret alınacak evrensel bir öyküdür. Bu gösteri 'kendisini içinde nasıl bağışlayacağını' bilmeyen bir insanın öyküsüdür, tıpkı senin gibi!" dedi.

Sefiller, amansız bir düşmanlık öyküsünün müzikal bir uyarlamasıydı; son derece katı ahlak kuralları olan fanatik bir polis memuru olan Javert, ekmek çaldığı için önce 20 yıla, ardından müebbet hapse çarptırılan kaçak kürek mahkûmu Jean Valjean'ı, adil olmayan bir adaletle yargılamak üzere yıllarca onun peşinden koşar.

Öyküde, aranan adam Jean Valjean; cömertliğin, aşağılanan iyi yürekli insanın temsilidir, toplumun acımasız kanunları ve haksızlığı tarafından gaddarca davranışa maruz kalır. Arka plandaki görüntüler, tüm bir halkın, hem şanlı, hem de acıklı destansı olaylarını resmetmektedir: Parisli ayaktakımının yaşamı, 1832 ayaklanması, Waterloo Savaşı. Babam Giuseppe'nin bana anlatmaktan hoşlandığı bu öyküyü çocukluğumdan beri iyi bilirdim. Anlatırken, Jean Valjean'ın, ölüme terk ederek amansız takipçisi fanatik Javert'ten kurtulmak yerine, mantığa sığmayan bir şekilde onun hayatını kurtardığı bölüme her geldiğinde babamın nasıl duygulandığını bugün gibi anımsarım. Onun bu cömertliği polisin dünya betimlemesini öylesine yıkar ki, bir zamanlar onu ayakta tutan iyilik ve kötülük anlayışının tepetaklak olması yüzünden, artık kendi değerleriyle yaşayamaz hale gelen Javert sonunda intiharı seçer.

Javert/Valjean, isimleri bile ses olarak kulağa yakın geliyor... Onlar aynı kişidir. Sonunda kendisini içinde bağışlamıştır. Javert'in yaşamını kurtardıktan sonra, düşmanını kendi içindeki düşmanla uyumlu bir hale getirdikten sonra, artık daha zeki ve daha güçlü bir düşmanla yüzleşmeye hazırdır. Yenilen, yani ne olduğu anlaşılan eski düşmanının artık varlığını sürdürmesi için bir neden kalmamıştır. O yok olur, intihar eder. Aslında o hiç var olmamıştır. O yalnızca bir gölgenin, varoluşundaki bir eksikliğin bedenleşmiş halidir...

Dreamer'ın, bir zaman biriminde yeri olmayan bu öğretisi yine kuvvetle yankılanıp, Oluş'umun her zerresinde titreşime yol açtı.

Tek düşman senin içindedir! Dışarıda ne suçlanacak ya da bağışlanacak bir düşman, ne de bize zarar verebilecek bir kötülük vardır. Antagonistten korkma! O senin en büyük müttefikindir. Başarıya giden en kestirme yolu sana o gösterir. Onun tek ve yegane amacı senin zafere ulaşmandır.

Işıklar yandığında Dreamer ortada yoktu. Akşamın geri kalan kısmını Amerikalı yeni arkadaşlarımızla birlikte geçirdim ama aklımda Dreamer ve onun olağanüstü dersi vardı.

Zamanın karanlık başlangıcından, insanoğlunun bilincinden ilk düşünce parıltısının geçtiği o ilk andan beri, araştırmacılar ve Oluş okulları, içsel gelişime dönük okullar hep vardı. Pythagoras'ın Okulu, Platon'un Akademisi, Aristoteles'in, Plutarkhos'un, ilk Hristiyanlığın okulu ve ruhun bir demir gibi tavında dövüldüğü antikçağdaki tüm büyük okullar, varolma nedenlerini, öğretilerini ve görevlerinin sürekliliğini Dreamer'da yeniden buldular.

Bölüm V

Elveda New York

1 Manhattan sokaklarında

ACO'nun genel merkezi, dokuz katlı çok şık bir binadaydı, Park Avenue'deki gökdelenlerin arasında yükselen, alüminyum ve mermerden bir mücevher gibiydi. East River'ı geçtiğimiz tramvayla dört dakikada Roosevelt Island'dan 60. caddeye varıyordum. Ardından, Manhattan'ın tam kalbinin attığı yerden birkaç blok yol yürüyordum. Kat ettiğim bu yol boyunca kendimi muazzam bir kalabalığın içinde buluyordum. Burası, kaldırımlarında binlerce cam gözlü binanın yükseldiği ve kıvrılarak uzanan sokaklarında adeta sürüklendiğim bir nehir gibiydi.

Dreamer ile son görüşmemizin üzerinden haftalar geçmişti, ama onun sözleri yaşayan değerli bir varlık gibi, bilinmeyen bir kuvvetle beni hala etkilemekteydi. Sözlerinin bir dikkat ve uyanıklık kimyasını süzmeye yarayan salgı bezlerine, dokulara, organlara dönüştüğünü hissediyordum.

Her şey giderek daha da netleşiyordu. O ana kadar bana aralarında bir fark yokmuş gibi görünen bu karmakarışık insan kitlesi artık renk, enerji ve sayı bakımından çeşitlenmişti. Etrafımdaki insanları Dreamer'ın gözleriyle incelediğimde, her birimizin Oluş merdiveninde durduğu basamağı ve bu dünyadaki rolümüzü meydana getiren en küçük ayrıntıları bile fark eder olmuştum.

Her şey birbiriyle bağlantılıdır, ayrı hiçbir şey yoktur.

Bir yandan yürüyor, bir yandan da sanki tek bir devasa varlıkmışız gibi kalabalığın da benimle aynı anda nefes alıp verdiğini hissediyordum. Onların korkularını hissediyor, ruh hallerini soluyabiliyordum. Düşüncelerini okuyabiliyordum. Bütün bunların, insanların giysilerinde, hareketlerinde, tavırlarında, yürüyüşlerinde ve her sabah telaşla gittikleri, kendilerini bekleyen işyerlerinde açıkça hissedildiğini fark ediyordum.

İnsanların görüşleri ve istekleri, yaşamın olağanüstü bir biçimde onlara yüklediği rollerin boyutuyla sınırlıydı.

Oluş seviyemiz yaşamımızı yaratır, tersi olamaz.
Our level of Being creates our life, not viceversa.

Önceden ait olduğumun asla farkına varamadığım bu karmakarışık insan kitlesinin arasından şimdi kendime yol açarken, Dreamer'ın sözlerini göğsümde bir kalkan ya da bir muska gibi taşıyordum. Her birinin hücrelerinden yükselen ıstırap ezgisini duyuyordum ve ayrıca ilk kez, kendini tanımayan bu insanlığın hiç kesilmeyen içsel diyaloglarını dinliyordum. Yanımdan geçerlerken kederli yalnızlıklarını hissettim ve milyonlarca böceğin kanat çırpışına benzeyen fısıltılarını işittim.

Dreamer'la karşılaşmadan önce bu insanların arasında olmaktan hoşlanıyor, bu şehri seviyor ve burada alışılmış bütün yaşam kurallarını yerine getiriyordum. Kalabalık sokak sergilerinin arasına dalıyor ve en gözde gösteriler için bilet kuyruklarına giriyordum. Tanımadığım binlerce insanla omuz omuza olmak, milyonlarcasıyla birlikte yaşamak ve büyük bir kuruluşta çalışmak bana daima bir güven, bir aidiyet duygusu vermişti. Şimdi yepyeni bir aydınlık, uzlaşmanın izlerini yok ediyordu. Bir cüce aynasına bakar gibi bu insanlara bakıyor, onların yansımalarından kendimi 'görüyordum'. Aynadan yansıyan şekilsiz figürler gibi rollerinin içine hapis olmuş bu insanların benzer yanlarını artık iyice tanır olmuştum; onlar güldükleri zaman bile hiç kaybolmayan kalıcı ve kederli çizgileriyle trajikomik maskelere dönüşen görüntüleri, derin uykularında acınası fantezileri ve anlamsız istekleriyle hareket ettirilen makinelerden farksızdılar.

Dreamer'dan, diğer kişilerin bizim yansıttığımız görüntüler olduğunu öğrendim. Tüm o kadınlar ve erkekler bendim. Etrafım sonsuz sayıda aynayla çevrilmişti! Bu aynalar sonsuzluğa yansıyan binlerce parçaya bölünmüş beni, daima kederli bir ifadeyle yansıtıyordu. Yürürken, her insanın, tıpkı dev bir salyangozun parlak salgısı gibi arkasında bıraktığı düşüncelerinin izlerini, duygularının akıntısını gözlemliyordum. Yanımdan geçip giderken gördüğüm endişe ve bencillik balonunun içinde sıkışıp kalmış dalgın insanlardan biri de bendim.

Gökdelenlerin arasındaki caddeleri ve sokakları kaplayan ve o sokaklarda bilinçsizce akan insan selinin ölümlü kaderine doğru çağlayarak ilerlediği Styks* ırmağındaki bir damlaydım ben.

Benim onlardan tek bir farkım vardı: Ben Dreamer ile karşılaşmıştım. Artık bir devrimin yapılması gerektiğini biliyordum.

---

* Styks ırmağı: Ölüler ülkesinde akan bir ırmak-tanrı. Olympos'taki Tanrılar, ana ırmak-tanrı Okeanos'un bir kolu ve kızı olan Styks üstüne yemin ederlerdi .

Dreamer'ın yardımlarıyla bu yönde ilk adımlarımı atıyordum.

Gördüğüm binlerce yüzden hiçbiri gökyüzüne dönük değildi. Özgür bir yüze, dikkat dolu bir bakışa ya da bu harikulade evrenin bir parçası olarak bu dünyada yaşadığı için ve bu şansından dolayı bir zerre minnet duyacak türdeki bir insana rastlamak için belli ki daha çok bekleyecektim.

Hatta bana bu görüntüleri yansıtan ayna, yaşam belirtisine kanıt olarak, bir ağızdan çıkarak yüzeyini buğulandıracak bir soluk bulmayı umut ediyordu, ama nafileydi...

Bazen aklıma geçmişimden göz alıcı sahneler gelirdi; Giuseppona'nın bacaklarına sıkı sıkıya sarılmış, dünyanın rengarenk kocaman sirkini büyülenmiş gözlerle seyreden içimdeki çocuğu yeniden bulurdum. Ardından çevremde bu oyunda bana eşlik edecek arkadaşlar arardım. Ne yazık ki Manhattan'da, ancak Hirodes'in krallığındaki kadar çocuk vardı.

Karlı bir günün sabah saatlerinde yüzündeki parıltıyla kalabalık içinden hemen fark edilen, Avrupalı görünümlü, düzgün ve iyi giyimli, genç bir zenci adam dikkatimi çekti. Yüzünü çevreleyen kıvırcık saçlarına düşen kar taneleri Central Park'ı çevreleyen karlı çitler gibiydi. Karşılıklı geçerken birbirimize bakarak hafifçe gülümsemiştik. Onun da beni 'bildiği', 'tanıdığı' izlenimine kapılmıştım. Çabucak geçen bir duyguydu fakat bir anlık da olsa bu uçsuz bucaksız şehirde yalnız olmadığım, bu kanı çekilmiş insanlığın, uyuşuk bedenlerin ölü hücreleri arasında hala nabzı atan canlı hücrelerin de bulunduğu umutlarımı yeşertmişti.

Dreamer, her gün masa başında çalışanların durumuna dair gözlerimin önündeki perdeyi araladığı ve bunun, eski köleliğin modern bir uyarlaması olduğunu söylediğinden beri işe giden bu insan ordusu, bana amaçsızca hareket eden bir böcek sürüsü gibi görünmeye başlamıştı. Onların her sabah gökdelenlerin katlarında bir araya geldiklerini, hava kesecikleri kadar küçük milyonlarca hücreye yerleşip, oraları vızıltılarıyla doldurduklarını duyar, görür olmuştum.

Düşüncelerinin karanlık yükü, duygularının ağır şerbetiyle iç organlarındaki yaşamlarını balçığa dönüştürüyorlardı. Ben de kendi küçük hücremi doldurmaya giderken, benim gibi hayatlarının büyük kısmını belli bir maaş karşılığında kuruluşlarda harcamak üzere dünyada yerini almış insanları düşünürdüm.

Kendi kendime tüm bu çabaların ne anlama geldiğini ve hipnoz altındaki rollerinin içine tutsak olmuş bunca insanın sıkıntısını, kaygısını nereye yönelttiğini sorardım, onlarda kendi sıkıntılarımı, kendi mutsuzluklarımı görürdüm. İncecik mantık zarının hemen altında saklı duran kavgacı zekayı ve önce kendimizi, ardından diğerlerini hiç durmadan yok etmeye yönlendiren yıkıcı düşünceyi, ölüm dürtüsünü görürdüm.

Yüzyıllardır biriken duygusal katmanların altında, gerek canlı gerek ölü olsun, endişeler, şüpheler, güvensizlikler ve sınırsız korkulardan oluşan içsel kirliliği fark ettim. Sonradan bana 'Dreamer olmasaydı ben de yanlış yolda ilerleyen bu insan neslinin bir parçası olmayı sürdürürdüm' dedirtecek bir korkunun pençesine düştüm. Bir keresinde ona insanları tanımlamakta sıkça kullandığı 'sıradan' insan ya da 'yatay' insan terimiyle neyi kastettiğini sordum. *"Bunlar, toplumun en alt katmanından en tepesindekilere kadar her düzeyde okuyan, öğreten, çalışan, çocuk doğuran ve onları büyüten, yollar, gökdelenler tasarlayıp inşa eden, kitap yazan, kilise kuran, özel şirketlerde ve kamuda çalışan yetişkinlerdir..."* Onun asla aklımdan çıkmayacak yanıtı buydu. Beni merakta bırakmak için bir süre sessiz kaldı, sonra devam etti; *"Ve hepsi hipnoz halinde... Bir unutkanlık ve mutsuzluk balonunun içine ebediyen kapatılmış olduklarından, uykularında el yordamıyla hareket ediyorlar."*

Bu sözleri her anımsayışımda ve kapıma dayanmış, beni yutmayı bekleyen kaderimi her hissedişimde kaçıp kurtulabilmek için duyduğum olağanüstü arzuyla bu zindanların demir parmaklıklarını testereyle kestiğimi hayal ederdim.

Dreamer, *"Bu oyunu bir kez 'gördükten' sonra artık onun bir parçası olamazsın"* diye açıkladı ve ben, dünyanın sıradan vizyonunu tersine çevirmek için gereken çalışma, ne denli ıstıraplı olursa olsun, yaşamımın değiştiğini ve benim için herhangi bir geri dönüşün artık kesinlikle mümkün olamayacağını hissettim. Kişinin kendi kaderini elinde tuttuğunu artık biliyordum. Sonunda yaşamımı denetim altına alıp yönetebileceğimi hissediyordum. Beni yaşamın her döneminde acımasız katılığıyla büyülemiş olan kurumsal iş dünyası ile yıllardır uğruna çalıştığım kariyer, başarı, aile ve para gibi her şey artık farklı bir anlam kazanmaya başlamıştı. Hatta her zaman çok sevdiğim ve hayran olduğum New York şehri bile, artık gözüme bir sirk kadar gürültülü ve anlamsız, yoksullukla derbederliğin o keskin kokusuna sahip, mukavvadan kurulu toz toprak içinde bir evren gibi görünüyordu.

Dreamer'a göre, böceklerden galaksilere kadar tüm fiziksel evren, yani görünür dünya, göremediklerimizle dokunamadıklarımız da dahil olmak üzere dışımızdaki her şey mikrokozmos, buna karşın Oluş dünyası ise makrokozmostu.

Mikrokozmosta her şey yavaştır. Uyulması gereken sınırlar, engeller ve öncelikler vardır. Zamanın egemen olduğu, insanların tek sıra halinde yol aldığı, birbirlerinden üstün gelmelerinin imkansız olduğu bir yerdir.

Kendini özüne ada. Sadece kendi içinde, gözlerin kapalıyken yükselebilir ve düşleyebilirsin... Sıradan yaşam düzleminden kendini yukarı kaldır, öteye geç... Gerçek eylem 'yapmamaktan' gelir.

Cehaletten bir milim kaybedecek olursan, iş ve finans kuruluşlarının piramitleri ve tapınakları ile, onların köle orduları ve papazlarıyla birlikte temelinden sallandıklarını hissedeceksin.

O dünyanın kıyısında kendimi dengede tutarak, gözlerim faltaşı gibi açılmış, olacakları ve benim onlar içindeki durumumu hayret içinde izliyordum. 'Görmemi' sağlayan bu fevkalade ve korkunç tarafsızlık halini sürdürebilmek için o görüntüye sımsıkı tutunmuş olmayı isterdim. Bu şansı her an elimden kaçırmaktan ve bir kez daha dünyanın mekanik işleyişi tarafından yutularak, girdabının içine çekilmekten korktum.

O tarafsızlık halini çok kısa bir süreliğine dahi koruyabilseydim, tümseğinin hipnotik tesirinden iki gün uzaklaştırılmış bir akkarınca gibi o dünyaya bir daha geri dönmeyecek kadar yabancılaşacağıma emindim.

Olayların doğasını değiştirebilmek için vizyonumuzu değiştirmemiz gerekir. Bir gün madde dünyası, dirilen irademizin yansıyan görüntüsü ve Düşleme Sanatı'nın kusursuz gerçekleşmesi ile bizim başyapıtımız olacak.

Dreamer'ın öğretilerinin zihnimde sürekli yinelenişi, gözlemleme üstüne yaptığım çalışmalar, tuttuğum notlar, yiyecek, uyku ve nefes alma üzerinde yaptığım günlük denemeler, sabah koşuları ile diğer beden egzersizleri ve öğrendiğim sessizlik, içine hapis olduğum kozayı çatlatmaktaydılar. Açılan bu çatlaktan içeri artık yeni bir hayatın ışığı süzülüyordu.

2 Düş'ün araçları

Jennifer günlerce hiçbir şeyi fark etmemiş gibi davrandı. Beni sabah koşusuna uyandıran saatin alarmı çaldığında o yatakta bir süre daha sağa sola dönerek yatmayı sürdürdü. Ona göre bu sadece, eski tembelliğimin ve miskin yaşantımın beni bir kere daha ele geçirmesini beklediğim bir durumdu. Onunla konuşmayı denedim. Dreamer'den hiç söz etmeksizin ona, içimden patlarcasına yükselen yenilikçi hareketleri, ilk, yani insana çok zor gelen ilk adımlarımı attığım o görünmez dünyayı anlatmaya çalıştım... Hiçbiri işe yaramadı.

Tempomu hızlandırdım. Ben hızlandıkça, zaman da daralıyordu. O saatte ne kadar çok şeyi yapabildiğime şaşırıyordum ve daha ne çok şey yapabileceğimi gördükçe inanamıyordum. Ne denli hızlanırsam, daha fazlasını yapabildiğimi ve yaşamımın tek ilgi odağı olan bu araştırmamı çok daha derinleştirmek için enerjimin de o denli yükseldiğini hissediyordum. Koşuda hızlanmakla ve hatta sıradan hareketlerimde bile çabuklaşmakla, zamandan daha fazla kazanmaya başlamıştım.

Sabahın o saatiyle birlikte, böylece kendi çalışmalarıma ayıracağım süre de olağanüstü şekilde uzadı. Sonunda not defterimin sayfaları arasından seçtiğim Dreamer'ın bazı düşüncelerini yeniden hatırlamak, hem kendime ayırdığım sabah saatlerinin son dakikalarını dolduruyor, hem de beni ona ve öğretisine bağlayarak, önümdeki yeni güne bir yön veriyordu. Dreamer' a göre, 'anda' yaşamak bir insanın yaşamındaki en değerli şeydir. 'Burada ve şimdi ' ilkesini daimi alışkanlıklarımda sürekli uygulayacağım bir disiplin olarak benimseyebilmek için uğraştım.

Günlük yaşantında, elinden geldiğince zaman boyutunun dışına çık.
Bunun çaresi öz gözlemlemedir...
Var olmadığını fark ettiğin anda var olursun.
Step out of the time dimension as much as possible in your everyday life.
Self observation is the cure...
The moment you realize that you are not present, you are present.

Her sabah, günün her dakikasının hakkını vermeye çalışıyor ve bu özgün dikkati en azından günün bir kısmında sürdürmeye gayret ediyordum. Bunun aklımdan çıkıp gitmesi ve yerini zihnime üşüşen binlerce düşünceye bırakması için ne yazık ki kendimi günlük rutin işlere kaptırmam yetiyordu.

Nehir kıyısındaki setlerin sel sularına dayanamaması gibi, uyanık ve tetikte olma halim gevşedikçe, endişe, kaygı ve olumsuz tasavvurlar saldırıya geçerek beni bir cüce boyutuna indirgiyorlardı. Bazen, sanki bir kabustan uyanmış gibi kendimi delik deşik bir kalbur olarak buluyordum. Varlığımda açılan binlerce yara yaşamımı darmadağın ediyordu.

İnsan, kendini gözlemleme sayesinde, Oluş'unun en karanlık köşelerine ulaşır. Gerçek bir dönüşüm ancak o zaman başlar ve kişi varoluşunun asıl anlamını ancak o zaman bulur.

Öz gözlem ve koşu sayesinde beden, duygular ve düşünceler arasında bir bağlantı olduğunu keşfettim. Oluş'unun fiziksel hareketliliği daha yüksek bir hızla hareket ediyorsa, insanın içinde endişeye, olumsuz düşüncelere yer vermesi olanaksızdı. En düşük seviyedeki Oluş halleri ise varlığın sadece, en yavaş hareket ettiği kısımlarına tutunabilirdi.

Düşünme şeklimiz ve duygularımızın kalitesi sırasıyla, Oluş'umuzun görünen bölümü olan bedenimiz üzerinde kaçınılmaz bir etki yapar. Bir düşünceyi hafifletmek veya bir duyguyu değiştirmek için gösterilen bilinçli bir çaba mevcut durumu değiştirebilir, hatta bedenin dış görünüşünü bile ışık hızıyla etkileyebilir.

Düşünce, duygu ve beden, eş merkezli ve birleşik dünyalar içeren bir evreni oluştururlar ve her olay, bu dünyaların her birinde tümüyle farklı zamanlarda ve hızlarda kendi etkisini üretir. Müdahale etmeye fiziksel bedende değil de Oluş'un daha hızlı ve daha hassas kısımlarından başlamış olsaydım, anlayış ve değişim açısından bunun ne kadar karmaşık bir iş olacağını daha iyi anlardım.

Eğer bedeninin titreşimini yükseltirsen, tüm dünya sıkıntının, bölünmüşlüğün,
savaşın kaybolduğu ve sadece uyumun, güzelliğin ve gerçeğin
var olduğu bir frekansa yükselecektir. Sınırları içinden sil.
Kendinin her şeyin ve tamamının gerçek sebebi olduğunun farkına var.
Evreni içindeki hayat ışığın ve gücünle değiştir.

Koşmak ayrıca dikkatimi nefes alışıma daha fazla vermemi sağladı. Nefes almak hem bize en yakın, hem de beden için en hayati işlev olmasına rağmen, genellikle bunu bilinçli olarak yapmıyoruz. Nefes, düşüncelerimizin ritmini izler, duygularımızın yoğunluğuna ve fiziksel gücümüze göre kendisini uyarlar, varlığımızın her bir lifini en hayati merkezlerimize bağlayarak yaşantımızdaki her eyleme eşlik eder.

Biz ise hayatımızı sığ ve yüzeysel bir şekilde nefes alarak geçiriyoruz ve ne nefes aldığımız için şükrediyoruz, ne de aldığımız ilk nefesten bu yana biriken borcumuzu kabulleniyoruz.

Dreamer, *"Bir gün, dünyayı 'düş'ün araçları olan 'düşünce ve nefes' sayesinde nasıl dönüştüreceğini, sorumluluk düzeyini nasıl yükselteceğini bileceksin."* dedi.

Bir keresinde de Dreamer, öğrendiklerimin baş döndürücü gücüyle bir yel değirmenine dönen zihnimde oradan oraya savrulan düşüncelerimin arasına süzülerek bana, *"Dünya kendisini, senin sorumluluk düzeyine göre biçimlendirir,"* demişti ve bu keşfin büyüsü beni havalara uçurmuştu. *"Bir kişinin nefesinin derinliği, bulunduğu sorumluluk derecesine karşılık gelir ve yapabilecekleriyle, sahip olabilecekleri her şeyi belirler..."*

Ancak sorumlusu olduğun kadarına sahip olabilirsin.
You can possess only what you are responsible for.

Dreamer'ın sözleriyle, olmak ile sahip olmak arasındaki dengenin dünyayı yöneten temel bir ilkeyi oluşturduğu gerçeği ortaya çıkıyordu. Bu öylesine önemli bir keşifti ki, evrensel gösterisine her şahit olduğumda soluğum tutuluyordu. Zenginlik ve sorumluluk veya finansal güç ve Oluş arasında kurulan denklik, kişiye verilebileceklerin yani emanet edilebileceklerin sınırını ayrıca onun ne kadarına sahip olabileceğini, ne kadarını kavrayabileceğini ve elinde ne tutabileceğini gösteriyordu.

Bir gün, ben de bu ilkelerin kuruluşlara, ülkelere ve uygarlıklara nasıl uygulandığını göstererek öğrencilerime aktaracaktım.

Hayvanlar dünyasında bile, bir tür 'sahip olma etimolojisi' vardır; burada parçalayıcı çeneler ve öldürücü pençeler en iyi sinir sistemine sahip hayvanlara verilmişken, saldırganlığını kontrol edebilme skalasında daha alt seviyelerde yer alanlara çok daha güçsüz donanımlar verilmiştir. Doğa, düşmanının tüylerini onu öldürene dek yolan bir kumruya hiçbir zaman bir ödev bilinci bakımından avcı hayvanların en dürüstü olarak tanınan bir aslanın sağlam pençelerini veya gücünü bağışlamayacaktır. Hiçbir hayvan, insanoğlu hatta bir kuruluş genel anlamda kontrol kapasitesinin ve sorumluluğunun ötesinde saldırı gücüne ve silahlara sahip olamaz.

3 Yalan

Her geçen gün hızım ve dayanıklılığım arttı ve böylece Oluş'umun hafifliği belli bir noktaya ulaştı. Artık bu çabalarıma ayrı bir sevgi duyuyordum, öyle ki bana kattıklarından dolayı onu içimde kutsar olmuştum. Mümkün olan her durumda hayatıma uygulamaya çalıştığım Dreamer'ın derslerini pek çok zaman yanlış anlayışım ya da onları uygulama girişimlerim başarısız olsa da, bana gösterdiği başka alanlarda çalışmayı sürdürüyordum. Özgüvenimi ve cesaretimi güçlendireceğine inanarak bir süre bazı sert sporlarla da ilgilendim. Dreamer bu konuda bir gün bana şunları söyleyecekti:

Gerçekleri ne dışarıda, ne de başkalarının gözlerinde ara. Kendi kendine cesaret taslama. Gerçek cesaret, kişinin kendi yalanı üzerinde kazandığı bir zaferdir. Bu tür sporlardan ve riskli girişimlerden vazgeç. Bu çeşit girişimler, kendi korkularını seven, onlara bağımlı olan kişiler içindir ve yalnızca bu tarz korkuları güçlendirmeye hizmet ederler... Senin gibi yalancı birisi şu anda, asılsız bir insanlığın trajik sembolü sayılan bir solunum cihazı ile nefes alıyor.

Aniden, geçirdiği kazadan bir kaç ay önce tanıştığım İtalyan araştırmacı A.F. aklıma geldi. Dreamer'ın, onun kendi yalanı ile, içindekilerle yüzleşmek yerine, anlamsız meydan okuyuşları karşılamak üzere ortaya atılmış olmasından ötürü öleceğini söylediğini hatırladım.

Yaşamını genişletmek istiyorsan aşırı uğraşlara girişmen gerekmez. Ciddiyetin ve samimiyetin gücüyle düşünme biçimini, fikirlerini ve vizyonunu genişlet ki, kazanamayacağın bir savaş kalmasın.

Bunca insanın tehlikeli spora ilgi duyuyor olmasının ve canlılığını tehlikeli koşullarda hissetmek istemesinin veya en tehlikeli serüvenlere kalkışmasının asıl nedeni zamandan, sorunlardan ve dünyanın yükünden kaçıp özgürleşebilmek istemesidir.

Bir anlık dalgınlığın yaşam ve ölüm arasındaki fark anlamına geldiği zaman, artık o anı deneyimlemekten başka olası yapacak bir şey yoktur. Oysa bu tamamen yapay bir koşuldur, bir tür bağımlılık durumu yaratır. Seni bir hipnozun etkisinden kurtarırken, bir diğerine girmeni sağlar.

Bir gün, korkularına galip gelmek için okyanuslara meydan okumaya veya gözü kara pilotluk denemelerinde bulunmaya ihtiyaç duymayacaksın. Yalan ortadan kalktığında, basitçe ve kolaylıkla 'Şimdi'de olmanın gücüne' bürüneceksin. Çünkü 'burada ve şimdide' yaşamak insanın yegane doğal, cesur ve ölümsüz olan halidir.

İnsan sadece Şimdi'de ölümsüz olabilir ve Şimdi sonsuzdur!

Hatırla! Her şey burada, bu sonu gelmeyen esnada, bu ebedi beden içinde meydana geliyor. Şimdi olduğun her şey mantığa aykırı bir biçimde her zaman olmuş olduklarını ve her zaman olacaklarını yaratır. Tüm dikkatini Şimdi'ye odakla, senin için hiçbir şey asla imkansız olmayacaktır. Şimdi, evrenin tohumudur.

Tüm olasılıklar Şimdi'nin içinde saklıdır.

Dreamer'a göre tüm sorunlarımızın asıl nedeni, geçmiş anılara veya gelecekle ilgili fantezilere takılıp kalmaktır. Çabalarımın meyvelerini kısa sürede toplamaya başladım. Daha berrak bir zihin, daha keskin ve uyanık bir ruh o zamana dek görünmez kalmış dünyaların kapılarını aralıyor, basit fakat yenilikçi keşiflere yollar açıyordu. Çok şişman kişilerin sadece New York'ta veya Amerika'nın diğer bölgelerinde değil, Batı dünyasının büyük bir kısmında da gittikçe sayılarının artışı konusunda Dreamer'ın bir açıklama getirmesini istedim.

Yalan bir çok maskenin arkasında gizlidir, obezite bu maskelerden biridir. Genellikle şişman kişilerde rastlanan korkunç zevkin ve gösterişli cömertliklerinin ardında, yaşamdan vazgeçmeleri ve intihar etme eğilimleri yatar.

Vücutlarda yaşanan korkunç değişimler kötü bir psikolojik beslenmenin ağırlaşmış semptomları ve en somut yansımalarıdır.

Değersiz yiyeceklerin çalakaşık yenmesi, besleyici olmayan ya da yüklü miktarda kalorili yiyecekler tüketmek, yalnızca hastalıklı bir Oluş'un sonucudur. Dreamer'a, Amerika'daki obez insan sayısının nüfusun yarısını aştığı bilgisini aktardığımda;

"Bütün bir ulusun iradesindeki zayıflığın işaretidir... Yiyecek bağımlısı bir uygarlık kendisini yok etme azmindedir. Hatta ekonomisi bile, Oluş'unun bir gölgesi gibi bu bağımlılığı ve iradesindeki kararmayı gösterecektir. Yakın bir gelecekte zayıflayıp daha donanımlı yırtıcılar tarafından, daha bütünleşmiş medeniyetler tarafından da yutulacaktır."

"Your physical destiny is intimately related to your mental, emotional, financial destinies.

Fiziksel kaderiniz, zihinsel, duygusal ve finansal kaderinizle yakından ilişkilidir," diye ekledi.

Artan canlılığımla beraber, yanımdaki insanlara yakınlaştığım duygusunu ve bir çıkış yolu bulunmayan bir yaşamın içinde tutsak düştüğünü gördüğüm başkaları için de bir şeyler yapabileceğimi hissetmekteydim. Bu daha önce hiç hissetmediğim bir duyguydu ve sürekli bir hüznün içine düşmüş olduğunu gördüğüm bütün insanlara karşı bir tür şefkatti.

Bir keresinde Dreamer bana, ateş yağmurunun altına yürüdüğüm hissini veren sözleriyle, *"Duygularının esiri olmaktan vazgeç"* diye bağırmıştı. *"Arkasına gizlenmen ve varlığını sürdürmen için kendine acıma duygun, bir araç gibi insanlığın yaşadığı durumlardan yararlanıyor. Kibrin seni, düzeldiğine ve senin de artık başkalarına yardım etmeye hazır olduğuna inandırıyor... Dünyaya yardım için yapabileceğin tek şey senin kendi kabusundan uyanmak. Dünyanın senin yardımına ihtiyacı olduğu veya aciz bir kurban olduğu inancını bırak. Dünyanın senden ayrı bir gerçeklik olduğu düşüncesinden de vazgeç."*

Bu sözlerin anlamını ancak uzun bir süre sonra anlayacak ve gözlerimi, önceliği başkalarına veren, yaşamlarını başkalarının suçluluk duygularıyla sürdüren kuruluşların vaat ettikleri her türlü yardımın arkasındaki yanlışlığa açacaktım. Dreamer, *"Bunlar sadece kendilerini idame ettirmek için var olan kuruluşlardır,"* diye kısa kesti. *"Ama daha kendilerini ayakta tutmayı bile zar zor becerdikleri halde, sonrasında tüketip çarçur edecekleri paralarını geri almak ve kaynakları verdikleri gibi toplamak üstüne uzmanlaşmışlardır. Hangi biçimde olursa olsun, hayırseverlik girişimlerinin, gönüllü ve misyoner destek yardımlarının, sağlık hizmeti, ilaç ve yiyecek yardımlarının üstündeki sis perdesini kaldırdığında hepsinin altından aynı şeyin çıktığını görürsün: insana karşı işlenen en zalim cürüm ve onun en kötü eylemleri ..."*

Merhamet ve dindarlık taslamakla zamanını boşuna harcama. Kimse başkası için bir şey yapamaz. Fırsatı yakalamak onlara bağlıdır. Yaşamda olan her şey, bir nedenle ve bir amaçla gerçekleşmektedir ve tek amacı sana hizmet etmektir. Kendi içinde yalanı yenemeyen, içinde sürekli devam eden kendini baltalama eyleminin bilincinde olmayan biri başkası için hiçbir şey yapamaz.

"İnsan yalan söylediği için ölür." ... sözlerini bitirirken, insanın bir dramı olan yalan konusunu böyle özetlemişti;

İnsan ölür çünkü yalan söyler ve her şeyden önce de kendisine.

4 Elveda New York

Bir gün duşun altında kendimi şarkı söylerken buldum ki bu benim ölçüsüz bir davranışımdı. Dreamer, kendi iç hapishanemizde bizi gözetleyen gardiyanların varlığından söz ettiği sırada, bana bu kişilerin aslında bize en yakın ve en kıymetli kişiler olup aynı zamanda da en dikkatli ve en acımasız gardiyanlarımız olduklarını söylemişti. Düşüncesizce açığa vurduğum neşeli halimin kaygısız dışavurumu, kendi özgürlük girişimimin haftalardır yolunda ilerlediğini fark etmesi için Jennifer'a ihtiyacı olan delili sunmuştu. O bunu, yeni beslenme alışkanlıklarıma, esas kiloma kavuşmuş olmama, kas yapımdaki ve cildimdeki düzelmeye ek olarak kıyafetlerim ve genel görünüşümle de bağdaştırarak bu noktada karşı eyleme geçti.

Beni yine eski sınırlarımın içine sokmak için her yolu denedi, ancak kaçışımla epeyce yol almıştım bile... Önümde beni bekleyen başka kafesler, başka sinsi tuzakların olacağı kesindi, ama bunlar değildi.

Haftalardan beri neredeyse hiç tartışmamıştık. Bir zamanlar ilişkimizde karşılıklı suçlamalar, kızmalar ve surat asmalar, ancak hemen sonra, birbirimizi ne kadar sevdiğimizi yeniden keşfetmişiz gibi davranmalar, ortak yaşantımızla ilişkimizin anlamsızlığını dolduran yalan ve sıkıcılık cehenneminde saplanıp kalmış olan bizim gibilerin birbirine tutunma yollarına benzer çeşitli manevralar yaşanırdı. Ama Luisa'nın ölümünden sonra Jennifer'la yeniden aile kurma girişimim, büyüyememişliğin kaygan zemininde ayakta durabilmek için karşılıklı olarak sürekli bir çabayı gerektiriyordu. Artık bu sahte denge de sonsuza dek bozulmuştu, hiçbir şeyi yürütemiyorduk. Onun Saint Moritz sigarasının mentollü dumanı ve dudaklarındaki parlak ruju, benim düşlediğim ve biçimlenmeye başlayan dünyama kesinlikle ait değildi. Böylece, Kolomb Günü'nde tüm eşyalarını kutulara koydu, (aslında doğruyu söylemek gerekirse Amerikan usulü ayrılıklar gereğince evimizde ne var ne yoksa yağmalanmıştı), Washington Köprüsü'nün öte yanındaki New Jersey'de oturan ailesinin evine taşındı. Onu bir daha hiç görmeyecektim. Sonunda bu sayfayı kapatıyordum.

Giuseppona çocuklarla birlikte boş bir eve döndüğünde tek bir şey için endişelendi. Mutfaktaki gizli bir köşeden kendi eski kahve makinesini bulup çıkarttığında elini şükrederek göğsüne koymuş ve derin bir oh çekmişti. Bir gösteri biçimindeki minnettarlıkla kahve makinesini öpmüştü. Bu, kaybetmek istemeyeceği tek şeydi ve onu bilgece gözlerden uzak bir yere saklamıştı. İçini kahveyle doldurarak ocağın üzerine koydu. Ardından da eski bir patron edasıyla, "Zaten sana göre değildi!" dedi. Delikanlılığımdaki tüm aşklarımda, ilişkilerimin bitişinden sonraki son sözleri olan bu unutulmaz sözcüklerinin seçimi ve söylenişlerindeki ses tonu onları komik bir mezar yazıtına dönüştürürken ailemi de kahkahadan kırıp geçirerek yine bir araya getirdi. Bu anın hafifliği ve kokusu, kahvenin aromasıyla karıştı. Bundan daha uygun bir başlangıcı ve daha büyük bir kutlamayı, ne isteyebilir ne de düşünebilirdim.

Jennifer'dan ayrılmak benim için aynı anda gerçekleşen bir ölüm ve bir yeniden doğuş oldu. Bu, varlığımdan bir korku zerresinin atılmasının sonucuydu. Onu sevdiğime inanıyordum, ama aslında sevdiğim, artık alıştığım ve bana acı vermeyen ıstırabım ile korkumdu. Tek başıma asla bunun üstesinden gelemezdim.

Kimse bunu tek başına başaramaz.

Zorbaca benim hayatımı da denetim altında tutmuş olanlar gibi, eski düşünme biçimlerini, köhne fikirleri, önyargıları, boş inançları ve uzlaşmaları terk edebilmek için bir Okul'a, bir yönteme, bir kaçış planına ihtiyaç vardır. Bunun için insanın kendi hapishanesinin farkına varmış, dünyanın insanı uyutarak dayatma yoluyla anlattığı öyküsünden ve boğucu yasalarından kaçabilmeyi başarmış bir kişiyle karşılaşması gerekiyor. Dreamer'a şükranlarımı sunarken, herkesin onunla karşılaşmasını diliyorum. Bunları size, Dreamer'ın hem var olduğunu, hem de şimdiye dek karşılaştığım en gerçek varlık olduğunu söylemek için yazıyorum. Onun dünyası, zamanın olmadığı, kusursuzluğun bizimkinden daha canlı, daha somut ve daha açık olduğu ulaşılabilir bir dünyadır.

O dünyaya giden yol taşlarla doludur ama asla geçilmez değildir, gerçekliğe, güzelliğe ve mutluluğa doğru giden bir geçit, nice ipek yollarına uzanan daha kestirme ve hatta daha zengin bir yol. Aslında herkesin erişebileceği, görünmeyen ama güçlü bir şey mükemmelliğin dişli düzeneğini harekete geçirmişti.

Oluş'undaki en ufak bir değişim, olaylar dünyasında dağları yerinden oynatır.

Teknenin ırgatının demiri vira etmek için zorlanıp inlediğini ve demirin, denizin balçık tabanındaki uzun esaretinden kurtulmak için titreyerek silkindiğini hissettim.

Bu yolculuğun diğer kıyısında küçük bir adalar takımı değil, keşfedilmemiş, koskoca bir psikolojik kıta vardı. Nefesim, lunaparktaki hızla yükselen eğlence trenine binmiş bir çocuğunki gibi, korku ve neşe arasında sıkışıp kalmıştı. Dreamer'a yine bir şükran mesajı yolladım ve yakın bir zamanda onu yeniden görmeyi yürekten diledim.

O gün Giuseppona, çocuklar ve ben, en acil ihtiyaçlarımızı satın aldıktan sonra, birbirimize uzun zamandır hiç olmadığımız kadar yakın ve mutlu bir şekilde akşam yemeğine Mama Leone's'e gittik.

Jennifer'ın gitmesiyle New York da bizden uzaklaşmaya başlamıştı. Birçok belirti, yaşantımdaki değişikliklerin yeni yeni başladığını ve çok daha fazlasının benimle karşılaşmak üzere yolda olduğunu söylüyordu.

"Bir işe bağımlı kalmak uğruna bir yandan çürüme ve çaresizlik sinyallerini yollarken, öte yandan yıllarca bir ıstırap ezgisi söyleyerek özgürlüğünden vazgeçmek zorunda kaldın. Kendini koruduğunu sanıyordun, ama unutkanlığını ve sınırlarını sağlamlaştırdın. Şimdi yüzünü özgürlüğe döndürmenin zamanı geldi. Şimdi Oluş'unu temizlemek, sadeleştirmek ve hafiflemekle geçireceğin bir sürece giriyorsun. Hiç durmadan dans et, dans et, dans et... Yaşamını kutla, kendini içinde sev! Kendini gözle!. Dikkatini Oluş'una ver! Yaşantından geriye sadece gerçek olanların kaldığını ve yanılsama olan her şeyin seni ebediyen terkettiğini göreceksin." Dreamer bütün bunları Düşleme Sanatı olarak niteliyordu.

Onun öğretisini uygulamak için elimden gelen her çabayı gösteriyordum. Fiziksel olarak mükemmel bir formdaydım. Yiyecekte azla yetinmelerim, uykuyla mücadelem, nefes alma egzersizlerim ve hepsinden öte, tetikte duruşum ve öz gözlemlemelerim bana olağanüstü sonuçlar getirdi. Yeni bir anlama düzeyine erişmem için Dreamer'ı düşünmem yetiyordu. Eğer ofisten vaktinde çıkmışsam, Eastchester koyunda yelkenle açılmak üzere City Island'a giden trene atlıyordum. Okyanusun sesini ve Flying Dutchmanin yelkenlerini dolduran rüzgarın nefesini dinlediğimde kendimi Dreamer'a daha yakın hissediyordum. Öz gözlemleme, Oluş durumlarıma dürüst bir bakış, daha yüksek bir saygınlık düzeyini hissetmek ve olanaklarıma yeniden güvenmek, yaşantımda sadece birkaç hafta öncesinde imkansız dediğim değişimleri üretmeye başladı.

ACO Personel Müdürü Mr. Keenan bir sabah, damdan düşer gibi ofisime geldi.

Karşımdaki koltuğa oturdu, ağzını açmadan, eli şakağında, gözlerini dikip bana uzun süre baktı. Sanki ciddi bir bahse girmiş de şimdi iddianın ne kadar geçerli olduğunu anlamaya çalışan biri gibi sinsice yüzüme bakıyordu. Bu bakışların sonunda, yüzünde sorgular gibi bir gülümseme belirmesi benim lehime olacaktı. Ortadoğu'da ticari bir dağıtım ağı vardı.

Bu, iki ya da üç yıl süreyle sıkı bir çalışma gerektirecek bir operasyondu. Operasyonun merkez ofisi, Dış Ticaret Müdürlüğü'ne bağlı olarak İtalya'nın kuzeybatısındaki küçük bir kasabada yer alacaktı.

Mr. Keenan, ilk olarak oraya kök salmamı gerektirecek bir durum olmadığı konusunda beni uyardı. İronik bir kahin tavrıyla, "Evde çocuklarla geçireceğin zamandan çok daha fazlasını, uçakta ve otellerde geçireceksin," dedi. Son olarak, hemen birkaç gün içinde gitmem gerektiğini bildirdi. Herhangi bir yorumda bulunmama veya onayladığıma dair herhangi bir işaret vermemi beklemeden, imzalamam için önüme bazı belgeler koydu. "Bu işi bitirdiğinde seni yine buradaki takımda, bu inatçı keçilerin arasında göreceğim," dedi.

O dönemde, Dreamer'ın öğretisiyle bağlantıda kalabilmek için, bulabildiğim tüm felsefe kitaplarını, klasik ve modern düşüncenin birçok başyapıtını yeniden okumaya başlamıştım. Bir zamanlar bunları çok sevmiş olmama rağmen şimdi bana korkunç derecede sıkıcı geliyorlardı. Çoğu zaman onları birkaç sayfa okuduktan sonra bırakıyordum. Tüm araştırmalarıma rağmen, gerek ahlaki doktrinler gerek dinsel inançlar arasından hiçbir felsefe onun somutluğundan ve zekasından bir kıvılcım üretememişti. Herhangi bir bilgelik geleneğinde veya ahlaki bir kuramda, onun yanında yaşadıklarımın en uzak bir yankısını bile bulamamıştım.

Dreamer'la beraber hep var olan, o her şeyi kıymetli cevhere dönüştüren simyasının kıyısından geçecek tek bir ize ya da onun düşüncelerinin tek bir gölgesine ulaşabilmek için tüm yaşantım boyunca biriktirdiğim kitaplara, anladım ki boşu boşuna bakmıştım.

Nice yıllarım anlamsızca yitip gitmişti! Bir zamanlar taparcasına sevdiğim eserler, okurlarıyla aynı güvensizliklerin ve korkuların içinde dolanan kişiler tarafından kaleme alınmış olup, saçmalığın ve sığ düşüncenin başyapıtları olarak gözümden düşmüşlerdi. Hiçbir sayfada onun sözlerinde hissettiğim etkinin ve gücün en uzak bir ifadesine rastlamamıştım.

Bilgi, sen var olduğun andan beri sana aittir ve daima senin içindedir. Tıpkı mutluluk, refah, irade, Oluş'un birliği ya da ister Tanrı olsun isterse para, aradığın her şey gibi bilgi de sana dışarıdan gelemez. Kimse sana onu veremez, o sadece 'hatırlanabilir.'

Dreamer'ın bu sözleri, aklıma, bir hazineyi duyan ve varını yoğunu satıp onun gömülü olduğu araziyi satın alan adamın öyküsüne getirdi. Bu, gerçek değeri 'hatırlayan', ne paslanabilen, ne çürüyen, ne çalınabilen, ne de kaybolan, ama sadece gömülerek unutulan gerçek bir hazine için, tüm acısıyla, ıstırabıyla, sınırlarıyla ve bilgisizliğiyle bu dünyanın kendisine öğrettiği kuralları takas eden kişinin öyküsüdür.

5 Sevgi bağımlı değildir

Talponia'da, robot teknolojisinin dev cücesi olan ACO'nun genel üssüne iki adım mesafedeki küçük bir tepenin koynuna gizlenmiş bir apartman dairesini kiraladım. O zamana dek, ya tek başıma, ya da küçük bir takımla birlikte ama her zaman yurtdışında çalışmıştım. Kendimi ilk kez, fabrikalarla laboratuvarlardan oluşan binlerce işçinin çalıştığı devasa bir sanayi bölgesinde buluyordum. Şirketin ana binası bir hayvanın canlı bedeniydi. İçine girdiğim anda nefes alışını ve nabzını hissedebiliyordum. Bu varlık da benim onun bünyesine yerleştiğimi hissetmiş, her geçen gün biraz daha alıştığımı, ona uyum sağladığımı gözlüyordu. Metabolizmasının uzun süreçlerinden geçip, devasa organlarından süzülerek damarlarındaki diğer binlerce hücreyle birlikte akar olmuştum.

Ortadoğu ülkelerine yaptığım yoğun seyahatlerim ve oralarda uzun süre kalmama neden olan bu yeni işim, tıpkı Mr. Keenan'ın bana en başında söylediği gibi beni evimden ve çocuklarımdan uzak tutuyordu. Bir seyahatten diğerine koşturduğum süre içinde, kuruluşun katmanları arasında yer alan her bir görevlinin çalışma düzenine katılabilmek ve onlara uyum sağlayabilmek için birçok girişimde bulundum. Onların alışkanlıklarını öğrenmeye, kullandıkları dili öğrenmeye, simgelerini yorumlamaya ve kendimi her koşula adapte etmeye uğraştımsa da tüm bu girişimlerimin beni başarıyla taçlandırdığını söyleyemezdim.

Dreamer'dan aldığım tüm öğretiler ve beyaz yakalı çalışanların durumuna dair bana kazandırdığı vizyonlar, İtalya'da kaldığım süreyi kesintiye uğratan yoğun seyahat programı nedeniyle, zamanın çoğunu şirket ortamından uzakta geçirmemi ve böcek sürüsüne benzeyen bu toplu yaşam biçimini bir böcek bilimcisi gibi belirli bir mesafeden gözlememi sağlıyordu. Gözlemlerim sonucunda, ilk olarak Dreamer'dan duyduğum ve o güne kadar tüm bilimsel araştırmaların gözünden kaçtığını sandığım, insan gücüne dayalı kuruluşlardaki bir 'psikolojik kirlenmenin' kaçınılmaz olduğunu anladım.

Üstelik herhangi bir yazılı metinde daha önce buna dair en küçük bir ize bile rastlamamıştım. Bu kirlilik, korku, kıskançlık, çekememezlik gibi istenmeyen duyguların, dar görüşlerin ve boş konuşmaların kaynadığı kazanlardan yükselen duman, kuruluşların havasını zehirleyerek milyonlarca insanın beden ve akıl sağlığına inanılmaz derecede zararlar veriyor, hastalıklara yol açıyordu.

Bu fenomeni yıllar sonra, yine ACO bünyesinde derinlemesine inceleyecektim. Bu arada, 'psikolojik kirlenme' ile ilgili yaptığım saptamalar, New York'ta Dreamer'la başlayan, şirketler ve memurlarına ilişkin düşüncelerimi derinleştirmeme yaradı.

"Bir çalışan olmak; ne bir sözleşmeye bağlı olmanın, ne bir kurumdaki hiyeraşik bir pozisyonun ne de sosyal bir statünün sonucu değildir. İnsanın, Oluş merdiveninin en alt basamağına ait olduğunun sonucudur." Bu, ondan aldığım en şaşırtıcı öğretilerinin ilkiydi. *"Sorumluluk düzeyi alt seviyelerde olduğu için kişi başkalarına bağımlıdır. Bir başkasının emrinde çalışıyor olmak sadece içteki kölelik halinin dışarıya yansımasıdır."* Bir işte çalışmanın, köleliğin modern bir uyarlaması olduğunu göstermesi, dünya yaşamına dair inançlarımı temelinden, üstelik ebediyen sarsmıştı. Kelimeleri bilincimde adeta fiziksel olan bir yer bulmuşlar ve oraya, metabolize olması zor fakat aynı zamanda dışarı atılması imkansız bir madde gibi yerleşip kalmışlardı.

Sevgi bağımlı olmaz...
Sevmek ve özgür olmak aynı şeydir. Bir gün, yapıt değil sanatçı olduğunu;
düşlenen değil, düşleyen olduğunu; yaratılan değil yaratan olduğunu ve
her şeyin senin hizmetine verildiğini anlayacaksın.
İşte o zaman bir daha asla bağımlı olmayacaksın!...
Dünya, sen böyle olduğun için böyledir,
dünya böyle olduğu için sen böyle değilsin.

İlk gençlik yıllarımdan başlayarak içinde olmayı düşlediğim şirketler ve iş dünyası, birdenbire gözüme uçsuz bucaksız bir toplama kampı gibi, yeryüzünü baştan sona kaplayan bir hapishane gibi görünmeye başladı. İnsan için yegane anlamı olan şey: bir törpü, iyi bir kaçış planıdır, bunlar onun için tek ve gerçek zenginliktir. Elbette yeni çevreme uyum sağlamamda bu düşüncelerimin bana pek bir yardımı olmadı. Zaten o sıralarda, beni yutmaya hazır, gözü dönmüş dipsiz bir karanlığın zihnimde beliriveren görüntüsü, gelecek korkularımın biçimini almaya başlamıştı bile. Hiçbir şey için karar verecek durumda değildim, ne var ki sabah koşularımı giderek azaltmış, Dreamer'ın notlarını okumayı da bırakmıştım.

6 Hem düşleyip hem bağımlı olamazsın

Personel bölümünden gönderilen dikdörtgen şeklindeki küçük kart parçasını sabah giriş, akşam çıkış saatleri dışında gün içinde ana binadan ayrılmam gerektiğinde, kısacası binaya her giriş çıkışımda makineye basmamı istediklerini öğrendiğimde, ben içimde uzanan kaygan zeminde dur durak bilmeden kayıyordum.

Personel bölümünün istediği yeni uygulama, çoktandır bütün beyaz yakalılar için kullanılıyor olmasına rağmen, mesai saatlerinin çoğunu benim gibi, genellikle yurtdışında çalışarak geçirenleri ve o zamana dek mesai saatleri içinde daha esnek olanları, hatta yönetici konumundakileri de kapsıyordu.

Çalışan konumundaki bu rolümde, ne yazık ki son bağımsızlık görüntüsünü de elimden alan bu kurala birçok kez uymaya çalıştım. Birçok kez, giriş holündeki otomatik sayacın önünde, çalışanların oluşturduğu uzun kuyruklardan birine girerek bekledim. Herkesin, bu işlemi sanki çok doğal bir şeymiş gibi uyguladığını gözledim. Sıraları geldiğinde ellerindeki kartlarını makineye basmak için adım adım ilerlemeyi sürdürürken, sigara içiyor, gülüyor ve kendi aralarında şakalaşıyorlardı. Birçok kez bu kişilerle birlikte kuyrukta bekledim. Makinenin önüne her gelişimde, birdenbire, bastıramadığım bir utanç duygusuna kapılıyordum. Sonra, kartı basmadan koşarak oradan ayrılıyordum. Dreamer'ın sözlerini içimde çok daha canlı ve güçlü bir şekilde hissederken bu sözleri beni yeniden etkisi altına aldı ve öz saygınlık düzeyimi yeniden güçlendirdi. Ben, birkaç dakikalığına bile olsa, özgür ve mutlu bir yaşamı arzularken, başarıyla dolu bir öz varlığın görüntüleri sanki geleceğin bir anısı gibi, yeniden, capcanlı olarak geri dönmüştü.

Bağımsız ve özgür ol! Bir asi ol!
Bir asi kimseye bağımlı değildir.
O kendi eşsizliğine saygı duyar. Onun tek varolma nedeni,
'düş'ünü gerçekleştirmektir. Yaşamını ve tüm enerjisini bu amacına adar.
Hem düşleyip hem de bağımlı olamazsın,
Ama hem düşleyip hem de hizmet edebilirsin.
Hizmet etmek bağımlı olmak değildir...
Hizmet etmek, hem kendi yaşamını,
hem de başkalarınınkini yönetmektir...
Bu seven kişinin işidir. Yalnızca sevenler hizmet edebilirler.
Sevmeyenler ise sadece bağımlı olabilirler!

Ne var ki, bu durumum kısa sürüyordu! Olumsuz hayallerim baskın çıkıyordu. İşsiz kalacağım bir geleceğin beni saran korku dolu düşünceleriyle, mikroskobik bir varlığa dönüşerek hemen geri adım atmama neden oluyordu. Korku, bin türlü maskeye büründü ve geleceğe dair endişelerim, sağduyunun, aileme ve çocuklarıma olan sorumluluklarımın ardına gizlendi, böylece bir kaç gün sonra, diğer herkes gibi olmaktan başka hiçbir isteğim olmadan, kendimi yeniden çalışma saatlerini kontrol eden makinenin önünde bulacaktım.

Oysa hapishanemden kaçabilmek için neler vermezdim, bu kalabalığın bir ferdi olmamak, onlarla görüş alışverişinde bulunmamak, onların endişelerini ve hatta ıstıraplarını kabullenmemek ve unutmak için neler vermezdim.

Bir sabah, ACO'nun en yüksek katlarından birinden binanın boşluğuna doğru bakarken, ana giriş holüne inen beyaz mermerden döner merdiven boyunca uzanan çalışanların yemekhaneye gitmek için kart basmak üzere sıralarını beklediklerini gördüm. Birdenbire, zihnimi kaplayan uçuk bir düşünce nefesimi kesiverdi. Bu insanların her birinin Dreamer'la karşılaşmış olduğundan kesinlikle emindim. Herkes, kısacık bir süreyle de olsa, yaşamının belirli bir noktasında Dreamer'ın dünyasına erişmişti. Bu fırsat herkese sunulmuştu. Bu kalabalığı oluşturan her bir hücre yaşamında Okul'a rastlamış ve onu reddetmişti.

Bu dipsiz karanlık içinde onların, bir cesedi saran kurtçuklar gibi kaynadıklarını gördüm. Onların sıradan tek tip yaşamlarında benim, Dreamer'dan uzaktaki kendi yaşamımın farkına vardım.

Benzerlik sıradanlıktır.

Aşağıya inip onları sorgulamak, her birini tutup sarsmak, onlara 'düşlerine' ne olduğunu, Dreamer'a ne olduğunu sormak için içimde karşı konulmaz bir dürtü hissettim. Benim deli olduğumu düşünürlerdi...Bu insanlar unutmuşlardı, onlar boyun eğip bağımlı olmayı, ıstırap çekmeyi, yaşlanmayı ve ölmeyi seçmişlerdi. Ve ben de koşar adımlarla aynı dipsiz karanlığa gidiyordum.

Hem düşleyip hem bağımlı olamazsın. Dreamer'ın bu sözleri kulaklarımda bir kurtuluş ezgisi gibi çınladı. Bu bilgiden çıkan kıvılcım hala bana ulaşabiliyordu.

7 İkinci el bir gelecek

Zihnimin bu açıklık anları giderek azaldı. Beni Dreamer'a bağlayan ışıltılı kordonlar giderek gevşemiş, hatta çoğu kopmuştu ve arkamdan atlı kovalarcasına, sıradan dünyamı en küçük ayrıntısına kadar yeni baştan oluşturmaya koyuldum. Muazzam bir buzul fayının dibindeki birkaç gölün arasına sığınmış küçük bir köydeki bir avuç ev arasından, satılık eski bir müstakil ev buldum ve Amerika'daki birikimlerimle onu satın aldım. Talponia'dan ayrılabileceğim ve çocuklarla birlikte oraya taşınacağım zamana dek, evi elden geçirmeye, rahatça yaşanabilir hale getirmeye koyuldum.

Kısa bir süre sonra, New York'taki son haftalarımda tanıştığım, eşinden boşanmış genç bir kadın olan Gretchen ile beş yaşındaki oğlu Tony de bizimle birlikte orada yaşamaya geldi. Yeniden huzur bulmuştum. Luisella ve Jennifer'la olan öykümün ardından üçüncü kez yeniden bir aile kuruyordum.

Oysa farkına varmadan, eski hapishanelerin gizli karanlıklarına kendimi yeniden kapatıyordum. Gretchen, Jennifer'dan tamamen farklı, New York'lu kendini beğenmiş, şımarık prenses gibiydi. Bir kayak şampiyonuydu ve Batı' da koloniler kuran kadınların gücünü ve ruhunu taşıyordu. Sürekli spor yapıyordu ve kasları çelik gibiydi. Jennifer ne denli yapmacık, kibirli ve kozmopolitse, Gretchen da o denli doğal, sade ve taşralıydı. Buna rağmen, birkaç hafta sonra bu ilişki de tıpkı öncekiler gibi aynı kulvarda yüzmeye başladı. Görünüşte işimi, eşimi ve yaşadığım kıtayı değiştirmiştim ancak yaşamım kendi dokusunun belleği içine kaydedilen o kalıplaşmış şekline geri dönmüştü.

Oluş düzeyimiz yaşamımızı yaratır.

Günden güne, bir parçanın üstüne diğerini koyarak, bilinmeyen bir sonsuzlukta bağlanmış, her zamanki sıradan yaşamımı, hep aynı hareketleri yapmaya mahkûm mekanik bir varlık gibi yeniden kuruyordum. Eski alışkanlıklar, düşünceler ve duygular geçmişte başıma gelmiş aynı koşulları ve aynı olayları çok titiz bir hassasiyetle yeniden oluşturuyorlardı. Yeni bir yaşam maskesi altında, gülünç bir makyajın kamuflajına sığınan, geleceğim gibi görünen geçmişim daima aynı acımasızlığıyla yeniden gelip beni buluyordu.

İnsan, yaşamındaki dış koşulları değiştirerek, kendini kurtulmuş olduğuna ikna edebilir, ancak şartların görünürdeki farklılıklarının ötesinde, o, her zaman, sahip olduğu sorumluluk, bütünlük ve sevgi derecesine göre, Oluş merdiveninin aynı basamağı üzerine yerleştirilecektir.

A man cannot hide. İnsan saklanamaz! Her düşünce, her duygu ya da hareket Oluş'unda silinmemek üzere kaydedilir, herkes kendisinin gardiyanı ve celladıdır, ondan kaçmak imkansızdır. Kişinin kaderini belirleyen de budur.

Bunlar, Dreamer'la ilk karşılaşmamızın unutulmaz sözleriydi. O zamandan beri bunları defalarca, kim bilir kaç kez okumuştum; ama bu kehanetin uyarısı, eski olayların yeniden başıma gelmesini veya bir başka ifadeyle, yaşantımda aynı hatalarla acıların tekrarlanmasını engellememişti. Buna bağlı olarak, Dreamer'la yaptığım ve çıraklık dönemimin mihenk taşlarından biri saydığım bir konuşmayı anımsadım.

O konuşmada bana; *"İnsanın en büyük yanılgısı, bir geleceğinin olduğuna inanmasıdır,"* demişti. *"Oysa sıradan bir insanın aslında bir geleceği yoktur.*

Görünenlerin ötesinde, o daima ve sadece geçmişiyle karşılaşır. Olaylar, karşılaşmalar ve durumlar onun yaşamında daima aynı şekilde tekrar ederler, sadece görünümleri bir öncekinden belli belirsiz farklıdır." Onun açıklamalarını işittiğimde hissettiğim endişeleri gizlemek için inanmayan biri gibi ben de "Bu insanlar kullanılmış bir hayatı yaşıyorlar demeye benziyor, sanki ikinci el bir yaşam," demiştim. Dreamer, *"Yine de herkes yaşamında başına gelenlerin, yalnızca onun için özel olarak yaratılmış, daha önce hiç olmamış, yepyeni olaylar olduğunu varsayarak kendini kandırır,"* diye açıklamalarını sürdürmüştü.

"O halde, insanın gerçeklik diye nitelediği şey..." demiş ve sorumu tamamlayamadan düşüncemin bir saçmalık olduğu duygusuna kapılmıştım. Dreamer cevap vermeden bana baktı ve sanki, tüm muhtemel sonuçların en kötüsüne, hepsinin en akıl almazına, en kabul edilmezine varmış olduğum gerçeğini onaylarcasına yavaşça başını salladı. onun beni yönlendirdiği bu doğrultuda çekinerek bir adım daha attım. Garip bir şekilde, sözlerini yanlış anladığımı ve onun bir şekilde beni durdurarak konuşmamızı yine mantıklılığın güvenli sınırlarına çekeceğini umut ediyordum.

"Gerçeklik dediğimiz…yani gördüğümüz ve dokunduğumuz… aslında bir tür…sanal gerçeklik midir?" dedim, onun beni sürekli başıyla onaylamasından güç alarak ağır ağır konuşuyordum. Bekledim. Dreamer, gösterdiğim direncin kırılabileceği zayıf noktayı arar gibi özenli sözcüklerini bir süre düşünerek seçti.

Oluşan derin sessizliği bozan, yine sertçe verdiği yanıt oldu.

"İnsanın kendi etrafında gördüğü şey...kendisin dışındaki gerçek, geçmiştir," dedi. *"Senin 'şimdi' olarak nitelediğin şey, aslında sadece önceden kaydedilmiş bir yayındır."* Bu sözleri duyduktan sonra artık dünya asla eskisi gibi olmayacaktı. Olağandışı bir biçimde, bu sözlerin yalnız benim için değil, tüm insanlık için dünyayı ebediyen değiştirdiğine kesinlikle emindim.

Büyük bir doğallıkla, *"Elinle tuttuğun, gözünle gördüğün ve tam şu anda olduğuna dair yemin edebileceğin olaylar, geçmiş bir zamanda kaydedildi. Oluş dünyasında, Oluş hallerinde, başka bir boyutta gerçekleşmeleri için senin onayını almak zorundalar.."* dedi.

Olayların nasıl önceden meydana geldiğini açıkladı.

"Yaşamdaki olaylar, zaman içinde görünür hale gelen kişinin kendi Oluş hallerinin katılaşmasıdır. Sen onların içindeyken, olaylar olduğu sırada, onların hemen gözlerinin önünde gerçekleştiklerine inanır, yepyeni ve ilk kez başına gelen şeyler oldukları yanılgısına düşersin. Oysa ki onlar, sadece çok küçük farklılıklarla kendini tekrarlayan geçmişinin yansımalarıdır."

Dreamer'ın bu sözlerinden sonra, Sıradan bir insanın yaşamındaki olayları, maskeli karakterlerden ve en zalim şakaları yapmaya meyilli düzenbazlardan oluşan mecazi bir tören alayı gibi aklımdan geçirdim.

İnkar edilemez biçimde birbirlerine benzeyen bu soytarıların, sürekli birbirlerinin arkasından koşarak kendilerini tekrarladıklarını ve bu arada takma burunlarıyla sakallarının altında kahkahalarını bastırmaya çalışırken, körleşmiş insanın onları tanıyamamasıyla eğlendiklerini gördüm. Dreamer, beni hayalimden çekip çıkartarak,

"İnsanın gelecek olarak nitelediği, aslında geçmişinin arkadan görüntüsüdür. Kendi yaşamının sorumluluğunu almanın tek yolu 'burada ve şimdi'de olmaktır... Bir insan, ancak hiç ve sonsuz zaman arasında asılı duran anı yöneterek 'eylemde bulunabilir', gerçek bir yazgıyı hak eder, onu şekillendirir ve olayları daha yüksek bir planda yaratabilir."

İleride, bunu kendi başıma uygulayıp, bu vizyonun nedenli doğru olabileceğini, tekrarlanan bir yazgının yani yanlış bir yaşamın hipnoz içindeki döngüsüne gerisingeri düşmesinin ve unutmasının ne denli kolay olduğunu görecektim.

O sıralarda Dreamer'ın mesajına nasıl kulak vermem gerektiğini ve bugün bana artık son derece doğal, basit ve olmazsa olmaz gelen vizyonuna kendimi nasıl açabileceğimi bilseydim, bir çok dertten kendimi sakınabilir ve yaşadığım bir çok seneyi kurtarabilirdim..

Unuttum, 'düş'ü inkar ettim ve aylarca onu bir daha düşünmedim. Eski hapishanenin kapıları beni içeri almak için yeniden açıldı. Gretchen ve çocuklarımızla yaşantımın günleri önceden çizilmiş aynı kulvarda ilerliyordu. İşim nedeniyle Ortadoğu'ya yaptığım seyahatlerle aile sorumluluklarım arasında kendimi yitirmeye ve sonsuza dek unutmaya doğru yönlendirmiş gibiydim.

8 Şeyh ile akşam yemeğinde

Kuveyt şehrindeki Le Meridien otelinin resepsiyonunda, Şeyh Yusuf tarafından adıma gönderilmiş bir davetiye buldum. O akşam, Behbehani Sarayı'ndaki yemekte bulunmamı istiyordu. Bir saatten az bir süre içinde bir araba beni almaya gelecekti.

Uzun bir yolculuktan sonra buraya henüz varmıştım ve tüm seremonisiyle bir Arap akşam yemeğine katılma önerisi, yapılabilecekler arasında hiç de cazip bir alternatif değildi. Fakat reddetmem kesinlikle mümkün değildi. Behbehani ailesi Kuveyt'in en güçlü aşiretlerinden ve aynı zamanda da en sağlam finans gruplarından da biriydi. Diğer tüm Ortadoğu ülkelerinde olduğu gibi Kuveyt'te de işler, büyük ailelerin güdümündeydi.

Ülkenin finans gücünün dağılım haritası Emir'in, kökleri Ortaçağ zamanlarına dek uzanan ve o zamandan beri kazanılan, hanedan soyundan gelen haklarını yansıtan soyacağının bir kopyasıydı. Daha önceki aylarda bu aileden birçok kişiyle bazı temaslarım olmasına ve grubun şirketlerinden biriyle iş yapmaya başlamama rağmen, henüz Şeyh Yusuf'la tanışmamıştım. Kendisinin Kuveyt dışındaki ülkelerde, özellikle ABD'deki şirketlerle önemli ortaklıkları ve karmaşık çıkar ilişkileri içinde, uluslararası belli başlı ürünleri üretme ve satma konusunda temsilcilikleri üstüne kurulu dev bir finans imparatorluğunu yönettiğini biliyordum.

Tamamen beyaz Carrara mermeriyle inşa edilmiş, geleneksel kültürü yansıtan kare mimarisi ile Behbehani Sarayı'na, geniş avlusunun zemin katındaki resepsiyon salonlarından geçilerek giriliyordu ve üst katlarında da aile üyelerine ayrılmış daireler bulunuyordu.

Kaftan giymiş sessiz bir uşak eşliğinde yemek salonuna doğru ilerledim. Ortadoğu tarzında donatılmış, görkemli uzun yemek masasının etrafında, geleneksel beyaz giysiler giymiş, güneşin tenlerini iyice kararttığı, kolları abartılı mücevherlerle süslü, farklı renklerde çok sayıdaki Müslüman işadamı ve uluslararası isim yapmış kuruluşların temsilcileri olan bazı Batılı yöneticilerle karşılaştım. Yemek, elbetteki yalnızca erkeklere veriliyordu ve sofrada çatal bıçak yoktu. Arap mutfağı, her ne olursa olsun bıçak kullanımını gerektirmiyordu; et ve balık bir lokmada alınabilecek kadar küçük parçalara ayrılarak servis ediliyordu. Başlangıç olarak meyvelerle sebzeler, peynir çeşitleri, beyaz soslu bakliyat ve tepeleme pilavla dolu ağır tepsilerde, kızartılmış kuzu eti sunuluyordu. Şeyhin büyük oğlu bize kendi elleriyle servis yaptı.

Bu en yüksek saygınlıktaki misafirlere gösterilen çok özel ve onurlandırıcı bir ikram şekliydi. Birdenbire konuşma canlandı ve masanın orta yerinde oturan parlak bir kişilik gösteren Şeyh Yusuf, hiçbir ayrıntıyı gözünden kaçırmadan çok özenli bir ev sahipliği gösterdi.

Yemek boyunca çay ve meyve suları içildi. Kuveyt, Ortadoğu ülkeleri arasında, Kur'an geleneğine uygun olarak her türlü alkollü içkinin kesinlikle yasak olduğu bir ülkedir, en azından resmi olarak. Yemeğimiz, ana malzemesi ceviz ve bal olan Libya tatlıları ve Bedevi adetlerine göre mangal ateşinde hazırlanarak küçük fincanlarda sunulan kahvelerle tamamlandı. Pirinç cezvelerde pişirilip fincanlara büyük bir ustalıkla dökülen koyu renkli yoğun kahvenin görüntüsü ve tortulu tadı büyüleyiciydi. Masadaki kişilerin her biri, artık doyduğunu gösteren geleneksel bir bilek hareketiyle fincanını ileri geri sallayana dek sürekli kahve servisi yapıldı ve fincanlardan buğular yükselmeye devam etti. Sol yanında oturmamı özellikle isteyen Şeyh Behbehani bana Kuveyt'te yeni kuracağı bir ticari girişim projesini açıkladı.

Benden Kuveyt'e taşınmamı ve bu projenin başına geçmemi istiyordu. Bana sermayeden bir pay ve yönetici ortağı statüsü verecekti. Rüyam gerçek oluyordu; uluslararası bir kuruluş yaratmak, insanları bir araya getirmek, kaynakları seçip toplamak ve böylesi çetin bir ortamda işletmenin karşılaşacağı zorluklarla boy ölçüşmek. Sonuç olarak, iş dünyasının okyanuslarında bana ait olan kendi gemimle sefere çıkacaktım ki, bu benim en çok istediğim şeydi ya da en azından hep bunu istediğime inanmıştım. Karar vermek için iki hafta süre istedim ve oradan ayrıldım. Ancak daha Le Meridien'e gelmeden, çoktan kaygılanmaya başlamıştım bile. Her ne kadar kendimi olumlu cevap vermeye zorladıysam da, bu teklif beni ne sevindirmiş, ne de tatmin etmişti.

Dönüş yolumda bunun üstünde çok fazla düşündüm, ama bunu ne kadar düşünürsem, Kuveyt'e taşınma fikrine karşı içimdeki direnç de aynı oranda katlanarak büyüyordu. Baştaki kısa süreli coşkumun ardından, teklif benim olumsuz hayallerimin ve korkularımın kurbanı olmuştu. Fırsat tohumu, aynı meseldeki gibi, dikenli toprağa düşerek yaban otlarının arasında boğulmuş ve o akşam yemeğinin sonunda mangaldaki alevlerin söndürülmesi gibi yok olmuştu.

İnanılmaz derinlikteki mucizevi bir su kuyusunun çevresinde kusursuz bir çember oluşturan yeşil vahaların ara ara kesintiye uğrattığı ve bir filin sonsuzluk kadar uzun sırtını andıran binlerce kilometrelik gri renkteki ve yer yer derin çizgilerin gölgelendirdiği beyaz kum çölü, beni İtalya'ya götüren uçağın dev gövdesinin altında uzayıp gidiyordu. Başıma gelenin ne olduğundan emindim; bu Dreamer'a verdiğim bir sözün ve ilk karşılaşmamızdan sonra sürdürmeye çalıştığım uygulamaların bir sonucuydu.

Yağmur altında dans edercesine, daha özgür, daha zengin ve daha çok sorumluluk gerektiren bir yaşam için duyduğum delicesine bir istek, bana bu fırsatı vermişti. Peki, şimdi ne olacaktı?

Varlığımızın yükselmek üzere yapacağı en küçük bir atılımla, olaylar dünyasında dağları yerinden oynatabileceğine ve *Oluş düzeyimiz yaşamımızı yaratır* ilkesine her zamankinden daha fazla ikna olduğum halde, radikal bir değişimin bu denli çabuk olabileceğini asla düşünemezdim. Chia'da satın aldığım ev daha yeni alçısı atılmış, boyanmış, bahçedeki çimler henüz çıkmaya ve çevresine dikilen tarhlar ancak büyümeye başlamıştı.

New York'tan sonraki ilk zamanlarda pek çok kez dayanılmaz ve fazla sakin bulduğum köy hayatı, birdenbire yeniden önem kazanmıştı. Gölün çevresinde çocuklarla yaptığımız yürüyüşler, kıyıları buzla kaplı nehir boyunca Gretchen'la karda koşuya çıkışlarımız ve hatta tek bir şirketin bulunduğu insanı bezdiren kasaba havası, birkaç ay içinde farkına bile varmadan köklerini içime salarak bende bir tutkuya dönüşüvermişti.

Taş üstüne taş, bir alışkanlık üzerine diğerini yerleştirerek köprü üzerinde başka bir ev inşa etmiştim, düş'ün 'yolculuğa' devam ederek beni tüm bunların ötesine taşımasından önce, sadece kısa süreli bir dinlenmeye olanak sağladığı sağlam bir ev.

Kuveyt şehrini biliyordum. İşim nedeniyle oraya birçok kez gitmiştim, ama bunlar hep kısa süreli gezilerdi. Şehir hakkındaki izlenimlerim, genellikle dışarıdaki koşullardan izole edilmiş klimalı ortamda, insan yaşamına uygun olmayan bir gezegenin yanından geçen bir uzay aracından bakar gibi limuzinin penceresinden, modern otellerin giriş salonları, tozlu yollar ve kalabalık çarşılardan ibaretti.

Dışarı çıkmaya kalkıştığım birkaç seferinde, yakıcı binlerce silis parçacığının ateş topları gibi çöl rüzgarlarının yerinden kaldırıp getirdiği binlerce iğnenin aynı anda yüzüme battığını hissetmiştim.

Çöl, Kuveyt şehrini kalıcı bir ablukaya almış, tepesinde kumdan dev bir kılıç gibi, sahip olduğu birkaç kilometrelik uygarlığı inatla savunan bir adayı her an yutmaya hazır bir deniz gibi ona tepeden bakıyordu. Zengin kulelerin, çılgın bir hızla akan ticaretin ve modern yapıların arkasındaki Kuveyt, bir şehir devlet gibi değil, insanla çöl arasında aralıksız sürdürülen amansız bir mücadele gibi görünüyordu. Kuveyt'in tarihi, eskimiş geleneklerinin ve Kur'an'a dayalı bir adalet anlayışının altında, modern çağ ile ortaçağ arasında bir top gibi sürekli bir ileri, bir geri zıplayıp durmaktadır.

Önümde açılan tuhaf ve tozlu bir dünyaydı. Burası, Cadillac'lar ve develerin, çadırlar ve gökdelenlerin, dinin bir değer gibi sunduğu yoksullukların ve finans gücünün, mucizevi bir dengeyle yan yana var olma yolunu buldukları bir pazar yeri kadar gürültülü bir dünyaydı.

9 Hastalığa kaçış

ACO'daki işimden ayrılma düşüncesi bendeki en kaygı verici ve en can sıkıcı endişeleri açığa çıkardı. Tam olarak güven duymadığım yeni işimin uğruna eskisinden istifa etmek ve evimi bırakarak bu ülkeye taşınmak beni sürekli tedirgin ediyor, kendimi çaresiz hissetmeme neden oluyordu. Görünen gerçeklere rağmen kendimi kandırmayı sürdürerek, kararımda ısrar ediyordum. Apaçık görünen zorluklara sinirlendiğimde, samimi olduğuma inanıyordum ve önüme çıkan binlerce engeli suçladığımda, onları aşılamayacak dağlar haline getirene dek büyütüyordum.

Dreamer'ın bana gösterdiği, öz gözlemleme, durumlarıma dikkat etme ve Oluş'umu saflaştırma çalışmasının henüz başında bile değildim, ama anladığım bir gerçek vardı, üstelik sadece bu mesele sırasında değil en başından beri yaşantımı yönetenin korku olduğunu biliyordum. Bugün, olumlu ve olumsuz olanlar üzerinde kafa yorup onları ifade edebildiğini zannederek kendini kandıran, günden güne kendine yalan söylemeye devam ederek, gerçekte korkularının çoktan onun için aldığı kararları kendisinin vereceğine inanan o adama merhametle bakıyorum. Dreamer'ın bir çok kez beni suçlamış olduğu şeyi kabul etmeyi reddettim.

Kendini geliştireceğin yolda önünde duran tek ve gerçek olan en büyük düşman sensin, başarısızlığının arkasındaki tek nedensin sen. Sana, senin dışında, nesnel sayabileceğin, iradenden bağımsız görünen karşıt koşulları tamamen senin yarattığın şeyler olduğunu anlayıncaya kadar çok çaba göstermelisin ve yıllarca sürecek öz gözlemleme yapmalısın. Karşına çıkan engeller, daima senin Oluşunun en karanlık kısımlarından yükselen bir ıstırap ezgisinin gerçeğe dönüşmesidir.

Aslında ben, günün birinde kaderi ve dışımdaki olayları suçlayabilme olasılığını elimde tutarak, sonuçlarına katlanma sorumluluğunu üstlenmeden, bana reddetme olanağı verecek bir mazeretin arayışı içindeydim. Reddetmemi haklı kılacak çocuklar, onların eğitim durumları ve o ülkedeki riskler gibi tüm temel nedenlere sımsıkı sarılıyordum. Ayrıca Gretchen'ın da kesinlikle karşı çıkacağını hesaplıyordum. İçimde, bu değişime karşı, kendi eski yollarımdan sapmaya karşı kararlı bir 'hayır' vardı. Her yerde, her şeyde, dönüp dünyayı suçlayabileceğim mazereti sağlayacak, kaçınılmaz engeller aramaya koyuldum. Sonunda aradığımı buldum. Geçmişte, henüz Dreamer'la karşılaşmadan önce, sağ böbreğimde oluşan taş yüzünden çok çekmiştim. Kim, tam bir tıbbi check-up yaptırmadan, ailesini de yanına alarak Kuveyt' e taşınmak gibi önemli bir kararı hiç düşünmeden verebilirdi ki? Bunun özellikle çocuklara karşı sorumlu bir davranış olduğuna inanıyordum. Dreamer'la karşılaşmama ve onun kader yolumu değiştirmek üzere yapmış olduğu onca şeye karşın, yine geçmişimin başka bir korkunç kanalına düşmek üzereydim. Acil bir böbrek röntgeni çektirmek üzere bir randevu aldım. Bu ilk adımdı. İçimdeki bir şey, hastalanmaya karar vermişti bir kere. Kişinin ne yarıştığı ne de savaştığı, yalnızca yakındığı, yani kendimizi bağışladığımız ve dünyayı bizi teselli etmeye çağırdığımız yer olan yaşamın karanlıktaki kucağına sığındım. O sıralarda kendi yaşam filmimin tasarlayıcısı, yapımcısı, yönetmeni, başoyuncusu ve özellikle de dünyanın ekranına yansıtmak üzere olduğum o görüntülerin yaratıcısı olduğumu keşfetmiş olsaydım, yaşayacağım sarsıntı ile yüreğim bir daha çarpmaz olurdu.

Dreamer'ın bir gün bana söyleyeceği gibi *"cehalet, her gün temkinli bir biçimde yavaş yavaş ve biz hazır olduğumuzda elimizi bırakan bir annedir."* Bu korkunç senaryoyu durduracak bir şey olmasaydı, yaşamımın bir sonraki sahnesinde bir doktor, röntgen filmini ışıklı panoda inceledikten sonra, endişeli bir ifadeyle bana yine 'sağ' böbreğimde parmakların hafif dokunuşuna benzer küçük gölgeler gördüğünü söyleyecekti.

Benim önce betim benzim atacak, bembeyaz kesilerek eve dönecektim ve kendimi ümitsizliğin ellerine bırakacaktım; sonraki yıllarda kaderime veryansın edecek, o fırsatı yakalamama engel olduğu için bozulan sağlığımı suçlayacaktım. Ertesi sabah hayatımın ekranına yansıtmak üzere bütün senaryo hazırdı. En kötüsü, bunu yapmak için kurguladığım senaryonun kesinlikle farkında bile değildim. Soracak olsalar, samimiyetimi son nefesime kadar savunur, benim için değeri olan her şey üstüne yemin eder, en çok istediğim şeyin tıbbi kontrolden geçmek olduğunu, mükemmel sağlığımı doğrulayan iyi bir sonuç alarak, yeni bir serüvene yelken açmak istediğimi söylerdim. Çok şükür, altın bir kordon beni hala Dreamer'a bağlı tutuyordu. O akşam, Dreamer'ı yeniden görebilmeyi her şeyden çok istedim. Onun yardımı olmadan artık daha fazla dayanamayacaktım. Son karşılaşmamızdan bu yana sanki sonsuzluk kadar uzun bir zaman geçmişti. Başka bir yol bulamadığım için, ona bir mektup yazmaya karar verdim. Verdiğim sözü tekrarlayarak 'Yolculuğumu' kaldığım yerden sürdürmek istediğime kendimi adayarak...

Bu günlerde aklıma takılan bir sözcük var,
kendisini ısrarla bilincime sunuyor,
son karşılaşmamızda bana söylediklerine kadar geri gidiyor.
Bu sözcük; 'Onur.'
Ve bu, hayatımın en acı veren kısmı,
her koşulda ve her olayda en çok özlemini çektiğim kısım.
Ona çok ihtiyacım var. Onu üretmem, onu hissetmem ve
onu her yere yaymam gerekiyor.
Bir bedeli olduğunu biliyorum ve ödemeye hazırım.
Sadece öğrenmek istiyorum; hala zamanım ve gücüm var mı?
Yardım et bana!
"Kişi, benim yanımda, benim dünyamda iyi yaşar, refahın ve sağlığın keyfine varır." diyerek beni kaç kez davet ettin.
Ama ben de davetini kaçıran diğer misafirlerden biriydim.
İhanet etmeye ve bozulmaya hazır insanların eseri olan, yalanın hüküm
sürdüğü bir dünyada, görüyorum ki bizi koruyan tek kişi sensin!
Tıpkı Yaşam Ağacı'nı koruyan, alevli kılıcı elinde Keruv gibi, tek bekçi sensin...

'Yolculuğumu' yeniden gözden geçirmek ve bu göreve adanmışlığımı
tekrar canlandırmak istiyorum.
Bana yardım etmeni rica ediyorum.
Aylardır gezgin hayatı sürüyorum.
Darmadağın olan yaşamımın tüm parçalarını
bir araya toplamam gerektiğini hissediyorum...

Sanki yazmıyor, 'içimi okuyarak' günah çıkarıyordum. Bu samimi çabalarım beni değiştirdi. Çoktan yerine ulaştırılmış olan bu mektup henüz tamamlanmamıştı bile.

Doğruca kendime ulaşmıştı, içimdeki dik başlı, serseri kalabalığın arasında, bu büyük serüvene atılmaya 'evet' diyen o parçama, bendeki en iyi yere, varlığımın karanlığında hala inatla var olmayı sürdüren, içimde sayıca az kalmış o birkaç iyilik, güzellik ve doğruluk zerreciğine yönelmişti.

Mektubu sonlandırmak üzereydim ki, içimde aniden beliriveren esrarengiz bir mutlulukla gözyaşlarına boğuldum.

10 Örümcek ve Avı

Kendimi onun önünde buluverdim. Onu yeniden görmeyi çok istemiştim, oysa şimdi tüm hissettiğim sonsuz bir utanç ve dayanılmaz bir suçluluk duygusuydu. Utanç ve suçluluk, beni yerçekimi kuvvetinin alıştığımızdan çok daha büyük olduğu, ağır bir dünyada tutuyordu. Burası benim iç dünyamdı ve bunlar, farkında olmasam da, yaşamımın her gününde bana hükmeden yasalardı. Bunun ağırlığını ve dehşetini yalnızca burada, Dreamer'ın huzurunda hissettim ve şimdi nefesimi tutmuş, gözlerimi odanın yer döşemelerine dikmiş bekliyordum.

"Her hareketin, her düşüncen ve her sözün vazgeçme eğilimini açıkça belli ediyor... İçten içe başarısız olmayı, hastalanmayı ve 'düşmanca' bir dünyaya karşı savaşmaktan vazgeçmeyi umut ediyorsun. Milyonlarca insan gibi sen de, mücadeleyi kendinin dışında gibi gördün.. İşte bu nedenle, yenilgiyi kabullenerek yaşlanıp ölmeyi ümid ediyorsun... Bunu zaten birçok kez yaptın önceden.. Şimdi bunu terk etme zamanı... üstelik ebediyen...!" dedi ve gerçeğin buruk tadının hücrelerime kadar işlemesine izin verircesine sustu. Sırtımdan aşağı soğuk bir ter boşaldı.

"Cahilliğinin karanlığında kalmış senin gibi bir adam, felaketlerini hazırlar, kendisine tuzaklar kurar, hapishanesinin demir parmaklıklarını sağlamlaştırır, tüm acılarını, talihsizliklerini, başına gelen kötü olayları ve hastalıklarını büyük bir beceri ile en küçük detayına kadar özenle sarıp sarmalayarak bu hizmetlerini sanatsal bir mertebeye çıkarmayı amaçlar" dedi, sanki önüne fırlattığı eldivenleri ile rakibini amansız bir düelloya davet eden bir savaşçı gibi çıkmıştı sesi…

"Tıpkı hayvanlar aleminin derinliklerinde ağını ören akıl almaz bir böceğin yaptığı gibi bilinçsiz ve karanlık bir sanat. İnsan, orada trajik bir biçimde hem örümcek, hem de onun avıdır."

Sözleri içime pençelendi ve ben, sanki uzun bir uykunun ardından buz gibi suyun içine firlatılmışcasına titrerken, güçlükle nefes alabildim. Dreamer bana, nasıl sağ böbreğimde bir taşın oluşmasına izin verip onu dilediğim formda hayatıma sokabildiysem, eğer isteseydim, aynı kolaylıkla, uyum ve başarıyı da elde etmiş olacağımı açıklıyordu. Anlamak için başvurduğum her girişim, şüpheciliğimin kayasına çarparak parçalandığından, hayatımın yegane yaratıcısının kendim olduğu düşüncesini kabul etmem imkansızdı. Dreamer'a göre karşılaştığımız her engel, henüz anlamak için kifayetsiz olduğumuzun somut bir göstergesiydi.

İnsan, anladığı ile sınırlıdır.

Bir kişinin gelişmişlik ölçütü onun anlama düzeyidir ki bu onun hak ettiği dünyayı yaratır. Anlamak, sınırların içine almaktır, insanın vizyonunun genişlemesi, döküntülerle ve çökelti tabakalarının ortadan kaldırılmasıdır. Bu bir irade işidir. Bu ne dışarıdan gelebilir, ne de zorla yaptırılabilir.

Bir insanın cenneti araması gerekmez. Onu hak etmek için herhangi bir şey yapması gerekmez. Öğrenmesi gereken tek disiplin, cehennemini, yani anlayışsızlığını yok etmektir.

Geçen bu sürede Dreamer beni yeterince hazırlamasaydı ve ben şüphelerle itaatsizlikleri de içine alan o uzun çıraklık dönemini geçirmiş olmasaydım, böyle bir açıklamanın sorumluluğunu üstlenemezdim. Bununla un ufak olurdum. 'Resmi' bilim bu felaketlerin önce insanın içinde oluştuğunu, sonra kendilerini dışarıda gösterdiklerini ve tek yaratıcısının da insanın kendisi olduğu bulgusunu açıklasaydı, neler olurdu diye düşündüm. İster iyi olsun ister kötü, düşüncelerimizin yaratma gücünün ne denli büyük, bedenin ve kişisel dünyamızın bu işte ne denli itaatkar olduğunu keşfetmek, uygarlık için Kopernik'in yaptığı keşiften daha büyük bir şok yaratırdı. Eğer o astronomik buluş, insanı kendisinin merkezinde bulunduğuna inandığı ve bir yanılsama olan dünyasının ötesine, evrenin sınırlarına savurabildiyse, benzer şekilde Dreamer'ın vizyonu da, insanın sürekli karşılaştığı yenilgileri için asıl suçlunun kendi yaşamından başka bir şey olmadığını, başka birini ya da başka bir şeyleri suçlayacağı bir dış dünyanın var olduğu inancıyla birlikte kökleri en derinlere inen önyargısını yerle bir eder, insanın kaderini kökünden değiştirebilirdi. Dreamer'ın felsefesinin en özlü ifadesi ve onun görüşünün doruk noktası olan *"The world is such because you are such"* – *"Dünya, sen böyle olduğun için böyledir"*, hayatın yönünü altüst edecek çok güçlü bir görüşü içermektedir: "Her türlü iyileştirmede olduğu gibi, bundan böyle artık yön dıştan içe doğru değil, aksine içten dışa doğrudur."

Hristiyanlığın *Mea culpa* ilkesi, Roma'nın *homo faber*'a inanması, Greklerin 'kendini bil' öğüdü ve üstünde imparatorluklarla binlerce yıllık uygarlıkların yaratıldığı büyük sorumluluk okullarının sesleri, tüm görkemleriyle bir arada yankılanıyordu. Daha önce bu vizyon bana birçok kez söylendiği halde, binlerce yıllık yerlerinden kazılarak çıkarılan ve sonsuza dek eskisi gibi olmayacağını anladığım akıl ile mantığın çöktüğünü hissettiğim an, yer ayaklarımın altından kaydı ve binlerce kilometrelik yüksekten boşluğa bırakılmış gibi oldum.

Neden sonra, Dreamer'la bu buluşmamızın, malikanesinin hiç bilmediğim bir bölümünde gerçekleştiğini fark ettim. Ne beyaz yer döşemeli odada, ne de zarif heykelleri ve orta havuzu olan, devasa kirişli seradaydık; burası Coloniel stilinde döşeli, tavanı çok kaliteli ahşapla kaplı, geniş bir çatı katıydı. Dreamer, odanın duvarını boydan boya kaplayan, oyma işçiliğinin ustalıkla yansıtıldığı, üstü beyaz minderli, bambu ağacından yapılmış büyük bir divanın ortasında oturuyordu. Siyah beyaz bir tablo Steinbeck'in dünyasını çağrıştırıyordu.

Yine sustu. Birazdan söyleyeceklerini kaldırıp kaldıramayacağımı tartar gibiydi. Gergin hava, içinde bulunduğum durumun ne denli kritik olduğunu fısıldar gibiydi. Yine, bir adımla ötesine geçeceğim ya da geri adımla her şeyi yitireceğim yaşamın kavşaklarından birindeydim. Dipsiz, karanlık bir uçurumun tam kıyısındaydım ve aşağıya düşmek, Dreamer'ı bir daha asla görememek anlamına gelirdi. O konuşmaya başladığında, ben de gücümü toplamak için derin bir nefes aldım.

Her geçiş, kişinin kendisini aştığını gösterir! Oluş'un en yüksek seviyelerini koruyan, tıpkı senin korkuların gibi korkunç görünümlü ve hayal ürünü canavarlar, binlerce yıllık düşmanlar vardır.

Sözleri, beni damarlarımda akan bir lav gibi yakıp tüketiyordu. *"Onlarla bir gün karşılaşman gerekecek."*

Bedenim bütünüyle felç olmuş gibiydi, parmağımı bile oynatamıyordum. Uzun süre öylece kalakaldım. Hareket etmemi kısıtlayan bilinmeyen bir kuvvetin basıncını bedenimin her santimetrekaresinde hissediyordum. Sonunda, birdenbire görünmez bir komut almışçasına bedenim yumuşayıverdi.

İlk yaptığım hareket, şu çaresizlik kılıfının içinden dikkatle sıyrılıp çıkarak, onu bir giysi gibi fırlatıp atmak oldu. Artık boynumu oynatabiliyordum. Yavaşça başımı kaldırdım. Etrafıma rahatça bakmaktan hala kaçınıyordum, ama etrafın aydınlık olduğunu ve ortamın her ayrıntısını rahatlıkla görebildiğimi fark ettim. Işık kaynağının güneş olmadığından emindim. Yeni doğan gün henüz içeriye giremeden dışarıda doğuya bakan pencerelerde asılı bekliyordu. Odadaki bu aydınlık bilmediğim bir nedenle garip bir şekilde bana bağlıydı. Zihnimden ışığın derecesini alçaltıp yükseltebileceğim görünmez bir düğmeyi çevirerek, ışığın şiddetini ayarlayabiliyordum, bunu defalarca denedim.

Bir düşünce beni yaman bir gerçeğin gücüyle bütünüyle etkisi altına aldığında, ben hala bu tuhaf hünerimle denemeler yapıyordum. Evren bana bağlıydı! Dünya, bu oda gibi apaydınlık olabilir, ama onu ışıklandırmayı beceremezsem alacakaranlıkta da kalabilirdi. Bu keşifle nefesim kesildi. Dreamer'ın sözlerinin gücünü, ancak çok sonraları, bunun üstünde sükûnetle düşündüğümde hissettim: *Dünya böyle çünkü sen böylesin. - The world is such because you are such.* Mükemmellik ve her tür bollukla çevrelenen insan, dünyaya bir kurbağanın gözleriyle bakan ve gördüklerinden yakınan mutsuz bir varlıktan başka bir şey değildi...

11 Yaşamın sobesi

Gözlerim, onun tatlılıkla bakan ciddi gözleriyle buluştu, onlardan acımayla karışık bir endişe gölgesinin geçtiğini gördüğümü sandım. Bu beni söylediklerinden çok daha fazla dehşete düşürdü. Kendimi hasta bir arkadaşının gözlerinde durumunun ne denli ciddi olduğunu okuyan biri gibi hissettim.

Beklemediğim bir anda, *"Çocukken saklambaç oynardın..."* dediğini işittim. Yaşantımın film kareleri hemen geriye sarıldı. Sıvıdan bir altına benzeyen güneş, yolunun üstündeki fesleğen saksısıyla sardunya dolu bir başka saksının arasında ağızları açık, kımıldamadan şaşkın duran kertenkeleleri arkasında bırakarak eski taraçanın kabuk kabuk kalkmış verniklerini cilalıyordu. İçimizden biri ebe olur, sıska kolunu duvara dayayıp gözlerini üstüne bastırır ve sayar, diğerleri koşarak saklanacak bir yer arardı.

Hepimizin hatırladığı gibi sobe, saklandıkları yerlerde bulunarak yakalananlara, onları korkutup yerlerinden çıkartırken ebenin attığı çığlıktı. Dreamer, *"İşte yaşam da böyle yapar: Sobe!"* derken anılarımın arasına girip, çocukluğumdan aklımda kalan o çığlığı mükemmel bir şekilde taklit etti.

Bu görüntülere tutunup biraz daha sürdürmek ve o pırıl pırıl afacanların yüzlerine birer isim vermek isterdim, ama çocukluğumun büyülü güzel kokusuyla birlikte çoktan kaybolmuşlardı. *"Yaşam, içinde bulunduğun durumu gösteren en korkunç maskesini takıp sen her neredeysen oradan seni çıkartmaya gelir. Korktuğun şey nedir? Yoksullaşmak mı? Terk edilmek mi? Sağlığını, evini veya işini yitirmek mi? İşte yaşamının seni korkutmak için takınacağı maske de o olacaktır. Bir kişi her neden korkuyorsa, yolda önüne çıkacak olaylarda, o korkusu birebir gerçekleşerek kendini gösterecektir.. Geçilmemiş sınavlar gibi, er ya da geç onları yeniden göğüslemek zorunda kalacaktır."*

Dreamer'ın doğruyu söylediğini anlamak için zihnimden kendi deneyimlerimi geçirmeme gerek yoktu. Buna rağmen, bu düşüncelere karşı çıktım. İnsanlığı devamlı bir tehdidin baskısı altında, sürekli korku ve istikrarsızlık durumunda tutan küresel bir düzen bana biraz abartılı gelmişti.

Sıradan bir insan, sevimsiz gölgeleri ve çocukluk travmalarını, kendi suçluluk duygularının yarattığı hayaletleri defedecek gücü ancak tehdit altındayken bulabilir. Gerçek bir insanın, bunlara gereksinimi yoktur; çünkü sürekli bir 'kararlılık durumunda' yaşar.

Dreamer bu açıklamaları sırasında, 'doğruluk durumu' ifadesinin önemini vurgulamak için onu özel bir tonlamayla söyledi. Aklım karışmıştı. Dinlediklerim bana sanki küresel bir adaletsizliğin kuramlaştırılması gibi gelmişti. İnsanlık iki türe ayrılır: biri mutlu ve tasasız, sarsılmaz bir doğruluk duygusuyla kutsanmış olarak rahat yaşayan tür, diğeri ise -çok daha geniş bir alanı kaplayan- korkuyu bekleyen, felaketlerin ve problemlerin daimi bir beklentisinde titreyen, korkularının kurbanı olan tür. Bunu kendisine söylediğimde beklenmedik bir anlayış gösterdi.

Dreamer'ın dünyasında bir soru sormak bile dikkatli ve ihtiyatlı olmayı gerektiriyordu. Onun huzurundayken ne düşündüğüme, ne hissettiğime ve hatta en ufak bir hareketimde bile ne yaptığıma dikkat edip tetikte duruyordum; konuşma şeklimi ve bakışlarımı, nasıl olduklarını, neyi yansıttıklarını düşünerek, her an kontrolde tutuyordum ve hep farkındaydım. Bu durum onunla birlikte olduğum her anı Okul'un 'disiplinine' çeviriyordu.

Buna karşın, Dreamer'dan uzakta olduğumda, dikkatim binlerce yöne çekiliyor ve bununla birlikte tüm varlığım da dağılıyordu.

Sıradan insan bile kendini güvende hisseder; onun doğruları korkularıdır, şüpheleri ise gerçekleridir. Onları sever ve dünyada hiçbir şey için onlardan ayrılmaz. Çocukluğundan beri, bu hayali korkularla beslendi, olumsuz imgelemelerinin ve tepetaklak yaratıcılığının meyvelerini yedi. Bu yüzden gölgeleri gerçek sıkıntılarla takas ederek, kendisini sürekli tehdit altında hisseder ve öyle yaşar.

Dreamer, bana bu durumun getirdiği ıstırabın yavaş yavaş azalarak sonunda artık hissedilmez olduğunu, Oluş'la tamamen bütünleşip yok olduğunu açıkladı. Istırap ve güvensizlik, çoğu insan için onlardan vazgeçmenin olanaksız bir adım olacağı noktaya ulaşıncaya kadar güven veren tırabzanlar gibi insanların yaşamlarının doğal bileşenleri haline gelir.

Rahat ol! Dışarıda hiç düşman yok... Aslında, her zaman sensin kendini tehdit eden..

İnsanlar asla rahat olamıyor. Hatta kişi zengin olsa ve görünürde korkacak hiçbir şeyi olmasa bile, sürekli bir kararsızlık halinde şüphe duyarak, belirsizlik, ıstırap ve korku içinde yaşıyor... Bu en iyi bildiği iş ve tüm yaşamını yöneten etkinliktir.

"O halde, bunun çaresi yok..."

Dreamer, *"Rahat olmanı sağlayacak hiçbir yöntem yoktur. Ne çelik kapılar, ne kasalar, ne yeraltı sığınakları, ne de alınacak başka bir önlem vardır,"* dedi ve sonra şunları okudu:

Ancak gerçek bir düşleyen rahat olabilir.
Düş güvenliktir.
Şüphe, korku ve ıstırap yanılsamadır ve
bunlar sıradan bir insanın tek gerçeğidir.

Gözlerimi yumdum, kendimi Dreamer'ın bu ninni gibi tekerlemesiyle beşikte sallanmaya bıraktım… Çevresi, korkan ve endişelenen yetişkinlerle dolu olmasına rağmen, ancak bir bebeğin hissedebileceği güvende olma ve yıkılmazlık duygusunu tattım… Çok daha gerilere, ta ana rahminin içindeki bir cenin haline dönünceye kadar gerilere gitmeyi denedim.

Ardından, tek bir çiziği olmayan bütünlükle, en ufak bir ayrılığı olmayan saflığı 'anımsadım' ve mutlak doğrunun engin bir okyanusu olan amniyon sıvısı içinde yüzdüm. Dreamer'ın sesi son mısraları okudu:

"...Güvende olmak için günahsız olman gerekir… ayıpsız..."

Birdenbire, insanın ancak içindeki düşmanlarının saldırısına uğrayabileceği gerçeği zihnimde bir ışık yaktı. Yalan söyleyenlerin, olmadıkları bir şeyi taslayanların ve başkalarını kandıranların; günahkar, kafası karışık ve şüpheci olanların, korkanların çıkış yolları yoktu. Bunlar, hırsızlara kapıyı açan kişiyle aynı korkuları yaşıyorlardı… Kendimi kaybolmuş hissediyordum... ve kendimle birlikte tüm insanlığın da kaybolduğunu, sürekli güvensizliğe mahkûm edildiğini hissediyordum. Kim bunun içinden çıkabilirdi ki?

Çözümsüz bir huzursuzluk durumu o evrenin içini boşalttı ve onun kumlu çoraklığı, hemen içinde yüzdüğüm bu mutlak doğruluk sıvısının yerini aldı. Oluş'un çok daha zorlu ve çok daha uzak mesafedeki koşullarına doğru kaydım.

Dreamer araya girdi ve *"Sadece, her şeye karşılık ortaya kendisini sürebilen bir kişi, tüm varlığıyla değişmeye çalışan ve bunu 'isteyen' biri başarabilir,"* diyerek beni düşerken havada yakaladı.

Sıradan insanların gözünde, gözü kara, risk alan ve sorumsuz biri olarak görünse dahi, bütünlük ve sağlam inanç kılavuzluğunda ilerleyen bu kişiye 'kurtuluş bilinci' her zaman eşlik eder. Aslında hiçbir şeyi riske atmadığını bir tek o bilir. İş hayatındaki en korkutucu girişimlerde bu doğruluğa sahip olan kişiye hiçbir şey saldıramaz ve onu başarısız yapamaz. Dokunduğu her şey gelişir, büyür ve çoğalır. Her koşulda, hatta en umutsuz olanlarda bile her zaman bir çözüm bulur. Olaylarla koşullar onu hep haklı çıkarır, çünkü çözüm kendisidir.
Beşiğin sallanması devam etti.

Ebediyen rahat ol
Hemen şimdi güvende ol ve kendini ölümsüz hisset!
Feel safe permanently
Be safe and feel immortal right now

Sıradan insan, kendini sürekli tehdit altında hissetse ve daima birisinden veya bir şeyden korksa bile, aslında dışarıda ona zarar verebilecek ne bir durum, ne de herhangi bir kimse vardır.

Dünya, kendi 'düşlerimizin' hayata geçirilmesidir... ya da kabuslarımızın. Dünya bir cennet de olabilir, cehennem de. Hangisini seçip nerede yaşayacağın sana bağlı!

Dreamer, sözlerini yanımdan ayırmadığım not defterime yazabilmem için biraz ara verdikten sonra sözlerini tamamladı:

Korkularından kendini kurtar!... Korkusuzluk, mutlak doğruya ve bütünlüğe geçilen kapıdır, ama göstereceğin hiçbir çaba seni korkusuz kılamayacaktır. Korkusuzluk, sen korkacak hiçbir şey olmadığını fark ettiğinde, kendiliğinden gelecektir.

Be free from fear!...Fearlessness is the door to certainty and integrity and yet no amount of effort can make you fearless. Fearlessness comes by itself when you realise that there is nothing to be afraid of..

Dreamer'ın dışarıda bir tehlike olmadığı açıklaması, beni dipsiz bir uçurumun kıyısına getirdi. Korkusuz yaşama beklentisi ve Oluş'un sürekli farkında ve tetikte olmasını gerektiren bir duruma katlanır olması, cehennemin en küçük bir tohumunu bile ince eleyip sık dokumaya yönelik dikkati, endişeli halimizden daha büyük bir tehdit olduğunu hissettim. Korkmak, şüphe duymak ve yaşamda olaylar yüzünden kendimizi tehlikede hissetmek bizim tek doğrumuzdu ve sonuçta insanın kabul edilen doğal durumunun özüydü. İnsanın yeni bir türe dönüştüğünü görme beklentisi bu noktada bana göre insandan çok bir uzaylı varlığı andıran, benim insan anlayışımdan ve benden milyonlarca ışık yılı uzaklığında ise, korkularından arınmış bir insanlık beklentisi de o denli mide bulandırıcıydı. Ölümsüzlük fikrinin, ölümün mutlak doğruluğundan daha kabul edilemez oluşu gibi güvensizliğimizin tehdit edilmesi de korkunun kendisinden daha dehşet vericiydi. Korkmak ve acı çekmek hakkını, hem kendisi, hem de gelecek nesiller adına savunabilmek için kimsenin canını bile vermekten kaçınmayacağına kesinlikle emindim.

Her güçlüğün, korkunun, şüphenin, belirsizliğin ardında yıkıcı bir düşünce gizlidir ve bu yıkıcı düşüncenin ardında da hepsinin en büyük nedeni olan ölümün kaçınılmaz olduğu düşüncesi vardır. Bu, insanlığın gerçek katilidir... İnsanın felaketlerinin, kendi yarattığı uygarlıklarındaki savaşların ve işlenen suçların esas kaynağıdır. İnsanda mevcut olan bu ölüm tohumunun farkına varılması, varoluşundaki fiziksel ölümü ebediyen silecektir. Sınırları tutan tırabzanlar gibi ölüm de sıradan insanı sonsuzluğun şaşkınlığından korumaktadır.

Dreamer bana, insanın içinde taşıdığı ölüm duygusunun kaynağının doğum anı gibi görünmesine rağmen esas başlangıcın çok daha öncelere dayandığını açıkladı. İnsanoğlunun dünyaya geldiği andaki ilk duyumu, ezilmek ve yenilmekten ibaretti.

Düşünecek olursak, sözde uygar olan toplumlarda yaşam, Dreamer'ın *'cehenneme en gerçek ve en uygun merhaba'* diye nitelediği en vahşi törenlerden biriyle başlamaktadır. Acılar çekerek doğmuş, ameliyathanenin kör edici ışıkları altında doktorların heyecanlı sesleri ve annenin feryatlarıyla karşılanmış, poposuna bir şaplak yedikten sonra buz gibi çelikten bir yüzeye konulmuş olan bu yeni doğan böylece, ilk olarak korkuyla tanışır ve ilk izlenimini gerçek annesi sayarak, ıstırabın peşinden gider. Dreamer, *"İşte o andan itibaren artık hiçbir şey korkunun acımsı tatlımsı tadından daha bildik gelmez,"* dedi. Sıradan bir insanın tüm yaşamı, suda yaşayan bir canlıdan hava soluyan bir Varlığa dönüştüğü o dehşet verici geçiş sırasında ciğerlerini dolduran sıvı ateşi hissettiği bu ilk anın denetimi altında geçer görülmektedir.

12 Şişe

Zaman tam bir sessizlik içinde geçti. Büyük bir gayretle tuttuğum notlarımın içine gömülüp bu süreyi doldurmaya çalıştım. Bu konuda daha fazlasını öğrenmek için karşı konulmaz bir arzu duyuyordum. İçimizde taşıdığımız korkunun, endişenin sırrı neydi? Benimki gibi milyonlarca yaşam neden özellikle mutsuzdu? Dreamer, benim sorularımı havada yakalamışçasına sessizliğinden çıktı. Ama söyledikleri tamamen beklemediğim sözlerdi. Yüksek sesle ve suçlayıcı bir ses tonuyla, sanki benim arkamda daha uzaktaki birini bilgilendirirmişçesine yüksek sesle, *"New York'ta, daima elinde bir şişe suyla yaşadı,"* dedi. Duyduğum utanç korkunçtu. Bunları söylediği sırada, sanki görülmeyen bir tanığın dikkatini bana yönlendirircesine, ısrarla bana doğrulttuğu iki işaret parmağını garip bir hareketle yukarıdan aşağı indirdi. Böyle bir karşılıklı konuşma sırasında aramıza sanal bir gözlemci koyarak beni doğrudan dışarıda tutma biçimi, bende üzücü bir şaşkınlık yarattı. Tüm bir yaşantım boyunca, katman katman tabaka halinde oluşmuş, sahte korunmalar, uzlaşmalar ve maskeler birdenbire ölü deri tabakaları gibi, arka arkaya dökülmeye başladı.

Yüz kaslarımın kontrolünü yitirmiştim ve yüzümün hızlı çekimde, istemdışı tuhaf hareketleriyle binlerce ifadeye girdiğini hissediyordum. Makine, işletim programıyla birlikte adeta çıldırmıştı. İşte Dreamer'ın mantarını çıkartıp açtığı o özgürlük süresince, bütün o yılların anıları tüm diğer duygulardan baskın çıktı ve görüntüler birer birer gözümün önünden geçmeye başladı.

Anılar derhal harekete geçerek sanki bir başkasının yaşantısından manzaralar sunar gibi bir izlenimle işe koyuldular. Doktorlar, böbreğimde taş oluşmasını engelleyebilmem için bol su içmemi önermişlerdi. Böylece elimin altında daima bir su şişesi bulundurmak zamanla benim için bir alışkanlık haline geldi. Şişe, artık onsuz yapamadığım bir tür protez veya destek gibiydi. Sabah koşuları ve öğrettiklerini uygulamak gibi Dreamer'la karşılaştıktan sonra yaşamıma kattıklarının yanında, hayatımdan o sayede çıkardıklarım da vardı: pek çok psikolojik atıkla beraber su şişesinin yok olması da bunlardan biriydi. *"Senin hastalığın böbrek taşları değildi, bağımlı olmaktı. Böbrek taşları, hastalığın asıl oluşma nedenine ulaşmak, iyileşmenin yolunu bulmak için sadece bir belirti, bir işaretti."*

O işaretleri dinlemediğimiz ve gerçek sebebine dönmeyi bıraktığımız zaman, hastalık daha şiddetlenir ve sinyaller daha bezdirici daha acı verir hale gelir demiş ve bana, çok değil, az su içmemi önermişti, böylece böbrek ağrısı uzak bir anı olacaktı. Zihnimdeki ekranda görüntülerin yeniden aktığını görünce, onun yaşantımdaki bu kesiti neden böylesine irdelediğini merak ettim.

İçimdeki gizli bir mekanizma birdenbire harekete geçti, Oluş durumlarımdan birinin sonsuzluğunda dikey olarak o anıların düzlemine, zamanın dışı bir hafızanın içine fırlatıldım... O yılların sıkıntılı anılarına girdim. O köleliğin kaybolmasını, beni su şişesinden ayrılmaz hale getiren korkunun zulmunden kurtuluşumu 'hatırladım', bana ne bir mutluluk, ne de bir huzur vermişti. Aksine! Zihnimde o geçmişin bir zerresine bile dokunduğumda, bu yeni özgürlüğün benim için sanki sevilen birinin kaybı veya geri getirilmesi imkansız bir maddi zararın insana yaşattığı aynı buruk tadı hissettim. Artık, taşınan en zor şeyin, yani iyileştirilmeden geriye kalan boşluğun ne olduğunu çok iyi hatırlamıştım. Geçici olsa da, hastalanma korkusunun ve kaygısının kaybolmasını, hayati bir korumanın yıkılması ya da bildik eski tırabzanları bırakmak gibi hissettim.

13 Gerçek yoksullar

Dreamer'ın sesi beni olduğum yere geri getirdi ve dikkatimi yeniden not tutma görevime çevirdi. *"Hazır olmayan bir kişiden bir sorunu veya hastalığı çekip almak, onun alarm sistemini kapatmaya ya da ondaki ilahi bir hız adaptörünü ortadan kaldırmaya benzer. Kişi hazır değilse, bunun getireceği sonuçlar asla tahmin edilemez. Kişi kendisini öncekinden çok daha kötü koşullarda da bulabilir."*

"Bu nedenle, kimseye dışarıdan yardım edilemez. Bir hastalık veya bir endişe ondan uzaklaştırıldığında, insanoğlu onların yerine, iç düzenini dengede tutan kusursuz bir makine misali hiç zaman kaybetmeden, Oluş'una karşılık gelen koşulları oluşturarak, yerine başka bir hastalık veya yeni bir endişe koyar."

Dreamer, insan kitlesini yakından ilgilendiren bu davranışın ne olduğunu anlamam için bana sır perdesini aralamaktaydı. Dünyanın her yerinde yaygınlığı tartışmasız olan bir psikolojik mekanizma başından beri gözümüzün önünde olmasına rağmen kimse onun işleyişini hala net olarak kavrayamamaktadır. İnsanlar acılarını, korkularını ve kararsızlıklarını terk etmekte zorlanıyorlar. Onların yegane zenginliği budur. En kıymetli şeymiş gibi sarıldıkları bu mal varlıkları, onların ileri adım atmalarına engel olmaktadır. Dreamer'ın açıklamasına göre bunun sebebi, insanlığın bunları kendileri için koruyucu kalkanlar olarak görmesiydi.

"...Neyin varsa sat, parasını yoksullara ver, böylece cennette bir mükafatın olacak, sonra gel, beni izle. Bu sözleri işitince genç adamın yüzü asıldı, üzüntü içinde oradan uzaklaştı, çünkü çok malı vardı."

Nihayet, zengin gencin öyküsü diye bilinen bu meselin konusunda, bir suyolunu aşarcasına onu yaratan aklın parıltısını gördüm ve yüzyıllardır alıkoyulan hazine o olağanüstü sözlerde kendisini göz kamaştıran güzelliğiyle gösterdi.

Veronica's'ta olanların açıklaması yeniden canlanarak, beni aniden yıldırım gibi çarptı. Dreamer'ın o akşam yemeğinde bir araya gelen kadın ve erkeklerden istediği, zenginliklerini değil, yoksulluklarını bırakmalarıydı. Aslında onlara Oluş'un daha yüksek seviyesine nasıl erişebileceklerini gösteriyordu. *Yerinize bir başkasını atayın,* demişti.

Zengin gençle konuşmanın can alıcı yeri şurasıdır: "...neyin varsa sat, parasını yoksullara ver." Bu yoksullar, kutsal kitapta bildirilen yoksullardı. Sahip olduklarınızı, sizin yerinizde olmak isteyenlere verin. O zaman, sahip olduğunuz her şeyin, yaşamınızda en çok bağlı olduğunuz şeylerin, sizi bekleyen olacaklara kıyasla sefalet tuzaklarından başka bir şey olmadığını anlayacaksınız.

Dreamer'ın bana örneklerle derinlemesine açıkladığı farklı bir düzene göre, bizim evrenimizde gelişmeyen her şey çürür. Bizim kendi yaşamlarımızda bile, her an için gidilebilecek yalnızca iki yön vardır; ya yukarı, ya da aşağı. Dreamer bunu, 'Evrim Yasası' olarak adlandırırken, evrensel boyutta, bireyler için olduğu kadar, kuruluşlar, uluslar ve tüm medeniyetler için de geçerli bir durum olduğunu açıkladı.

Yukarı doğru bir atılım olmadan, daha fazlası olmayı arzulayan özel enerjinin bulunmadığı yaşam kendi üzerinde yere doğru kamburlaşır ve çürümeye yüz tutar.

Kendi tarihinde, üst bir düzene yükselmek için enerji bulamadığı belirli dönemlerde, olduğu yerde döne döne, en sonunda yüzünü artık çıkış noktasının tam aksi yönüne çevirmek durumunda kalana kadar adım adım gerileyen kilisenin, başından geçenlerin bu olguyla simgesel olarak bu denli bağdaşıyor olması üstüne düşündüm.

Böylece, kendini putlaştırarak özünü inkar etti. Çelişki içinde, 'Hristiyan' olduğuna inanmaya ve kendini bu şekilde adlandırmaya devam ederken, tapınan, batıl inançlı ve hatta kendi icadı olan Engizisyon mahkemelerinin uygulamaları ve haçlı seferleri sonucu sabıkalı bir kurum haline geldi.

İsa'nın öğretilerinde, Cennet Krallığı'nın dışında, iğne deliğinin bu tarafında kalmaya mahkum edilen zenginler, çok eski zamanların paralı zenginleri değil, fakat, olumsuz duygulardan, bağlılıklardan ve suçluluk duygularından oluşan yıkıntılar ile aşırı yüklenmiş, hem yaşıyor hem de ölmüş olmanın ağır korkusuyla dibe gömülen insanlardı.

Yüzyıllar boyunca, milyonlarca insanı yoksulluğa yöneltip, kurban zihniyetine özendiren bu mesajın anlamının böylesine ters çevrilmiş olmasının feci sonucunu şimdi net bir şekilde görebiliyordum.

Kilise'nin, yoksulluğu, merhamet göstererek, doğrulayarak ve hatta kimi zaman överek göklere çıkarması bile farkında olmadan sürekli kıldığı bu tutumun köklerinden sökülerek, insanın bilincinden dolayısı ile de toplumun bilincinden atılmasını zorlaştırdığı kanısındayım.

14 Korku çürümüş sevgidir

Dreamer, *"Korku, başından beri yaşam damarlarında dolaşan bir uyuşturucudur. Bu, bir şeyden korkmak değildir. Bu sadece korkudur, o kadar"* dedi. *"Şimdiye kadar da ona alıştın. İnsanın olaylar dünyasında karşılaştığı durumlar onun hem kaçmaya çalıştığı, hem de içinde görmekten kaçındığı şeyleri ortaya koyması bakımından faydalıdır. Okul'u olmayan kişiler için kötülük ve rastlantı, felaketten farksızdır. Oysa bunlar bir Okul'a sahip olanlar için yitirilen bütünlüğü, yeniden ele geçirmeye ve anlamaya yarayan çalışma araçlarıdır. Aynı zamanda da insanın gerçek durumunu gösteren belirtiler, alarm sinyalleridir."*

"İnsanın düşündüğünün aksine, önce korku duygusunu içimize alırız, sonra korkulacak şeyi seçeriz."

Sıradan bir insanın yaşamının ilk başlarında, şüpheler, korku ve keder onun sınırını belirler: yarı sığınak yarı hapishane olan, sanki büyük bir yer altı sığınağındaymış gibi kendisini güvende hissettiği bu sınırlı alanında hipnotik bir uykuda ve hayali bir boşluktadır.

Korkuyu terk etmek, bütünlüğe, Oluş birliğine doğru atılan ilk adımdır. Çünkü korkunun üzerine ne bir şey kurabilir, ne de akıl ekleyebilirsin. Korkusuzluk bir savaşçının ilk kuralıdır. Korku, seni işine bağımlı kılar ve geçmişte yaptığın gibi hastalığa sığınmaya zorlar.

O sırada Dreamer'ın, *"Korkuyu fırsata dönüştür!..."* diyen sert sesi bana bir öğüt vermek üzere havada çınladı. *"İnsanın sadece iki duygusu vardır: korku ve sevgi. Bunlar kendi içinde birbirine zıt şeyler değildir... Sadece Oluş'un farklı düzeylerindeki aynı gerçekliktir. Korku çürümüş sevgi, sevgi yücelmiş korkudur."*

Bu son cümlelerini yazabilmem için bana biraz süre tanıdı ve kelimesi kelimesine yazdığımdan emin oluncaya kadar bekledi.

Korku, içindeki ölümdür. Kahraman, korkusuz ya da içsel ölümü olmayandır. Kahraman sözcüğü; hero, eros, amore, a-mors'dan gelir ve hepsi ölümsüzlük demektir. İçinde ölüm olmayan bir kişi, dışarıda onunla karşılaşamaz.

Kahramanlık, meydan savaşında değil, tek başınalıkta, kendini fethederek, kazanılan insanlık merdivenindeki bir basamaktır. Savaş yalnızca kahramanın görünmez bir şekilde ele geçirdiği şeyi görünür kılmaya yarar. Savaşta onun yenilmezliği, yıkılmazlığı Oluş'unda çoktan gerçekleşmiş olan bir şeyin yeniden kanıtlandığı bir deneme, ölüm üzerindeki zaferini gösteren turnusol kağıdındaki, gerçek bir engel sınavıdır.

Dreamer, konuşmasının arasına uzun bir suskunluk girmesine izin verdi. Bu süreyi notlarımı tamamlamak ve yeniden gözden geçirmek için kullandım. Bir araya getirilen malzemenin değerini ve Dreamer'ın, işleyen en gizli düzenlere, psikolojinin en karanlık bölgelerine ve bizi korkak, yalancı ve ölümlü yapan her şeye göz kamaştıracak kadar parlak bir ışık tutan açıklamalarındaki görkemi hissettim.

Yeniden konuşmaya başladığında, Kuveyt meselesiyle benim işi bırakma ve taşınma korkularımı gündeme getirdi.

"Kuveyt'e gitmek senin için önemli. Dışarıdan bakıldığında, yeni bir iş fırsatının başlangıcı olarak görünürken, özünde, çok uzun bir süredir içinde debelendiğin Oluş'unun, sınırlı ve soluksuz haline karşı elde edeceğin zaferin ilk adımı anlamına geliyor. Titreyen bir sesle,

"Bir 'girişimci' zaten 'düş'e doğru yol alan kişidir," dedi, sesi çok yumuşaktı. *"Bahiste itibarını ortaya koymaktan çekinmeyen ve kalıplarla önceden kurulmuş dengeleri kırıp, çok daha elverişli olanları yaratarak gerçekliği değiştirme gücüne sahip bir isyancıdır... Birkaç adamı bir araya getirmek, onların sorumluluğunu üstlenmek, onları şevkle yüreklendirmek, kendi düşünü onlara bulaştırmak girişimciliğin belirleyici nitelikleri olarak adlandırılabilir. Aslında bunlar, insanın sorumluluk merdiveninde en üst basamaklara erişmesini sağlayacak Oluş meziyetleridir."*

Bir hüznün içimde hızla, kontrolsüzce büyüdüğünü hissettim. İç dünyam kararıp hayatımı bir gölge gibi kapladığında ani bir böbrek sancısı krizine tutuluyordum. Fiziksel ağrı ile psikolojik ağrının tam orta noktasındaki bu hisse benzer başka bir his daha yoktur. İçgüdüsel olarak elimi sağ böbreğimin üzerine koydum. Dreamer'a, tamamen kurtulduğumu düşündüğüm hastalığımın nüksetmesinden korktuğumu belirtmek ve yaptıracağım tıbbi kontrolden bahsetmek isterdim.

Aniden, *"Kes şu yalancılığı!"* dedi.

"Sen yalancıların, kendine yalan söyleyenlerin en kötüsüsün: ikiyüzlüsün... Hastalık diye bir şey yoktur. Beden asla hastalanmaz. Sadece oluşta neyin eksik olduğunu gösteren sinyaller gönderip belirtiler üretebilir. Hastalıklar yoktur, yalnızca iyileşmeler vardır..."

Ağır ağır konuşarak sözcüklerini çok net söylemeye başladı ve, *"Tüm iyileşme, korkudan kurtulmaktır. Asıl nedenden bir kez kurtulduğunda belirtiler de yok olacaktır,"* dedi.

Allak bullak olmuştum. Sağlığın olduğu kadar hastalığın da sadece bana bağlı olduğunu ve bedenimde oluşan taşları üretenin bağımlılıklarım ve korkularım olduğunu söylemesi ile iç içe geçmiş, giderek büyüyen, sonunda da beni içine alarak yutuveren düşünce çemberinin içinde kayboldum.

Beni kendime acımanın içine yıpratıcı bir dalış yapmaktan son anda kurtaran ses tonuyla, *"Şimdiye kadar bir parazitin hayatını yaşadın. Senin hastalığının tanısı: sorumsuzluk. Böbreklerinden hastalanan kişinin korkuları vardır ve bu nedenle bağımlıdır. Böbrek hastalığı iletişim sorunlarının olduğu anlamına gelir; önce kendinle, sonra başkalarıyla,"* dedi.

O sıralar Dreamer'ın bu sözleri bana anlaşılması zor gelmiş ve beni şüphe içinde bırakmıştı. İçimizdeki gökyüzünde yıldızların ve galaksilerin parlayıp döndüklerini, güneş sistemini oluşturan gezegenlerin, doğrudan bedenin organlarıyla bağlantılı olduğunu ve bunların çok eski kültürlerde zaten bilindiğini ancak aylarca sonra öğrenecektim. Eski çağlardaki insanlar, karaciğeri Jüpiter'le, yüreği Mars'la, dalağı Satürn'le ve akciğerleri Venüs'le bağdaştırmışlardır. İşte bu son bağdaştırmada, nefes alışın duyguyla ve a-mors, yani ölümün olmaması anlamına gelen 'sevgi' ile bağlantısının doğruluğunu keşfetmiştim. Nefes ve nefesin ilişkili olduğu organlar aracılığı ile duygularımızı kontrol altına alabilir ve korkuyla savaşabiliriz. Dreamer'ın bana henüz söylediği şeyin doğrulamasına klasik kainat inanışlarında da rastlarız: Böbrekler Merkür'le bağlantılıdır; tanrıların kanatlı elçisi, dolayısı ile iletişimle ilgisi bulunmaktaydı. Fakat bu keşif çok sonra gelecekti. Şimdilik yaptığım ise, şüphecilik taslamak ve şunu sormak oldu: "Peki ama, o zaman neden iletişim benim için çok basit oldu, her zaman iletişimin en yoğun olduğu alanlarda çalışmama sebep olan neydi?"

Dreamer, sözlerimi uzatmama izin vermeden, *"Elbette öyle yaptın!"* dedi, *"çünkü böbreklerinden hasta olanlar iletişimi gerektiren işleri kendilerine çekerler ve bu tür işlerde bu yetenek eksikliğini bağlantı, anlama ve paylaşma yokluğunu dengeleyecek bir araçmış gibi çalışırlar,"* dedi.

Sonrasında, çok önem taşıyan bir şey söyleyen birinin ses tonuyla,

"Korkuların, sana ücret ödeyen bu şirketi, senin bağımlılığını yansıtan dev bir put yaptı... 'Düş'ünü' dışına aktardın... kendini bir köle durumuna indirgeyerek bir maaşla sahte güvenceler karşılığında düşlerini takas ettin. Zaten bağımlı kişiler, şimdiden boyunlarına kadar mezarlarına girmişlerdir."

"Gerçek şu ki, sen de milyonlarca insan gibi kendini yok etmeye karar verdin," dedi ve bu son saldırısı ile sözlerini sonlandırdı.

Bu sözleri işittiğimde, içimde öfke dolu bir isyan, nefrete yakın bir gücenme duygusu kabardı, öyle ki bu ani yükselen nefret ve şiddet duygusu yüzünden önce kendim korktum. Sözleri deneyimsiz bir sinire dokunmuş, karanlıkta, yaşamıma gözü kapalı yol gösteren en gizli ve en savunmasız tarafımı meydana çıkartmıştı. Sonra, içimde yükselen bu nefret ve isyan duygusu bir hayalet gibi birdenbire yok oldu. Onlar çekildikten sonra ise geriye kalan ve çok daha derin olan minnettarlık ve teslimiyet duygularını buldum. İçimde her şeyden daha gerçek ve samimi olan bir şey, Dreamer'la karşılaşan herkesin iyileştirme bulacağını biliyordu.

Beklenmedik bir şefkat, babacan bir tavırla, *"Kuveyt'e git,"* dedi. *"İşi kabul et ve bir girişimcinin yaşamını yaşa... Daha tatlı bir havayı solumaya başla. Bu, seni daha üst sorumluluk düzeylerine erişmekten alıkoyan engelleri yerle bir etmene yardım edecektir...*

Büyümenin önündeki engelleri kaldır; tüm kişisel, sosyal ve ekonomik sorunların çözülüp kaybolacaktır.

Korku ve bağımlılık aynı şeydir. Bağımlısın çünkü korkuyorsun ve korkuyorsun çünkü bağımlısın.

Bu sınıra saldırmak ve korkuyu alt ederek onu Oluş'unda söküp atmak... onunla savaşmaktan daha kutsal bir savaş yoktur."

Burada durdu; bana sanki bu sefer için daha fazla bilgi verip vermemeyi gözden geçirirmiş gibi geldi. Görüntüsü bulanıklaşmaya başladığında, *"Kuveyt'te, Projenin çok değerli hücreleri olan insanlar tanıyacaksın,"* dedi.

15 Çözüm yukarıdan gelir

Ertesi gün röntgen muayenesini iptal ettirip, Yusuf Behbehani'nin teklifini kabul ettim. ACO Personel Başkanı Dr. L., birkaç formalite cümleden oluşan istifa mektubumu alınca şaşırmış ve beni görmek istemişti. Onunla önceden çeşitli vesilelerle karşılaşmıştım.

Edindiğim bilgilerin ışığında sert ve çalımlı bir amir olduğunu sanıyordum. Ancak bu kez toplantı farklıydı. Tüm geçmişi ve geleceği kısa bir anın içine sıkıştırılarak, o gün adamın tüm yaşamı meydana seriliverdi. Karısı, çocukları ve yaşamla ilişkisini gördüm. Dr. L., tam yatay kariyeri simgeleyen, görünüşte başarılı bir kişiydi ama onun yaşamı da aynı korkuların, bağımlılıkların ve mutsuzlukların yönettiği aslında benim yaşantıma benzer bir yaşamdı.

Kararımı verdiğim anda, görüntüsü apaçık ve bir bisturi kadar keskin hale geldi.

Bir zamanlar amirim olan bu kişide, kendi güvensizliğimin yansımalarını, çalışan pozisyonundaki durumunun yetersizliğini, dünyanın insana dayattığı tüm boğucu ifadelerini 'gördüm.'

Bunu 'görmek' ve özgürlüğü hissetmek, aynı histi. Özgürdüm çünkü 'onu görebiliyordum' ve 'onu görebiliyordum' çünkü özgürdüm. Bu adamda kendimi fark etmek ve onun her tavrıyla sözündeki yansımayı irdelemek, ayağımı kaldırıp bir basamağa koyup bir diğer basamağa çıkmaya benziyordu. Bundan böyle asla amirim olamazdı. Kendimi bir milim yükseltmem, bu adamın tüm varoluşunu bir anda 'anlayabilmem' için yetmişti: çalışmaları, kariyeri ve ilişkileri.

Onun özel ve profesyonel yaşamı, görünürdeki başarıları ile başarısızlıkları olmak üzere, bildiğine ve sahip olduğuna inandığı her şey onu aniden sınırlandırmıştı. Ve ben özgürdüm. Hayatımın her noktasından geçen eski prangalardan kurtulduğumu hissettim. Sonra insanların kendilerini yoksulluğa adamaları, kendilerine acı veren her şeyi genel olarak yüceltmeleri, yalana olan düşkünlükleri ve ölümün kaçınılmazlığına olan sarsılmaz inançları bana putperestlik kadar anlamsız geldi. Dr. L. ile görüşmem, içimdeki eskiyle yeninin bir düellosu halini aldı. Sadece bir anlık bir duraksamam olsa dengemi kaybederdim ve gerisingeri bağımlılık tuzağının içine çekilirdim. Oysa ortaçağdaki dövüşler gibi, galibiyetim görünmeyen dünyada kaydedildi ve ben amansız bir mücadeleden henüz galip çıkmış biri gibi, hiddetli ve asabi bir mutlulukla doldum.

Ofisinin kapısının önünde ayrıldığımız sırada, benim bu değişikliğimden dolayı Dr. L.'nin bile gözlerinde bir memnuniyet ifadesini yakaladığımı söyleyebilirim. Görüşmemiz onun da bir nefeslik özgürlük solumasını, rolünün hapishanesinden çok kısa bir süre için de olsa çıkmasını sağlamıştı. Anladım ki bir tek hücre bile kendisini iyileştirip yeni görünüşünün oluşumunu duyurduğu zaman tüm insanlık ta onunla beraber sevinç duyuyor. Geçen tüm bu yıllar boyunca ACO Grubu'nun, sadece bir işi ve bir gelir kaynağını değil, bir korunmayı ve bir bağımlılık koşulunu somut olarak temsil ettiğinin farkına vardım. Artık temiz bir sayfa açma zamanıydı.

Birkaç gün içinde evi kapattım, çocukları Giuseppona ile birlikte anneannelerinin yanına gönderdim. Artık, bir petrol denizinde yüzen, şimdiden iş dünyasının bir ön cephesi ve yeryüzünün finans merkezlerinden biri olan Kuveyt' e taşınmaya hazırdım.

Bu koşullarda bile Giuseppona'yı benim tarafımda buldum. Gözleri heyecanla parlıyordu. Bir kez daha hazırdı. Hatta bu değişikliği ve Ortadoğu'da yıllarca yaşama olasılığını memnuniyetle karşılayıp bir çocuk gibi heyecanlandı. Beni kucaklarken, "Elini çabuk tut, oğlum!" dedi.

Bu sırada araba yerleştirilmiş, Giorgia ve Luca da beni geçirmek üzere binmişler, hazır bekliyorlardı. "Bize güzel bir ev bul... Çölü görmek için sabırsızlanıyorum... Zihnimde onu, Licola'dan biraz daha büyük bir kumsal olarak canlandırıyorum. Ayrıca bir Arap prensiyle tanışmaya can atıyorum..."

Giuseppona'nın keyfi kolay kolay bozulmayacağı gibi, bulaşıcıydı da. Sayesinde çocuklarla vedalaşmak hüzün yerine neşeli bir havaya büründüğü için ona minnettardım. En kısa zamanda yeniden birlikte olma sözü beni güçlendirerek bu önemli değişikliği daha da bir kararlılıkla göğüslememi sağladı.

Dreamer sürekli olarak bana düş var olan en gerçek şeydir ve düşleme sanatı, çözümler dünyasına ulaşma imkanı sağlayan bir Oluş hareketidir diye hatırlatıyordu.

Olaylar dünyasında, karşıtlıklar dünyasında çözümle karşılaşman kesinlikle imkansızdır. Çözüm, sorunla aynı düzlemde değildir.

Çözüm yukarıdan gelir, ama senin istediğin zamanda değil! Çözümler dünyasına girebilmeyi bilmek gerekir. Oluş'ta yükseldiğinde, sana bulanık görünen her şey netlik kazanır, geçit vermez dağlar gibi görünen sorunlar ise kolay tümseklere dönüşür...

Bu sözler, gözümüzün önünde olmasına rağmen her türlü inceleme dışında kalmayı sürdüren bir olgunun, hayati önem taşıyan bir sorunun üstünde zihnimi yormama neden oldu: Tüm tarihi boyunca dünyada sorunlar asla çözülmedi! Olsa olsa, ya zaman içinde geleceğe ertelendi ya da coğrafi yönden başka bir ülkeye taşındı. Dolayısıyla, insanlık tarihindeki değişiklikler ve oradaki devasa problemlere bulunan çözümler, hep görünürde kaldı. Bugün bile bu sorunlar binlerce yıl öncesiyle tıpatıp aynı. İnsanlık, dün çıplak elleri ve çakmak taşlarıyla çözemediği sorunları, bugün en gelişmiş teknolojileriyle de çözemedi.

"Yine de kesinlikle bir çok gelişmeler gösterdik ve bugün çok daha iyi durumdayız..."

"Olayların nasıl 'geliştiğine' veya neye nasıl 'inandıklarına' dair sürekli olarak konuşmak, insanlığın en derinlere kök salmış ve en zararlı alışkanlıklarından biridir. Günlük konuşma dili 'evrim', 'gelişme', 'ilerleme' gibi bir sürü sözcükle dolu olmasına rağmen, her şey yine olduğu gibi kalır. Gelişim imkansızdır" derken Dreamer'ın sesinde sert bir ton hakimdi. *"Gelişebileceğine ve ilerleyebileceğine inanmak geçmişteki insanlığın boş inanışlarından biridir. Bu bağnaz ve kör bir inanıştır."*

Binlerce yıldır hiçbir şey olmadı. Yoksulluktan suçluluğa, karşıtlıklara ve savaşlara kadar yeryüzündeki problemler, Taş Devri'nde ne ise Dijital Çağ'da da hep aynı kaldı.

'Gelişmek', her şeyin olduğu gibi kalmasını isteyenlerin, eskimiş, canlılığını yitirmiş bir düşünme biçiminin bağımlısı olanların parolasıdır.

Dünyanın dışarıdan düzeltilebileceğine inanmak, kötülüğün kökleriyle mücadele etmeye gücü olmayan insanlığın körü körüne inanışıdır. Düşüncede devrim yapmak gerekir. Bir altüst etme. Gerçeği değiştirmek için 'düşü' değiştirmek gereklidir. Bunu ancak birey yapabilir.

Zaman döner, böylece insan ve onun yarattığı tüm medeniyetler, geleceğe doğru ilerledikleri yanılsaması içinde dönerek ve her döngüde git gide bozularak, daima geçmişe, başladıkları noktaya geri giderler. Dolayısıyla, medeniyetler tarihinde olduğu gibi, bir insanın yaşamında da çözüm asla zaman içinde değil, 'dikey zamanda', yani bilinen zamanın dışındaki zamandadır, düşüncenin niteliğindeki bir yükselme de ancak böyle bir anda gerçekleşebilir.

İnsanlık, ancak hiç ile sonsuz zaman arasında asılı duran an'ı yöneterek kaderini biçimlendirebilir ve olayları üstün bir düzende yaratabilir.

Yaşantımın şimdiye kadar Dreamer'ın rehberliğinde geçen her aşamasında olduğu gibi, sanki bir yapbozun her bir parçasının kendi yerini bulması gibi, o andan itibaren, her şey doğru oranlamada ve zamanlamada olması gerektiği gibi yerini aldı. Kararımı verir vermez, kapıldığım ve uzun zamandır durağan kaldığım koşullar çözüme kavuştu.

Önemde ilk olan, öncelikte ilk olur! - First thing first!

En önemli şey olan 'düşü' yani gelişimini, diğer her şeyin önüne yerleştirince ve beni anımsayınca bir tür ayırt etme duygusu yükselir... böylece neleri yapıp neleri yapmayacağını kesinlikle bilirsin.

Kendini gözlemlemeye, kendini tanımaya başlayınca, doğru olan her şey gerçekleşmeye başlar ve öte yandan, 'düşün' bir parçası olmayan yararsız, boş ve yıkıcı olan her şey de çözülüp yok olmaya başlar.

Bu sözlerin doğruluğuyla her an karşı karşıya geliyor ve bu gerçekliği neredeyse elimle tutabiliyordum. Geçmişin parçası olan her ne varsa, ben daha pişmanlık duymadan ve bunları durdurmaya çalışmadan, hiçbir çaba göstermeme gerek kalmadan kendi kendine ufalanıp yok oluyordu. Nuh'un yaptığı gibi, ben de yanımda ancak yeni dünyamın 'tohumlarını' götürebiliyordum.

Dışarıdan bakınca, uzak bir ülkedeki bir girişimcilik serüveni uğruna bir işin güvencesini, bir aile dengesini ve evimi terk ediyordum. Dreamer'la geçirdiğim yıllar, uyguladığım öz gözlemleme çalışmalarım ve onun varlığı sayesinde bıraktıklarımın aslında hala beni 'güvenli' bir işin, korunmanın ve dış dünyadan gelecek yardımların kesinliğine inanmaya iten yalanlarla bağımlılıklar olduklarını görebiliyordum.

Gretchen, dünyanın bu tarifinin tam anlamıyla bedenleşmiş haliydi; yaşamın o şekilde düşünülmesini, hissedilmesini ve anlaşılmasını beslemeye, sürekli kılmaya her durumda hazır bir temsilci, sadık bir bekçiydi. Zamanı geldiğinde, tahmin ettiğim gibi, Ortadoğu'nun kumları için Alplerin karını bırakmak istemedi. Bu kadın ve onun temsil ettikleri, benim ardımdan gelemezdi. Jennifer'la başıma gelenlerin yine tıpatıp aynısı tekrarlanıyordu. Dreamer'a evet dediğim her sefer, bir yalanlar, mecburi uzlaşmalar ve ikiyüzlülükler dünyası yok oluyordu. Dreamer'a göre doğrularım, bana hala görünmeyen çok değerli bir şeyle değiştirilmesi gereken süprüntülerdi.

Görünürde ortaya birdenbire çıkan böylesi kökten değişiklikler, yıllardır gösterilen çabaların getirdiği bir milim anlayışın sadece küçük bir kısmının sonucuydu. Buna rağmen, daha öteye geçip Dreamer'ın sözlerinin derinlerime dek işleyebilmesi için daha çok yılların geçmesi ve hatta daha çok hata yapmam gerekecekti. Dreamer'ın öğretilerine yol açmak için, Gretchen'ın da diğer tüm ikiyüzlülükler ve hayaletlerle birlikte, yaşamımdan çıkması gerekiyordu. O da New York'a döndü, mektupları giderek seyreldi ve bir daha birbirimizi hiç görmedik. Taptığım putlar, kesin inandığım şeyler, tümüyle yıkılmaktaydılar. Benim için öncelik olan her şey tepetaklak oldu. Kariyer, aile, para, tüm değer yargılarım yeni biçimlere bürünmekteydiler. Yaşantıma sıradışı bir şey giriyordu, nazik, içten ve gerçek bir şey, sade bir şekilde kendisi için yer açıyordu.

Bölüm VI

Kuveyt Şehrinde

1 "Ekonomi budur!"

Sırtımı koltuğa yaslayarak geriye doğru kaykıldım ve bacaklarımı uzun maun masanın altında ileriye doğru uzattım. Aylardır hep olduğu gibi, bugün de yoğun koşuşturmayla geçen bir iş günüydü. İşleri şenlikli bir kargaşayla yürütüyorduk ve ofisler, Avrupa'dan henüz gelen yeni donanım malzemeleri ve mobilya kolileri ile kaplıydı. Şirketin merkezini taşıdığım Al Awadi Ticaret Merkezi İkiz Kuleleri, akşamın bu saatinde oldukça sessizdi. Klimaların monoton uğultusu, kocaman mekanik bir kedinin mırıltıları gibi huzur vericiydi. Karanlıktaki iç içe geçmiş çevre yollarının ortasında yükselen Kuveyt şehri bir avuç elmas gibiydi. Ülkenin tek otoyolu, kuzeybatı yönünde kilometrelerce ötedeki petrol kuyularına doğru ışıl ışıl uzanıyordu. Kuyulardaki devasa petrol tulumbaları durmadan nefes alan, milyonlarca yıllık tuz okyanuslarından çıkmış dev ejderhaların başlarına benziyordu.

Akşam olmuştu, ancak o gün, tüm kayıtları aşan dışarıdaki sıcaklık hala dayanılmazdı. Emir, sıcaklığın 40 derecenin üzerine çıkması halinde iş ile ilgili tüm aktivitelerin durdurulmasına yönelik bir kararname yürürlüğe koymuştu. O günden sonra hiçbir resmi termometrenin 40'ın üzerinde bir sıcaklık kaydetmemesi üzerine bu insani meseleye ve iş duraksamasından kaynaklanacak maliyet sorununa getirilen bu akıllıca çözümü düşünerek gülümsedim.

Kuveyt'te kurduğum şirket, ofislerle teknik destek birimlerinin El Abadi Kuleleri'ndeki ticaret kompleksine taşınmasıyla tam olarak faaliyete geçmişti ve Behbehani Holding bünyesindeki çok sayıda iş alanlarının en karlılarından biri olmaya doğru ilerliyordu. Bu iş için, Avrupa'nın her köşesinden ve ABD'den üstün nitelikleri olan yöneticileri ve teknik personeli seçtim. Yeni sahaların kazanılmasının ortama getirdiği heyecanla her geçen gün gelişen iş kapasitesini karşılamak üzere yeni personeller bünyemize katılmaktaydı. Her biriyle ayrı ayrı imzaladığım işe alma sözleşmeleri, Ortadoğu'da en az üç yıl süreyle oturmalarını zorunlu kılıyordu.

Onları bulmak ve seçmek kolay olmamıştı, özellikle onları Kuveyt şehrine gelmeye ikna etmek çok daha zor olmuştu. Dünyanın çeşitli yerlerinden gelen bu küçük göçmenler ordusunun, oturma izinlerinden ev eşyalarının taşınmasına, ailelerinin ortama ayak uydurmasından, çocuklarının eğitimine kadar birçok sorunları ve bitmez tükenmez ihtiyaçları vardı. Kuruluşun düzgün yürümesi ve sorumluluğunu üstlendiğim bu insanların rahatı için, gereken her şeyin düzenlenmesi ve planlanması ile gece gündüz uğraşıyordum. Artık sorumluluk benimdi ve iyi bir patron gibi, bir zamanlar onların pozisyonundayken kendim için istediğim her şeyi beklentilerimi ve gereksinimlerimi düşünerek, onlar için yapmak istiyordum. Ancak ne var ki, tüm uğraşlarıma rağmen onları tatmin etmeyi hiçbir zaman başaramadım. Bir araya getirdiğim farklı dillerden, milletlerden ve meslek gruplarından gelen insanlarla, çeşitlilikten mutlu, çok biçimli bir yapıya sahip küçük bir Babil Kulesi oluşturmuştum; bu çok renkli kültür mozaiği kusursuz bir gelişim süreci planını izleyerek her geçen gün büyümeye devam ediyordu. Kuruluşun bünyesini oluşturan her bir parça ve her çalışan bu sık dokunmuş kumaşın atkısını oluşturan yatay ilmek dizisi boyunca kendi yerlerini bularak doğal bir biçimde birbirleriyle kaynaşmışlardı ve ben çok geçmeden, oluşturduğum bu ekibin kendi uzantım olduğu hissine vardım.

Bu insanlara hizmet etmen, onların rahatı, huzuru için çalışman demek 'düşün' ilkelerini sürekli hatırladığın anlamına gelir. Sendeki değişim onları daha canlı, daha sorumlu ve daha özgür kılacaktır. Çözüm liderin bütünlüğüdür. Ekonomi budur!

Şimdi, düşüncelerimle baş başa kalmış, onun sözlerini tekrar gözden geçiriyordum. Havaya çocukluğumun hoş kokuları yayılmıştı adeta, kendimi hafif ve neşeli hissediyordum. Benim için çalışan kadın-erkek herkesi bir bir zihnime çağırarak inceledim. Zihnimde, benim için çalışan tüm kadın ve erkekleri görebiliyordum. Dreamer'ın ebedi sözlerini dinlerken, yüzleri tekrar gözlerimin önünde belirdi; *"Bir liderin görevi, çalışanlarını kollamak, sevmek ve onlara hizmet etmektir. Bir kuruluşun hızla gelişip ilerleyebilmesi için en uzak hücresinin dahi gözetilmesi gerekir."*

2 'Düş'ü unutmak

Yeni yaşamımı yoğun olarak dolduran bu kuruluş aşamasında, Dreamer'ın öğütlerini unuttum, oyunun eşsiz güzelliğini yitirmeye başladım. Giderek daha da uzayan sürelerle onun öğretilerinin temiz havasını solumadan araştırmamı zihnimden tamamen uzaklaştırarak, neredeyse hiç nefes alamaz halde yaşadım.

O sıralar sorumluluğumun kaçınılmaz saydığım sonuçları ve göstergeleri olarak karşıma çıkan endişeler ve sıkıntılar beni öylesine tutsak ettiler ki, her şeyin sadece benim kararlarımdan, stratejik tercihlerimden kaynaklandığına inanıyordum.

Dreamer, *"Her şey çoktan yapıldı..."* diyen sözleriyle, felaket getirecek bu yolda ilk adımlarımı atmadan, önceden olacaklar konusunda beni defalarca uyarmaya çalışmıştı. *"Evet, her şey çoktan yapıldı. Senin tek yapman gereken yalnızca ektiğin mahsulü yani sonuçları toplamak..."*

Ama bu sözler boşluğa düşüyorlardı, daha doğru bir ifadeyle, kibrimin tabyaları önünde paramparça oldular. Yönettiğim işlerin başarısının her geçen gün büyüdüğünden emin olmam, benim zaten sahip olduğum yetenek ve becerilerimin doğal sonucuydu. Açıkça belli olan tuzakları ve kurulmuş pusularıyla, iş yaşamındaki binlerce durum ile insanın başarılı olup kendini kanıtlama mücadelesi, beni daha gergin, endişeli ve hüzünlü yapıyordu.

Riccardo's'ta bir akşam yemeğine gidişimiz sırasında sahil yolunda yürüdüğümüzü anımsıyorum. Yanımızda dünyanın en akıl almaz trafiği akıyordu, geçit alayındaki develer gibi süslenmiş kamyonetlerin ve eski Mercedes'lerin yanından Bentley ve Ferrari'ler geçmekteydi. Onların gürültüsünden, Dreamer'ın söylediklerini güçlükle duyuyordum. Birdenbire tüm sesler kesildi. Görünmez bir komut almışçasına, arabalar ya kaldırıma çıktılar, ya da yolun ortasına park ettiler. Arabasından inen herkes eline aldığı seccadesini kıbleye doğru serdi ve yüzlerce şoför, bir sihirli değnek değmişçesine, namaz kılarak ibadet eden kalabalık bir cemaate dönüştü. Yıldızlarla dolu bir gökkubbe altındaki bu deniz kıyısı, devasa bir cami haline geldi. Bu sessizlikte Dreamer'ın sesi, bana anlatamayacağım bir şiddetle ulaştı.

Bu insanlar da seninle aynı yolu yürümekteler. Senin de istediğin hedefe ulaşmak için onlar günde beş kez diz çöküyorlar. Ama bekledikleri cennet asla gelmeyecek. Cennet sadece bir Oluş durumudur... O yüzden, öteki dünya olarak tanımlanan yer, sınırsız olan bu dünyadır. Kitlelerin yaptığı toplu ibadet törenleri sadece bir yanılsamadır...

Aynı akşam, daha geç bir saatte yakaladığım ilk fırsatta, bana bu konuyu biraz daha anlatmasını istedim.

Dreamer'ın söylediklerine göre, dinler, ideolojiler ve bilim önce, üzerinden geçmemiz, fakat sonrasında onları aşarak geride bırakmamız gereken köprüler gibiydi. Görevleri tamamlandığında, kendimizi onlardan özgür kılmamız gerekirken, kendimizi bağışlama işine öyle çok kaptırdık ki, sonunda dinler, sorgulanmadan kabul edilen ideolojilere, hurafelere, hapishanelere ve ölümcül tuzaklara dönüştüler.

İnsanlığın bu saldırgan ve çatışmacı haline müdahale edilmediğinde, kendi kendini mahveden insan için mahkemeler, polisler ve hapishanelerle birlikte din, suça eğilimi önlemeye ya da en azından onu belli bir sınırda tutmaya yarayan toplumsal bir denetim aracıdır.

Amacını hatırla! Eğer kendi kaderini bir büyük serüvene dönüştürmeyi gerçekten istiyorsan, 'düşün' ilkelerini anımsa... İnsanlığın, kendini olumsuz duygularla, yıkıcı düşüncelere kaptırması başına gelen felaketlerin asıl nedenidir. Tetikte ol! Sana acı verebilecek bir atom tanesinin bile içine girmesine izin verme. Her ne yol izleyeceksen izle ve ölümcül yaralarını an'da kapat!

Dreamer'ın varlığına ve öğütlerine rağmen, kendimi kaçınılmaz olarak mutsuz bir hayatın eski yollarında ilerlerken buluyordum. Dreamer'ın, o akşamki buluşmamızı yine bir tehditle kapattığını anımsıyorum.

"Kendi devrimini başlat!" diye emretti. *"Yoksa bir gün, senin dışındaki bir tanrısallığı memnun etmek üzere, kendini bu kalabalıkla beraber diz çökerken bulacaksın."* Sonra, kocaman bir yırtıcı hayvanın hırlamasına benzeyen bir sesle fısıldayarak, *"Değiş! Aksi halde yerine, senden daha hazır olan bir başkasını koymam gerekecek,"* dedi.

Şirketin büyümesi ve faaliyetlerin genişlemesiyle birlikte işimdeki baskı da günden güne artıyordu. Geceleri yürek çarpıntılarıyla uyanıyordum ve uzun süre uyuyamıyordum. Tanrısal bir lütufla arada bir, hapishanenin parmaklıklarından içeri süzülen güneş ışığı gibi, Dreamer aklıma geliyordu da, rahat bir nefes alabiliyordum. Birkaç dakikalığına da olsa unutkanlığın duvarlarında küçük bir delik açılıyordu. Çok kısa bir süre için 'düş'le yeniden bağlantı kurabiliyordum. Oluş'taki bu yeri endişe, belirsizlik ya da üzüntünün olmadığı, zamanın dışındaki bu adayı bir daha terk etmek istemiyordum. Fakat bu durum göz açıp kapayıncaya kadar kısa sürüyordu. Kısa süreliğine benden uzaklaşan korkular, şüpheler öncekinden daha güçlenmiş bir halde geri geliyorlardı. Boğulduğumu hissediyordum. O zaman bir mide bulantısı bedenimi eline geçiriyor ve beraberinde zihnim yine bir ordu dolusu karanlık düşüncenin esiri oluyordu.

O akşam, sessizlik ve yalnızlık aklımdan geçenleri biraz yatıştırınca not defterimden 'rastgele' bir sayfa açtım. Tüm canlılığı ve enerjisiyle önüme Dreamer'ın şu sözleri çıktı:

"Her insan, yaşaması gereken gerçekliğin tek ve yegane yaratıcısıdır. Dünya, kendi yaşamımızın hayaletlerini üzerine yansıttığımız dev bir ekrandır... Bizden başka, kaderimizi etkileyebilecek, bilinen veya bilinmeyen, doğal veya doğaüstü hiçbir kuvvet yoktur... İster iyi, ister kötü olsun yaşamımızdaki her bir olay, ortaya çıkmadan önce mutlaka bizim onayımızı almaktadır. Sakın bu dünyanın senin dışında var olduğuna inanma.

Dışarıda bir yerlerden geldiğine inandığın her şeyin başlangıcı, senin içindedir, başka hiçbir yerde değil. Dışarıda olan biten her şeyin içsel bir sebebi olduğunun farkına varman, kötülük, keder ve ölümün dünya üzerinden tamamen yok olmasını sağlayacaktır."

Gözlerimi kaldırdım ve üç kemerli mermerden Fas stili pencerenin çerçevelediği karanlığa büyülenmiş gözlerle baktım. Şimdiki yaşamımın geçmiş yaşamımdan ne kadar farklı olduğunu hissettim. Bu an, bunca öğrendiğim ve başıma gelen her şey için, varlığımı derin bir şükran duygusuyla kucakladığım bir andı. Dünyanın yüksek bir noktasından düşen tek bir damla, yaşamın tüm felaketlerini boğmaya yeterliydi.

Bulunduğum ortamı ve oradaki her ayrıntıyı yeni bir ışık altında gözlemledim. Toplantı odasının zengin, gösterişli ve oryantal zarafetini inceledim. Yarı açık duran kapının aralığından, değerli halıların üzerine gelişigüzel bırakılmış kutulara baktım. Yarından sonra adamlarım malzeme ve mobilya kutularını açarak monte edeceklerdi. Zihnimden onların gülümseyen yüzlerini geçirdim. İşte tam o anda, odada yalnız olmadığıma dair tarif edemeyeceğim bir duygu içimi kapladı. Koltuğumu yavaşça bana eşlik eden bu varlığa doğru çevirirken, kalp atışlarım hızlanmıştı.

3 Endişelenmek hayvan içgüdüsüdür

Benden birkaç adım ötede, 'o', Dreamer buradaydı; hiçbir dönemi çağrıştırmayan özgün giysisi içinde çok şıktı. Hafifçe diğer yana dönerek, bacak bacak üstüne atmış oturuyordu, yüzünde huzur içindeki birinin ifadesi vardı. Özenle ciltlenmiş küçük bir kitabı okumaya dalmıştı. Ne bana baktı, ne de beni fark ettiğini gösterir bir işaret yaptı.

Peki ama, ne kadar zamandır buradaydı?

Ben henüz şaşkınlığımı üzerimden atmaya fırsat bulamamışken, o her zaman yaptığı gibi, sözü hiç dolaştırmadan, konuya yine çoktan girmişti.

Gözlerini kitabından ayırmadan, *"Dünyanın betimlenmesiyle özdeşleşen senin gibi insanlar endişelenir, çünkü varlıklarının eşsiz güzelliğini unutmuşlardır,"* dedi. Ardından gelen sessizlik, sanki söyledikleri hakkında kendi kendine düşünüyormuş gibi geçti. Sonra, bunun düşüncesinden bile duyduğu tiksintiyi saklamaya gerek görmeden,

"Endişelenmek hayvanlara özgü bir içgüdüdür!" dedi.

Onu aylardır görmüyordum. Kendimi umulmadık bir şekilde yine onun huzurunda, neredeyse böyle dokunabilecek bir mesafede bulunca yüreğimi birbiriyle çelişen duygular kapladı. İlk şaşkınlığımı üzerimden attıktan sonra, çölün ortasında palmiyelerin gölgelendirdiği bir tepeyi fark eden biri gibi coşkulu bir sevinçle içim içime sığmaz oldu. Fakat kısa bir süre sonra, bu sevincim pek de hoş olmayan duygularla gölgelendi. Uzun zamandır bastırılmış bir pişmanlığın gün ışığına çıktığını hissettim. Ben aylardır gücümü aşan bir görevi göğüslemeye çalışırken, o beni yalnız bırakmıştı. Kim bilir kaç kez, onu dinleyip buralara geldiğime pişman olmuştum. Kim bilir kaç kez, ne ileri gitme gücüm, ne de geri dönme imkanım kaldığı için bir kapana sıkışmışçasına umutsuzluğa düşmüştüm. Bir maaşın sınırlı, zavallı güvencesiyle köleliğin karanlık kucağına yeniden sığınmayı istemiştim. Dreamer'dan önceki yaşantımın bilinçsiz acısını, kör ıstırabını bile bu yürek tüketen işin basamaklarını tırmanmaya tercih ederdim. Tüm bastırma çabalarıma rağmen, neredeyse açık bir meydan okuma havasında saldırgan bir tepki vermekten kendime engel olamadım.

Yüz kaslarım gerilerek ifademin denetimini tümüyle öfkenin eline teslim ederken, "Eğer endişelenmek hayvan içgüdüsü ise, peki ne yapmamızı bekliyorsun? Endişelenmezsek, kafa yormazsak, sonra kim yapar bunları?" diye diklendim.

Dreamer tepki vermedi. Sol elinde açık tuttuğu küçük kitabını dalgın dalgın okumayı sürdürerek, hiçbir şey söylemedi. Daha bu sözcükler ağzımdan çıktığı anda zaman kaydını başa sarmak, o sözcükleri bulup hemen silmek istedim. Ama artık çok geçti. Sözcüklerin kabalığı ve ses tonumdaki küstahça gurur bana geri döndü ve sanki koca bir kayanın ağırlığı altında ezildim. Yine de, en azından 'ben' demekten kaçınmıştım, bunu fark ettim. Garip gelebilir ama bu bile bana biraz soluk aldırdı.

Sessizlik daha derinden ve daha acı vererek büyümeye devam etti. Bu arada onun kitabını okumasını izleyerek hiç kımıldamadan bekledim. Okumayı bıraktığında, sanki hemen yakınımda, bilinmeyen bir tehlikeyle karşı karşıya kalmışım gibi endişeye kapıldım. Başparmağı ile orta parmağını okuduğu sayfaların arasında bir ayraç gibi tutarak, kitabı yavaşça kapattı. Gözlerini kaldırdı ve şiddetle üstüme dikti, katlanamaz durumdaydım. Bir anlığına, ikimizi ayıran dipsiz karanlığı ve varlıklarımızın arasındaki uzaklığın ancak ışık yıllarıyla ölçülebileceği bir mesafede olduğunu algılamamla birlikte başım döndü.

Sen hala çalışmaya ve seçim yapmaya inanan bir dünyaya aitsin, planların ve programların yapıldığı bir dünya, ve varoluşun nefes aldığını görmezden gelen bir dünya.

Beni sert bir baba tavrıyla suçladı. Sonra nasıl olduğunu anlamadığım bir nezaketle;

"Bir insanın yapabileceği tek plan, kendisini geliştirmek, kendi 'düş'ünü beslemektir. Gerisi kendiliğinden gelecektir. Tek bir korku zerresinin bile terk edilmesi dağları yerinden oynatabilir ve olaylar dünyasının ekranına seni bir devin görüntüsüyle yansıtabilir," dedi.

Tir tir titreyerek, "Gelecek için endişelenmekten nasıl kaçınılabilir ki?" diye sordum. Dreamer'ın yapacağı müdahalenin acı vermesinden korkuyordum. Sonra yakaladığım bir hoşgörü parıltısından cesaret alarak, "Planlar olmadan, programlar yapmadan nasıl yaşayabiliriz?" dedim.

Sesimin tonunda, ilk karşı gelişimin kabalığını bir şekilde düzeltme çabası vardı. Dreamer, *"Planlama, bir tür şeytan çıkarma ayinidir, gerçeklikten kaçıştır,"* diye yanıtladı. *"İnsan gelecek korkusunu, birtakım törensel hareketlerle planlar ve programlar yaparak, beklentilerinin aldatıcı güvenliğinde hafifletir. Varlığın açıkça, kontrol edilmez ve beklenmedik Oluş'u ile karşılaşmış senin gibi insanlar her zaman kurallara ve formüllere sığındılar, akılcılıklarının bozuk gösteren merceği altında evreni eğip bükerek yerine daha güven verici bir dünya betimlemesi yerleştirip aldatıldılar... Fakat bunların hiçbiri, kendi şüphe içindeki durumlarını ve tehlike duygularını dindirmeye yetmedi."*

Sözlerini bu şekilde bitirirken, sanki üzücü bir bilançonun kesin dökümünü inceler gibiydi. "Fakat, olacakları tahmin etmek için ne yapabiliriz; plan yapmadan kendimizi nasıl koruyabiliriz?" *"Planlar yapmak, bir kuyu kazarak içine okyanusun enginliğini sığdırabileceğine inanmaya benzer. Sana korunuyor olduğun hissini veren bu zayıflık kalkanı, bu yanılsatıcı zırh, kendinle gerçeklik arasına yerleştirdiğin bu zayıf zihinsel zar yırtılıverir ve insan kendisini birdenbire uçsuz bucaksız, engin bir okyanusun karşısında, yaşamın ona anlatıldığı gibi değil, gerçekte olduğu halinin içinde buluverir."*

Şirketlerin, büyük kuruluşların çok uzun zamandan beri sımsıkı sarıldıkları teoriler, işletme stratejileri, modellemeler, yönetim becerileri ve bilgi ağları; benim İtalya, ABD veya Büyük Britanya'daki ekonomi ve işletme eğitimim boyunca öğrendiğim tüm teori ve teknoloji yığınları şimdi üzerime taştan putlar gibi bir bir yıkılıyordu.

Bir anda, hiç olmazsa yaşamımı üzerine oturttuğum güvencenin son bir kırıntısını ve Kuveyt'teki kendi şirketimi yönetebileceğim yanılsamasını yitirmemek için ezik bir gayretle, "Fakat yine de, karar verebilmek için bir yöneticinin hala hem kendi, hem de takım arkadaşlarının çalışmalarını planlaması ve ortaya hedefler koyması gerekmez mi?" diye sordum.

Dreamer yine saldırgan bir tavırla gürleyerek, *"Bir rol maskesinin arkasına saklanma!"* dedi. *"Sakın bir daha, 'bir yönetici' deme, 'Ben' ne yapabilirim diye sor. Buradaki bu küçük 'ben'i bilerek kullan ve bunun sorumluluğunu üstlen! Evren seni dinliyor. Her zaman!... Ve sen herhangi bir soru yönelttiğinde bile o seni ölçmeyi sürdürür."*

Sanki bir Barnabite sopasıyla avucumun içine vurulmuş gibi, hem pişmanlığın, hem de küçük düşmenin utancıyla, içimdeki eski bir yaranın yeniden açıldığını ve yandığını hissettim. Bir anda yeniden, Napoli'nin içine beyaz bir inci gibi yerleştirilmiş eski okulumun duvarları arasındaydım ve yine o çocuk bilincine bağlandım. İyileşmeyi hissettim. Bu görüntüler ortadan kalktığında kendimi yine Dreamer'ın karşısında buldum; ama özgür ve masum olarak. Artık sonunda onu dinleyebilirdim.

"Gerçek bir lider de başkalarının yaptığı gibi planlar ve programlar yapar, ama onlara inanmaz. Onun planlaması, görünmez bir tiyatronun senaryosundaki karakterlere ve onların rollerine ayak uydurmaya benzer bir eğilimdedir. Her an onun için yeni bir yaratma hareketidir... Her an yenidir," diyerek sözlerini sürdürdü,

"Bu andan ne bir an öncesi oldu, ne bir an sonrası olacak! Bütün gördüklerin ve görmediğin her şey, işte tam bu anda yaratıldı.. Her şey, senin Oluş'unun sonsuz alanında, sınırsız mutlak gücünde, bu ebedi anda, şimdi gerçekleşir."

Bir yandan, gökten işaret ve başparmakları arasında tuttuğu bir ipi aşağı çekercesine, havada dünyaya dik inen bir çizgi çizdi.

"An, 'düş'ün hakim olduğu alandır... Sıradan bir insanın yaptığı planlama, zaman ve boşluk içindedir. Er ya da geç yolundan sapar ve başarısızlığa uğrar." Onun varlığı karşısında gitgide daha fazla büyülenerek, teslimiyet gösteren birinin yumuşak başlılığıyla, "Fakat 'düşlemek' de bir çeşit planlama değil midir?" diye sordum.

'Düş', içinde zamanın olmadığı, sonsuzlukta, dikey olan zamandaki bir planlamadır. Ben an'da varım. Bu an, benim zaman içinde karşılaşacağım ve bir araya geleceğim her şeyi kapsar... kırıntılarımı, kırık parçalarımı. Bundan dolayı, düşleyen kişi ne plan yapar, ne de endişelenir. O, 'düş'ü tüm özgürlüğüyle ve tüm güzellikleriyle kendisini gerçekleştirmesi için serbest bırakır. Sonuçların, doğal olarak kendisinin kusursuzluk ve bütünlük seviyesine göre ortaya çıkacağını bilir. İçindeki derinliklerinde sınırsız bir birleşik olanaklar alanı vardır. İşte burası, senin 'düş'ünün oluştuğu yerdir. Burada, yaşamında başarıyı ve zenginliği yaratmak için her kim ve her ne gerekiyorsa karşına çıkar. Burada hayatının amacı, senin için çok net hale gelir.

Ardından sözlerini matematiksel bir sunum havasında sürdürerek, *"Her şirkette ve her organizasyon piramidinde, sorumluluk düzeyi düştükçe, daha fazla planlama yapmaya gerek duyulur. Daha önemsiz rolleri oynayanlara doğru inildikçe, her dakikayı planlamak, daha kesin hedefleri belirlemek ve icra etmek daha gerekli bir hal alır. Orada, karar alma sürecindeki tüm ritüeller titizlikle takip edilir ancak bu kadın ve erkekler tarafından gerçekleştirilen hiçbir şey yoktur."* Bu sözler havada çınlamayı sürdürürken, bulunduğumuz toplantı odasının ışıkları kararıverdi ve dev bir ekran yavaş yavaş odanın arka duvarını baştan sona kapladı. Duvarlarla tavanın ortadan kaybolduğunu sandım. Oturduğum koltuk, sanki şimdi hareket eden bir zeminin ya da görünmeyen, acayip bir aracın üzerindeymiş gibi yer değiştirdiğinde, keskin sarsıntılar hissettim.

4 Kaçış sadece pek az sayıdaki insan içindir

Ekranda, görüntüler akmaya başladı. Kuruluşların koridorlarında bilinçsizce ilerleyen, 'açık alanlara' doluşan ya da böcek yuvaları gibi küp biçimindeki odalara hapsolmuş insan yığınları gördüm.

Dreamer, *"Bunlar gölgelerdir,"* dedi. *"Bu insanlığı değiştirmek ve, başka bir görünüşe doğru taşımak için şimdiye dek hiçbir şey yapılmadı. Yalnızca 'Bireysel Devrim', hipnoz uykularına dalmış milyonlarca kadın ve erkeğin düşünme ve hissetme biçimlerini altüst edecektir."*

'Bireysel Devrim'.

Dreamer'ın beni yıllardır hazırladığı projenin bildirimi olmasına rağmen o zamanlarda bana hiçbir şey ifade etmeyen bu iki sözcük, bundan böyle hayatımda mutlak bir önem taşıyacaktı. Ne var ki, o zamanlar benim için henüz çok erkendi ve ne denli büyük bir anlamı olduğunu bana göstermesi için daha çok uğraşması gerekmekteydi.

Dreamer'la birlikte kuruluşların en alttaki halkalarını ziyaret ettim ve Onunla beraber mahkûmların toplandığı o can sıkıcı ve durgun dünyaların içine girdim. Nefesimi tutarak bu görüntülerin geçişini izledim. Ölgün neon ışıklarıyla aydınlatılmış devasa bir akvaryumun yeşil renkli sıvısında yüzer gibi görünen insanları seyrettim. Ben de oralarda yıllarca yaşamıştım, oysa şimdi daha yeni fark ettim; orada olmanın ne denli acı verdiğini, her gün kendilerinin kirlettiği havayı soluyarak yaşamaya mahkûm olan o insanların koşullarının ne denli zor olduğunu yeni anladım.

Bu hastalıklı evreni içeren cam birdenbire bir aynaya dönüştü ve üzerinde dermanı kalmamış, saçı sakalı ağarmış, beli bükülmüş iki kişinin yansımalarını gördüm. Güneş altında kavrulmuş toprağa benzeyen kırışmış ciltleri dikkatimi çekti. Yüzlerindeki derin ve kesik çizgiler, bir bıçak yarasının izlerine benziyordu. Bunların görünüşlerindeki bir şey, bana kaygı verecek kadar tanıdık geldi. Bu endişe hissinin nedenini anlamak için tüm dikkatimi vererek onları tanımaya çalıştım. Bu sır perdesini araladığım anda bir dehşete kapıldım. Bu yaşlı insanlar bizdik... ben ve Dreamer. Dehşet içinde ona döndüm. Kusursuz bir kontrol içindeydi ve haşin yüzü her zamankinden daha genç görünüyordu. Cesaret verici gülümsemesiyle neşelendiysem de, varlığım sessiz bir umutsuzluğun içinde hapis kaldı.

Sayamayacağım kadar çok sayıdaki gencin bir kuyrukta beklediklerini gördüm. Onların gözlerinde hala birer ışık parıltısı seçilebiliyordu. Gözlerindeki pırıltının hala fark edildiği sonsuz sayıda gencin sırada beklediklerini gördüm. Onları teker teker ayıklayan ya da işe koşan öfkeli bir denetleyicinin önünde etten bir şerit gibi akıp geçiyorlardı. Sarmal kuyruklu Minos'u andıran bir işveren, her bir adayına içinde bolca keder bulunan bir rolü gösteriyor, şirketlerin cehennemi andıran bölümlerinde onlar için birer 'kalıcı bir iş' veriyordu. Gençlerin benizlerinin ve bakışlarının henüz solmamış olduğunu yüreğim burkularak izliyordum. Hepsinin mutsuzluğa mahkûm edilmiş olduklarını biliyordum.

Dreamer, *"Seçilmek, insanın saygınlık düzeyinin altında kalır. İnsan çalışacağı işi 'düşler', onu kendi niyetine ve beğenisine göre seçer,"* dedi. Ekranda gördüğüm genç insanların kaderleri yüzünden hüzünlendiğimi fark etti. Daha ağzımı açmaya fırsat bulamadan, sormak istediğim soruyu havada yakalayıp, *"Kitlelerin gelişmesi olanaksızdır! Ne bir devrim, ne bir ideoloji bunu başarabilir. Kaçış, pek az sayıdaki birey içindir. Sadece insanın kendisi bu kaçışı gerçekleştirebilir."* dedi. Yüz ifadem ıstıraba bürünerek öylece kalakaldı. Kendimi bir grubun temsilcisi olarak, bir yargıcın huzurunda, onun aleyhte verdiği temyiz edilemez hükmünü dinler gibi hissettim.

Algılayamadığımı yüzüme vururcasına, *"Görmekte olduğun, insanlığın kendisi değil, bu gördüğün kalabalık senin dışında değil!"* dedi. Sanırım Dreamer, benim başkalarını düşünme ve başkaları için bir şeyler yapabileceğim varsayımının maskesini düşürerek beni kendi yalanımla yüzleştiriyordu. Kendimi rezil etmiştim. Ama Dreamer'ın bana verdiği dersin tamamlanmasına henüz çok vardı. O vidayı bir kez daha sıkıştırdığında, beni sınamakta olduğu sınavın acısı daha derinlere inmekteydi. *"Baktığın bu büyük kalabalık; senin çürüyen halindir, hevesleri kırılmış, yarışma kaygısıyla ıstırap içindeki bu adamlar, senin Oluş'unun dağılmış parçaları, içindeki çaresizliğin aynadaki yansımasıdır."*

Dreamer, benim aracılığımla tapınaktaki iki yüzlü adamı şiddetle kamçılıyordu ve ben biçimsizleşmiş bir parçamın, dünyanın gözlerinin önüne çırılçıplak serildiğini hissediyordum...Duyduğum rezillik daha dürüst bir duyguya dönüştü. İçimde karşı konulmaz bir utanç duygusu tenimin altında yükselen lav tabakası gibi, tepeden tırnağa, tüm bedenimi yaktı.

İçine düştüğüm bu durumdan beni silkeleyip çıkarmak için, *"Sen ancak kendin için bir şeyler yapabilirsin!"* dedi. *"Onlar sensin!... Senin kendi değişimin, tüm insanlığın başka bir biçime dönüşmesine neden olacaktır. Çektikleri bu ıstırabın sona ermesini ve insanoğlunun değişmesini istiyorsan, kendini iyileştir!"* Bu sorumluluğun ortaya böyle, bu şekilde konulmasının şokuyla sarsıldım. Çelik bir kapı tüm kaçış yollarımla birlikte arkamda sıkı sıkıya kapanmaktaydı. Ne ben kimseyi suçlayabilirdim, ne de kimse beni avutabilirdi. Bir mengene tüm gücüyle midemi sıkıyordu. Sığınacak bir liman arayışıyla, not defterimin sayfaları arasına gizlendim. Burnumu notlarımın içine gömerek, bir yandan kafamdaki düşünce keşmekeşini toparlıyor, öte yandan Dreamer'ın bana söylemekte olduğu sözlere tüm dikkatimle odaklanmaya çalışıyordum. Dreamer'a göre, insanlık için tek çıkış yolu, ilerleyebilmek için tek şansı, her şeyiyle bütün olan bir insanı oluşturmaktı. *"Kitleler için tek kurtuluş budur."*

Sözlerini, insanın, eksik bir psikoloji ile, hala değişimde olan bir Varlık olduğunu iddia ederek sürdürdü. Türlerin evrimi bütünlüğe giden bir yolculuktur; hiçbir zorlamanın etki etmeyeceği bu yolculuk, sadece bir birleşme süreci içinde içten dışa doğru gerçekleştirilmelidir. İşte tüm eski sistemlerin çökme nedeni de budur. Savaşlar ve devrimler bu yolculuğu başaramadı. Zihnim karmakarışık halde bir yandan notlar alıyor, diğer yandan Dreamer'ın ifadelerinin altını defalarca çiziyordum.

"İnsanın bundan sonraki evrimsel geçişi, tarih kapsamındaki bir gelecekte değil, bir 'zamandan bağımsız bir zamanda' yani dikey bir gelecekte gerçekleşecektir," dedi. İnsanın içinde yer aldığı şirketlerin evrimsel anlamını ve bu ortamlarda görünen tüm gereksiz acıların sebeplerini, bir perdenin aniden açılması gibi bir anda kavrayıverdim. İnsanın kendini aşma özlemi ve varoluşuna bir anlam kazandırabilmesi amacıyla sürdürdüğü bin yıllık arayışı, geleneksel dini ve politik zeminlerden, ekonomik girişimlerin, fabrikaların, sanayilerin, laboratuvarların ve işyerlerinin zeminine doğru kayıyordu. Bu kuruluşların bünyelerinde, uzaya fırlatılan uzay gemilerine benzer biçimde, insanın bütünlüğe doğru göçü gerçekleşiyordu. Artık kiliselerin ve dini kuruluşların yerini derin hırsların ve gelişim süreçlerinin birer yapı haline dönüştüğü şirketler, organizasyonlar ve iş dünyasının kutsal tapınaklarının sonsuzluğa uzanan zinciri almaktaydı.

Dreamer, *"Geleceğin şirketleri, birer Oluş Okulları olacaktır,"* derken, göklerde ebediyen yazılı kalacak bir kehanette bulundu. Ardından, her zaman aklımda mühürlü kalacak şu sözlerini dile getirdi:

İş dünyası yeryüzünün dini olacaktır, dinlerin dini olacaktır. Şu anda kiliseler, camiler veya aşramlarda olan insanlardan çok daha fazla sayıda insan, iş ortamlarında en yüksek sorumluluk düzeylerine ulaşmayı hedefleyen olağanüstü bir çaba içindeler. Özgürlüğe giden yolda insanın önüne çıkan engelleri ve zorlukları ileriye sevk eden bir kuvvete dönüştürmesi, iş dünyasında her zaman yaşanan bir durumdur.

Kaderlerini değiştirmek, vizyonlarını altüst etmek üzere imkansızı deneme girişiminde bulunan, uluslararası kuruluşların gökdelenlerinde ve onların finans tapınaklarında çalışan insanlar, sinagoglarda ve manastırlarda toplananlardan çok daha fazladır.

Bu vizyonun enginliği karşısında vücudum titredi, sadece duymak bile benim henüz sahip olmadığım bir sorumluluk düzeyini gerektiriyordu. Bu tasarımın dokusundaki tüm ekonomik sistemin en sağlam mihenk taşlarını yerle bir edecek ve eski 'akılcı kapitalizmin' sonunu ilan edecek olan devrim, onlarca yıl öncesinden sezilebiliyordu. Dreamer'ın mesajı Okul'un başarısı için gizli bilgi kapsıyordu: Bir gün gerek büyük, gerek küçük çaptaki tüm şirketler birer düş ve sorumluluk okulları haline gelecek. Tepe noktalarında ise ekonomik başarılarının ve şirketlerinin uzun ömürlülüğünün, her bir çalışanının gelişimi ile bir olduğunun bilincinde olan hem filozof hem pragmatik vizyon sahibi kişiler olacak.

Bunu diğer üniversitelerden çok önce öğrenmek yenilmez bir rekabet avantajı sağlıyordu.

Elbette o sırada bütün bunları bilemezdim. Bu sanki Dreamer'ın, benden bir otomobil sanayi kurmamı isterken, beraberinde de bana geleceğin motor tasarım projesini en ince ayrıntısına kadar vermesine benziyordu. Onun mesajında, kuracağım Okul'un evrensel felsefesinin ve daha ileriye taşıyacağı çalışmanın eşsizliğini üstlendiği vizyon sahibi kişilerin ve eylem filozoflarının hazırlanmasının yüce misyonu da bulunuyordu.

Düşlemek, sadece yaşamsal bir görevin olan görünürdeki dış dünyanın elinde, mekanik bir kukla olmaya son vererek iç dünyanın geliştirilmesidir.

Okulun amacı özgürlüktür: uyuşmazlıktan, ıstıraptan, bölünmeden ve ölümden özgürleşmek...

The object of the School is freedom: freedom from conflicts, suffering, division and death.

'Düş' kendinle yaşam arasına koyduğun şeydir. Sıradan bir insan, yaşamın sebep, kendisinin sonuç olduğunu düşünür. Bu başarısızlığa uğramış dünya görüşünün tepetaklak edilmesini, yalnızca Oluş için çalışmayı hedefleyen bir altüst etme Okulunun uygulamalı çalışması sağlayabilir.

Gerçek bir Okulun işi, bir kazı çalışması gibidir. Bir zamanlar sahip olduğumuz, bizi mutlu eden ve ölümsüz kılan iradenin tekrar aranıp bulunması aşamasında, biriken artıkların, katmanların ve kirliliğin kazınarak temizlenmesi için yapılan bir çalışmadır. Okul ve İrade özdeştir. Okul, dışımızdaki İradedir. İrade, içimizdeki Okul'dur. 'Gerçek irade' ortaya çıktıktan sonra, artık Okul'a gereksinim kalmayacaktır. İrade ortaya çıkarıldığında, bizler kendi kendimizin efendisi olacağız. Kendi kendimizin efendisi olmak, evrenin efendisi olmak demektir.

Hepsinin ve her şeyin altında, sahip olmayı hak ettiğimiz, 'kıymetli bir şey' bulunur. Bu 'özel şey' ile temas halinde olmamız bizi bütünün ve her şeyin sahibi olmaya götürecektir.

5 İnanmadan program yapmak

Burada tekrar yükselmeye başladık. Onunla birlikte, iş dünyasının en zengin ve en parlak sektörlerine giden yolda tırmandık. Dreamer bana, en büyük uluslararası kuruluşların, dünyanın en büyük finans ve sanayi devlerinin arkasında ve kazanılan her başarının altında, daima tek bir bireyin ve onun düşünün olduğunu gösterdi.

Karar alma piramitlerinin zirvelerine doğru tırmandıkça, yukarıda, kuruluşun azami hıza ulaştığı o tepe noktasında, eylemi meydana getiren hareketsizliği ve o dahiyane fikri oluşturan görünmezliğini anlattı. Kurucu, vizyonu olan kişi; zeki çılgın; ütopik eylemci; o, yalnızca o, bu dünyanın var olmasına izin vermişti ve tıpkı bir kraliçe termit gibi onu hala besliyordu.

"Onun tek işi kendi bütünlüğünü korumaktır," diye açıkladı. *"Onu özel kılan şey uyanıklık kabiliyeti; 'düş'ü kirletecek tek bir opak zerrenin, kararlılığını zedeleyecek bir uzlaşma gölgesinin veya herhangi bir şüphenin içeri girmesine izin vermeyen, her an tetikte bekleyen bir ruhtur."*

Programlar ve planlar, bir liderin ruhsal hızının yanında son derece yavaş ilerleyen katı araçlardır. Karar verme gerekliliği olan bu noktada altıncı his olan sezgi ve yedinci his olan 'düş' bulunur, gerçekte ise ortada karar verilecek bir durum yoktur.

"Gerçek bir lider programlar yapar, ama onlara inanmaz. O sadece, kendisine rehber olan amacına ve kendi kusursuzluğuna inanır.

Kendisi dışında bir amacı yoktur, çünkü amaç kendisidir...kendi özgürlüğü!" Bir lider, bu bütünlük düzeyine ulaştığında, gideceği yönü tayin eden onun vizyonu, önündeki yolu açan onun adımları olacaktır. Bir yön belirlemesine gerek yoktur; çünkü yön kendisidir; olaylar dünyasında biçimlenen ve açılıp görünen düşün mucididir. Dreamer, önemlerini vurgulamak için sözcüklerin üstüne basa basa,

"Kendini bütünlüğüne ada,"
Commit yourself to integrity,"

dedi. *"İçindeki adanmışlık bir yatırımdır. Her şeyin olmasını sağlayan, işte senin bu adanmışlığındır! Bütün fırsatlarla, gerekli kaynakları kendisine çeken liderin dürüstlüğüdür, bozulmazlığıdır. Kendi kendine verdiği en yüce söz, oyunu gerektiği gibi sonuna dek sürdürmektir. Dış dünyadaki çalışmalarının her bir başarısı, sadece kendi bütünlüğünün bir yansımasıdır."*

Girişimci şirketlerin, olağanüstü bir servet yaratmak, ekonomik imparatorluklar kurmak gibi olanaksızlık sınırlarında gerçekleştirdikleri şeyler, yalnızca liderin Oluş'unun bir uzantısı olup, iç özgürlük derecesi ile sorumluluk düzeyinin doğrulandığını gösteren bir belgedir. Kişi kendi bütünlüğünün adanmışlığına sadık kalırsa, onun doğal bir ürünü olan başarı da kaçınılmazdır.

"Gerçek bir lider, gerçek işin sadece içte olduğunu bilir! Kendi sözünden dönmeyen bekçisi yine kendisidir. Bozulmadan korunması gereken de budur," dedi ve sustu. Finans imparatorluklarının ve sınırsız servetlerin görüntüleri birkaç saniye daha peş peşe ekrana yansıdı ve ardından kayboldular; toplantı salonunun her köşesini derin bir sessizlik kapladı. O, bu açıklamaların bendeki etkisini ciddi gözlerle inceden inceye yüzümden okumaya çalışıyordu. Kelimenin tam anlamıyla allak bullak olduğumu hissediyordum. İç dükkanımda fiyatların ve ürünlerin hepsi havaya fırlatılmıştı, şimdi ise yeniden düzenleniyordu. Yeni öncelikler, doğru ürünlere doğru fiyatları koyuyor, yeni bir düzen onlara raflarda yeni yerler veriyor ve eski inanışlarla tozlu ilkeleri depoya atıyordu.

Gözlerimi kapattım ve tüm kalbimle bu işlemin bir an önce sonuçlanmasını istedim.

Yeniden konuşmaya başladığında, konu bu kez hareketsizlik üzerineydi. Bir liderin elinin altındaki en büyük güç, 'yapmamak' aracılığıyla yapmak, eylemde bulunmadan iş görmektir. Dreamer bunu 'zahmetsiz bir eylem' olarak tanımladı: şiirsel, düşsel bir durum.

Bir lider için tek başınalık ve hareketsizlik, onun güç bataryalarıdır, insanın içinde artık gömülü olan iradesinden gelen değerli mesajları sezdiği ve kendisine çektiği bir durumdur.

Ciddi ol, samimi ol! Böylece bunu kuvvetlice, net olarak hissedecek ve bileceksin.

Bu sözler üzerine, hayalimdeki görüntüler dışarı fırlayarak, bağımlı insanların sonsuz sayıdaki kalabalığını gözlerimin önüne getirdi. Bir böcek yuvasındaki gibi sürekli gidip gelen binlerce insana kuşbakışı baktım. Görüntüler canlı ve gerçekti. Zihnimi onlara odakladım. Bir sessiz filmin komik sahnelerindeki gibi huzursuz davranışlar ve hızlandırılmış jestlerle hareket eden acınacak varlıklar gördüm. Dreamer o anda gördüğüm hayallere müdahale ederek, onları yönlendirdi. Kuruluşların bünyelerinde geçirdiğim bunca yıldan sonra ancak şimdi, onun yanındayken farkına varıyordum: Onlar ne kadar hareket edip, ne kadar endişeli ve meşgul görünürlerse, aslında o denli önemsiz pozisyonları dolduruyor, en düşük sorumluluk ve cezalandırılma düzeylerinde bulunuyorlardı. Dreamer, *"Hareketsiz boşlukta tüm evrenin çarkını ve onunla beraber çemberinde, teker çubuğunda ve göbeğinde yer alan tüm insanları çeviriyorum."* diyerek ciddiyetle ezberinden okudu. *"Merkezin ortasındaki o boşluk 'çarkın' gerçek yaratıcısıdır... ve çarkı oluşturan varlıkların hiyerarşik piramidi o görünmezliğin içinde saklıdır."*

Sözlerini tamamladıktan sonra sustu. Yaşantımı allak bullak eden bu varlık da kimdi?

Karmakarışık düşüncelerimin içimde yeniden bir uyum içine girdiğini hissettim. Duygular ve Oluş'umun dağılmış parçaları bir araya toplandı. Bir enerji seli, tüm setleri yıkıncaya kadar kabardı ve taşarak tüm şüpheleri, endişeleri ve ölü olan her şeyi bir döküntü halinde sürükleyerek götürdü.

Dreamer'ın yanında, ekonomi ve iş yaşamı, şiirsel bir bütünlüğün içinden geçerek evrensel bir sanata dönüştü.

Bu bilgelik durumunu, bu anın berraklığını ve aydınlığını, herkesi ve her şeyi kucaklayabildiğim duygusunu sonsuza dek korumak istedim. İşte bundan sonra, bana stratejik olarak nasıl yaşayacağımı gösterdi ve rol yapma sanatından söz etti.

"Bir lider, bütün rolleri mükemmel şekilde nasıl oynayacağını bilmelidir. Vurdumduymazlık, cahillik ve hatta rolü gerektirirse olumsuzluğu bile oynayabilir ama role inanmak zorunda değildir!" Dreamer bu uyarısını yaparken kullandığı ses tonuyla, bu önerisinin bir ölüm kalım meselesi niteliğinde olduğunu vurgulamıştı.

"Öfkelenebilir ve şiddete başvurabilir, yüzüne bir saldırganlık maskesi takabilir, ama içinde en küçük bir etkilenme hissetmemelidir." Bu olumsuzluk sahnesini, 'doğru olumsuz tavır' diye adlandırdı.

Dreamer ayrıca, rol yapma yoluyla bir liderin program yapabileceğini ve plan hazırlayabileceğini ve bunlarla çok uzak bir geleceğe ışık tutarmış gibi görünebileceğini de sözlerine ekledi. *"Ama hiçbirine inanmadan!"* diyen sözlerini aynı kesin tavırla yineledi.

Özgür ve gerçek bir insan, her dakikanın bir strateji gerektirdiğini ve her an'ın, kusursuzca oynanacak bir senaryoyu empoze eden kendi yasası olduğunu bilir. Rol yaptığının bilincindeki bu kişi, kendini özdeşleştirmeden rollerinden kendini ayrı tutması, karşılaştığı olaylara ve koşullara uyacak hangi maskeyi takacağına karar vermesi gibi, doğabilecek farklı rollerin ve hareket biçimlerinin içinden en uygun olanını seçme özgürlüğüne sahip olur.

Sadece gerçek insan rol yapabilir! Rolüyle özdeşleşen, korkularınca şartlandırılmış, dünyanın ona öğrettikleriyle gaflet uykusuna dalmış sıradan bir insan rol oynama sanatını ve rol oynamanın gücünü unutmuştur; onun tek bildiği sadece yalandır.

Konuşmasının kritik noktalarında birçok kez bu yıkıcı düşüncelerden kendimi korumaya çalıştım. Bir liderin rol oynayabilme yeteneği bana daha çok yalancılık, hatta fırsatçılık gibi görünüyordu.

Dreamer kükrercesine, *"Bilinçli olarak rol yapmak yalancılık demek değildir. Rol yapmak, stratejik yaşamak demektir!"* dedi.

Dreamer her düşünceme serbestçe giriyordu. Bu açıklık karşısındaki teslimiyetim, gölgelerin daha toparlanmalarına bile fırsat vermeden dağıtıverdi.

"Stratejik yaşamak, koşulların gerektirdiği şekilde bilerek ve kusursuzca eylemde bulunan bir savaşçıya göre bir iştir. Dışarıda rolün gereksinimine yanıt verirken, içinde bu maskenin arkasına gizlenen güce ve sorumluluğa sahip çıkar. Sadece stratejik yaşayanlar bunun üstesinden gelebilir!"

Bir hap bağımlısına panzehirini henüz vermiş bir doktor gibi yüzümü dikkatle inceleyerek, sözleri bende sonuçlarını gösterene dek bekledi. Konuşmasına yeniden başladığında, ses tonu bir uyarı ile bazı hayati bilgilerin duyurulması arasında ciddi bir havadaydı:

Endişelendiğinde, planlar yaptığında, olumsuz düşündüğünde ve seni buraya getiren şeyi unuttuğunda, kendini bir böceğin boyutlarına indirgiyorsun ve dünya da senin sırtını yere getiriyor. Evrende milyonlarca fotoğraf karesi senin bu yenilgini kaydeder ve sen, daha fazlasına sahip olmak bir yana, sahip olduğuna inandığın her ne varsa tümünü birden kaybedersin.

Dreamer, beni yeniden dünyevi işlerime geri göndermeden önce son öğütlerini vermekteydi. Sesi bir fısıltı haline gelene dek alçaldı. Birazdan yaşantımda inşa edeceğim her şeyin dayanağı olacak ve her servetin ana kaynağını oluşturacak bir şeyi söylemek üzereydi.

'Düş', var olan en gerçek şeydir!... 'Düş' zamanın olmadığı gerçekliktir... Sadece düşleyen kişi refah yaratabilir.

Dreamer'e göre, 'düş' arıtılmış bir dünyadır, gördüğün ve dokunduğun her şeyin gerçek nedenidir.

'Düş' ancak düşleyen bir insanın bilebileceği bir dikey planlamadır. Eğer şimdi hayalinde değilse, 'sonrası' yoktur. Her an içimizde açılan ve kapanan bir dükkandır, her an kazanır ya da kaybederiz; her saniye bir başarı, ya da başarısızlıktır. Her şey şimdide gerçekleşir, bu sonsuz anda..

6 Ajanda/Günlük

Dreamer bana isimler, saatler ve telefon kayıtlarıyla dopdolu bir sayfayı göstererek, *"Hiç boş yer bırakmamacasına tıka basa randevularla dolu seninki gibi bir ajanda, bir intihar bildirgesidir,"* dedi. *"Bu, kişinin kendi ölümünü onaylaması demektir. Bir insan ne kadar ölüyse, gününü o kadar çok iş ile doldurur."* Mideme bir yumruk yemiş gibiydim. Şimdiye kadar çok iyi bildiğim o sancı, Dreamer'ın inanç sistemime gerçekleştireceği yeni bir saldırının hareketlendiğinin göstergesiydi.

Doğrudan sarf edilen güçlü kelimelerin hızından kaçmaya çalıştım. Nefret duyguları ve öfkeli düşünceler, Dreamer'a karşı birleşerek içimde dizginlenemeyen bir yükselişe geçmişlerdi. Sırf hareketli ve yoğun bir yaşam sürdüğüm için ölü adam kategorisine yerleştirilmiş olmaya isyan ediyordum.

Gücenmiş bir ifadeyle; "Fakat 'modern toplum' koşullarında, sorumluluklar, randevular ve görüşmeler olmadan yaşamak mümkün değildir," dedim. Bunları söylerken, 'modern toplum' ifadesini dünyalarımız arasındaki ayrımı vurgularcasına biraz da kinayeyle söylemiştim. Dreamer'ın öne sürdüğü tüm bu görüşlerin hiçbir pratik anlamı olamayacağından emindim.

Bırak oyun sürsün, komedi açığa çıksın. Bırak işinde yardım edenler, profesyoneller rollerinin gereğini yerine getirsinler. Şirket, bir senaryoyu takip eden karakterler ile maskelerin yer aldığı simgesel bir tiyatro gösterisidir. Ona inanma! Orada yönünü kaybetme! Bunun bir oyun olduğunu unutma!

Dreamer'ın, yüzlerce çalışanıyla birlikte uluslararası bir şirketi yönetmenin ne demek olduğunu ve hissedarların nefesini her gün ensende hissetmenin ne anlama geldiğini anladığından pek de emin değildim. Hiddetle, "Yani ben anlamıyorum, öyle mi?" dedim. "Hem bir ajandanın ölü ya da diri olmakla ne ilgisi olabilir?"

Bu sözleri ağzımdan çok zor çıkarabildim. Bir gözyaşı düğümü boğazıma oturmuştu. Dreamer –görünüşe göre, saldırganlığımın altında saklanan yardım isteyen gizli çığlığıma aldırış etmeden– *"Aldığın her randevu, ayarladığın her görüşme, sadece senin 'yaşıyor olduğun' yanılsamasını pekiştirmene ve anlamsız inançlarını desteklemene hizmet eder. En başta da şu planlama yapabilmeye olan inancını,"* dedi.

Planlamak ve o plana inanmak, ölmektir. Ancak ölmüş şeyler planlanabilir... Gerçek plan, bu andadır, 'burada ve şimdide'...

Bir liderin emrinde, onun gelecekteki etkinliklerini en ince ayrıntısına kadar planlayıp, programlayacak bir görevli ordusu olacaktır; ama onun kararları, daima anın meyvesi olacaktır. O ana kadar, kendisi bunu ne bilir, ne de bir eylemde bulunur, taaki an, sonsuzluğunu gösterene kadar... Ancak o zaman bilmesi gerekeni bilecek.

An'ı kendi bütünlüğü içinde yaşamayı öğrendiğinde, her şey senin emrinde olacaktır. Plan yapmaya ve programlara inanmaya son verdiğinde, onlar hiç zahmetsizce, doğallıkla kendiliğinden oluşuverecektir.

Bakışları çelik gibi sert bir görünüm aldı. Israrla bana bakmayı sürdürürken, diğer yandan da başını bir sağa, bir sola döndürerek farklı açılardan profillerimi karşılaştırır gibiydi. Huzursuzlandım. Kanlı emellerini gizlemeye çalışan yırtıcı bir hayvanın hareketleri gibi onun bu davranışında dillendirilmeyen bir tehlikenin nefesini ensemde hissediyordum.

Alçak bir sesle, *"Ajanda, senin gibi kişiler için unutmaya yarar,"* dedi.

Huzursuzluğum çabucak bir korkuya dönüştü. Ne pahasına olursa olsun bu durumdan kurtulmanın bir yolunu bulmam gerekiyordu. Gerçi gereken rahatlığa sahip olsaydım, sadece bu tuhaf, hatta utanmasam komik diyeceğim vizyonun açıklamasını isteyebilirdim ama. Nasıl olur da bir ajanda unutmamıza yarardı ki? Kendimi, çeperinde hiçbir delik açamadığım ruhsal bir kozanın içinde hapis olmuş gibi hissediyordum.

Dreamer'la bu görüşmem, içimdeki boyun eğmek istemeyen parçamla, onun sözlerini hasretle içmeye susamış parçam arasındaki amansız bir düelloyu ortaya çıkarıyordu. Zorlukla nefesimi toparlayıp, "Neyi unutmak?" diye sordum.

Dreamer, bana doğru yavaşça birkaç milim yaklaştı ve fısıltıyla, *"Kendini unutmak!"* dedi. Endişem taşkın bir sel gibi varlığımı kaplayan anlamsız bir korkuya dönüştü.

İleride, Dreamer'ın, sarsılmaz doğrularımın zırhını delerek, çiçeklere polen taşıyan bir arı gibi, kıymetli maddesinden birazını bırakabildiği böyle anlarda, gelişimimin temel evrelerini fark edebilecektim. Bu da demek oluyordu ki, ben artık 'düş'e yaklaşıyordum.

Dünya, düşlediğimiz her şeyin zamanda oluşmasıdır. Bir randevu hep seninledir... ya da daha doğrusu, senin açıkça farkında olmadığın bir parçanla beraberdir. Kişiler ve olaylar, Oluş'ta çoktan yazılmış bir senaryoya göre bir belirir bir kaybolurlar.

Plan yapıp ona inandığında 'gerçek dünyadan' uzaklaşırsın. Randevularının ve görüşmelerinin, senin ayarladığın şekilde gerçekleştiklerine ne kadar çok inanırsan, içindeki ölüm kavramını da o kadar çok pekiştirirsin. Böylece randevularında da, senin gibi plan program yapan, kendi güçsüzlüklerinin farkına asla varmadan seçtikleri ve karar verdikleri yanılgısı içindeki diğer ölü kişilerle görüşürsün.

Dreamer burada susunca yıkım işlemini bitirdiğini sandım. Biraz nefes almaya deli gibi ihtiyacım vardı. Ama Dreamer bir işi asla yarıda bırakmazdı. Zamanını çok hassas biçimde ayarlayıp, ardından bu sıradışı dersin en can alıcı sözlerini dile getirdi:

"Bir gün senin ajandan da özgür insanın daima, kendi içinde bir çözüme sahip olduğunu, hatta kendisinin çözüm olduğunu bildiği için gerçek rol yapan bir insanın ajandasına benzeyecek. Görüşmelerle rolleri oynayacak ve dünyayı mümkün olan en iyi şekilde serbestçe olacaklara bırakacaksın. Dünya herhangi bir çaba veya kısıtlama olmaksızın senin şaheserin olacak. Ancak o zaman senin ajandan da gerçek bir liderin ajandası gibi olacak... ve sadece boş sayfalardan oluşacaktır."

7 "Alo, ben kimim?"

Gün doludizgin başlamıştı. Samia'daki evin terasında sabahın erken saatlerine rağmen birçok farklı telefon görüşmesi yapmıştım. Dreamer yanı başımda duruyordu ve ben gelen sorunların içeriklerine göre sesimi yükselterek tepkiler veriyor, heyecanla, kimi zaman da öfkeye kapılarak sağa sola emirler yağdırıyordum, o ise beni sessizce izliyordu.

Sabahın ilk saatlerinden itibaren işin önemli bir kısmını daha işe gitmeden yoluna koymaya çalışmak ve her şeyi defalarca tekrarlamanın kaçınılmaz olduğu bir beceriksizler ordusunu yönetmek gibi nankör bir görev uğruna didinip dururken, arada bir dönüp Dreamer'a bakıyordum; başıyla da olsa bana vereceği bir işaretle beni desteklediğini ya da haklı bulduğunu gösteren bir bakışını yakalamaya çalışıyordum. Nasıl bu kadar kalın kafalı olabiliyorlardı? Son derece basit ve net olan bir talimatı yanlış anlamayı nasıl başarıyorlardı?

Ben uzun bir telefon görüşmesinin son diyaloglarını tamamlamak üzereyken, Dreamer beni şaşkınlığa düşürerek, *"Telefonda konuştuğun zaman 'Alo, kimsiniz?' diye değil, 'Alo, ben kimim?' diye sormalısın"* dedi. Ne demek istediğini tam olarak anladığımı söyleyemezdim. Bu sözleri de tıpkı, yaptığım her şeyi olduğu gibi bırakarak ona kulak kesilmemi gerektiren, özellikle öğretilerine önemli bir yenisini ekleyeceği zamanlarda yaptığı gibi, çok yumuşakça söylemişti. Anında hazır ola geçtim. Tek bakışı ile, Dreamer'ın çoktan acımasız bir yırtıcıya dönüştüğünü anlamıştım. Bir yandan damarlarıma yüksek dozda adrenalin pompalandığını hissederken, öte yandan omurgamdan aşağı inen soğuk bir ürperti bedenimi kaplıyordu. Toparlayabildiğim tüm sükûnetimle, az önceki sözlerini tekrarlamasını istedim; ama sesim büyüyen bir baskıyla çoktan çatlamıştı.

Korkunç bir sesle, *"Diğerleri SENSİN!"* diye bağırdı. Kendi manevi dünyamda, suçlamaların ve kendine acımaların beni tepetaklak yuvarladığı kendi cehenneminde, Dreamer artık evimde, masada benimle beraber oturan, sessiz ve nazik bir misafir değil, uçsuz bucaksız, karanlık bir okyanusta, fırtınanın içinde kalıp felaketin kıyısına gelmiş bir geminin, bağırarak emirler veren, etrafına dehşet saçan kaptanıydı. Korkuyla olduğum yerde sıçradım, elimde tuttuğum ahize yaramaz, kaygan bir varlık gibi bir elimden fırlayarak, daha masaya düşmeden, diğer elime geçmişti. Görüntüm o kadar komik olmalıydı ki, Dreamer bile gülmekten kendini alamadı.

Ayrıca, yeri geldiğinde savurduğu tehditlerinden daha çok, beni şaşkına çeviren bir başka şey de, onun en sert maskesinin ve görünüşteki kontrolsüz öfkesinin altında, her zaman aynı sakinlikteki durgun bir okyanus olmasıydı ve bakışlarının sertliği aslında sfenksi andıran bir dinginliğe sahipti. Çok kısa da olsa, o halde kaldıktan sonra yüzü yine gözü dönmüş yırtıcı bir hayvanın ifadesine büründü.

"Diğerleri sensin!" diye tekrarladı. Sesi yine yatışmıştı, ama bana huzur vermeye yetmedi. *"Dünya, sen böyle olduğun için böyle; bunun tersi olmaz. Sakın kaçma. Görünen, görünmeyeni tanımana yardım eder. Diğerleri, kendinde görmekten kaçındığın şeyleri ortaya çıkararak görmeni sağlarlar. Bendeki bütün bu şeyleri yansıtan nedir? İşte saygın bir insanın kendisine soracağı soru budur!"*

Dreamer, masanın üzerinden belli belirsiz yine bana doğru eğilerek sözlerini sürdürdü.

"Konuşmalarını dinliyorum. Kararsızsın ve gereksiz ayrıntılara dalıyorsun. Karışıklık senin içinde, diğerlerinde değil. Dünya, senin ne olduğunu, nerede olduğunu saptamak için kendisini şüpheci, kaotik ve sorumsuz olarak gösteriyor. Yanıtladığın her telefonda, karşıdaki kim olursa olsun, sana hiç aksatmadan, 'Rahatsız ediyor muyum?' diye soruyor."

Dreamer dikkatimi buna çektikten sonra durumun aynen böyle olduğunu fark ettim ve aynen böyleydi. İyi de bu ayrıntının ne gibi bir önemi olabilirdi ki, hala anlayamamıştım. 'Rahatsız ediyor muyum?' sadece koşulları rahatlatıcı bir soruydu. Bu soruyu her zaman ilgisizce dinler, sıradan bir saygı sözcüğü veya özellikle bir astın üstüne olan mahremiyetine gösterdiği bir incelik ifadesi olarak sayardım.

"Rahatsız ediyor muyum?' diyorlar, çünkü hazırlıksız olduğunu hissediyorlar. Dünya, diğer insanlar, seni yansıtırlar. Onlar, tembel ve kendi kendine konuşan bir adamın görüntüsünü yansıtan aynalardır. 'Rahatsız ediyor muyum?' senin sorumsuzluğundur! 'Rahatsız ediyor muyum?'; net değilsin demek! 'Rahatsız ediyor muyum?' dünyanın seni suçlama biçimidir."

Zırrr! Yine telefon çaldı.

Ahizeyi kaldırıp mekanik biçimde, 'Kimsiniz?' dedim.

Daha alışılagelmiş bu sözleri tamamlamama fırsat kalmadan, Dreamer'ın öncekinden de korkunç olan sesi havada çınladı. *"'Alo, ben kimim?' demelisin. 'Kimsiniz?' değil."* Öfkelenmiş, bağırıyordu.

"'Ben kimim?' Hattın diğer ucunda daima kendilerini bulacaklarını anlayan kişiler, böyle sorarlar!"

Dreamer'ı dinliyordum ve aynı zamanda da henüz başlayan telefon görüşmesini her şey yolundaymış gibi sürdürmeye çalışıyordum.

Dreamer, telefonla konuşmama aldırmaksızın, hattaki kişinin kim olduğuna ve onun Dreamer'ın sözlerini işitebileceğine hiç aldırmadan, *"'Alo, ben kimim?' demek, kendi karmakarışık halinle karşılaştığını hatırladığın anlamına gelir,"* dedi. Dreamer'ı dinlerken, hattaki kişiye de tek heceli yanıtlar vererek, görüşmeyi olabildiğince kısa tutmaya ve bir an önce kapatmaya çalışıyordum.

"Dünya yönetilmeyi ister! Arayan kim olursa olsun, dahil olma ihtiyacındadır, açıklığa ihtiyacı vardır. Ama senden aldığı birkaç işaretten sonra, senin gittiğin bir yönünün olmadığını keşfeder.."

"Sen yaralısın, öyle dolusun ki, neredeyse taşma noktasındasın. İlerlemene izin ver, hafifliğin etkili olmasına ve algının diğer bölgelerine girmesine izin ver!"

Dreamer, normal ses tonuna dönerek hiç beklemediğim bir sevecenlikle beni yönlendirdi; *"Uyanık ve tetikte olan bir kişi, kararlılık ve sahte güvenlik kabuğunun altında, hep aynı yaranın, aynı kederin gizlendiğini bilir ve ayrıca, yara iyileşinceye ve izi kapanıncaya kadar müdahale etmekten ve tedavi etmekten başka hiçbir yol olmadığını da bilir. Kaçıp uzaklaşmaya çalışsa, bir münzevi gibi bir mağaraya çekilse, ya da bir keşiş gibi bir manastıra kapansa ve her türlü telefondan ya da dünyayla olan bağlantılarından uzaklaşsa bile o yara, koruduğunu sandığı kabuk, onun hazırlıksız olduğunu yüzüne vurmak için, acı verir biçimde geri gelecektir. Fakat sen, tüm sıradan insanlar gibi, artık o acıyı hissetmiyorsun ya da hiçbir şey yokmuş gibi davranıyorsun."*

Sesinde çaresi olmayan bir başarısızlığın yankısı, kozmik bir yenilginin acısı vardı. Telefon yeniden çaldı. Bu noktada artık ne yapacağımı bilemiyordum. Ne Dreamer'a ters düşmek istiyor, ne de onun oyununun havasına girmişim gibi, telefonu onun söylediği şekilde yanıtlayacak kadar kendimi özgür hissediyordum. Telefon çalmaya devam etti. Dreamer, başının bir işaretiyle beni yüreklendirdi ve bu jestine ek olarak, *"Bunun nasıl bir kutsama olduğunu bir düşün bakalım! Dünya bize kim olduğumuzu ve eksikliklerimizi söylemek için telefon ediyor, tıpkı bir Delphi kahinine elinle dokunacak kadar yakın olmak ve her istediğinde ona danışmak gibi bir şey,"* dedi. Sonra yarı ciddi, yarı yapmacık olarak, *"Telefona yanıt veren herkes karşı tarafa kim olduğunu sorar gibidir oysa bunu zaten bilir. Sen de karşıdakinin kim olduğunu biliyorsun... çünkü seni arayan yine sensin,"* dedi.

Bir şey piminden kurtuldu, bir sıkışıklık çözüldü; kayan bir omurun yerine oturmasına benzeyen bir iyileşme duygusu hissettim. Telefon çalmayı sürdürüyordu, ama yazmakla meşguldüm ki bu, telefona cevap vermekten daha önemliydi. İçin için yanıyordum. İçinde bir insanın kaderini değiştirme ve yaşamını dönüştürme sırrına sahip olan o sözcüklerini kendi sözcüklerim gibi söylemek için atılmak üzereydim. Dreamer beni yine uyararak,

"Dünya senin Oluş'unun saf bir yansımasıdır..." dedi. *"Bunu unutma! Dünya kim olduğunu söylemek, kendin hakkında bilmekten hep kaçındığın şeyi bilmeni sağlamak için sana telefon ediyor! Hattın öteki ucunda kimin olması gerektiğine karar verecek olan sensin, yalnızca sen. Şimdilik, hattın diğer ucunda senin kırılganlığını yansıtan bir insan var. Yardım isteyen, iyileştirilmeyi bekleyen sensin."*

Dreamer'ın söylediklerini, her şeyi, böyle olacağından kesinlikle emin olarak dinledim ve yazdım. Bana göre her şey kusursuz bir berraklığa kavuşmuştu. Dreamer'ın öğretilerinin dağınık parçaları harika bir kompozisyonla yerlerine oturmaktaydı.

O anda ulaştığım kavrama gücüyle, gerek duyduğum anda her şeyi bir bütün olarak bulmayı istiyordum ve ihtiyacım olduğu zaman bunu hayata geçirebileceğim şekilde uygulamak için sözlerini her ayrıntısıyla kaydediyordum. Dreamer, içimde oluşan açılmadan yararlanarak bastırıp,

"Yaşayan insan yaşamı davet eder. Kendine acıman başarısızlığı cesaretlendirir.

Benzer benzerini çeker. Anlayış ise anlayışı.. Like attracts like.

Hattın diğer ucundaki kişiyi değiştirmek istiyor musun? Onların sözcüklerini, seslerinin tonunu, çözümlerini ve taşıdıkları haberleri değiştirmeyi ister misin?... Kendini değiştir! Çözüm sen ol ve dünya da ebediyen değişsin," dedi. Nefes alabilmem için bana birkaç saniye verdi. Konuşmasının bu son bölümünü de tamamen yazabilmem için bekledi ve sonra devam etti. *"Yanıtlarken, 'Alo, ben kimim?' demek, yaşamında başına gelen her şeyin tek sorumlusunun yalnızca kendisi olduğunu bilen ve hatırlayan insana ait bir davranıştır. Bir telefon çağrısı, şimdiye dek görmekten, dokunmaktan ve göğüslemekten kaçındığın şeyi anlamana izin verir."*

Tam bu sırada telefon yeniden çaldı. Ahizeyi kaldırmadan önce, Dreamer'ın önerisine kulak verebilmek için birkaç saniye bekledim.

Netlik... Dünyaya sadece netlik ver, o zaman hattın öbür ucunda iyi haber olacaktır.

"Alo, Ben kimim?" dedim. Bu tuhaf sorumun karşı taraftaki kişinin üstünde yaratacağı etkiyi düşünerek gülümsedim. O andan itibaren, ahizeyi kaldırmak artık sıradan bir konuşmayı gerçekleştirmek için değil, tıpkı eski hacıların Delphi'ye yaptığı gibi peygamberlere özgü ve macera dolu bir keşif yolculuğunu başlatacak, tapınağın tabanındaki yarıklardan yavaşça yükselen buhar kadar gizemli ve Pythia* ile görüşmek gibi baştan çıkarıcı bir macera olacaktı...

Telefon tekrar çaldı. Dreamer, başıyla ahizeyi kaldırmama izin verirken, *"İçinde çözüm ol. Özgür ol! Dışarıda ne çözüm bekleyen bir sorun ne kendini koruman gereken kötü bir şey, ne de mücadele etmen gereken bir düşman var. Dünyaya bir yanıt verebilmen için sen kendin çözüm olmalısın. Oluş'un parlak ışığı içinde samimiyete, sadeliğe ve hafifliğe ulaş.*

Eğer yukarıdan 'oyun'a bakabilirsen, hattın diğer ucunda dünyanın sana tüm şükranlarını ve sadakatini sunduğunu keşfedeceksin. Sonra bir gün bir insanın gerçek işinin, hatta tek işinin dünyayı onarmak olduğunu bulacaksın.

---

* Phtia: Delphi Tapınağı'nda soruları yanıtlayan kahin rahibe.

Dünyadaki her deliliğin, her çatışmanın ve her işlenen suçun tek kaynağının sen, yalnızca sen olduğunu anlayacaksın; ve yine sen, eğer kendini içinde nasıl iyileştireceğini, koruyacağını, kurtaracağını ve nasıl seveceğini bilirsen, dünyayı da senin, tek senin iyileştirebileceğini, koruyabileceğini, kurtarabileceğini ve sevebileceğini fark edeceksin," dedi.

Telefon hala çalıyordu. Ahizeyi kaldırıp, 'Alo, ben kimim?' diye yanıtladım. Dreamer'a karşı bir şükran duygusunun tüm hücrelerime yayıldığını hissettiğimde, içimde birdenbire yükselen, ama uygunsuz kaçabilecek dayanılmaz onu kucaklama isteğine çok zor karşı koyabildim.

8 Mekanikliğe takılan çelmeler

Müezzinin sesi, inananları günde beş kez ibadet etmeye davet ediyordu. Ezan, antik şehirlerde şehrin çevresini saran surlar gibi, görülmeyen bir dış duvarın sınırını belirliyordu. Varlığı kurtarmanın bir devlet meselesi sayıldığı Suudi Arabistan'daki çarşılarda devriye gezen din polisleri burada yoktu. Ayrıca burada, namaz vaktinde ibadet dışında yapılan her türlü işin bırakılarak camiye gidilmesini sağlamak için dükkanların kepenklerine vurulan copların sesleri de duyulmazdı. Bununla birlikte, yine burada da, ince minarelerden yükselen ezan sesi, her türlü etkinliği bıçak gibi keserek halkı, namazlarını kılmak üzere yüzlerini Mekke yönüne dönmeye davet ediyordu.

Müslümanların kendi içsel yönlenişlerini düzenleyebilmeleri için kutsal şehrin bulunduğu yönü gösteren kıbleyi kolayca bulabilmeleri, önem açısından Kutupyıldızı'nın gökyüzündeki seyriyle eşdeğerdeydi. Her iş yerinde, her otel odasında ve her kamu alanında kıbleyi milimetrik hassasiyetle gösteren bir ok bulunurdu. Tüm İslam dünyasında, günde beş kez bu yöne doğru serilen seccadeler, namaz kılan milyonlarca Müslümanı bir araya getirirdi. İbadet saatinin gelmesiyle birlikte tüm diğer işler önem sıralamasında ikinci sıraya düşüverirdi. Bu sırada trafikte olanlar, arabalarını yol kenarına çekerek yanlarında hazır bulundurdukları seccadelerini oldukları yere yayarak namaza dururlardı.

Avrupa'dan bir dönüş yolculuğum sırasında, Cidde üzerinden aktarma yapacak bir Suudi uçağında son dakikada yer bulmuştum. Bunun doğrudan Mekke'ye giden bir Hac seferi olduğunu keşfettiğimde iş işten geçmişti: Uçaktaki tek 'kafir' yolcu bendim. Yolculuğun ortalarında, tüm yolcular kalkışta üstlerinde olan giysilerini çıkartıp, Müslüman hacılara özgü beyaz kumaştan kisvelerine sarındıklarında, benim onların arasındaki pozisyonum oldukça rahatsız edici bir hal almıştı.

Ardından yerlerine geçmeleri için yapılan tüm anonslara ve personelin insanüstü gayretlerine rağmen, Tristar'ın orta geçidini işgal edip sırayla namaz kılmışlardı.

Kendi kendime, hangi yöne gittiğimizi acaba nasıl bilebildiklerini düşünmüştüm. Gözümün önüne gizemli kuşlar geldi; doğaüstü içgüdülere sahip olan bu kuşların karşı koyamadıkları bir güçle Kabe'nin merkezindeki küçük siyah güneşlerinin çekim alanına doğru kanat çırptıklarını hayal ettim.

Bir toplantı sırasında ya da bir pazarlığın tam orta yerinde bulunduğumuz mekana dolan ezan sesiyle, Müslüman işadamlarının sözlerini havada asılı bırakırcasına ibadete koştuklarına defalarca tanık olmuştum. Gözlemlerime göre, bu birkaç dakikalık mola onların güçlerini tazelemeye yarıyordu, ama bunun nasıl olduğunu bilmiyordum. Bu dini uygulamanın en derinlerdeki mantığını, ritüelin ardındaki gizli bilgeliği araştırmaya çalışmıştım; ne var ki, kimse bana bu konudaki bağnazlığın ya da hurafelerin ötesine geçecek bir bakış açısıyla açıklama yapamamıştı. Dreamer'la görüşmelerimizin birinde ona sormak için bir fırsat yakaladım. Söyledikleri, benim gibi hazırlık dönemindeki biri için gerçekten çok önemliydi. Olduğu gibi defterime kaydettim.

...Bin yıldan bu yana süregelen bilgeliğe dayalı gelenekler, insanoğlunun önüne geçilmez bir biçimde eğilim gösterdiği kemikleşmeye ve tekrarlamacı yaklaşıma karşı durabilecek her türlü 'hileyi' icat ederek, nesilden nesle aktardı. Mekke yönüne dönerek günde beş kez kılınan namazlar, İslami takvimde dokuzuncu ay olan Ramazan'da İslami 'oruç tutma' geleneği ve tüm dini geleneklerdeki mevcut ritüellerin hepsi, bu 'mekanikliğe takılan çelmeler' olarak tanımlanabilir. Bunların işlevleri, rutinin kesintiye uğratılması yoluyla, insanları en köklü alışkanlıklarının kulvarını değiştirerek, artık uyku haline geçen gizli bir aklı beslemektir.

Dreamer açıklamasına devam ederek bana bunların, artık asıl çıkış noktasının unutulduğu dini inanışlar, boş ritüeller veya bazen hurafelere dayalı uygulamalar biçiminde varlığını sürdüren, bedensel, zihinsel ve ruhsal arınmanın temel ilkeleri olduğunu anlattı. Yaşamımızın ne denli mekaniğe ve gereksiz tekrara dayalı olduğunu keşfetmek için, davranışlarımıza bir parça dikkat etmemiz yeterli olacaktır. Her sabah, birbirinin aynı olan titiz bir gayretle, bir dizi hareketle yeni bir güne başlıyoruz: yatağımızdan çıkarken yere aynı ayakla basıyoruz; tıraş olmaya hep aynı taraftan başlıyoruz; dişlerimizi aynı sayıdaki hareketle, aynı yönde ve hep aynı yüz ifadesiyle fırçalıyoruz.

Fark edemediğimiz aynı alışkanlıklarımıza bağlıyız, hep aynı olan jestler, mimikler, sözcükler ve seslenişlerle gündelik düşüncelerimizi ifade ediyoruz.

Hatta duygularımız bile, ruhumuzun şartlandırılmış refleksleri gibi önceden tahmin edilebilir. Sıradan bir insanın iradesi gömülüdür. Onun davranışı, yapay anlamların yansımasıdır ve psikolojiden çok robotçuluk veya etioloji benzeri bir bilimin kapsamında daha verimli biçimde incelenebilir.

Kişi yapacağı minimum düzeydeki bir öz gözlemleme sonucunda kendisi için karar almak, bir tercihte bulunmak, kendi iradesini özgürce ifade etmek üzere ikna olduğunda, başkalarını taklit etmek yoluyla aslında kendi önyargıları ve benzer konumları ile alışkanlıkları tarafından kazılarak oluşturulmuş eski zihinsel kulvarlarında ve mekanik süreçlerine bağlı olarak yönlendirildiğinin farkına hemen varacaktır.

Afallamıştım. Ayrıca Dreamer'ın, düşüncelerini insanların içinde yaşadığı en acımasız gerçekleri, kimseyi gücendirmeden böylesine başarılı bir biçimde açıklamakta kullandığı kendine özgü stili karşısında büyülenmiştim…Onun bu otoritesinin ve bilgeliğinin nereden geldiğini kendime sormadan edemiyordum. Yüzünün ve sözlerinin ciddiyetinin arkasında, ruhuna kök salmış yanılsamaları, inanışları ve görüşleri sistemli bir biçimde ve de zalimce altüst edişini bir tüy kadar hafif kılan sonsuz bir şefkat, görünmeyen ve sürekli var olan bir gülümseme vardı. 'Mekanik alışkanlıklarımıza takılan çelmeler' konusunda daha fazla bilgi edinmek istiyordum, ama anladığım kadarıyla Dreamer bu konuya son noktayı koymuştu bile. Israrlarım sonucunda ağzından birkaç sözcük daha alabildim ve notlarıma özenle ekledim ve bu sözler Dreamer'ın felsefi kuralını çerçeve içine almama yardımcı oldular.

Tekrara dayalı bir hareketi, mekanik bir tepkiyi düzeltmek veya bir alışkanlığı kırmak yönünde çok küçük bile olsa bilerek yapılan her çaba, 'mekanikliğe takılan bir çelmedir'.

Dreamer bu konudaki sözlerini, yapılan bu 'uygulamalı çalışmanın' kişinin rastlantısallık yasasından kaçmasına, kazaların olacağı ve hatta kendisini felaketlerle, doğal afetlerin içinde bulacağı olasılıkları bile etkisiz hale getirmesine yardım edeceğini söyleyerek bitirdi.

O günden sonra, bunları kendime olabildiğince sık hatırlatmaya çalıştım. Kendimdeki her türlü katılaşmış otomatik davranışı, paslı ve gıcırdayan mekanik tepkiyi, takıntıyı, alışkanlığı, her çeşit rutini gözlemeye ve kırmaya başladım. Bunun ne denli güç bir iş olduğunu ve yaşamımızda mekanik davranışlarla, gereksiz tekrarların zulmünden artakalanın ne denli küçük olduğunu ancak bunu deneyen bir kişi anlayabilir. Tüm zahmete değer.

Tetikte bir ruhun dikkatinin geliştirilmesi, kendi geçerliliğini, rutin bir alışkanlığın veya davranışın bilerek düzeltilmesinin ötelerine taşımaktadır.

İçimizdeki bu polis - hırsız oyununda, alışkanlıklarımıza tuzak kurabilme becerimiz, içimizdeki hükümsüzleşmiş tüm eski tepkilerin acımasız avcısı olabilmemiz; bir Oluş çalışması olan hareketlerimize gösterdiğimiz itina ve tepkilerimize olan farkındalığımız, yaşamlarımızda düşüncelerimizin ve duygularımızın kalitesi üzerinde eşi benzeri olmayan bir yansımadır.

9 Kendimizi yenmek

Dreamer'la karşılaşmalarımız giderek azaldı ve yaşadığım olaylar, içinde bulunduğum koşullar giderek daha boğucu bir hal aldı. Uyumsuzluk ve hoşnutsuzluk duygusu beni tepeden tırnağa sarıyordu. Dünya kocaman olmuştu ve başımın üstünde beni tehdit edercesine yükseliyordu. Onun daha da genişleyen 'hipnotik gücü' ve üzerimdeki baskısı ağırlaşırken, her geçen gün Kuveyt'te ki şirketin önemi büyüyordu. Dreamer birçok kez çaresizliğin bir uçurum gibi önümde uzanan kıyısından beni kurtarmaya geldiğinde, *"Olumlu bir ruh halinde kalmaya bak, kendini fazla ciddiye almayı bırak."* diyordu. *"Kendinle dalga geçmeyi dene. Bu, her türlü takıntıya ve kendini özdeşleştirmeye karşı güçlü bir panzehirdir."*

Dreamer'ın sözlüğünde, insanın dünyayla 'kendini özdeşleştirmesi', özgürlüğümüzün azaldığı bir duruma düştüğümüzü, bizim varlık olarak ufalandığımızı gösterir. *"Sen sonuç haline geliyorsun, dünya da sebep. Sen küçüldükçe, dünya büyüyor ve seni yutuyor."* Dreamer'ın bu sözleri gözlerimin önüne, kendi gözyaşları içinde boğulma tehlikesiyle burun buruna gelen Alice'in görüntüsünü getirdi.

Dreamer, özdeşleştirmeye karşı ve insanların 'gerçeklik' olarak nitelediği olayların bir hipnoz damlasıyla beni uyutmasından kendimi kurtarabilmem için bana bütünüyle bir dizi hile ve strateji öğretti. Bunlardan biri, belirli bir noktada, özellikle de pek uygun olmayan, en yoğun ve kritik zamanları açıkça seçerek, yaptığım işi her ne olursa olsun yarıda kesmekti. Bunu, bir odanın köşesinde hareketsiz durup zamanın, Oluş'umun her santimetrekaresine uyguladığı baskısıyla boğuşarak denedim.

O dakikalarda bedenimde, dünyanın beni yeniden avucunun içine alarak, endişelerle kaygıların girdabından çıktığım aynı yere koymaya çalışan zulmunü hissettim; bu zulüm, bana şantaj yaparak bu kısacık kopma anından ve yaşamımın mekanik olarak önceden düzenlenmiş olayların aralıksız sürecinde yarattığım küçük bir boşluk yüzünden, zarara uğrayacağıma dair düşünceler gönderdi.

Dreamer'ın bu önerisini uygulamaya koyunca, olayların içinden sıyrılmayı, bağımsızlaşmayı ve kendimi içinde bulduğum koşulların üstüne çıkarma konusundaki becerilerimin dikkate değer biçimde arttığını gördüm. Hayat ve iş, üzerimdeki ağırlıklarını ve ciddiyetliklerini kaybettiler. Ardından, onların beni uyutan hipnotik etkisinden kurtulunca oyunun gücünü yeniden anlar oldum.

Başka durumlarda, diğer taktiklerinin yanı sıra, kendimi korurken kullanmak için, aynaya bakarak değişik yüz ifadeleri takınmayı seçtim. Kendi komik yüz ifadelerime bakarken, oyun içinde bana düşen rolü unutmamak için kendimi zorladım. Bu, yaklaşmakta olan, ölümüne bir karşılaşmanın yolda olduğunu söylüyordu.

O isteyerek göstermiş olduğum çabalar bir tünel açarak beni ilkçağların önemli okullarıyla temasa geçirdi. Tıpkı zamanın ayarladığı, akordundan çözülen sesler gibi o okulların öğretileri vücudumun her bir hücresinde bir ahenk içinde titreştiler. Bu zamanları berraklığın ve açıklığın nadide ışıltıları olarak büyük bir lütufla anımsıyorum.

O süreçte, Dreamer sözcük dağarcığıma yeni ve unutamayacağım *'kendini yenmek'* terimini katmıştı. Bunu özellikle ilk kullandığı zamanı çok iyi hatırlıyorum. *Le Méridien'in* çatı katındaki kral dairesinde, teras-bahçedeki geniş yüzme havuzunun başında oturuyorduk. Üstünde beyaz ketenden bir giysiyle, timsah derisinden makosen ayakkabıları vardı ve koyu camlı bir güneş gözlüğü takıyordu. Her küçük ayrıntı ve hareketi onu Arap dünyasını derinden bilen, kibar bir Batılı adam gibi tarif ediyordu. Pencereden, Basra Körfezi'nin koyu mavi sularına, Water Towers'ın kubbeleri gibi sıfır noktasına kadar kademeli olarak alçalan Kuveyt şehrindeki tozlu binalara, çevredeki teraslara ve ince minarelere bakarak konuştuk. Bir girişimci olarak karşılaştığım zorluklarla, sürekli yolumun üstünde çıkan engeller hakkında kendisine bilgi veriyordum. Ona, bir kişinin liderlik anahtarlarına nasıl sahip olabileceğini sordum. Korkusuzluğa, yıkılmazlığa, zafere ve şana götüren sihirli formülü bilmek istedim.

Dreamer, *"Bir lider her şeyden önce bir Oluş yöneticisidir,"* dedi. *"O, kendisindeki olumsuzlukları nasıl tanıyacağını ve onları nasıl çembere alıp kısıtlayacağını bilir. Tüm savaşları kazanmak için önce 'kendisini yenmesi' gerektiğini bilir.*

'Kişinin kendisini yenmesi', olumsuz duygularımızın bizi yönetmesine ve boyunduruk altına almasına kesinlikle izin vermemek demektir. Düşüncelerimizin yıkıcılığını alt etmek ve kendimizi baltalamaya göz yummamaktır. Tüm sınırlarımızı aşmak, varlığımızı kaplayan gölgelerin, şüphelerin ve korkuların koyduğu her engeli devirmek demektir."

'Kişinin kendisini yenmesi', bütünlüğe doğru gidilen yolda, iradeyi gömülü olduğu yerden çıkartmak, met cezirlere karşı yüzmek demektir. Yaşamda yapılacak başka bir şey yok! İnsanın yaşamında maruz kaldığı sınavlar, işindeki sorumluluklar ve yolculuğunda önüne çıkan tüm zorluklar, içinde taşıdığı o gürültülü kalabalığı yatıştırmasını ve kendisini ruhunun sadeliğine ve Oluş birliğine doğru taşıyacak fırsatları temsil ederler.

Bir süre başka bir şey söylemeden, bunları defterime geçirirken yüzümün aldığı şaşkın ifadeye gülümsedi. Ardından, masanın üzerinden bana doğru hafifçe uzandı. Daha önce de yine onunla birlikteyken birçok kez olduğu gibi kalbim yerinden oynamıştı. Birazdan, onun felsefesinden, benim anlama düzeyimi hızlandırmaya muktedir hayati önem taşıyan parçalarından birinin daha aktarılacağını sezmiştim. Ona hazır olduğumu göstermek, ama biraz da bana yavaş yavaş yaklaşmasının içimde yarattığı gerilimi boşaltmak üzere küçük not defterimi açık şekilde dizlerimin üzerine bırakarak, sırtımı dikleştirdim.

Dreamer fısıltıyla, *"'Kişinin kendisini yenmesi', içine sızmaya çalışan en küçük bir olumsuzluk ifadesine bile geçit vermemek, içindeki hiçbir alçalmaya veya hüzün kırıntısına, ne kadar önemsiz olursa olsun, engel olmaktır,"* dedi.

Bekledi. Yüzündeki belli belirsiz bir gülümsemeyle, dikkatle bu açıklamadaki tepkimi gözlüyordu. Ardından sesini değiştirerek bu satırları okudu:

Zaman sana saldırdığında sen zamanı yut.
Istırap sana saldırdığında sen ıstırabı yut.
Şüphe sana saldırdığında sen şüpheyi yut.
Korku sana saldırdığında sen korkuyu yut.

Dreamer'ın bir kavramı açıkladığında veya bir görüntüyü anımsattığında tekrarladığının ve onlardan sık sık yeniden söz ettiğinin farkına vardım. Açık ve seçik olarak onun kullandığı bu tekrarların, o zamana dek inandığım gibi sadece bir eğitim yöntemi olmadığını, paralellik üstüne kurulan ritmik bir şiir biçimi gibi, kavramın ya da görüntünün farklı açılardan yeniden sunulduğu görüşüne kapıldım.

Benim doğrudan deneyimlediğim bu süre, onun kendi içsel jeolojimdeki psikolojik engelleri devirmesine ve sert yapılanmaları yıkarak geçmesine izin verdi. Dreamer yeniden konuşmaya başladığında, aklımdan geçirdiğim bu düşünceleri bir süreliğine de olsa bıraktım.

'Kendini yenmek', dünyaya bağımlı olmamak, yaratıcı olmak, kendinin, kendi Oluş durumlarının efendisi olmak ve dolayısıyla da dünyanın efendisi olmak demektir.

Bağımsız kalabilme yeteneğinin, herkesin doğuştan elde ettiği, tamamen doğal bir hak olduğunu ekledi.

Bana dikkatle bakarak, sessizliğe büründü.

Bakışlarının altında karanlıktan çıkıp zaman ırmağında akan bir sal konvoyu misali hatıralar geldi aklıma.

Çocukluk çağından çıktığım bir olay takılı kalana kadar, görüntüler birbiri ardınca her seferinde daha da canlı bir şekilde artarak çoğaldı. Kendimi bir kez daha, Carmela'nın odasında, yine her zamanki huysuzluklarından birini sergileyen bir çocuk olarak gördüm. Anlayışlı yetişkin kişilerin arasında, gözyaşlarına kapılarak bağırıp çağırıyordum. Giuseppona bile beni yatıştıramıyordu. Delirmiş gibiydim, ama çocuktum ve bir yandan da göz ucuyla onları izliyordum. Başka bir şeyle ilgilendikleri sırada, kimsenin beni görmediğinden emin olduğumda, geniş gardırobun kapağındaki boy aynasında kendi görüntüme bakıyor ve bu gösteriyi oynama özgürlüğüyle mutlu, art niyetle gizlice gülüyordum. Çocukluğumun unuttuğum bu karesine bir kez daha kavuşmuştum. O zamanki gizli zevkin tadını yeniden yaşadım: kabiliyetimi fark etmemiş ve bağımsız kalabilme yeteneğimden hiç şüphelenmemiş kör ebeveynlerim ve yetişkinler olmadan, istediğim zaman o duruma girip çıkabilme gücü. O konumdayken, hiç vicdan azabı duymadan, onları kontrol edip baskı altında tutabileceğimi hissettim.

Dreamer müdahale ederek o noktada düşüncelerime girdi ve bana, *"Ne var ki, bir gün çocuk oynamayı bırakır. Bir zamanlar sadece istediği zamanlarda taktığı bu maske, artık onun yaşamını zalimce yöneten kalıcı yüzü olmuştur ve o çocuk, artık tam anlamıyla kaprisli, alıngan ve zayıf; bütün dünyayı kendisine patron sayarak bir uyuşturucu ya da bir iş bağımlısı gibi bir şeye veya birine bağımlı kalmadan yaşayamayan kırılgan bir yetişkine dönüşmüştür."* dedi.

Tatlılıkla, ama çelik gibi sert bir bakışla bakarak sözlerini tamamladı:

"Özgürlük, senin bunca zamandır
taktığın bütün bu maskelerine mal olacaktır."

10 'Düş', var olan en gerçek şeydir

Ortadoğu'da ve Kuveyt'te geçirdiğim yıllarda, Dreamer'ın mucizesine karşı bir tür alışkanlık oluşturmuştum. Huzur, sağlık, başarı ve her sıkıştığım anda onun mucizevi ve bitmez tükenmez bilgeliğinden yararlanmamı sağlayan fırsatlar için başlarda duyduğum şükran duygusu yavaş yavaş, onun otoritesiyle alçakça bir rekabete giren içimdeki bastırılmış isyan duygusuyla yer değiştirdi.

Dünyanın bende açtığı binlerce yaradan bir sızıntı gibi enerji kaybediyordum ve enerjinin yanında özgüvenim, yaşama isteğim ve sevincim de giderek azalıyordu. Hatta Dreamer'la birlikte yaşantıma giren mucize duygusu bile, ağzı açık kalmış değerli bir parfüm gibi buharlaşıp gidiyordu. Tüm dünyam bulanıklaşmaya başlamıştı. Birlikte çalıştığım kişiler de, benim yitirmekte olduğum canlılığın bir dışavurumu gibi, bir zamanlar işlerine duydukları enerjiyi ve coşkularını katmadan bana geri yansıtıyorlardı. Benim etrafımı kuşatan problemleri sürekli çözmek zorunda kalmam anlamına gelen patronluk rolü sonum olacaktı.

Kendisini yönetemeyen kişi, başkalarını hiç yönetemez.
He who does not rule himself cannot rule others.

Artık iyiden iyiye seyrekleşen buluşmalarımızda da eskisi gibi yine Dreamer'ın sözlerini yazıyor ve onların üstünde uzun süre düşünüyordum; ama içimdeki derin uçurum uzun zamandır 'düşle', gerçeklik olarak inandığım şeyi birbirinden ayırıyordu. İnsanlığın en eski dramı olan Cennet'ten kovuluşunun, yalnızca zamanın başlangıcında tek bir kereliğine gerçekleşmediğini ve birdenbire olmadığını artık iyi biliyordum.

Beklenilmeyen, hep uzun bir hazırlık dönemine gereksinim duyar.
The unexpected always requires a long preparation.

Adem'in saçmalığa varan anlaşılmaz öyküsü, gözlerimin önünde canlanarak yeniden gerçekleşiyordu. Bilinçli bir varlık, korku ve ıstırap karşılığında cennetinden vazgeçmişti. Bu nasıl mümkün olabilirdi? Yaşamla ölümü kim takas ederdi? Ne var ki insan bunu yaptı ve yapmaya da devam ediyor. Bunu tenimde hissederek yaşıyordum. Elmayı ısırmak, sebebin dışta olduğuna, bizi elinde tutan ve bizi denetleyen bir iradenin dışımızdaki dünyada bulunduğuna inanmaktır. Absürdlüğün tiyatrosu perdelerini açıyor ve bu dramı her ölüm anında, 'burada ve şimdiyi' her erteleyişimizde yeniden sahneliyordu. Günah işlemek sözcüğü Grekçe, etimolojik olarak 'sapmak' anlamına geliyordu, benim günahkar olmam da kendi yapısı içinde, en yüksek görevimden sapmak, uzaklaşmak oldu. Unutkanlık, itaatsizlik ve bölünme zerreleri katlanarak çoğaldı ve cennete girerek kirletti.

Her defasında azar azar, Dreamer'ın felsefesini geçekleşmesi olanaksız bir dünyaya, kurgu dünyasına sürgüne gönderiyordum. Onun vizyonu ve sözleri, beni ilk günkü gibi büyülüyor ve ben tüm bunların gücünü bir soluk gibi içimde hissediyor olmama rağmen, inancım bana bunların hala salt teoriden öteye gidemediklerini söylüyordu.

Pratikte durum tamamen farklıydı; yüzlerce insanın bağlandığı, hatta kendi ailemin de geçimini sağlamam için yönetilmeyi bekleyen bir şirketin üzerime aldığım sorumluluğu, her gün göğüslediğim binlerce zorluktan sadece biriydi. Etrafım benimle aynı heyecanı paylaşan çalışanlarla çevriliyken ve Kuveyt şehrinin en seçkin bölgesi Samia'da yaşamak için güzel bir villa, emrimde hizmetçiler, şoförler varken, ben iki yıl önce Dreamer'ın beni çekip çıkardığı cehennemi ve o andan sonra bana sunduğu harikaları unuttum.

Sonunda, Dreamer'ın ilkelerinin ve düşüncelerinin aslında yaşantımı kasıtlı olarak karıştırmak ve gereksiz yere bana zorluk çıkarmak üzere hazırlandığını düşünmeye başladım.

Dreamer bana, *"'Düş', var olan en gerçek şeydir,"* diye öğretmişti. *"Kendini çelikten bir halatla düş'e bağla ve hiç kimsenin, hiçbir şeyin seni ondan ayırmasına izin verme. 'Düş'ten yoksun bir adam, evrende kaybolmuş bir kırıntıdan farksızdır."* Ancak aylardan beri, onun dünyası ile benim günlük dünyam arasındaki bölünmeyi beslemekle meşguldüm. Dreamer sayesinde elde ettiğim o bir milimlik bütünlüğü, yaşantımda dağları yerinden oynatan o belli belirsiz hareketi artık yitirmekteydim. Affedilemeyen yegane günah, bütün yanlışların en yanlışı, dünyanın bizi yarattığına inanmaktır. Dünyayı tanrımız yaptığımızda, üstelik de kederli ve cahil bir tanrı gibi kabul ettiğimiz her an, bu günahı yüreğimizde yeniden işliyoruz.

Yaratılış kitabından, Frankenstein öyküsüne, Alice'nin masalından, Blade Runner'a kadar, insan kendisine sürekli olarak, kendi yarattığı şeyin kurbanı haline gelen yaratıcının ölümsüz öyküsünü anlatır. Bizim öne sürdüğümüz görüşe göre, dünya baskın çıkar, biz onun gerçek olduğuna inanırız ve onu her şeyin üstünde tutarak onu putlaştırırız.

Bir keresinde bana, *"Sen dünyayı gördüğünde, o çoktan yaratılmıştır,"* diyerek, dünyaya 'yaratıldı' denmesinin nedeninin bu olduğunu açıklamıştı. O sonradan gelir. O sonuçtur! Önce gelen ise sebeptir. Ancak pek az kişi dünyanın ne bir yönü, ne de kendi iradesi olduğunu anlayabilir.

İrade yalnızca bireye aittir... dünyayı yönetir. İradenin olmaması halinde, dünya otomatik olarak kontrolü ele alır..

Bu, insana sıkıntı veren bir haberdi! Dünyanın, bir kütlenin bir iradesi olamayacağını anlamak, birisinin uçuş sırasında uçağın pilotu olmadığının ve birkaç dakika içinde tüm kontrolleri öğrenip uçağı kullanması gerektiğinin farkına varmasına benziyordu. Kaygılı halimi fark ederek, *"Bundan dolayı endişelenmen tamamen yersiz, bu durum sadece senin dünyaya olan bağımlılığını sürekli kılar,"* dedi.

İnanmayı çok arzu ediyor olmama rağmen, onun felsefesiyle uyuşmadığımı her zamankinden çok daha fazla hissederek, "Dünyaya bağımlı olmak tam anlamıyla ne demektir?" diye sordum.

"Bu, 'unuttuğun' zaman, senin küçüleceğin ve dünyanın senin başına patron kesileceği demektir," diye sorumu ilgisizce yanıtladı. *"İradesiz insanlar, psikolojik cüceler haline dönüşerek kendi evreninde kuyrukları bacaklarının arasında sıkışmış, suçluluk duygularının ağırlığı altında belleri bükülmüş ve kendi yarattıkları hayaletlerden ölümüne korkarak dolaşırlar. Bu duruma indirgenen insanın, artık suçlamak, şikayet etmek ve bahaneler bulup kendisine acımaktan başka yapabileceği hiçbir şey yoktur,"* diye ekledi. Ve bu, dünya üzerindeki insan olma koşulu olarak devam eder, hafıza reçinesi eriyip minnettarlık kanatları yitirildiğinde, İkarus gibi, benim de tepe taklak içine düşmekte olduğum bir koşuldu bu.

Pirandello'nun Enrico IV (Henry IV) karakteri gibi, kendimi sadece oynamam gereken bir rolün içine hapis olmuş buldum.

Bir işadamı olmak veya bir girişimcinin çok kapsamlı rolünü oynamak, özgür bir adam olmak demek değildir. Kişinin kendisini o rolle özdeşleştirmesi, sadece hapishanesini değiştirdiğini gösterir. Sen sadece yeni bir hücreye girdin. Özgürlük, kendini dünyayla özdeşleştirmekten kurtarmak, tüm yaşantını yöneten ıstırap ezgisini sonsuza dek susturmak demektir.

İçimde öten cırcır böceklerine çoktan tahta bir tokmak fırlatmış, onun başıma dert açan sesini ortadan kaldırmaya karar vermiştim. Aylar geçtikçe Dreamer'la olan görüşmelerimiz giderek seyrekleşmiş ve sonunda neredeyse tamamen kesilmişti. O sıralarda, her geçen gün kendi gücüme artık daha uzun süreler boyunca önem verir oluyordum. Ben kan ter içinde çözüm peşinde koşarken, farkına bile varmadan zamanla asıl çözümlerin sürekli bir kısır döngünün içindeki sorunlara dönüştüğünü fark edemez olmuştum. Dreamer'ın enerjisiyle doldurulan güneş bataryalarım artık zayıflıyordu. Görünürde her şey eskisi gibi yürüyordu, fakat yaşantıma Dreamer'la birlikte giren o enerji, o hayati sıvı Varlığımdaki yüzlerce yaradan, yerine konması mümkün olmayan değerli bir yaşam pınarı gibi fışkırarak akıp gidiyordu.

Artık antrenman da yapmaz olmuştum. Bedenimi ihmal ediyordum. Yorgunluğumu, yüzümde oluşan kırışıklıklarla diğer yaşlanma belirtilerini ve bedenimin kötüleşmesini, çalışma koşullarımın ağırlığına ve yeterince uyuyamıyor olmama bağlayarak kendimi hoş görüyordum. Oysa ben, 'düşü' terk etmemle beraber, Dreamer'la birlikte yürüdüğüm yoldan geri dönüyordum.

İş ortaklarına güvenmek, sadakat ve hatta bazen birlikte çalıştığın kişilere ve yaptıkları işlere hayranlık duymak, hatta kişisel yeteneklerimden kaynaklandığını saydığım şeyler, Dreamer'la olan ilişkimin yansımasından başka bir şey değilmiş. Bu tür ilişkiler giderek zayıfladı ve bazı durumlarda tamamen yok oldu. Bu değişimden dolayı başkalarını suçluyordum.

Bana göre herkes açgözlü, nankör ve fırsatçıydı. Bu sürede sorunlar ve anlaşmazlıklar her zamankinden daha tehlikeli boyutlara ulaştı ve başarısızlıklar daha sık yaşanır oldu. Yine de bu olayların çoğunda, en azından başlarında, işler tatlılıkla, hatta çok zevkli biçimde yürüyordu. Hayatımdan nerdeyse tamamen çıkmış olan Dreamer'la karşılaşmalarımın ve haberleşmelerimin giderek seyrelmesini, başlarda büyük bir umursamazlık ve rahatlıkla karşıladığımın farkına vardım. Giyim tarzım ciddiyetten uzaktı ve alışkanlıklarıma dair bir zayıflık söz konusuydu. Sosyal dernektoplantılarını, Büyükelçilik resepsiyonlarını ve villalardaki özel davetleri kabul ediyordum. Kentin en çok rağbet gören restoranlarının ve gece kulüplerinin müdavimi olup çıkmıştım. Dreamer bana her zaman mütevazı davranmamı önermişti; fazla ortalarda görünme, sadece, titizlikle seçeceğin ve sana özel fırsatlar sunacak bazı resmi davetlere stratejik olarak hazırlanarak katıl demişti.

Dreamer'ın bana verdiği disipline göre, önemli iş toplantılarının arifesinde yemeğime, sporuma ve okumaya gayret ederek kendim üzerinde yapacağım çalışmayı yoğunlaştırmam gerekiyordu. Bir dikkat ve farkındalık durumunu pekiştirmek, dünyaya açık en küçük bir sızıntı çatlağı bırakmamaya ve hiçbir şeyin, aylar boyunca 'uygulamalı çalışma' yaparak sahip olduğum bu zenginliğin, bu değerli servetin mahvolmasına izin vermemeye yönelikti.

Kendimi bunların çoğundan özgürleştirdiğimde; aşırı egzersizlerle, katlanılamaz baskılardan oluşan ve tahammül edilemez biçimde sert olan barış sürecindeki rutinliğe ara vermek için, savaş haberini neşeyle karşılayan bir Spartalı'nın hafifliğini hissettim.

Bu sıralarda Kuveyt semalarında bir savaş tehlikesi, kara yağmur bulutları gibi toplanmaktaydı. Irak sınırında her gün yeni bir çatışma çıkıyor, politika ve uluslararası iş dünyası bu küçük şeyhliğin geleceği hakkında belirsizlik ve huzursuzluk belirtileri gösteriyordu.

Bazı uluslararası tedarikçiler anlaşmalarındaki önlemlerini artırdılar ve hatta birlikte çalışmak üzere öneri götürdüğümüz bazı Batılı yöneticiler, önceden bir kabul sözleşmesi imzalamış olmalarına rağmen, son dakikada fikir değiştirip buraya transfer olmaktan vazgeçtiler. Bu belirtileri en aza indirgeyerek, her türlü iş bağlantısını şirketin geleceğini düşünerek yapmaya çalıştım.

Bu konudaki çabalarımı yoğunlaştırdım ve DBDO International'ın yerel temsilciliğini aldığım yeni bir ürün grubunu, büyük bir reklam kampanyası başlatarak piyasaya sürmeye karar verdim. Şirketin, Avrupa kültürüyle yetişmiş genç bir Libyalı olan genel müdürü, söz konusu proje için çok uygun olduğunu düşündüğü yeni bir İngiliz yöneticiyi atamaya söz verdi.

Düşünce ve görüşlerini paylaşmak üzere bu yeni yönetici adayı birkaç gün içinde El Abadi Kuleleri'ndeki ofisimde benimle görüşmeye gelecekti.

Heleonore ile bu şekilde tanışmıştım. O gün reklam kampanyasıyla ilgili olarak bana ne anlattığını anımsamıyorum, ama o gülümsemesi, canlılığı ve Endülüslü atalarından gelme güzelliği bende unutulmaz bir etki yaratmıştı.

Dreamer'ın sözlerini hatırladım ve Kuveyt'te tanışacağımı söylediği değerli hücrelerden birinin Heleonore olmasını ümit ettim. Tüm dileklerimi tek bir cümle içinde toplayıp, kalbimden tüm gücümle diledim:

'Tanrım, bu o kişi olsun.'

11 Heleonore

O günden sonra onu hemen her gün görür oldum. Hyatt Club'da beraber yüzmelerimiz ve yaptığımız tenis maçları, Water Towers'ın dev kubbesinde bir buluşma ve oradan körfezin ışıklarını birlikte hayranlıkla seyrettiğimiz Versailles'daki akşam yemeği, hızlı flört dönemimizden bazı kesitlerdi.

Heleonore kısa zamanda benim en büyük destekçim, dostum ve çocuklarımın sırdaşı oldu. Büyük bir tatlılık ve yumuşaklıkla girdiği yaşantımızın her geçen gün yeni bir köşesini doldurdu. Herhalde hiçbir işgal bu kadar dirençsiz karşılanmamıştır.

Hiçbir şey söylemediği halde, Giuseppona'nın onaylamadığını biliyordum. Onun bu tavrını Dreamer'den uzaklaşmama, ona olan itaatsizliğime bağlamayıp, bir kıskançlık biçimi olduğunu düşünmüştüm. Kendi rolüne yöneltilmiş bir tehdit olarak algıladığını ve tavrının geçici bir tepki olduğu yargısına varmıştım. Gerçek ise, Giuseppona'nın benim bir felaketler denizine girmekte olduğumu seziyor olmasıydı. O, Roma'dan çok daha eski bir yer olan Neapolis'in beşiğinde, Cuma'da doğmuştu ve DNA'sında o uygarlığın kehanet ruhunu ve gizemli lisanını taşıyordu. Başından beri, bilgi ile kirlenmemiş, zihinsel birikimlerden ve zihinsel tasarılardan özgür bir anlayışa, öz varlığın berraklığına, içtenliğinin kuvvetine ve 'bilmeden bilen' birisinin yalınlığına sahipti.

Aynı şeyi bir kez daha deniyordum. Luisa'nın ölümünden beri, yeniden mutlu ve gerçek bir aile kurabileceğime inanmaktan hiç vazgeçmemiştim. Jennifer ve Gretchen ile olan önceki ilişkilerimi bitiren, bildik talihsiz olayların hala dış koşullardan kaynaklandığına kesinlikle emindim. Denildiği gibi, aşkta talihim yaver gitmemişti. Hepsi bu! Er ya da geç, doğru kadınla karşılaşacaktım ve o zaman her şey mükemmel olacaktı. Ben olduğum gibi kalırsam ancak, değişmeme gerek kalmadan, geçmişte yaşanmış olaylardan ve koşullardan farklı durumların doğacağına inanarak, mutluluk üzerine yazılmış bir kaderin bana ulaşabileceğine, kendimi kandırıyordum.

Dış dünya senin psikolojinin maddeleşmiş halidir.
Yaşamında önüne çıkan her soruna, her zorluğa önceden onay veren sensin.
Bir gün kendini tanımaya başladığında,
dünyanın neden bu halde olduğunu anlayacaksın.

The external world is the materialization of your psychology...
It's you who have given consent to each of your problems,
to each difficulty in your life...
One day, when you've come to know yourself,
you will understand why the world is as it is.

Heleonore'nin hayatıma girmesiyle Dreamer'ın sesi benden iyiden iyiye uzaklaştı. Jamil sabahları kumlu bahçemizdeki ağaçlardan taze hurmalar topluyor, hazırladığı taze beyaz peynir ve küçük siyah zeytinlerin yanında, yoğun nane ve maydanoz aroması içeren tabule ile birlikte her sabah kahvaltı sofrasında bize sunuyordu. Günlerimiz coşkulu, ama açıkça ifade edilemeyen hafif bir ıstırap dalgasıyla gölgelenen, aslında mutsuz günlerdi. Bu duygu, okulu asma keyfinin, Carmela'nın beslenme çantama koyduğu sandviçleri eve dönmeden önce mideme indirme zorunluluğuyla gölgelenmesine benziyordu.

Bana göre dünya, bizim birlikteliğimize bu şekilde karşı çıkıyordu. Oysa gerçekte, yaralı bilincimde yasadışı durumumu dünyaya ilan edişimi ve görünmez bir kuralı ihlal ederek karşı gelişimi bağışlayamayan bendim.

Dreamer beni bir kral olmaya hazırlıyordu, oysa ben yeniden sıradanlığı seçmiştim. Yalnızca onun düşüncelerini, sözlerini unutarak, onları yaşamımdan uzaklaştırınca, beni bağımlılığın gettolarına, geçmişimin cehennemlerine geri götürecek bir kadınla karşılaşabilirdim. İlk aylarda Dreamer'ın öğretilerinin pek de eksikliğini duyduğumu söyleyemem. Kendi inanç bütünlüğüm bu boşluğu fazlasıyla doldurmuştu.

Bununla birlikte, bir kehanet gibi çok yakında olacak bir felaketin, batıl inanç gibi tuhaf bir önseziye benzeyen karanlık bir huzursuzluğun içimde büyüdüğünü hissediyordum. Artık çok gerilerde bıraktığımı düşündüğüm, suçluluk duyguları ile hayali olumsuzluk görüntülerinin yarattığı duygusal döküntüler, yaşamımı yeniden eline geçiriyordu.

Bencilliklerimiz dışında hiçbir şeyi umursamadan mutluluğumuzu kurabileceğimiz düşüncesi, o akşam, ben ve Heleonore'un artık Kuveyt vatandaşı olamayacağımız bu İslami göğün altındaki hilalin batışı gibi yok oldu. Sadece Dreamer'a göre değil, artık Kuveyt yasalarına göre de yasadışı kişilerdik. Yaşamın her yönünde Kur'an'ı mutlak yasası olarak benimseyen bu ülkede aldığımız riskler göz ardı edilemezdi. Burası, kamu yaşamında olduğu kadar özel yaşamda da çok katı ahlak kuralları olan bir ülkeydi.

Bu ülkeyle, işimle ve Yusuf Behbehani'yle olan bağlarım günden güne zayıflarken, Alplerin eteğinde... Göllerle çevrili, Piemonte'deki ev ve İtalya'daki yaşam, sürekli ve karşı konulmaz bir özlemle bizi geri çağırıyordu.

Kuveyt'te sahip olduğumuz her şeyi ve tüm koşullarımızı siyaha boyayan, buna karşın, İtalya'da bizi beklediğine inandığımız her şeyin çekiciliğini abartan bir coşkunun etkisi altına girmiştik. Heleonore, gidip Chia'daki evde yaşamak fikriyle kendinden geçmişti.

Onunla birlikte, evi nasıl daha kullanışlı bir hale getireceğimizi, onarımları nasıl tamamlayacağımızı ve aile düzenini planlıyorduk. İtalya'ya dönünce her şeyin harika olacağını hayal ediyordum. Çocuklar 'normale' döneceklerdi. İtalya'ya yaptığım son yolculuklarımdan birinde ceketimin cebinde saklayıp getirdiğim dişi cocker Soshila bile o zaman gerçek bir köpek gibi yaşayabilecekti.

12 Evlat edinme

Kadınlara karşı hoşgörü beslemeyen bir ülke olan Kuveyt'te, Müslümanlar, murdar hayvanlar saydıkları köpekleri kendilerinden uzak tutmaktaydılar ve aslına bakarsanız, burada hemen hemen hiç köpek görülmezdi. Dişi cocker'ımız Soshila'nın hizmetçilerden birine hafifçe dokunmasıyla, onun zaman geçirmeden abdest almaya ve daha kim bilir ne gibi temizlik törenlerini yerine getirmek üzere telaş etmesini görmek bile olayın ciddiyetini anlamak için yeterliydi.

Küçük köpek yavrusunun burnunu ceketimin cebinden hafifçe dışarı uzatmasına izin verdiğimde Giorgia'yla Luca'nın sevinçlerini görmenin keyfi her şeye değerdi. Bu olayda Dreamer bana özellikle çok sert davrandı. Çocuklara, o kültürde nefret edilen bir hayvanı hediye olarak verme kararımın, bilinçsizce yapılmış olması kadar, içinde bir ben merkezciliğin de gizlendiğini açıkladı.

Dreamer bu konuda bana, *"Aklı başında bir kişi, bulunduğu kültür ortamında, onu aralarına kabul eden kişilerin gelenek, örf, adet ya da dini inançlarına mutlak suretle saygı gösterir. Öz anlayışı ve zekası seçimlerine rehberlik eder. Kendi ahlak ilkeleri, bulunduğu zamanın ve coğrafyanın dışında, yasalara ve ahlak kurallarına uyması açısından çaba göstermesine gerek kalmadan kişinin kendisini hep evinde hissetmesini sağlar,"* dedi. Bu konuşmasını, özellikle son kısmını, anlamca bana kapalı olmasına rağmen olduğu gibi yazmıştım:

O köpeği ülkeye sokmak, sendeki gizli bir kibrin ve Oluş'u yükselten basamakları düzenleyen diğer insanlardan seni ayıran bir bölünmenin göstergesidir. Bunu kendinde fark ettiğin zaman, iyileştirebilir olacaksın. Şimdilik, bunun ne demek olduğunu tam olarak kavrayana kadar bir 'skandal yaratmaktan' uzak durmaya çalış.

Doğrusunu söylemeliyim ki, o sırada bana çok da acımasız gelen bu dersin anlamını kavrayacağım uygun zaman gelene dek bir süre daha beklemem gerekecekti. Bir gün elime aldığım İncil'den rasgele açtığım sayfada, İsa'nın, Sezar'dan, topladığı haracı, bir 'skandal yaratmaktan kaçınmak' için Petrus'a ödemesini buyurduğu meseli okudum. Bunu ödeyebilmesi için gereken madeni parayı, yeni tuttuğu balıklardan birinin ağzında bulacaktı. Varlığımın bir sayfasında zaten saklı duran bu açıklamanın sanki üzerini örten perde birdenbire kaldırılmışçasına aydınlığa kavuşmuştu. Bu keşfi yaptığımda, sadece küçük cocker yavrusunu ilgilendiren bölümü değil, aynı psikolojik düzene bağlı olan uzak olaylar da netlik kazandı.

Her şeyin merkezinde olmak isteme ve 'skandal yaratma' arzusu, kibir ve ben merkezcilik kadar açık seçik bir şekilde görünür oldu. Bunlar, birçok kişinin, aşırı sporlara ve tehlikeli serüvenlere olan tutkularından, insaniyet veya hayırseverlik gayretleri gibi gösterilen bir başka ırka ait ya da farklı ten rengindeki çocukları evlat edinmelerine kadar, kişilerin en aykırı ve en akıl ermez davranışlarının arkasındaki gizli dürtülerin ve tutumların derin açıklamasıydı.

Bazı insanların okyanuslara bir kanoyla açılabilmesinin, katedraller yaptırmasının veya bir dini mezhep kurmasının asıl nedeni de aynı kibir ve ben merkezciliktir. Bir 'skandal yaratmanın' tam aksi kutbunun, uygunsuz dedikodular, düşmanlıklar ve yersiz antipatiler yaratmaktan sakınan, sessiz kalmayı yeğleyen kişilerin gösterdikleri davranış olduğunu anladım.

Bu sessizliğin içindeki kişi, diğer binlercesinin parmaklarının ucuyla bile dokunmayacakları sorumlulukları, gösterişten uzak bir tavırla gözlerini kırpmadan alacak kişilerdir. Arkadaşım olan bir çifti anımsadım, adam çocuk doktoru, kadın da bir üniversitede öğretim görevlisiydi. Bu çift, hayırseverlikleri nedeniyle, Ekvatorlu bir bebeği evlat edinmek istediler. Amaçlarına ulaşabilmek için, o ülkeye defalarca uzun yolculuklar yapmak zorunda kaldılar, birçok zorluğun üstesinden geldiler, aracılara ödemeler yaptılar. Ama sonunda annenin sağlığını da yitirdiler. Bu anımı Dreamer'a anlattığımda, *"Kendi ülkelerinden bir çocuk alsalardı, bu uğraşlarının hiçbirine gerek kalmayacaktı."*

"Ancak beyaz bir çocuk kimsenin dikkatini çekmeyecekti ve herkes çocuğun onların gerçek oğulları olduğuna inanacaktı. Bu, kimseye göstermeden oruç tutmaya veya dua etmeye benzerdi; aksine, kimsenin bir şeyi bilmesine asla gerek kalmadan onu büyütebilirlerdi" dedi.

Oysa, farklı tende bir çocuk 'skandal yaratacaktı'. Çevrelerinde kutuplaşma, bölünme ve kin duygularının oluşmasını sağlayacaktı. Onları, görünüşte dışta kalan, ama aslında içlerindeki, bu çocuğu evlat edinerek acısının dinmesini bekledikleri, kendilerinden, bir şekilde gizlemeye çalıştıkları veya bilincinde olmadıkları ırkçılık ve suçluluk duygularıyla, bastırılmış şiddetlerinin hayaletleriyle kavga etmeye zorlayacaktı.

Dreamer'a, arkadaşım olan bu çiftle yıllar sonra tekrar karşılaştığımı, onları dünyaya fena halde küsmüş ve aşırı derecede yaşlanmış olarak gördüğümü anlattım. Geri kafalı bir çevrenin ve hoşgörüsüz insanlar yüzünden çocuklarının ve de kendilerinin, her gün ufak tefek de olsa binlerce sıkıntıya ve kaba davranışa katlanmak zorunda kaldıklarını anlatmışlardı. Bu tepkiler o kadar yaygındı ki, benzer sorunları olan ebeveynlerle birlikte, haklarını korumak ve bu 'sevgi işine' ilham veren ilkeleri onaylamak için 'savaşan' bir dernek kurmaları gerekmişti. Nihayet, bu çiftin bir süre sonra eskisinden daha kırgın ve mutsuz olarak ayrı yaşamaya ve sonunda da boşanmaya karar verdiklerinden söz ettim.

"Arkadaşlarının kararlaştırdığı evlat edinme işi, inanmak istedikleri gibi bir sevgi işi değil, ilişkilerindeki boşluğu doldurmak için bir girişimdi. Hiçbir şey dışarıdan kaynaklanmaz. Hiçbir şey, bir bebeği evlat edinmek bile onların içindeki ölümü, korkuyu, yalnızlığı ve acıyı yok edemez."

Dreamer'e, bu çiftin neden bunca saldırıya uğradığını, onların ve benzer durumlardaki diğer çiftlerin davranışlarının neden bu kadar çok antipati ve dışlanma ile karşılık bulduğunu sordum.

Dünyanın saldırıları bir kutsamadır. Onlar daima bizi iyileştirmek üzere gelirler. Dünya, sende olmadığına inandığın bu eksikliği ve hastalığı duyurmak için dıştan müdahale etmek zorunda kalır.

Dreamer'ın anlattığına göre, kendilerine karşı biraz daha samimi olabilselerdi, aslında onların, bebeği değil, bebeğin onları ailesi olarak edindiğini anlarlardı, gerçek insaniyetliği bebek yapmıştı. O küçük yavru, onların huzursuzluklarıyla mücadele etmeye, yalnızlıklarını yok etmeye, onların korkularını, suçluluk duygularını ve kısırlıklarının ezikliğini iyileştirmeye geldi. Dreamer'e göre bu çiftler tüm bunların farkına varabilselerdi, o bebeği evlat edinmelerine gerek kalmayacaktı ve bunca çatışma ve hoşgörüsüzlüğü kendilerine çekmeyeceklerdi. Dreamer sözlerini, *"Dünya bilir!"* diyerek tamamladı. Onu dinlediğimde, bu çifti çok iyi tanıdığım için, onların 'farklı' bir bebeği evlat edinirken, akıllarına hiçbir zaman getiremeyecekleri, kendilerine bile asla itiraf edemeyecekleri motivasyonlarla yönlendirilmiş olduklarını şimdi daha iyi 'görüyordum'. Gösterdikleri böylesine olağanüstü yücelikteki gönüllü bir davranış karşısında diğer insanların gözlerindeki hayranlığı görmekten başka, onları daha fazla ne memnun edebilirdi ki?

Bunları yazarken, böylesine insani bir eylemin arkasına saklanan kendi yalanımızı, bencillik ve kibrimizi keşfedebilmenin uzun sürecek bir öz gözlemleme çalışmasını gerektirdiğini biliyorum. Bu ifadenin ne denli ağır olduğunun farkındayım ve bunun tüm sorumluluğunu üstleniyorum. İnsanlığın bir hücresi olarak kendimde, bizi çürüten ve ölüm kadar yaşam korkusunun da pençesine düşüren olgunun, ilk bakışta ihmal edilebilir ve önemsiz görünen cehaletimiz olduğunu keşfettim. Dünyanın ekranına yansıtılan ve tüm bu dehşet, zulüm ve şiddet olarak ortaya çıkan şey, içimizde suç işleme eğilimi taşıdığımızın bilinçsizliği, Oluş'umuzda görmezden geldiğimiz bu gölgedir.

Yaklaşan savaşın belirtileri giderek yoğunlaşınca, Kuveyt'ten ayrılmak için bahaneler yaratmam gerekmedi, en azından biz öyle olduğuna inandık. Bir kez İtalya'ya dönmeye karar verince, her gün bunu haklı çıkaracak yeni bir neden arıyor ve buluyorduk. Uzun süredir üzerinde düşünülen karar, sanki birkaç saat içinde alınıverdi.

Şeyh Yusuf Behbehani, ne şaşırdı, ne de fazla hoşnutsuzluk gösterdi. Şirketteki aktif varlıklarımı nakde çevirdim ve görüş birliğine vararak başyardımcımı yönetimin başına atadık. Dreamer'ın benim için yarattığı bu pozisyona beklenmedik bir biçimde kendisinin atandığını duyan Roger'ın memnuniyetle parıldayan gözlerinde, benim mahkûmiyet hükmümü okuyabiliyordum. Ne var ki geri dönebilmek için artık çok geçti ve ben bu aydınlığın zayıf ışıltısını boğarak söndürmeyi tercih ettim.

Heleonore da DBDO International'daki işinden istifa etti. Tüm aile, yanımıza dişi cocker Soshila'yı da alarak Kuveyt şehrinden ayrıldık. Sanki bir basınç kabinine girer gibi, önce Kıbrıs'ta kısa bir mola verdik, sonra birkaç günü Atina'da geçirdik ve nihayet İtalya'ya vardık.

Bölüm VII

İtalya'ya geri dönüş

1 Anlaşmadaki özel madde

Karabasan sandığım bir düşünce beni uykumdan uyandırdı. Gözlerimi defalarca ovuşturdum, fakat kabus kaybolmadı. İçinde uyandığım bu çıplak oda moloz yığınıyla doluydu. Tavandan sarkan bir ampulün ışığında, duvarlardaki açıklıklarda çıplak taşlar ve hala sıvalanmayı bekleyen tuğlalar görünüyordu. Geçmek bilmeyen upuzun birkaç saniye boyunca, bu evin Samia'daki muhteşem villamızın yerini aldığına inanamadım.

Bakışlarım duvar diplerine takılı kaldı ve alçıyla tutturulmuş plastik borulardan çıkan renkli kablo demetleri dikkatimi çekti. Heleonore yanımda uyuyordu. Onun varlığı, karnıma saplanan bir sancıyla birlikte gördüğüm her şeyin gerçek olduğuna inanmamı sağladı. Bu Chia'daki evdi, bizim en çok düşlediğimiz evdi burası.

Olaylar silsilesini geriye doğru gözden geçirdiğimde ve beni yeniden geçmişin pençeleri arasına alan bu şeyin kökenine indiğimde, Dreamer'a itiraf edebilme cesaretini bulduğum o güne dek yıllarca gizli tuttuğum ve kendimi bu nedenle affedemediğim, özellikle, bir düşüncenin etrafında dolanıp duruyorum. Dreamer, Kuveyt'e gitmemden önce bana tavsiyede bulunmuştu;

Temiz bir ara ver kendine! Bütün bağları sonsuza kadar kes at!
Eski dünyanın tek zerresini bile yanında götürme.

O bunları söylerken, ben içimde ölümü hissediyordum. ACO Corporation'dan ayrılacağım sırada, tam işimle olan bağlarıma son noktayı koyan belgeyi hazırlarken, bir talepte bulunmuş ve gizli tuttuğum bu maddeyi kabul etmelerini sağlamıştım. Bu özel anlaşma maddesi gereğince, eğer iki yıl içinde şirkete dönmeye karar verirsem, eski işime yeniden dönebilecektim.

Beni yeniden geçmişe götürecek kapıları açık bırakarak, bana bu tuzağı özenle kuran, istem dışı iradeyi ve bu anlaşma metnini yazdırarak kurnazca korunma arzusu üstüne ne çok kafa yordum.

İskitli kabile reisleri, Avrupa ve Asya steplerinin o gizemli yerlileri, buzda uyuyan o ateşli insanlar, güneye doğru bir göçe koyulmaları mı yoksa batıyı fethetmek için bir savaş başlatmaları mı gerektiğine dair uzun süre ateş etrafında düşüncelere dalarlarmış. Günlerce, hatta aylarca sürebilen bu sürecin sonunda, bir kez karar aldıklarında bir daha asla bundan geri dönmezlermiş. Ailelerini ve sahip oldukları şeyleri at arabalarına yükler yüklemez, arkalarında bıraktıkları her şeyi yakarlarmış; köprüleri, evleri, ekinleri ve yanlarında götüremedikleri her şeyi. Oysa benim yeniye doğru yola çıkarken takındığım tavır bundan ne kadar farklı olmuştu! Bunu kendisine itiraf ettiğimde Dreamer'ın yorumu,

"Seni korku yönlendiriyor," oldu. *"Sen hayatı, kalabalıklara uyarak, yıllarca bağımlı kalarak harcadın... eşsizliğine ve 'düşüne' saygı gösterme cesaretini bulmadan."*

Sözlerine devam ederek, *"Odysseus, verdiği sözden dönmemek, 'düş'ünü unutmamak için kendisini gemisinin ana direğine bağlatır. Direğe bağlandığı halatlar aslında onu verdiği söze, düşüne, kendi ilkelerine bağlar. Bu bir 'Okul bünyesindeki kişinin', bütün kahramanlar gibi kendini bilen kusursuz bir kişinin davranış biçimidir!"* dedi.

Yumuşak bir sesle; *"İtaat etmekten korkma. Okul'un ilkeleriyle aynı saflara geç,"* dedi. *"Okula itaat etmek bağımlı olmak demek değildir, kendi içindeki en saf, en gerçek olanı izlemektir. Bir gün daha yüce bir dürüstlük ve samimiyet düzeyine yaklaştığında, aslında arada hiçbir ayrılık olmadığının farkına varacaksın. Dışında görünür olan Okul, içindeki Okul ile birleşecek ve böylece bir 'iradeye' sahip olacaksın.*

ACO'daki iş ve Chia'daki ev, yakmaya cesaret edemediğim köprülerin ve hala ezgilerinin çağrısından kurtulamadığım sirenlerin sadece ikisiydi. Onların çağrısı benim için kesinlikle öldürücü olacaktı. Benim dünyamla Dreamer'ınki arasındaki mesafe, aşılması olanaksız bir hale gelene dek açıldı.

2 Keyifsiz bir uyanış

Buraya geldiğimizden beri, evin yaban otları bürümüş bahçesi ile dış duvarlarından birinde kurulan geometrik bakımından çarpık duran iskelenin görüntüsü bizim için keyifsiz bir uyanış oldu.

Büyük bir kuruluşun ve uluslararası bir takımın başı olarak Kuveyt'te geçirdiğim dönem, ayrılmamızın üzerinden henüz birkaç hafta geçmesine rağmen, bana yıllar kadar uzak geliyordu. Artık Heleonore bile, büyük bir güvenle peşi sıra geldiği adamı tanımakta zorlanıyordu.

Dreamer, görüşlerimi cesurca ve zekice bir vizyona getirerek bedenimle ruhumu iyileştirmiş ve bana refaha uzanan yolu göstererek bendeki ümitsiz dünya anlayışını altüst etmişti. Onunla özgürlüğü tatmıştım: Bu; ıstıraptan, şüpheden ve korkudan kurtulmaktı. Onun yanında, yaşamımı bütünüyle değiştirebilecek, önüne geçilmez yazgımı paramparça edecek bir enerjiye kavuşmuştum. Ben ise ona borcumu, bana emanet ettiği her şeyi terk ederek ödemiştim. Heleonore ile olan ilişkimi ondan gizlemiştim. Sözleri, çok uzaklardan hala yankılanıyor olsa da, beni ona bağlayan altın kordon artık kopmuş gibi görünüyordu.

Vizyonla gerçeklik bir ve özdeştir.
Vision and reality are one and the same thing.

Ancak şimdi, Heleonore'un bende gerçekten neyi sevmiş olduğunu anlıyordum... O, Dreamer'ın felsefesini, onun kuvvetini, Rostand'ın zavallı Cyrano karakterine benzer şekilde hala bir papağan gibi tekrarladığım ve sanki benimmiş gibi sarf ettiğim o sözleri seviyordu.

Kendimi beğenmişliğim ve aldıklarıma şükran duymazlığım yüzünden, önce ondan uzak düşmüştüm, şimdi de büyük bir güvenle ardımdan gelen bu kadını kaybetmek üzereydim. 'Düş'e verilen görkemli söz unutulunca, yaşamım da yamalı yüzünü gösterir olmuştu.

Oluş'uma aralar koyarak kendimi yavaşlatmıştım. Geçmişimin tüm hayaletleri beni Dreamer'la karşılaşmadan önce, New York'taki hayatımın ilk yıllarındaki koşullarına geri götürmek üzere toplanmışlardı. Fiziksel olarak bile, bir zamanlar olduğum adamın özelliklerine ve davranışlarına tekrar bürünmüştüm. Psikolojik bir çöküşün sonuçları, giderek yayılan bedenimden ve yüzümden okunur durumdaydı.

Dreamer'ın yarattığı kararlı, zarif, yanında çalışanların sevdiği ve kendine güvenen şirket patronu, dinamik adam görüntüsü ne yazık ki her geçen gün biraz daha kendi gölgesine dönüşmekteydi. Evin içinde oradan oraya endişeyle dolanıyordum. Zamanımın çoğunu ev için hesaplar yaparak, işçilerle şöminenin ya da yer karolarının nasıl yerleştirilmesi gerektiğini tartışarak, bir sınır ihtilafı nedeniyle komşumla dalaşarak veya bir yağmur borusu giderinin bağlantısıyla uğraşarak geçiriyordum.

Komşularımla iyi ilişkiler kurmaya çalışmıştım, hatta bu amaçla onlara Kuveyt'ten getirdiğim bazı elektrikli ev aletleri hediye ettim ve onları evime davet ettim. Fakat tüm bu gayretlerim onların düşmanlıklarını yatıştırmaya yetmedi.

Heleonore ve ben, bir neozoik kıvrımda gizlenmiş o küçük ülkede suçlu sayılıyorduk.

Şimdi, daha buraya varır varmaz sanki buradakiler de suçumuzu duymuştu ve kimsenin bizi hoş karşılamaması için genel bir emir çıkarılmış gibi tüm dünyadan dışlanmıştık. Tüm ülke, hipnotik bir itaatin şaşmazlığı ve çabukluğuyla yaşamımızı zorlaştırmak üzere bu emre uymuştu. Giorgia ve Luca'nın okula kabul edilmelerinden, evdeki onarımları yapabilmek için alınması gereken belediye izinlerine kadar her şey inanılmaz engellerle karşılaşıyordu.

Şikayet ettim, homurdandım, bürokrasiyi, olayları, kişileri, koşulları suçladım ve değişimin sadece görünüşte olduğunu hala anlamamıştım. O kapıyı ardımda açık bırakarak, başarısızlığıma karar vermiş ve yenilgimi çoktan planlamıştım.

İnsanın en büyük düşmanı yine kendisidir! Bir insanın sıradanlık hapishanesini terk etmesinin, kendi sınırlarına karşı ayaklanarak saldırmasının, dünya tarifini altüst etmesinin ne denli zor olduğunun en belirgin örneği sensin. Hissettiğin şu acı, ıstırap çekmek için duyduğun o sarsılmaz bağlılık da bunun en açık kanıtıdır.

Yaşamın, sanki köklerinden çürümüşçesine solmuş ve hissizleşmiş görünüyor, ama gerçek şu ki, sen zaten asla bu yoksulluktan, bu acıdan ve bu hapis hayatından başka hiçbir şeyi düşlemedin.

Giuseppona, kendisiyle özdeşleşen, dünyanın neresine gidersek gidelim, yaşadığımız her evi bir ezgi gibi dolduran neşesini ve konuşkanlığını burada yitirmişti. Artık onun komik fıkralarını, doğaçlama oynadığı, mırıldanmalardan, şarkıları eşliğinde yaptığı danslı gösterilerine kadar uzanan ve sonunda bir destan havasına bürünen teatral piyeslerini ve ailenin yaşadığı güncel veya geçmiş tüm olaylara verdiği şiirsel görüşlerini işitmez olmuştum.

Dünyaya geldiğim andan beri, bir enerjinin ve bir savaşçı cesaretinin sembolü olan bu kadın, beni ve çocuklarımı bağrına basıp bakmış, bu cesur Kızılderili kabile reisi artık yaşlanmış ve beli bükülmeye başlamıştı. Ona en tuhaf, en aykırı giysilerini seçmekte yardımcı olan, sergilediği komik koketlik hali ve dramatik kibri sönüp gitmişti. Geceleri küçük odasından gelen ıstırap dolu öksürüklerini duyabiliyordum. Onun her öksürüğü yüreğimi parçalıyor ve bir felaketin önsezisi kanımı donduruyordu. Sonunda asla olmaz dediğim imkansızı kendi gözlerimle gördüm: Hasta yatağında yatan ve başında da bir doktor bulunan Giuseppona. Buna asla inanamazdım. O, kendi mottosu 'Doktorlardan uzak dur', ile, hayatta çiğnenmesi imkansız olan sert bir kural koymuştu. O aylarda, geceleri ışıkların sönmesiyle birlikte, içimde hüzünle Luisella'nın hastalık döneminin anıları canlanarak ruhum kararıyordu. Giorgia ve Luca bile canlılıklarını yitirdiler. Bu biçare atmosferden olabildiğince uzak kalabilmeleri amacıyla ders saatleri sonrasında onları geç saatlere kadar okulda kalmalarını gerektirecek, etüt derslerine yazdırdım.

3 Cehalet her zaman elini tutacak kadar yakındır

Bu olaydan bir süre önce Dreamer beni şu sözlerle uyardı: *"Sen gömülmüş iradeni yeniden keşfedip tam olan bir özgürlüğe ve kendi bütünlüğüne kavuşana kadar, geçmişin seni eski şeylere geri götürmek için daima pusuda bekleyecektir.*

Cehalet her zaman elini tutacak kadar sana yakındır. Tetikte durmayı keser ve 'düş'ü unutursan, seni bir anda eline geçirecektir. O zaman, usanmaksızın ardından ne kadar koşmuş olursan ol, elde ettiğin her başarı ve anlayış ta seninle birlikte çürüyecektir.

Ne kadar iş yaptığının önemi yoktur. Kendi Oluş bütünlüğüne erişmediğin sürece, sen kendi cehaletinin dipsiz karanlığı üzerinde hep asılı kalacaksın.

Oluş bütünlüğü, kişinin kendi efendisi olması demektir ve bu, kişinin hiçlikle sonsuzluk arasında gerili ipte yürüyen bir cambaz haline geleceği an'a dek sürecek bir 'Okul Çalışmasının' sonucunda olur."

Onun bu iddialarına çok abartılı bir tepki göstermiştim. Bu meseleye dair düşüncelerimi, 'acımasız adaletsizliği' açısından dile getirdiğimi anımsıyorum; hatta evrensel eşitlik ilkelerine bile değinmiştim.

Aslında sadece yıllar öncesinden kendimi savunuyordum. İtaatsizliğimi daha ortaya çıkmadan haklı çıkarmaya çalışıyordum.

İçimi kaplayan tedirginlik hissi, seçtiği sözcüklerin bende yarattığı huzursuzluk ve onları daha da etkili kılan tonlaması ve vurgusu, aslında başıma gelecek felaketin habercileriydi. Benim düşüşüm zaten gözümün önünde, kaydedilmiş ve her detayı hazır bir şekilde, görünmeyenin karnında duruyordu tıpkı tohumunda gizli duran bir bitki gibi.

Dreamer hiçbir kanıta gerek duymadan tartışmayı kesti, *"Adaletsizlik diye bir şey yoktur!"* dedi. Bu konuda yapılacak herhangi bir açıklamanın yararsız olduğunu biliyordu. Hazır değildim. Bir insanın yaşantısında adaletsiz saydığı şeyden daha adil ve yararlı bir şey olamayacağı fikrini benimsemek benim için henüz çok erkendi. Çok yakında adaletsizlik konusunda çetin bir sınavdan geçecektim, ve ancak o zorlu, dramatik koşullar altında bunun ne demek olduğunu anlar hale gelecektim.

Kendimce 'abartılı bir eğitim' saydığım bu hatırlatmalardan çok uzun yıllar sonra, ne yazık ki sadece unutmak yüzünden pek çok ve de gereksiz acıyı yaşamak zorunda kaldığımı şimdi bir ürperti gibi tenimde hissediyordum. İtalya'ya zamansız dönüşüm, uzaklaştığımı sandığım hayatın Erebos*'una beni gerisingeri fırlatmıştı. İradenin olmadığı yerde şüphe, korku, sınırlar ve dünyanın bize dayattığı tasviri her zaman üstün gelecektir.

---

* Erebos: Yunan mitolojisinde toprak altında, karanlık yer, ölülerin evi.

Şu anda uğursuz bir paralel yaşam gibi yanımda akmayı sürdüren geçmişin bulanık sularında debeleniyordum.

Kuveyt'ten, Dreamer'ın onayını almadan ayrıldığım için, beni 'düşe' bağlayan ışıltılı halatlar son derece incelmişti ve içinden çıktığım hayatın cehennem döngülerine tekrar düşmeye başlamıştım.

4 Geçmişe dönüş

Hayatım su alıyordu, batmak üzereydim.

Kuveyt'teki şirkette sahibi olduğum hisselerden kazandığım para hızla tükenmeye başlamıştı... kısa bir süre sonra kendime yeni bir iş aramam gerekti. Ortadoğu ezgileri taşıyan bir peri masalında olduğu gibi sihir kaybolunca, Dreamer'ın tanımamı sağladığı dünya da parmaklarımın arasından kayan kum tanecikleri gibi yok olup gitmekteydi.

Gümüşlerle döşenmiş ışıltılı masalarla verilen davetler, Water Towers'ın göz alıcı silueti, koyu mavi denizin koynuna dolan çöl manzarası, Samia'daki ev, dünyanın dört bir yanına yapılan seyahatler, yatırımcı girişimler, pek çok adayın içinden şirket için seçtiğim kişiler, hepsi ama hepsi kozmik bir rüzgar tarafından silip süpürülmüştü. Onları bir daha hiç görmedim. Sanki başka bir paralel dünyaya aitlermiş gibi benim dünyamdan onlara uzanan ne bir geçit ne de bağlantı olanağı vardı. Dreamer'la birlikte mucizevi bir biçimde içinden geçtiğim, bir iğne deliğinden büyük olmayan o açıklık artık ebediyen kapanmıştı. Proje beni terk etmişti. Esav gibi ben de krallığın ilk oğul olma hakkını bir tabak dolusu sefil mercimekle takas etmiştim.

Benim eski işime geri dönebilmemi garanti eden anlaşmadaki özel maddeye sıkı sıkıya tutunarak, iki sene ile sınırlı olan süre dolmadan hemen önce, ACO Corporation'da çalışmaya geri dönmek üzere onlarla bağlantıya geçtim. İkili görüşmelerimin peşi sıra ofisleri gezip, tanıdıklarımı ve eski iş arkadaşlarımı ziyaret ettim. Aynı cehennemin girdabında yeniden yok olmaya gidiyordum.

ACO Corporation'da her şey, benim Kuveyt'e gidişimden önce olduğu şekliyle duruyordu. Şirket hayaletleri benim bıraktığım aynı yerde, yine aynı konuşmaları, düşünceleri ve tavırları sürdürerek mikroskobik çalışma masalarının arkasında, koridorlarda veya otomatik kahve makinesinin başında takılıyorlardı. Beni yanlarından geçerken gördüklerinde, ya görmezlikten geliyorlardı ya da bir işbirlikçi bakışı ile selamlıyorlardı. Karşı karşıya geldiğimizde ise yüzlerine yayılan hüzünlü bir gülümsemeden başka bir şey değildi.

Gözlerini doğrudan doğruya üzerime dikmek yerine, yeniden içeri düşecek olmamdan dolayı gizleyemedikleri memnuniyet dolu bakışlarıyla, geçilmez çitlerin, görünmez demir kafeslerin arkasından beni gözetliyorlardı. Bir astım hastasına bir parça oksijen vermek gibi ben de eski işime dönmekle onlara suni bir yaşamın soluğunu getiriyordum. Onlara kendilerini bundan başka ne daha iyi hissettirebilirdi ki? Onların en köklü inançlarının bir sağlamasıydım ben; onlar için hayatın kendilerine ait olan halkalarından kurtulmanın imkansız ve de çok tehlikeli olduğunun en canlı ve son kanıtı gibiydim. Onların hakkımdaki hislerinin istem dışı ve karışmış olduğunu sanıyorum. Kötülük, alaycılık, başarısızlıkla sonuçlanan kaçışımı küçümsemeyle karışık sevinçli halleri duygusal kire karışmıştı. Firar ederken enselenen kaçak mahkûm hali, olabilecek en ufak bir kaçma isteğini onlardan alıp götürüyordu.

Çaresiz kaldığımız ve önleyemeyeceğimiz bir şeyle karşılaştığımızda teslimiyetin insana sevimli gelmesi gibi, benim dönüşüm de onlara bir ferahlama getirmiş, bunun yanında baş edemeyecekleri bu durumu kabullenmelerini sağlamıştı. Kaçışımdan beri, bir eğenin demir parmaklıklarda çıkardığı törpüleme sesi kesilince, 'hapishane' düzeni ve onun huzurlu sessizliği geri dönmüş oldu. Şirkette çalışanlar benim işe geri dönmemi, bir tür kayıtsızlıkla karşılayınca, benim için katlanılmaz olan ıstırap da biraz hafiflemiş oldu. Bu dünyaya yeniden ayak basmam, sadece birkaç günlük resmi işlemlerden sonra tamamlanacaktı ve artık geri dönmem söz konusu bile olmayacaktı.

Henüz bu süreç tamamlanmamışken, onun ışığından artakalan son parıltılarla Dreamer'ı bulabilmek için her yolu denedim. Londra'ya gittim, onu St. James'te ve Savoy'da aradım. Roosevelt adasındaki banka ve Marakeş'teki *Café de la France*'a gittim. Onunla birlikte olduğum her yeri adım adım aradım, beni onun yanında görmüş tüm sokakları yürüdüm. Hepsi boşunaydı.

Dreamer beni terk etmişti.

Bir yandan nefesim kesilmişti, öte yandan bu kaybın acısı ile Dreamer'ın hiç var olmadığını ya da sadece benim bir hayal ürünüm olduğunu bile düşündüm.

5 Psikolojik kirlenme

İşe dönüş talebim, ACO Corporation yönetiminde şaşkınlıkla karşılandı ve hiç ihtiyaçları olmamasına rağmen anlaşmadaki hükme uyma zorunluluğu ile kabul edildi. Üst düzeydeki yöneticiler beni nereye koyacaklarını bilmedikleri gibi, bana verebilecekleri görev konusunda da zorlanıyorlardı. Ben idari bir görev istiyordum, ama onlar ancak Uluslararası Pazarlama Bölümünde bir yer ayarlayabildiler.

Bana ne bir makam verilmiş, ne de sorumluluklarım bildirilmişti. Altında elemanı, üstünde amiri olmayan bir pozisyonun boşluğunda asılı kalmıştım. Sekreter de yoktu. Bana verilen tek ofis mobilyası, bir çalışma masası ile bir telefondu; o da hiç çalmıyordu.

İlk aylar boyunca farkındalık durumunu koruyarak, en küçük bir şikayette ve bir suçlamada bulunmamak için elimden gelen her çabayı gösterdim ancak yine de, haset, kıskançlık, öfke veya hüsran gibi gizlenmiş olan zehirli duygular içimde her geçen gün daha da artıyordu.

ACO, bir olumsuz düşünceler ve duygular fabrikası idi. Bir aksilik veya bir personel hatası, tüm eski atıkların pisliğini yüzeye çıkarmaya yetiyordu.

Her şeye rağmen, Dreamer'ın yaptıkları tümüyle yararsız da değildi. Bir dikkat filtresi, varoluşun bu durumlarını gözlememi, etraflarını sarıp, kendilerini göstermelerini denetleyebilmemi sağlıyordu. Bana hayat veren tek şey, not defterimden tekrar okuduğum Dreamer'ın sözleriydi. Kendimi herkesten izole etmem, onun izlerini yeniden bulmama ve öğretilerinin canlılığını yaşatmama yardımcı oldu.

Düş'ün ilkelerine itaatsizlik etmek, kendini baltalamak ve
kendini içinde öldürmek demektir. Dışımızdaki yaşam, bize içimizdeki
intiharı yansıtmaktan başka bir şey yapmamaktadır.

Disobeying the principles of the dream means
self-sabotage, and killing oneself inside.
The external life does nothing other than reflect that inner suicide.

ACO'daki bu atmosferi hücrelerime taşımamak için, nefesimi tutarak yaşıyordum, kendimi belli bir mesafede tutmayı uzun süre başardım; ama bu, su dünyasında solungaçlarım olmadan yaşamak gibi, pek de umut verici bir girişim değildi. Yanımda Dreamer olmadan bu duruma daha fazla dayanamayacağımı biliyordum.

Bu aylar boyunca, beni dört yandan kuşatan bu olumsuzluk ırmağında boğulmamak için, sürdürdüğüm yorucu öz gözlemleme ve farkındalık çabalarımı anımsıyorum.

Her gün, ruhsal atıklarla diğer zehirli maddelerin bir araya toplandığı bu çamurlu suyun nasıl yükseldiğini gözlüyordum. Bina katlarından ve koridorlarından taşıp dışarı fışkırıyor, dışarıya sızmadan önce fabrikalarla ofis binalarının kıyı kenarlarında toplanıyor, kırlara doğru ilerlerken kasabaya kadar yol üzerindeki parklarla, bahçelere dağılarak yayılıyor, derken sokaklarda sel olup akıyor ve nihayet evlere ve insanların yaşamlarına sızıyordu.

Bu kendimi izole etme dönemi boyunca, Dreamer'ın 'psikolojik kirlenme' olarak tanımladığı kuruluşlardaki bu sorunu kendime minimum düzeyde bulaştırarak, yakından irdelememe olanak sağladı. ACO'ya geri dönüşüm, böyle bir gözlemin yapılabileceği en uygun ve tam donanımlı laboratuvarlarından birinin aylarca benim hizmetimde olması demekti.

Endişelerin, düşüncelerin, şüphe ve korkuların ifadesi genel olarak her çeşit duygusal kargaşanın oluşturulup dışavurumu ile ilgili olaylar üzerine yaptığım çalışma ve ilk analizlerim o zamanlara dayanır.

Hem bilim adamı hem de denek konumundayken keşfettim ki, yıkıcı düşünceler ve olumsuz duygular sadece beni kirletmekle kalmıyor, ortaya çıktıkları andan itibaren görünmeyen ve bizim tıp ilmimize yabancı olan, çevreyi, insanları ve ilişki içinde bulunduğu her şeyi kirletebilen bir maddeyi de etrafa yayıyorlardı. Onların bu bulaşıcı niteliklerinin keşfi, insandan insana çok hızlı bir şekilde yayılmaları ve zaman zaman bir salgının karakteristik özelliklerini gösteriyor olmaları merakımı arttırmıştı. Bu, yüzlerce ve binlerce insanın nasıl aynı düşünce ve hayallerle, aynı olumsuz duygularla kirlendiğini, şartlanmış psikolojik refleksler gibi, nasıl mekanik, toplu ve çoğunlukla şiddetli tepkilere sürüklendiğini açıklıyordu.

Dreamer'a göre mutluluk, sevgi, neşe, şükran, esenlik ve genel olarak Oluş'un daha üstün durumları, şimdiki haliyle insanlığın hissedemeyeceği duygulardı.

Olumlu duyguları üretebilmek için uzun bir hazırlık evresi ve kendi üstümüzde dikkatli bir çalışma gerekmektedir. Varoluşun bu üstün durumlarını engelleyen bilgisizliği, bayağılığı ve olumsuzluğu yansıtan her şeyi ortadan kaldırmak için 'öz gözlemlemeyle' geçecek uzun yıllar ister.

Muhtemelen, her zaman buna inanmıştım, şimdi, ne olursa olsun bu kadar önemli bir keşfi gözardı edemezdim: İnsanların oluşturduğu tüm kurum ve kuruluşlar son derece acınacak halde ve tam bir keder sanayisidir. Fabrikalar ve işyerleri, ondan da önce, okullar ve üniversiteler, boşu boşuna çekilecek olan ıstırabı üretip, beslemek üzere tasarlanmış ve düzenlenmiştir. Gruplar ve kişiler arasındaki bölünmelerle, yararsızlık ve hoşnutsuzluk içeren duygularla, büyük acılar ve yoğun arzular hissedilen durumlar, endişe, belirsizlik ve öfke yaratan tüm bu koşullar için yüksek miktarda enerji, boşa harcanmaktadır.

Sonuçta, fabrikalarda bir yandan hammadelerin bir takım işlemlerden geçirilerek daha değerli ve daha zenginleştirilmiş hale getirilirken, diğer yandan ortaya ümitleri kırılan ve daha da fakirleşen kadınların ve erkeklerin çıktığı çelişkili gerçeğini doğrulayabilirdim.

İçeriden bu gözlemi yapınca, kendi kendime, organizasyonlarda neden her bilimsel ve girişimsel çabanın ötesinde, orada çalışan herkes için sürekli bir anlaşmazlık koşulu, zahmetli, gerilim dolu bir çatışma ortamı yaratan ve onu besleyen, adeta inatla varlığını koruyan ters bir mekanizmanın var olduğunu sorgulamaya başladım. Ne gariptir ki, aslında bu ters mekanizma onların gerçek *raison d'étre - varolma sebebi* idi... onların esrarengiz hedefleri ve gerçek üretimleri idi.

6 Balinanın karnında

Yerimde oturmuş, çalışma masamın üstüne özellikle karmakarışık bıraktığım dokümanların içine gömülüp çalışırmış gibi yaparak bütün bunları düşündüğüm sırada, bünyesine beni kabul eden ACO'da, 'görmek' için yararlandığım son yaşam pırıltısını benden söküp almaya uğraşan ve sürekli beni kendilerine benzetmeye ve onlara ait olmaya zorlayan bir asimilasyon çabası hissediyordum. Bu durum bir tür yerçekimi kuvvetine veya ruhsal bir yalıtıma benzeyen, gücü ve kaçınılmazlığı dışında pek de bilinmeyen sağlam bir yasanın öngördüğü gibi tanık veya gözlemci olmanın pek de önem taşımadığı, anormalliğe uzun süre göz yumulamayacağının göstergesiydi. Kendimi korumak için zorladığım dikkat ve her an tetikte olma durumu beni bir yabancıya, bambaşka yasaların hüküm sürdüğü bir evrenden gelmiş birine dönüştürüyordu. Çok yakında antikorlar bana karşı harekete geçeceklerdi. Beni bulacaklar ve tıpkı vücudun yabancı bir maddeye gösterdiği tepki gibi ya içlerine kabul edecekler ya da dışarı atacaklardı. Beni izleyici olarak konumlandıran bu üzüntü dolu dünyaya benim de dahil olmamı sağlamak için küçük bir dikkatsizlik, bir surat asma veya alçak sesle bir yakınma, en ufak bir çekememezlik, bir kıskançlık veya bir düşmanlık göstermem yeterdi.

Elbette ki tüm bunları içgüdüsel bir zeka denetlemekteydi. Çok büyük ve canlı bir organizmanın içinde olduğumu hissetim; tıpkı balinanın karnındaki Yunus gibi ya da mahkûmların beyinlerini okuyup kaçma planı yapan birini önceden bilecek kadar gelişmiş büyük bir hapishane gibi…

Bir gün koridorda, yemek saatinde ağızlarından salyaları akan aç kurtlar gibi kalabalık halinde kantin binasına doğru giden insanları gözlemledim. Tıpkı biz insanlara çok benzeyen kadim ve kör böcekler gibi acımasızca meşgul insan termitlerin doldurduğu yuvaları andıran hipnoz etkisindeki bir kuruluşun tehdit eden hayali gibiydi.

İşte o anda, heyecan verici bir şekilde, ACO'nun, bizi içinde kontrol altında tutan, ciddi şekilde örgütlenmiş, yaşayan dişil bir organizma olduğunu keşfettim. Bizler; yöneticiler, memurlar ve işçiler, hepimiz ne kendi iradeleri, ne de kişisel kaderleri olan, yalnızca çeşitli organlar, salgı bezleri veya onun damarlarında akan organik alyuvarlardan ibarettik. Olumsuz duyguların esrarengiz etkisi tarafından yönetilen o dünyaya saplanmış insanları görmek beni dehşete düşürmüştü.

Çabalarımı daha da arttırdım.

O organizma beni bulup yutmaması için olası her türlü hileye sığındım. Dreamer'ın cümlelerini sayfalar dolusu yazdım, ve sonra ara vermeden, hepsini bir solukta tekrar tekrar okuyarak, onlarla arama psikolojik bariyerler kurdum. Tüm gücümü tüketme noktasına geldiğimde, kendimi çocukluğumda öğrendiğim duaları okurken buldum. Onları, defalarca mırıldadım. Bu yaptığımın kapıları kapalı tuttuğunu hissetim; en azından geçici bir süre de olsa, o zehirli düşüncelerin içimden akışını önledi. Savunmalarımın her bir devrilişini hissettiğim en zor anlarda, Dreamer'ın öğretisine sıkı sıkı tutunuyordum: Varlığımın kırık dökük parçalarını tekrar bir araya getirmek için bana seneler önce öğretmiş olduğu odaklanma tekniğini hatırlayıp; bir süre gözümü bir noktaya dikerek duruyordum.

Göründüğü kadarıyla ACO'da hiç kimse henüz benim kaçma girişimlerimi ya da konsantrasyon durumumu ve tarafsız halimi korumaya çalışmak için mantık dışı da olsa sürekli icat ettiğim taktikleri fark etmemişti. O an'a dek, direnmeyi becermiştim, bana düşen görevi umduğumdan bile daha iyi oynamıştım ama hayallerim yoktu. Diğer tüm bağımlıların dışında kalma girişimimde alarm çalmadan önce çok az zamanım kaldığını biliyordum; belki de sadece birkaç günüm vardı. Benim 'yasadışı' durumum ortaya çıkacak ve ben de, kraliçenin etkisinden uzakta, çok fazla zaman geçiren o termitin kaderine mahkûm olacaktım. Dreamer'ın yardımı olmadan bu işin üstesinden gelme şansım yoktu.

7 Kaza

O sabah yoldan gelen acı fren sesini işittiğimde, Chia'daki evin onarımını denetlemekle meşguldüm. Kapımda bekleyen kapkara bir felaketin önsezisi, pıhtılaşan bir olay gibi havayı dondurdu. Sesin geldiği yöne doğru bahçeyi boydan boya koştum, kapıdan çıkarak yola fırladım. Bu kısacık zaman diliminde bile endişem inanılmaz derecede büyüdü; önce korkuya, ardından sınırsız bir dehşete dönüştü.

Luca, Kuveyt'teyken bisiklete binmeyi çok özlemişti. İtalya'ya döner dönmez, hediye olarak benden bir bisiklet istemişti, ondan hiç ayrılamıyor, köyün daracık sokaklarını küçük bir roket gibi aşındırıyordu. Şimdi onu görüyordum. Yolun öte yanında, atılmış bir beden.. O idi ! Geceyi bir hastane odasında, oğlumun başında geçirdim.

Endişe, korku, ıstırap, fiziksel olarak dayanılmaz bir hal aldı, ta ki her şey önce son noktasına çıkıp, sonra yok olana dek.

Dreamer'ı düşündüm ve içimde bir şeyler çözüldü.

Onunla aylardır karşılaşmadığım gibi, ona tekrar nasıl ulaşacağımı da bilemiyordum. Yine de son bir girişimde daha bulunmaya karar verdim. Yıllar önce yaptığım gibi, ona bir mektup yazdım; bendeki yanlışın yazılı kanıtı olacak bir mektup. Yaşamını o ana dek yönetmiş ikiyüzlülükten, suçlanmaktan ve her şeyden ebediyen vazgeçen bir adamın son hamlesi olacak bir mektup.

Suçlanacak başka kimse yoktu. Başıma gelen tüm felaketlerin tek sebebinin yalnızca ben olduğumu nihayet anladım.

Dünya, bizim onayımız olmadan saçın bir telini bile oynatamaz.
Dünya, senin onu düşlediğin gibidir.

O akşam, Heleonore hastanede benim yerime kalmaya geldiğinde, ben düşüncelerimle bu dakikalardaki duygularımı bir düzene koymaya başlamış, onları Dreamer'a ithaf edilmiş bir mektup haline getirmiştim. Nasıl sonuçlanacağı hakkında herhangi bir öngörüde bulunamadığım bu çabam, günler boyunca beni meşgul etti. Bitirmek üzere olduğumu düşündüğüm her seferinde, mektubu baştan sona tekrar okuduğumda, ne kadar yetersiz olduğunu ve istediğim sonuca henüz yaklaşamadığını görüyordum.

Dışarıdan bakınca mektubu ben yazıyormuşum gibi görünse de, aslında mektup bana ilham veriyordu. İçinde, suretimin yansımasını görebiliyordum biraz samimiyetle baktığımda ise, oraya buraya dağılmış bir cümleden açığa çıkan sahte egonun utanç verici ifadeleri olan kibir, yalan ve minnet duymazlığı 'gördüm'. Öyle olunca, yazdıklarımdan vazgeçtim ve en baştan tekrar yazmaya koyuldum. Daha biraz öncesine dek doğru gelen cümleler, mektubu okumaya başlayınca, bu kez yetersiz, küstah ya da anlamsız ifadelere dönüşüyordu. Hatta yazdıklarımı birkaç dakika sonra yeniden şöyle bir gözden geçirdiğimde bile sık sık bir başkasının, bir yabancının sözlerini okuduğum izlenimine kapılıyordum, üstesinden bir türlü gelemediğim anlayış eksikliğimle ya bazı sözcükleri değiştiriyor, ya da bazı cümlelerle kavramları tümüyle çıkarıyordum ama her seferinde direncime meydan okuyarak baştan yazıyordum.

İçimde hiç susmayan bir ses, bana sürekli olarak bu çabayı durdurmamı söylüyor, beni eleştiriyor ve hatta benimle eğleniyordu.

En sonunda da bana, 'Bu mektubu nereye göndereceğini bile bilmiyorsun!' dedi. Bu baltalamaları iyi ve yararlı bir şey yaptığımı gösteren bir sinyal olarak saydım.

Kendime, yani o an'a dek ben olduğuma inandığım şeye güvenmemeyi öğrenmiştim. İşte o zaman, Varlığımın karanlık ve tembel bir kısmının tüm yaşamımı yönlendirdiğini anlamaya başladım. Sonunda su yüzüne çıkıyordu.

Gece gündüz sarfettiğim hüsran dolu çabalardan sonra yazdığım, belki bininci versiyonunu okudum ve ne taraftan bakarsam bakıyım mektubun beni olduğumdan farklı bir şekilde yansıtamayacağını anlayarak hayal kırıklığına uğradım. Eskimiş olan, yeniyi yazamıyordu! Eski saçmalıklarla geçmişin bir çok çirkinliklerini bu mektubun dışında tutabilmemin yolu yoktu. Bu korkunç biçimsizliğimi arkasına gizleyebileceğim bir düşünce, bir yazı türü, bir kurgu, ya da uygun bir sözcük seçimi de yoktu. Sürekli Luca ile dolu olan düşüncelerim, kazanın derdi ve yorgunluk beni mahvetmişti.

Yıllar sonra, ikimizin aynı bedende olduğu o tüylerimi ürperten duyguyu tekrar hissettim. Çıkışı olmayan bir belirsizlikte sonsuza dek hapsedildiğim düşüncesiyle dehşete kapıldım. Bundan böyle bu yabancıyla birlikte yaşamamak ve beni tutsak eden o pıhtılaşmış şüpheleri, korkuları, ödünlerle ikiyüzlülüğü arkamda bırakmak için herşeyimi verirdim.

Onunla bağlantıya geçebilmek amacıyla bu son çaresiz girişimimin de başarısızlıkla sonuçlanması ile Dreamer'ın beni kurtarmaya gelmeyeceği ve kendimi daha fazla kontrol edemediğim derin bir depresyona attığı bir gerçekti. Mektubun masanın üstünde dağınık durumda yayılmış son halinin sayfalarını çabucak topladım ve sayfaları avucumda buruşturarak top haline getirip hırsla fırlattım. Aczine yenik düşmüş bir zavallının umutsuzluğuyla kendimi duvara çarptım ve ellerim kan revan içinde kalana dek duvarı yumrukladım. Sonra gücüm tükendiğinde, ağlayarak yavaşça dizlerimin üstüne çöktüm.

İşte o anda, yani artık geriye hiçbir savunmanın, ya da korumanın kalmadığı, çaresizliğimin o doruk noktasında, en kıymetli varlığımın uğradığı bu kazanın kesinlikle benim itaatsizliğimin bir bedeli olduğunu anlamıştım. Luca'nın kurtulması için haykırarak yakardım. Onun yerine kendimi sundum. Kederim o kadar derindi ki, hiçbir şey hissedemiyordum. Tekrar kağıdı ve kalemimi elime aldım ve bu defa tereddütsüzce yazdım.

8 Mektup. Tepetaklak olmuş bir Kral Midas

Dreamer'a

Bu mektup 'ben'im.
Bu boş sayfa, bendeki boşluğun yansımasıdır.
Uzun zamandan beri,
kendimde gördüklerim,
güçteki alçalmayı ve geçmişe dönüşü gösteren tüm işaretler
artık midemi bulandırıyor.
İçimde derin kazılar yapıyorum, ama değerli olacak
hiçbir şey bulamıyorum, bir değere sahip olmamanın
farkındalığı bile yok.
Bir mutsuzluk, bir güvensizlik, bir korku hali,
beni sana ve kendi yaşamıma yabancılaştırıyor.
Bu durumdan kurtulmak için
uygulamaya çalıştığım her taktiğin etkisi sadece bir an sürüyor.
İradem hala çok derinlerde gömülü!
Kendimi gözlemleme çalışmalarım ise
beni daha da büyük hayal kırıklıklarına uğratıyor.
Bakışlarımı çevirdiğim her yerde
aynı yapmacıklıktaki nahoş yüzleri görüyorum.
Dünyanın ve diğer insanların aynası,
hiç bu kadar net ve berrak olmamıştı.
Bazı kısımlar bir 'büyüteç' gibi,
bana acımasızlığın her ayrıntısını gösteriyor.
Daha karanlıkta, daha yoğun ve
daha uzakta olan diğerlerinin ise görüntülerini bana göndermeleri
daha uzun zaman alıyordu.
Ama bütün dünya biliyor.
Kendimi savunuyorum, korumaya çalışıyorum...
Cesur olmaya çalışıyorum, fakat artık tükendim.
Sırtım duvara dayandı.
Varlığımın sınırları beni boğuyor.
Bana ne çok fırsatlar verdiğini biliyorum
oysa ben kırıntılarla uğraştım.
Neler olabilirdi, neler yapılabilirdi düşüncesi.. beni kahrediyor..
"Dünyayı düzeltmek demek kendini iyileştirmek demektir,"

Bu sözlerin hala içime işliyor...

Kendi başarısızlığımdan çok,
Senin planına engel olduğum için utanç duyuyorum.
Haddimi bilmemem, küstahlığım, bilgili olduğumu zannetmem
hedeften sapmama sebep oldu.
Senin düşündeki pek çok insanın ve
geçidi aşmayı bekleyen binlerce kadınların ve erkeklerin
gelişimini riske attım.
Bütünlüğe giden 'yolculuklarını' tehlikeye soktum.
Bu şartlar altında, şimdi bile, bu fırsatın
hala büyük olduğunu biliyorum.
Ve biliyorum ki, her şeye yeniden başlanabilir
ve daha çok yol alınabilir,
beni korkutan, bunun bedeli...
Gerçek şu ki, bana yıllarca sana yakın olma fırsatı,
fikirlerine ve sözlerine doğrudan ulaşma imkanı verdiğin halde,
onlar gerçekten benim bir parçam olmadılar..
Onları kağıtlara yazıyorum, defalarca aklımdan geçiriyorum,
ama yaşamımda uygulamıyorum.
Bugün de kim olduğumu, üstelik hiç olmadığı kadar, bilmiyorum.
Senin de söylediğin gibi; hiçbir zaman bilmedim!
Geçmişte uzun bir dönem,
birçok defalar kendimi aldatmayı
ve kendimi koruma endişesi ile bencilliğimi ve korkumu
birbirine karıştırmayı başarmıştım.
Yeteneğim olduğuna inanıyordum.
Şimdi ise, çevremdeki her şeyin bir yalan olduğunu biliyorum;
Yaşamıma hala hükmeden bir yalan.
Kral Midas'ın tepetaklak olmuş haliyim ben.
Baktığım, dokunduğum her şey değersizleşiyor.
Benim için yaptığın her şey için,
Yaşamımı yol aldığı
o korkunç raylarından çıkarttığın için,
bana yeni bir kader sunduğun için;
bana haysiyete giden yolu gösterdiğin için,
kendi sınırlarım yüzünden sadece birkaç yudum içebilmiş olsam bile
bana özgürlük okyanusunu sunduğun için,
sana minnet duyduğumu belirtmek istiyorum.
Korkudan, şüpheden ve kederden arınmışlığı yaşamamı…
Ve ölümün bilinen yıkılmazlığının ötesinde, sonsuzluğun bir parıltısını,
onun tarifi imkansız ışıltısını görmemi sağladığın için
sana şükranlarımı sunuyorum.

9 "Dans et, Tanrı aşkına, daaans!!!"

Odaya, parmaklarımın ucuna basarak girdim. Onu, yatakta, gösterişli karyola başına huzurla yaslanmış, kitap okurken buldum. Uzun saçlarının kül rengi, kusursuz biçimde ütülenip kolalanmış yastık yüzlerinin beyazlığı üstünde hemen göze çarpıyordu. Bir Rönesans dönemi prensine benziyordu. Tuhaf biçimde, durumumun farkına varmamasını umut ederek nefesimi tuttum. Sıkıntılıydım, ama yine de dünyada buradan başka hiçbir yerde olmayı istemezdim.

Sıradışı bir şeyler olmuştu ve bir değişiklik beni ona getirmişti bir kez daha. Minnet duymak ona açılan kapının anahtarıydı. Başımın içinde bu düşünceler dönüp dururken, beni ona bağlayan kordonun ne kadar ince olduğunu fark ettim. Sözü uzatmadan, kesin bir ifadeyle, *"Sana kestirme bir yolu sunmaya geldim,"* diyerek konuşmaya başladı. *"Korkuların, şüphelerin ve aksi düşüncelerin seni yönettiği sürece, senin dışında bir başkasına ya da herhangi bir şeye bağımlı olman gerekecek. Kendini bundan kurtaramadıkça, bir şeye olan bağımlılığı başka bir şeye olan bağımlılıkla değiştirip duracaksın.. Ama buna ne özgürlük denir, ne de gelişme."*

Dikkatle beni inceledi ve karanlık bir gölge yüzünü kapladı.

Her şey senin yalanını ortaya koyuyor. Sen sahte bir kişisin. İkiyüzlülük yönetiyor senin yaşamını. Ve şimdi, oğlunun başucunda, yaşamın neden sana 'eziyet ettiğini' bilmek istiyorsun.

Sözlerinin burasında sustu ve ayağa kalktı. Hiç beklemediğim bir anda ve bir biçimde sözü oğlum Luca'ya getirmesi beni sarsmıştı. Birden hayatımdaki bu zor dönemin bütün acısını hissettim.

Bu arada, gittikçe artan bir endişeyle onu izliyordum. Dreamer tehditkar bakışları ile bir yere sapmadan, bana doğru geliyordu. Sonra öne doğru uzanıp aramızdaki psikolojik mesafeyi kısaltmak adına, yüzünü belli belirsiz yüzüme yaklaştırdı. Havadaki her molekül sanki, hayati bir konuşmayı sezmiş gibi titreşiyordu. Rakibinin savunmasında açık arayan bir boksör gibi, başını hızla bir yandan diğer yana birkaç kez hareket ettirdiğini gördüm. Yüzü, birazdan yumruk atacak birinin kararlı ifadesine büründü. Korkudan nefesim kesildi, hava almam gerekiyordu. Sessizlik daha da derinleşirken bir sonsuzluk geçti. Sonra, acımasız bir düşmanın tehdidi kadar vahşi bir sesle, *"Dünya, onu düşlediğin gibidir,"* dedi.

Zorlukla yutkundum. Kaçıp gitmek isterdim, ne var ki hiçbir kasımı oynatamıyordum. *"Düşünü değiştir, o zaman dünya da değişecektir."*

Beni onun mecbur etmiş olduğu, evrenin bu ağır ve yoğun köşesinden çekip çıkarabileceğini umarak, ona anladığımı göstermek üzere başımı hafifçe salladım.

İşte tam o anda, ondan insanın aklına gelebilecek en inanılmaz buyruğu aldım. Öyle beklenmedik ve zamansız görünüyordu ki, önce ciddi olduğuna inanamadım. Sonunda güçlü bir haykırış haline gelene dek her seferinde sesini daha da yükselterek bana defalarca, *"Dans et! Dans et!... Dans et!!!"* buyurdu. Şaşkınlıktan kasılıp kaldığımı ve kımıldayamadığımı görünce bağırdı: *"Dans et! Dans et! Tanrı aşkına... DANS ET!!!"* Şüpheye yer vermeyen korkunç bir netlikle ve kelimenin tam anlamıyla, hemen o anda dansa başlamamı söylediği açıkça anlaşılır hale gelinceye kadar, bağırmayı sürdürdü. Yılların utancından ve sonsuz bir nefretten doğmuş olan korku ve şaşkınlık aniden bastırılamaz bir isyana dönüştü. Dreamer'ın bu bariz anlamsız isteği ile her zamanki ikiyüzlülüğüm, şimdi babalık hissiyle, oğlum için duyduğum acıyı ona gösterebilmem için kolay bir fırsat yakalamıştı. İçimde beni ikiye ayıran bu mücadelede eski kazandı, böylece pıhtılaşmış haldeki sahte beni açığa vurdum. "Dans etmek mi? diye sorarken, tam olarak anladığımdan emin olmak istermiş gibi davranıyor, fakat aynı zamanda bu soruya, bir kez olsun tamamen haklı olduğuna inanan ve tüm dünyayı arkasına almış bir insanın hiddetini yüklüyordum."

Meydan okurcasına, "Oğlum yaşam mücadelesi verirken, ben dans mı etmeliyim?" diye sordum. Bir kaplan hızıyla öne doğru atıldığını görecek kadar, ancak zamanım olmuştu. Yüzü bir zalimin ifadesini taşıyan bir maskeyle örtüldü. *"Yaşamını kaybetme tehlikesi içinde olan oğlun değil, sensin!"* dedi. *"Üstelik sadece şimdi değil, ebediyen.."*

10 "Yalnızca tehdit edildiğin zaman canlı ve içten oluyorsun!"

Gözleri yerinden fırlamış ve alnında öfkeden şişmiş, azgın sel suları gibi seğiren damarları ve havada titreyen yumruğuyla üzerime atılarak beni sarstı. Kollarımı kaldırarak kendimi korumaya çalıştım, ama hareketi tamamlayamadım, yüzüm korunmasız kalmıştı. Korkudan donup kalmıştım ve tüm bu zaman içinde, benden sadece birkaç santim ötede, hiç kırpmadan benimkilere dikilmiş o korkutucu gözlerden bakışlarımı alamıyordum. Onun kor gibi parıldayan gözlerini gördüğümde hareketsiz ve çaresizdim.

Ancak o zaman, korkuyla ürpererek saklı bir zulmün parıltısının gözlerinden geçtiğini fark ettim ve nihayet bunu bir gaddarlık olarak yorumlayabildiğimde, dehşete kapılacak zamanım bile kalmamıştı.

Sanki bir kum torbasını dövercesine, yumruklarını sağa sola savurarak yüzüme vuracakmış gibi iki kez hamlede bulundu.

Sonra tepkimi anlamak için gözlerimi yokladı. Dehşete kapılmıştım.

İçinde yabancı ve belki de tehlikeli bir cismi arar gibi, gözbebeklerime bakarak, *"Kıpırdatma o gözleri!"* diye, kükrercesine bağırdı. Bu, insanlar arasında daha önce hiç görmediğim bir hareketti.

"Onları kıpırdatmaaa!!!" Verdiği komuta riayet etmekte zorlandığımı gördükçe, son kelimeyi korkunç biçimde uzatarak, birkaç defa daha tehdit etti. Orada, öylece, bana sonsuzluk kadar uzun gelen bir süre boyunca, göz göze, tıpkı yırtıcı bir hayvan ve avı gibi karşı karşıya kalakaldık. Bağırmalarından daha beter bir hırlamayla, *"Bu ucubeliği sonsuza dek bırakmalısın!"* dedi. Kimle ve içimdeki neyle konuştuğunu bilemedim. Bayılmama ramak kala, yüzünü, yerinde bir yavaşlıkla yüzümden geri çekti, ama tehditkar gözlerini gözlerimden ayırmadı. Yeniden konuşmaya başladığında sesi normale dönmüştü ve bu nedenle etkisi hafiflemek yerine hatta daha yıkıcı bir hal almıştı.

Duygusuz bir ifadeyle, *"Ben sınır tanımam!"* dedi.

"Seni ya sonsuza dek iyileştirmek, ya da kaybetmek için buradayım!"

Beklenmedik bir şekilde yüzünde ışık saçan bir gülümsemeyle, zor bir sınavdan başarıyla geçmiş ya da imkansız bir bahisi kazanmış bir gibiydi. Onda insani, daha doğrusu o ana kadar insani olabileceğini düşündüğüm hiçbir şey yoktu. Tartışacak bir güç bulamadan, perişan bir halde geriye doğru sendeledim. Soluğunu ensemde hissettiğim korku ve huzursuzluk ile tüm bedenim ürperdi. Öfkeyle haykırışını, bu, adeta insan dışı yersiz tebessümüne, bin kez yeğlerdim.

Normal zamanlardaki ses tonuyla, *"Milyonlarca insan gibi sen de, yalnızca tehdit edildiğinde canlanıyor ve içten oluyorsun. Senden daha acımasız biriyle veya bir şeyle karşılaştığında sadece, insan görüntüsüne bürünüyorsun...*

Bir an için sana ayna oldum ve sen yansıyan görüntün karşısında irkildin, tıpkı hayatın boyunca yaptığın gibi... Kendi zorbalığından korktun ve dehşete kapıldın, çünkü kendini tanımadın." dedi. Yüzü tekrar durulmuş ve birden sakinleşmişti.

Senin gibi insanlar, ölünceye kadar barış gönüllülerinin saflarına katılır, yeryüzündeki tüm Kurtuluş Orduları'nın her kademesindeki rütbeleri doldururlar ve gerçekte kendilerinin zorba ve çatışmalarla, düşmanlıkların bilinçsiz propagandacıları olduklarından habersiz, insani hareketlerin liderleri, şiddet karşıtlığının savunucuları haline gelirler.

İnsanoğlu, kendi bozulmuşluğu ile yalanının en somut yansıması olarak hayırsever kuruluşları, insaniyetlilik kurumları ve gönüllü yardım hareketleri oluştururlar....

Fedakarlık ve yardımseverlik, insanların kendi zorbalıklarını gizlemeleri adına başvurdukları yollar olup çoğunlukla da kendi ayrımcılıklarının ve ötekiler ile aralarında oluşturdukları mesafenin şeklini alırlar. Yardımseverlik, cömertlik ve sevgi, 'sana nasıl davranılmasını istiyorsan başkalarına da o şekilde davran' anlayışının tamamen yanlış yorumlanmasında, hayırseverliğin nihai ve en aşırı yozlaşmasında dilenen bir varlığın içinde somutlaşarak küçülür ve bayağılaşır.

Dreamer'ın sözleri artık sadece bana yönelik değildi. Diğerleriyle bağları kopmuş ve hatta insan olmanın ne demek olduğunu bilen bir akıldan dahi yoksun, çürümüş bir insanlık da, her zaman olduğu gibi, onun bu ağır sövgülerinin hedefi olmuştu.

Dinleyici kitlesinin genişlemiş olması, üzerimde hissetmiş olduğum baskıyı hafifletmiş ve nefes almamı sağlamıştı. Ölümcül bir kazadan en ufak bir yara bile almadan mucizevi olarak kurtulmuş birinin mutluluğu ile karışık bir şaşkınlık ve rahatlık hissediyordum. Hiç bilmediğim bir özgürlük hissi sezilemez bir şekilde, gittikçe daha da güçlenerek tüm ruhumu kapladı. Bu bir doğumdu ve benim ilk soluk alışımdı. Parlayan bir alev daha henüz yenilenmiş olan ciğerlerime girdi ve her bir köşesine yayıldı.

Ne var ki , bu soluklanma o kadar uzun sürmedi. Dreamer acımasızca bana dişlerini geçirdi ve heyecandan titreyen avını ağzında tutan bir canavar gibi durup bir an bekledi.

Kötülük, zorba olmak değil, zorba olduğunu bilmemektir. Şiddet göstermek, çatışmacı bir zihniyetin yansıması ve kişinin kendi içindeki intiharın sonucudur.

Yeniden konuşmaya başladığında söylevi, bir vaazın ciddiyetini taşıyordu. Modern insanın, insafsız bir samimiyetle, katlanılamayacak kadar açık ve kabaca sarf edilen sözlerle derinden etkilemesinin ne kadar nadir olduğunu düşündüm. Bunları kim dile getirebilirdi ki?

İlk iş, kendini sağlam temeller üstüne inşa etmendir! İnsanların yaşamında gözlemleyebildiğin tüm felaketleri ve zorlukları, kişinin kendini bilmezliği davet eder... Kurbandır, saldırganını kendisine çekecek koşulları bilinçsizce hazırlayan... Uzun zamandır, Oluş'unun karanlıklarındaki cellatını yakalayacak korkunç ağlarını büyük bir titizlikle örmektedir.

11 İyileşme içten gelir

Konuşma tutarlı bir çerçeveye girerek Luca'nın kazası üstüne hızla odaklanmaya başladı. Dreamer'ın yanında, yaşamın neden bana böylesine derin bir nefret gösterdiğini anlamak için, rastlantısallık olgusunun kökenlerini keşfediyordum. Zihnimde kendimi Dreamer'la birlikte gizemli bir nehirin yatağı boyunca onun ta uzaklardaki kaynağına doğru çıktığımı hayal ettim. Bu araştırmanın, dönüp dolaşıp yine bende biteceğini biliyordum. O daha söze başlamadan, ben acıyı hissettim bile..

"Bu kaza, çocuğu değil, senin dünyanı ilgilendiriyor... senin işlediğin günahlarının bir sonucu," dedikten sonra, birliği ve bütünlüğe gittiği yolda içten söz veren bir insanın yolundan çıkışlarının, kusurlarının ve 'günahlarının' bedelini tek tek ödeyeceğini iddia etti.

Burada konuşmasına ara verdi ve uzun bir süre dikkatle beni inceledi.

İyi bir geçmiş, iyi bir sermayeye sahip olmak gibidir. Senin geçmişin ise İncil'in bir felaketidir, bir gemi dolusu borçtan farksız. Hepsini ödeyene kadar, sayısız ıstıraplara ve karşılaşacağın en zalim antagonistlere katlanmak zorundasın.

Bunun bilincinde olduğun zaman, çektiğin tüm zorluklar için minnet duyacaksın, her acıyı ve görünürdeki her haksızlığı kutsayacaksın... Bir gün bunların seni yüceltmek ve geliştirmek için geldiklerini; gelişimin için ne denli gerekli olduklarını bileceksin.

Zorluklar ve acılar, senin bütün olma yolunda geçireceğin sınavlardır.
Bunun farkına vardığında, yaşamın kendisi insanın öğretmeni olacaktır.
Her kriz, her düşüş ve her zorluk hem kusursuz, hem de eşsizdir.

Difficulties and sufferings are tests on your path to integrity.
When a man realizes this, life itself becomes his teacher.
Every crisis, fall and difficulty is perfect, irreplaceable.

Yaşamımdaki bütün olayların tüm sorumluluğunu üstlenmem gerektiği açıklamasını kabullenmekte zorlandığımı gördüğünde, sert bir uyarıda bulundu. *"Eğer sözlerim seni değiştirmezse, bil ki yaşam değiştirecektir. Benim sözlerimle anlamadıklarını, hayatta yaptığın hatalarla anlayacaksın."* Bana bu iki 'seçenek' arasındaki tek farkın, 'insanın kendi hatalarıyla öğrenmesinin' çok daha yavaş ve çok daha acı dolu geçecek zor bir yol olduğunu söyledi. *"Benim sözlerimden sonra, yaşam kendi kuralları ve iyileştirme araçlarıyla gelecektir"* diye noktaladı.

Dreamer bana şu anda ki insanlığı; hipnotik bir rüya içinde mühürlenmiş ve sadece insafsız antagonistlerin tehditleri altında daimi olarak yaşayabilen bir insanlık olarak açıkladı.

Dreamer'ı dinlerken, daha önce de onunla bulunduğum bir çok ortamda olduğu gibi, gözlerimin önünde bir hayal belirdi: Yerküre, anlamamakta ısrar edenleri ve itaat etmeyenleri, taştan dev çarklarıyla durmaksızın presleyen bir yağ fabrikası gibiydi. Dünyanın başına bela olmuş, bitmek bilmeyen dizi halindeki uğursuzlukları gördüm ve onların pres altındaki parçalara ayrılmış ve ezilmiş kemiklerini hissettim; soykırımın gerekliliğini, sonu gelmeyen dehşeti, savaşları, dünyaya ezelden beri eziyet etmiş olan felaketleri ve insan dışı trajedileri 'gördüm' ve bin yıllık hikayemizin bu dolambaçlı seyrini, kör bir betimlemenin üzerindeki tabakanın ötesinde, tıpkı tuval üzerindeki bir yarıktan izler gibi, o kara talihin; alçalmış bir insanlığın, iyileşmek için başka çaresi olmayan bireylerin, ulusların ve tüm medeniyetlerin acı ilacı olduğunu görene kadar takip ettim.

Dreamer araya girdi ve beni düzelterek, *"Yaşam, senin sandığın gibi bir dönüşüm makinesi değil, bir gerçeklik makinesidir."* dedi. *"Olaylarla koşullar bizi iyileştirmek için gelmezler; onlar kim olduğumuzu bize göstermeye yarayan semptomlardır."*

Gerçek iyileşme ancak içerden gelir.
True healing can only happen from inside.

Hiçbir politika, din ya da ideoloji, toplumu dışarıdan dönüştüremez. Sadece bireysel bir devrim, yeni bir ruhsal doğuş, her bir hücrede ve her bir insanda Oluş'un iyileşmesi bizi daha refah içinde, daha akıllıca, daha gerçek ve daha mutlu bir uygarlığa doğru yönlendirebilir.

12 Adaletsizliğe övgü

'Adaletsizliğe övgü' başlığı altındaki notlarımı kaydettiğim sırada, daha Dreamer'ın tezini dinlerken yaşadığım durumların aynısını yaşıyordum. Bir yandan ondan geri kalmamak için kağıdın üzerinde elimi kaldırmadan not tutuyor, diğer yandan da sözlerinin koçbaşlı tokmak darbeleri altında gizlenen kavramlarımın ve zihinsel kalıplarımın parçalandıklarını hissediyordum. Bir elim yazarken, diğer elimle de bir uçurumun kenarından dışarı uzayan kökler gibi eski düşüncelerime ve iyi bildiğim inançlarıma sıkı sıkıya tutunuyordum.

Üzerinde sallandığım bu uçurumun varlığını hala sürdürebiliyor olmasını ise son mazeretlerimin bugüne dek uzamasına bağlıyordum.

Dreamer, *"İnsanlar için böylesine basit bir gerçeğin kanıtını kabul etmek ve yenilir yutulur olmayan bu durumu sindirmek daha uzun yıllar mümkün olmayacak,"* dedi ve sustu. Söze bu şekilde girişi ve akabindeki sessizliğini, birazdan söyleyeceklerine kendimi hazırlamam için bana tanıdığı zaman anlamına geldiğini artık biliyordum. Oysa bu durum, sadece endişemin artmasına neden oluyordu. Kendi içimde bir parça sakinlik sağlamaya çalıştım. Birkaç saniye içinde umutsuzca kendimi toparlamaya, darmadağınık olan bir dizi düşüncelerimi bir araya getirmeye uğraştım; ancak bu baştan sağma kurduğum kavram desteklenmiyor ve bu birleşme her girişimimde çöküyordu. Sonunda hazırlıksız olduğum gerçeğini kabullenerek, tüm dikkatimi ona yönelttim.

"Kurban daima suçludur!" dedi.

Dreamer'ın bu mantığa aykırı iddiasını daha önce Veronica's'taki akşam yemeğinde de duymuştum, ama onu daha önceden duymak, bu tanımın katlanılamaz anlamsızlığının şokunu ve insanda yarattığı bomba etkisini hafifletmeye bir yararı olmadı.

Yeniden, *"Adaletsizlikten daha adil bir adalet olamaz! Adaletsizlik adaletin en yüksek modelidir, en objektif!"* dedi. *"Sıradan insanın haksızlık olarak nitelediği durum, onun eksiksizlik halini ve kavrama seviyesini daha yüksek bir düzeye erişmesini sağlayan bir yaşam kaynağıdır. Haksızlık, 'merhametin' dışa vurumudur."* Bunun böyle olduğuna inanamıyordum. Zihnimde, art arda, hızla geçen bir dizi görüntü patladı: Luca duvarın dibinde iki büklüm yatıyordu, ambulansın gelişi, hastaneye gidişimiz, doktorların çocuğum hakkındaki endişeleri... ve içimdeki bastıramadığım isyan duygusunu hissettim. Dreamer düşüncelerimi okudu.

"Oğlunun kazası bir rastlantı değil... 'Tesadüf' diye bir şey yoktur...Bu kaza tam *ve gerçek bir irade olayıdır... Bilinçsiz bir iradenin tutumudur....*

Hoş olmayan olaylar ve felaketler bizi iyileştirmek ve tamamlamak için başımıza gelirler... Haksızlık insanlara, kendi yaşamlarını geliştirmeleri ve bir gün özgür olma 'düşünü' her birinin içinde uyandırmak için bir fırsat formunda gelir. Haksızlık, kişinin kendini tanımasına ve kendisini gerçek bütünlüğe götüren yoldur. Hiçbir adalet, adaletsizliğin kendisinden daha adil olamaz." Dreamer konuşuyordu. Ben ise yanaklarımdan süzülen gözyaşlarıma rağmen bir yandan yazıyor, diğer yandan başımı sallamayı sürdürüyordum. Sesi yumuşaktı.

Sabırlı bir anlayışla, *"Bunu sana bilimsel olarak açıklamaya hazırım," dedi. "Herkeste, en bozulmuş insanda bile, iyileştiğinde çığlıklar atan; irade dışı bir irade... bilinçsiz bir bilinç, merhametsiz bir güzellik... yüzeysel bir birlik vardır.*

Kötülük daima iyiliğin hizmetindedir. Kötü diye bir şey yoktur!

Görünürde olumsuz olan her türlü aksilik veya yatay düzlemdeki insanın haksızlık dediği, aslında gerçekte, bir lütuftur... En haksız olaylar, hareketler ve koşullar Oluş'u daha yüksek bütünlüğe, birlik ve özgürlük seviyelerine yükseltmek için ortaya çıkarlar."

Ayrıca, bir hastalığın semptomları bile vücudun Oluş'taki bozulmayı kavrayış kaybını ele veren vücudun paha biçilmez işaretleri olduğunu açıkladı. Ne var ki insanlar bunları daha fazla nasıl yorumlamaları gerektiğini bilmiyorlar ve sebeple sonucu karıştırıyorlar. İşte böylece, tüm tıbbi kurumlarda yapıldığı gibi, belirtileri bastırmak üzere doğrudan uygulanan her türlü müdahale, gerçek hastalığı göz ardı ederek durumu daha da kötüleştiriyor. Böylece semptomla birlikte gerçek ve tam bir iyileşmenin gerçekleştirilmesi imkanını da ortadan kaldırmış oluyor...

"Bizim dışımızda herhangi bir kötülük yoktur, sadece iyileşmenin görünür işaretleri ile içimizde bulunan gerçek kurtuluşun aydınlık göstergeleri vardır."

"En ağır hastalıklar da dahil mi?"

"Görünürde tedavisi olmayan hastalıklar bile yalnızca iyileşmeye giden yolu gösteren semptomlar veya işaretlerden ibarettir. Her çöküşün arkasında yatan hatayı gösterir, kendini sabote etmeleri ve fiziksel ölümün asıl nedeni olan insanın içinde binlerce kere tekrarlanan iç ölümleri ortaya çıkarırlar. Onları teşhis etmek isteyenler için, gerçek nedene götüren yolu geri gitmeleri gerekir!... Bilim bir gün aslında bu kadar çok sayıda hastalığın olmadığını keşfedecektir. Görünürdeki çokluklarının ve semptomlarının karmaşıklığının ötesinde, sadece tek bir hastalık vardır: Düşünce."

Düşünce öldürücü bir tohumdur.

"O halde tüm hastalıkların sebebi... bizim psikolojik durumumuz mudur?"

"Hayır! Bizim psikolojimiz bile gerçek nedene, bütün nedenlerin asıl nedenine, kötülüğün arkasındaki en kötüye, insanı ölümün kaçınılmaz olduğu fikrine götüren bir semptomdur. Bu boş inanışın ortadan kaldırılması ve bu kendi başına meydana gelen, 'kendini gerçekleştiren kehanetin' irdelenmesi, psikolojiyi düzeltecek, psikoloji de bütün hastalıkları iyi edecektir.

"İnsan, ölümünü sınırı yaptı ama asıl gerçekte, bu bile sadece bir işaret, bir iyileşme belirtisidir... ve mantığa aykırı biçimde, ölümsüzlüğümüzün en açık kanıtıdır. Ölüm, her şeyin üstünde olan mutlak gücümüzün, insanın bedenini yok etmek gibi bir imkansızı gerçekleştiren kapasitesinin en belirgin ve en somut işaretidir. İnsanlar arasındaki her eşitsizliğin, her adaletsizliğin ve varolmayan özgürlüğün kökeninde, her birinin kaynağını oluşturan gerçek farklılık vardır: İç sorumluluk düzeyi. Oluş, kavrayış, sorumluluk ve kader bir ve aynı şeydir."

Dreamer, yeniden vurgulayarak, *"İnsan, anladığı kadardır."* dedi. *"İnsanlar farklı anlama düzeylerine sahiptirler. Aralarındaki gerçek eşitsizlik de budur!"*

İnsanlar birbirlerine benzer görünmekle birlikte, bütün olma yolunda aralarındaki mesafe sonsuzluk gibidir. Evrimin farklı evrelerindeki zoolojik türlerde olduğu gibi, onların da oluşları aralarında genellikle ölçülemeyecek boyutta uzaklık bulunan farklı gelişim dönemlerine aittirler.

"O halde," dedim, kararsızlık içindeki bir duraksamayla, "insanın yaptığı o en kutsal bildirileri, özgürlük ve adalet adına gerçekleştirdiği tüm devrimleri, savaşları ve mücadeleleri için ne demeli?"

Dreamer, düşüncelerimdeki karışıklığı bir düzene koyarak, sözcüklerinin üstüne bastırarak, *"Hepsi boşunaydı ve her şeyi oldukları gibi bıraktılar!"* dedi. *"Savaşları, devrimleri ve insanlara eşitlik, adalet ve barış getirme konusundaki tüm girişimleri başarısızlığa uğradı, çünkü onların mücadelesi dışarıda savaşılacak bir kötülük, yok edilecek dış engeller olduğu inancına dayanıyorlardı. Refah, ayrıcalık, sosyal farklılıklar sadece sonuçtur ve çok daha derin bir farklılığın yansımasıdır. Her şey Oluş'ta, nefes alışımızda ve hislerimizde meydana gelir.*

Oluş düzeyimiz yaşamımızı yaratır..

İnsanlık bir gereksinim gibi kötülük olmadan yapamaz!

İnsanoğlu kendini acılarının penceresinden duyumsar. Kendisini yaşayan bir varlık olarak hissedebilmesi için ıstıraba, antagoniste, zamana ihtiyaç duyar.

Bu koşullar devam ettiği sürece insanın ıstırapları ve haksızlık saydığı her şey dünyanın tek enerji desteği olmayı sürdürecek ve insanların Oluş durumlarını daha yüksek seviyelere taşıyacak tek güç kaynağı olarak kalacaktır."

13 Dünya düşüncelerimizle yaratılır

"Oğlun ölmedi, çünkü hala onu Bana bağlayan bir ip bulunmakta." Giderek büyüyen küçük bir alevin, karanlığı yararak kendisine yer açması gibi, Dreamer'ın sonuç niteliğindeki bu açıklaması da, çocuğumun sağlığı ile ilgili düşüncelerimi kaplayan sisin içine işleyerek, onu bir anda dağıttı. Gözlerimin önüne serilen bu şeye katlanmak mümkün değildi. Dreamer'ın alaycı bir tonlamayla yüzüme bir tokat gibi inen sert sesi beni kendime getirmeseydi, oracıkta düşüp bayılabilirdim. *"Şimdi, oğlunun başucunda kendi kendine soruyorsun, neden... Neden bu kaza onun başına geldi diye soruyorsun... Hayatının neden bu kadar felaketlerle dolu olduğunu bilmek istiyorsun..."*

Bakışlarından kaçmak için gözlerimi başka yöne çevirdim; şöminedeki yanan kütüklere baktım ve yeleğinin altın renkli dokumasında alevlerin yansımalarını seyre daldım.

Yaşantının küçük bir kesitini, varlığının bir milimini ele al. Orada yıkıcı düşüncelerinin, kirlenmiş duygularının bir haritasını bulacaksın. Bugüne kadar yaşantındaki tüm olaylar şüphe ve korku ile belirlendi.

Cehennemi yaşayanlar, kendilerine cehennemden başka bir şey yaratamazlar! İçindeki şüpheler korkuya dönüşüyor ve korkuların da böbreklerindeki taşların formunu alıyor...ya da olaylar dünyasındaki felaketleri ve kazaların komplosunu düzenliyor.

Dünya böyle, çünkü sen böylesin.
The world is such because you are such.

Dünya, senin buluşlarından biridir. Bu kaza, senin dikkat ve sevgi eksikliğini görmeni sağlamak ve sana doğru yolu göstermek üzere dünyanın bir girişimidir. Oysa sen kendini dinlememekte kararlısın!

Demek ki düşünce yaratıyor… en yıkıcı, en hastalıklı düşünce bile yaratma gücüne sahip.

"Korku, Tanrı'yı dışımıza taşımıştır!" dedi ve insan saygınlığını, iradesini, yaratma hakkını yeniden benimseyecek olduğunda, tüm dinlerin ortadan kalkacağını bildirdi.

"Bir zamanlar insanoğlu dinler olmadan yaşıyordu, insanlar inançlarının zayıflaması sonucu bozularak özlerindeki tanrısallığı dışarıya aktardıklarında dinler ortaya çıktı." Bu sorumluluğun dayanılmaz ağırlığını hissettim. Tüm alışılmış yorumlardan çok farklı olan bir vizyonun, insani koşulların ve onu ebedileştiren düzenin bu acımasız tasviri karşısında aklım durmuştu. Benimle birlikte tüm insanlık orada, o suçlu kafesine bağlanmış, kaçışımıza hiçbir surette olanak tanımayan nedenselliğin genel, demirden kuralını ifşa eden o hükümle yargılanıyordu.

Artık şikayet etmek, suçlamak, haklı çıkmak ve yalan söylemek, gelişimin henüz başlangıcında olan ve bilinçlerinin karanlığında el yordamıyla ilerlemeye çalışan zoolojik varlıkların geçmişten gelen çığlıklarını andırıyordu.

Dreamer'ın vizyonunun tam merkezinde, olaylarla durumların arasında var olduğuna inandığımız ilişkinin altüst edilmesi durumuydu. Dreamer'ın sesi ve Lupelius'un 'Tanrılar Okulu' öğretisi dünyanın en genel tarifini baş aşağı ederek yıkan tek bir kavramda birleşiyorlardı. İnsanoğlunun en köklü inanışlarından biri, dış dünyayı sebep olarak görmeleri.

Bu, onun hayali evreninin destek aldığı; durumların olayların bir sonucu olduğuna dair boş bir inanıştır. Gerçeğin retina üzerine düşen ters çevrilmiş ve yatay görüntüsü gibi, insan kendi ruh halleri, duyguları ve dış olaylar arasındaki ilişkiyi de bu şekilde tersten algılar.

En erken yaşlarımızda aldığımız ilk öğreti bizi; korkunun korkunç bir şeyle karşılaşmamızın sonucu, ve acının da acı veren bir şeye verdiğimiz tepki sonucunda oluştuğuna inandırdı.

Dreamer, verdiği örnekler aracılığıyla bana 'ikinci bir eğitimin' gerekliliğini, insanlık tarihinde, Tartaros'tan*, zoolojinin dipsiz uçurumlarından kurtulmayı sağlayacak bir kaçışın devasa boyutlarını üstlenen ruhsal bir devrimi açıkladı.

İnsan son derece kördür. Derinliği algılayamaz. Bizim doğal görme sistemimiz, iki boyutun ötesini görme kapasitesinden yoksundur. Retinanın üzerine yatay ve baş aşağı görüntüler düşer, ancak ağır ilerleyen bir gelişim süreci geçiren insan; görüntünün altını üstüne çevirmeyi, ona derinlik vermeyi, görüntüyü üçüncü bir boyuta taşıyarak, görsel bilgiyi özenle işlemeyi ve bütünleştirmeyi öğrendi. İnsan, yine aynı şekilde, ruh haline dikey bir doğru çizip, üçüncü bir boyut ekleyerek dünyanın kavramını 180° ters çevirmeyi de öğrenmelidir. Bu ona, yaşamındaki tüm koşulların ve olayların doğasını ve kalitesini belirleyenin ve onlara öncülük edenin Oluş durumları olduğunu 'görmesini' sağlayacaktır.

Dreamer sözlerini noktalamadan önce, *"Durumlar ve Olaylar bir ve özdeştir,"* diyerek, kendi vizyonunun en önemli unsurunu bu formülde topladı. *"Durumlar ve olaylar kesinlikle birdir!...Aralarında geçen zaman, insanda kendi Oluş durumları ile yaşamında başına gelenler arasında bir bağlantının olmadığı yanılsamasını yaratır."*

Dreamer bu noktada sustu ve bekledi. Sözlerine devam etmeden önce bir onayın her an havada belirmesini bekler gibi durdu. Ardından, *"İnsan zaman perdesini bir kaldırabilse ya da zamanı sıkıştırabilse, durumların çoktan olaylar olduklarını fark edecektir. İnsanın duygusal durumları, aslında gerçekleşme fırsatı bekleyen olaylardır."* Ayaklarımın altında ne zamandır sallanan yerküre onun bu sözleriyle, bir deprem oluyormuşçasına aniden yarılarak açıldı ve dipsiz bir uçurum, 'eski' yi 'yeni' den sonsuza kadar; yani o ana kadar inanmış olduğum her şeyi, Dreamer'ın bana yavaş yavaş öğrettiği tüm yeni fikirlerden ve ilkelerden ayırarak, kişisel evrenimi baştan aşağı ikiye bölmüş oldu, ve ben şimdi o uçurumun kıyısında yalnızdım.

---

* Tartaros: Homeros'la Hesiodos'a göre dünyanın en derin yeri Tartaros'tur. Yer, gökten ne kadar aşağıdaysa, Tartaros da, yerin altındaki ölüler ülkesi Hades'ten o kadar aşağıdadır.

Eski sistem ve onun bin yıldır süregelen tükenmiş fikirleri, parçalanarak un ufak olmaktaydı. İnsanın, üstüne yaşamını kurduğu doğrular ve onun başından beri mutsuz olmasına yol açan nedenler, onu dünyadan yakınmaya ve suçlamaya yönelten her şeyin bütünüyle gerçek dışı olduğunu gösteriyordu.

İnsanı, kontrol edilemeyen olayların insafına kalmış korunmasız biri olduğuna inanmaya iten kadercilik ile başına gelen her felaketin sebeplerini her defasında kendisinin dışında aramasını isteyen kendi kendine acıma ve kurban olma olguları, zamanın tozlandırdığı putlar gibi bir bir yıkılmaktaydılar. İnsanın kendi Oluş durumları ile yaşamında başına gelen olaylar arasında var olan sebep-sonuç ilişkisini algılamasını engelleyen trajik bir zorluk vardır.

14 Geçmiş tozdur

Dreamer, temyiz edilemez bir hükmü ilan edercesine, *"Düşünmek kaderdir... İnsanlık olumsuzca düşünür ve hisseder!"* dedi. *"Bu olgu, insanın Tarih diye nitelediği ve nesilden nesle ısrarla aktardığı bitmez tükenmez felaketler dizisini açıklamak için yeterlidir. Ayrıca yine bu düşünce, uygarlığımızın bin yıldır, hiç kesintisiz, neden böylesine korkunç bir kaderi yaşamaya mahkûm edildiğini de izah etmektedir."*

Eskiye ait görüşlerin bazı kırık dökük parçalarını kurtarmaya çalışarak, "Peki, ya tarihimizi hatırlamıyorsak, o zaman nasıl öğrenebiliriz?" diye itiraz ettim. Gözyaşlarım akmak üzereydi, titreyen sesim, bütün inanışlarımın yenildiğini açık ve seçik olarak ilan ediyordu. Dreamer konuşmuyordu. İçimde kontrolsüzce büyüdüğünü hissettiğim panik duygusunu mantıklı bir yaklaşımla gizleyebilmek için, "Geçmişteki hatalarımızı gelecekte tekrarlamaktan nasıl kaçınacağız?" dedim.

Dreamer benim hayali korkularımı tek bir hareketiyle süpürerek, *"Past is dust, Geçmiş tozdur!"* dedi ve zarif bir ifadeyle ekledi, *"İnsanlık tarihi, suçlu bir bakış açısının anlatımı, ona dair en aşağılık kısımlarının gerçeğe dönüşmesidir. Dünyanın bütün okullarında olduğu gibi, bu bitmek tükenmek bilmeyen suçlar dizisini hatırlamak da bizi kirletmekten başka bir işe yaramayacaktır..."*

Dreamer, geçmişi bu şekilde hatırlamanın, insanın en alçak yanlarının hayatta kalmak ve geçmişi tekrarlayarak önümüze sahte bir gelecek koyabilmek için bin yıldır süregelen bir girişim olduğunu belirtti. İnsanlığın yazgısını ve tarihini baştan sona değiştirecek ve dönüştürebilecek olan şey ne onun deneyimi ne de onun geçmiş hatalarının anımsanmasıdır. Bunu, kendi dönüşümü aracılığı ile, sadece kişinin kendisi yapabilir.

Çocuklara, ders çıkarmaları için, istek yerine, tesadüf ve suç dolu korku hikayeleri anlatmanın ne denli saçma olduğunu anladım. Savaşlar ve devrimler, istilalar ve işkenceler, imparatorlukların yükselişleri ve çöküşleri... hepsi, tıpkı kozmik bir süpürgenin gücünden kurtulmuş pislikler gibi duruyordu. Bu suçluluk geçmişini silmemiz gerekiyor ve onunla birlikte eski çağlardaki insanları efsaneleştirerek, tarihin küçük-büyük bütün adamlarını, bizlere iyilik etmiş kahramanlar olarak aktarılan bütün 'suçluları' tamamen zihnimizden çıkarmamız gerekiyor.

Dreamer'ın mesajının sadece dışarıdan sert görünüşü, aksi bir kaderin kaçınılmazlığını öngörürmüş gibi geliyordu. Aslında yaralarımıza sokulan bu bıçak, ışıktan bir neşterdi. Dreamer'ın, cehennem misali korkunç bir dünyanın karanlıklarına, mezar altına gönderen acımasız çözümlemelerinin arkasında, kişinin kendisini suçluluktan, ıstıraptan, cehaletten, ölümden nasıl kurtaracağı açığa çıkıyordu. Sözleri bizi yeniden masum, günahsız, güçlü halimize ve bütünlüğümüze geri getirmek için rehberlik eden ışıltılı bir yol haritası çiziyordu. İşte nihayet kestirme bir yol… bir geçit... Bundan sonraki sözleri beni yatıştırdı. Onların içinde bir çözüm önerisi saklıydı.

Geçmişte olanları değil, ileride olanları anımsamalıyız!
We should not remember the past, we should remember the above.

'Dikey hafızanın' geliştirilmesi gerekiyor, tarihin düzlemine dikey inen bir zihin. İnsanın Oluş'unu yükseltmek gerekiyor...

Dünya yaratılmamıştır... dünya yansıtılmıştır...

Bu otoritenin gücünün bedenimin tüm dokusuna yayıldığını hissettim, aynı güç, bin yıldır tarihin en karanlık evrelerinde, cankurtaran botları ya da can yelekleri gönderir gibi insanların önüne yasalar, masallar, meseller ve paraboller koymuştu. İyileşmesi olanaksız işitme zorluğumuzun trajedisini, bizi uyuşturan uykumuzun derinliğini anladım. Demek meleklerin gürültücü bir bando takımı gibi, daima ellerinde borazanlar ve davullarla resmedilmesi de bu yüzdendi.

"Sana bir zamanlar demiştim: 'Oluş'unda ürettiklerine dikkat etseydin, farkında olsaydın ve tetikte dursaydın, karının ölmesi gerekmeyecekti.' Bunu sana böylesine zalimce göstermesi için dünyayı zorlamayacaktın. İyileşmek için zamanı seçtin, oysa zaman ıstırabın ta kendisidir... Sen orada değilsin ve orada olmaman senin dikkat eksikliğin sayesinde programlanan tüm felaketlere yer açıyor."

Bu vizyonun büyüklüğü ve evrenselliği, yaşamında başına gelen her olayın sorumluluğunu insana vererek, onu bir sahtekarın kaderine bağlayan iplerle hareket ettirilen bir biyokimyasal kukla veya robot durumundan kurtarmaktadır.

Dreamer'ın bana verdiği bu armağan için minnet duydum. Göz kamaştıran yeni bir gerçek, eski düşüncelerimin yerini alıyordu:

Dışta olan hiçbir şey yoktur, Nothing is external.

Her şey sana bağlıdır. Bir insanın dışarıdan alabileceği hiçbir şey yoktur; ne başarı, ne para, ne de sağlık. Bu, binyıllık düşüncenin sesiydi... insanlığın her zaman işlenerek iyileştirildiği, kahramanların ve yarı tanrıların yetiştiği yerden, eski sorumluluk okullarından yankılanan aynı ses...
"Dünyamız tüm olaylarıyla birlikte, bizim düşüncelerimizle yaratılır." En yıkıcı düşünceler bile yaratma gücünü taşırlar; bizler olumsuzluğun da yaratıcılarıyız. Kendi yarattığımız dünyaya tepki vermek yerine, olayların hala sıcak izlerini sürmeyi, bunları üreten durumlarımıza geri dönmeyi ve sonra da onları etkisizleştirerek ortadan kaldırmayı bilmeliyiz.

15 İrade ve olasılık

Dreamer, *"Farkındalık ışıktır,"* diye konuşmaya devam etti. *"İçimizde olup biteni bilmek bize anında müdahale etme olanağı sağlar ki, bu bizim rastlantıdan arınmış yeni bir dünyayı yansıtabilmemiz için tek gerçek zamandır."* Bu farkındalığın olduğu, bu ışığın girdiği yerde tesadüfün var olması için hiçbir neden kalmaz. Kazaların ve hastalıkların yaşamımıza girerek gerçekleşebilmeleri için bizim onayımızı almaları gerekmektedir; gerçekleşebilmeleri için bu ışık azalmalıdır.

Dreamer, son derece inandırıcı ve kesin bir biçimde rastlantısallığın aslında var olmadığının kanıtlarını bir kez daha önüme koyuyordu. *"Düşünülmeyen, beklenmeyen, daima uzun bir hazırlık dönemine gereksinim duyar. İnsan saklanamaz. Onun yaşamındaki her şey Yasa ve Düzen gereğince ayarlanır,"* dedi.

"Ya kazalar için ne denebilir?"

"Onlar insanın, bugün içinde bulunduğu durum için vardır! İnsanın dönüştüğü bu çürümüş yaratık hali için. Niyetini gömerek, kendi karikatürü haline dönüşen bu varlık için..." diye yanıtladı ve ardından sözlerine devam ederek, amaç sahibi olmayan bir insanlık için yaşamdaki olayların ve koşulların dışarıdan, dünyanın kendisine dayatılan sıradan tarifine göre ayarlandığını söyledi.

Dreamer'ın sözleri sayesinde, zorlukların ve problemlerin altında ezilen felaketlerle dolu bir hayatın tesadüfen değil, içimizde olup biten her şeyin dikkat ve farkındalık eksikliğinden ortaya çıktığını anladım. Bu durum, tıpkı gözleri bağlı araba kullanmaya benziyordu. İnsan içinde bulunduğu bu haliyle, cadde ve kavşakları derin uykuda geçen bir uyurgezerden farksızdı. Sıradan insanlık için hayatta kalmanın, her gün için bir mucize olduğunu gördüm. Bedenim tepeden tırnağa korkuyla ürperdi. Bizimkiler gibi rehber-iradeden tümüyle yoksun, varlıklarının en karanlık köşelerini el yordamıyla geçmeye çalışan yaşamların, ne denli risk altında olduğunu ve bu gerçek karşısında yüreğimin sızlamasını ve algıladığım dehşeti şu anda nasıl ifade edebileceğimi bilmiyorum.

Sonra evrensel bir yazıtın ağırbaşlı sözleri havada dalgalandı ve onları özenle topladım.

Yaşamın bütünüyle senin yükümlülüğündedir. Kaderinden bütünüyle sen sorumlusun. Bu ıstırabın, hastalığın ve yoksulluğun, tesadüf değil, senin iç çatışmalarının ürünü olduğunu anlamalısın. Onları tek başına oluşturan da, hayatına taşıyan da yine sensin.

You are completely in charge of your life. You are completely responsible of your destiny. You must recognize that pain, sickness and poverty are not accidents but the products of your inner conflicts. It is you, and you only, who makes them up.

Dreamer'e göre, rasgele bir kabul, daima bir iyileşme belirtisidir ve her zaman gönülsüzce ödenen bir karşılıktır. Amacın olmadığı durumda, dünya üstün gelir ve işte o zaman rastlantılara ve tesadüflere yem oluruz.

İradenin yönettiği Oluş durumları, karşılaşılacağımız olayları belirlerler. Bedelin peşinen ödenmesi, iyileşmiş bir insanlığın seçimidir. Ertelenmiş, gönülsüzce ödenen bedel ise, sahip olduğu tek para birimi olan rastlantı, keder ve zamanı kullanan düşkün bir insanlığın seçimidir. Bu zihinsel kavrayışın bozulması sürekli olarak ve her koşulda, bir dizi ön ödeme yapma girişimlerini ve yöntemlerini meydana getirdi. Buradaki ortak payda aslında kişinin kendisini cezalandırmasıdır. Bugünden gelecekteki afetleri kendisinden uzaklaştırma çabası, kişinin onları kaderinden silme arzusu, tarih boyunca tüm uygarlıklarda kurban kesme ve kendi kendine bilerek eziyetler çektirmesi aracılığıyla, kefaretini önceden ödeyip günahtan kurtulma eylemlerine eşlik etti.

Yapılan fedakarlıkları düşünmeye başladım; pişmanlık duyanların tövbeleri, şehitlere adanan kutsal yapıları ve kiliseleri... kendilerini kırbaçlayanları ve çula sarınanları düşündüm.

Yine bu yeni bilgeliğin ışığında, kabile ayinlerine ve eskiden binlerce yıl boyunca, görünen ya da görünmeyen tanrılara sunulmak üzere insanların ve hayvanların kurban edilmelerini yeniden düşündüm. Törensel ayinler ile uygulanan yöntem seçimlerinin arasındaki apaçık görülen farklılıkların arkasında unutulmuş bir bilgeliği ne denli azımsadığımı fark ettim. Ve yine ortada görünen bu olguların arkasında, özgün bilgeliğin uzaktan yankılanışını, başımıza gelen her şeyin asıl nedeninin içimizde olduğu bilincinin kırıntılarını algılamak hala mümkündü. Dreamer'ın anlattığına göre bunlar, kendisini içinde bağışlamanın başka bir yolunu bilmeyen bir insanlığın, algıladığı biçimiyle belli belirsiz hatırladıklarıydı. Ön ödeme, kişinin kendi değişimidir. Dolayısıyla bu, bir insanda var olan dikkat etme, kendini bilme, olumsuz duyguları dönüştürme, içerdeki fazlalıklardan kurtulma gibi en üstün işlevlerin senteziydi.

Bu bilgi, insanlığın düşük seviyelerinde çürümektedir ve önceden ödeme, kişinin içindeki çalışmadan, kendini cezalandırmaya dönüşüyordu.

Çocukken izlediğim dini geçitleri, Meryem'in veya bir başka azizin heykelini taşıyanların, onun ağırlığı altında kan ter içinde kalmalarını anımsadım. Onları fal taşı gibi açılmış çocuk gözlerimle izlerdim. Yeni bir şehir merkezine girerlerken, taşıyıcı kalasların ezici ağırlığından kendilerini bir parça da olsa koruyabilmek için yaralı omuzlarındaki kumaş parçalarını düzeltirlerdi. Dar sokaklarda ve çevre semtlerde, yolların iki tarafından sıkıştıran, diz çökerek haç çıkartan insan kalabalığını iterek kendilerine yol açar ve öyle ilerlerlerdi. Taşıyıcıların harcadıkları çabadan morarmış suratlarını, azizlerin göğe çevrilmiş yüzlerini ve yaldızla parlatılıp enselerine tutturulmuş pirinçten sallanan haleleriyle azizlerin gözlerini yeniden görüyorum. Heyecanlı kalabalıktan beni korumak için Giuseppona, üzerimde heybetle dikilirdi. Bir keresinde bana, "Onlar cennete gidiyorlar" demişti. Bu korkunç suratlı iyilik timsali kişilerin yaşadıkları yere hiçbir zaman gitmek istemeyeceğime dair kendi kendime ant içmiştim.

Meğer bilmeden izlemekte olduğum şey, önceden ödeme yapmanın canlı bir alegorisiymiş. İleride bir gün, Dreamer bana, kişinin kendi dikkat eksikliği yüzünden planlanmış; olaylar dünyasında bizimle karşılaşmak için çoktan yola koyulmuş felaketler ve musibetleri defetmek için ıstırap çekerek bu acıyı gelecekteki eziyetleri önlemek adına yapılan bir ön ödeme girişimi olduğunu açıklayacaktı. Boş inanışların ağırlığı altında beli bükülen zavallı insanlık, ödemesini sadece ıstırap ve rastlantı ile fiilen yapabilir..

Dreamer, sözlerini yineleyerek, *"Kayıtsızlık ve ilgisizlik her zaman bir ödeme ve bir iyileşme işaretidir, ama gönülsüzce olan bir iyileşme..,"* dedi.

Hemen ardından, birçok kez, bunun bir ödeme olmakla birlikte, iyinin hizmetindeki bir kötülük olduğunu, ama asla bir cezalandırma olmadığını vurguladı. Kendi vizyonunun hiçbir şekilde, 'kısasa kısastan karmaya, hatta uğradığı felaketler için kendisine bir neden bulmak isteyen insanın buluşu sayılan Dante'ye özgü kısas yasasına varana dek sonsuz sayıdaki kurallar listesine dahil olmasını istemedi. Tam bu sırada görüşlerini doğru yazdığımdan emin olmak için notlarımı inceledi.

Dreamer'a göre, iradenin içte işlemediği zaman dıştaki dünyanın sorumluluk almasına izin verilir. Niyeti her seçimimizde uygulamak, gönülsüz ödemeyi ve tesadüfi oluşları ortadan kaldıracaktır. Niyet sayesinde kadere yön verebiliriz.

Dreamer sözlerini, *"Rastlantısallık bir tür çürümüş, unutulmuş, gömülmüş niyettir,"* diye sürdürdü. *"Aykırı bir düşünce olarak rastlantı, gerçek niyetin yerini alan 'gönülsüz bir niyettir."*

Kutsal kitapların 'sağlam iradeli' insanlardan bahsettiğini anımsadım ve Dreamer bana bu ifadeyi taşıyan insanların unutulmuş, gömülmüş iradeyi geri kazanmak için taşlı yollarda yürüyerek kaynağa geri dönmüş kişiler olduğunu onayladı. Bu 'sağlam' irade demekti.

"İnsanoğlu niyetin yerine rastlantıyı koydu. Bunun farkına varanlar, yitirilen bütünlüğü geri kazanabilmek için bir Okul arayışına girdiler," dedi ve bu düşüncenin, her gerçek okulun varoluşu için asıl neden olduğunu; Oluşun birliğine, insanın bütünlüğüne dönüşü olması gerektiğini belirtti.

"Yalnızca çok az kişi özel bir Okul'un gerekliliğini fark eder ve bunların içinden de, çok azı onunla karşılaşabilecek niteliklere sahip olur."

Bir an, benim de bu birkaç kişiden biri olduğumu, bu mutlu azınlığa dahil olduğum düşüncesi geçti aklımdan, fakat en ufak bir parça bile tadına varamadan Dreamer'ın sesi, içimi didik didik ederek, düşüncelerime sızmasına izin verdiğim hırsızı bulmaya çalışıyordu.

"Hayır. Sen o birkaç kişiden değilsin!" dedi. Hayal kırıklığı ile küçümseme dolu azarlama arasındaki sesinin tonu oldukça ciddiydi.

"Seni seçen benim!" Dreamer bir yandan bunları söylüyor, diğer yandan da, miğferinin siperliğini indirerek çarpışmaya hazırlanan bir savaşçı gibi, en sert ifadelerinden birine bürünüyordu. Donup kalmıştım. Bu düşüncemden dolayı binlerce kez pişman olmuştum.

Söylemek üzere olduğu sözleri kesmek isterdim, ama artık çok geçti. Hiç affetmeden, *"Seni seçtim, çünkü bunu herkesin yapabileceğini gösterecek bir örnek olmanı istedim!"* dedi.

İnsanlık, kendini yenileyebilir, yeniden oluşabilir ve doğabilir, gömülmüş iradeyi geri kazanabilir. Kitlesel bir devrime gerek yoktur. İnsanlığın gerçek dönüşümü, kendi bütünlüğüne ve kendi birliğine ulaşan tek bir bireyin dönüşümüyle gerçekleşir.

Bir insan ancak hala mecbur kaldığında, tesadüfen önceden ödeme yapan insanlar grubunun içinde olduğunu anlaması adına, oğlunun başına gelen kazaya benzer talihsizliklerle kuşatılmıştır.

Çektiğin acıyı nasıl yönlendireceğini bilmiyorsan, çocukken sıkça gördüğün o batıl inançlı kalabalığın, sadece hayallerinde kurduğu bir yaşamı kontrol eden dışarıdaki bir tanrıyı memnun ederek, olayların yönünü değiştirmeye çalışan insanlığın parçası olarak kalacaksın. Bir insan konvoyunda olmasan bile, spor fanatizmiyle bir stadyumda avazı çıktığı kadar bağıran bir kalabalığın parçası olacaksın.

Sıkça rastlanan diğer bir ödeme yönteminin roller aracılığıyla gerçekleştiğine değindi. Hiç hatasız bir yasa, mucizevi bir şekilde herkesi doğru yere yerleştirmektedir. Hastaneler, mahkemeler, hapishaneler gibi nankör işlerde çalışarak diğer insanlara yardım ettiklerini, yaptıkları o işin kendi seçimleri olduğunu, bu rolü ele geçirmek için bir yarış kazandıklarını düşünen insanlar vardır; ve bu insanlar bir şekilde seçilmiş kişiler olduklarına ve bundan dolayı da bedelini ödediklerine inanırlar, oysa onlar o bedeli hala ödemektedirler.

Dreamer, bir yandan espri yaparak, öte yandan da ironi biçimindeki ciddiyetini koruyarak, *"Bu roller, taksitli ödemeyi gerektirir,"* dedi. *"Bir kişinin rolü, onun kefaretidir ve bir gün de tabutu olacaktır.*

Yeni bir insanlık, gönülsüz ödemenin, gönülsüz arınmanın yerine ön ödemeyi koyacaktır. Hastalıktan önce iyileşme, sorundan önce çözümü gelecektir.

Kendini her koşul ve her durumda var gücünle sev. Olaylar başımıza gidişata göre, gereken sonuçlara uygun biçimde gelişerek ve irademiz tarafından düzenlenerek gelir."

Defterimde sayfalar dolusu tuttuğum notlarımı tamamlayabilmem için bana birkaç saniyelik bir zaman verdi, sonra, kendisini dinleyen tüm kahramanlara bir çağrı yaparcasına, *"Sonsuzluktan bir parçayı, sizler gibi, kuruluşların pespaye ofislerinde çalışan kişilere götürmemiz gerekir,"* dedi. Bu özel görevin bana verilmesini bekledim, ama bununla ilgili bir şey söylemedi.

Birdenbire benim şimdiki durumuma, yine ACO'daki işimde çalışıyor olmama değinerek, *"Bıraktığın yerden bir kez daha başlamalısın. Sana söyleyebileceğim başka bir şey yok!"* dedi.

"Daha önce aşıp geçemediğin şeyin üstünden geçmelisin, bunu denemelisin!" Dreamer'ın beni yine gemiye kabul ettiği ve 'yolculuğun' devam edeceği haberi bende bir enerji patlaması yarattı. Uzun süre soluksuz kalan birinin taze havayı derin bir nefesle ciğerlerine çektiğinde yaşadığı sarhoşluğu yaşadım.

Dreamer'la bu karşılaşmamızın ardından oğlum Luca iyiye doğru gitmeye başladı ve kısa süren bir yatak istirahatından sonra tamamen iyileşti. Chia'nın üstünü örten gökyüzü kara bulutlarını dağıttı, göğü saran hava aydınlandı ve açıldı. Sonraki günlerde gelecek adımı bana gösterecek işaretleri dikkatle izlemeye koyuldum. Her ne değişiklik olursa olsun bir daha asla Dreamer'ın bana gösterdiği yoldan çıkmayacağıma ve bu kararımı asla unutmayacağıma dair kendi kendime söz verdim. Yeni işin, bütün ailemle birlikte uzak bir ülkeye taşınmamızı gerektireceğini düşünmüştüm. Oysa İtalya'daki işin merkezi sadece birkaç kilometre öteye taşınmasına karşın, işin faaliyet alanı dünyanın öbür ucunda bulunacaktı. Larga Caddesinde bulunan bir insan kaynakları şirketinden adıma gelen 'beklenmedik' bir mektup beni yeni bir pozisyon için yapılacak elemeye davet ediyordu.

Dreamer'la karşılaşmamdan yalnızca üç hafta sonra kendimi uluslararası dev bir kuruluşun dış ticaret bölümündeki uzakdoğu pazarları departmanının başında buldum. Bu kez tüm köprülerimi yıktım, beni geçmişime bağlayacak her yolu ve her geçidi yaktım.

Bölüm VIII

Dreamer ile Şanghay'da

1 Mükemmellik kendisini asla tekrarlamaz

Dreamer'la birlikte Bund üzerindeki Plaza Concert'tan, Huangpu'yu bir aşağı bir yukarı yarıp geçen teknelerin yoğun trafiğini seyrediyorduk. Bu uçsuz bucaksız nehir, tam bu noktada, Şanghay'ın iki ruhunun arasından akar: Biri anıtsal mimarisiyle Avrupa sömürgeci dönemini, diğeri ise Pudong'un yeni mahallelerindeki fütürist gökdelenlerle canlanmış yüzünü yansıtır. Buradan bakıldığında, mimari görüntüsüyle geleceğin büyük bir metropolü olarak düşlenen gökdelenlerin yükseldiği bu şehir, göz alabildiğine uzanan dev bir şantiye görünümündeydi.

Kuveyt'ten dönüşümden Uzakdoğu'daki yeni görevime başladığım döneme kadar geçen süre içinde Dreamer ile hiç karşılaşmamıştım. Bu aylarda, uzun çıraklık dönemim boyunca tutmuş olduğum tüm notları defalarca okumuş ve yaşamın farklı koşullarında ondan öğrendiğim ilkelere sarsılmaz bir kararlılıkla tutunmaya çalışmıştım. Onunla buluşmaktan çok korkuyor olmama rağmen, bu anı delicesine arzulamıştım. Birbirleriyle çok yakından bağlantılı, henüz çözümlenmemiş iki mesele, henüz kapanmamış yaralar gibi açık duruyorlardı: Kuveyt'i terk etme şeklim ve Heleonore ile olan ilişkim. Bunlar daha fazla bertaraf edemeyeceğim çetrefilli konulardı.

Öğleden sonramız çok yoğun geçti ve Dreamer bana, o ana kadar olan belki de en olağanüstü öğretilerini aktardı. Yanında onu dinlerken, asırlık Yu Yuan bahçelerinden geçtim. Sonra eski çarşı bölgesindeki Budist tapınağının çevresinde, dar sokakların örümcek ağına benzeyen labirentinde onunla beraber yürüdüm. Onun yanımdaki varlığı ile, bu muazzam şehrin yoğun kalabalığının ortasında, tıpkı yıllar önce Giuseppona'nın eline yapışarak Napoli'nin dokusunu iltihaplı yaraların bıraktığı izler gibi çizen yolları, şaşırtacak derecede karışık sokaklarından geçerken duyduğum aynı şaşkınlık ve korunma hissine kapıldım.

Dreamer, Şanghay'ı ve Çin'i sanki uzun süre orada yaşamış gibi iyi biliyor görünüyordu.

Bana, buranın tarihini ve düşünce yapısını, günlük yaşamın tüm ayrıntılarını inceleyerek ve en sıradan olayları, üzerinde yorumlarda bulunarak anlatıyordu. İşinin başındaki bir zanaatkar, yoldan geçen birinin giyimi ya da daracık dükkanların içini kaplayan pazarlıklar, Konfüçyüs bilgeliğinin beşiği olan bu uygarlığın kökenine inmemi sağlayan derin tünelleri oluşturmaktaydı. Dreamer bu bilgeliği yaratmış olan zekanın otoritesiyle bana bir milyardan fazla insanı tutkal gibi bir arada tutan bu toplumsal bütünlüğün sırrını ve onun kapsamındaki altı erdemin oluşturduğu bilgeliği anlattı.

Sanatçı olan genç bir kız, kendini işine kaptırmış, mikroskobik cam vazoları dekore etmekle meşguldü. Vazoları iç taraflarından büyük bir sabır ve akıllara durgunluk veren bir yetenekle boyuyordu. Tezgahının başında durduk ve Dreamer, bir süre hiç yorum yapmadan onu izledi. Sonra kızın ellerinden çektiği bakışlarını yavaşça bana çevirdi. Zaman genleşti, an sonsuzluk oldu ve ben kendimi daha önce kimsenin yapmadığı şekilde içime işleyen o gözlerin içinde kaybettim. Ruhumu kaplayan bu eşsiz bakışta, Carmela'nın şefkati, Giuseppe'nin sertliği, bir dostun sevgisi ve bir ustanın saygınlığı bir araya toplanmıştı. Cam boyayan sanatçı kız oydu. Bu 'uygulamalı çalışmayı' göstererek, herkesin özde gerçekleştirmesi gereken dönüşüm sürecini ve dünyada kendisi adına başka hiç kimsenin asla yapamayacağı; kendi yaşamının sanatçısı olmayı açıklıyordu. Aramızda herhangi bir perde, bir maske olmadan ya da rol yapmadan göz açıp kapayıncaya kadar geçen kısacık bir zaman diliminde yaratıcısıyla göz göze gelen bir varlıktım ben. O anda, bu varlığın onulmaz yüceliğini tattım, Zaman gibi sınırların, engellerin, kısıtlamaların olmadığı bir yerde onun nefes alışını dinledim ve özgürlüğünden bir damla içtim. Düşüncelerimin yerini bir baş dönmesi aldı.

Bu dakikadan sonra kendime gelir gelmez gördüğüm filmin ilk karesinde, halka açık bir alanın köşesine kurulmuş bir masada oturuyordum. Burası eski tarz bir çayhaneyi andırıyordu. Bu ahşap yapı, pencereden görebildiğim kadarıyla, küçük bir gölün ortasında yükselen kazıkların üzerinde duruyordu. Düşüncelerim Dreamer'a kaydı. Onu görebilmek için bakışlarımı etrafımda gezdirdim. Hemen yanı başımda otururken buldum onu. Rahat bir nefes aldıktan sonra çevreye göz attım ve bu mekana sadece Çinlilerin geldiğini fark ettim.

Müşterilerinin görünüşleri, giysileri, iç mekanın dekorasyonu ile burası, sanki dünyanın en büyük limanlarından biri olmaya doğru henüz yükselmeye başlamış Şanghay'ın küçük balıkçı köyü olduğu koloni dönemine ait bir kartpostal gibiydi. Dreamer'ın zayıf sesi bana önce çok uzaktaymış gibi gelirken, müşterilerin uğultuya dönüşen gevezeliklerinin arasından bulduğu bir yol sayesinde giderek daha anlaşılır gelmeye başladı.

İlk sözcüklerinden algılayabildiğim kadarıyla, O hala başlangıçtaki bir konuşmasını sürdürüyordu. *"...Bu nedenle, insanoğlunun sorunlarının her biri... refah içindeki toplumların suç oranlarından, yeryüzünün bütün bölgelerine yayılmış yoksulluğa kadar, sadece zihinsel bir hastalığın belirtisidir."* Dreamer'ın bu kesin görüşü beni içine düştüğüm karmaşanın dışına çekti. Bu sözleri, ileride bir gün onun düşünce sisteminin köşe taşlarından biri sayacağım bir bildirisinin yalnızca giriş sözleriydi. Sırtımı neredeyse kimsenin fark edemeyeceği kadar belli belirsiz bir biçimde doğrulttum ve onu çok daha büyük bir dikkatle dinlemeye koyuldum.

Sonraki açıklamalarından, zamanın en başından beri insanın başına gelen tüm felaketlerin aslında onun eksikliklerinin hayatına bir dizi olay olarak gelmesinden ve parçalanmış ruhunun yansıyan görüntülerinden başka bir şey olmadığını anladım. Psikolojisindeki bu kırılma, insanlığın çok uzak geçmişindeki çocukluk dönemine dek uzanmaktaydı. Zihnim acı duyacak kadar açık ve bilincim yerindeyken bana:

"The world is such because you are such. - Dünya, sen böyle olduğun için böyledir," dedi.

"Kendi dışımızda olduğuna inandığımız gerçeklik, dünya; psikolojimizin ve Oluş'umuzun fiziksel bir yankısıdır."

İleri sürdüğü bu katıksız iddia akıllara durgunluk veriyordu. Bu arada, geleneksel giysileri içindeki iki genç garson kız, çay servisi için soframızı kurmak üzere takımları ellerinde yanımıza geldiler. Bir ayin havasında yapılan bu töreni izlemek üzere susması, Dreamer'ın çok önem verdiği kanısına kapılmama neden oldu. Öyle ki, geçmek bilmeyen dakikalar boyunca bu titiz ritüeli yönetmeye ve onun her adımıyla özenle ilgilenmeye koyuldu. Gerilmiştim. Bir an önce konuşmasını kaldığı yerden sürdürmesi için sabırsızlanıyordum. Tam da insanlığın binlerce yıllık sorunlarının hatta belki de benim mutsuzluğumun temel nedeni olan sır hakkında bir açıklama yapmak üzereydi.

Böylesine gereksiz bir çay servisi için bu kadar önemli bir konuşmayı kesebilmesi beni serseme çevirmiş, bana hayal kırıklığı yaşatmıştı. Bu düşüncelerimi elbette dillendirmedim, ama içimden beslemeyi sürdürdüm. Ben o zamanlar hala düşüncelerin görülemez olduklarını ve insanın onları gizleyebileceğini sanıyordum.

"Çok küçük ya da çok değersiz olan hiçbir şey yoktur!" dedi. Bu kararlı ifadesi adeta bir azarlama havasındaydı. Ayrıca benimle konuştuğu halde hala sürmekte olan merasimin ayrıntılarıyla ilgilendiğinden, yüzüme bakmıyordu. Sanki çantasını karıştırırken suçüstü yakalanmışım gibi kulaklarıma kadar kızardım.

"Her hareketinin kusursuz olduğundan emin ol!" dedi. *"Kusursuzluk, tek bir gereksiz eylemde bile bulunmamak demektir."*

Sonra, bir yandan liste halinde uzayan çay mönüsünden tadına bakacağımız değişik çayları seçerken, *"Bir şey iyi yapıldığında, sonsuza dek yapılmıştır! Tüm evren bundan haberdardır ve yaptığın şeyi tekrar etmene gerek yoktur. Sadece kusurlu olan tekrarlanır. Kusursuzluk asla kendini tekrarlamaz çünkü sürekli olarak kendini aşar. Olgunlaşmış bir koza, bir kelebeğe, daha üstün bir düzenin varlığına dönüşmek için görünürde ölerek, olgun halini sona erdirmelidir."* dedi. Ardından, farkındalıkları, kendi iç düzenekleri ve makinesindeki en küçük dişlileri düzenlemesi sayesinde, bir insanın tüm dünyayı düzeltebileceğini ve onun tarihçesini değiştirebileceğini anlatarak devam etti.

"Evrenin gelişimi bireyin gelişimine, onun dönüşümüne bağlıdır. 'Bireysel' ve 'evrensel' olan tek ve özdeştir," dedi. *"Bu bilgi, uygarlığın ve sanatın her dalının kaynağında bulunur... Herkesin eğitiminin temel öğesi olmak üzere geri dönmesi gerekir."*

Sözlerine ayrıca, insanlığın yarattığı tiyatronun, dinsel dansların ve tüm ayinlerin bir kavramdan kaynaklandığını belirtti. Her şey birbirine bağlıdır. Dikeydeki, başka bir deyişle irade dünyasındaki en küçük bir hareket, olaylar dünyasındaki en etkili değişimleri yaratır.

Ezberden okurcasına, *"Evren beynimizin içindedir... insanın arzuladığı biçimde gelişen, özdeki bir tohumdur,"* dedi. *"İşte bu yüzden, eğer bir kişi, bilerek en küçük işlere bile özen gösterirse ya da yaptığı en basit şeyleri bile kusursuz olarak yerine getirirse..."*

"...çay hazırlamak gibi mi?" diye sordum. Bu sorumu dile getirirken, az önceki dile getirmediğim sevimsiz düşüncelerimi affettirebilmek arzusuyla, olabildiğince kibar olmaya çalıştım.

Dreamer, *"...ya da sadece kusursuz olarak nasıl sunulacağını öğrenmek gibi,"* diyerek yarı şaka yarı ciddi olarak aynı oyunu kendi açısından ele alarak benim düşüncelerimi tamamladı. O bunları söylerken, iki garson kızın birbirlerine bakışarak gülümsedikleri gözümden kaçmadı. Ortada benim dışımda herkesin bildiği bir oyunun, Dreamer'a saygı dolu bir boyun eğişin olduğu kanısına kapıldım. Onların da 'Okul bünyesindeki kişiler' oldukları düşüncesi, beynimde bir şimşek gibi çakarak beni soluksuz bıraktı. *"İnsan bu davranışının kusursuzluğuyla, ebediyen kendi kişisel evrenini düzenleyebilir, doğumdan ölüme dek her şeyin bir program içinde yürüdüğü rastlantısal bir yaşamın çizgisinden çıkabilir ve kaderini değiştirebilir. Dünya, Oluş'un bir rezonansı ve yansıttığı görüntüdür."*

Defterime, sihirli altın tozları gibi bu öğretinin her sözcüğünü titizlikle not ettim ve konuya açıklık getiren özel durumları tanımladım.

2 İnsan aklı silahla kuşanmıştır

Bu arada masamız gösterişli bir biçimde donatılmıştı. Özenle işlenmiş kar beyazı keten örtüler incecik Çin porselenlerine kusursuz bir fon oluştururken, üzeri değişik tatlılar ve çöreklerle dolu tepsiler de geldi. Ritüelin bu aşaması da tamamlanıp, verdiği siparişlerin kusursuz bir biçimde masada yerini aldığını görünce, Dreamer yarıda bıraktığı konuşmasına yeniden döndü.

Çenesiyle etrafımızda bulunanlara dikkatimi çektikten sonra bana, *"İnsanın gerçek dediği ve senin burada gördüğün, dokunduğun her şey, psikolojisinin maddeye dönüşmüş halidir. İnsanın düşünceleri maddeleşerek 'dünyayı' oluşturur. Gerçekler düşüncelerdir."* dedi.

Sesi derinleşti. Kısık tonu, birazdan yapacağı acı dolu açıklamalarını önceden açığa vurur gibiydi.

İnsanoğlunu pençesine alan en ağır hastalık, onun kişisel ve toplumsal tüm sorunlarının nedeni, içinde yaşadığı bölünmüşlük ve çatışmacı psikolojisidir.

Bu sözlerle birlikte, insanoğlunun oluşturduğu ve sonrasında bin yıllar boyunca kendisine aktardığı efsanelerin ifadesini takınan bir kaleydoskop dolusu görüntü içime açıldı. Bu kurgusal zemin karşısında, akıl tanrıçasının o muhteşem doğum sahnesi diğer hepsinden daha fazla göze çarpıyordu: Duvarları yıkılmış Jupiter'in kafatasından silahlar içinde parıldayarak ileri atılan Athena, babasının başağrısından ya da kabusundan doğan kızı.

Benimle birlikte düşüncelerimin girdabına girerek, bu görüntüyü kavrayan Dreamer, *"Bu bir uyarı efsanesidir, insan aklı silahlanmıştır!"* dedi

Bundan sonra gelen suskunluk soluğumu kesti.

Bu, bir uygarlığın şimdiye dek kendi hastalığına koyamadığı belki de en kesin teşhisti.

Onun bu keşfinden heyecana kapılıp, "Öyleyse Antik Yunan, sonunun ne olacağını biliyordu!" diye haykırdım.

Dreamer'ın yanıtı gelmekte gecikti. Onun bu sözleriyle yaşadığım huzursuz sevinç dalgası doruk noktasına ulaştığı aynı hızla, aşağı endişe olarak indi. Bu açıklamasındaki derinliğin gitgide daha çok ayrımına vardıkça, üzerimdeki ağırlığının da aynı oranda arttığını hissediyordum. Sonunda gelip sınıra dayanmak ve bu güzelliğe, bu keşifteki aydınlanmaya sahip çıkamayıp onu içimde tutmakta zorlandığımı fark etmek bana acı veriyordu.

Hayır! Yunanlılar, bilge adamlarını yada kahinlerini dinlemeyi bilmiyorlardı. İnsanın, içindeki kendi kötülüğünün, kendi kabahatinin farkına varması çoktan bir iyileşmedir.

Dreamer'ın verdiği yanıtı not ettiğim sırada, Jupiter'in zihinsel doğum sahnesini gözlerimin önüne getirmeye çalışırken, şaşkınlıkla, Athena efsanesinin, herhangi bir tasvirinin bulunmadığının farkına vardım; sanat tarihinin hiçbir alanında, o son derece sembolik doğumun tek bir izine rastlamamıştım.

Dreamer, *"İnsan kendi aptallığını görmeyi istemez ve kendi düşüncelerinin ne denli yıkıcı olduğunu kabul etmez,"* diye açıkladı. *"İnsanlık bu konuda yüzyıllardan beri uyarılmaktadır ve alınyazısının üzerine bir gölge gibi düşen bu kehaneti hisseder. Onu kabul edemediği, onunla ne yapacağını hatta ondan kendisini nasıl sakınacağını bilmediğinden, onu önünden kaldırarak yok saymaya çalıştı. Bir insanın karanlıkta kalan yüzünün anlaşılması demek, durumun çözümlenmesi, iyileştirilmesi ve gerçek kurtuluşu demektir."*

Eğer insan topluluğu yaşadığı felaketlerin nedenini bilebilseydi, içine düştüğü kölelik durumundan da çıkabilirdi. Oysa böyle bir şey mümkün değildir. Çünkü bu tür farkındalığa kitlesel olarak değil, ancak birey olarak erişilebilir.

Kitle, ne kendini bilmeyi ne de böyle bir çaba içine girmeyi ister. Yeni ve bilinmedik her şeyden çekinir.

İnsanlığın yaşadığı bu kölelik durumu ve beraberindeki binlerce felaket, insanı huzursuz ve kör eden o bilinmeyenin korkusundan kaynaklanır.

Politik önderler, yeni olana duyulan fobiyi insanlığın her döneminde beslediler ve güçlendirdiler. Kalabalıklar düşleyemez. Bir uygarlık, ancak kendisini yaratan 'düşü' ve aydınlanmış insanlarını dinlemeyi unuttuğunda, çöküşe geçer. 'Düş'ün ve bilgelerin mesajlarının dinlenmediği bu dönemler, kültürün ve uygarlığın çöküşünün habercisidir; yüzyıllar boyunca düşleyen bireylerin, düşünceleriyle yön veren şairlerin eserlerini yok edebilecek kolektif bir delilik dönemiyle zaten burun buruna gelinmiştir.

Dreamer, *"Kitle bir hayalettir; her şeyden etkilenen bir mekanizmadır, inancı yoktur, tam bir iradeye sahip olduğu söylenemez... yaratma gücü de yoktur.. Tek bildiği, her şeyi yerle bir etmektir. Bu, kalabalıkların asıl rolüdür. Yalnızca bütünlük ve irade sahibi olan kişiler düşleyebilir ve imkansızı gerçek haline getirebilirler,"* dedi.

Dreamer'ın bütün bu söyledikleri, şirketlere ve modern kuruluşlara da uygulanabilirdi. Oysa bu tür organizasyonların hiç de uzun ömürlü olmadıklarını gözlemledim; onların sorunu mali, teknoloji ya da pazar payı gibi nedenlerden değil, tamamen sorumluluk ve bütünlük duygularından yoksun, sevmeyi bilmeyen insanlar olmaları yüzündendi.

Dreamer'ın bir işaretiyle, tarihi geçmişi neredeyse Çin kadar eski olan koku ve tat alma yasaları uyarınca, sipariş ettiği sayısız çeşitte hazırlanmış çaylar bir bir gelmeye başladı. Porselen demliklerden yükselen değişik aromaların buğusunu keyifle içine çektikten sonra küçük fincanlarımızı çayla doldurdu.

Yaptığımız uzun yürüyüşün ve heyecanına vardığım yenilikçi düşüncelerin ardından ben de bu şık sofrayı onurlandırmak üzere, pastacılık sanatının sergilendiği seçkin örneklerinin tadına baktım. Dreamer, her tatlının çıkış efsanesini anlatarak beni büyüledi ve aynı zamanda da Ming medeniyetine uzanan geleneksel tariflerin hazırlanış yöntemlerinden söz etti. O her zaman olduğu gibi çok nazik bir ev sahibiydi ve yine her zaman olduğu gibi yiyeceklere hiç dokunmadı.

İnsan, okyanusları geçmeyi, nice yüksek tepelerin zirvesine tırmanmayı ya da tehlikeli işler yaparak yaşamını riske atmayı göze alabileceği gibi, tapınaklara, aşramlara, dergahlara kapanmayı da kendisine yol olarak seçebilir...

Kendini ibadetle rahatlatabileceği gibi, aynı huzuru sekste de bulabilir... ya tövbe eder, ya zamparalık yapar. Başka bir deyişle, bir keşişin kulübesine karşılık iş hayatının zorluklarını seçebilir.

Tüm girişimleri, kendisini içinde birleştirmek, kendi bütünlüğünün sonsuz arayışı içindir.

Hatta psikanalizden komünizme kadar tüm laik dinler de, aslında aynı arayışın yirminci yüzyıl uyarlamalarıdır.

Tüm bunlar insanoğlunun yaptığı sayısız girişimlerinden kaynaklanan denemeler olarak sayılabilir. Öyle ki, tüm uygarlıklarda tanık olunan günah çıkartma benzeri ritüeller de insanın bütünlüğünü, doğduğu andan itibaren hakkı olan ve genlerine aktarıldığı biçimiyle 'kayıp cennet' olarak anımsadığı gerçekliğini, yani bu ayrıcalıklı güven durumunu yeniden kazanmak için gösterdiği çabalardır.

Dreamer, *"İnsanlık tarihi bir dönüş yolculuğudur... Kayıp Oğul meseli bunun eşi bulunmaz bir mecazi anlatımıdır."* dedi. *"Ne var ki, bütün dinler varoluş sebeplerini unuttular. Çürüyerek, olmaları gereken durumun tam tersi hale dönüşmüş, ölüm ve onun kaçınılmaz olduğu fikrini yayma ve pekiştirme araçları olmuşlardır. Onlar ayrılıkları ve çatışmaları iyileştirmek yerine, prensip savaşları gibi her türlü boş inanışı, hoşgörüsüzlüğü ektiler, beslediler, büyüttüler ve karşılığında da ayrımcılığı ve savaşları biçtiler..."*

Dreamer, psikolojisi bölünmüş insanların ellerinde kalan Hristiyanlığın, her defasında biraz biraz olmak üzere, hatta adını bile değiştirmeden, kendisini engizisyona dönüştürdüğünü anımsattı.

Ve bugün hala, İncil'deki aykırı düşüncelerin, insanlığın eskimiş zihinsel kafeslerini un ufak edebilecek güçteki koçbaşlı tokmak darbeleri ne yazık ki boşa gitmiş ve öykülerindeki nazik güç, ekonomik yasalarındaki bilgelik, çocuklar için birer din dersi malzemesine indirgenmiştir. Kutsal kitapların öğretilmesi, kendilerini eğiten bilinçsiz eğitmenlere bırakılmıştır ve ne yazık ki, İncil'in insanlığı uyandırmak üzere geldiği hipnotik uykuyu sürekli ve kalıcı kılanlar da yine bu hocalar olmuşlardır. Şimdiye dek tuttuğum notlar defterimde birçok sayfayı doldurmuştu, ancak Dreamer'ın bana *"Çocuklarda ölümsüzlük düşüncesinin, fiziksel ölümsüzlüğün yeşertilmesi şarttır,"* demesi üzerine, onun görünüşündeki sakin olan duruşunun ve ses tonunun arkasında, dünyayı yerinden oynatacak bir başkaldırıya davet eden çığlığını, kahramanca gürleyişini ve gücünü hissettim. Bir meşale yüzyılların karanlığını yırtarken, bir sancağın, boş inanışlara, hayaletlere ve putperestliğe karşı sürdürülen binlerce meydan savaşının kızılca kıyametinin üzerinde dalgalandığını gördüm.

Dreamer, birşeyin önceden haberini veren tavrıyla *"Bu görüş, ölüm konusunu irdeleyerek her tür ideoloji ve dini akımla mücadeleye gireceğini bilenlerin öngörüsü çerçevesinde, her kategori ve seviyeden bütün okullara ve üniversitelere ulaştırılmalıdır."* sözleriyle konuşmasını tamamladı.

3 Yalan söyleyen hayvan

O anda gözümün önündeki perde kalkmış, her şey gün gibi ortaya çıkmıştı. Öğretisinin her parçası, bir yapbozun yerine yerleşen parçaları gibi, kendi köşesini buluyor ve gözlerime nefes kesen bir düşüncenin mantıklı bir görsel öğesi olarak yansıyordu.

Binlerce yıllık felaketin, acımasızlığın ve uğursuzluğun öyküsü nihayet bir açıklama buluyordu. Binlerce çatışmanın saçmalığı, sınırsız zenginliklerle dolup taşan bir evrende bu denli yoksul kalabalığın çelişkili ve trajik kaderi, küçük parmağını oynatacak kadar basit bir çabayla kurtarılabilecek milyonlarca çocuğun ölüme terk edilişinin vahameti, zamanın, her coğrafyanın, her inancın ve ahlaki değerin ötesinde nihayet gerçek bir nedene bağlandı. Bu konumdaki insan bir akıl hastasıdır! Dolayısıyla, bu hasta insanın ait olduğu toplumlar ve kurumlar da, parçalanmış ruhların, çatışmacı mantığın gözle görülür hale gelen ölüme inanışının aynadaki yansımasıdır.

Kendime bu zihinsel hasarın nasıl ve ne zaman oluştuğunu sordum. Bunu öğrenebilmek için neler vermezdim!

Sanırım bu, tarihin belki de en çarpıcı ve kesinlikle en yararlı buluşu olurdu. Hayal gücüm kanatlandı. Binlerce yılın izini sürmeye dönerek, insanı içinde bulunduğu koşullara indirgeyen olayın ne olduğunu anlamak için, tıpkı Orlando'nun kayıp sağduyusunu aramak üzere ay yüzeyinde yapılan bir tür yolculuk gibi, bilimsel bir araştırma yaptığımı hayal ettim.

Dreamer, sesindeki ince alaycılığının tınısıyla araya girerek, *"Musevi-Hristiyan geleneği, bu baş aşağı ölümcül düşüşü 'Cennetten Kovulma' diye nitelendirerek, bunu en büyük günah sayılan 'ilk günah' olarak vurgular ve adına bağışlanmaz günah der,"* dedi.

Dreamer'a sorulacak yüzlerce sorum vardı. Onun engin bilgisinden yararlanmak, yorumlayana ya da tahminde bulunana değil, bilene ait olan onun bambaşka otoritesinden yudum yudum içmek harikaydı.

Elmanın ısırılışı, yılanın, incir yaprağının simgeleri her zaman ilgimi çekmişti. Tüm bu simgelerin üzerinde, dört bin yıldır ayakta duran, ama bu denli anlamsız bir olaydan bu kadar büyük bir trajedi yaratmış, otoriter bir geleneğin önünde bir tür aydın olarak huzursuzluk hissetmişimdir. Peki sonra bu neden ölümcül bir günah olarak nitelendirildi?

Dreamer bana, *"Elmanın ısırılışı anlamsız bir olay değildir,"* diye açıkladı. *"Kendisini 'yaratıcı' olandan 'yaratılan' olmaya indirgeyen ve öz doğasını terk eden insanın Oluş'undaki düşüşün kararlı bir metaforudur. Elmayı ısırmak demek, dışımızda var olan, bizi içine alan ve bizi yöneten bir dünya olduğuna inanmak, bir başkasının hayaletini kalıcı kılmak demektir. İnsanın bağımlılık halinin ve tüm trajik tarihinin başlangıcıdır,"* diye açıkladı.

Dreamer, Adem'in ilk sözlerini, alçalmış bir varlığın utanç lekesi ve kendi kendini ele verişi olarak sonsuza dek yankılanacak olan o kelimeleri hatırlattı. *"Saklandım...korkmuştum...ben değil... bana verdiğin kadın yaptı..."* Kendimi evrenselbir felaketin, çaresiolmayanbirtrajedinintektanığıolarakhissediyordum. Bozuluşumuzun dramı, o anda, orada sahneleniyordu. Dreamer'ın mükemmel bir şekilde 'yalan söyleyen hayvan' olarak tanımladığı varlığın dünya sahnesindeki gösterisini seyreden ilk kişiydim.

Dreamer, *"Adem'in bu sözleri bağımlılığın doğuşunu işaretliyor ve bu, sıradan, yalancı ve sorumsuz insanlığın ilk bildirgesi, 'senin' izini sürebileceğin en eski bildirgeydi,"* dedi.

Dreamer'ın, yeri gelmişken ustaca kullandığı 'sen', önümde, Yaradılış'tan daha baş döndürücü olan eski zaman geleneklerinin görüntülerini ortaya seriyordu. Hakkında asla hiçbir şey bilemeyeceğim ve bundan böyle sadece Dreamer'ın ölümsüz muhafızı olduğu erişilemeyecek veya kayıp bilgi hazinelerini hayal ettim.

Bir kez daha, zamanın ve uygarlıkların ötesine geçebilen, kayıp okulların sırrını bilen, gömülü mücevherler gibi boş yere parlayan bu varlığın gizemiyle karşı karşıyaydım. Sürekli yeni keşiflerin baskısı altında, bir yandan Dreamer'ın sözleri içimde patlayarak ruhumda depremler yaratırken, diğer yandan titreyen ellerimle çılgınca not almayı sürdürüyordum. Benzimin fazlasıyla solduğunu görünce, Dreamer biraz soluklanmam için araya girdi, yarı şaka yarı ciddi, iş durumlarıma atıfta bulunarak bana hoş bir şekilde takıldı.

Adem'in ilk sözlerinde, cennetten kovulmuş perişan haldeki bir adamın, dış dünya ile özdeşleşmeye ve bağımlılığa örnek teşkil eden, çalışan zihniyetinin kökeni saklıdır.

Dreamer'a göre, insanın düşüncesiyle nefesinin bir sentezi olan konuşma dili, Adem'in sözlerinde bir ruhsal parçalanmanın, Oluş'taki bir çatırtının varlığını ortaya koyuyordu. Eğer 'Tanrı'yla bir olma' halindeyse, nasıl olur da kendisinin ondan daha üstün olabileceğine inanabildi ve bunu arzu edebildi? Yılanın ayartmasından önce, hatta Havva'dan da önce, Adem'in çoktan bölünmüş olduğu apaçık ortadadır.

Yalan söylemek, saklanmak, başkasını suçlamak, kendini haklı çıkarmak, kendine acımak o zamandan beri her zaman, cennetten kovulan bir adamı, öz bütünlüğünü yitirip kendisini inkar eden bir varlığı gösteren belirtilerin sözlü, hatta ondan da önce psikolojik bir ifadesi olmuştur ve bundan böyle de olmaya devam edecektir.

Adem elmayı ısırmakla, yaşamı ölümle, özgürlüğü bağımlılıkla ve bütünlüğü bölünmeyle değiş tokuş etti. Kişinin doğduğu andan itibaren en doğal hakkı olan ölümsüzlük, parçalanmış, bilinçsiz ve ölümlü bir sonsuzlukla yer değiştirir. Ölümsüzlük, cinsel birleşme ve doğurarak üremeye dayalı bir zoolojik devamlılığa indirgendi.

Dreamer konuşurken, ender yaşanan bir duygu hissettim; bu, tenimde, bir anlayışın keşfine eşlik eden bir titreme oldu.

Dreamer, *"Adem'in işlediği günah ölümcüldür, çünkü bu bir 'zaman içine düşüştür', hipnotik hale gelen insanın ölebileceği 'inanışına' düşüşü..."* dedi. Katlanılamayacak bir sırrı açığa vuran birisinin göstereceği özen ve ihtiyatlı tavrıyla *"Ama insan ölemez, ancak kendisini öldürebilir!"* dedi. Eski tarz mizahi bir yaklaşımla zaten yoğun biçimde dramatik olan bu bildirinin arkasına bir de *"Ölüm daima bir intihardır!"* diye ekledi.

Artık insanın eve dönmesinin, uykusundan uyanmasının ve özbeöz hakkı olanı... yitirdiği ölümsüzlüğünü geri almasının zamanıdır.

Bu vizyondaki bilginin beni dönüştürdüğünü, kimyasının organlarımdan geçerek hücrelerime, moleküllerime, atomlarıma işlediğini hissettim. Dreamer, kötülerin en kötüsünü, insanın bölünmesinin ve 'günah'ının soyundaki başlangıcını anlatırken beni iyileştiriyordu. Eşi benzeri görülmemiş bir minnet duygusu tüm ruhumu kapladı.

4 "Özgür bir insan ol!"

Düşüncelerim, o akşam Dreamer'dan işittiğim tüm bu olağandışı şeyleri içine katarak dev bir hortum gibi, başımın üstünde dönüp durdu. Boş bir çabayla onlara bir düzen vermeye, gem vurmaya hatta onlardan birinin üzerine binmeye çalıştım. Kesintisiz bir akış halinde, birbiri ardınca ortaya çıkıyorlardı. Benden koparak, artık bana ait olmadan, sanki bir ağaçtan dökülen yapraklar gibi düşüyorlar, Dreamer'ın nefesinin yarattığı hortumun içine peş peşe giriyor, hep birlikte dönüyorlardı.

Bulunduğumuz çayhane sonradan kalabalıklaşmış, yüz farklı sohbetin kanat çırpışları havada hoş bir titreşim yaratmaya başlamıştı. Kulağıma fısıldayan sesini işittiğimde aniden irkildim. *Yeryüzünün dini, bölünmedir! İnsanoğlunun her şeyin üzerinde hürmet ettiği ilahi varlık her zaman aynı olmuştur: Korku!*

Bu sözlerin gücü, ortamdaki seslerin kalabalık uğultusundan kendisine bir yol açarak bana ulaştı. Bu sessizlikte, bu boşlukta, düşüncelerimin her biri susuverdi ve bir bisturi keskinliğindeki sözleri, bedenimi yararak çok derinlere indi.

Bağımlılık korkudur! Sen bile korkunu kendine put yaptın. İşte bu yüzden bağımlısın ve hayatını arkasına gizlendiğin memuriyetinle kazanıyorsun. Er ya da geç sözün buraya geleceğini biliyordum ve bunun hiç de keyifli bir sohbet olmayacağı düşüncesine kendimi çoktan hazırlamıştım. Ne var ki, Dreamer'ın konuşmasının başında kullandığı ses tonu ile seçtiği sözcükleri, bana bu sohbetin beklediğimden daha da fırtınalı geçeceğine dair bir gizli uyarıda bulunmuştu. Defterimi çıkarttım ve Dreamer'ın sertliği dayanma sınırımı zorladığı zamanlarda yaptığım gibi, başımı sayfaların arasına gömerek, kendimi yazma işine kaptırmış gibi yaptım.

Üstüne basa basa, *"Ben seni özgürleştirmek için geldim!"* dedi. *"Yaşamına girdim, çünkü geçmişte bir gün özgür olmayı düşledin..."*

Dreamer'ın sesi, varlığımın her kıvrımında korkularımın saklanabileceği her köşesini didik didik ederek korku avına çıkan bir titreşime dönüştü. Sonra, *"Ama sen, yıllar sonra yine aynı kölelik koşullarına dönüyorsun!"* Bunu böyle doğrudan doğruya söylemesi ile içimdeki bir yaranın yeniden açıldığını hissettim.

Ayrıca, sözlerindeki hayal kırıklığı yüklü ifadesi de hiç hak etmediğim bir haksızlığa, insafsızlığa uğramışçasına canımı sıktı ve beni gücendirdi.

Sandalyesini hafifçe geriye kaydırarak, *"İçinde bulunduğun koşulu terk etmek, bu roller hapishanesinden çıkmak için vizyonunu altüst etmelisin,"* dedi. İşareti anladım. Ayrılma zamanımız yakındı. Yüzüm ister istemez allak bullak bir ifadeye bürünmüş olmalıydı. Dreamer, daha iyi kavramamı sağlayacak sözleri seçmek istercesine birkaç saniye durakladıktan sonra, *"Özgür demek, dünyadan özgürleşmiş demektir."* dedi.

Kararlı bir şekilde, "Bu durumda nereden başlamak gerekir?" diye sordum.

"Bu, çok uzun yıllar alacak zorlu bir uğraştır... hemen şimdi başlasan bile buna ömrün yetmeyebilir."

Bu sözlerle önümde dayanağı olmayan duvarları gördüm, zihnimde yıldızlar kadar uzak mesafeleri, çağların gerisinde kalmış hedefleri hayal ettim. Cesaretsizliğimin bir girdap gibi beni içine alarak yuttuğunu hissettim.

Dreamer, ruh halime aldırmaz görünerek konuşmasını sürdürdü. *"Özgür demek, korkulardan, şüphelerden, endişelerden ve olumsuz duygulardan özgür olmak anlamına gelir... önyargılardan, sabit fikirlerden, dünyanın sefil bir yüzünün anlatıldığı tasvirinden özgürleşmektir... Bütün sınırları kaldırmaktır... Senin gibi insanlara, kutsal bir lanetin sonucunda yeniden verilen bir ceza gibi, bir işte çalışmaktan ve yalandan kurtulmaktır.*

Dünyayı senin dışındaki en büyük gerçeklik sayan anlayışın gereği, onun kölesi oldun, o da senin efendin. Aynadaki yansımanın hipnotize ettiği sen, şimdi de güveni başkalarının gözlerinde arıyorsun."

Bu sözler, Dreamer'ın çalkantılı sularında, ilkel, tamamlanmamış bir varlığın solungaçlarıyla yüzme girişimimin saçmalığını gözler önüne seriyordu. Her cümlesi benim geçmişime ve yalancılığıma karşı ölümüne bir saldırıydı. Dreamer'ın şimdi olduğu gibi var gücüyle üzerime geldiği her defasında, ben de gayet iyi biliyordum ki, yaşantım gelişiyor, içinden bir sürü pislik temizlenerek doğruluk, açıklık ve kararlılık gibi durumlara yer açılıyordu. Yine de her darbesine son olmasını dileyerek dayanıyordum. Bitsin artık!... Hiç olmazsa biraz soluklanmama izin verse... Tanrım lütfen! Bu sözler, yalnızca dinlerken bile, her zaman sahip olmadığım bir dayanıklılığı gerektiriyordu. Sorumluluk düzeyimin kontrolü suyun üzerinde dalgalanır gibi bir yükselip bir alçalan seyrindeyken, ben onu idare etme becerisini bile gösterecek durumda değildim.. O sözler canlıydı, nefes alıyordu! Ve dayandıkları sınırlarıma karşı konulmaz bir biçimde yüklendiklerini hissediyordum; ve nihayet önyargılarım, yersiz inanışlarım ve modası geçmiş fikirlerimle birlikte her şeyi yerle bir edip geçtiler.

Vücudumun her bir lifi titreşim halindeydi.

Rollerden, korkudan kurtulmak... Dünya ile özdeş olmaktan kurtulmak... Bu sözler, sanki yaşamımın eğik eksenindeki metal küreler gibi göğsümün üzerinde zıplıyordu. Birdenbire, içimde fırıl fırıl dönmekte olan ışık, ses, görüntü cümbüşü halinde infilak ettiler. Başım alevler içindeydi.

Dreamer'dan, geleceğe ait insanın kaderiyle ilgili dayanamayacağım ve dahil olamayacağım kadar güçlü ve olağanüstü bir mesaj almak üzereydim. Her türlü gereksiniminden kurtulmuş, doğasının (ya da benim o güne dek doğası olduğuna inandığım, ama aslında cehennemi olan şeyin) dışına çıkarılmış bir insanlık fikri, bana delilik gibi geliyordu. Bunu sakince bir kenara bırakabilir, hatta tamamen hayatımdan çıkarabilirdim, ama artık çok geçti. Dreamer'ın vizyonu, içimde kök salmış düşünceleri ve ölü dokuyu çoktan kazımaya başlamıştı bile. Onu ne özümseyebiliyor, ne de içimden söküp atabiliyordum. İnsanlığın bir hücresi, ölümsüz bedendeki bir atomu gibi, ben de Dreamer'ın, 'önden, kahramanlarla yarı tanrıların, arkalarından diğerlerinin', yürümesi gereken ve herkesin, binlerce yıl sürecek olsa bile, tamamlaması gereken yolu göstermekte olduğunu biliyordum. O bana bunlardan söz ederken, ben de insanlığın bu inanılmaz çıkışının çoktan başladığını biliyordum. Bazı bireylerin ilk adımı hatta ölümün alt edilmezliğini tartışma konusu yapmakla, ölümün bir kader olduğunu kabul etmemekle, en cesur adımı çoktan atmış olduğunu biliyordum. Bireysel Devrim kapıyı çalıyordu...

Hiç durmadan, ellerime kramp girinceye kadar, sayfalar dolusu not tuttum. Defterimin son sayfasının sonuna geldim ve telaşlı bir şekilde çayevinin ikram listesinin arka yüzüne yazmayı sürdürdüm. Söylediklerinin mantıklı ya da kabul edilebilir şeyler olmasına hatta anlayıp anlamadığıma bile artık aldırmıyordum. Önemli olan yazmaktı, her şeyi kaydetmekti. Bildiğim tek şey, bir sözcüğü, bir vurguyu bile değiştirmemem gerektiğiydi... Bir gün yeni baştan okuyacak ve anlayacaktım; ya da belki, Dreamer'ın sınırsızca vermekte olduğu ancak benim hazırlıksız yakalanmam nedeniyle almaya hazır olmadığım bu bilgileri ben de yeni nesil araştırmacılara aktarabilirdim.

Dreamer sandalyesini nazikçe geriye çekerek ayağa kalktı ve çıkışa doğru yöneldi. Çayevinden bir parça üzülerek ayrıldım. Bu kısacık zamanda etrafımdaki her şeye bağlandığımı hissediyordum. Öyle ki, içimden yeni bir adım atmamakla birlikte burada kalabilir, hatta köklerimi salabilirdim.

Bu saptamayı üzerime bir gölge gibi çöken garip melankoliyi gözlerken, çoktan ahşap köprüye varmış olan Dreamer'a yetişmek için, adımlarımı hızlandırdığım sırada yapmıştım. Hemen yakınımda bekleyen birçok taksi vardı. Başka bir şeyi istememe fırsat kalmadan, kendimi beni otele götürmek üzere gelen eski bir limuzinin içinde oturmuş buldum.

Arabanın kapısını kapatıp penceresinden dışarı baktığımda, onu gördüm ve bunun onu son görüşüm olmasından korktum. Fakat Dreamer beni yatıştırdı; ertesi gün yine orada ve aynı saatte buluşacağımızı söyledi.

Taksi Şanghay sokaklarını kat ederek bu muazzam şehrin üst geçitlerini aşarken, onun sözleri hala zihnimi meşgul ediyordu. Otele vardığımda karmaşık düşüncelerimi bir düzene koymaya çalışıyordum. İnanç saydığım her şey o gün altüst olmuştu. Dreamer'la olan karşılaşmanın ertesinde ulaştığım o müthiş sonuçla, yenik düşmüş bir şehrin surları gibi, benim eski zihinsel yapımdan geriye taş üstünde taş kalmıyordu.

5 Buda'nın babası

Randevuya saatler öncesinden geldim. Beyaz yeşim taşından Buda'nın muhafaza edildiği Yufo Si Tapınağı'na, birkaç Batılı turist ile din adamından başka giren çıkan olmamıştı. Dreamer'ın bugünkü buluşma için belirlediği yer burasıydı. Ben de eski çarşının sokaklarında gezinerek zaman öldürdüm. Geniş kapının önünden geçerken, her an ortaya çıkacağı umuduyla kalabalık içinde onun yüzünü aradım. Onu fark ettiğimde henüz benden oldukça uzaktaydı. Yanında ortalamadan daha uzun boylu ve ciddi görünümlü üç yaşlı kişiyle birlikte bana doğru yürüyordu. İçlerinden biri, ince altın çerçeveli gözlüklü ve seyrek saçlı olanı, başını eğerek iki eliyle Dreamer'a bir paket sundu. Sonra her birinin önünde eğildiğini ve onu saygıyla selamlayarak yanından ayrıldıklarını gördüm. Yalnız kaldığında yanına gittim. Aramızdaki tek biçim olan hızlı bir bakışmayla selamlaştık. Sur duvarlarına paralel uzanan sokak boyunca yürüdük. Adımlarını tapınağın girişine doğru çevirdiğinde ve merdivenleri çıkmaya başladığında, onun dinler hakkındaki tüm sözlerinden sonra çok şaşırdım; ama peşi sıra yürüyerek, onunla birlikte içeri girdim. Bir grup keşiş, köşedeki bir masada yemek yiyordu. Alışılmış olduğu üzere, iç avlunun ortasındaki dev mangalda tütsü çubuklarını yakarak, tanrının heybetli heykelinin önünde toplandık. Çok az ziyaretçi vardı ve kısa bir süre sonra da yalnız kaldık. Tapınağın giriş kapısında yaşamış olduğum tereddüde karşılık,

İste, ama asla isteklerinin bağımlısı olma!
Long but never belong!

diye kısaca açıkladı ve bu unutulmaz özdeyişle, bana en eksiksiz ve en derin yanıtı vermiş oldu.

"Bütün insanların mezheplerine ve dinlerine hürmet et, fakat hiç birine ait olma!" Henüz bu sözleri üzerinde düşündüğüm sırada, alçak sesle bana *"Benim yanımda vizyonunu değiştirebileceksin... ve bununla birlikte kaderini de değiştireceksin,"* dediğini işittim. Tanrının süslemelerinin içinde derinleşen binlerce mum alevi hep birlikte ışıklarını titreştirerek bu sözü onayladılar. Dreamer'ın yanında, Okul her an mevcuttu. Çantamdan defterimi kalemimi çıkarıp not tutmaya koyuldum.

Kulağıma fısıltıyla, *"Yaşlanmak, hastalanmak ve ölmek, dünyanın betimlenmiş halinin bölümleridir."* dedi. *"Bunlar şimdiye dek hiç kimsenin başkaldıramadığı, doğal ve kaçınılmaz olaylar olarak kabul edildi. Bu, inanç ve beklentiler sisteminin evrensel hale gelen sonucudur."*

Kararlı bir ifadeyle,

"Gerçekleşmesini beklediğimiz ne varsa gerçekleşir!" dedi. *"Yaşlanmak, hastalanmak ve ölmek, zihinsel olan kötü alışkanlıklardır."* Bu sözler, kağıt hamurundan yapılmış ilahlarla çevrili, insanın bütün boş inanışlarıyla önyargılarını simgeleyen bu putun önünde söylendi ve kesin bir yargı içermeyen karşıtlıklarıyla varlığımın duvarlarını zorladılar. Lupelius gibi, Dreamer için de hastalanmak, yaşlanmak ve ölmek, insanın kendisini kurtarması gereken, yalnızca 'kötü alışkanlıklar' idi. Yazmaya koyuldum ve bir süre hiç ara vermeden yazdım. Yazma işini bitirmemi bekledi ve sözlerini, insana bu kara büyüyü kırmak, yüzyıllardır içine daldığı hipnotik uykudan çıkmak için yegane fırsatı, ancak bir 'Okul Çalışmasının' sağlayacağını belirterek sürdürdü. Yeni bir eğitimin yani 'ikinci eğitimin' gelişi, insanın sürekli tekrarlanmanın ölümlü dolambacını terk edebilmeye olanak sağlayacaktır.

Ölmenin artık gözden düşeceği zamanın yaklaşmakta olduğunu söyledi; insanoğlu, yakında inançlarını değiştirmeye, ölüm ve onun kaçınılmaz olduğu fikrine karşı başkaldırmaya başlayacaktır. Bu savlarını zihnimde rahatça evirip çevirebilmem için bana yine biraz zaman tanıdıktan sonra, başının bir işaretiyle buradan ayrılma zamanının geldiğini bildirdi.

Buda'ya arkamızı dönerek çıkışa yöneldik. Tam kapıya gelmek üzereyken, sanki bir sır verecekmiş gibi kulağıma doğru hafifçe eğildi.

Fısıltıyla konuşması ve onun bu hareketi yine beni çocukluğuma ait bir sahneye taşıdı, bir pazar gününün kokusunu ve tadını hissettim; suç ortaklarımız Elio ve Rosaria ile mum ve tütsü kokan S. Antonio Abate Kilisesi'ni, oradaki çocukça zevzekliklerimizi, kıkırdamalarımızı durmaksızın besleyen o saygısız ve bastırılamayan neşemizi hatırlattı. Dreamer ruhumu açan tüm anahtarları elinde tutuyordu. Gizliliğe büyük bir duyarlılık gösteren tutumuyla, *"Buda'nın öyküsünde, gerçekten aydınlanan tek kişi onun babasıdır,"* dedi.

Tapınağın dışına çıktığımızda bana o kralın öyküsünü anlatmasını istedim. Böylece babasının, oğlu Buda'yı, onu alçaltacak her türlü mesajdan ve sınırlandıracak kavramdan korumak istediğini öğrendim. Kişisel bir çaba olarak, genç prensin daimi olarak neşe, güzellik ve zenginlikle kuşatılmasını sağlamıştı. Sarayında oğlunun hizmetinde çalışanlar ile hizmetçilerini sürekli olarak değiştiriyordu. Genç Buda'nın vizyonuna hastalık, yaşlılık ve ölümün girmesini engellemek için kendisi de saçıyla sakalını boyuyor, yüzüne makyaj yapıyordu.

Dreamer'ın açıklaması şöyleydi: *"Bu, bugün bile hala en eğitici, ama asla bilinmeyen öykülerden biridir. Buda'nın babası, dünyanın betimlenmesinin ne denli önemli olduğunu biliyor ve inancın gücünü tanıyordu."*

Ölümsüzler için bir Okul ve ölümsüzlük için bir eğitim hayal edebiliyordu. Genç Buda, orada ebediyen yaşamak üzere eğitildi. Dreamer, hastalığın ve yaşlılığın yasaklandığı bir dünya düşleyen ve kendisini oğlunu korumaya adayan bu kralın, aslında insanlığın bilgelerinden ve tüm insanlık tarihindeki en cesur araştırmacılardan biri olarak tanınması gerektiğini söyleyerek öyküyü bitirdi.

Geleneğin onu bir kral, bir soylu, gerçek bir insan yapması rastlantı değildir. Onun efsanesi Olimpos'un en büyük kahramanları arasında, Prometheus'un yanında yer almayı hak eder.

6 Bağımlı olduğun şey gerçek değildir

Günbatımıydı. Bund'un nehir kıyısından Şanghay'ın bir ışık okyanusuna dönüşmesini seyrediyorduk. Dreamer, tapınakta şöyle bir değinip bıraktığı en acı veren konulardan birini açıyordu... Bu kez tamamlayacağını biliyordum. Derin bir nefes alarak yapacağı müdahalenin acısına kendimi hazırladım.

İnsanın özünde taşıdığı tamamlanmamış psikolojisi, bölünme, çatışma ve bütünlüğünün eksikliği, onun Şanghay'da dinlediğim öğretilerinin temel parçalarını oluşturuyordu.

İnsan zihinsel olarak hastadır ve dünya onun bu rahatsızlığının en canlı yansımasıdır. İlk günah öyküsü, onun çocukluğunda oluşan bir psikolojik bölünmeyi anlatır. Dreamer beni şimdi de bağımlılığın köklerini bulmaya götürüyordu.

Önceki sözlerine nokta koymak istercesine,

"Yalnızca bütün olmayı başaran kişi özgür olabilir," dedi.

Onu dinliyordum, ama yüzüne bakmaya cesaret edemiyordum. Gözlerimle, nehrin genişliğini ortaya seren, onu görünür kılan ışıkların titreşen yansımalarına dalmışım gibi yapıyordum. *"İçinde bölünmüş insanın bağımlı olmaktan başka bir çaresi yoktur!"* Bu sözleri, yıllarca önceki ilk buluşmamız sırasında ondan duyduğum harikulade sözleriyle kaynayarak bütünleşti. *"Bağımlı olmanın en kesin dışavurumu bir işte çalışıyor olmaktır. Bu durum bir iş akdinden kaynaklanan sonuç olmadığı gibi bir sosyal sınıfa ait olmakla da oluşmaz. Bağımlı olmak, irade eksikliğidir, insanın korku halini ve Oluş'un cehennem misali döngülerine olan aidiyeti gözler önüne serer."* Dreamer'a göre, her şey zamanın bir eşya gibi değerlendirilmesiyle, yani insanların ürettiği fikirlerin, eşyaların ya da hizmetlerin değil, onların zamanlarının satın alınmasıyla başladı. Kendi zamanlarını sabit bir ücret karşılığında, 'saatte veya ayda şu kadara' satmaya hazır milyonlarca 'bağımlı' çalışan, işçi veya memurdan oluşan böylesine dev gibi bir orduyu oluşturmanın, tüm uygarlık tarihinde şimdiye dek eşi benzeri görülmemiş bir olay olduğunu vurguladı.

Dreamer'ın bu söylemini, Klasik Yunan ve Roma'daki fiziksel ya da zihinsel her türlü çalışma biçimine karşı beslenen hoşnutsuzluk, hatta nefret ile bağdaştırdım. Homeros çağında, çiftçi Thetes'in kendi elleriyle yaptığı işleri satarak geçimini sağlaması, insani şartların en kötüsü olarak kabul görüyordu. Kişisel özgürlüklerine aşırı derecede bağlı olan Yunanlılara göre, günlük yaşamı sürdürmek için birine bağımlı olmak, katlanılmaz bir kölelikten başka bir şey değildi.

Aristoteles, yaşamak için ücret karşılığı çalışmak zorunda olanlara vatandaşlık hakkı bile verilmemesi gerektiğini savunurdu. Ruhun yükselmesini ve rahat etmesini engelleyen gündelik ücret karşılığı çalışanların ya da zanaatkarların, yani yaşamlarını maaşlı bir işte çalışarak sürdürenlerin erdem sayılan politika yapmaları mümkün olmadığı gibi, uygun da değildi. İçimde, hatta önce zihnimde beliren psikolojik engelle, karşı konulmaz bir hıncın yükseldiğini hissettim. Bu vizyonun, belki bir dereceye kadar dördüncü yüzyılın Yunan toplumu için tutarlı olabileceğini, ancak üçüncü bin yılın herhangi bir toplumunda bunun mümkün olamayacağını düşündüm. Bu mantığın kırıntısı, duyduğum hıncı kışkırtarak, yakında gelmesini beklediğim ve Dreamer'ın sözlerinden de onay aldığım bir saldırıya karşı bilenmeme yardımcı oldu. Kendimi daha fazla tutamadım, adeta patlarcasına, "Herkes pekala çalışmadan da yaşardı, eğer bir aristokratın keyifli ayrıcalıklarına sahip olabilseydi," dedim.

Dreamer, vizyonumu bir eldiven gibi tersyüz etti. Sert bir ifadeyle,

"Bu, insanın içinde ulaştığı bir özgürlük düzeyidir," dedi. *"Bu, korkuyu yenerek insanın tanrılar sınıfına girmesini sağlayan, yaşamını sürdürmek için çalışmak zorunda olanların yapmadığını yapan, seven, düşleyen insanın zaferidir."*

İnsan, kendisini sadece yüksek bir Oluş seviyesini, bir sükunet halini elde etmeye adamalıdır ve düşlemekten asla vazgeçmemelidir; sonrasında her şey kendisine verilecektir.

Sadece güzellik, gerçek ve sağlıklı olma üzerine eğitilmiş bir insanlık, sadece düşleyen, sezgilerini kullanan ve derin düşünen bir insanlık, bir iş yapmamanın gücüne, altın değerindeki tembelliğin sorumluluğuna katlanabilir.

Dreamer, kozmik bir yenilginin kesin ve üzücü etkilerini gözlercesine, ifadesindeki burukluğu ses tonuna yansıtarak,

"Eski zihinli insanlık çalışmaya devam etmek ister... çalışmayı bırakırsa, ne yapacağını bilemez. Bağımlı olmayı ister, korkunun himayesinde yaşamaya çoktan karar vermiştir. Şüpheyi doğal mirası ve efendisi olarak seçmiştir,"

"Sürekli çalışarak, endişelenerek, derdine dert ekleyerek intihar etmekte, zamanın bir kölesi haline gelmektedir." dedi.

7 Vizyon ve gerçeklik birdir

"Vision and reality are one. Vizyon ve gerçeklik birdir.

Dünya senin vizyonundur. Kendini değiştir, o zaman dünya da sonsuza dek değişecektir! Senin dünyaya yapabileceğin en büyük yardım budur."

Teslimiyet içinde, "Ben değişsem bile, dünyanın yaşadığı bütün bu korku, mutsuzluk ve ıstırap ne olacak? Savaşları kim durduracak?" diye sordum.

Dreamer, sabrı taşmış bir halde, *"Dünya sensin!"* diye bağırdı. *"Dünya savaşıyor, çünkü sen savaş halindesin."*

"Bir düşleyen, ancak kendisine, kendi kusursuzluğuna inanır ve arzuladığı dünyayı yansıtır. İçinde yaşadığı gerçeklik, kendi seyyar cennetinin eksiksiz bir temsilidir."

"Fakat gerçeklik..."

"Gerçeklik sakız gibidir: dişlerinin biçimini alır..."

"Peki, tüm bu gördüklerim ve dokunduklarım..."

"Gördüğün ve dokunduğun dünya nesnel değildir ve hiçbir zaman da olmayacak. O seni yansıtıyor. Başarılı olmayı, zarif, muhteşem ve büyük olmayı öğren. Haksızlık ve öfkeyi nasıl doğru biçimde kullanacağını öğren. Koşulların gerektirdiği komik, alaycı, gücendiren, düşleyen ve eğlenceli, ağırbaşlı ve samimi, sakin ve mesafeli rolleri nasıl oynayacağını öğren.

Bir özgürlük şampiyonu ol. Tüm işlerini siyasi, dini, toplumsal, ideolojik ve duygusal her tür baskıdan ve zorbalıktan kurtararak, çabalarını insanlığı iyileştirmek yönünde kullan... bir yeryüzü cennetinin gözlerinin önünde senin için kurulduğunu göreceksin."

Bu konuşmamız ne zaman aklıma gelse ya da onu tekrardan okusam, Abbott'un Flatland (Düz Ülke) romanında , düz geometrik bir şekil ile bir küre, yassı bir yaratık ile üç boyutlu bir varlık arasında geçen karşılaşmanın geometrik hikayesini hatırlarım.

Dreamer'ın, katları ve seviyeleri içeren, mevcut insan sayısı kadar çoklukta evrenlerin ve kişisel gerçekliklerin varlığını öne süren söylevi, iki boyutlu algıya sahip bir Flatland sakininin yassı vizyonu içine sığdırılamazdı.

8 Ücretli çalışanlar

Dreamer'a göre, rollerden sıyrılmışlığı ancak Oluş'un en üst sorumluluk düzeylerine ulaşan kişiler taşıyabilirlerdi.

"Bir gün bunları aştığında, o rolleri nasıl kusursuz oynayacağını öğrendiğinde özgür olacaksın. Bunu ele geçirmek birkaç dakikanı alabileceği gibi, bütün bir ömür de sürebilir. Bu tamamen sana bağlı!" Ayrıca sıradan bir insanın böyle bir özgürlüğün sorumluluğunu taşıyamayacağını da ekledi.

"Ancak, sonsuzluğun ufak bir pırıltısının bir an için gözüne iliştiği insan bunu başarabilir. Bütünleşmiş bir insan seviyesinin altındaki yaşam, seni değişmez bir rolün içine hapseder," sözleriyle bitirdi.

Dreamer'a göre, yaşamımızda oynadığımız roller, sahip olduğumuz sorumluluk düzeyinin ölçüsü ve göstergesidir.

Sanayi devriminin gün doğumunda, 'sapiens' –akıllı insan– türü kendini evrimin kavşağında buldu. Dünya üzerindeki ofislerde ve fabrikalarda, fiziksel, psikolojik ve davranışsal değişimler öyle bir seviyeye ulaşmıştı ki, yeni bir tür ortaya çıktı.

Dreamer bu yeni türü, *"ücretli çalışan türü"* olarak tanımladı. Yarı şaka yarı ciddi bir ifadeyle, *"Bu türün en belirgin özelliği, bağımlı olmanın dayanılmaz acısını soğukkanlı bir şekilde kabullenebilme kapasitesidir,"* dedi. Ayrıca, bu türün zamanla çoğalarak insanlığın en baskın grubu, yeryüzünün en yaygın türü haline geldiğini anlattı. Benzer değişimlerin, evcilleştirilen hayvanlarda da görüldüğünü belirtti. Düşüncelere dalmış olmanın verdiği yavaşlıkla sıralamaya başladı:

Kasların gevşemesi, yağlanma, mide bölgesinin sarkması, baş, kol ve bacak çeperlerinin daralması, cildin solması, erken yaşlanma, pörsüme... Bir yandan özellikler listesini sıralıyor, diğer yandan da benim bedenimdeki belirtileri, 'ücretliler türü'nde görülenlerle karşılaştırarak onaylıyormuş gibi, giderek artan bir hayret ifadesiyle beni baştan aşağıya dikkatle süzüyordu. Büyük bir ciddiyetle, beni teorisinin canlı bir göstergesi olarak kullanıp kullanamayacağını sorana kadar bu pandomime devam etti.

Yüzümdeki gücenmiş ve utanmış ifadeye bakarken, Dreamer daha fazla kendisini tutamayıp kahkahalarla gülmeye başladı. Bana takıldığını ancak o zaman anladım. Kalıba dökülmüş kazık gibi duruyordum. Yüz kaslarım bir cesedinki kadar gergin ve kaskatı olduğundan, onun çok ender tanık olduğum kahkaha nöbetlerinden birinde ona eşlik edemedim.

Dreamer, yaşantımdaki bu kesit ile ilgili olarak, ileride bir gün, *"Kendisini gözlemleyen, kendisiyle dalga geçen kişi özgürdür"* diyecekti. *"Eğer aklın karışıksa, içindeki karmaşayı gözlemle, böylece ondan kurtulursun! Kendini gözlemleme, kendini düzeltmedir."*

O gün bana ayrıca, sıradan bir insanın asıl inancının, kendi kendisini dış dünyayla özdeşleştirmek olduğunu söyledi. İnsanoğlu kendini gözlemleme kapasitesine sahip olmadığından, şu anda içinde bulunduğu koşullarda yaşamayı hak ediyordu.

Cehennemini gözlemleyebilseydin, cehennem yok olurdu, anında iyileşirdin ve iyileştiğinin haberi bütün evrene duyurulurdu.

Şimdi geriye dönüp o tepkime baktığımda, o zamanlar olduğum adamın kırılganlığını ve bütün olma yolunda adım atmaya henüz başlamış kişilerin düzeyine erişmek için bile, önümde çok uzun bir yolum olduğunu şimdi görebiliyorum. Yeni Ahit'teki hastalar, kör, topal, sağır ve cüzamlı kişiler, psikolojik özürlü bir insanlığın canlı örnekleriydi, ama onlar en azından eksikliklerinin farkına vararak kendilerini sınırın ötesine, iyileştirme bölgesine girmeye hazırlardı. Onlar ruhlarında bütün olmayı isteyen bir avuç insandı.

Bu duruma henüz ulaşamadığımı, hala Nikodim'in türünden biri olduğumu kabullenmek, görüntüler dünyasına sıkışıp kalmış, kuruluşlara, tozlu tapınaklara ve yararsız ritüellere bağlı, büyük kişisel serüveni uğruna modası geçmiş doğrularından vazgeçemeyen bir insanlığın üyesi olmak bana acı veriyordu.

Kesin olan şu ki, ben iman ile donatılmış, Dreamer'ın ifadesiyle 'düşleme' ve irade ile donanmış insanoğullarından değildim. Dreamer, uzun yıllar boyunca benim dünya vizyonuma, inançlarıma ve yaşamımda olmasını istediğim her şeye karşı bir tehdit oluşturdu.

İyileşmenin bu günahkarlığın kökenine inmek anlamına geldiğini ancak şimdi anlıyorum. Bu engelin, insanın tüm sefilliklerinin ve başımıza gelen tüm felaketlerin asıl nedeni Oluş'ta saklıdır.

Her olayın başı ve sonu sensin. Onu kaynağında kontrol et. Aksilikler ve acılar içindeki dünyayı sen yarattın, bunu ancak sen değiştirebilirsin.

İyileşme içerden dışarı bir süreçtir; senin içinde başlar, dışarıya doğru ilerler. İyileşme ancak sen onu istersen gerçekleşir.

Dreamer, sözlerinin sonunda, Yeni Ahit mucizelerinin aslında birer 'belgeleme' niteliğinde olduklarına işaret etti. İyileşme içimizde zaten yer almasaydı, O bile içimizde olmayan bir iyileştirmeyi gerçekleştiremezdi. *"Seni iyileştiren de senin 'iradendi!'"*

9 "Sadece sevdiğin şeyi yap!"

Bir işte çalışmak, eksik bir psikolojinin yansımasıdır. Bir insanın bu dünyada aldığı rol, ondaki eksikliğin en açık belirtisi ve her derdinin nedenine onu götürecek en basit yöntemdir. Sen ne isen, ancak onu yapabilirsin. Bunu iyice anladığında ve o tüm varlığına işlediğinde, nasıl müdahale edeceğini de bileceksin.

Kişinin kendisini değiştirmesi demek, kendi düşünme ve hissetme biçimine her an müdahale etmesi, yaşamına ışık tutması anlamına gelir. Sen kendini bildikçe, rollerinin derecesi de yükselir, önem kazanır. İçteki sorumluluğun ne denli yükselirse, dışarda o denli az bağımlı olursun. Bu, kişinin doğasında bulunan ıstırabı söküp atmasını ve yorucu çabalarını düş'e dönüştürmesini sağlar.

Bir işte çalışmak, binlerce yıldır bir lanetin yansıması, bir düşüşün sonucu oldu. Kişi kendi üzerinde çalışma ve öz gözlemleme yaparak, yansıttığı dünya ile arasındaki mesafeleri kısaltır, böylece kendi Oluş durumlarındaki eksikliklerini ve dolayısıyla kişisel gerçekliğini iyileştirir.

Dreamer, bütün zamanlar boyunca tüm kültürlerde çalışmanın, baskı ve kısıtlama ile eşanlamlı olarak kullanılmasının öncesinde, sarf edilen çabayı ifade etmiş olduğuna dikkatimi çekti. Eski medeniyetlerin kullandığı dillerde, erkeğin çalışması ve kadının doğurganlığında vücut bulmuş olan Kutsal Kitabın acı ile ilgili tabirleri birbirlerine karışarak ortak kökenlerini açığa vururlar. Fransızca *travail*, (doğum sancısı çekmek, çalışmak) ve Anglosakson *labour* (doğum sancısı, işgücü) kelimelerinin türetilmesinde bu anlayış sonsuza dek içlerine kazınmış ve mühürlenmiştir.

Bu durum İspanyolca ve Yunan vizyonunun doğrudan mirasçıları ve görünmez destekçileri olan çok eski diller için de geçerlidir.

Dreamer zorlayıcı bir ses tonuyla, *"Çalışmayı 'düş'e dönüştürmek gerek!"* diye seslendi. Sözleri, muzaffer orduları aynı sancak altında toplanmaya çağıran ve ruhları coşturmaya yetecek bir savaş çığlığı gibi çınladı.

İçten istediğin bir şeyi gerçekleştirmek için, bütün gücünü, zamanını, enerjini ve sahip olduğun her şeyi harca!

Dreamer'ın bu öğüdü, yeryüzü boyutunda bir dinleyici kitlesine, benim gibi sihirli uçuşu, 'düş'ü unutmuş milyonlarca insana yönelikti.

Düşleme Sanatı, kişinin kendisini özünde sevmesidir. Yitirdiği bütünlüğüne yeniden kavuşmak, iradesini yeniden keşfetmek yıllar sürecek öz gözlemleme ve farkındalık gerektirir.

Gençlerin, gerçekten ne istediklerini bulmalarının çok daha kolay olduğunu belirtti. Gençlerde irade, yani 'düş' henüz tam olarak gömülmüş değildir.

Gerçek bir okul, düşlemeyi engelleyen her şeyi ortadan kaldırır. Gerçek bir okul, gençlere yanlış ve yararsız kavramları dayatmak yerine, onları bağımlı insanların gettosuna kapatan korkularından, boş inanışlarından ve hipnotik uykulardan kurtarır.

Babam da kendince, benim eğitimimi, varlığımı besleyebilecek bir okula emanet etmek istemişti, ancak araştırdığı dini kurumlar arasından Barnabitler o zamanlar çoktan dünyanın betimlemesinin tuzağına düşmüşler, sorumluluk sahibi, karar verebilen soylu insanlar yetiştirmeyi bırakmışlardı. Onlar dahi unutmuştu.

Yaptığı işi seven insanlar bağımlı değildirler. İşini seven kişinin satacak zamanı yoktur. Yalnızca yaptığı işi sevmeyen kişiler ücret karşılığında bir işte çalışabilirler. Severek çalışan kişiye paha biçilemez.

Ücretle çalışanların en büyük yanılgılarından biri, verdiklerinin karşılığında bir bedel alacaklarını sanmalarıdır. Oysa bir gelir sayılan bu maaş, ücret ya da ödenek, aslında bağımlılık durumunun oluşturduğu hasarların ancak kısmi ve çok mütevazı bir tazminatıdır.

Bizi inanmaya ve düşünmeye alıştığımız her şeyden birçok ışık yılı uzaklığa fırlattıklarının bilinciyle, defterimde bu kelimelerin altını defalarca çizdim. Bir yara iyileşirken hissedilen 'faydalı' sızının yanında, insanların yaratıcılık ve sevgi olmadan uğradıkları, daha doğrusu psikolojik olarak kirletilmiş ortamlarda çalışarak kendilerine bulaştırdıkları bu fiziksel ve ahlaki çürümenin farkına vardım.

Dreamer'ın vizyonunun etraflı tasarımı, bağımlılıklarından kurtarılmış, kendisini yalnızca sevdiği şeylere adamış daha yüksek sorumluluk sahibi, daha özgür ve çok daha mutlu bir insanlığın gelişini öngörüyordu. Bu durumun kaçınılmaz olarak daha gelişmiş bir ekonomiyle, harcanan çabaların sürekli ve kalıcı olarak azalmasıyla, geleneksel eğitimin düşüşüyle gerçekleşeceğini önceden bildirdi.

Ekonomi çalışma üzerine değil, mutluluk üzerine kuruludur. Mutluluk ekonomidir. Oysa eski zihniyetteki insanlığın okulları bunun tam tersi bir görüş üzerine kuruludur. Onlar, çalışmayı acı çekmek, mahkûm olmak olarak algılayan tüm uygarlığın zihinsel tutumunu, bir zamanlar köle kullanmakla şimdi de bağımlı olmanın dayanılmaz ıstırabını kabullenebilecek ezik insanlardan oluşan bir orduyu eğitme gereksinimi duyan bir toplumun kollarıdır.

Spartalılar yedi yaşına geldiklerinde bağımlı olmaya son vererek bir cesaret okuluna yerleştirilir ve orada birer kahraman, göz kamaştıran yenilmez savaşçılar olarak yetiştirilirlerdi. Oysa bugün aynı yaştaki çocuklar kederli yetişkinler ordusunun saflarına katılıyorlar.

Çocuklardaki bu değişim gözle görülebilir. Oyun oynamanın keyfi, yeni yeni duyumsanan heyecanlar, uyum sağlayabilme ve cesaret gösterme, günden güne kıskançlık, haset, kin, nefret, endişe gibi insanlığın yakından tanıdığı duygularla; şikayet etmek, çene çalmak, saklanmak, yalan söylemek gibi anlamsız alışkanlıkların edinilmesiyle ve bunların yanında, kendi içsel çöküşlerinin birer maskesi olan buruşturdukları suratlarla yer değiştirirler.

Bir çocuğun özgürlüğüne zarar vermek, onun düşlerine çırptığı kanatlarını kırmak, bugün içine düştüğü durumu göremeyecek kadar kör ve bedelini toplumsal binlerce sorunla ve sonunu felaketler ekonomisiyle ödeyen günümüz insanının ahlaksız tutumundan başka bir şey değildir...

Uzun bir suskunluk oldu. Dev Huangpu akşam karanlığına gömülmüştü ve sadece, o saatte hala yoğun olan nehir trafiğinin ileri geri uçuşan ışıkları nehrin varlığını fark etmemize olanak sağlıyordu. Bund'un nehir kıyısındaki bir sokak lambasının altında, bu unutulmaz dersin notlarını, onu sonlandıran kelimeleri de ekleyerek tamamladım.

Trenin hareket ederken çıkardığı sesi zamanla farketmeyişimiz gibi bağımlılığımızın acısı da bizim için, varlığımızın bir parçası, hayatımızın doğal bir değişmeyeni ve anlamsızca rahatlatıcı bir mevcudiyeti haline gelir. Bundan vazgeçmeye çalışmak, bir yetişkin için olanaksız bir girişimdir.

10 Korkunç ve harikulade yön

Bu sırada, Bund'un bu kısmı, uzun sokak lambaları, ahşap ve ferforjeden bankları ve rengarenk kozmopolit bir kalabalığın telaşlı görünüşüyle, bir anda başka bir zamana, şık bir bulvarın tatlı aylak havasına bürünüverdi. Peace Otel'e kadar yürüyerek gittik. Otelin restoranı gözümüzün önüne, boylu boyunca uzanan nehri ve Oriental Pearl TV kulesinin muhteşem manzarasını seriyordu. Yirminci yüzyılın ilk yıllarına özgü mimarisi ve ortamı ile zemin kattaki caz orkestrasından yükselen notalar, bir zaman makinesi gibi bizi yüz yıl geriye götürdü. Her şey kusursuz olmasına rağmen suskun ve düşünceliydim. Dreamer'ın o akşamki sert sözleri sadece bir başlangıçtı. Karşılaşmamızın en zorlu kısmının henüz yaklaşmakta olduğunu biliyordum. Bizi onur konuğu olarak karşılayan otelin işletmecisi, kusursuz iki garsonun başında hazır beklediği masamıza kadar bize eşlik etti. Başgarson'un Dreamer'ı iyi tanıdığı hissine kapıldım.

Davranışları, gecenin akışı, otel ve restoranın gidişatı hakkında verdiği bilgiler ve otelin girişinde yakaladığım bazı işaretler, bana Dreamer'ın burada saygı duyulan bir konuktan çok daha ileri olduğunu düşündürdü.

Gergindim. Öyle ki, konuşmalarının sürüp, başgarsonun yanımızda kalmasını, onunla tek başıma kalacağım anın olabildiğince ertelenmesini istiyordum. Konuyu açtığında, Dreamer'ın söyledikleri de, ifadesi de son derece ciddiydi.

"İnsan yaşamının her yönü, aldığı her karar ve yaptığı her seçim içindeki sorumluluk düzeyine karşılık gelir. Bulunduğu düzey, dünyadaki rolünü ve hak ettiği kaderi ona verendir.

Kuveyt'te, senin daha yüksek bir varoluş düzeyine çıkabilmen için gereken koşullar yaratılmıştı, ancak bu fırsat hala şüphelerinin ve korkularının esiri olan senin gibi bir adama ölümcül bir tehlike olarak göründü.

Görünürde bunu geri çevirdin. Daha basit bir yolu, daha huzurlu bir yaşamı seçtiğine inanıyorsun, oysa gerçek olan, sana sunduğum fırsatı almaya henüz hazır olmamandı!" dedi. Bakışları daha da ciddileşti. *"Senin sorumluluk düzeyin o zenginliği kapsayamaz. Özgürlük senin gibi insanların gözünü korkutur. Bağımlılığın dünyası, seni milyonuncu kez yutup geçmişinin felaketlerini yine tekrarlaman için yaşamın karanlık katlarına fırlattı."*

"Madem vazgeçeceğimi biliyordunuz, neden..." diyebildim. Sorumu tamamlayamamıştım. Bir gözyaşı düğümü boğazıma oturdu.

"Sana hiçbir şeyin 'bahşedilmeyeceğini' anlatmanın tek yolu bu idi! İnsan aldıklarının bedelini ödemelidir. Ödeme insanın Oluş'unda gerçekleşir.

Bir insan ancak vizyonu dahilinde olanlara, sorumlu olduğu kadarına sahip olabilir."

Bunların arkasından gelen ders, çıraklık dönemimin en önemli kilometre taşlarından biri oldu. Bir kez daha,

"Nothing is external. Dışarıda olan hiçbir şey yoktur," dedi.

Sesi katı ve ciddi geliyordu. *"Hazır olmayan bir kişinin sahip oldukları onun varoluş düzeyinin üstündeyse, bir olay ya da dışındaki koşul o gün için lehine gelişse bile, bir gün mutlaka eski yoksulluğuna geri döner."*

Bir ülke veya tüm bir uygarlık için olduğu kadar, bir insanın zenginliği, refahı ve yaşam kalitesi de, doğal kaynakların, üretim araçlarının bulunabilirliğine ya da bolluğuna değil, Varlığının enginliğine bağlıdır. Bir kişinin düşünme, hissetme ve davranma şekli, beklentilerinin yüksekliği ve düşüncelerinin derinliği, neye inandığı ve neyi düşlediği kaderini belirler.

"Be a king first then kingdom will come!

"Önce kral ol, krallık ardından gelecektir!" dedi ve ben bu yasayı her bir hücreme kaydettim. *"Oluş'un soyluluğu, bir krallığın doğuşundan önce gelir."*

"Kuveyt, sorumluluk düzeyini ölçmek, insanın içinde taşıdığı korkunun olaylar dünyasında nasıl bir cehennem yarattığını ilk elden tecrübe etmeni sağlamak için bir sınavdı. Seni bir işe, bir kadına ya da bir uyuşturucuya bağımlı kılan korkudur. Bir maaşın seni koruyabileceğine, sana güven sağladığına inandıran da aynı korkudur.

Kendini tanımayanlar, durumlarına hakim olamayanlar, ne kendileri ne de başkaları için bir şey yapabilirler.

İnsan ancak kendisini seçebilir! Aşık olman, yine sorumluluktan kaçmanın bir yoludur. Sevdiğine inandığın kadın bile, sadece bağımlılığa olan eğiliminin bir yansımasıdır."

Şimdiye dek Dreamer'ın fikirlerine karşı duyduğum dolaysız ve kesintisiz tiksintinin, onların bendeki zihinsel yapıları altüst etmekteki ve modası geçmiş düşüncelerle yıkıcı programları söküp atmaktaki etkilerinin en kesin göstergesi olduğunu öğrenmem gerekirdi. Buna rağmen ben, her seferinde karşı çıkıyor, onun yanında hissettiğim bu dayanılmaz baskıya ve varlığımın her santimetrekaresini ezen güce isyan ediyordum.

Dreamer daima haklıydı. Onun peşinden giderken ya da sözlerini her anımsadığımda başarmamak, yanılmak, kendime zarar vermek, yoldan çıkmak olanaksızdı. Konuşan Ağustos Böceğinin bilgeliğinin, tahta parçası olarak kalmaya karar vermiş Pinokyo için ne kadar katlanılmaz olduğunu hayal etmek bile imkansızdır.

O akşam sözleri daha yıkıcı bir hal aldı, ağırlıklarını ve yoğun enerjilerini kaldırabilmem için fazla devrimsel nitelikteydiler. daha da yıkıcıydı, ağırlıkları ve muazzam enerjileri dayanılamayacak kadar yenilikçiydi. Üst seviyedeki görüşleri kabul etmek ve anlayabilmek, hazır olmayan ve anlamak istemeyenler için daima acı vericidir. Hatta onları sadece dinlemek için bile, psikolojinin gelişmesi, düşüncelerde hızlanma, köklü inançlar ve alışkanlıklarda değişim gerekir. Onları kabul etmek ve benimsemek için kendimi her defasında tamamen hazırlıksız buluyordum ve her seferinde önüme serilen Dreamer'ın felsefesi, sadece her zaman inanmış olduğum şeylere ters düşmekle kalmayıp, onlarla her karşılaşmamda tarihin ve dinin kutsadığı gerçek doğal yasaları tümden ve açıkça çiğneyen bir küfür gibi geliyordu.

Dreamer'ın fikirleri, önümde dünyanın vizyonunu altüst edecek bir girdap yaratarak, bundan böyle eski zihinli insanlıkla hiçbir ortak yönü olmayan yeni bir türe giden maceralı geçidi gösterdi. İdrak etmenin nihayet Oluş'umda bir delik açmayı başardığı şükran duyduğum anlarda Dreamer'ın işaret ettiği yolun, tıpkı akıntıya karşı yüzen somon balığının nehirde izlediği yol gibi korkutucu ve hayret verici, yorucu ve keyifli, tuhaf ve gerekli bir yol olduğunu kavradım. Dreamer'ın çelişkili lisanının arkasında, bir Esodo gibi göz kamaştıran, Spartakus'un yiğit girişimleri kadar düşsel ve destansı psikolojik bir devrim, bireyin devrimi olarak yükseliyordu.

11 Aşık olmak

Dreamer yeniden konuşmaya başladığında Heleonore ile olan ilişkime ve bir aile kurmak için gerçekleştirdiğim sayısız girişime değindi. Seçtiği ilk sözcükler ve tonlaması, söylemek üzere olduğu şeyleri dinlemenin pek de hoş olmayacağının yanı sıra, onları kabullenemeyeceğim konusundaki endişelerimi haklı çıkaracağa benziyordu.

Dreamer'ın felsefesini kabullenmek, onun düşüncelerine yer açmak hiçbir zaman kolay olmamıştı, ama şimdi en sıkıntılı konuya değinmişken inatçılık kalelerimin güçlendiğini, en eski kalkanlarımın daha da affetmez bir biçimde yükseldiğini hissediyordum. Benden Heleonore'dan ayrılmamı istemesinden korkuyordum. Çıraklığım çok kritik bir noktaya gelmişti. Sonraki sözleri, endişelerimin karanlık ormanında, av borusunun, bir yaban hayvanının ininin derinliklerinde yankılanan sesi gibi, olduklarından daha da vahşi ve saldırgan geldi. *"Korku ve senin bağımlı olma eğilimin, bu kadınla yaşadıkların gibi, her ne ile karşılaşırsan ona pençelerini geçirmene neden oluyor.*

Ayrıca ona aşık olduğunu sanarak kendine de yalan söylüyorsun."

Dreamer uzun uzadıya konuştu. Bir şeyler çelik bir zırhı delmiş, tavrımı değiştirmişti. Bu değişimle birlikte, başlangıçtaki sert ifadesini korumasına rağmen, onun konuşmasının tonlaması da belli belirsiz bir biçimde yumuşadı.

İnsanların aşık olmak olarak adlandırdıkları Oluş'taki bozulmanın gerçek anlamına işaret ederken ve onu saklayan ölümcül tuzağın örtüsünü kaldırırken, içime işleyen bir şekilde:

'Aslında her aşık olduğunda...düşüyorsun.' dedi.

Hızla gözünü kırptı ve uyarırcasına *"Ve her düşüşün ardında da bir eksiklik bulunur,"* dedi.

Dreamer'dan, her türden hayranlığın arkasında yatan bu tehlike işaretinin ve düşüş sinyalinin, en farklı kültürlerde bile izlenebilir olduğunu öğrendim. Aşka düşmek, 'to fall in love' ya da 'tomber amoureux' gibi her dilin özelliklerini taşıyan bu ifadeler milyonlarca kadın ve erkek tarafından, çıkardıkları alarm çığlığı duyulmadan kullanılmaktadır. Bu deyimler burnumuzun dibinde, artık kimsenin dikkatini çekmeyen bir tehlike bayrağını sallamaktadır. Dreamer, bu irdelemesini daha da derinleştirerek, birine ya da bir şeye aşık olmanın bir uyarı değil, sevme haline dair çoktan gerçekleşmiş bir düşüş ya da alçalış olduğunu belirtti.

Yine, *"Dışarıda olan hiçbir şey yoktur,"* dedi. *"Dünya ve diğerleri, senin zaman içinde dağıtılmış hallerindir. Birini sevmek, kendinden bir parçayı sevmektir, küçülmek... parçalanmak demektir."*

Dreamer'a göre, insanın kendisi dışında birini sevmesi, koskoca bir okyanusu bir bardağa sığdırmaya benzer ya da denizdeki bütün suyun bir avuç kumla örtülmeye çalışılması gibidir.

"Sevgi (a-mors), ölümün yokluğu demektir. Sevmek, kişinin kendisini özünde sevmesi, kendisine verebileceği her türlü zararı ortadan kaldırması anlamına gelir." Ardından, bunun ancak kişinin isteyerek yapmasıyla olabileceğini söyledi. Dreamer'a göre, 'kişinin kendisini özünde sevmesi' ancak tam ve gerçek bir iradenin eylemi olabilir.

"Sadece bütünlük sevebilir," dedi kesin bir şekilde. *"Ve ancak tüm görkemiyle varoluşun bütün olan hali sevgiyi içine alabilir."*

Tamamen hazırlıksız olduğumu hissettiğim bir beklenti kaygısıyla, "Bütünlüğe erişen bir kişinin bir eşi, çocukları, bir mesleği, bir sosyal hayatı, ilişkileri ve dostları olamaz mı?" diye sordum.

"Elbette olabilir," diye yanıtladı. *"Ancak unutma ki, senin dışında olan her şey, sadece senin içinde yaşadığın ve varlığının yüceliğini anlatan bir sahne gösterisi, ruhundan görsel bir kesittir.*

Bir başkası, başkaları ve dünya... yalnızca senin yansıttığın görüntülerdir... bir bardak su... bir avuç kum."

Dreamer'a göre, mümkün olan tek sevgi, kişinin kendisini sevmesiydi. Kendini sevmek, en yüce sanattır. İnsanın kendisi dışında bir başkasını sevmesi, ifadesinin doruğunu cinsellikte bulan bir putperestliktir.

Dreamer, *"Bir erkek, yaşamına bir yön vermesi gerektiği yüzlerce anda olduğu gibi, kendine bir eş seçerken de sürekli cinselliğinin etkisi altındadır,"* diye düşüncesini açıkladı. Yaptığı bu girişteki ses tonunun yumuşaklığı, konuşmasındaki bu sıcaklığa yoğunluk kattı ve dikkatimi ıstırap duyacak kadar keskinleştirdi.

İnsanoğlu, cinselliği yaşamının merkezine yerleştirerek, onun sadece, unutulmuş bir coşkunun, Oluş'un birliğinin çok uzaktan anlık görünümü olduğunu keşfedemedi.

Dreamer konuşmasını sürdürerek, yiyecek ve uyku gibi seksin de dikkatli bir yönetimi, insanların unuttuğu bir yönetme yeteneğini gerektirdiğini söyledi. Bir öğreti dalı, Varlığın olgunluğa ulaşması için insanoğlunun emrindeki bir teknik olarak hizmet etmesi gereken cinsellik anlayışı çarpıtıldı. Oluş'un diğer alanlarına erişebilenler, cinselliği, bütün olmanın hizmetindeki bir itici güç olarak kullanırlar.

Dreamer, bu zihniyetin unutulduğunu belirterek sözlerine devam etti. Cinsellik işlevi, bizi daha da doyumsuz, daha da eksik, herkesin doğuştan hakkı olan ve feragat ettiği Oluş'un bütünlük durumundan daha da uzaklaştıran gelip geçici bir aktiviteye dönüşerek sonunda değerini yitirdi. Şimdiye kadar seks konusuna bir an bile, Dreamer'ın önüme serdiği ve beni soluksuz bırakan bu bakış açısıyla asla bakmamıştım. Görüntüler zihnimde birbiriyle, sanki film şeridinin hızlı gösterimle oynatılması gibi çabucak yer değiştirmeye başladı. İnsanları yatak odalarında hiç ara vermeden, kan ter içinde çiftleşirken gördüm. Bir zoolojik türün seksüel davranışlarını inceleyen bir hayvan davranışları uzmanının tarafsız bakışıyla insanın bu evrensel takıntısını, kur yapma ritüellerini ve üreme tekniklerini gözledim. Bir anda, Oluş'taki birliğin ışıltılı mesajlarını almak için organlarımızı yaratan ve onlara içimizde işlevselliğe zorlayan bozulmayı ve içine düştüğümüz bu alçalmayı bu kez kesin olarak kavradım.

Dreamer'ın vizyonuna göre seks, yitirdiğimiz bütünlüğün arayışında izlerini bulmamıza ve bize bu zorlu yolda adım atmamıza izin veren önemli bir bağdır.

Parçalanmış bir insanlık, partneriyle olan ilişkisini bağımlılığa, cinselliği ise daha ileri bağımlılıkları ve kayıtsızlıkları için bir bahaneye dönüştürerek onun gerçek işlevini çarpıttı. Kendimi başka dünyadan gelen bir varlık gibi yalnız hissediyordum, çünkü irade ve akıl tarafından yönlendirilmediği için başarısızlığa mahkûm olan bu nefes kesici bütünlük ve birlik arayışının vizyonuna katlanması kabul gören tek tanık bendim. Bu arayış, içinde kendisini sevmeden önce, dışarıda başkasını sevmeye çalışan bir varlığın imkansız girişimi yüzünden, sonsuza dek her denemesinde sonuçsuz kalacaktı.

Her seferinde hapşırıklar kadar anlamsız ve her seferinde bir başka küçük ölümle birlikte yeni hayal kırıklıklarıyla sonuçlanan bu cinsel birleşmelerin, göz açıp kapayıncaya kadar hızla tutuştuklarını ve bir anda sona erdiklerini gördüm. Kaderi her seferinde ihanete ve başarısızlığa uğramak olan insanın mutluluk beklentisi, bütün olma çabası sürekli tekrarlanan bir döngüydü.

Zihnimin ekranında buzulla kaplı ülkelerin görüntüsü belirdi. Ren geyiklerinin, onları çılgına çeviren, dışarıda boşu boşuna arandıkları misk kokusunun ardında ölüme koştuklarını gördüm.

Kaderin kötü bir oyunu yüzünden, onları sarhoş eden bu kokuyu aslında kendi ter bezlerinin ürettiğini, onun kendi bedenlerinin kokusu olduğunu asla bilmeyeceklerdi.

Dreamer, bu noktada düşüncelerime girdi ve görüntülerin akışını durdururken, *"İnsan özgürlüğü, mutluluğu ve sevgiyi dışında arar,"* dedi. *"Ama kayıp oğulun yolculuğu dışarıda değil, içerideki bir serüvendir, varoluşun birliğine doğru çıktığı dönüş yolculuğudur."*

"Bir erkek, bütünlüğünü yeniden ele geçirmek için sürekli bu girişimde bulunur: yitirdiği cenneti, Oluş bütünlüğünü yeniden kazanmak için, kendisinin bir parçası olan ve bir kaburgasından yaratılan kadınla birleşir." Ardından değiştirilemez, kesin bir hükmü okuyan birinin ses tonuyla, *"Oluş'un aritmetiğinde iki yarım bir bütün etmez! Bu, noksanlığın karesi olur!"* dedi. *"Gerçek bir düşleyen, kendisini bütünlükte ifade eder. Eksik bir dünyada yeri yoktur."*

12 "Ben senim!"

"Fakat tüm olan biten benim yarattığım, yansıttığım bir durum ise, o zaman, Sen... Sen kimsin?"

Beklenmedik bir biçimde, duyduğum anda, zihnime damgalanacak sözleri söyleyiverdi. *"Ben, senim! Ben senin içinde var oluyorum."*dedi. Dünya ayaklarımın altından kayıverdi. Artık hiçbir şey eskisi gibi değildi ve bir daha da asla eskisi gibi olmayacaktı.

Dreamer bocaladığımın farkına varınca bana yaklaştı,
"Beni dışında görüyorsun, çünkü senin içindeyim. Böceklerden galaksilere dek, gördüğün ve dokunduğun her şey senin içindedir, yoksa ne onları görebilir, ne de onlara dokunabilirdin," dedi.

Başım döndü.

Yüreğimin her atışıyla şakaklarımın zonkladığını hissediyordum.

Tuhaf bir şeyler oluyordu... İçimde bir şey büyüyor, benden yolunu buluyor ve sanki gebelik dönemi süratle hızlandırılmış bir canlı gibi kendini içerden dışarıya çıkarmaya zorluyordu.

Her şey birbirine bağlıdır. Hiçbir şey ayrı değildir. Eğer kendinde yalnızca bir tek atomu, en ufak bir düşünceyi, alışkanlığı, tutumu, hatta sesinin perdesini dönüştürebilseydin, bu dönüşüm tüm varlığında infilak edecek ve evrenin sonsuza dek değişecekti.

Fakat varlığın bu atomunu dönüştürmek, olaylar dünyasında dağları yerinden oynatmaya ya da okyanusları yutmaya benzer.

Sesinde, insanın mutsuzluğunun nedenine ve içinde bulunduğu koşulların asıl kökenine dokunan bu konuşmanın verdiği ıstıraptan kaynaklanan bir hüzün vardı.

Kendimizde bir atomu değiştirmek bile bir dağı yerinden oynatacak gücü gerektiriyorsa, insanlığın kendisini dönüştürmesi için gerekecek yılların dipsiz uçurumu önünde aklım durdu. Bu mesafeyi biraz da insan aklının erebileceği bir boyuta çekebilmek için, en azından kendi geçmişimde sert virajların ve çalkantıların eksik olmadığı şeklinde bir itirazda bulundum. Onunla karşılaştığımdan beri mutlaka birden fazla atomum değişmişti. Nitekim son birkaç yılda, birçok kez işimi, eşimi ve yaşadığım ülkeyi değiştirmiştim, gerek Kuveyt'e gitmeden önce, gerekse kendimi Şanghay'da bulana kadar, birçok kez işimi ve ailemi bir kıtadan diğerine taşımıştım.

Dreamer, *"Bunlar yalnızca görünüşteki değişikliklerdir,"* diye yanıtladı. *"Sıradan bir insanın yaşamında gerçekte değişen hiçbir şey yoktur. Onun geçmişi, geleceği olur. Yaşamındaki her şey kendisindeki eksiklikleri ortaya serer."* Sesi yine kararlı ve sert bir ifadeye döndü. *"Tekrarlamanın rahat ve ölümcül kulvarını terk etmeye kendisini zorlayacak her değişiklikten korkar."*

Bu değişim yanılsamasının ötesinde, senin yaşamında da her şey tekrarlanır; her şey her zaman birbirinin aynısıdır.

Aldığın roller, oturduğun evler ve edindiğin arkadaşlar gibi, bir aile kurma girişimin ve seçtiğin kadınlar da hep değişmezliğinin birer yansıması ve dolayısıyla her şeyden öte, yaşamını içine kapattığın varlığının kısıtlı göstergesidirler.

Seninkine paralel ve sadece düşün ulaşabileceği dünyalar vardır.

Eğer şu an seni memnun eden hiçbir şey yoksa, bunun sebebi Oluş durumundur. Oluş seviyen aynı kaldığı sürece istediğin hiçbir şeye sahip olamayacaksın. Yeni bir anlayışa, yeni bir anlama, yeni bir hayata sahip olmak ve böylelikle daha üstün bir düzenin olaylarını kendine çekmek istiyorsan kendini değiştirmelisin.. Kendini değiştirmek ilk önce 'kendinden kurtulmaktır.' 'Daha üstün bir seviyede' doğabilmen için, 'daha aşağı bir seviyede' ölmen gerek.

Bocalıyordum. Dreamer zorda olduğumu gördü ve bekledi. Sözleri, dayanılmaz bir acıyla bedenimi delip geçen oklar gibi oluşumun bilinmeyen bölgelerine sızan ışık demetleriydi.

İhtiyatsızca hatırladığım geçmişim şimdi beni boğuyordu. Luisa'nın ölümü ve bütün ilişkilerimin mutsuzluğu, tüm bir yaşam boyunca süren kavgalar, anlayışsızlıklar ve ihanetler, kendi buruklukları yla yüklü olarak yine birer birer su yüzüne çıkıyorlardı.

Her iki ucundan yakılmış bir mum gibi hızla yanan, yirmi yaşın en fevri ve en bilinçsiz haliydi Luisa. Jennifer'ın ise kibirliliğimin, sahiplenme arzumun ve yaşam korkumun bir kimliğe bürünmesi olduğunu şimdi anlıyordum. Gretchen, benim saldırganlığımın, her sözümün, her davranışımın ve bakışımın arkasında duran, gizli ihanetimi yansıtan bir görüntüydü ve bu çok doğruydu. Bu kadınların hepsi benim içimde bulunduğum durumların birer yansımasıydı. Dreamer bir süre sonra beni bu düşünceden de çekip aldı. Ses tonu olağandışı şefkatliydi. *"Bu kadınlar, özünde asla keşfetmek istemediğin şeyleri sana göstermeye geldiler."* Son aşkımın, benim aşka son düşüşümün arkasında, neyin gizlendiğini keşfedeceğimi düşününce içim acıdı.

13 Evren Bir' e doğru demektir

Birkaç dakika konuşmadık. Masamızdan görülen nehrin sıradışı manzarasının keyfini çıkardık. Oriental Pearl TV Kulesinin çelik silueti, karanlık gecenin ve uzaktaki Pudong'un puslu ışıklarının fonunda bir kuyruklu yıldız gibi parıldıyordu.

Bu arada Peace Hotel'in restoranı kalabalıklaşmıştı. Restoranın demode atmosferi, müşterilerinin giyimlerinde de göze çarpıyordu, üstelik çoğu, yüzyılın başındaki çekilmiş bir fotoğraftan fırlamış çiftler gibiydi.

Dreamer, şimdi bu karşılaşmamızın en önemli konularından biri olan, son konuyu açıyordu. Garsonların tabakları toplaması için bir süre sessizce bekledi. Dreamer'ın tabağı sofraya getirildiği haliyle duruyordu. Nefesimi kesen sözlerini not almakla meşgul olduğumdan, ben de yiyeceklere pek dokunamamıştım.

Dreamer sözlerine başlarken, *"Bu proje, 'universe' kelimesinin içine ebedi harflerle kazınmıştır"* diyerek sözlerine başladı ve çağlar boyunca sayısız insan neslinin 'universe' kelimesini kendi etimolojisinde, kınında duran görünmez bir kılıç gibi gizlendiğini ve adını aldığı anlayışın olağanüstü gücünün farkına varmadan nasıl kullandığını açıkladı.

Universe: Uni-verso, yani 'versus unum' Latince 'Bir'e doğru' anlamındaydı. Geçen zamanlar boyunca varoluşun anlamı, dünyanın seyrettiği yön, olaylar ve insanlar bizlere gösterilmiş, anlatılmış, her şey gözlerimizin önünde meydana gelmişti.

Yıldızlar kadar eski, milyonlarca güneşin sıkıştırılmış enerjisi kadar güçlü ve gerçek kadar basit olan bu kozmik mesaj çok uzun zamanları aşmış, ancak yine de çok az insan onu anlayabilmişti. Bütünlüğün bu tek güçlü mesajı, her dönemden medeniyetin dini ve fikri geleneklerini özünden etkilemişti, öyle ki onlar, Oluş'un birliğine yönelmiş bu bastırılamaz itici güçle doğmuş ve hala onunla titreşiyorlardı.

Dreamer'ın yorumunda, kültürel, ırksal ve coğrafi her tür farklılıkların ötesinde, yer ve zamana aldırmaksızın fikir, felsefe ve vizyonların altından bir iple ilmek ilmek işlendiği ulusları ve insanları bağlayan dokuyu gördüm.

"'Monos' sözcüğünden gelen 'monk' (keşiş), 'Bir olana' doğru tek başına ilerleyen, kendi bütünlüğünü arayan kişidir," dedi. Yüzünde çoğu zaman peşi sıra gelecek hicvin belirtisi olan bir tebessümün gölgesi belirirken sözlerine devam etti. *"O inşa edilmekte olan bir varlıktır. Hatta hücresinin dışına, 'çalışmalar sürmektedir' levhası bile asılabilir."*

"Seçtiği cüppesi ile öğretisi, onun bir 'birey' olma niyetine hizmet eder..."

Birey '*individual*' sözcüğünün de, *indivisibile* yani bölünmeyenden türediğini ve insanın bir olmaya doğru giden yönünü gösterdiğini açıkladı. Bu çok ender bir durumdur. Ancak çok az sayıdaki kişi kendi üzerinde çalışmalar yaparak bu duruma erişir ve gerçek bir birey olur. Benim için sözündeki yergi, anlamamak ve aleyhimde yaptığı bu karşılaştırmaya üzülmemek için fazla aşikardı. Kendilerini bütün olma yoluna adamış, yorulmak bilmeden çalışan araştırmacılar vardı ve her zaman da olmuştu.

Peki ben neredeydim? Zamanın her döneminde, sıradan koşulların dışına çıkabilmek için insanüstü çaba harcayan, bu yolda araştırma yapan bir avuç aydın çılgının oluşturduğu cesurlar ordusunda kendi yüzümü görmek için boş yere arandım durdum. Yaşamımın tekdüzeliğini terk etmek, bireysel bir kaderi, o muhteşem kişisel serüveni hak etmek için ben ne yapmıştım?

Kendimi çabucak bir vicdan sınavından geçirdim ve derhal hayatımın üzerine bir matem örtüsü serdim. O vakit, neredeyse iki bin yıl boyunca farkedilmeden aktarılmış olan, iki yalın masalın ardına gizlenmiş müthiş sır tüm parlaklığıyla zihnimde bir şimşek gibi çaktı, basit öyküler kılığına girmiş olan bu ölümsüz mecazi anlatımlar, bu olağanüstü güçlü iki hikaye; kayıp bir koyunun peşinden giderken diğer doksan dokuz koyununu feda eden çobanın öyküsü ile kaybettiği bir gümüş lira için kalan dokuz lirasından olan, buluncaya kadar bıkmadan usanmadan onu köşe bucak arayan kadının öyküsüdür.

Bu ilk öğrenilen hikayeler kendilerini, bütünlük mesajının binyıllık koruyucuları olarak gösteriyorlardı.

İçlerinde hala, 'projenin' belleği ile insanın, evrensel ulaşılmaz halindeki Oluş'un birliğine doğru hiç bitmeyen çekimi bulunur. Büyük varış noktası, vurulması gereken hedef ve bu gezegendeki varlığımız bunun asıl sebebidir.

Dreamer, otoriter bir havada konuyu özetleyerek, *"Cehennemin en ufak bir tohumu bile cennete giremez,"* dedi.

Dikey bir insan için, bütünlüğünden tek bir zerreyi yitirmek bile, her şeyi yitirmek demektir. Yeniden tam olacağı zamana kadar huzur bulamaz.

'Aziz' sözcüğü Hristiyanlığın dogmatik felsefesinin ötesindeki, derin anlamıyla 'sağlıklı, iyileşmiş kişi' demektir,

Aslında aziz, Oluş'un birliğini, tam olmayı kendisine amaç olarak belirlemiş, bütün olmuş, tam kişidir; bütünlüğünden en küçük bir sapmanın kendisini sıradanlığın cehennemine savuracağını bildiği için, kendi oluş durumlarının ve duygularının farkında olandır...

Anımsayabildiğim tüm kutsal ikonografi eserleri zihnimden geçti ve çocukken azizlerin ışıktan birer haleyle taçlandırılan başlarını seyrettiğimde yaşadığım şaşkınlığı yeniden hissettim. Onları mum kokulu odaların ölgün ışığında, yaşam belirtisi olmayan kiliselerde, müzelerin ve sanat galerilerinin steril ortamlarında ve dahası, geçmişin hüzün verici, eskimiş insanları olarak anılarıma kazımıştım. Ancak şimdi, çektiği ıstırapları ve yenilgilerini azizlere yansıtan toplumsal düşüncenin ve anlamsızca 'kendi dışında' oluşan mucizelere inanan bir kalabalığın tüm cehaletini ve saçmalığını görebiliyordum.

'Kendinin dışında' olmak gerçek bir deliliktir. İnsanlığın iyileşmesi gereken hastalıkların en kötüsüdür.

Aslında azizler, sadece 'kendilerine inanmaya' cüret eden kadınlar ve erkeklerdi; onlar, kendi eksikliklerinin farkına varmış, yitirilen bir bütünlüğe doğru geri dönüş yolculuklarını tamamlamış sıradan insanlardır.

14 Kral ülke, ülke kraldır

Dreamer, anılarla dolu düşüncelerimin melankolik olmasına fırsat vermeden, beklenmedik bir şekilde araya girerek *"Ekonomi budur!"* dedi. Başlarında haleler ve hurma dalları olmayan muzaffer kadın ve erkeklerden oluşan bir ordunun görüntüsü, zamanı olmayan bir destanın gerisinde bir süreliğine havada asılı kaldı. Son görüntü de yeni gelen sözcüklerin meltem esintisinde kaybolup gitti.

Bireyler ve onların eylem halindeki iradeleri olmadan, bir kazanç ya da ilerlemeden, iş ya da refahtan söz edilemez. Onlar toplumun yüksek ilkeleri olan en değerli insanlarıdır. Onlar olmadan, büyük siyasi imparatorluklar ve iktisadi servetler dağılır, yok olurlar.

Dreamer'ın sözlerinde birdenbire, ekonomi öğrencilerine yılardır azap çektiren, tüm dünyadaki üniversitelerin, işletme okullarının araştırma merkezlerinin çaresizce çözmeye çalıştıkları bir bilmecenin çözümünü bulmuştum.

Dünyadaki ticari kuruluşlar erken ölüyorlardı. Varlıkları giderek daha sallantılı bir hal alıyor ve ortalama ömürleri bir güne düşene dek azalıyordu. Ekonomi ve finans devleri bile uzun ömürlü olmuyorlardı. Bunu görmek için sadece yirmi yıl önce dünyanın en büyük 500 şirketi listesinde yer aldığı halde artık adı okunmayan şirketlerin yarısını anımsamak yeterliydi.

Oysa şimdi bu şirketlerin, bütünlük sahibi olamayan liderlerin birer yansıması olduklarını biliyordum. Onların erken yok oluşlarının tek ve gerçek nedeni, bünyelerindeki bütünlüğe ermiş kadın ve erkeklerin eksikliğiydi. Bu insanların tek bir tanesi bile, bilgi, insan ve mal varlıklarından oluşan çok büyük kalıtsal servetlerin kaybedilmesini ya da medeniyetlerin tümüyle dağılmasını engellemek için yeterliydi.

Scipione ya da sonra gelen Sezar olmasaydı, Roma bugün nerede olurdu diye düşündüm; ya da Assisi'li Francesco çapında bir yönetici olmadan dünyanın en büyük çokuluslu kuruluşu olan Katolik Kilisesi'nin başına neler gelirdi? Aklı başında, bütünleşmiş insanlar...onları kim yetiştiriyordu? Neredeydiler?

Beni bu düşüncelerimin esaretinden kurtaran Dreamer'ın sesini yeniden duydum. *"Kral ülkedir ve ülke de kral,"* sözünü özel bir tonlamayla söylerken, aklımı yeniden 'düş' ile birleştirmişti.

Bir organizasyon piramidi, liderinin nefesine bağlıdır. Altından bir kordon, onun görüntüsünü ve kendi yazgısını, organizasyonun ve adamlarının kaderine bağlar. Eski hükümdarlarda olduğu gibi onun bedensel durumu, kendi ekonomisiyle uyum içindedir.

Bu durumu klasik Çin gelenekleriyle ilişkilendiren Dreamer bana, fevkalade zor zamanlar olan, İmparatorluğun bir kıtlık veya düşman işgali ile karşı karşıya kaldığı durumlarda, Cennetin Oğlu sıfatını taşıyan Çin İmparatorunun, çıkış kapılarını açmak için sarayın iç odalarına çekildiğini anlatırken, ben onun her bir kelimesine sıkı sıkıya tutunuyordum.

Yüzünü güneye çevirmiş, dingin ve insanüstü erdemleriyle Cennetin Talimatına göre tüm İmparatorlukla uyum içinde olduğundan emin olan İmparator, karşılaştığı sıkıntıların kendi bütünlüğündeki bir düşüşü açığa vurduğunu ve mücadelenin ilk önce içerde kazanılacağını biliyordu.

Setler yıkılıp, sel suları yaklaştığında,
barbar kavimler ve saldırılar dünyanın her bir köşesinden
yağmaya başladığında,
lider'e bahşedilen 'seyyar cennet' kaybedilmiş demektir
ve sadece onun bütünlüğünü geri kazanması bu felaketi tersine çevirebilir.

Böyle bir sorumluluk seviyesine sahip bir insan için, kendi bütünlüğü ve imparatorluğun bütünlüğü arasında bir ayrım yoktur. Onun için asıl zafer, kendini yenmek ve Oluş'un birliğini yeniden tamamlamaktı. Ancak o zaman kendi kusursuzluk seviyesinin ölçüsünü ve etkisini simgeleyen çözüm; iç anlaşmazlıklar, kötü iklim koşulları veya kıtlık yüzünden düşman ordusunun çökmesi ya da müttefik bir ordunun gelişi gibi şekillerde kendini açıkça ortaya koyacaktı.

Dreamer'ın yanında, iş yaşamının en eski geleneklerinden modern tarihe kadar, tüm uygarlıklar tarihi boyunca her daim uygulanmış olan kavrayışın canlılığını ve kalp atışlarını hissettim. Yüzyıllardır Çin İmparatorluğu'ndan Robert Maxwell'e, Walt Disney'den Kral Arthur'un ülkesine dek aynı ve değişmez bir yasa yankılanmaktadır:

"Kral hastalandığında ülke de hastalanır.
Çünkü kral ülkedir ve ülke de kral."

XIV. Louis'in nükte dolu sözü bile şimdi bana, yeni bir anlayışın ışığın içinden beliriyordu. "L'Etat c'est moi – Devlet Ben'im", yüzyıllar boyu inandığımız şekliyle bir zorbanın nidası veya sınırları olmayan bir hükümdarın bildirisi gibi değil, kendi kişisel yazgısıyla milyonlarca insanın, bütün bir imparatorluğun yazgısının kusursuzca birbirine bağlı olduğuna inanan bir insanın farkındalığıdır.

Bir lider, bir işadamı, sorumluluk sahibi bir insan finansal kaderinin, girişimlerinin başarısının ve uzun ömürlülüğünün, ve hatta beden sağlığının, sahip olduğu bütünlük seviyesi ile doğru orantılı olduğunu bilir. Bölünmüş bir dünyadan, birleşik bir dünyaya geçmenin sadece tek bir yolu vardır! Vazgeçmemiz gereken yalnızca tek bir şey var...

Birden sustu ve bu kısacık duraksama bana sonsuzluk kadar uzun geldi.

Acı çekmek.

Hemen atıldım, "Bu çok zor olmasa gerek, bunu kim kabul etmez ki?" dedim. Dreamer,

"Buna rağmen, sıradan bir insan için bu ciddi şekilde olanaksızdır," dedi. *"Senin durumunu ele alalım. Elbette ıstırap çekmekten vazgeçmek isterdin, ama bu olgu, beraberinde mücadelelerden, çatışmalardan ve bölünmelerden oluşan bir dünyadan da vazgeçmeyi getirecektir; bu senin olan dünyadır, bildiğin tek dünya.*

Ancak kendini bilen kişi, kendi dışında bir şeyin olmadığını, evrende tek başına olduğunu, içinde bulunduğu durumların ve başına gelen her şeyin tek sorumlusunun kendisi olduğunu bilir."

Dreamer, göğe birkaç milim daha yaklaşmak istercesine sırtını doğrulttu ve yavaşça boynunu yukarı doğru uzattı. Sonra, *"Mucizevi bir şeyi çekip alabilmek, herhangi bir şeyi elle tutulur hale getirebilmek için kişi, kendisini Oluş'ta yükseltmeli, doğuştan hakkı olan bu birlik, bütünlük durumunu, her birimizin en gerçek, en somut yanımız olan 'düş'ü hayata geçirmelidir..."*

Dreamer gözlerini kapattı, defterime titizlikle yazdığım şu sözleri ezberinden okudu.

Düş, var olan en gerçek şeydir... Atomlardan en uzak galaksilere kadar, gördüklerimiz, görmediklerimiz, dokunduklarımız, dokunamadıklarımız her biri düşlerimizin yansımasından başka bir şey değildir.

15 Gerçeklik, düş + zamandır

Gelecek için amacımız 'bir olmaktır'. Hedef, Oluş'un birliğidir. Bu birleşme içimizde gerçekleştiğinde, biz bütünlük durumuna ulaştığımızda, ancak o zaman 'düş'ün bize ulaşması' için gereken şartlar oluşur.

Gerçeklik = Düş + Zaman
Dream + Time = Reality

Bu özdeyişi notlarıma, D + T = R harfleriyle bir denklem biçiminde kaydettim. İleride bir gün ESE'deki öğrencilerime, vizyonun ufkunu ve bu formülün içine sıkıştırılmış olağanüstü enerjinin sırrını aktararak açıklayacaktım.

Her şey düşten kaynaklanır. Gördüğümüz, dokunduğumuz her şey, görünmeyenden doğar. Zaman, onları görünür kılar. Bu fikir, Dreamer'ın öğretisinin özü, doruk noktası ve gelecekteki üniversitemin köklerini besleyecek, onun çelik gibi sağlam, tutarlı, evrensel felsefesinin dayandığı temeli olacak özdeyişini üniversitenin girişine kazıyacaktır:

Düşle.. düşle... asla düşlemeyi bırakma... Düşle!.. Uç!... Sakın bırakma..
Gerçek ardından gelecektir."
Visibilia ex visibilibus
Dream... dream... never stop dreaming... Dream!... fly !.. never stop...
Reality will follow.

Dreamer bu öğüdüyle, Şanghay'da benimle birlikte geçirdiği ikinci günü noktalıyordu.

Restoranda yalnız kalmıştık, sadece Dreamer ve ben. Fuayedeki caz orkestrası bile müzik yapmayı kesmişti. Penceremizden, Oriental Pearl TV Kulesi, uzayı yutmaya hazır, kalkış rampasındaki ışıl ışıl bir roket gibi görünüyordu.

Düşle... Hiç ara vermeden düşle... Gerçek ardından gelecektir!

"Neden düşü olan insanların sayısı dünya tarihinde bu kadar az?"

Dreamer sorumu, *"Kişinin 'düş'e ulaşması' için, Oluş'un bütünlüğüne ulaşmış olması gerekir,"* diye yanıtladı. Bu ifadenin tüm vücudumun içine işlediğini anımsıyorum. *"Yalnızca bütün, bölünmez bir birey bilinçli olarak düşleyebilir ve 'düş'ün var olan en gerçek şey olduğunun farkına varabilir."*

Düşleyenlerin seçkin kulübüne hiçbir şekilde kabul edilmeyecek olanların farkına vardığımda "Peki ya düşlemeyenler ne olacak?" diye sordum.

Bütün insanlar düşlerler, hepsi kendi dünyalarını yaratacak güce sahiptir, ancak çok az insan bunun bilincindedir... düş'ün ne denli güçlü olduğunu, etraflarındaki her şeye değer kattığını ya da dünyanın kabusunu beslediğini bilir. Yalnızca çok az insan, iradeleri ve kendi kusursuzlukları sayesinde mükemmel bir dünya düşleyebilir ve onu somut kılabilirler. Bu, savaşçıların, kahramanların ve seven kişilerin asıl durumudur.

Dreamer'ın vizyonundaki 'düş', hem var olan en gerçek şey, hem de somutluğun temel koşulu olarak, gerçeklik merdiveninin en tepesinde bulunur.

Zihnimin her taraftan sıkı bir kuşatma altına alındığını hissediyordum. Yüzlerce soru birbirleri ardına yığılmış ve yanıt alabilmek için baskı yapıyorlardı. Henüz ağzımı bile açamadan, Dreamer eliyle bir işaret yaparak beni durdurdu.

"İradeyi dünyada bulamazsın," dedi kararlı bir ifadeyle ve ekledi, *"İrade sadece senin içindedir... ama gömülüdür. Onu gömüldüğü yerden çıkarman gerekir!"*

Başka bir şey söylemeden notlarımı tamamlamam ve son söyledikleri üzerinde düşünebilmem için birkaç dakika ara verdi. Sonrasında, kusursuzluğu, kişinin hiç ödün vermeden, yumuşamadan ve 'günah işlemeden' düş'ü doğrultusunda ilerleme kabiliyeti olarak tanımladı.

"Düş'ünü sürekli mevcut kılan bir insan yolundan saptırılamaz. Yaşamındaki her şey kusursuz bir biçimde onun büyük serüveni üzerine odaklanır."

Bu durumun oldukça yaygın olduğunu gözledim. Onu stratejik olarak kışkırtarak, böylesine heyecanlı bir konuda daha fazla konuşmasını istiyordum. "Herkesin bunun için çabaladığı kesin," diye karşı çıktım. "Herkes olmasa bile en azından büyük çoğunluk, yaşamlarını geliştirmek üzere planlar yapar, programlar hazırlar ve bu kişilerin çoğu da belirli bir hedefe ulaşmayı kendine iş edinir."

Dreamer, planlamakla düşlemek arasındaki farkı açıkça anlattı. Bir 'düş'ü besleyen kişilerin şüpheleri yoktur, onlar kararsızlık hissetmez, korku duymazlar. Zihinlerini 'düş'e her çevirişlerinde, coşkularının tazelendiğini hisseder ve özgürlük haline geçerler. 'Düş' iradeyle bağlantılı olduğu için, bu da 'gerçek' iradedir. Öte yandan, plan yapanlar, bir hedefe ulaşmaya karar verenler, onu her düşündüklerinde endişelenip, korkularına ve şüphelerine yem olurlar.

Güçlü ve acımasız kısa deyişlerinden birini daha kurgulayarak, *"Korku ve şüphe, düşün kanseridir,"* dedi. Ara verdiği bu zamandan faydalanarak, defterimde şimdiden sayfalarca yer tutan notlarımı düzenledim. Bir süre bunlarla uğraşırken dalmış olmalıyım ki, yeniden konuşmaya başlayan Dreamer'ın sesiyle irkildim.

İnsanlar azim diye niteleyebileceğiniz bir şekilde, dayanıklılıkla ve enerjiyle çalışır, planlar ve biriktirirler. Ne var ki, bu korkudan başka bir şey değildir. Adrenalin akışı, elektrik yüklü fırtınalar gibi hücrelerinin karanlık evreninde oradan oraya ok gibi fırlar. Bu insanlar çok meşgul görünmelerine, herkes tarafından birer idealist, kararlı işadamları sayılmalarına karşın, sadece ölüme sadıktırlar, isimleri de ölümün kadrosunda kayıtlıdır.

Yazdıklarım boş sayfaları yutuyordu ve ben, onun sözlerinin, mevcudiyetinin meydana getirdiği hakikatin kıymetini hissediyordum. Havayı zenginleştirdiğini hiç yılmadan gezegenin en ücra köşelerine, her insanın Oluş'undaki en saklı kıvrımlara ulaşıyor, onun yaralarını hafifletiyor, gölgelerini uzaklaştırıyorlardı. Altüst olmuştum.

Manasız bir duygu, bir tür ağlama hissi, varlığımın duvarlarına yavaşça yüklenip tüm liflerimin titremesine neden oldu. Başımı notlarımdan kaldırdığımda, yüzünün bana hafifçe yaklaştığını gördüm.

Dreamer, *"Bir amaç uğruna çalış. Kendini; düşleyen, arzulayan ve isteyen insanlığın hizmetine ada!"* dedi. Takip eden sözlerini unutmam ya da onlardan kaçınmam asla mümkün olmayacaktı.

Hiç ara vermeden kendini mükemmelleştirmek için çabala. Sürekli ufkunu genişletmeye çalış. Varlığının bedeli için ön ödeme yap. Eğer isteklerinde samimilerse, çabalarında başkalarına yardımcı ol.

Strive constantly to perfect yourself. Try always to increase your understanding. Pay in advance for your existence. Help others in their efforts if there is a sincere request.

Bu uygulamayı içinde yapması gereken kişi sensin. Bundan böyle, bunu senin yerine ben yapamam. Ben imkansızı denedim. Sana bir şans vermek, içinde bulunduğun koşullardan çıkabilmeni sağlamak için seni çoktan kendisine mahkûm etmiş kaderinin aksi yönünde yürüdüm. Yalnızca seven kişi özgür olabilir ve yalnızca özgür kişi sevebilir. Özgürlük ve sevgi aynı gerçekliğin iki yüzüdür.

Bağımlı olmak, aşık olmak ve son olarak da varlığın birliği üzerine Peace Hotel'de başlayan unutulmaz dersler, burada Bund'un nehir kıyısında, büyük bir devrim çığlığı gibi şimdi içimde yankılanarak kalbimin derinliklerinde sonlarına kavuşuyorlardı.

Kararlı bir tatlılıkla bana, *"Sen de bir gün Dreamer olmayı iste,"* diye önerdi. *"O ulaşılabilecek tüm hedeflerin en büyüğüdür. Kendi evreninin kaşifi, yaratıcısı olmayı iste. Sonrasında dünya, yapmasını buyuracağın her şeye boyun eğecek ve arzuladıklarının tümünü sana verecektir."*

Bu sözlerde gözlerimi kapadım. Bana sanki Şanghay'ın üzerindeki gökyüzünden kuyruklu yıldızların en sevileni ve en parlağı geçmiş gibi geldi. Bu dileğin yerine geleceğinden emindim; onu kalpten istemek yeterliydi! Ya şimdi ya da hiçbir zaman diye düşündüm. İkinci bir şansım asla olmayacaktı. Fakat kendimi felce uğramış gibi hissediyordum.

Dreamer, ve onunla birlikte tüm dünya, sanki niyetimin zayıf zinciriyle askıya alınmış, bekler görünüyordu. Bundan önce her şeyin bana bağlı olduğuna ve hatta Dreamer'ın da benim için var olduğuna bu denli emin olmamıştım. Yıllar süren uygulamalı çalışmalar, uzun çıraklık dönemim ve kendi başıma gösterdiğim tüm özel çabalarım, beni buraya, bu kritik kavşağa getirmişti.

Artık nihayet, bunca zamandır beni hazırladığı büyük girişim ya başlayacak ya da olası dünyaların alacakaranlık kuşağında yok olup gidecekti. Uçuşa geçme zamanıydı. Artık kesinlikle dönüşü olmayan bu tepenin üzerinden ayaklarımın altında uzanan uçuruma bakıyordum. Dreamer'ın bakışlarını ve gizli kaygısını üzerimde hissediyordum. Sonra kesinlikle, onun şimdiye dek beni bu dünyada gerçekten seven tek varlık olduğunu anladım. Gözyaşlarım önlenemez biçimde yükseldi ve onları yuvalarında tutmaya çalışırken gözlerim şişti. Ardından dünya puslandı ve yazmayı bırakmam gerekti.

16 'Düş' tarafından dokunulmak

Tanıştığımdan beri Dreamer, vizyonumu genişletmem, tutumlarımı ve bunlarla birlikte kaderimi değiştirmem için beni sürekli olarak zorlamıştı.

Davranışlarla olaylar birbirinden ayrılamaz. Davranış olaydır.

Dreamer, her fırsatı stratejik biçimde kullanarak, Oluş'umun en yüksek noktasına geçişimi hızlandırmak için olaylar, karşılaşmalar ve uygun koşullar yaratmıştı. Uluslararası bir girişimci ve Kuveyt'teki bir şirketin lideri rolüne kendimi kaptırmışken Dreamer, gücünü ve başlangıcını ona vermiş olduğum sözden alan evrimsel bir tasarıyı devam ettiriyordu.

Şimdi bu uçurumun kenarında, uçmaktan vazgeçip geri çekilmem için, her şey bir bahaneye dönüşmüştü; Heleonore, çocuklar, bir hastalık, ev.

Ama artık ne bunu gizleyebilir, ne de kendimi kandırabilirdim. Kuveyt'te anlamanın ve sorumluluğun üst düzeylerine geçmekten birçok kez kaçınmıştım! Kendime ihanet etmiştim. Heleonore yalnızca bir bahaneydi.

Dreamer yine düşüncelerimin içine sızarak, beni anlayan biri olarak,

"Bir sonraki adım her zaman bilinmeyen ve görünmeyendir...
Next step is always unknown and invisible.

Üst seviyelere geçiş, her zaman için bilinmeyene doğru bir sıçramadır.
Bunu yapmak için, bugüne kadar olduğun her şeyde 'ölmek' gerekir.

Oluş'ta yolun sadece bir milimetresini kat etmek bile sadece çok az kişinin icra edebileceği ölümcül bir sıçrayış, kozmik bir takladır. İki insan arasındaki gerçek ayrım 'düş'lerinin genişliğidir.

Sadece kendini düşünen, daha da kötüsü fark etmediği sahte bir kişiliği düşünen, kendini tanımadığı için her daim kendi kurtuluşu adına endişelenen bir kişi düş'ün etkisi alanına giremez." dedi.

Yalnızca bir yıl sonra, Makedonya'ya Olympos Dağı'na yapacağım bir yolculuk sırasında, Eski Yunanların bu durumdaki bencil kişiler için 'idiotes' terimini türettiklerini keşfedecektim. Yunanlar için aptalın anlamı; yaratıcının, liderin, başkaları için çabalayanın karşıtı demekti.

Açıkça görülen bir menfaat arayışının, kar sağlama amacının arkasında, bir girişimci kendisinin bile anlayamayacağı kadar çok daha derinlerde bir projenin hizmetindedir, o zaten başkaları için uğraşır ve onların gelişimlerinin kendi başarısı olacağını bilir. Onunkisi adanmış bir yaşamdır. Seçeneği yoktur. Eski zamanlardaki bir geminin kaptanı gibi, ya gemisiyle geri dönmek ya da onunla birlikte batmak zorunda olacağını bilir.

Dreamer'ın yanında, bizi yalnızca 'düş'ün özgür kılabileceğini, içimizdeki her bir sınırı yıkabileceğini keşfediyordum.

Yalnızca 'düş', yoksulluğu zenginliğe, zorlukları bilgeliğe ve korkuyu sevgiye dönüştürebilir. Ve biz sadece 'düş' sayesinde yitirdiğimiz cennetin eşiğinden geçebiliriz.

Cennet, öteki ya da başka bir dünya değildir. Cennet, bu dünyadır... sınırsızca... Düş'ün dokunuşuna erişmek demek; muhteşem bir kişisel serüvenin kendisine bahşedilmesi, kişinin kendi eşsizliği ile yüz yüze gelmesi demektir.

Kıtlık ve korku üzerine kurulmuş bir dünyanın betimlemesine sadık olan o insanlar 'düş'ün dokunuşuna erişemezler... çünkü düş özgürlüktür ve onlar çocukluklarından beri, felaket tellalları, bağımlılık rahipleri ve dindarları tarafından büyütüldüler. Her biri, mahkumiyet içinde eğitildi. Milyonlarca insanın, yaşamak için başkalarına bağımlı olmasının nedeni budur. Onları her zaman ayırt edebilirsiniz, çünkü minnettarlıktan yoksun, sevmekten aciz insanlar olarak hemen göze çarparlar.

Vermek, kendine vermektir. Vermek için, sahip olmak ve sahip olmak için, olmak gerekir.

Beni daha iyi incelemek için durduğunda, konuşmasına devam etmekteydi ve dudakları belki de projeden biraz daha söz etmek üzere aralanmaktaydı. Bakışlarının ruhumun derinliklerine kadar işlediğini hissettim. Yüzünün beni bekleyen görev için yetersiz olduğumu anlatan bir ifadeye bürünmesi, kendimi bir aristokrat kulübünün kabul kapısında bekleyen bir serseri gibi hissetmeme yol açmıştı.

Soğuk ve sert bir ifadeyle, *"Aramızdaki farkın ne olduğunu biliyor musun?"* diye sordu.

Yıllardır ona duyduğum çekingenlikten sonra, böylesine samimi bir sorunun şaşkınlığıyla nutkum tutuldu. Şimdi de içtenlikle kendi gizemli doğasına değinecekti. Gerçekten de kimdi bu Dreamer? Benden hiçbir yanıt gelmeyeceğinden iyice emin olana kadar bekledi.

Aramızdaki fark, benim atomlarım ölümsüzlüğün sarhoşluğuyla dans ederken, sen ölümlü olan her şeye çekiliyor, onlar tarafından yönetiliyorsun. Ben ölümü yendim, sen ise her şeyini ölümün kaçınılmaz olduğuna yatırdın.

Bocalıyordum. Dreamer yardımıma gelmeseydi ben kendi başıma bunun içinden çıkamazdım. İşte o zaman, tüm sözlerinin içinden en unutulmaz o iki sözcüğü tekrarladığını işittim.

"Ben senim!" dedi.

Bu ifadenin çekiciliği öyle güçlüydü ki, varlıklarımız arasındaki o yıldızlara özgü mesafeleri yutuvermişti. İşte yine kendimi ona hiç olmadığım kadar yakın hissediyordum. En azından sözlerinin ilk etkisini atlatmış gibi göründüğümde bana,

"Ben 'sen'dim, sen de Ben olacaksın," dedi. *"Bizi birbirimizden yüzyıllar kadar uzun bir zaman ve bilinçlerimizin arasındaki uçurumlar ayırmaktadır. Hızlan! Seni Kuveyt'e göndererek sana bir damla verdim ve sen onu bir okyanus sandın. Şimdi, sana bir okyanus vermek istiyorum, ama sen geri çekiliyorsun."*

Gözlerimi kapattığımda, dayanılmaz bir hızın beni ittiğini hissettim ve bunu başaramamaktan korktum. O konuşmasına devam ederken,

Varlığımın bir köşesine saklanmış, fırtınanın dinmesini bekliyordum. Acımasızca beni oraya kadar takip edip saklandığım yerden çekip çıkardı. Sesinin tonu aniden değişti ve içimde öylesine büyük bir kuvvetle patladı ki, tarifsiz bir dehşete düştüm.

"Son kez kararını ver!!!" diye gürledi. Sesinde bu kez, ödün vermeyen bir kararlılık ve ölümcül bir savaşın ortasında bağırarak emirler savuran bir komutanın yırtıcı kahramanlığı vardı. *"Gelişimin için gece gündüz çalış ve asla verdiğin sözü unutma."*

"Unuttuğum söz nedir?"

"Değişme sözü!" dedi. *"Yalnızca kendine değil, bu yolda seninle birlikte yürümek isteyen bütün diğer göz kamaştıran düşsel varlıklara verdiğin söz."*

"Nasıl değişebilirim?".

Yeni bir 'düş' kur. Yeni bir dünya düşle!
Dünya, senin onu düşlediğin gibidir.
The world is as you dream it.

Dünya senin istediğin gibidir! Sen onun zorba, sahte ve ölümlü olmasını istedin. Düşlerin değiştiğinde, dünya farklı olacaktır!
Sürekli olarak geçmişe duyduğun pişmanlık seni eskiye geri götürüyor. Bundan vazgeç! Artık kendini 'tam zamanlı' bir çalışmayla Projeye adama vakti geldi.

Tüm samimiyetimle ve ciddiyetimle asla vazgeçmeyeceğime ve hiçbir şeyin gelişimimin önüne geçmesine izin vermeyeceğime söz verdim. Dreamer gözlerimin içine bakarak beni uzun süre inceledi ve ben de bu sınava boyun eğdim.
Sert bakışlarında gördüğüm şefkat pırıltısıyla rahat bir nefes alıncaya kadar sonuç endişesinin içimde büyüdüğünü hissettim. *"Bu 'çalışmayı' yapmak için 'söz vermenin' bir anlamı yok,"* dedi.
Sıradan bir kişinin verdiği söz zaten yalandır.
Davranışını değiştir, hemen, şimdi! Doğru hareket budur. Yaşamındaki olgular, koşullar ve olaylar zamanla değişirler.
İşinden ayrıl ve Londra'ya taşın. Orada seninle çalışmaya hazır kadın ve erkeklerle karşılaşacaksın, öyle ki bu insanlar, muazzam bir devrimin, kendisini bekleyen mücadelelere göğüs germe kapasitesine sahip olmayan bir insanlığın, düşünüş ve hissediş biçimlerini temelinden değiştirecek olan bireysel, psikolojik ve evrensel bir devrimin sütunları olacaklar.

Bölüm IX

Oyun

1 İnanmak görmektir

Dreamer'ın üzerimdeki etkisi, hayatımda sürpriz sonuçlarını doğurmaya başlamıştı. Hiç tereddüt etmeden, birkaç gün içinde Chia'daki evi sattım, ACO Corporation'daki işimden istifa ettim ve ailemi Londra'da, Hampstead'in yeşillikleri içindeki Georgian stili harikulade bir villaya taşıdım.

Seven Oaks daha önce tanınmış bir işadamının malikanesiymiş. Mimarisi, eşyaları, mobilyaları, tabloları ve antika heykelleri, girişimci aristokrasinin özlü ve güçlü sembolleriydi. Üstelik Seven Oaks eşsiz bir simya laboratuvarı idi. Böyle bir ev, içimde bir tür netlik, cesur bir duruş, büyük işler 'yapmak' ve başarmak için bir kuvvet uyandırarak, beni sadece geliştirip değiştirebilirdi.

O malikanede Dreamer'ın rehberliğinde yalanı bir daha tekrarlamamak üzere hayatımdan son kez çıkarıp atmak için tüm gücümü ortaya koyacaktım. Orada, endişelerin ve şüphelerin oluşturduğu ıstırap ezgisine son vermeyi öğrenecek ve kendimde Dreamer'ın 'Düşleme Sanatı' diye nitelediği sağlam öğretiyi pekiştirecektim: bu, kişinin kendine inanma sanatıdır; terslikleri dengeleme, tersliklerle karşıt fikirleri ve durumları daha üstün bir düzenin olaylarına dönüştürme sanatıdır.

Dreamer'la birlikteyken kendimi güvende ve güçlü hissediyordum. O benim yanımdayken en köklü değişiklikler, o günlerde başıma gelenler gibi, görünürde en riskli olanlar bile hayatıma kolayca girip, yumuşak bir biçimde yaşamımın düzenini değiştirdiler. Bilinmeze yaptığım bu sıçrayış, sanıldığı gibi yaşamımı altüst etmek yerine, kuvvetli bir el onun dağılmış parçalarını bir araya getirerek sıkıca birbirine bağladı.

Heleonore ve çocuklar, bütün bu değişimleri sorunsuzca göğüslediler.

Kendilerini korunmuş hissediyorlardı. Kararlılığım onlara güven veriyordu.

Yine de, o kararları bana aldıran kuvvet ve inanca hala tam anlamıyla sahip değildim.

Özgüvenim, Dreamer'ın yanındayken duraksama ve şüphe nedir bilmezken, onun öğretilerinden bir milim sapacak olsam anında sarsılıyordu. Dreamer'ın dünyası içinde gerçekleşen her şey, olayları, hakikati ve koşulları yöneten, ve dünyayı toprak çamuru gibi itaatkar, uysal ve şekillenebilir kılan Varlığın oluşma dönemi, benim için hala anlaşılmazdı.

Aylar geçti. Dreamer'dan uzak kalınca, düş parçalanmaya, geçmiş ise bir kez daha gücü eline geçirmeye başladı. Dreamer'ın ilkeleri içimde soğumaya başlayınca, dışarıdaki hava da yoğun bir sise büründü ve buz kesti. Giderek ağırlaşan ve yavaşlayan evrenimde, en küçük bir hareket bile son derece zor ve ıstıraplı bir hal aldı. Yaşamımın her safhası gösterdiği belirtilerle, sürekli geri düşüşümü, geçmişe yönelmiş şüphe ve pişmanlıklarımı gözler önüne seriyordu. Daha önce Kuveyt'ten dönüşümde olduğu gibi, ben geri çekildikçe içimde daha çok plan ve program yapma isteği doğuyordu. Bu standardı koruyarak yaşamayı sürdürecek olduğumuzda, yaptığım hesaplar beni sahip olduğumuz tüm birikimin kısa sürede suyunu çekeceği sonucuna götürdüler. Onun yanındaki yaşamın hızı sürdürülemez durumdaydı. Onu izlemekte zorlanıyordum. Dreamer'a göre hiç sınırımız yoktu ve hiçbir şey çok pahalı değildi.

Her şey elimizin altında durmaktadır.
Sınırlar sadece içimizdedir.

Bu yaşam bana çok riskli göründü. Parasız kalma korkusu, bir Londra bankasında yeni bir hesap açmama neden oldu. Chia'daki evin satışından elime geçen paranın büyük bir kısmını bu hesaba yatırarak, 'zorunluluk hali' dışında bu paraya dokunmayacağıma kendime söz verdim. Dreamer'a bundan hiç söz etmedim. İşlerin kötüye gitmesi halinde hesaptaki bu paraya güvenebileceğimden emin olmak bile, endişelerimin yükselip yaşamımı ele geçiren sıkıntılı zamanlarında beni rahatlatıyordu. Bu banka hesabı, öz inancın ve cesaretin yerine geçerek psikolojik bir protez halini alırken, bu kararım da tıpkı yıllar önce ACO Corporation ile olan kontratıma geri dönüş maddesini ekletmem gibi, benim için sorumluluk sahibiymiş gibi görünmenin bir yoluydu.

Bu yineleniş, geçmişi tekrarlamanın öldürücü sapağına düşmemin şaşmaz belirtisiydi.

Yaklaşan düşüşümün belirtilerini açıkça hissetmeye başladığımda, geçmişin geri dönüş imkanı olmadan beni tekrar yutmasına izin vermeden, Dreamer'a her şeyi itiraf ettim ve bu hesabı kapattım.

Herkes bir şeye inanır... inanmak zor değildir... ancak iradeyi yeniden uyandırmak, niyetini belirlemek ve onu yolundan sapmadan izlemek sadece çok az kişiye nasip olur... Doğrusu, kendini inanmaya zorlamak, öylesine inanmaktan daha üstündür...

Konuşmasının sonunda Dreamer, en hayranlık duyulan, aynı zamanda da en saklı yanıltmacalarından birini ortaya attı.

Bu, 'inanmadan inanmaktır', sadece 'Rol Yapma Sanatı'nı bilen, Oluş'un birliğine ulaşmış bir insanın erişebileceği bir Oluş hali ve yaratma eylemidir.

Her çağda dikkate değer niteliklere sahip insanlar imkansız gibi görünen girişimlerini gerçekleştirmek için gerekli olan sermayeye oluşlarını her türlü şüpheden arındırdıktan sonra sahip oldular. Gerçek sermaye özümüzdedir ve elde ettiğimiz kaynaklar, şartlar ne olursa olsun canlı kılmasını bildiğimiz iç refahımızın maddesel yansımalarıdır.

Sakın kendini 'düş'ün ilkelerinden ayırma. Onları daima canlı tut. İçinde, canlılıklarını kaybetmelerine izin verme, böylece her şeyin senin menfaatin doğrultusunda geliştiğini göreceksin; varoluşun en sığ ve bayağı parçası olan tarih bile senin haklılığını ispat edecektir.

Fikirleri bana derinden ilham veriyordu, ama onları uygulamak o kadar da kolay değildi! İş uygulamaya gelince Dreamer'ın felsefesi, çok az sayıdaki kişiye ayrılmış bir yolun tüm geçilmezliğini önüme seriyordu. Aynı şekilde, onun vizyonunun tanımladığı dağ sıraları boyunca bütün bir insan yığını, çok büyük bir jeolojik bölünme gibi iki parçaya ayrılıyordu: birincisi; herkesten ve her şeyden etkilenen, lider olduklarına inandıklarında dahi başkalarını takip edip onlara bağımlı olan, zayıf ve tamamlanmamış insanlardan, ikincisi ise; sarsılmaz bir inanç ve kararlılıkla kutsanmış, o çok az sayıdaki bütünlüğüne erişmiş varlıktan, bir avuç dikey insandan oluşmaktaydı. Dreamer'a göre, bir ülkenin ya da tüm bir ulusun ömrü, onu yönetenler tarafından sürdürülüyor görünse de, aslında kaderleri bütün olmayı başarmış birkaç kişi tarafından belirleniyordu. Böyle kişiler olmasaydı, yeryüzünün çok büyük bir kısmının, hatta var olan tüm uygarlıkların yazgıları çoktan kesinleşmiş olurdu.

Dünyanın büyük kuruluşlarının, insani ve siyasi organizasyonlarının, büyük iş ve finans imparatorluklarının saygın yöneticilerinin, büyük sanayicilerin, zengin iş adamlarının ve liderlerin, dışardan her şeyi yapar görünen tüm bu insanların arka planında görünmeden yöneten, 'hiçbir şey yapmama' yoluyla, her şeyi hareketsiz, sade, samimi bir şekilde idare eden alçak gönüllü kişiler bulunmaktadır.

Kendine inanan bir kişi, görünürde, bilinmeyene doğru bir adım attığı anda, sadece o anda, hiç hata payı olmaksızın, sanki kendi göz kamaştıran çılgınlığının haklılığı ispat ediliyormuşcasına ayakları altında beliren zemini görür. Görmek için önce inanmalısın, tersi hiçbir zaman mümkün değildir.

Ancak bu özel insanların grubuna dahil olabilmek için gereken nitelikler, o dönemde benim için hala erişilmez bir yükseklikteydi. Artan bir karamsarlık ve şüpheyle sürekli sil baştan hesaplar yapıyordum ve her defasında Chia'daki evin satışından elime geçen paranın bizi ancak birkaç ay daha idare edebileceği sonucuna ulaşıyordum. Gelecekte ne yapacağım konusunda hiçbir fikrim yoktu. Ne bir planım, ne de bir işim vardı. Eski yaşantım beni terk etmişti, yenisi ise yüzünü daha yeni göstermeye başlamıştı.

2 Değiştir şu hayatını!!!

Bu yeni serüvenin ilk zamanlarında yaşanan bir olay, özellikle çok önemli ve belirleyiciydi. Henüz taşınmak üzere Londra'da bir ev aradığım günlerde, çeşitli ev seçeneklerini ona danışmak için fırsat yakalamıştım. Endişeli bir haldeyken, maddi olanaklarımın yetersiz kalacağı ve gelecekte beni nelerin beklediğini bilememekten kaynaklanan korkuyla, oldukça mütevazı olan evler bile bana çok pahalı geliyordu. O görüşmemizde, Marylebone Caddesi'yle Regent's Park'ın arasındaki küçük bir sokakta, iyi döşeli, büyük olmamasına rağmen bana uygun görünen bir apartman dairesini seçme fikrimi hararetle savunmuştum. Hiç unutmayacağım o tepkisi, en değerli öğretileri arasında yerini almıştır. Sözleri bana, hızla püskürtülen soğuk su gibi isabet etmişti.

"Sadece kendini, sınırlarını ve sıradanlığını seçebilirsin" diyerek, önerime tepki vermişti. Aşağılayıcı ses tonuyla devam etti: *"Yıllar geçiyor, fakat yaşam biçimin değişmiyor."*

Dünya, sen böyle olduğun için böyle.
The world is such because you are such.

Dreamer'ın vizyonuna eriş ve zavallı bir varlık olduğuna inanmaktan vazgeç. Bir kişinin yaşamını yöneten şartlar ne olursa olsun, beklentilerine kusursuz bir biçimde karşılık verirler.

Savunmaya geçtiğimi anımsıyorum. Seçimlerimin, onun beni içine soktuğu şartları destekleyecek türden olduğunu savundum.

Söz konusu bu özel durum için, karar alırken ve taahhüt altına girerken gelecekteki olası zorlukları da göz önünde bulundurmanın akıllıca olacağı kanısındaydım. Eğer uygun kaynakları dikkate almayı becerebilseydim, seçimlerim çok daha farklı olurdu...

"Her şeyin kazanılması gerekir. Senin yoluna çıkan zorluklar gizli lütuflardır. Aslında onlar, bütünlük ve anlayışa doğru götüren aşama noktalarıdır."

Benimle alay ettiğini sanıyordum. Dreamer'la birlikte çalıştığım bunca yıldan sonra, beni şoke edecek her düşünceye katlanmış olduğuma, herhangi bir fikrin ya da sıradan bir inancın yıkılmasını kabullenmeye hazır olduğuma, engeller ve hayal kırıklıklarına rağmen direnmeyi bildiğime inanıyordum. Belli ki yanılmışım. *"Artık vurdumduymazlığın ile kaybedecek daha fazla zamanın kalmadı. Aş bunları, görünürdeki her başarıyı, her zaferi aş. Eski tekdüze yaşantını, eski inançlarını bir an bile düşünmeden terk et. Kendini aş. Kötülük, henüz aşılmamış dünkü iyiliktir."*

Yüz kaslarım gerilmişti ve artık ne tarz bir ifade takınmam gerektiğini kestiremiyordum.

Mazeretlere, suçlamalara veya pişmanlıklara yer vermeyen bu vizyona karşı tüm nefretimle haykırmak ve isyan etmek istiyordum... Öfke ve acizlik boğazımı sıkan bir yumruya dönüştü.

Elimden gelen tek şey, anlaşılmaz bir ses çıkarmak oldu. Kendimi toparlamaya çalıştım, anlamlı bir şeyler söylemek için düşüncelerimi düzene koymak istedim, ama...

"Değiştir şu hayatınıııı!!!" diye var gücüyle bana bağırdı. Dreamer'ın şakaklarındaki ve boynundaki damarların deveran eden kanla şiştiklerini gördüm ve korktum. Havada çınlayan haykırışı, sağır edici bir sonsuzluk boyunca aramızda asılı kaldı. Bir an için, savaş borusunu üfleyen bir savaşçının görüntüsü önümde belirdi ve geçti.

Bu görüntüyü kaydetmeye zamanım olmadı, çünkü o sırada Dreamer çoktan gürleyerek beni azarlamaya başlamıştı.

Hala geçmişini yansıtıyorsun. İçinde taşıdığın kıtlık ve kederden vazgeçmediğin sürece Chià'daki evi satmış olman hiçbir şey ifade etmez. Geçmiş yaşantını ve onun her zamanki sefilliklerini yanında taşımamak için dikkatli ol, unutma... Geçmiş tozdur. Past is dust.

Sakın kendini dünyaya sunmaya kalkma. Her yerde yeterince kıtlık var. Daha şimdiden çok fazla yoksulluk belirtileri gösteriyorsun...Benim varlığımı sürdür, Benim sözlerimi hayata geçir...Bana eriş...Banaaa.

Daha da dayanılmaz olan bu yeni haykırışıyla birlikte içimdeki korku yanardağı patladı.

Lavlarının varlığımı köşe bucak sardığını ve içimdeki sonsuz mesafeleri yutarcasına yok ettiğini hissettim. Hala anlamsızca ısrar eden bu çığlığın altında bütün iç bariyerlerim, Joshua'nın borusundan çıkan ilahi sesin basıncı altındaki Jericho kentinin duvarları gibi yıkılmaya başladı. Kendimi, hiç olmadığım kadar sağlıklı ve 'birleşmiş' hissettim.

Bu kıyamet başladığı gibi aniden dinmiş ve Dreamer hiçbir şey olmamış gibi normal haline dönmüştü. Bir suskunluk oldu ve bir an için, tüm bunların sona erdiği hayaline kapıldım. İki işaret parmağını sakince ağzının kenarlarına dik şekilde yerleştirişini izlerken, kendimi güçlükle, yeniden toparlamaya çalışıyordum. Yaptığı bu hareketi tamamlaması, sanki bir filmin ağır çekimde gösterimi gibi sonsuz bir zaman aldı. Meçhul bir savaşçının ritüelinden bir kesiti andıran bu hareketini, başta tedirginlik ve kaygıyla, sonra artan bir endişeyle ve nihayetinde giderek büyüyen bir korkuyla izledim. Halindeki tuhaflık ve hareketi tamamlayışındaki aşırı yavaşlık açıklaması imkansız bir gözdağını bu el hareketine yüklemişti. Zor nefes alıyordum ve duygularım tamamen karışmıştı.

En sonunda, aslında bir megafonu canlandırmaya çalıştığını anladığımda, öğretilerinin özünü, insanın etine işleyen o kükremelerine karşı kendimi hazırladım. Fakat bu kez bağırmadı. Yüzünü bana birkaç milim daha yaklaştırdı ve fısıltıyla;

"Londra'da aradığın o ev senin için değil, Dreamer için! Bunu unutma! Eğer oraya kendini götürürsen, karşına çıkacak olan da senin dünyan kadar kıt ve aciz olacaktır. Endişelerini bir kenara bırak ve bana yaklaş. Engellerin olmadığını, tek engelinin sınırlamalara olan sarsılmaz inancınla sen olduğunu keşfedeceksin."

O günden sonra emlak komisyoncuları bana tamamen farklı bir düzeyde çözümler önermeye başladılar. Dreamer, her zaman olduğu gibi, haklı çıkmıştı. Ben tutumumu düzeltince, dünya da bir gölge gibi peşimden geliyordu. Artık kendime değil, Dreamer'a ev bakıyordum. Seven Oaks'ı bulduğum zaman, hemen tanımıştım. İşte, bundan böyle 'Çalışmalarımı' sürdüreceğim ev burasıydı. Heleonore birkaç gün içinde eşyalarımızın İtalya'dan taşınmasını ayarladı ve çocuklarla beraber buraya yerleştik.

O günlerde, aklın alabileceği her şeyin ötesinde, bu malikanenin beni uçurumdan aşağı yuvarlamak için tezgahlandığını bilmiyordum; fakat bunun zamanımı hızlandırmak için Dreamer'ın bir stratejisi olduğu kesindi, yine de bu mizansenin nasıl gerçekleştiğine aklım ermiyordu. Onun yardımı olmasaydı, böyle bir geçiş yapmayı aklımın ucundan bile geçirmezdim.

Seven Oaks, bir bariyerin yıkılmasını, yoksulluğun ve cehaletin yıllar boyunca katmanlaşarak oluşturduğu içsel bir jeolojiyi yok eden bir aracı temsil ediyordu. Fakir, sınırlı ve mutsuz bir hayatla özdeşleşmiş olduğum kabusunu savunan kaleleri yıkmak için kurulmuş bir dinamit saldırısıydı.

3 Ödeme

Para gerçek değildir. Gerçek olan, kişinin vizyonu, düşünceleridir. Kaynaklar ve para, yalnızca bunların doğal birer sonucudur. Düş'ün izinden gider ve kişinin düşü nispetinde görev üstlenirler.

Sevimli bir alaycılıkla, *"Probleminin parasızlıktan kaynaklandığına gerçekten inanıyorsan, bankaya git ve kredi iste!"* dedi.

Ani bir öfkeyle, "Keşke!" diye yalandan söylendim. Yeraltı dünyasının üç başlı muhafızı Cerberus'a benzeyen zebani bir bankacıyla, geri ödemesi olanaksız bir krediyi alma konusunda görüşme düşüncesi bile midemi sımsıkı düğümlemeye yetmişti. Beni tüm bu zorluklara soktuğu için, içten içe Dreamer'ı suçluyordum. Endişelerim saldırganlığa dönüştü ve kendimi tutamayıp patladım: "Ya sonra?", "Neye dayanarak verecekler bana bu krediyi?"

"Dünya bilir! Banka bilir!" dedi. *"Banka da dünya gibi, senin dışında değil. Sana sadece hali hazırda 'sahip olduklarını' verebilir."*

Teatral bir tavırla başını hızla sağa sola çevirdi ve yalnız olduğumuzdan ve birazdan benimle paylaşacağı sırrı kimsenin işitmeyeceğinden emin olduktan sonra, alçak sesle;

"Evrende sana bahşedilebilecek hiçbir şey yoktur. Kişi ancak bedelini ödediği kadarını alır," dedi. Bu pantomimi beni şaşırtmıştı; yüz kaslarıma uygun formu vermeye zaman bulamadan, Dreamer her zamanki ciddi tavrına dönüverdi.

"'Ödeme', zamanın içinde olabileceği gibi, zamandan bağımsız da gerçekleşebilir!" dedi. Ardından gelen uzun suskunluk sözlerinin içindeki anlamı büyüterek, birazdan söyleyeceklerinin şiddetine karşı hazırlıklı olmam için beni uyardı.

Eğer insanlar arasında bir farklılık varsa bu, ödemeyi yapma şekillerinden kaynaklanır. Kendine inanan insan tüm sahip olduklarının bedelini çoktan ödemiştir. Onun asıl işi, yegane meşguliyeti, kendi bütünlüğünü korumak, ona zarar verecek hiçbir şeye ve hiç kimseye izin vermemektir. O, refahı yaratanın kendi bölünmezliği olduğunu bilir. Maddi durumuna ilişkin kaderinin kendi bütünlük düzeyine bağlı olduğunu bilir.

İçinde taşıdığın ıstırap ezgisini yenmek için göstereceğin her çaba, sana maddi güç olarak dönecektir. Kalabalıkların aksi yönünde her adım atışında, olaylar dünyasında zenginlikler yaratacaksın.

Hiçbir şeyin kaynağı senin dışında değildir. Kendini gözlemlemen, bir şüpheyi, bir acıyı, olumsuz bir duyguyu kendi sınırları içinde etkisiz kılman, karşılığında sana gelecek para demektir.

Olaylar dünyası, görünmeyende, kimin ön ödeme yaptığını, kimin önceden hesaplarını kapattığını anında tespit edemeyecek kadar yavaştır. Alacaklarını kayda geçirmesi zaman alır, ama muhasebesinde yanılma payı yoktur.

Burada sustu ve bana dikkatle baktı. Gözlerinde birazdan yapacağı açıklamanın ciddiyetini okudum ve vereceği ıstırabı hissettim. Buruk bir biçimde, *"Bağımlı olmayı seven milyonlarca insan gibi sen de, zamanın para birimiyle, acıyla, geri ödemeyi seçtin!"* dedi.

Alacaklar ve borçlar, bir ve aynıdır, yalnızca zaman faktörüyle birbirinden ayrılırlar. Bunu gelecek bilir! Kredi alarak borçlanmak, ödemenin zaten gerçekleştiğini gösteren parlak bir işarettir. Kredi tutarının onaylanması, onu ödemiş olduğun anlamına gelir.

Şaşkınlıktan dilim tutulmuştu. Dreamer, şimdiye kadar hiçbir ekonomistin göremediği bir sırrı açıklıyordu, bunu görmek bir yana, devlet adamlarının, ileri görüşlü iş adamlarının sahip olduğu cesareti, yaratıcılığı ve kararlılık duygusunu içeren önemli bir kuralı; sık sık bir çok insanın geleceği için hayati önem taşıyan, sıradan insanların gözünde ise umursamaz ya da aptalca görünen seçim ve kararların sahibi olan girişimcilerin, endüstri ve politika liderlerinin parlak çılgınlıklarını kapsayan bir teoriyi formule edememişlerdi.

İtiraz ederek, "O halde, neden başlarında cesur insanlar bulunan büyük sanayi ve finans devleri bir bir çöküyorlar?" diye sordum. Dreamer hızlanmaya başlamıştı ve ben onu takip etmekte zorlanıyordum.

İş dünyasında olduğu gibi, yaşamda da kaybetmenin yalnızca tek bir yolu vardır: Kendine inanmayı bırakmak!

Düş'ün alanına, insanı canlandıran, ona ilham veren, ekonomide ve toplumda güçlü birlikler oluşturan evrensel fikirlerin bölgesine ilk adımlarımı, Napoli'deki Ekonomi Enstitsünde çok değerli öğretmenim Palomba ve Profesör Amoroso'nun çizdiği yol doğrultusunda atmıştım. Ama şimdi, Dreamer'dan öğrendiklerimin ışığı altında o öğretiler solgunlaşıyordu.

"Piyasaların gidişatını, borsada işlem gören şirketleri, siyasi iklimi, yasal çerçeveyi ve uluslararası ilişkileri, dünya çapındaki olguları ve olayları insan nasıl kontrol edebilir?"

Oluş'u yüksek sorumluluk seviyelerine çıkartarak, yapmanın ve sahip olmanın doğurduğu yeni fikirleri ve daha büyük imkanları kendine çekebilmek için, inanma ve yaratma sanatı anlamına gelen bir 'Düşleme Sanatı' mevcuttur.

Ekonomi, siyaset, hatta tarih bile Oluş yasalarına itaat ederler. Sınırlama ve sonlama içinde eğitilmiş bir akıl bunu anlayamaz. Sen sadece Oluş'la kıyaslandığında etrafındaki evrenin bir kum tanesi kadar küçük olduğunu bilmelisin.

Ne kadar çoksan, o kadar fazlasına sahip olursun. Kendisine inanan bir insan, imkansız görünenler de dahil, her türlü girişimini karşılayacak kaynakları kazanmıştır. Bir kişinin ekonomik durumu kendi bütünlük düzeyiyle kusursuz bir biçimde tutarlılık gösterir. Ne denli çoksan, o denli fazlasına sahip olursun, sahip olmanın başka yolu yoktur.

Verdiği cevap üzerine düşünmem için bir an için duraksadı. Ne kadar çoksan, o kadar fazlasına sahip olursun. Ne kadar çoksan, o kadar fazlasına... Kendi kendime defalarca tekrarlamama rağmen bu basit, aynı zamanda da güçlü kavramı zihnim almıyordu. Onu içime sindirip parçam haline getiremiyordum.

Sonunda, aklıma gelen bir düşünce bunların içinden kendine bir yol açtı. Nitelik niceliği yaratır. İşte büyük sır! Yüksek nitelikli bir ekonomi, geleceğin insanlığına yön verecek, onun bütün sorunlarına çözüm getirip evrensel iyileşmeyi gerçekleştirecekti.

İnsanın düşüncelerinin niteliği onun ekonomisini, görünürdeki refah ve başarısını oluşturur. Sadece yüksek nitelikli bir ekonomi kalıcı, gerçek ve sahibinin elinden çıkmayacak bir zenginlik üretebilir. Bu muhteşem bir şeydi. Dreamer'ın felsefesi, ekonomide yepyeni bir modelin müjdesini veriyordu. Böylece, Dreamer bana iş dünyasında ve ekonomi okullarında kesinlikle bilinmeyen gizemli bir öğretinin formülünü sunmaktaydı.

Karmakarışık düşüncelerimin içine sızarak, *"Ekonomi asla ekonomistler tarafından yönetilmeyecek,"* dedi. *Yakın bir gelecekte ticari en küçük teşebbüsten, çok uluslu devlere kadar her kuruluş, bir ideolojik şirket, bir Oluş Okul'u olacaktır.*

Şirketlerin başarısı, ömrü ve kaderi, kendi felsefelerine bağlı olacaktır. Her organizasyonun zirvesinde, Oluş'a sızarak, onu kökünden besleyecek eylem filozofları, uygulamacı ütopistler, şairler ve vizyon sahibi kişiler bulunacaktır. Vizyondaki milimetrik bir genişleme, kavrayıştaki en küçük bir yükselme, ekonomi ve finans dünyasında dağları yerinden oynatacaktır."

4 Yay da, ok da, hedef tahtası da biziz

Seven Oaks'ta oturmaya başladığımdan beri, yeniden sabah koşularına başlamıştım. Parliament Hill'in dar yollarında, çimenlik bayırlarında ve göllerin çevresinde koşabilmek için sadece evimin önünden caddenin karşısına geçmem ve Hampstead Heath'e ulaşmam yeterliydi. O sabah, büyüyerek üzerime gelen ve kökleriyle varlığımı ele geçirmeye yeltenen şüphelerden ve endişelerden kurtulma arzusuyla, var gücümle deli gibi koşmuştum. Dreamer'ı aylardan beri görmüyordum. İşimden ayrılmış, Chia'daki evimi satmış ve Londra'ya taşınmıştım, ama geçen bütün bu süre boyunca ondan herhangi bir mesaj almamıştım. Bir rolüm ve iş bağlantılarım olmadan, toplantılar ve planlamalar yapmadan, yaşamıma nasıl bir anlam katacağımı bilmiyordum.

O zamana kadar, sürekli değişen görünümleri içinde, başkalarıyla olan ilişkilerimin ve dış dünyanın, benim için ne denli önemli olduklarının hiçbir zaman bu kadar net farkına varmamıştım. Üstelik o sıralarda, sorumlu olma düşüncesiyle özdeşleştirdiğim endişeler ve şüpheler, başkalarıyla olan ilişkilerin doğal, kaçınılmaz sonucu olarak gördüğüm zıtlık ve sürtüşmelerin yokluğu gerçek bir vazgeçmenin etkilerini gösteren bir uyuşturucuya dönüşmüştü.

İnsanların bütün bildiği acı çekmektir. Varoluşlarına bir anlam katar.
O zaman yaşadıklarına inanırlar.

Bu sözler üzerinde çok düşünmüştüm. Aylarca, doğrudan kendimde, insanın içinde bulunduğu koşulların mantığa ne denli aykırı olduğunu gözlemiştim. İnsan huzur, neşe durumlarında ve her türlü ıstıraptan arınmışken kendisini bir hiç olarak hissediyordu. Bir keresinde Dreamer, şu haliyle insanlığın sevinç durumunu hiç yaşayamayacağından söz ederken, onlar için 'tek bir mutluluk anı bile katlanılmaz olur' demişti. *Neşe, sakinlik, huzur, minnet, sevgi bugünkü haliyle insanlığın hissedemeyeceği Oluş durumlarıdır. Bunlar sıradan bir insanın yaşantısına bir şekilde girebilselerdi, kendi yaratmış olduğu ve hali hazırda yaşamakta olduğu kendi cehenneminde, bunlar da yeni bir cehennem gibi görüneceklerdi kendisine... Mutluluk, yalnızca Düşleme Sanatı'nı bilenlere aittir. Istırap yokluğunun üreteceği mutluluk enerjisine, sadece seven, düşleyen kişi katlanabilir.*

Koşumun son kısmında, olanca hızımla Courtney Bulvarı'na girdim. Her zaman yaptığım gibi, son metrelerde tempomu artırdım. Birazdan alacağım sıcak duşun hayali, beni gayrete getiriyor, bacaklarıma taze bir güç katıyordu.

Birden onun varlığını hissettim ki bu kolay anlaşılır bir histi. O buradaydı. Dreamer gelmişti! Terden sırılsıklam olmuş eşofmanıma ve çamur içindeki ayakkabılarıma şöyle bir göz attım. Evin arkasına doğru bir dönüş yaparak, bahçeye açılan arka kapıdan girmeye karar verdim. Oradan yatak odasına geçer, yıkanır, üstümü başımı değiştirir ve onun karşısına elim yüzüm düzgün bir şekilde çıkardım. En azından kendi kendime söylediklerim bunlardı. Oysa gerçek bundan farklıydı, özellikle bunca zamandır görüşmemiş olduğumdan, Dreamer'la karşılaşma fikri bende çok çelişkili duyguları uyandırıyordu. Onu görmek, sesini duymak, hatta sözlerini anımsamak bile, Oluş'um için başlı başına bir ivmeydi ve hevesle 'çalışmaya' koyulmamı sağlayan bir zaman sıkıştırıcısıydı.

Dreamer'ın yokluğunda parçalanmış olan bedenimin etrafa saçılmış parçalarını yeniden yapılandırmak için sarf ettiğim umulmadık çabayı hem seviyor hem de nefret ediyordum. Kayıtsızlık sonucu kimliğimizi kaybederek kalabalık bir kitle ve topluluk oluşumuzu farketmem için beni zorlayan, her zaman acı bir hayat deneyimi olmuştu.

Beni olduğum yere çivileyen o aşikar sesi işittiğimde, henüz odama çıkan merdivenlerin ilk basamağına adımımı bile atacak zamanım olmamıştı.

Bu karşılaşmamıza, yüksek sesle ve ani bir girişle başlayarak, *"Hala geçmişini özlüyorsun!"* dedi. Dreamer, bu birkaç sözcükle hem gerçek ruh halimi, hem de son aylardaki bütün kaygılarımı özetliyordu. Kendimi suçüstü yakalanmış gibi hissettim. Evet! Aylardır geçmişimi özlüyordum! Göç halindeki Musevilerin özgürlüklerini takas etmeye hazır olmaları gibi, ben de yine o anlamsız yaşantının, o yalnızlığın eski kafesindeki güvenliği arıyordum. Dünyanın sahte putuna tapınmaya gereksinim duyuyordum. Alışkın olduğum açmazlarıma geri dönmeye gereksinim duyuyordum. Keşke, bağımlı ve sorumsuz olmanın iyi bildiğim kucağına yeniden sığınabilmemin bir imkanı olsaydı, o an hiç durmazdım. Kendimi küçücük ve gerçekdışı hissettiren, sahip olmaya hazır olmadığım bu şatafatlı Londra malikanesine, Chia'daki o küçük villayı binlerce kez yeğlerdim.

Zihnimin berrak anlarında Dreamer'ın beni, asla aşamayacağım sınırları aşmaya zorladığını, asla denemeyeceğim koşulların içine sürüklediğini anlıyordum. Onun yanındayken tıpkı altında güvenlik ağı olmadan ipte yürüyen bir cambaz gibi sürekli uçurumun kenarında yürüyordum. Aşağıda ise yaşamım akıyordu aynı Styks ırmağı gibi; rahatsızlık ve bayağılıkla kaplı, suyu leş kokan bir bataklık.

İlk karşılaşmamızdan beri Dreamer, bu çölü geçerken karşıma çıkacak tehlikelere, buradaki görünmez yırtıcı hayvanların kuracakları pusulara karşı beni hep uyarmıştı. Londra'ya hareket edişimden önceki son gecede bana söylediklerini anımsıyorum:

AIM... I AM, AMAÇ... BENİM. Bizim amacımız yine kendimizdir. Yay da, ok da, hedef tahtası da biziz. Daima kendi dışımızda görünen amaç (AIM), aslında bir anagram, yani ben (I AM) sözcüğünün diğer profilidir. Bu bizi, zamanın sıkıştığı, aramızdaki her türlü mesafenin eridiği ana geri götürür. En yüce sanat, sadece anda gerçekleşebilecek olan kendi değişimimizdir.

Ne kadar hummalı bir çalışma içinde meşgul görünürse görünsün, sıradan bir kişinin yaşamı, onun yalnızca anlamsız ve sürekli bir tekrarlanmaya olan düşkünlüğüdür. Yaşamımızın amacı, bizden birer şaheser yaratmaktır. Bu kaçınılmaz olarak herkesin, şimdi ya da sonra, ister bir ömürde, ister yüzüncü ömründe, eninde sonunda yapmak zorunda kalacağı bir yolculuktur. Dünyada bundan başka ne bir amaç, ne de daha heyecan verici bir şey vardır.

Yavaşça ayakkabılarımı çıkarttım, olduğum yere bıraktım. Yalın ayak, Dreamer'ın sesinin geldiği yöne doğru yürüdüm ve oturma odasının kapısından sessizce içeriyi gözetledim.

5 "Seni özgürleştirmeye geldim!"

Koşu sonrası kapı pervazına yaslanma ihtiyacıyla sergilediğim yorgunluğum ve zorlukla nefes alışım Dreamer'ı rahatsız etti.

"Dik dur ve hiçbir yere yaslanma!" diye seslendi. *"Kesinlikle kimsenin seni yorgun, ya da bitkin görmesine izin verme!"*

Açıklama yapmak için ağzımı açmaya fırsat vermeyen, buyurgan tavrıyla yaptığı el hareketi beni susturdu.

Koşuya kabahat bulma. Eğer bütün bir maratonu koşmuş olsaydın bile yorgun ve acı içinde görünmeye hiç hakkın olmazdı. Kendine her zaman, daha da fazla koşabileceğini söyle...

Bu sözler, yorgunlukla ilgili yalanımla düşüncelerimi tek vuruşta yok eden bir kırbaç darbesi gibi üstüme savruldu. Kapı pervazından uzaklaşıp dik durduğumu görünce konuşmaya başladı. *"Hala geçmişine özlem duyuyorsun,"* diye tekrarladı ve sesindeki hor gören o ima beni acımasızca yaraladı. *"Özlemek, seni geçmişinin yasalarına geri götüreceği gibi, bunca yıldır yaptığın bütün 'çalışmalarını' da boşa çıkaracaktır. Bütünlüğe giden yolda geçmişi özlemenin hiçbir türlüsüne yer yoktur. 'Yolculuğa' bir kez başladın mı, artık geri dönüş yoktur!"* Sesinin tonu birden değişiverdi. Ebeveynlerin bir çocukla konuşurken takındığı abartılı sabır gösterisine benzeyen ifadesiyle, *"Sen etiket arayışındasın,"* dedi.

Tırabzanlar olmadan neye tutunacağını bilmiyorsun. Bu sallantılı durum, senin başından beri yaşadığın korkudan daha fazla korkutuyor seni.

Dreamer, oturma odasında yanan şöminenin başındaki koltukların birinden konuşuyordu. Ceketindeki yaka iğnesinin gümüş tokası şöminenin ateşiyle parlıyordu. Varlığımın katmanları arasına süzülerek yayılan ışık, gözlerimi yepyeni bir anlayışa açarak beni şaşkına çevirdi. Tüm sıradan insanlar gibi, ben de ıstırabı yaşamımdan daha çok seviyordum. Dreamer bu durumu bana, insanın gerçek korkusunun bilmediği bir kapıdan geçecek olmasından değil, aslında kendisine tanıdık gelen acı ve ıstırap çekmeyi kaybedecek olmasından kaynaklandığını söyleyerek açıklayacaktı. Bu fobi, iradenin, gerçekten sahip olduklarımızın açığa çıkmasını engelleyen, aynı zamanda da bizi hiçliğin karanlık sularına bırakan aşılması olanaksız bir engel oluşturur.

Fiziksel doğum sonrasında göbek kordonunun kesilmesiyle birlikte bebek, iki yeni ebeveyne teslim edilir: şüphe ve ıstırap. Sadece okulla buluşma yepyeni bir doğumu ve bu korkunç bağın kökünden kesilmesini sağlayacaktır. Bu da gerçek ebeveynlerimize geri dönüştür: düş ve irade. Şüpheyle korkunun yokluğu, ancak bütün olmuş bir insanın katlanabileceği bir coşkunluk, bir özgürlük durumudur. *"İşte sana bunu sunuyorum. Özgürlüğün bedeli çok yüksektir, ama bu yükseklik onu elde edilemez kılmaz.*

Hala geçmişin gölgelerinde kendine takacak bir maske arıyorsun," dedi. Sesinde zayıf ve savunmasız bir varlığa duyulan türde bir şefkat vardı. Aynı ses tonuyla, *"Rollerinin özlemini çekiyorsun..."* dedi.

"Bir insana, geçmişi ya da hayatındaki deneyimleri yön veremez. Past is dust. Geçmiş tozdur. İnsanın bütünlüğe giden yolda yeni duyulara; altıncı duyu olan sezgiye ve yedinci duyu olan 'düş'e kendisini teslim etmesi gerekir.

Roller zindanlardır... Parmaklıkları görünmezdir ama çelikten daha serttir." Bekleyişle geçen bütün bu ayların öfkesini patlarcasına dışavurarak, "Sözlerine kulak verdim. İşimi bıraktım, evimi sattım, daha ne yapmam gerekiyor?" dedim. Bunca zamandır nereden bakarsam bakayım bir anlam veremediğim bu yeni maceranın içinde elim kolum bağlı kaldığım için, içimdeki suçlama, yakınma ve kızgınlıkların su yüzüne çıktığını hissediyordum.

Bir an için duygularımı göz ardı ederek tuhaf bir yumuşaklıkla,

"Anlamadan yapıldıktan sonra, işini bırakmanın ya da ülkeni terk etmenin sana bir yararı olamaz, her ikisi de seni özgür kılmayacaktır..." diye yanıtladı.

Dreamer'ın bir kez daha tam zamanında beni kurtarmaya gelmiş olduğunu ancak yıllar sonra anlayacaktım. *"Rollerinin hapsinden kurtulabilmesi için, bir insanın, hayatındaki olay ve koşullarının verimsiz tekrarından dolayı hayal kırıklığına uğramış olması gerekir."*

Uzun bir sessizlik oldu. Ayakta duruyordum. Oturma odasının girişinde onu dinliyordum. Duyduğum, rahatsızlıktan başka bir şey değildi. Uzun koşudan sonra hala terli ve kirliydim. Yıkanmak ve temiz bir şeyler giymek istiyordum. Tam zamanıydı, ayrılmak için kendisinden izin istedim. Dreamer düşüncelere dalmıştı. Başının belli belirsiz bir hareketiyle, önerimin onaylandığını varsayarak yanından ayrıldım. Bir duş ve temiz bir gömlek tavrımı değiştirdi.

Döndüğümde kedi adımlarıyla yaklaşıp, Dreamer'a karşı hürmetkar bir uzaklıkta kalarak şöminenin başındaki diğer koltuğa oturdum. Gelirken yanıma defterimi de almıştım. Derin bir soluk aldım ve artık başlamaya hazırdım. Bunun yoğun bir ders olacağını seziyordum. Konuşmayı sürdürmek için Dreamer'ın seçtiği ses tonu bu kez farklıydı.

"Kimse köprü üzerine ev inşa etmez. Köprü, bir yerleşim yeri değildir." dedi. *"Roller de tıpkı köprüler gibi üzerinden geçerek seni daha öteye taşımak, aşılmak için vardır. İnsanlar köprüler üzerinde çok fazla zaman harcıyor, onları geçip öteye gitmek yerine, kapana kısılmış bir vaziyette üzerlerinde kalıyorlar.*

Bütün olmaya giden yolda, her dakikanın yeni olması ve her anın bir öncekini aşmak için köprü görevi görmesi, yani insanın kendisini aşmasına hizmet etmesi gerekir. Alınan her nefes, Oluş'u özgürlüğün keşfedilmemiş alanlarına yükseltmeye adanmış bir minnettarlık hareketi olmalıdır."

"İnsan rollerden arınmış bir dünyada nasıl yaşayabilir?" diye sordum. *"Roller, oyun sırasında kasıtlı olarak takılması gereken maskelerdir. Bir rolü 'oynamak', ona inanmamak demektir."*

Gösterdiği yönde atılacak ilk adımların, bunların işleyiş biçimlerini derinlemesine anlamak olduğunu bana açıkladı. Dreamer'ın vizyonuna göre roller, gerektirdikleri sorumluluk düzeylerine ve güçlük derecelerine göre hiyerarşik bir düzende sıralanıyorlardı. Bir konuda çok kesin konuştu: Bir kişi Oluş'unda, hiyerarşik piramitte kendi altında kalanların tamamını içermiyorsa, rolünde bir üst seviyeye çıkması imkansızdır. Roller üstüne yaptığı açıklamalardan sonra, gözümün önüne, Çin kutuları gibi, birbiri içine yerleştirilen değişik boyutlardaki kapların görüntüsü geldi.

Dreamer, *"Bir rolden özgürleşmek, ancak onu mükemmel biçimde oynamayı öğrendiğin zaman mümkün olur,"* dedi ve sözlerine açıklık getirmek için, bir orkestra şefinin ayrı ayrı her müzik enstrümanının çıkaracağı sesleri bilmesi gerektiği örneğini verdi.

"Bir rolü içtenlikle ve kusursuzca oynadığımızda sadece bizi özgürleştirmekle kalmaz, ayrıca dünyayı da bayağılık ve şiddetten özgür kılar," dedi.

Rolünle kendini özdeşleştirdiğinde, ona inandığında, yalnızca dünyanın bir kölesi olmakla kalmaz, sanki hayatındaki tek gerçek, yegane kesinlik oymuş gibi ona sımsıkı bağlanırsın.

Rolün ne olursa olsun, ona inanmak, kendine yalan söylemektir.

Ayrıntılı bir hesap yapmaya gerek duymadan, böyle bir düzeye ulaşmak için, değil bir zamana, on ömüre sığacak deneyimlerin bile yetmeyeceğinden kesinlikle emindim.

Dreamer, *"Çok haklısın,"* diyerek beni doğruladı. *"İşte, herkesin kabul ettiği yolda ilerleyen bir insanın rollerinden asla kurtulamamasının ve bunun için istek duymamasının nedeni de budur!"*

"Neden hiç kimse kendisini rollerinden özgürleştirmek istemiyor?" diye sordum. Bir yönetici, bir koca, bir baba olarak davranmanın getirdiği görev ve sorumluluklarından kurtulmak kimin hoşuna gitmez ki? Sonunda da, bu rolleri terk etmekten, sadece bir sorumluluk hissinin bizi alıkoyduğu inancını dile getirdim.

Dreamer, sert bir ifadeyle, *"Tam tersi,"* diyerek tezimi çürüttü, *"Sıradan bir insan için rolleri terk etmek, sanki uçsuz bucaksız bir denizde can yeleğini çıkarmasını istemek gibi, yaşamaktan vazgeçmesini istemeye benzer. İnsanlar, rollerine, daha doğrusu, kendileriyle bütünleşmiş olan ızdıraplarına kendi nefeslerine olduğundan çok daha fazla bağlıdırlar."*

Uzun bir suskunluk oldu ve ben sessizce bekledim.

Roller kalkanlardır. İnsanlar meşgul oldukları gerekçesiyle onların ardına saklanırlar ancak gerçekte kendi sorumsuzluklarını savunmaktadırlar.

Kesin bir kanıtla haklı çıkmak üzere olan biri gibi, *"Kendi durumunu ele al!"* dedi. Doğrudan onun hedef alanına giriyordum. Bu sözü, beni hiç şaşırtmamakla birlikte acımı da hafifletmedi. Dreamer'ın yanında geçen onca yıldan sonra şimdi bir işaret gibi mideme saplanan sancının beni içten içe uyarmasıyla biliyordum ki, konuşması şimdi genel kapsamından çıkacak ve benim üstümde yoğunlaşacaktı.

6 Rolleri oynamak

Istırapla buruşmuş yüz ifademi yakaladığında, *"İşte değiştirmen gereken bu... şu anki duyguların!"* dedi. *"Kendine bir bak! Bunun hala benim ve benim söylediğim sözler yüzünden olduğuna inanmayı sürdürüyorsun. Oysa bu ıstırap senin içinde suları ölü bir bataklık gibi durağan olarak hep vardı! Bu hala iyileşmemiş bir yaranın belirtisi ve tüm dertlerinin sebebidir. Acını içine al... onu anla... Sev onu... Ondan kaçma!"*

Hala anlamaya ve son açıklamaları karşısında kendimi toparlamaya çalışıyordum. Dreamer ise onu çoktan başlangıçtaki konuşmasına bağlamış, bıraktığı yerden devam ediyordu. *"Rolünle özdeşleştiğinden, 'oyunu' unuttun,"* dedi. *"Ne bir rol var, ne de bir gösteri. Bir fare kapanının kurulu yayı gibi bir olay, bir koşul ya da bir karşılaşma mekanik tepkilerinizi aniden harekete geçirmene sebep oluyor. Zihinsel görüntüleriniz, düşünceleriniz, heyecanlarınız ve duygularınız, mekanik olarak önceden saptanan modellere uyarlanıyor, duruma göre yüzünüz aynı ifadeye uygun kaslarla kasılıyor, aynı sözler dudaklarınızdan dökülüveriyor, ta ki yeni koşullar ve yeni karşılaşmalar sizi bir başka kafese fırlatana kadar bu tutsaklık haliniz sürüp gidiyor..."*

Rol bize ancak dışarıdan, dünya tarafından yüklendiğinde bu durumun gerçekleştiğini açıkladı. Bununla beraber, bir rolü rol olduğunun bilincine vararak oynadığımızda, onun kölesi olmayız, tam tersine ondan özgürleşir, bu yolla dünyayı da özgürleştiririz.

"Bir rol, ona inanmadan oynanmalıdır. Bunu ancak, kendilerinin efendisi olan ve belli bir bilince ulaşmış kişiler yapabilirler: Bu; düzen, disiplin ve çok fazla öz gözlemleme gerektiren bir sonuçtur." Bunu yaşamımızın bir parçası haline getirebilmemiz için jestler, davranışlar, tutumlar ve yüz hareketleriyle, sözlü ifadelerin tüm yelpazesinden oluşan her role özgü dilleri öğrenmemiz gerektiğinin altını çizdi. Bir role sahip olmak tüm bir düşünce bloğunun, bir kişinin düşünmek ve hissetmek için kullandığı inanışlar paketinin tamamının kabul edildiğini varsayar. Bir rolü oynamayı öğrenmek çok karmaşık bir iştir. İnsan, genellikle tüm yaşamını sadece tek bir rolü oynamayı öğrenerek, onu aşıp ötesine geçmesini sağlayacak irade ve sorumluluğun yeterli derecede olgunlaşmasına fırsat kalmadan geçirir.

Herkesin, sıradan yaşamının gerektirdiği ölçüde sınırlı sayıdaki beş, bilemedin en fazla altı rolü öğrenerek oynadığını söyledi.

İnsan kendini ortama uydurmak ve dış koşullardaki değişikliklere ayak uydurmak için amaçsız bir robot gibi, bir rolden diğerine geçer durur. İnandığının aksine, bunda bir karar verme özgürlüğü yoktur.

Özgürlük, rolü ne olursa olsun, asla tutsağı olmadan onu 'kasıtlı' oynamaktır," dedi. *"Sıradan bir insanda neredeyse hiç olmayan bu yetenek, yaşı ilerledikçe giderek azalır ve sonunda tamamen yok olur. Bunun sonucunda, alışık oldukları durumdan sadece çok az farklı bir durumla karşılaştıklarında, zaten birkaç rolden fazlasını tanımayan insan artık yüzüne takacağı doğru maskeyi seçemez olur.*

İşte kendimizi sürekli yabancılaşmış, huzursuz ve tehlikede hissetmemizin nedeni buydu, şimdi daha iyi anlıyordum. Repertuarımızda bulunmadığından hangi maskeyi takacağımızı bilemediğimizde, Pavlov'un bir çemberle bir elips arasında açmazda kalıp çıldıran köpeği gibi, biz de sınırlarımızı açığa vururuz. Bu durumda, zihinsel, fiziksel ve duygusal tüm yeteneklerimiz kendi adına iş yapmaya başlarlar; düşüncelerimiz, duygularımız ve eylemlerimiz bir dizi istem dışı hareketle bir araya gelerek bizi biyolojik bir kuklaya dönüştürürler. Kendimizi çırılçıplak hissederiz ve bundan feci bir utanç duyarız. Kaçıp gitmeyi isteriz. İşte bunlar, tenimizle maskemiz arasındaki incecik açıklıktan öz gözlemleme yapmamıza olanak sağlayan özümüzü, en gerçek yanımızı tanıdığımız kısacık anlardır.

Kısıtlı rol repertuarına sahip olduğunu anlayan ve bu ilişkilerin kendi etkinlikleri üzerine koyabileceği tahakkümün farkında olan kişi, böylece bütün olmaya doğru ilk adımlarını çoktan atmış olur.

Fakat beşiğinde olumsuzluk ezgisinin ninnisiyle hipnotik uykuya zorlanan sıradan insan, ne denli korkunç olsa da kendine yalan söylemeyi sürdürerek ona bağımlı kalacak, kaçmak için gereken enerjiyi asla kendinde bulamayacaktır.

Roller, tam bir farkındalık ile sergilendiğinde, bu keyifli bir oyun olur. Onunla özdeşleşmek, oyun olduğunu unutmak ise ölümcüldür.

Dreamer ayağa kalktı, pencereye gitti. Seven Oaks'ın bahçesine, kusursuz çimine, günün son ışıkları altındaki muhteşem bitkilere bakarak birkaç dakika suskun kaldı. Yeniden konuşmaya başladığında, bu kez sesi alışılmamış derecede yumuşaktı.

Roller, bir merdivenin basamaklarıdır. Hiçbirinde oyalanma. Hepsini kullan. Onları üzerine basmak için ve ötesine geçmek için kullan!

Dreamer'a göre her rol, belirli bir düşünme biçiminin elle tutulur hale geçmesidir. Bir rolü terk edip bir sonrakine geçiş, kişinin Oluş'unda kendi yükselişinin çoktan gerçekleştiğini, arkasında bıraktığı her basamak da kişinin iyileşmeye bir adım daha yaklaştığını gösterir.

Varlığının değerlerini yükseltmeyi öğren, o zaman her rolü üstünden çıkarıp attığın eski elbiselerin gibi çabucak ve kolayca terk edebileceksin. Buna, bir rolü 'kullanmak' ve kesin bir biçimde kendini ondan özgürleştirmek denir.

Bu son ifadesi beni oldukça etkilemişti. Dreamer şaşkınlığımı gördü ve: *"bir rolü 'kullanmak', onun ardında yatan Oluş'a ve sorumluluğa sahip çıkmak ve artık ihtiyaç kalmadığında, ondan ebediyen kurtulmak demektir."* diye biraz daha açıkladı.

Böylece sen de dünyayı, sana içinde taşıdığın cehennemleri göstermek gibi nankör bir görevden, sendeki tüm eksiklikleri, her ıstırabı ve her ölümü sana yansıtmak gibi çekilmez bir uğraştan kurtarmış olacaksın.

7 Dönüş yolu

Dışımızda olan her şey, gördüğümüz ve dokunduğumuz dünya, insanlar, karşılaştığımız olaylar ve koşullar, Oluş'un açığa çıkması, düşünce biçimimizin doğrulanmasıdır. İçinde sıkışıp kaldığımız roller, bize henüz iyileştiremediğimiz yaraları gösterir.

Konuşmasına uzun bir ara verdi. Bu anı anlamak ve enerjisine sahip çıkmak yerine, notlarımı yeniden okuyor ve düzeltiyor gibi yaparak defterimin sayfaları arasına sığındım. Dreamer'ın beni sıkıştırdığı bu köşeler çok acı vericiydi. Yeniden kaçmaya çalıştım. Biraz daha zaman vermesi için sessizce bir dilekte bulundum… biraz daha zaman..

Dreamer'ın dikkati biraz dağılmış görünüyordu ve onun yanında birkaç dakika gerçek yaşamdan yudumlamış olan ben, dünyadaki gölgelerin arasındaki bir gölge gibi, nihayet rahatlamış olarak odadaki cansız eşyaların arasındaki yerimi almak üzere geri döndüm.

Olaylar, kaynaklandıkları durumları göstermeye yararlar. Onların simgesel dilini yalnızca bir Oluş Okulu bilebilir, labirentlerin, çöllerin ve iç cehennemlerin içinden geçerek, en içteki durumlara ve her olayın gerçek kaynağına uzanan yolun izini sürebilir.

Henüz inen akşamın gölgesi Seven Oaks'ı kuşatıyor ve evin büyük pencerelerinden süzülerek bulunduğumuz oturma odasını ele geçirmeye çalışıyordu. Korlarının üzerine titizlikle yeni odunlar yerleştirdiği şöminenin ateşi Dreamer'ın yüzünde parlıyordu. Mükemmel bir andı. Bu alacakaranlıkta not tutmak artık çok zordu. Başımı koltuğun arkasına yasladım ve daha iyi konsantre olabilmek için gözlerimi yumdum.

Dreamer sert bir edayla, *"Bu pozisyondan çık! Doğrul! "* dedi. *"Neredeyse gözümün önünde uyuyakalacaksın..."*

Beklemediğim bir anda başıma sopayla vurulduğunu hissettim. Acındırma, suçlama, gücenme gibi bir düşünce ve duygu yumağı tek bir duyguyu, her şeyden çok, en yakıcı ve katlanılmaz olanını oluşturana dek şiddetle püskürdü ve varlığıma karıştı, bu duygu; haksızlık idi. İşte o anda, bir böcek gibi ani bir sıçramayla kendimi Dreamer'ın yerinde buldum. Kendimi izledim.

Ölümün ölüşünü gözleyen yaşamı gördüm. Bu korkutucu parlaklık sonsuzluk kadar uzun birkaç saniyede oldu ve ardından kendimi yine bir tetikte bekleme halinde buldum, sırtım dimdik ve gözlerim fal taşı gibi açılmıştı. Hafif titreşimlerle bedenimde yankılanan bir duygu etkisini birkaç dakika daha sürdürdükten sonra kayboldu. Savunma kalkanımı bir daha asla düşürmeyeceğime söz verdim. Bu yaşadığım olayları sizlere onun öğretisinin ve enerjisinin özüme dönüştüğü Oluş bölgelerine beni götürmek için Dreamer'ın başvurduğu stratejiler hakkında fikir sahibi olmanız için anlatıyorum. Oluş'umun bu bölgelerine ulaştığım zaman taze ve kuvvetli bir şarabın basıncı altında zorlanan ve dayanmayacakmış gibi görünen meşe ağacından fıçımın tahtalarını değiştirmek ve sağlamlaştırmak için sadece birkaç dakikam kaldığını biliyordum.

8 "Hazır değilsin!"

Sözlerinin baskısıyla içimdeki direncin şahlandığını ve damarlarımdaki kanın aktığını hissediyordum. *Çok uzun zamandır iradenden vazgeçtin, yaşamını kendi ellerinle dünyaya teslim ettin. Dış dünya senin tek gerçekliğin oldu ve varlığının bütünlüğüne zalimce egemen olan taştan bir put gibi onu ilahlaştırdın.*

Aslında, dünya yalnızca bir yansımadır. Duyguların, düşüncelerin ve tutumların senin dışındaki olaylar dünyasında biçimlenirler ve senin her dileğine yanıt verirler.

Pek çok yıldır, dünyanın gerçek olduğuna ve iradesinin bulunduğuna inandın. Onu yaşamının sahibi ve efendisi seçtin. Bunca yıldır kendi yansıttığın bir gölgeye güç verdin.

İşte en korktuğum an gelmişti. Yaşamın bugüne dek yol aldığı eski rayları terk etmenin, eskileri ölüme bırakmanın zamanı idi. Tersyüz olmuş bir evrenin ayaklarımın altında dönüştüğü sonsuz uçurumu hissediyordum.

Hiçbir şey değişmez, değişemez... Sadece sen değişebilirsin.
Things do not change and cannot change... Only you can change.

Burada kesildi. Verdiği ara, içimde uzadıkça uzadı. Bir endişenin, sonra bir korku hissinin genişleyen halkaları Varlığımın çeperine değene dek yayıldı. Onun sözlerinin, özellikle de bu suskunluğunun ardında ortada korkmamı gerektirecek hiçbir neden yokmuş gibi gözükse de, sezgilerim bana görünmeyen bir şeylerin hazırlandığını söylüyordu. Sakin olmaya çalıştımsa da başaramadım. Nihayet, zor bir karara varmışçasına Dreamer bir adım daha ilerlememe izin verecek 'çalışmanın' bundan sonraki aşamasını bildirdi.

İşte o dakikadan itibaren benim için yepyeni bir serüven başlıyordu... Bu, yaşamımdaki her anın bir iş sorumluluğu gibi yaşanacağı bir serüvendi. Üzerinde titizlikle düşünülmüş bir kararı açıklayan bir ifade ve ses tonuyla Dreamer,

"Varlığının parçalanmış olduğunu fark edebilmen için yıllar süren uzun bir hazırlık dönemi gerekti...her insanın yaşamını zorbaca yöneten hipnotik uykunun ayrımına varmanı sağlamak yıllar aldı.

Yaşamına bir düzen getirdim...kendini, sıradanlığın cehenneminden kurtulmak için yol gösterecek bir eğitim sisteminin ilkelerini biraraya getirmeye adaman için seni yükümlülüklerden ve programlardan kurtardım."

Dreamer, uzun süre düşüncelere dalıp kaldı. Sonra kararlı bir sesle konuştu.

"Tanışman gereken birçok insan var..."

"Kim onlar? Neredeler? Neden onlarla tanışmam gerekiyor?" diye sordum, endişe içindeydim.

Dreamer, ummadığım bir nezaketle, *"Belirli bir nedeni yok,"* diye yanıtladı. *"Karşılaşma oyununu ilginç, eşsiz ve etkili kılan da budur. O insanların her birinde kendinden bir parça bulmanın dışında başka hiçbir amacın olmadan yüzlerce karşılaşma ve tanışma yaşayacaksın. Eğer beni ve verdiğin sözü anımsayacak olursan, her karşılaşma bilinmeyen, henüz çözülmemiş bir parçanla kendini kıyaslayabileceğin bir fırsat haline dönüşecek."*

"Yüzlerce karşılaşma mı? İyi de bu yıllar alır!" diye haykırdım.

"Bunun ne kadar zaman alacağı tamamen sana bağlı... 'Karşılaşma oyunu' sen anlayıncaya kadar devam edecek ve direndiğin ölçüde zor geçecektir. 'Karşılaşmalar oyununu' oynayarak, dünyanın senin yarattığın şeylerden biri ve diğer kişilerin de sen olduğunu, senin yansımaların olduğunu anlayacaksın. Bu sonuca ulaşmak yıllarını alacak olsa da, en azından dünyanın seni yükseltecek veya yere serecek gücü olduğuna, başkalarının seni seveceğine ya da tam tersine seninle savaşacağına... kendin dışında yaşamını kontrol eden ve yöneten düşmanca bir iradenin varlığına olan eski inançlarını zayıflatacaksın...

Dünya var, çünkü sen varsın,
Dünya yaşıyor, çünkü sen yaşıyorsun.
The world is exist because you are exist,
The world is alive because you are alive.

Dünya senin gölgendir. İnsan, kendi içinde hissettiği bilgiyi dünyada bulmak ister...ve böylece hayatını, hayaletler arasında, yaşamı aramakla harcar... Kendi dışındaki bir gerçekliğe inanır... Zamanını gölgeleri kazımakla harcar!...

Ancak bu boşa harcanan kazı çalışmaları ve kendini onlarla özdeşleştirme hevesin yüzünden, onlar sana daha da gerçek görünmeye başlar ve dış dünya bir saplantı halini alır... taptığın, tövbe ettiğin ve varlığından korktuğun bir put olur...

Çünkü sen gerçek amacını unuttun ve kendi yaratıcılığının doğrularından vazgeçtin..."

Sonra üstüne basa basa, *"Unutma, diğerleri de sensin... 'senin dışındaki diğer senler'... Onlar, senin kendi içinde görmeyi, hissetmeyi ve dokunmayı istemediğin yansımalarından başka bir şey değildir,"* dedi.

"Öyleyse... ben ve Siz'e en yakın olanlar, Siz'e ne ifade ediyoruz?" diye sordum.

Bu sözleri telaffuz ettiğim andan itibaren kalbim daha hızlı çarpmaya başladı ve duyup kabul edebileceğimin de ötesine geçmeye kalkıştığımı anladım. Söyleyeceklerine dayanıp dayanmayacağımı değerlendirmek istercesine, bakışlarını üzerime dikti ve geçmek bilmeyen saniyeler boyunca beni tepeden tırnağa süzdü.

Sonra şu sözlerini anımsadım: *Dışarıda olan hiçbir şey yoktur...* Birdenbire ve bu sözlerin gücüyle, tek yaşayanı, tek yaratıcısı, tek efendisi ve mutlak tek hakiminin ben olduğum bir evrenin ıssızlığına yuvarlandım. Buz kestim. Mümkün olsa geriye dönüp sorumu hiç sormamış olmak için herşeyimi verirdim. Bu kritik anın baskısı altında varlığımın duvarları sarsıldı.

Dreamer, "*'Hepiniz Ben'siniz,* dedi... *Benim parçalarımsınız... görünürde sürgünde olanlar..."*

9 Kestirme yol

Umutsuz bir durumdaydım. Dreamer bana imkansız bir görev hazırlamıştı, öyle ki henüz başlamadan tüm enerjimin boşaldığını hissettim. Öğüt verircesine, *"... 'Tanışma oyunu', zamanı sıkıştırmana izin verecektir... ve sen, bu oyunda, sıradan bir insanın on ömür boyunca öğreneceğinden daha fazlasını öğreneceksin kendin hakkında,"* demesine rağmen, pek çok bilinmeyenle karşılaşma olasılığı ve bu amaçla aylar, yıllar boyu uğraşacak olmak bana yine de anlamsız gelmeye devam ediyordu. Bunun başka bir yolunun olmaması mümkün müydü?

"Dünya, senin için fazlasıyla gerçek. Yalnızca 'oyun' seni bu taşlaşmış, katı dayatmadan kurtaracaktır ve dünyanın daha esnek, daha akışkan bir vizyonuna erişebilmene izin verecektir.

Dünya bir 'his'tir," dedikten sonra, bu sözündeki değerli gerçeğin hücrelerime yayılması için bekledi.

"Karşılaşmalar, sorumluluk düzeyini ölçmene yardımcı olacaklar ve sana kendini tümüyle tanımayı öğretecekler. Karşılaşacağın herkes senin kendinde bilmediğin bir yanını, sende olan ama senin bilmediğin bir yarayı ya da gizli bir hastalığı fark etmeni sağlayacak ve onu iyileştirebilmek için sana bir fırsat sunacaktır."

Endişelerimi saklamaya gerek görmeden, sorularımla ona yüklendim. "Onları nasıl seçeceğim? Ne konuşacağım onlarla?"

Tüm kalbimle bu görevden sıyrılabilmeyi diliyordum.

Dreamer, *"Onlarla konuşacağın şeyin hiçbir önemi yok,"* diyerek kısa kesti. *"Bu soruyu soruyorsun çünkü hala onların senin dışında varolduklarına inanıyorsun. Aslında, diğerleri olaylar dünyasında somutlaşan Oluş durumlarından parçalardır... Diğerleri sadece zamandır."*

"Peki ama, başkaları için kendi yaşamından vazgeçen kişiler?

Diğerlerine yardım edenler, onları iyileştirmeye çalışanlar kimler?

Ve kimdir bu misyonerler?"

"Misyoner bile kendisiyle, kendi şüpheleri, korkuları ve bölünmüşlüğüyle tanışır... Kendi batıl inançlarını alt edebilmek için, diğer batıl inançlılar arasına karışır. Kendi yaralarını iyileştirmek ve kaynağa ulaşmak asıl sebebe dönmek için ıstırap çekenlerin dünyasına girer. Kendisi bilincinde olmadan bunu tamamen başkaları için yaptığına inanıyor olsa da, gerçekte başkaları bunu onun için yapar ve yardım ettiğine inandığı kişiler aslında ona yardım ederler. Görevini yerine getirmesini içinde gerekli kılan kendi durumunu anladığı zaman iyileşmiş olacak ve misyoner olmasına artık gerek kalmayacaktır. Yerine bir başkasını getirecek ve kendisi öteye geçecektir."

Altüst oldum. Dreamer'ın yanıtı içimi dışıma çıkarmıştı. Dreamer'ın bu konuyu bırakıp, baştaki soruma yanıt vermekte olduğunu fark ettiğimde, hala kendimi toparlamaya çalışıyordum.

"Kiminle tanışacağın konusuna gelince...şimdilik bütün bilmen gereken, o kişileri benim belirleyip sana göstereceğimdir. Senin için önemli olan 'görmeyi' öğrenmektir.

Eğer 'görürsen', o kadının ya da adamın geçmişine sahip olacaksın ve bir anda yılların deneyimleri, çabaları, fedakarlıkları, başarıları ve düşüşleri ile birlikte bu senelerin faydasını kendine katmış olacaksın. Onları 'görmek' demek, kendi içindeki yaraların kapanması veya organlarının iyileşmesi olarak kendinin farkına varmak demek.

'Görmek' kendini özünde bağışlamak demektir. O zaman her karşılaşman, üzerine adımını atıp seni ileriye taşıyacak bir basamak olur."

Söylediklerine karşı giderek büyüyen ilgim Dreamer'ın gözünden kaçmamıştı. Bu karşılaşma hikayesi, bilinmeyen ve gizemli bir savaş sanatının görüntüsünü almaya başlıyordu. Dünya; kıtaları ve şehirleri ile sonsuz ve değişken insan hareketlerini yumuşak bir kil hamurundan defalarca şekil alan görüntüler gibi; sanki içinde sürekli ve görünmez milyonlarca düellonun yapıldığı çok büyük bir savaş alanı gibi görünüyordu. Bunların neticeleri ise kimin başı çekip yönlendireceği kimin onları izleyeceğini belirliyordu.

"İster birkaç dakikalığına, ister yıllar boyu sürecek bir devamlılıkta, ister bir çölde, ister bir iş yerinde, kısacası her nerede ve ne şekilde karşılaşırlarsa karşılaşsınlar bu iki kişi kaçınılmaz bir biçimde bir piramit oluştururlarken, görünmez bir merdivenin farklı basamaklarına yerleşerek parlaklıkları, yörüngeleri, kütleleri ve güneşten uzaklıklarına göre belirlenen gezegen hiyerarşisine, matematiksel ve içsel bir düzene riayet ederler."

Kırılan direncimle yeni bir tavır içine girdim ve hiç durmadan satırlar dolusu not tuttum. Konuşmanın devamında yaşam, rollerin zorluk derecelerine göre gelişen ve doruk noktasına gelindiğinde her rolün aşıldığı bir roller sistemini boydan boya geçen bir iz olarak karşıma çıktı.

İnsanlık, bugünkü durumunda kendini iyileştirmeye çalışmıyor. Bunu istemiyor. Bilinmeyen güçlerin etkisi altında mekanik olarak gelişmeye zorlanıyor. Onun gelişiminin destekçileri acı ve ıstırap çekmektir.

Çoğu insan gelişimini, bir kariyerin görüntüden öteye gitmeyen güvenliği ile, bir zenginliğin ya da bir sanatsal başarının boş umuduyla değiş tokuş etmiş gibi görünse de, aslında en sıradan insan bile istem dışı, fark edilmez, mekanik bir iyileştirme sürecinden kaçamaz. Yaşamın hiç eksiksiz olarak karşısına çıkardığı kuruluşların bünyesinde yapılan işler, rollerin getirdiği sıkıntılar, düşmanlık, çekilen ıstıraplar ve sorunlar bir bütün olarak, insanı yola getirmek ve daha yüksek özgürlük seviyelerine doğru taşımak için gerekli disiplini oluştururlar... Dreamer, bu sözlerinin sonunda, *"Bu ağır işleyen bir sistemdir, öyle ki, Oluş'un dikey bütünlüğünde sadece bir milim yol almak için bir ömür yetmeyebilir,"* dedi.

Öte yandan, Dreamer'ın son olarak sözünü ettiği 'oyun', insan rolleri piramidini tırmanmak ve onları ışık hızıyla aşmak için en kısa yoldu. Sonunda, benim için yararlı olabilecek en önemli bilgileri özetleyerek konuşmasını noktaladı. *Hala kendin olduğuna inandığın şeyin içine sıkışıp kalmış durumdasın. Bu karşılaşmalarda, aslında gerçek seni değil, olmadığın seni yani, kendin olduğuna inandığın adamı göreceksin.*

Kendi üzerinde çalışmanın ve öz gözlemleme yapmanın bir ışık olduğunu söyleyebilirim sana. Işık geldiğinde gölgeler kaybolur, sende gerçek ve doğru olan ne varsa geriye o kalır; olmadığın veya kendin olduğuna inandığın her şey ise ortadan yok olur.

Bu karşılaşmamızın da sonuna yaklaşmıştık. Peder Nuzzo'nun beni tahtaya kaldırdığı ve sıramdan kalkarken, sınıfın ortak sorumsuzluğu ile samimi işbirlikçiğinin yanı sıra, kendimden başka kimseye güvenemediğim o zamanlardaki gibi kalbimin sıkıştığını hissettim.

Yeni serüvenim başlamak üzereydi. Karşılaşacağım insanlar, ele alınacak görüşler hakkında daha fazlasını bilmek istiyordum, ama...

'Oyun' içinde planlanacak bir şey yoktur. Şimdiye dek hiç yaşamadığın hayatların dillerini ve bilerek oynacağın rollerini anında keşfedeceksin. Karşılaşmayı 'tatminkar kılmak' için kullanacağın stratejiyi, sözcükleri ve bilmen gereken her şeyi 'an' sana söyleyecektir.

Dreamer bana, kendi ortamlarında tam anlamıyla gerçek birer usta olan özel kadınları ve erkekleri anlattı. Bu kişiler, son derece uzmanlaşmış, mükemmel işleyen makineler gibi dünyadaki rollerinde mutlak kusursuzluğa ulaşmış kişilerdi... Başımı defterden hiç kaldırmadan, sayfalarca not almıştım. Bunları sonra yeniden okumak, şimdi onun yanında hissettiğim tüm kararlılığı ve gücü yeniden bulmamı sağlayacaktı.

Her karşılaşmanın ardında, bir ilişkinin görünüşteki yüzeyselliğinin ötesinde, çok özel bir şeyin olduğu gerçeği giderek netlik kazanıyordu: farklı insan tiplerinden oluşan bir kalabalıkla yaşadığım her karşılaşma, Dreamer'ın 'bütünlük' diye nitelendirdiği bir iyileşmeye giden patikanın yolunu belirliyordu.

Diğer kişiler seni ele verir, ölçer ve senin sorumluluk düzeyini
kusursuz biçimde yansıtırlar.
The others reveal you, measure you and perfectly reflect
your level of responsibility.

Dıştan görünüşe göre, insanlar kararlar almak ve iş bağlantılarını yürütmek üzere karşılaşırlar, ama onlar görünenin ötesinde, ilişkilerin temelinde yatan gerçeğin bilincinde değillerdir. Karşılaşmalar birer bahanedir. Asıl ilişki bir başka düzeyde gerçekleşir. İki kişi karşılaştığında, yüzeyde görünenin ötesinde risk çok daha büyüktür.

Dreamer, tehlikeli bir girişimin arifesindeki birine, çok dikkatli olmasını öğütleyen ses tonuyla, *"Karşılaştığın her kişi bir kapıdır. Bu kişiler senin geçişini engelleyebilecekleri gibi, ilerlemen için bir basamağa da dönüşebilirler. Her karşılaşma seni ölçerek, insanlığın sorumluluk merdiveninde senin yerini belirler,"* dedi.

Hatırla! Diğerleri sensin!...
'Oyun'da karşına çıkacak kişi senden başkası olmayacaktır.
Remember! The others are you!...
In the 'game' you will meet no one but yourself...

O anda senin hangi yüzünün karşında durduğunu ve karşılaşmanın amacını anlaman gerekecek, ayrıca, hangi maskeyi takacağını, ister erkek ister kadın olsun senden neyi yorumlamanı istediğini, hangi rolün gerektiğini birkaç saniye içinde bileceksin.

Bu 'oyunda' ikiniz arasındaki fark, sen nasıl oynayacağını bilirken, onun bilmeden oynamasıdır. Aranızda sonsuzluk kadar bir mesafe, ölümsüzlük kadar bir fark vardır. Öyle ki, yatay dünyada erişebilmenin yıllar, hatta tüm nesiller boyu alacağı pozisyonları fethederek, insanlık rollerinin sıralandığı piramidi senin baş döndürücü bir hızda dikey olarak çıkmanı sağlayacak bir farklılıktan söz ediyoruz.

Bu noktada Dreamer, içimizdeki en gerçek olana bizi çabucak yaklaştıran ve zamanı sıkıştıran bir dikey yoldan, bir 'kestirme yol' olan, 'düş'ten söz etti.

10 Zamanı sıkıştırmak

Dreamer'ın öğretisinden anladığım kadarıyla, sürekli meydan okumanın hakim olduğu ve hiçbir duraksamaya izin vermeyen bir dünya söz konusuydu. İki kişi herhangi bir işaret ya da cihaz olmadan, birbirleriyle çölde çırılçıplak karşılaşıyorlar. Kaçınılmaz olarak içlerinden biri başı çekerek gidilecek yönü belirliyor, diğeri de onu takip ediyordu. Bunu, yabani bir bölgede karşılaşan iki hayvanın, birbirlerine kendi ırklarını, güçlerini, bölgelerini ve üstünlük derecelerini zoolojik bir dil kullanarak özel sinyallerle anlatmasına benzetebiliriz. Her bir tepki, her bir davranış, en basitinden bir tik, duygusal bir dışavurum, bir bakış, bir söz, yüz ifadesindeki en küçük bir değişim, kişinin gelişim merdiveninde bulunduğu konumu açıklamaya yeter. Bu algı düzeyi evrende kaydedilerek, yaşamda başımıza gelecek olayları, neyi bileceğimizi, neyi yapacağımızı, neye sahip olacağımızı ve nihayet finansal kaderimizi belirler.

Dreamer, şimdi biraz daha tanıdık bir ses tonuyla, *"İki kişi karşılaştığında, kaçınılmaz olarak biri kapsayan, diğeri kapsanandır,"* dedi.

"Bir kişiyi 'kapsamak' ne demek?" diye sordum.

"Bu, onun tüm dünyasından, rollerinden, hayatından ve ona bağlı olan tüm hayatlardan sorumlu olması demektir. Onun her zorluğunun çözümünü, her talebinin yanıtını bilmesi demektir.

Eğer başaramazsan, yine sıradan yollardan, zaman ve deneyimden geçmen gerekecektir. O karşılaşmada, anlama ve bütün olma yönünde Oluş'unu daha yüksek bölgelerine ulaştıracak fırsattan nasıl yararlanacağını bilemediğin için, aynı fırsatın yeniden karşına çıkması çok uzun yıllar alacaktır. Her koşulda bu sınavı mutlaka yeniden tekrarlaman gerekecektir, tabii yeni bir fırsat yakalayacak kadar şansın varsa..."

Vizyonumun fiziksel olarak genişlediğini hissettim. Dreamer yaşamımı değiştiren bu öğretiye dair bir başka bağlantı noktasını gösterirken, onu daha dikkatle dinlemeye hazırlandım.

Beni uyardı, *"Bu zor ve tehlikeli bir oyundur,"* dedi. *"Bir bakış, bir söz, en küçük bir hareket ya da düşünce sana ihanet edebilir ve seni ölümcül bir tuzağa düşürebilir! Okul bünyesinde olmayan kişinin eli kolu tamamen bağlıdır. Bu kişi, 'karşılaşma oyunu'na katılabilir, ancak bu oyunun kurallarını bilemez, aldığı riskin hiçbir şekilde bilincinde olmadığı gibi, bunun bir oyun olduğunu bile bilmez. Bu oyunu 'görenler' oyunu yönlendirirler, görmeyenlerse onun kurbanı olurlar."*

"Bu sınavdan geçtiğimi nasıl bilebileceğim? Ayrıca, böyle bir karşılaşmanın sonucu ne olacaktır?" diye, sanki şimdiden ufuk çizgisinde onun ortadan kayboluşunu görüyormuşum gibi yüksek sesle sordum.

"Bir insanın yaşamındaki olaylar en eşsiz biçimde bir araya gelirler ve onun anlama ve kusursuzluk düzeyini yansıtırlar.

Eğer bir başkasını 'kapsıyorsan' yanlış yapmazsın, sadece varlığının başka bir köşesine şifa ve ışık götürdüğün için olağanüstü bir sevinç yaşarsın. Bir insanda bu gerçekleştiğinde, bunu tüm evren bilir."

"Özel olarak ya da tanığı olmadan gerçekleşen bir karşılaşmayı diğerleri nasıl bilecekler?" diye sordum.

"İnsanlarla nesneler tek bir bağ dokusunun parçalarıdır. Dünya boyutundaki bir sinir sistemi, insanlığın tüm hücrelerini birbirlerine bağlar. Bir odanın içinde tek başına duran bir insan, tüm evrene kendi durumunu, sorumluluk düzeyini ve niyetini duyurabilir. Ne hile yapmaya ne de yorumda bulunmaya imkan vardır."

11 Diğerleri seni ele verir

Dreamer, ertesi hafta Hamstead'deki eski bir pub olan Spaniards Inn'de yeniden görüşme sözü vererek ayrıldı. Bu arada geçen günleri ve saatleri, 'oyun' hakkında anlattıklarını düşünerek geçirdim. Bana en çok saldıran düşünce, ne kadar zaman süreceğini bilemediğim ve var olmadıkları sonucunu keşfedeceğim yüzlerce kişiyle karşılaşmak gibi oldukça tuhaf bir göreve atanmış olmamdı.

Karşılaştığımızda, yüzünde beni bir bıçak gibi yaralayan acıma ifadesiyle Dreamer yanlışımı sertçe düzeltecek ve bana,

"Diğerlerinin var olmadıklarını söylemedim!" diyecekti. Sonra, üstüne basa basa, *"Diğerleri senin dışında var olmazlar dedim! Bunu net olarak kavradığın zaman, onların ne işe yaradıklarını da anlayacaksın"* şeklinde açıklama yapacaktı.

'Bazı benzerlikleri' yüzünden, Dreamer'ın bana eşsiz bir fırsat sunduğunu ve 'karşılaşma oyununun' yeri doldurulamayacak bir gelişim aracı olarak kendini göstereceğini biliyordum. Buna rağmen, kendimi bir türlü kurtaramadığım bir şüphe ve endişe ordusu tarafından kuşatılmıştım. Bunca karşılaşmayı organize etmenin zorluğunun ve gerektirdiği çabanın ötesinde, beni çok rahatsız eden bir durum vardı: 'Karşılaşmalar oyunu' tüm zamanımı alacaksa, İngiltere'ye ya da dünyanın herhangi bir yerine yapacağım yolculukları ve eğer gerekirse uzun süreli konaklamaların masraflarını nasıl karşılayacaktım?

Buna ilave olarak, doğrusu çok endişe verici bulduğum bir başka husus da, bu karşılaşmaların, aslında gerçek birer düello oldukları fikri idi. Bir seferinde bana, *"Yaşamının tehlikede olmadığı hiçbir an yoktur,"* demişti. Bu sözlerini her hatırlayışımda bu inanç kuvvetleniyordu ve tanımadığım kişilerle üstelik nedensizce, karşı karşıya gelmek fikrinin baskısıyla içimdeki rekabet kaygısı da giderek büyüyordu. Bu 'oyun'da, sanki bir filigrandan bakarcasına onu bulanıklaştırıp rengini koyultan bir acımasızlık görüntüsü yakalamıştım. Sonuç olarak, bu oyundan çıkabilecek sonları hayal ettim: ya esaret, dayanıklılık ve saygınlık mesajı göndererek bir sonraki aşamaya terfi edecektim, ya da rakibim beni varlığımın yıkıntılarına mahkum edecek ve ben, yenilmiş bir savaşçıdan arta kalanları geride, yaşamın savaş alanında bırakacaktım.

Başlangıçta, Dreamer'a bununla ilgili bir şey söylemeye cesaret edemedim. Bu duygunun, verilen görev için yetersiz olma korkusundan mı yoksa, insani bir bakış açısıyla, karşılaşmada kimin yenileceğini bilememekten mi kaynaklandığını hala kestiremiyordum.

Bunlar, eski bir hana doğru yürürken bana eşlik eden düşüncelerdi. İçerinin atmosferi, buranın Shelley, Keats ve Byron gibi ünlü sanatçıların ve şairlerin uğrak yeri olduğu dönemden beri fazla değişmemiş olmalıydı. Erken gelmiştim. Dreamer henüz ortalarda görünmüyordu. Etrafa bir göz gezdirerek, onun stratejik olarak hangi yeri seçeceğini bulmaya çalıştım. Nihayet, en sakin köşedeki bir masada karar kıldım. Duvarda, efsanevi bir haydutun yakalanışında gösterilen kahramanlığın anısına nişan olarak verilmiş çok eski ayaklı bir silah asılıydı.

Hala, rekabet ve yenilgi kuruntularımın içine saplanıp kalmıştım. Dreamer beni hazırlıksız yakaladı ve daha bir şey bile yapmaya fırsatım olmadan, tıpkı farkında olmadıkları bir anda amirleri tarafından yakalanan çalışanlar gibi utanç içine hapsolduğumu hissettim. Dreamer'ın görünmesi bile, doğru tutumu 'anımsamama' yetiyordu. O masaya yaklaşmadan, ben daha saygın bir havaya bürünmeye ve 'varlığımın' dağınık parçalarını toparlamaya çalıştım. Ancak henüz kapının girişinde, bana başıyla yaptığı nazik bir işaretle kendisini izlememi söyledi. Bizim için seçmiş olduğum masadan kalktım ve onun peşinden birinci kata çıktım. Buradaki kalabalık salon, müşterilerin gürültüsü, bira kokusu ve havasının ağırlığıyla beni rahatsız etmişti. Bana göre zemin kattaki masa, aklımdaki özel görüşme için çok daha uygundu, ama Dreamer, salonun tam ortasında, sohbetlerin en yoğun uğultuya dönüştüğü masaya yönelerek oturmam için beni davet etti.

Beni gördüğü andaki durumumun gözünden kaçmadığını, sırası gelmişken vurgulayarak, kibar ancak neredeyse alaycı bir tonla beni uyardı.

Bu ılımlı yaklaşımından, tedbiri elden bırakmayarak yararlanmayı düşündüm. Dreamer'ın ruh halinin çok çabuk değiştiğini biliyordum, özellikle öfkesinin ne korkunç boyutlara ulaşabileceğini şimdiye dek birçok kez yaşayarak öğrenmiştim. Bir sözcük, bir vurgu ya da olağandışı en küçük bir hareket, onun öfke saçmasına yetiyordu. Ona, 'oyunla' ilgili zihnimi meşgul eden ve kendi ruhsal durumumu özetleyen bir soru sormak istiyordum. Oyunda kaybedenlere ne oluyor? Dreamer'a fiziksel olarak yakın duruşum sayesinde her şey kendiliğinden netlik kazandı. Aslında sormak istediğim şeyin, kaybedenlere ne olduğu değil, ilk karşılaşmalarda yenilirsem başıma nelerin geleceği olduğunu fark ettim.

O benden önce davrandı, *"Yanlış bir düşünceye kapılma,"* dedi. *"Bunu sana daha önce söyledim... Bu 'oyunda' ne yenen, ne de yenilen vardır."* Bu sözler, sanki gürültüler birdenbire kesilmiş ve birahanede ikimizden başka kimse kalmamış gibi, bana çok anlaşılır ve net biçimde ulaşmıştı. Sesi bana, bu kalabalığın arasından ya da uğultu bulutunun üstünden değil, içimden ulaşmıştı.

Bu düşüncelerin kökenlerine, kaynaklandıkları inançlara ve önyargılara doğru gerisingeri bir yol açarcasına, *"Senin vizyonun, hala bir iç bölünmenin, yalnızca zıtlıklar ve düşmanlıklar aracılığıyla yöneten bir dünya öğretisinin sonucudur. Aslında, düello her zaman ve sadece senin içinde gerçekleşir. Birinin diğeri ile olan ilişkisi, yalnızca bir karşılaşmada gerçekten olanların en yüzeysel ve görünür olan yüzüdür. Her ne kadar diğerinin senin yıllarını alan hazırlık dönemin boyunca biriktirdiklerini elinden alacağından korkuyor olsan da bil ki, o kişi aslında senin içindedir ve olacakların tümüne kararı verecek olan sensindir,"* dedi.

Temel kavramlardan birini ele alarak konuşmasını sürdürdü. Bir kişiyi 'kapsamak', sadece onu kendi sorumluluklarının içine katmak demek değildir, onu görevlendirmektir.

"Daha yüksek sorumluluk düzeyindeki birisiyle karşılaşmak, farkında olmasak da bizim için her zaman bir hızlanmadır," dedi.

"Seni 'kapsayan' bir kişiyle karşılaşmak başına gelecek en güzel şeydir. Bir adım atıp ötesine geçenler, diğerini kendi kaderine terk etmezler. Aksine, o kişiden sorumlu olurlar. Onlar kendi gelişimlerinin aynı zamanda diğerinin de gelişimi olduğunu bilirler. Bir insanın yükselmesi, sadece bir hücrenin iyileşmesi bile, tüm insanlığın ilerlemesini hızlandırır.

Başarının sınırı yoktur ve senin bunu fark etmen için diğerlerinin sana ne kadar çok fırsat ve çalışma konusu sunabileceğini bir düşün. Çünkü gerçek zafer, tam şu anda yüreğimizdeki uyumsuzlukları uyumlu hale getirerek, kendimizi yenmektir. İnsanlar böyle bir anlayışa ve farkındalığa sahip olmadan, birbirleriyle bir uyku halindeyken yani endişeler içinde boğulmuş, korkuları ve şüpheleriyle karanlığa gömülmüş, günlük koşuşturmaları arasında kendini yitirmiş bir halde karşılaşırlar ve bu karşılaşmalarında anlamsız, dünyevi boş hedefleri ve çıkarları peşinde koşarlar."

Mizahi bir yaklaşımla, her ne kadar kendilerini iş yapmaya, işleri tartışmaya ya da görünürde önemli olan kararları almaya adamış olsalar da, gelişmiş bir insanın bakış aşısından onların, incik-boncuk üzerine takasla ve pazarlık etmekle meşgul, uygarlaşmamış bireylerden biraz daha iyi durumda olan varlıklar olduğunu vurguladı.Yine sert ve ciddi bir ifadeye bürünerek, *"Onlar asıl hedefi unuttular,"* dedi. *Onlar 'oyunun' farkında değiller. Artık rollerini oynamak yerine, rolün ta kendisi olmuşlardır!"*

Bir bakışıyla söylediklerini anlayacağımdan emin olduktan sonra, *"Mükemmellik yolunda ilerleyen sorumlu bir insanın dünyasında sadece kendini; dünyayla olan vasatlığını, yalanını ve özdeşliğini yenmek için yer vardır,"* yorumunda bulundu.

12 Kasıtlı yapılan rol oyunu. Rol yapma sanatı

"Her ortam için takılacak doğru bir maske vardır," dedi Dreamer. *"Bu 'karşılaşmalar oyunu' içinde geliştirmen gereken temel yetenek, kılık değiştirme sanatıdır."* Kullandığı ses tonu ve yüz ifadesi, öğretisinin önemli bir bölümünü ele almak üzere olduğunu gösteriyordu.

Hem 'Tanrılar Okulu'nun eski elyazmasından, hem de düşüncesi ve yaşamı üstüne yaptığım araştırmalardan Lupelius'un efsanevi kılık değiştirme ustalığını öğrenmiştim. Onun Okulunda kılıkdeğiştirme sanatı bir savaşçı içinhazırlanmanın ayrılmaz bir parçasıydı. Lupelius'a göre roller psikolojik kostümlerdi. Bu giysileri hem kendisi giyiyor hem de öğrencilerine giydirerek onlara, bunun bir oyun olduğunu asla unutmadan veya oyun tarafından tuzağa düşürülmeden, rollere nasıl bürüneceklerini, o rolleri en ince ayrıntılarına ve sırlarına kadar nasıl inceleyip öğreneceklerini anlatıyordu.. Dreamer'ın katı yaklaşımı, bu unsurun, 'oyun'a hazırlanma sürecimdeki önemini çabucak algılamamı sağladı.

"'The Art of Acting', 'Rol Yapma Sanatı' bir savaşçının stratejik olarak yaşama becerisidir," dedi. *"Bu beceri, onların gereken yerde daima 'her an hazırda' olmasına ve her koşulda en doğru tutumu takınmalarına izin veren bir yetenektir."* Dreamer'ın sözlerinde Lupelius'un öğretisini farketmiştim. Sesleri birbiriyle harmanlanırken, görüntüleri zihnimde birbiri üzerine yerleşerek bir bütün oluyordu.

"Stratejik olarak yaşamayı ve amacın doğrultusunda rol yapmayı öğren, böylece her durumda hangi görüntüyü sergileyeceğini daima bileceksin. Sadece rol yapanlar, tüm dünya tarihinde daha önce olmuş ve henüz olacak her karşılaşmayı eşsiz ve farklı kılan binlerce özellikleri harekete geçirebilir."

Bir ara verdikten sonra tekrar başladığında, sesi daha otoriter ve kuvvetli yankılanıyordu:

"Rol yapmayı öğren, yalnızca rol yapanlar, kendilerinin ve diğerlerinin yaşamlarını yönetebilir, başarılı ve özgür olurlar."

Bu kurallara karşı içimden içgüdüsel bir muhalefet yükseldi. Şu ana kadar bana öğretilmiş olan her şey, olaylara bambaşka bir açıdan bakmamı zorluyordu. Kişi, 'kendisi olabilirse', başkası gibi görünmek ve rol yapmak zorunda kalmazsa özgür olabilirdi ki bunu ona da söyledim. Bu düşüncelerimin sonunda içimde hala, rol yaparak ve maskelere bürünerek diğerleriyle görüşmenin, ilişkileri yürütmek için samimiyetsiz ve yanlış bir yöntem olduğu inancını barındırıyordum.

Birçok insan itirazlarımı yerinde bulurdu. Sıradan insanlar bunları, hayatında çiğnenmez ahlaki ilkelere ve dürüstlük kurallarına sahip ve bunları daha üst seviyedeki bir kişinin önünde bile cesurca savunmasını bilen birinin tavrı olarak görüp uygun bulabilirdi. Ne var ki, sözlerim Dreamer'ın dünyasında sanki içeriye hırsız girmiş gibi tüm alarm sistemlerini harekete geçirdi. Ancak, Dreamer'ın dünyasında bu sözlerim, eve giren hırsız gibi tüm alarm sistemlerini harekete geçirdi.

Dreamer, sözlerimi tamamlamama fırsat vermeden, ani bir öfke patlamasıyla beni azarlayarak, *"Sessiz ol!"* diye bağırdı. Bilgiç tavrımı taklit ederek, *"Kendisi olmak... kendisi olmak..."* diye tekrarladı.

"Senin gibi hayatı yalanla, rollerin tutsaklığında geçmiş biri, kendisi olmanın nerede başladığını bile bilemez." Sesindeki tiksintiyi ve belirgin bir küçümsemeyi algılamıştım. Dreamer sözlerimi yanıtlamıyordu, kibrimi, içimdeki bölünmeyi yansıtıyordu. Bu tartışmaların ardında ve görebileceğimden çok daha derinlerde direncim değişmeye başlamıştı.

Dreamer, hiçbir şey olmamış gibi normal ses tonunda konuşmasına devam etseydi, sanırım hemen ve tamamen pişman olurdum. Onun bir ruh halinden diğerine çabucak girip çıkmasını, sesini, üslubunu, el kol hareketlerini, mimiklerini ve tepkilerini değiştirme becerisini bir kez daha fark ettim. Bu geçişleri, ardında bir kalıntı ya da iz bırakmadan yapabiliyordu. *"Stratejik olarak yaşamak, fırsatçılık demek değildir ve yalan söylemek anlamına da gelmez. Bu bir savaşçının kendi görünüşünü, dünyanın almaya hazır olduğu ve koşulların gerektirdiği şekilde uyarlayarak davranışlarına aktarma becerisidir.*

Yalnızca stratejik olarak yaşayanlar ayakta kalabilirler. Rol yapmak özgürlüktür."

Bir rolü 'mükemmel' oynamak, yaşamda o rolün üstesinden gelmek, 'kavramak', sorumluluğun daha yüksek seviyelerine ulaşmak demektir. İlk zamanlardaki tiyatro, oyuncuların-öğrencilerin rol yapmayı ve rollerinin ötesine geçmeyi öğrendikleri, bu rollerin esiri olmadan bir karakterden diğerine geçme becerisini kazandıkları bir Oluş, bir özgürlük okuluydu. Bu sebeple, rol yapmak; kişinin Oluş'unu kendi yıkıcı düşüncelerinden ve olumsuz duygularından kurtarmayı öğrenmesi demektir. Böylece tiyatronun esas olarak oyuncuları etkisi altına alan temizleyici, arındırıcı etkinliği, koroya, halka, şehre ve tüm ulusa yayılarak onları birbirlerine bağlayıp, özgürlük ve refah ortamını yaratmanın koşulu olan birlikteliği sağlıyordu. Bu işlevi tiyatroya, tüm kültürlerde her zaman sahip olduğu başrolü vermiş, bugün hala insanı büyülemesine ve sihrine anlam katmasına sebep olmuştur.

Klasik Çağ, Yunanistan'da Oluş'un merkeziyetini keşfetti; ekonomik zenginliğin, toplumsal uyumun, kuruluşların olgunlaşmasının ve uzun ömürlü olmasının sırrının, herkesin Oluş'unda gelişmesinde, şehirdeki her hücrenin zenginleşmesinde bulunduğunu biliyordu. Bu vizyon, zamandan bağımsız, manevi bir medeniyeti, Oluş medeniyetini ortaya çıkardı. Sanat, güzellik, müzik, spor ve gerçeği arayış, şehrin üzerinde yükseldiği sütunları ve onun yaşamının yüce düzenleyicileri oldular.

Hiçbir coğrafyaya ve zamana bağlı olmayan gizemli bir varlık olarak Dreamer, kendi doğrudan tanıklığının yetkisiyle, en eski uygarlıklarda, örneğin Roma veya Yunan'da yeni bir şehir kurulacağı zaman, daha surların geçeceği yerler bile belirlenmeden önce iki kamu binasının kurulacağı yerlerin seçildiğini belirtti: duyguları arındıracak tiyatro binası ve bedenleri arındıracak hamamlar. Bunlar arınmanın iki hayati organı, toplumun böbrekleriydiler. Canlı bir varlıkta olduğu gibi, bu iki sosyal yapıya da en zorunlu temel işlevlerden biri olan, şehrin lenflerini süzüp arındırmak, onun her hücresini temizleyip zenginleştirmek görevi verilmişti.

Tiyatro, yalnızca fiziksel bir mekan değil, bir Oluş hali, insanın en yüce becerilerinin uyum içinde sergilendiği, düşünce ve nefesin bir birleşimi olan sözün, hareketle birleştiği psikolojik bir alandır.

Bir zaman makinasında gibiydim, yok olmuş dünyaların, gömülü medeniyetlerin arayışı içinde seyahat ediyordum ve onun huzurundayken, onların kalp atışlarını, nefeslerini hala hissedebiliyordum.

13 'Karşılaşmalar oyunu'

Böylece Dreamer ile birlikte çıraklık dönemimin en zorlu dönemlerine girmiştim. Savaşçı bir baba gibi, bana bir zırh, bir kalkan ve yanımda taşıyacağım silahları verdi ve bunları emanet ederken şu nasihatte bulundu: *"Her düştüğünde ve her an, farkında ol, tetikte ol!"*

Uyanık ol, her saniyeyi ve her düşüşünü dikkatle izle. Kendini gözlemle. Her bir hücreni, verdiğin sözün bilinciyle doldur. Düş'ü unutmuş olanlar için dünyayı yöneten gerçek, gizemli ve görünmeyen güç, evrende kaybolmuş küçücük bir parçadan ibarettir. Bu 'oyun' iki yıl boyunca tüm zamanımı aldı. Bu sürede, Dreamer'ın, sadece kendisinin bildiği stratejik seçimlere göre belirlediği ya da yoluma çıkardığı insanlarla karşılaşmaktan başka bir şey yapmadım.

Bugün artık, bu karşılaşmaların her birinin çok hassas bir seçimin ürünü ve ileri görüşlü, bilinçli ve aydınlık bir tasarının parçası olduklarını biliyorum. Her karşılaşmayı, hayran kaldığım eğitimsel bir ilerleme takip ediyordu. Bu karşılaşmalar, Varlığımın en gizli yaralarını keşfedip, onları iyileştirmeme yardım etmelerinin yanı sıra, olaylar dünyasında, üzerine yeni üniversitenin kurulup gelişeceği vazgeçilmez önkoşulları oluşturdular.

Seven Oaks, unutulmaz karşılaşmaların odak noktası, dünya aydınlarının kültür, sanat, iş ve politika yaşamının doruklarındaki kadın ve erkeklerin biraraya geldiği buluşma yeri haline geldi. Seven Oaks, bu muhteşem girişimi gerçekleştirmede önemli rol oynayacak herkesi çağıran bir zafer şarkısıydı. Aylar boyunca gözüme yüksek miktardaki pahalı fazlalıklar ve gereksiz detaylar olarak görünen evin sahip olduğu bu güzellik ve stil, yeri doldurulamaz kişilikleri bütün geçmişine ekleyip mühürleyen bu eşsiz sahne, tüm bir tasarımın ilkeleri halini alıyordu.

Seven Oaks, üniversitenin yeni kampüsünün doğuşunun ve gelişiminin değişmez bileşenleri olarak, ona eşlik eden ve onun öğretilerinin peşinden giden girişimci zindeliği, yaşam tarzı, sorumluluk ve liderlik gibi bileşenler için bir pusula görevi üstlenmişti. Seven Oaks, bir ev, bir dost, aşina olduğum tüm mutlulukların üssü, hazine sandığı ve çok kıymetli bekçisi oldu. Heleonore'a olan tutkunluğumla birlikte çocuklarımın da büyüdüğü yer oldu. 'Karşılaşmalar oyunu' çıraklık eğitimimin genel gidişatı açısından önemli bir yer kaplıyordu ve bu iki yıl boyunca, onun disiplin ve katılık anlayışının tahammül edebileceğimden çok daha şiddetli olduğu zamanlarda hissettiğim huzursuzluk hiç de alışılmadık değildi.

Dreamer bir suçlama ustasıydı. Oluş'umun labirentinden ıstırap ezgisini söküp çıkarmak için suçlama ve kınama yöntemlerini kullanıyordu. O ağıt yakan keder beni sürekli sarsıyor, içten yok ediyordu. Gözünden hiçbir şey kaçmıyordu ve en küçük bir dalgınlık, ihmalkarlık, Projeden bir milimlik bir sapma, korkunç öfkesinin patlamasına yetiyordu. Varlığımın en gizli kıvrımlarından yaralarına nasıl ulaşacağını biliyor ve onları kızgın demirlerle dağlıyordu. Kaderinin eski kulvarlarından çıkmak isteyen herkesin, Dreamer'la karşılaşmasını ve böylesine dikkatli ve acımasız bir rehbere sahip olmalarını dilerim. Onun yanında atılan her adım, ölümsüzlüğün nefesini taşıyordu. Şimdi onun hakkında yazdıkça, her hareketinin özellikle ve olağanüstü bir biçimde benim için tasarlandığını, benim aracılığımla da köleliğinin farkına varmış her insana ithaf edildiğini fark ediyorum. Onun yanında, bütün varoluş, değişmek ve hayatlarını kendi şaheserlerine dönüştürmek isteyenlere açılan bir 'Oluş Okulu', bir 'Tanrılar Okulu' olarak gözler önüne seriyordu.

Üstelik ilk aylarda bu 'karşılaşmalar oyununu', kararlılığımı sınamak için ortaya konmuş bir saçmalık olarak görmüştüm. Dreamer'ın açıklamalarından önce, 'pratik' bir amaç olmadan asla 'başkalarıyla' karşılaşılabileceğini ve bir araya gelinebileceğini hayal bile edemezdim. *"Bir seferinde bana karşılaşacağın insanları nasıl seçeceğimi sormuştun,"* dedi. Önceden bir yanıt vermeyi hiç düşünmediği sorularımdan birine dönüyordu.

Onların en temel özellikleri kusursuz ve acımasız olmalarıdır. Bir gün, hiçbir karşılaşmanın senin dışında gerçekleşemeyeceğini bileceksin. Karşılaşacağın kadın ve erkekler, mozaik taşları gibi senin parçalarını ortaya koyacaklar, sen de onlarla bir araya gelmek zorundasın. Her biri senin olası yaşamlarını temsil ediyor.

İnsanlığı engin bir okyanus olarak düşünürsen, her bir kişi senin psikolojik durumunu yansıtan damlalardır. Unutma: Diğerleri sadece aynadır. Suçlayacak veya kınayacak hiç kimse yoktur. İnsan daima ve sadece kendisiyle karşılaşır!

Onun tavsiyelerine uyarakve Seven Oaks'ı bir üs olarak kullanarak durmaksızın seyahat ettim. Çeşitli vesilelerle İngiltere'den ve sık sık da Avrupa'dan ayrılmam gerekmiş, kendimi gözlemleme, kendimi okuma ve tanıma gibi özel, tuhaf ve muhteşem bir amaç uğruna en muhtelif durumların içinde her sosyal konumdan, yaştan, zeka seviyesinden, soyağacından ve iş kapasitesinden oluşan farklı insanların arasında bulmuştum kendimi.

Böylelikle çok geniş bir insan yelpazesinden önünden geçtim; aktörler, yönetmenler, sanayiciler, danışmanlar, insanlığı iyileştirenler, Kilise'nin papazları...politikacılar, girişimciler, filozoflar, profesörler, doktorlar, önemli avukatlar, bankacılar, Nobel ödülü sahipleri, berduşlar; başarılarının zirvesinde olanlar, itibarını kaybetmiş insanlar...finans guruları, yoksullaşmış girişimciler; evlerinde ya da ofislerinde, sokak ortasında veya yatlarında, lüks otellerde veya mütevazı konuk evlerinde, çalışırken ya da tatilde... Her biriyle ayrı bir tutum, ifade, davranış, giyim ve 'titizlik' gerektiren yüzlerce buluşma yaşadım; her biri mümkün olan her çeşit aynanın önünde, birbirinden çok farklı koşullarda bana kendimi gözlemleme fırsatı verdi, vizyonumun geçit vermeyen sınırlarına, katılıktan kırılganlığa dönüşen zihinsel kafeslerime meydan okudu...her biri gizli bir hastalığı, içimdeki en zayıf noktayı bulmakla kalmadı, ya bozuk olanı düzeltip tedavi etti ya da ruhumdaki en küçük yarayı dağladı.

Dreamer'ın özellikle çok önemli bir buluşmanın öncesinde en küçük ayrıntılara verdiği önemi anımsıyorum. Onun uyarı ve istekleri, bir film çekimi öncesinde setteki yönetmenin ya da bir kader maçının öncesinde saha kenarındaki antrenörün söyleyeceklerinden hiç de farklı değildi.

Giyimim, değineceğim konular ve hatta kullanacağım anahtar sözcüklerin söyleniş biçimleri gibi her şey onun dikkatinin süzgecinden geçiyordu.

Kendine dikkat et, her şeyin tamamen farkında ol! Yaşamının her bir köşesini didik didik et. İçine göz at! Benliğinin içine giren ve ondan ayrılan her şeyin farkında olan. Oluş'umuz Yaşamımızı yaratır...Oluş, dünyayı yaratır... Gerçek dikkate sahip bir insan, en ufak bir hareketiyle evreni düzelteceğini bilir.

14 Yeni paradigma

Bir zamanlar uzun ve sabırla geçen uğraşlar sonucunda, moda ve lüks ürünler endüstrisi alanında lider konumda olan çokuluslu bir şirketin kurucusu ile görüşme ayarlamıştım. Bu toplantı için yaratmak zorunda kaldığım bahane, onun mal varlıkları arasından bir gayrimenkulun satın alınmasıydı. Haftalar önce Londra'da başlayan pazarlık, artık son aşamasına gelmiş ve yüz yüze görüşmemiz kaçınılmaz olmuştu. Bu Fransız girişimcinin ismi, Dreamer'ın benden irtibat kurmamı ve görüşmemi istediği iş dünyasının 'ustalarının' bulunduğu uzun listenin içinde yer almaktaydı.

O sıralar, parayla olan kötü ilişkime cesurca meydan okuduğum bir dönemdi. Dreamer'a göre pazarlık etmeyi korkmadan ve boyun eğmeden bu 'en sıkı' işadamından öğrenmem gerekliydi. Giyim sanayinde dünyanın en meşhur markalarından biri olan bu kişinin Paris'teki Sancta Sanctorum'da gerçekleşecek buluşmamız için yola çıkacağım günün öncesinde söyleyeceklerim hakkında en küçük bir düşüncemin bile olmaması yüzünden canım hayli sıkkındı. Kaygılarımla beraber, beni böyle stresli durumlara soktuğu için 'suçlu' saydığım Dreamer'a karşı hissettiğim bir çeşit kızgınlık da artıyordu.

Gizliden gizliye beni bu yolculuktan mazur göreceğini ve çoktan Rue de la Paix'de ayarlanmış olan bu görüşmeyi iptal edebileceğimi ümit ederek ondan bir buluşma talep ettim. Kontrol edemediğim, saldırgan bir soruyla patlamamdan henüz birkaç dakika önce biraraya gelmiştik.

Bir bina ya da bir şirket üzerine pazarlık etmekteki amaç ne olabilir ki? huzursuzluğumu kusur bulunamayacak bir sağduyu ardına gizlemeye çalışarak aniden konuşmaya başlamıştım. Eğer satın alacak paran yoksa, lüks bir otomobili veya özel bir uçağı elde etme konusunda detayları konuşmanın ne anlamı olabilir? diye sorduğumda, belirli bir noktada artık boşalmış, sıkıntımı eleştirilemez bir sağduyunun ardına gizlemeye çalışmıştım.

Dreamer takındığım tavrı görmezden gelerek, görüşlerimi alışkın olmadığım bir nezaketle beni yanıtladı. *"Eğer nasıl kusursuz oynayacağını bilirsen.."* Dreamer, umulmadık bir nezaketle az önce sergilediğim saldırgan tavrı görmezden gelerek cevap verdi – *"sorularını yönelttiğinde seni inandırıcı bulursa, o zaman para zaten cebinde demektir."*

Anlamamıştım. Bana göre 'ciddi biçimde rol yapmak' tamamen farklı bir anlama geliyordu. Paris'teki o mülkü satın alacak param gerçekten olsaydı, kesinlikle endişelenmez, ne söyleyip nasıl davranacağımı çok iyi bilirdim.

Dreamer, sözlerimi keserek beni azarladı, *"Çok yanlış düşünüyorsun,"* dedi. *"Aldığın ilk eğitim, seni yeterli paran ve gerekli araçların olursa, dilediğin her şeyi yapabileceğine ve böylece kendini güvenli, zengin, mutlu ve saygın hissedeceğine inanmaya alıştırmış."*

"Sahip olmak – Yapmak - Olmak sana hakim olan bir değerler dizilimi; çürümüş bir insanlığın efsanevi değerlerinin tam bir özeti ve başına gelen tüm felaketlerin ve dertlerin kaynağıdır."

Bunları söyledikten sonra, başını kaldırdı ve bana dik dik baktı. Sonra bakışlarını ayırmadan sağ işaret ve orta parmaklarını birleştirip sağ kulağına birkaç kez hafifçe vurdu. Dreamer, anlamaktaki zorluğum konusunda beni uyararak, dikkatimi tam olarak kendisine yöneltmemi istiyordu, sözlerime kulak ver diyordu. Beni rahatsız eden bu tuhaf hareketin normal görüntüsünün altında kalp atışlarımı hızlandıran ve galeyana düşmemek için bana derin nefes aldıran trajik bir jestin emir ve otoritesini, teatral bir sihrin ipucunu hissettim.

"Bu, milyonlarca insanın ortak zihniyetidir" dedi *"Bunu tersine çevirmen gerekiyor! Yeni insanlığın değerler dizilimi; Olmak-Yapmak-Sahip olmaktır. Ne denli çoksan, o denli çok yaparsın ve o denli çok şeye sahip olursun. Sahip olmak ve olmak, varoluşun farklı düzlemlerinde bulunan aynı şeylerdir."*

Olmanın zaten sahip olmak olduğunu, olmanın sahip olmayı yönettiğini ve onun gerçek nedeni olduğunu keşfetmek, yaşantımda o ana dek inandığım tüm düşünceleri ebediyen havaya fırlatan bir patlamaya yol açtı. Bu olay, düşünce biçimimin uğradığı, kaderimi değiştirmeye yetecek güçteki büyük şoklardan biriydi. Dreamer'ın sözlerinin içeriği giderek yoğun ve derinlemesine irdeleyen bir hal aldı. Defterimi çıkarttım ve orada, caddenin ortasında not tutmaya başladım. Bir yandan döktüğü sözleri bir araya getirerek elimi satırların üzerinde hızla kaydırıyor, diğer yandan da yazmaya zaman bulamadıklarımı zihnimde tekrarlayarak ezberlemeye çalışıyordum.

Bu değerli öğretiyi bir daha bulamayacağım için tek bir atomunu bile kaçırmaktan korkuyordum.

Baştaki konuşmasına geri dönerek, Paris'te yapacağım toplantının, ünlü bir mücevher dükkanını ya da şık bir giyim mağazasını ziyaret etmekle aynı şey olacağını söyledi. Önemli olan üstümüzde denediğimiz giysileri veya bize gösterilen en pahalı mücevherleri satın almamız değil, o mağazanın 'oluşu' yani gözle görünmeyen özü tarafından, 'tanınmaktır'. Önemli olan yaşamımızı saran dünyanın bize 'evet' diyor olmasıydı.

Elbette bileğinde o pahalı saatle dışarı çıkmayacaksın ve o şapka gardırobundaki diğer giysilerinin arasına girmeyecektir, ama onlara sahip olmak üzere kendi yeteneklerine alıştırma yaptırmış olacaksın.

Yaşam stili bir bilinçtir. Varlığını çalıştır. Yaşamın daha zengin bölgelerine girmek için göstereceğin her çaba, sendeki yokluk bilincini yıkmana yardım edecektir. Kendini bolluğa alıştır, vizyonunu yükselt ve imkansızı düşle, tüm zenginliklerin gerçek kaynağı ve onları korumanın ön koşulu olan bir 'refah bilinci' yarat.

Dreamer bu vesileyle *"Para içsel bir konudur."* dedi *"Özde yaratılır. Düşle, sürekli olarak uyum ve başarıyı hayalinde canlandır, böylelikle onu elde edeceksin. Para bunun yalnızca doğal sonucu olacaktır.*

O zaman zahmetsizce gelir. O zaman asla onu yitirmekten korkmayacaksın. Para kendiliğinden, doğal olarak, senin iç zenginliğinden gelmelidir. İşte o zaman onun çoğaldığını, mısır patlağı gibi cebinde çıtırdadığını hissedeceksin."

Bu kez karşılaşmam gereken kişi, bir işadamı olmasının ötesinde bir stil ustası olduğundan Dreamer, özellikle giyimimin bu duruma ve ortama uygun olması gerektiğini vurguladı.

Via del Condotti boyunca yürüdüğümüz sırada Dreamer; *"zevk, bilinçtir,"* dedi. Son derece önemli saydığı bu karşılaşma için uyarılarını ve önerilerini can kulağıyla dinledim. Bir takım elbise seçmem gerekiyordu ve dünyanın en prestijli modacılarının vitrinlerinin önünden geçerken Dreamer, bu mağazaları, kuruluşları ve onların kurucularını, yaşama sanatının bu gezegen üzerindeki somut örnekleri haline getiren güzelliği, zerafeti, tarz ve ince detayı gözlemlememi istedi.

Dreamer, *"Bir mağazaya girmenin amacı, bir şey satın almak gibi görünse de bu yalnızca bir bahanedir,"* dedi. *"Oysa asıl satın aldığın şey bilinçtir."*

En şık butiklere girdik, birlikte çok saygın emlak komisyoncularını, en seçkin mücevhercileri ziyaret ettik. Bize evleri, giysi koleksiyonlarını, mücevherlerin en pahalı parçalarını gösterdiler ve Dreamer her defasında benden onları dünyanın en iyisi yapan çabalarını tespit etmemi istedi. Hepsinde ortak özellik, dikkatti.

En küçük ayrıntıya, döşemelerinden, çalışanlarının kalitesine, güler yüzüne, ışıltılı görünüşlerine, işlerine olan sevgilerine dek, her şeye dikkat ediyor olmalarıydı.

"Bu sokakta yoğunlaştığını gördüğün şey, belli seviyedeki bir insan farkındalığının maddeleşmiş halidir - dedi ve sözlerini bir parça nasihat ile bitirdi: *"Çok küçük de olsa, ne zaman bir şey alırsan, bu seviyedeki ilgi, dikkat ve sevginin aşağısında sunulan birşeyi kabul etmemelisin."*

Daha fazla bir şey beklemediğime dair onu temin ettim ve öyle bir güzellik ve zenginlikle çevrelenmiş mağazalarda hizmet edilmenin herkesin hoşuna gideceğini ekledim. İşte o zaman onun en unutulmaz öğütlerinden birini daha aldım. Dreamer, kesin bir ifadeyle,

"Like attracts like...Her şey kendine benzeyeni çeker. İnsan daima kendisiyle karşılaşır ve kendisini çeker. Her şey kusursuz bir biçimde kişinin bilinç düzeyine karşılık gelir," dedi.

"Ya para?" diye sordum. "Kişinin sahip olabileceğine ve sahip olamayacağına karar veren para değil mi?

"Farkındalık paradır! Sahip olacaklarına karar veren sadece, 'Oluş'tur'. Bir insan sadece düşlediği kadar, zihninde canlandırdığı ve tasavvur ettiği kadar paraya sahip olabilir. Oluş üzerinde çalıştığında, onun her köşesini sadeleştirdiğin, zenginleştirdiğin ve yücelttiğin zaman, karşılığında sana bolluk, zenginlik ve güzellik gelecektir. Buna 'refah bilinci' denir. Para, tüm bunları alabilmeni sağlamak üzere, senin yükselişinin basit bir sonucu olarak, şans gibi, kendiliğinden gelecektir."

Dreamer, *"Nesnelerin bir ruhu vardır,"* diye konuşmasını sürdürdü. *"Sözde onları seçen bizmişiz gibi görünse de, gerçekte nesneler kendilerine kimin sahip olacağını seçerler. Onlar kime gideceklerine ve kimi terk edeceklerini bilirler. Ancak sorumlu olduğun kadarına sahip olabilirsin.*

Kıtlığın aklını karıştırmasına izin verme. Bütün dikkatini 'düş'e ver, her insanın doğuştan hakkı olan,bütünlük, güzellik, mutluluk, bilgi, sevgi ve gerçek gibi elinden alınamayacak değerlere ver. Güzelliği, şıklığı ve zevki kendi özünde tasarla!"

Bu arada alışveriş turumuz devam ediyordu ve ben oldukça gevşemiştim. Paris'teki toplantı beni artık endişelendirmiyordu. Büyük lunaparktaki küçük bir çocuktum. O her nereye girerse girsin, önünde dünyanın saygıyla eğildiğine dikkat etmiştim. Bir memnuniyet havası her tarafa yayılıyordu. Dreamer'ın ortamı bolluk ve bereketle zenginleştiren havası herkesçe hissediliyordu.

Onun yanında dünya şenlik içindeydi ve sahip olduğunun en iyisini sunuyordu.

"Kendisinin efendisi olanlar dünyayı yönetirler. Dünya onları tanır ve onlara hizmet etmekten mutlu olur."

Bir grup satış asistanı onun isteklerini yerine getirmek için etrafa dağılırken Dreamer kulağıma eğildi, *"Aslında dükkan sahipleri görünmeyene bekçilik ederler,"* dedi.

"Kendi sınırlarını ve içindeki engelleri aştığın zaman, seni ondan ayıran şüphe ve korkuyu ortadan kaldırdığın zaman, tüm dünya senin varoluşun o alanına geçişini öğrenecektir. Dünya senin hakkındaki her şeyi bilir!"

"When you have overcome your limits inner obstacles...when you've eliminated doubt and fear, the entire world will learn of your passage towards that zone of existence. The world knows everything abaut you!"

İnsanlar, yanımızdan ırmak gibi akıyordu; Gökyüzünün uzun, ince bir parçasından, asilzadelere ait binaların saçaklarıyla terasların yeşillikleri arasına sıkışmış, lazer ışını kadar dar günışığı tüm diğerleri arasından bizi seçmişti. Dreamer, onu karşılamak üzere kafasını kaldırırken, ben de onu takip ettim. Birkaç sonsuz saniye boyunca, kanatları kıvrılmış, üzeri altın iğneyle işlenmiş bir kelebek gibi onunla birlikte, gözlerim yarı kapalı, orada öylece bekledim.

15 Tekrar gösterim

Kısa süre içinde, 'karşılaşmalar oyununun' en ilginç bölümünün daha yeni başladığını keşfettim.

Açıklayayım:

Kişi, gerçekleşen bir karşılaşma sonucunda ortaya çıkan sonsuz sayıdaki malzeme üzerinde çalışmak durumundaydı. Dreamer, bunların arasından görüntü öbeklerini, konuşma kesitlerini titizlikle seçiyordu, sonra da, acımasız bir samimiyetin ışığı altında, bana sanki yaşantımdan klipler gibi her bir filmin karesini tek tek gösteriyordu. O olayla ilgili tüm duygu, düşünce ve tutumlar, en ince ayrıntısına kadar her bir kare sonunda, Dreamer'ın büyüteci altına yatırılıyordu. Yüzümdeki farklı bir ifade, sesimdeki kırıklık, kalp atışlarımdaki hızlanma, ruhumdaki bir irkilme, bedenimdeki bir hareket, mekanik bir tepki, tekrarlanan bir ifade, sözlerimde, tavırlarımda ve duygularımdaki gizli bir yorgunluk; kendi dünyamı sergileyişim, nasıl oturduğum, kıyafetimdeki bir detay... Hiçbir şey gözünden kaçmıyordu.

Aradan aylar, yıllar geçmiş olsa bile, eğer onun kusursuz eğitim felsefesi gerekli görüyorsa, en eski karşılaşmalardan bir kesiti bulup ortaya çıkarabilirdi. Daha sonra onu bir mikroskop altında büyüterek en önemsiz görünen bir detayın ardına gizlenmiş tehlikeyi, bazen de bir felaketi görmemi sağlardı. Onun yanında, bir hareketin ya da bir sözün görünürdeki normalliği ve sükûnetinin ardında asılı duran ölüm kapanını ve bunların beni yakalayıp tutsak etmeye hazır, zalim düzeneklerini keşfediyordum.

Bu sıradışı çalışma sancısız geçmedi; işin aslı, çoğu zaman dayanılmayacak derecede acı veriyordu fakat aynı zamanda da kaderimi, tekrarlanmaların ve dikkatsizliklerin döngüsünden çekip çıkartarak onu ebediyen değiştirme gücüne sahipti. Bu çalışmalar sırasında, direnişlerimin ve içimde kök salan önyargılarımın yıllardır birikmiş ruhsal atıklarla birlikte su yüzüne çıktığını söylemeliyim. Geçmişimden herhangi bir kırpıntıyı, bir hayaleti her yakaladığımda, yok olmalarından korkarak korumaya alıyordum. İçimdeki bazı şeyler ise açığa çıkmak istemiyor, saklanıyordu. Ayrıca görmeyi tercih etmediğim daha birçok rezillik vardı. Dreamer her seferinde, Oluş'umdaki bir gölgeyi dışarı çıkarıp ebediyen ortadan kaldırıncaya kadar aylarca takip edebilen amansız bir avcıya dönüşüyordu

Bir seferinde, kendimi Rue de Rivoli'deki Otel Maurice'de bulmuştum. Beni bekleyen işadamı ile buluşmak üzere ana salonu geçtiğim sırada, aramıza giren genç, çekici bir bayan bir an için dikkatimi çekti. Yalnızca bir an için. Başımın hareketi, sadece bir saniyeliğine kadının vücudunu okşayan bakışlarım, sonradan bu sahneyi midem bulanana dek pek çok açıdan yüzlerce kez bana izlettiren Dreamer'ın gözlerinden kaçmamıştı.

Dreamer, o görüntüleri yüzüncü kez karşıma çıkardığı sırada beni kastederek, *"Bu adam bu işi başaramaz. Daha başlamadan kaybetti...o hareketiyle kendini çoktan riske attı..."* dedi.

"Mesele güzel bir kadına beğeni göstermenin doğru veya yanlış olması değil," diyerek gözlemlerini hiçbir zaman ahlaki yargıya, etik değerlere dayandırmayan veya geçmişteki belirli bir zamana, mekana tekrar tekrar taşımayan Dreamer sözlerini sürdürdü, *"başının o hareketi, bakışların o takılışı, kararlılıktan yoksun olduğunun göstergeleridir. Bunlar bir çürümenin belirtileridir. Bu hareket, tüm yaşantının bir özetidir ve yüzyıllar boyunca biriken duygusal karmaşaların ve bilinçsizliğin katmanları arasından geçerek kendi kökenine kadar iner."*

Dreamer, gururumu incitmekten, beni utandırmaktan ya da hayal kırıklığına uğratmaktan hiç çekinmiyordu. Bir tırtılın zarafetiyle egomun üzerinden geçti, ama zamanla onun bu acımasızlığının değerini bilmeyi öğrendim.

Dreamer'ın yalnızca bir akıl hocası, paha biçilmez bir rehber değil, aynı zamanda sıradanlığın katı celladı olduğunu da keşfettim.

O, bütün olmayı temsil ediyordu.

Dikkatini vuracağın hedeften ayırmamayı öğren... Farkında ve kusursuz ol, yolundan sapma... Bir noktanın üzerine asla sapmayan bakışlarıyla veya zihinleriyle kenetlenebilen kişiler, her şeyin üstesinden gelebilirler!

Onların her zaman vuracakları bir hedefleri vardır. Hedefini kaçırma. Sapmak, tek ve gerçek kusurdur.

O olayda, Dreamer'ın alışılmamış heyecanı beni şaşırtmıştı. Tıpkı uzun araştırmalardan ve sayısız deneylerden sonra, nihayet olumlu sonucu elde eden bir bilim adamına benziyordu. Bana ellerinin arasında görünür ve gözlemlenebilir halde sürünerek ilerleyen bir virüsün olduğunu söyledi... her yenilgimizin gerçek nedeni olan içimizdeki çatlaklardan biri idi. 'Düşmanlarımdan' birini, içimde taşıdığım sabotajcılardan, katillerden birini doğrudan görebiliyordum.

Fısıltıyla söylediklerini duydum:

"Bunun bir abartı olduğuna inanabilirsin, ama bir kişi yalnızca tek bir hareketiyle kendi yaşamını ve kendi yazgısını ortaya koyar.

Bu adam kendisine güvenilemeyeceğini ifade ediyor!"

Sanki bir başkası hakkında, dönüşümüm sırasında üzerimden çıkarıp atarak geride bıraktığım deri hakkında konuşuyormuş gibiydi.

Varoluş, bu türdeki insanlara güvenmez... bu kişiler hiçbir zaman daha fazlasına sahip olamayacakları gibi, sahip olduklarına inandıklarını da kaybedecek olan insanlardır..

Sözleri bu noktada havada asılı kaldı ve ben, onun görüntüsünün artık dışımda değil, içimde olduğu hissine kapıldım. Onun gözlerinden kendime bakan bendim. Ben aynı anda, hem gözleyen, hem de gözlenendim, hem bilim adamı, hem de kobaydım. Düşüncelerim karmakarışıktı. Nasıl olduğunu bilmiyorum, ama kesinlikle emin olduğum bir şey vardı; buluşacağım kişi ile aramda aniden beliriveren o kadın oradan tesadüfen geçmemişti, Dreamer'ın tasarladığı bir sahnenin parçası olmuştu. Dreamer'ın yönetmenliğini yaptığı bir tür filmin sanal gerçekliğinde etrafımda dönüp dolaşan bu düşünce, dehşet içinde bacaklarımı titretti. Yaşam olarak adlandırdığım şey, gerçekte tam bir öğrenme ortamıydı: 360 derecelik görüş alanına hakim bir okul.

16 Dünyadan beklemek

Dreamer tarafından aylar boyunca büyük maça hazırlanan bir boksör gibi, bana en sinsi yumrukları indirenlerin, zayıf yönlerimin farkına varmama yardım edenlerin ve o zamana dek yaşantımı nelerin yönettiğini keşfetmemi sağlayan yansımalarımın arayışına gönderildim. Her karşılaşmamı, her cümlesini, her ayrıntısını irdeleyerek dikkatimi toplamama, özgözlemleme yapmayı geliştirmeme ve kendimi tanımama yardım etti. 'Oyunun' kurallarını benimsedikçe, diğerlerini kendimden ayrı bir gerçeklik olarak görmeyi bıraktım; onları Oluş'un birliğine yükselen dikey bir yolun, gözle görünmeyen bir merdivenin üzerindeki, eşsiz ve aydınlık basamaklar olarak algılamaya başladım.

Bir karşılaşmadan diğerine geçtikçe, Dreamer'ın bana daha önceden açıkladığı, ama o günlerde hala sıradan vizyonumla kabul edebileceğimin çok ötesinde bulunan inanılmaz bir olgunun doğruluğunu kavradım. *"Araştır, bildiğini söyleyen bir kişiyi araştır"* dedi, *"kimsenin bir şey bilmediğini keşfedeceksin!"*

Saygı duyulan insanların, alkışlanan liderlerin, itibarlı makamları ve unvanları olan zeki, ciddi görünüşlü beyefendilerin, nereye gittikleri konusunda hiçbir fikirleri olmadığını keşfetmek beni çok şaşırtmıştı. Bu kişiler, Brueghel'in tablosunda ölümsüzleştirdiği kör adam gibi, bir de diğerlerine rehberlik ediyorlardı.

Bazı durumlarda onların mutlu, bilinçli veya özgür olduklarına inanıp yanılgıya düştüm ve ego hastası, rollerinin mahkûmu bu kişilerden bazılarının imrenilecek bir yaşamları olduğuna inanarak aldandım. Gerçeği unuttuğumda, görüntüler dünyası beni yoldan çıkarıyor, ele geçiriyordu. Böylece, bu kişilerin güçleri, servetleri ve kapasitelerinin büyüsüne kapılıyordum. İşte o zaman, dünyanın ezbere bildiğim betimlenmesi üste çıkıyor ve ben tüm varlığımla ona tutulup kalıyordum.

Bir keresinde, cesaretim kırılmış, tüm enerjim tükenmiş ve yenilmişlik duygusuyla yıkılmış bir durumda, uzun bir yolculuktan döndüm. O karşılaşmanın sınırlarımı zorladığını anımsıyorum; dikkatsizliğimi ve kolayca yoldan çıkabilir olduğumu gösterdiği gibi, kendimi aşağılanmış, incinmiş, kırılmış hissetmem için de ne kadar az şeyin yeterli olduğunu kanıtlamıştı.

Dreamer, kendimi böyle hissetmiş olmamın, diğerleriyle hala bir beklenti içinde karşılaşmam yüzünden olduğunu açıkladı; zihnimin bir köşesinde hala birisinin bana yardım edebileceği, beni seçebileceği yanılsamasını besliyordum. Sık sık hala, özellikle bu 'çalışma'nın başlarında, birisine tutunmaya çalışıyor ve kendimde yokluğunu çektiğim güveni karşılaştığım diğer kişilerde arıyordum.

Dreamer'a göre, bu, benim incinebilirliğimin ve onun bana hala güvenemiyor olmasının en açık göstergesiydi. Zaman zaman *"Bunlar yenilgi değil,"* diyerek beni yüreklendiriyordu. *"Bunlar yalnızca hala yapılacak ne çok şey olduğunun göstergeleridir. Oyun; senin, nefret edilecek ve yardım istenilecek hiç kimse olmadığının, dünyaya bağımlı olanın sen değil, ancak senden açıklık ve talimat bekleyenin dünya olduğunun farkına varabilmene yönelik karşılaşmalardır.*

Gerçeklik düşün yarattığı bir eserdir...

Dreamer'ın beklenti hakkındaki uyarılarını dikkatlice kaydettim ve aylarca onların üzerinde çalıştım. Bunun ortaya çıktığı anları, aldığı biçimleri ve benim gözlemimden kaçmak için düzenlediği binlerce hileyi gözledim ve inceledim.

Dreamer bana hiç bıkmadan usanmadan,

*"Kendini içinde özgür tut ve koru, iç özgürlüğünü muhafaza et."*diye öğütledi. *"Tepkisel olmaktan vazgeç! Dünyaya tepki vermek, onun kurbanı olmak demektir. Dünyadan 'beklentisi' olanlar çoktan kaybettiler. En büyük sır, dünyanın seni geliştirmek üzere hizmetinde olduğunu bilmektir ve ister olaylar ister koşullar olsun, her şeyin senin yolculuğun için yiyecek, besin ve itici güç olduğunun farkına varmaktır."*

"Olaylar ve insanlar sana engel oluyor, seni ileri gitmekten alıkoyuyormuş gibi görünebilirler. Oysa gören kişiler bilirler ki dünya; kendi varlıklarının icraatını kusursuz bir biçimde sergileyene kadar, sorumluluk kaslarının onları daha bütün ve özgür kılana dek, sürekli olarak antrenman yaptığı, deneyim sahibi olduğu bir jimnastik salonudur. Er veya geç herkes, kendini dengelemesi ve tamamlaması için gerekli olan her şeyle yüzleşmek zorunda kalacaktır. Herkes, er veya geç, bir gün mutlaka kendini dengelemesine ve tamamlamasına hizmet edecek her şeyle karşılaşmak zorundadır.

Daha hızlı ol! - Dreamer ısrarla beni kışkırtıyordu – başka buluşmaların peşinden koş, sızıntı yapan yerleri doldurmak, yanlış anlamaları ortadan kaldırmak ve geçmişle hesaplarını kapatmak için her fırsatı yarat."

17 "Bu kitap ebedidir!"

Dreamer, sert tavrıyla *"Yaz!"* dedi. *"Eğer yazarsan, bütün bir ömrün boşa geçmemiş olacak"*

"Dinle!... Ve yaz!..." - düşüncelerimin arasına dalıp yüzeye çıkmış olan duygusal kirliliği bir çırpıda silip atarak buyruğunu tekrarladı - *Tüm zamanlara hitap edecek bir kitap yaz...Yalnızca hazır olanların, iyileşme haline doğru zaten yola çıkmış olanların ve çatışma içindeki ölümcül bir dünyanın eski tanımını çoktan sorgulamış olanların okuyabileceği bir kitap.*

Benimle birlikteyken yaşadığın her şeyi gerçeğine sadık kalarak anlatacağın cesur bir kitap yaz. 'Düş'ün var olan en gerçek şey olduğunu tüm dünyanın anlamasını sağlayacak bir kitap. İnsanoğlunun en derinlerine kök salmış inançlarını temellerinden sarsacak, tüm yüzeysellikleri ve sahtelikleri ortadan kaldıracak bir kitap olsun.

Her insanın varlığında gömülü bulunan evrensel yasalara ışık tutacak bir kitap yaz!"

Not defterimi yeniden çıkardım ve görmeme zar zor yeten ışığın altında, Seven Oaks'a yaptığı ziyareti noktalayan sözlerini kendimden geçmiş bir halde yazmaya koyuldum.

Bu kitap, kuruluşların ve halk yığınlarının içindeki en ateşli antagonistlerle karşılaşacaktır. Buna rağmen, aynı zamanda inanmalısın ki, insanlığın, bayağılık ve alışılagelmiş cehenneminden kaçmaya hazır olan kesimine de ulaşacaktır.

Bölüm X

Okul

1 Dikey vizyon

Dreamer, *"Bütünüyle, dönüşmüş bir insan türü sahneye çıkmak üzeredir,"* dedi…gözlerindeki parlaklık yaşamı tüm doluluğu ile yansıtıyordu. Alışkın olmadığım bir coşku hissettim. Ona ulaşabilmek için, önce Buenos Aires'te, sonra Bogota'da mola verdiğim çok uzun bir yolculuk yapmıştım. Beni oradan alan küçük bir uçak, 2300 metre yükseklikteki bir platonun ortasında bulunan küçük bir kasabaya götürmüştü.

Buluştuğumuz Casa del Pensamiento, alabildiğine koyu yeşilliklerle kaplı yüksek tepelerle çevrili, gözlerden uzak, bambudan yapılmış müstakil bir yapıydı. Başka hiçbir yer, yoğunluk belirten sözcükleri böylesine hakkıyla bünyesinde taşıyamazdı. Kayıp uygarlıkların gizemli varlıkları dinlemedeydiler ve havası hala efsaneleri ile titreşmekteydi: Eldorado destanı; gerillaların, kokain, zümrütlerin hikayeleri ve Kayıp Şehrin esrarı.

Dreamer'ın sesi, beni bu etnografya fantezilerimden çekip çıkardı.

"Yeni insan kendisini sarıp sarmalayan kundak kıyafetlerini çıkarıp attı ve eski insanlığı binlerce yıldır hapseden zihinsel kozasına nüfus etti." Bu sözleri, üzerinde yıllardır çalıştığı ve yalnızca kendisinin inandığı bir varsayımın doğrulanışına tanık olan bir bilim adamının kanısı ile söylemişti.

İnsanda, korkudan ve çatışmadan arınmış psikolojik bir sisteminin doğuşu; yeni gelişmekte olan bu türün ayırt edici unsuru ve gelişim özelliği kozmik düzeyde ve gezegende görülen nadir bir durumdu.

Bu görülmemiş nitelik, bu dönüm noktası hali, *Homo Sapiens*'ler içinde gerçek bir tür üretiyordu. İnsan türü, gelişim yolunun yön değiştireceği bir noktaya yaklaşmıştı. Çok farklı iki insan türü açıkça beliriyor ve birbirlerinden tamamen ayrı gelişmeye başlıyordu. İnsanlar, kim bilir ne kadar süre daha birbirlerini 'insan' olarak adlandırmaya devam edeceklerdi, ama bu keşiften sonra artık birlikte yaşayan, fakat kaderleri ayrı çizilmiş, farklı türler olacaklardı. Dreamer, ufuk çizgisindeki bir noktaya dönerek, ezberinden okurcasına:

"Yatay bir gerçekliğin vizyonuna sıkışmış kalmış eski insanlık, sadece zıtlıklar oyunu aracılığıyla görebilir...kutuplaşmalar, hasımlıklar ve çekişmeler aracılığıyla algılar ve hisseder" dedi. Sanki benimle konuşmaktan çok, sadece kendisinin farkında olduğu bir ritüeli yerine getirdiği izlenimine kapılmıştım. Bakışlarını takip ettim; gözleri bana göre, diğerlerinden daha belirgin bir vadiye, uzaktaki dağların keskin biçimde yükseldiği bir noktaya dikilmiş gibi geldi. Oralarda doğmuş, Maya'lardan ve Aztek'lerden daha eski bazı uygarlıklardan gelen göz kamaştırıcı bir bilgelik hala Dreamer'ın siyah gözlerini parlatıyordu.

En simgesel, belki de kendi felsefesinin en özlü ifadesi olan deyişlerinden birini tekrarladı:

"Vizyon ve gerçeklik bir ve özdeştir.
Vision and reality are one and the same thing."

Yatay insanın çatışmacı bir dünya vizyonu vardır ve bu onun tüm felaketlerinin nedenidir. Onun uygarlık tarihi, parçalanmış bir psikolojinin bire bir yansımasıdır... bir savaşlar ve yıkımlar tarihidir. En övündüğü etkinliği olan bilimi bile, sanki ilkel insanın ellerinde birbirine sürtülen iki çakmak taşından çıkan kıvılcım gibi, yalnızca çatışan, iyi ve kötü, doğru ve yanlış, güzel ve çirkin gibi iki kavram arasındaki sürtüşmenin ürününden başka bir şey değildir...

Dreamer, sıradan insanın hala görsel eskiye ait bir aparat kullandığını açıkladı. Eski türün insanları, dünyayı sadece hayal meyal algılayan kurbağalar gibi, ancak zıtlıklar aracılığıyla, yani zıt unsurları birbirleriyle karşılaştırarak anlayabilir. Onların mantığı çatışmacıdır, dünya vizyonları hala bir zıtlıklar oyununun temel sonucudur.

Dreamer, *"Yeni insanı belirleyen özelliği, zıtlıkların yanıltıcı doğasını fark etmiş olmasıdır,"* dedi. *"Eski insanın karşıtlık saydıkları, aslında bir sopanın iki ucu gibi aynı gerçekliğin iki yüzüdür. İyi ve kötü, doğru ve yanlış, güzel ve çirkin, varoluşun birbirlerine karşıt biçimleri değil, gerçekliğin basamakları ve değişik düzeyleridir. Görünür düşmanlıkların arkasında onları birleştirebilecek ve daha yüksek bir düzene taşıyabilecek uyumlaştırıcı bir kuvvet bulunur."*

Dreamer'ın bana açıkladığı insan merkezli bu olgu, bu devrimci nitelik, bazı kişilerde 'dünyanın dikey vizyonu' olarak adlandırılan yeni ve altüst edici bir bilincin görünüşüydü. Bu baş döndürücü bir fikirdi. Muiscas'ın rüzgarlarının cilaladığı bambu tırabzana tutundum ve Dreamer'ın bu inanılmaz anlatımını yüreğime kazıdım.

Gerçeklik, bu ilk örneklere - bu yeni insanlığın şampiyonlarına - artık tek yönlü değil, şaşırtıcı bir biçimde kutuplarla - karşıtlıklarla tanımlanmış ve çeşitli düzeylerden oluşmuş biçimde görünür. Evren, onların yeni bilinçlerine kendisini artık karşıtlıklarla dilimlenmişlik yerine, çeşitli gerçeklik katmanları halinde gösterir. Bir şey sadece 'yanlış' veya 'doğru' değil, aynı zamanda 'yanlış ve doğru'; 'ne yanlış, ne doğru'; 'ne yanlış değil, ne de doğru değil'dir.

Ne demek istediğini anlamam için çok uzun bir süre gerekmiş olsa da, ben eksiksiz bir şekilde yazmaya çalıştım. Sözlerini anlamama yardımcı olmak için, en klasik karşıtlıklardan biri olan iyi ile kötünün örneğini verdi. Alışılmışın, yatay dünya görüşünün aksine, bizim dışımızda olan, ne nesnel ve sürekli ne de 'iyi' ya da 'kötü' hiçbir şey yoktur

"Bugünün kötüsü, dünün aşılmamış olan iyisidir," dedi. Bu arada, ben söylediklerini yazarken, hepsini doğru ve eksiksiz kaydettiğimden emin olmak istediği zamanlarda yaptığı gibi yine beni denetledi. Biraz daha bekledikten sonra devam etti, *"Bir insanın, yaşamında kötü diye gösterdiği şey, onun dünün iyisine olan düşkünlüğüdür. Dünün kusursuzluğu yeni bir kusursuzluğa doğru olan bir atlama tahtasından başka bir şey değildir."*

Bazı yaşam boyu inançlarımın kırıntılarına sarılarak: *"Fakat en azından bir antitezin kesin olduğunu...iki gerçek zıtlık olan yaşam ve ölümün birbirlerine karşıt gerçeklikler olduğunu kabul etmek gerekir "* diye ısrar ettim.

Dreamer, *"Bu yatay insanın görüşüdür,"* diye doğruladı. Ardından, sanki bir sırrı paylaşırcasına bana yaklaşıp, sesini alçaltarak;

"Gerçekte, ölüm yoktur. Bizler ebediyen yaşamak için yaratıldık!" dedi. *"Bir insanın mutlak gücünün en kesin kanıtı, olanaksız olanı gerçekleştirme gücüdür: Ölümünü... Beden yok edilemez. Yalnızca iradenin yokluğu, isteksiz bir niyet, bilinçsiz bir kudret onu yok edebilir.*

Ölüm, ölümsüzlüğün arkadan görünüşüdür!"

Dinledim ve ürktüm. Dipsiz bir uçurumun kenarında asılı kalmış olarak, kendimi ölümüne ve yeniden doğuşuna atlamak üzere olan korkak bir yaratık gibi hissettim.

Bundan böyle yaşamımın her anını yönlendirecek ve işgal edecek olan sözlerini söylemeye hazırlanıyordu.

Yeni insanlığın hücrelerini, tek tek eğitmemiz gerekiyor. Uyum her insanda vuku bulmalıdır. Politikada olduğu gibi ekonomide de yeni bir liderler nesli... karar verici bir asiller birliği... 'düşleme sanatını', inanma ve yaratma sanatında eğitim almış kadınlar ver erkekler hazırlamak gerekiyor.

2 Pragmatik düşleyenler için bir okul

Dreamer kesin bir ifadeyle, *"Düşleyebilen insan madenlerine ihtiyacımız var,"* dedi. Midemdeki kasılmadan, bu sözlerin karşılaşmamıza daha fazla ivme kazandıracağını anladım. Ses tonu, bana değil de tek bir emriyle harekete hazır, görünmez bir orduya yöneltilen karşı gelinmez bir komutu andırıyordu.

Dreamer, zamanı gelen büyük olaylara eşlik eden coşku halinde olan heyecanını bana geçirirken,

"Yeni okullara ihtiyacımız var," dedi. *"Çözüm üretebilme becerisine sahip bireylerin, vizyon sahibi aydınlık insanların ve pragmatik düşleyenlerin yetiştirilmesi için okullara ihtiyacımız var."*

Onun bu sözleri incilin çelişki yaratan gücüyle beni etkisi altına aldı. Yeni üniversitenin inşa edildiği yıllardan itibaren gelecekte, bu misyonu herkese duyurmak için konferanslarda ve tüm resmi dokümanlarda bu sözleri daima hatırlayacak ve hatırlatacaktım. Daha ilk işittiğim anda, onun gizemli gücünden kesinlikle emindim... "Pragmatik düşleyenler"... bu ifade, Dreamer'ın bir araya toplamamı istediği bu binlerce gençten, kendi sınırsız düşlerine aşık özel öğrencilerden oluşan göz kamaştırıcı ordunun en özlü ve en güçlü tanımıydı. "Pragmatik Düşleyenler."

Uzun bir zaman boyunca bu iki sözcüğe takıldım, zihnimde birbirleriyle karşılaştırdım ve onların görünürdeki zıtlıklarının ardında yatan suç ortaklıklarının kaçamak görünümünü izlemenin keyfini yaşadım. O vakit, onların paradoksal akılcılıklarının verdiği o belli belirsiz rahatsızlık sona erdi ve zamansız bir bütünlükte kaynaşmış oldular. Dreamer, *"...Onlar yeni bir kaçışa önderlik edecekler,"* diye konuşmasını sürdürdü.

Bu, tüm dünya çapında bir 'psikolojik kaçış' olacak ve binlerce kişinin iç düşmanlıkları uyumlu kılma becerisinin üstünde, dünyanın dikey vizyonunu yükseltmek için kendi çatışmacı zihinlerinin kölesi olmayı terk edecekler...

Bambu tırabzana dayayarak tuttuğum defterime onun tüm sözlerini yazıyordum Casa del Pensamiento, görkemli And kayalıklarının eteklerinde, uzaklara, sonsuzluğa doğru uzanan bitki okyanusunda kaybolmuş bir tekne gibi duruyordu.

Sadece düşleyebilen liderler, her türlü ideolojiden ve batıl inanışlardan arınmış kişiler, insanlığı bağnaz, zayıf, çabuk öfkelenen sıradan insan psikolojisinin kıyısından alarak, onu yeni insan türüne, ilkelerinin esin kaynağı hoşgörü olan yeni bir Oluş bütünlüğüne götürebilirler.

Burada konuşmasını noktaladı ve ben de bu sayede tuttuğum notları yeniden düzene koydum. Sayfanın üzerine eğildiğim sırada, tıpkı çocukken Ischia Adasında denize atladıktan sonra Castello Aragonese'nin yeşil bir kola dönüşerek beni kucaklayan sularını ve onun tehlikeli okşayışlarını anımsatan aynı basıncı şimdi de bedenimin her santimetre karesinde artarak hissediyordum. Yavaşça başımı kaldırdım. Dreamer bana çok yaklaşmıştı, aramızda sadece birkaç santim vardı. İki siyah ayın yörüngesine giren bir meteor gibi, ben de gözlerine esir düşmüştüm. Aramızdaki sessizlik iyice derinleşti... Dreamer bana doğru giderek... biraz daha... yaklaşıyordu. Bütün düşüncelerim dondu. Yüzyıllık bir orgdan yayılan müzik yankılanırken, pek çok gotik mekanın arka arkaya gözümün önünden geçişini izledim. Dreamer'ın yaşamıma anlam katacak sözleri havada çınlarken, engelleyemediğim bir duygu seliyle boğazım düğüm düğüm oldu.

Bir Oluş Okulu kuracaksın! Gerçekleştirecek düşü olanlar için bir Üniversite... Orada bireyler, Düş'ün var olan en gerçek şey olduğunu, insanın, gerçeklik olarak adlandırdığı şeyin kendi düşünün yansımasından başka bir şey olmadığını öğrenebilecekler.

Sanki, darağacının altındaki kapak ayaklarımın altında aniden açılmış ve Varlığımın sınırlarını keşfetmemiçinbirdenemeyeihtiyacımvarmışgibihissettim, öyle ki bu deneme, Dreamer'ın sözlerinde geçen o görevin büyüklüğüydü. Daha işe koyulmadan, bu görevin büyüklüğünün altında eziliyordum. Henüz düşünce aşamasında bu kadarı bile gözlerimin kararmasına yetti.

"Bir sorumluluk Okul'u oluşturacaksın – diyerek devam etti – *uygulamacı düşleyenler, eylem filozofları için bir Okul ki, orada mutluluğun ekonomi olduğunu...refahın, uyumun ve güzelliğin her insanın doğuştan hakkı olduğunu öğrenecekler. Sonu olmayan bir Okul oluşturacaksın... Bir Tanrılar Okulu... Bu Okul, benim adımlarıma, benim nefesime sahip olacak. Dış dünyadan gelen her saldırı, gerçekten anlamak ve değişmek isteyenler için çok değerli bir armağandır. En acımasız olanı dahil, her zarar veren saldırı, sadece, kendi kendine düşleyip eyleme geçirdiğin bir iyileşme süreci olarak meydana gelebilir."*

Dreamer sustu ve bekledi. İyi bir müzisyen gibi, kendimi ifade edebilmem için bana zaman tanıyordu. Bu yalnız düetimizde, performans gösterme sırası artık benimdi. Zaman geçiyordu ve ben hala bu davetine yanıt vermekten kaçabileceğimi umut ederek anlamsızca ağırdan alıyordum. Dreamer'ın uzayan sessizliği daha da boğucu bir hal aldı. Tasarısının akıl almaz boyutları karşısında hissettiğim yetersizlik ve onunla aramdaki kalan uzaklık nedeniyle haykırmak istedim. Cesaretimi bir parça toplamıştım toplamasına da, sesim hala bir fısıltıdan öteye çıkamıyordu. "Bu bana bir felsefe okulu gibi görünüyor," dedim.

Bu sözlerle bunu gerçekleştirmenin benim kapasitemin dışında olduğunu ima etmeye çalışmıştım.

Alışkın olduğum küçümseyici tarzıyla, *"Yani?"* dedi. Şefkat dolu bir alay taşıyan, eğlenceli havadaydı. *"Bir ekonomi okulu, bir felsefe okuludur! Bunu bilmen gerekir!"* Onun sözlerinde, gülümsemesinde ve sesinin tonunda gönül birliğinin bir kıpırtısı, masum bir muziplik vardı. Aklımın sınırlarına takılıp kalmış öylece bekleyen önemli bir şey vardı ama onu bir türlü yakalayamıyordum. Bu arada Dreamer, bana gözlerini kırpmadan bakarak biraz daha yaklaştı. Geçmiş, bir zarın yırtılışında aniden anılarından kurtuldu. Zamanın bağı çözüldü; zihnimin sahnesinde geçmişin sararmış resimleri bir bir geçmeye başladı…

Üniversite yıllarıma geri döndüm, Napoli Üniversitesi'nde bana ahlaki değerlerin ve kavramların ekonominin en büyük güç kaynakları olduğunu keşfetmemde ve bunların sona ermesiyle dünyanın geniş bölgelerinde ortaya çıkan az gelişmişlik ve kıtlık sorunlarının esas kaynağı olduklarını araştırırken bana yardımcı olan sevgili hocam Giuseppe Palomba'yı ve onunla çalıştığım yılları gördüm. Ayrıca Milano'daki Cattolica'da ve London Business School'da (LBS) geçen yıllarımı gördüm, bunlar belirli bir zaman sırasına göre değil, farklı yüzler, duygular, kokular ve ruhsal durumlar gibi bir tür görüntüler patlaması olarak zihnimden geçti.

Ekonomi Fakültesi binası, Santa Lucia kıyılarından denizde görünen küp şeklindeki travertenkayadan, Regent's Park'taki LBS'ninçimlerininüzerinetaşıdı beni. O yıllardaki aşırı çalışmalarım, geçmişin bütün okullarını, öğretmenlerini, arkadaşlarını, büyük salonu, takdir belgesini tek bir noktada birleştirdi. Giuseppe ve Carmela'nın duygulanmalarını, altın kaplama Tissot saati ve bana Columbia Üniversitesi'nin kapılarını açan Giordani Vakfı bursunun sevincini gördüm. Sonra bu görüntüler çiçek dürbününde anlık belirdiği hızla kayboldu, sahne değişti. Kendimi LBS'de bir ders arasındaki teneffüste gördüm; gencecik bir delikanlıydım. Kampusun çimlerine uzanmış gökyüzünde bulutların çizdiği fantastik görüntüyü izlerken hayallere dalmıştım. Unutulmuş bir düş yavaş yavaş yeniden açılmaya başladı.

Şu sınırları olmayan Okul, Dreamer'ın sözünü ettiği kampüsleri Şanghay'dan Roma'ya, New York'tan Paris'e kadar tüm dünyada olacak üniversite... Ve orada okuyan binlerce öğrencinin yüzü... Ben bunu çok önceden düşlemiştim. Dreamer'ın sesi beni böldü.

Gözlerin açıkken kurduğun o 'düş'ü anımsayabiliyor musun? Şimdi onu gerçekleştirme zamanı geldi! Ders vermeyi seven 'ekonominin' dev isimleriyle, Düşleyenler Okulu yaratmanın zamanıdır.

Sonraki yıllarda binlerce kez okuyacağım bu sözler, içime işliyor, beni ele geçiriyor, sıcacık bir sevgiyle sarıyordu. İşte beni destekleyen ve bu serüven boyunca karşılaşacağım çok zor dönemlerde bana güç veren de yine bu sözler olacaktı.

Dreamer kesin bir ifadeyle, *"Bir insanda değerli ve gerçek olan hiçbir şey gözle görülmez,"* dedi. *"Bu ekonomide de böyledir. Ekonominin eksenine dikey olan bir eksen, daha üstün bir düzenin düzlemi vardır ki bu, ekonomik olguların bağlı olduğu fikirler ve etik değerler dünyasıdır."* Günümüzde ekonomik durgunluk dönemlerinde geleneksel bir biçimde açığa çıkan az gelişmişlik koşullarının, hala eski etik değerler sistemine gömülü olan bir ekonomiyle nasıl bağlantılı olduğunu görmemi sağladı. Bunlar gelişmiş ekonomilerde patolojik ve toplumsal hastalıklar biçiminde ortaya çıkan bir problemin diğer yüzüydü.

Bundan dolayı, ekonomi ve iş dünyasında görünür biçimde yansıtılan olguların güç kaynağını fikirlerin, ideolojik ve etik değerlerin, felsefe ve dilin görünmez dünyasında buluruz.

Sanayi piramitlerinin ötesinde, finans gökdelenlerinin dışında, bütün gördüklerinin ve dokunduklarının ötesinde, insanlığın fethettiği yararlı, güzel ve doğru olan her şeyin ötesinde, her kuruluşun ve her bilimsel başarının kökeninde bir insanın, tek bir kişinin düşü vardır.

Nefesini bireye ve onun yetiştirilmesine yönelt! Dikkatini verdiğin her şeyin merkezine onu koy! Kitle bir hayalettir. Her şeyden ve her olaydan etkilenen bir düzenektir. Ne inancı, ne iradesi vardır. Bir şey yaratmayı bilmez. Zaten bugüne kadar yarattığı bir şey de yoktur. Onun işlevi, varoluş nedeni, yıkmaktır. Birey ve kitle aynı gerçeğin iki farklı yüzüdür, aynı motorun iki pistonu gibidir. Birey yaratır, kitle yıkar. Bunlardan hangisine ait olacağını sen seçeceksin. Birey gerçektir ve en güvenilir kişidir.

Dreamer'a göre, tüm sınırlamalar yalnızca Oluştadır. Yoksulluk ve savaş, çatışmacı bilincin, kıtlık zihniyetinin yansımalarıdır. Bunlar ancak bireyden sökülüp atıldıkları zaman, yeryüzünden tamamen silineceklerdir.

Bireyler için bir Okul kur, sınırları olmayan bir Okul... Bütün dünyanın düşleyenlerini topla. Hiçbir şekilde ırk, renk, inanç ve varlık farkı gözetmeksizin onları bir araya getir. En önemli dersin kişinin kendini irdelemesi olduğu ve gerçekleştirme ve rol yapma becerilerinin bireyin kendini özünde seviyor olmasının en somut neticesi sayıldığı bir Okul. En önemli çalışma konusu olarak kişinin kendi üzerinde çalışması ile etkin olmayı ve rol yapma sanatını bilmenin en somut sonucunda kendisini içinde sevme becerisinin işleneceği bir Okul.

Sözleri öylesine hızla aktı ki, onları yazmakta zorlandım. Dreamer konuşmuyor, dikte ettiriyordu. Bunun farkına vardığımda, içimde bir yara açıldığını hissettim.

Kendimi küçük düşmüş hissediyordum. Bana bir yazman gibi davranıyordu. Biraz dargınlık ve bir parça donukluk, sessiz bir şikayetin mırıltısı olarak ben daha bir şey yapamadan, ruhumun atıkları arasından yüzeye çıktılar. Her şeyden çok da ona yetişmek için göstermek zorunda kaldığım aşırı çabamı görmezden gelmesine içerliyordum. Sanırım bilerek böyle davranıyordu.

Dreamer, korkunç bir sesle, *"Bırak bu düşüncelerini ve yaz!"* diye bağırdı. Düşüncelerimin akışından ve içinde dönüp durduğum ruh hallerinin arasından bir anda sıyrılıverdim. Neyse ki, Dreamer'ın bu haykırışı, beni uçurumun tam kenarında yakalamış... az daha Styks ırmağının şikayet, suçlanma, kendine acıma bataklığına yuvarlanmak üzereydim. O, *"Yaz!!!"* diye tekrarladı. En dehşet verici bağrışlarından daha çok tiz bir ıslık gibi yükselmişti.

Bu kitap ebedidir! Bir gün, yaşamının yalnızca benimle karşılaştığın için bir anlamı olduğunu bileceksin.

Dreamer'ın bu müdahalesi beni kurtaracak güce sahipti. Bir anda kendimi, karayelin süpürdüğü bir yaz günündeki gökyüzü gibi pırıl pırıl ve kaygısız hissettim. Hep olduğu gibi, Dreamer'ın azarları şifa vericiydi; onların içimdeki safrayı söktürecek, oluştan her türlü kirliliği silip atacak güçleri vardı.

Bu arada yeniden normal bir sesle konuşmasına dönmüştü.

"İlk eğitim okulları ve üniversiteleri de düşlemeyi öğretir," dedi ve kısa bir ara verdi, sonra buruk bir ironiyle devam etti. *"Ancak onlarınki kıtlık yansıtan bir düş'tür. Öğrettikleri ise, bağımlılık, şüphe, korku ve sınırlardır. Bilgelik sandıkları maskelerinin altında, sürekli bir yenilginin ıstırap yüklü ezgisi gizlidir."*

3 Düşlenen düş

Konuşması sürdü; ben ise bu süre boyunca yalnızca birkaç kısa açıklama yapmasını isteyerek sözlerini kesmiştim. Olağanüstü bir yapının köşe taşları olan paha biçilmez fikirler gözlerimin önünde sanki işlenmiş mozaik parçaları gibi, dünya boyutunda bir vizyonu oluşturmaktaydılar. Oluş okullarının ezelden beri var olduklarını, ama daima gizli kaldıklarını anlattı. Politik ortamlar ve tarihsel dönemler onların kendilerini göstermelerine hemen hemen hiç izin vermedi. Anlattıkları içinde özellikle, Notre Dame'ın yapılışının ve bu dünya harikasının meydana getiriliş 'bahanesinin' ardında yatan gerçek misyonunun öyküsü beni büyülemişti. Mimarlar, sanatçılar, heykeltıraşlar, ustalar ve hatta inşaatta çalışan işçiler hepsi aynı olağanüstü Okul'un öğrencileri idi ve onlardan söz ederken ağzından çıkan her sözcüğü büyük bir dikkatle dinliyordum.

Bütün olma yolundaki yolcuları, kendi bölünmezliklerinin araştırmacısı, öğrencisi olan insanların yaptıkları bu girişimi gözlerimin önünde canlandırmaya çalıştım. Dreamer kısaca, *"O inşaattaki her ayrıntı, her taş, Okul'u anlatır ve onun yasalarını sergiler,"* diye açıkladı. Notre Dame'ın ve tüm çağların şaheserlerinin, sonsuzluğun somutlaşması olduğunun farkına vardım. Onlar, ölümsüz 'okulların' yaptığı 'gerçek' işlerdi ve buzdağının yalnızca görünen kısmıydı. Bu görüntü, yakınlaştıran bir objektifin ard arda gelen klikleri gibi ilerleyerek genişledi ve Dreamer'ın bana emanet ettiği bu görevin, muhteşem bir projenin sadece daha başlangıcı olduğunu anladım.

Dünyanın geleneksel eğitim sistemini temellerinden söküp yıkacak bir üniversitenin yaratılması, inanılmaz büyüklükteki olağanüstü bir tasarımın sadece bir kırıntısıysa, o halde Dreamer'ın 'düşü' ne olabilirdi, bunu hayal bile edemiyordum. Acaba ne olabilirdi? Hayal gücüm sınırlarına dayanıp Keruv'un dönen kılıcına gelemeden kaldı. Düşlüyorum, öyleyse varım... Eğer 'onun' öğretmiş olduğu gibiyse, düş bizi ölçüyor, eğer hiç kimse kendisinden daha büyük bir düşü besleyemiyorsa, o zaman Dreamer da kimdi? Eğer dünyayı bir uçtan bir uca yakarak, onun vizyonunu altüst ederek bir devrimi getirmek ve 'dikey' insanın haberini duyurmak' onun yolculuğunda sadece bir adımsa, bu varlık kimdir? Onun 'düşü' hangisiydi?

Sorumu özetleyerek, "Nedir?" diye sordum.

Dreamer, sonu gelmeyen bir süre boyunca bekledi. Kulağımın dibinde fısıltıyla konuşmaya başladığında hala soluğumu tutuyordum. *"'Düş'ün düşü' ölümün yenilgiye uğratılmasıdır ve hatta ondan da önce onu geçerli kılan fikrin, ölümün yenilmez olduğu fikrinin fethedilmesidir."*

Bu sözlerle tenimde bir ürperti, bir sarhoşluk hissettim. Bu düş, binlerce yıllık sınırlarımın sağlam surlarını alaşağı ederek insanın hayalinde bile gitmeye cesaret edemeyeceği yerlere sürdü beni. Sadece söylenenlere bile dayanabilmek için, Dreamer'ın Okulunda geçirdiğim hazırlık yıllarına dönmem ve tüm becerilerimi sonuna dek kullanmam gerekmişti.

4 Taşınabilir cennet

Bu sırada Dreamer duruşunu korudu. Bana öylesine yakındı ki, nefes alışını bile duyuyordum. Birdenbire etrafımdaki havayı kokladığını gördüm. Başta bunu ölçülü biçimde yapıyordu, ama sonra giderek daha hoyratça yapmaya başladı. Açıkça görülen bu davranışını, duyarsız kalamayacağım son ana kadar sürdürdü: Dreamer, beni kokluyordu.

Yüzünde sanki bende mide bulandırıcı bir kokunun kaynağını keşfetmiş gibi tiksinti ifadesini görünce utançtan kulaklarıma dek kızardım. Utançtan ölüyordum. Bu ifadesinin yerini, yüzünde nihayet hınzırca bir gülümseme aldığında benimle dalga geçtiğini anlayabilmiştim. Bu, onun eğitici buluşlarından biriydi. Bu ruhtaki kötü koku pantomimi, benim hala olumsuz duygu ve düşüncelerin tuzağına kabul edilemeyecek bir kolaylıkla nasıl düşebildiğimi göstermişti.

Cennet hakkında yaptığımız konuşmaların arasında ustaca verdiği bu dersinde, benim taşınabilir bir cennet yerine cehennem yaratmaktaki ve onu beslemekteki eğilimimi vurguladı. Kim bilir insan daha ne kadar süre alıngan, öfkeli ve kavgacı olarak kalacaktı ve daha ne kadar süre gelecek nesillere bu kırılganlığıyla incinebilirliğinin tohumlarını ekerek onu aktaracaktı. Bu düşünceler beni rahatsız etmişti. Dreamer çok daha ilerlemişti. Ben önce büyük bir gayretle içimdeki bu pisliği kustum, onu dışarı attım, sonra bu ışık denizinde bizi ayıran mesafeyi devasa kürek darbeleriyle kapatarak ona yetişmeyi başarabildim.

Yaşam düşlediğin gibidir. Her zaman düşlediklerimizle karşılaşırız...
Life is as you dream it. We always meet what we dream of.

"Düşlediğimiz birşeyle karşılaşmak kaçınılmazdır, yaşam; kendilerinde taşınabilir bir cennet kuran ve onu sürekli besleyen kişiler için zaten bir yeryüzü cennetidir." Uzun bir ara verdi, sonra kararlı bir tutumla bu karşılaşmamızın en aydınlatıcı noktasını ele aldı.

"Yoksulluktan, suçluluktan ve bitmez tükenmez çatışmalardan acı çeken insanlığın iyileşmesi, ancak hücre hücre olacaktır. Bu, her insandaki eski moda inançların tamamen alt üst edilmesiyle ve iradenin, ışığın insana aktarılmasıyla gerçekleşecek simyasal bir dönüşümdür. Sadece kişisel bir eğitim bunu başarabilir." Böylesine bir girişimin uygarlığımızın, modern çağın en önemli fetihlerinden biri saydığı kitlelerin eğitimiyle gerçekleştirilmesinin mümkün olmadığını ısrarla vurguladı.

Kendini her bireyin eşsizliğini keşfetmeye adamış özgür insanlar Okul'u, bir sorumluluk Okul'u asla kitleler için olamaz. Kitle eğitimi açıkçası bir çelişkidir; eğer kitleler için ise o zaman eğitim değildir, eğer eğitim ise o zaman kitleler için değildir.

Okul'u, gerçek ve samimi bir 'düş'ü olan herkes için ulaşılabilir kıl. Okul'a giriş pasaportu kişinin bütün gücüyle kendi 'düşüne' inanmasıdır.

5 En büyük ekonomik gerçek

Quimbaya ve Muisca'nın altın renkli güneşi, ötedeki Cordilleras'ın yeşil ve yuvarlak tepelerinde bir çocuğun çizdiği bir resim gibi yükseliyordu. Dreamer'ın sesi, tanrıların bu kutlu mekanında, sakin ve ağırbaşlılıkla akıyordu.

Bir cenaze evindeki konuşmaların ciddiyetiyle bana, *"Sonsuz ilkelerin üstünde yükselen bir Okul yarat,"* diye buyurdu. *"Kitap olmayan gerçek ve canlı bir Okul yarat. Öğretisinin merkezinde Düşleme Sanatı olsun".*

Artık ayrılmak üzereydi. Bir şeyleri yitiriyormuşum hissiyle hüzünlendim. Bu girişim bana hala çok büyük, boyumu aşacak kadar büyük görünmeye devam ediyordu. Avutulması imkansız, çaresiz ve sessiz bir ağlayışın yükselerek boğazımda düğümlendiğini hissettim. Bana bu görevi vererek, en çok sevdiğim şeyin ne olduğunu söylüyordu. Bencillikle geçen bir yaşantıdan sonra gerçekten çok özel bir şeyi başarabileceğimi gösteriyordu... Bir düşleyenler okulu...

Dreamer, Odysseus'un serüveninin, Dante'nin yolculuğunun, Jason'un keşif seferinin ve her çağdaki kahramanların zorlu girişimlerinin bir dönüşüm okulunun açtığı yollar olduklarını açıkladı. Odysseus, ilkelerini sıkıca korumak uğruna, kendisini Okul'un halatıyla geminin direğine bağladı. Dante, Cehennemden Vergilius'u izleyip 'kendisini alt üst ederek'çıktı. Bu bile, Okulun bir eylemiydi. *"Kendi bütünlüklerini fethetmek, her insanın içinde taşıdığı ıstıraptan, korkudan ve endişeden kendilerini kurtarmak isteyen kararlı kişileri yetiştirmemiz gerek. Bu, insanoğlunun tek umududur."*

Dreamer, yakın bir gelecekte, en büyük şirketlerden en küçük işyerlerine dek bütün kuruluşların birer oluş, bir bütünlük okuluna dönüşeceklerini bildirdi. Oralarda insanlar, oluştaki her bozulmayı, her gölgeyi ve her bölünmeyi yok edip kendilerini sürekli olarak aşmayı öğrenecekler. Bu şirketlerin organlarında, bütün hücrelerini aynı perdede titreştirerek birleştiren bir akorttan çözülen sesler gibi yeniden çınlayacak. Dreamer, bir kahin gibi, *"Binlerce öğrenci görüyorum,"* dedi. Bu sırada, yavaş yavaş yaptığı, geniş bir kol hareketiyle bana *Casa del Pensamiento* çevresini baştan sona kaplayan yemyeşil alanı, uçsuz bucaksız ayçiçeği tarlasını ve ortasındaki küçük gölü gösterdi.

Onlar, geleceğin ekonomideki dev isimleri, dünya çapındaki iletişimcileri olacaklar. Onların zenginlik yaratma güçleri, sadece içsel özgürlük durumunun sonucu olacaktır.

Baskıcı şüpheler ordusu tarafından çoktan kuşatma altına alınan tüm iyi niyetlerimi ve endişelerimi nasıl dışa vurabileceğimi bilemediğimden, "fakat böyle bir girişim çok uzun zaman alacaktır," diye itiraz ettim.

Dreamer beni uçmaya çağırıyordu ve her zaman olduğu gibi itirazlarımla karşılaşıyordu. *"İnsan artık hazır şimdi!"* dedi. Bu sözleri, 'düş'ün kanat motorlarını kükretti ve değersiz itirazlarımı tek hamlede alıp götürdü.

"Anlayış ve sevgi insanın içinde çoktan yeşerdi." Bundan böyle, bu sözleri unutmamın imkanı yoktu. Bugün, bunların her öğrencimde varolduğunu görüyorum. Gençlerin gerçek bilgilerini, uçan varlıklar gibi gerçek yaradılışlarını, kendi eşsizliklerinin gücünde ortaya koymaları için dış yüzeylerini nasıl kazıyacaklarını göstermekten başka öğretilecek hiçbir şey olmadığını biliyorum.

Dışarıdan verilen öğretiler sadece bir bahane, bir kılıftır. Gerçek bir Okul'un esas görevi, eski eğitim sisteminin ürünleri olan ve kişide çocukluktan beri üst üste yığılıp biriken her tür şüphe, korku, ikiyüzlülük, önyargı, kısıtlama ve ödünleri yok etmektir. Göründüğü kadarıyla, bu eski eğitimin tek niyeti, yalnızca var olan en gerçek şeyi, yani 'düş'ü bastırmaktır. Gerçek bir Okul, öğrencilerine hiçbir şey vermeye çalışmaz. Oluş'ta zaten sahip olduklarına yeni bir şey ekleyemeyeceğini bilir. Tek yapabileceği onu aydınlığa taşıması gerektiğidir... Bu akla engel olan her şeyi ortadan kaldırma çalışmasıdır. Gerçek eğitim; kendi eşsizliğini, kendi özgünlüğünü ve 'düş'ü 'anımsamaktır'.

Ekonomi bir düşünme biçimidir.
Economy is a way of thinking.

Dreamer sadece, gerçekten yaşayan kişilerin zenginlik yaratabileceklerini belirtti.

Maddi zenginlik gerçek zenginlik için bir metafordur, içsel huzurun, anlama düzeyinin ve bütünlük halinin kritik bir sınavıdır.

Ancak bu ilkeler üzerine oturan bir Okul, dünyanın uçsuz bucaksız bölgelerindeki yoksulluğu ortadan kaldıracak ve bir zamanlar bütün bir ulusu ve muhteşem medeniyetleri kıtlık ve az gelişmişlik içine sürükleyen cehalet katmanlarını Oluş'tan arındırabilecek becerisine sahip ekonomistler yetiştirebilir.

Bana Kolombiya'nın fevkalade doğal kaynaklarını anlattı, muhteşem gümüş madenlerini ve zümrüt yataklarından, uçsuz bucaksız ormanlarından ve sınırsız yaylalarından, devasa kahve ve tütün ekim alanlarından söz etti.

"Fakat bütün bunlara rağmen, Kolombiya dünyadaki en yoksul ülkelerden biridir," dedi. "Bu ülkede Oluş, sahip olduklarını elinde tutamayacağı düzeylere indirgenmiştir. Bu durum, birden bire kendisini bulunduğu sorumluluk düzeyinin çok daha üstünde büyük bir servete konmuş buluveren bir insanın durumuna benzemektedir."

Ayrıca Dreamer, ekonomik bakımdan gelişmiş ülkelerin genellikle doğal kaynaklara sahip olmamasına rağmen bir düşünce, görüş, kültür, tarih ve sanat sermayesine sahip olduklarının farkına varmamı sağladı.

Ekonomi bir Oluş durumudur.
Economy is a state of being.

dedikten sonra bu yasanın önemini hissettirmek için bir süre suskun kaldı.

"Bir ülkenin ekonomisi ve sahip olduğu maddi gelişmişlik seviyesi, o toplumun düşünce ve hissetme biçiminin yansımasıdır. Değerler sistemi ve düşüncelerin niteliği her zaman sebeptir, hiçbir zaman tersi olamaz."

Dreamer, *"Düş eksilip değerler tüketildiği zaman, refah düzeyinde de azalma olur,"* diye ileri sürdü ve sonra, ülkelerini düşe bağlayabilecek, onun köklerini besleyebilecek sorumluluk sahibi, kapasiteli insanları eğitmenin gerekliliğini belirtti. Bir uygarlığın tüm yaşamı, doğrudan bu insanların varlığına bağlıdır. Bu kişilerin vizyonlarının genişliği, hiçbir kısıtlamaya yer vermeksizin ekonomik evrende yansıtılır ve sınırlarının genişlemesini sağlar. Böyle kişilerin yokluğu, ilerlemenin asla mümkün olamayacağı anlamına gelir. Tutkuyla yürütülen projelerin karşısına çıkıp onları dağıtan başlıca engel, doğal ya da finansal kaynakların yokluğu değil, bu parlak fikri benimseyebilecek, tüm güçleriyle ona inanabilecek ve iç sorumluluklarını taşıyabilecek insanların bulunmamasıdır.

Okul kendi köklerinde, şimdiye dek ekonomi dünyasında asla ifade edilmemiş bir gerçeğe dayanacaktır: Visibilia ex Invisibilibus. Ekonomik zenginlik, bir kuruluşun ve bir ülkenin görünmeyeninin yansımasından başka bir şey değildir. Refah ve huzur içerden gelir. Her iyileşmede olduğu gibi, bu süreç de içerden dışarıya doğru ilerler.

6 Sahip olmak, 'olmak'tır

"Sahip olmak ve Olmak tek gerçektir, ne var ki varoluşun farklı düzlemlerinde yer alırlar. Sahip olmak, olmaktır." Dreamer'ın düşüncesine göre, sahip olunanlar sınırsız zaman boşluğunda kendisini gösteren bir Oluş düzeyidir. Bu keşif dünyanın sıradan algılanışında sınırsız bir devrime kapılarını açan ve tüm uygarlığın yolunu değiştirecek güçteki düşünce kalıplarına uğratılan şoklardan biridir.

Dreamer, olağanüstü bir olguya dikkatimi çekerek, insanlık tarihindeki her dönemsel geçişin öncesinde daima bir kişiden başlayarak kitlelere ulaşan ideolojilerin bir düşüncenin devrimiyle altüst edildiğini söyledi.

Güneşi evrenin merkezine koyan düşünce anlayışı, evrenin merkezinden aldığı insanı sınırlarına yerleştirerek, Modern çağın kapılarını aralayarak, Ortaçağ düşünce sisteminin tüm köşe taşlarını yerinden oynattı. Protestanlık ise iş yerinde çalışma anlayışını kökünden değiştirdi, onu bir cezalandırma yöntemi olmaktan çıkararak, insan gelişiminin aracı kabul eden Sanayi Devrimi'nin ve akılcı kapitalizmin psikolojik koşullarını oluşturdu.

Bugün yeni bir devrimle karşı karşıyayız: Sahip olmanın ve Olmanın, aynı gerçekliğin iki yüzü oldukları görüşü üzerinde yükselen bir psikolojik devrim. Gördüğümüz ve dokunduğumuz her şey, tüm algıladıklarımız, 'gerçek' diye nitelediğimiz her şey, aslında duyularımızın görmediği bir dünyanın, yaşam düzlemimizi dikey kesen fikirler ve değerler dünyasının yansımalarından başka bir şey değildir: Oluş dünyasıdır.

Olmak, sahip olmanın karşısında olmayıp onunla üst üste gelerek çakışır ve sebeptir. Bu olgu, doğal kaynaklar açısından zengin olan ülkelerin neden aynı zamanda genellikle en yoksul ülkeler olduklarını ve bir insanın zenginleşmesi, onun Oluş'ta yükselmesine karşılık gelmiyorsa, böyle bir kaderi değiştirmesi için yeterli koşulların neden olmadığını açıklamaktadır. Aslında bir devre düzenleyicinin varlığını belirlemek mümkündür; sahip olunanları kaçınılmaz olarak olma düzeyine geri götüren bir tür homeostasis, yani iç denge düzeneği söz konusudur. Bir olay veya bir dış koşul, hazır olmayan bir kişinin geçici olarak lehine gelişse bile, eğer zenginlik kişinin varoluş düzeyini aşıyorsa, o kişi eski yoksulluğuna geri gönderilir. Bu, uluslar için de geçerlidir.

Üçüncü Dünya ülkelerine yönelik uluslararası yardım programlarının başarısızlığa düşmelerinden yarım yüzyılı aşkın bir süre sonra kalkınmayı amaçlayan ekonomistlerin de anlamış olmaları gereken bir gerçek söz konusudur: ruhunda hazır olmayan, kendi görünmeyeninde, kendi düşüncelerinin (etik, estetik, dini, felsefi, bilimsel) zenginliğinde ve kendi değerler sisteminde yeterli refah düzeyine erişemeyen bir ülkeye dışarıdan yardım ederek, onu kalkındırmak olanaksızdır. Bu ülkelerin birçoğunda yaşam koşullarını yükseltmek için eski bilgeliklerine, kendi kökenlerinin özüne dönmeleri ve sahip oldukları en eski değerler sistemini yeniden yeşertmeye çalışmaları yeterli olacaktır.

'Sahip olmak, olmaktır' kavrayışı, insanın en eski ön yargılarını kökünden yok eder ve kavramsal modellerini tümüyle değiştirir.

'Yapma'ya ve Olma'ya izin veren 'sahip olma' değildir, yapmaya ve ardından da sahip olmaya izin veren Oluş'tur. Bu toplu hipnoz biçiminin üstesinden gelmek, dünyanın yatay bir vizyonunu geride bırakarak dikey bir düşünceye varmak demektir ki burada Oluş'un sonsuz seviyeleri ve katmanları yer alır. Gerçeğin içinde katmanlar ve Oluş'ta sonsuz düzeyler vardır. Hangi düzende ya da düzensizlikte olursa olsun insan yaşamına ve onu düzenleyen sistemlere ilişkin en karmaşık ve en yaşamsal sorunlara kapı aralayacak anahtar 'Sahip olmak, olmaktır' ve bu görüş aynı zamanda insanların yazgılarının farklı olmasının nedenini de açıklar.

İnsanlık tarihi, hiç ara vermeksizin hep daha fazlasını yapmak ve daha fazlasına sahip olmak için sürdürülen bir arayışla doludur. Hayvansal bir nostaljinin yankısı olan, asla durulmayan yağmacı içgüdülerle yönlendirilen, sahip olma tutkusuyla uyutulmuş toplumlarda uygarlığın yükselmesi daima üretim, iletişim, yolculuk ve hatta yok etme becerilerinin geliştiği dönemlere rastlamaktadır. Bu tarihe dikey olan, fikirlerin görünmeyen boyutunu, sebepler dünyasını yönetir.

Görünürdeki her fetih, insanlığın yapma ve sahip olma yeteneklerindeki her yükseliş, daima öz varlığında gerçekleşen bir fethin ardı sıra gelmiştir. Bilimsel açılımlar ve teknolojik ilerlemeler zaman içinde, insanın sahip olduğu bilinci ve ulaştığı bilgi düzeyini izlemektedir. Bilim ve bilinç birlikte, uygun adımla yürürler.

Bir bireyin, bir kuruluşun, bir ülkenin ya da bir uygarlığın ele alınan bilme, yapma ve sahip olma yetisi o kişi, kuruluş, ülke ya da uygarlığın ulaştığı Oluş düzeyine bağlıdır. Ne denli fazlaysan, o denli bilir, yapar ve sahip olursun. Bir gölgenin kendisini yansıtan nesnenin boyutları ile şekline bağlı olması gibi, yapmak ve sahip olmak da doğrudan varlığın çapına bağlıdır.

Dreamer, bir insanı veya kuruluşu gözlemleyen herkesin, onun sahip olduklarının boyutunu algılayabileceğini, ancak Oluş boyutu içinde olan fikirlerin, değerlerin ve 'düş'ün derinlik ve hacminin görünmez kalacağını anlamamı sağladı.

Olmakla sahip olmak arasındaki mükemmel dengeyi, insanın görmesini engelleyen şey, bir sis perdesi gibi araya giren ve insanı yanılgıya düşürerek ayrı şeylermiş gibi gösteren, zaman etkenidir. Bir insan ömrünü veya bir uygarlığın yüzyıllarını kapsayan zamanı mucizevi bir şekilde sıkıştırabilmemiz mümkün olsaydı, varolmakla sahip olmanın mükemmel örtüşmesini görebilecektik.

Onlar, varoluşun farklı düzeylerindeki tek ve aynı gerçekliktir. Oluş'un maddeleşmesi sahip olmak, sahip olmak da Oluş haline geçer.

Olmak ile 'sahip olmak' arasındaki kimliğin keşfedilmesi, aynı zamanda ekonomik düşünceye de derin bir biçimde damgasını vurur. Eğer sahip olmak, dolayısıyla zenginleşmek Oluş'a itaat ediyorsa, Oluş durumlarının temel kavramları ve insanın kendini keşfetme ve kendini gözlemleme çalışmaları, ahlaki ve inanç sistemleri, ahlaki değerlerin tümü ve hepsinden önemlisi 'düş' ve sezgi kabul edilir bilimsel araştırma konularına dahil olma hakkına sahip olacaklardır. "Bir insanın vizyonu genişledikçe, ekonomisi de zenginleşir. Bu olgu, bir kuruluş, bir ülke ve bir uygarlık için de aynen geçerlidir."

7 Üniversite 'birliğe doğru' demektir

Dreamer, üniversite sözcüğünün 'birliğe doğru' anlamına geldiğini söyledi. Bu sözcüğün etimolojisinde, kurumların doğasına ilişkin, şimdiye dek ne bir iş toplantısında, ne de bir ekonomi kitabında rastlamadığım paha biçilmez bu bilgileri keşfettim:

Üniversitenin misyonu adında saklıdır: İnsanın, 'bütün olma' çalışmasını ilerletmek, ruhun birliğine doğru yolculuğunda ona yol göstermek.

Dreamer'ın vizyonunda geleceğin üniversiteleri, yaşamdan korkan ve bu sebeple bir türlü görevini tamamlayamayan sorumsuz insanın sığınakları haline gelen sinagogların, manastırların ve dergahların yüzyıllardır üstlendikleri laik bir yaklaşımı sürdürmeyi üstleneceklerdir.Birçok üniversite ortadan kalkacaktır. Geriye kalacak birkaç üniversite, uygarlığınızın karşılaştığı zorlukları yeni duyularla yani sezgi, irade ve 'düş'le çözebilecek kapasitedeki yeni liderleri, birer düşleyen, bir laik keşiş, mükemmel ve yıkılmaz savaşçılar olarak yetiştirmekle görevli olacaklardır. Görünüşte aykırı düşüncelerle 'dengelenmiş' olan bir insanı, yani kendisinde kurnazlıkla masumiyeti, mantıkla sezgiyi, maddi güçle sevgiyi uyum içine sokabilen bir insanı eğitme projesi binlerce yıl eskiye dayanır.

Üniversite dünyayı yorumlamaya, insanın gerçek durumunu ortaya sermeye, mümkün olan gelişiminin yolunu ona işaret etmeye yeterli olacak bir çeşit temel fikirler sistemini önermek zorundadır.

Üniversite insanlığın yeni türünün hücrelerini, gücünü 'düş' ilkelerinden alan bireyleri, dünyada evrensel politikanın ve ekonominin sorumlusu olma düşünü besleyip büyütebilecek düşleyenleri, pragmatik ütopyacıları ve aydınlık insanları yetiştirmelidir.

Ayrım gözetmeksizin herkese dışarıdan empoze edilen kitap vari bir bilgi özün boğulmasıdır, sahtedir ve yanıltıcıdır. 'Gerçek' bilgi, zaten her bireyin özündedir. Bilmek, anımsamaktır. Bilmek, 'dikey hafıza'ya giden dönüş yolculuğudur. Dreamer'a göre, bu ikinci eğitim denilen yeni eğitim, geleneksel olandan binlerce ışık yılı uzaktadır. Onun görevi öğrencilerin bilgisine bilgi eklemek değil, onlara doğuştan sahip oldukları eşsizliklerini, özgünlüklerini ve masumluklarını 'hatırlatmaktır'.

Dreamer, sanki bir yemin vermemi istercesine ciddi bir ses tonuyla, *"Hiçbir kuruma bağlanma,"* diye öğütte bulundu. *"Hiçbir şirketten, kamu kuruluşundan ya da sosyal yardım vakfından para alma ve ne şekilde olursa olsun sana ayrıcalık göstermelerini isteme. Geleneksel üniversite sistemi sadece eskimiş değil, bağımlı olduğu için son derece kırılgan, hassas ve etki altında kalmaya elverişlidir.*

İşte bundan dolayı, sen bir isyancının, bir devrimcinin ruhuyla yepyeni bir yol açmalısın. Mevcut egemen güçler, gerçek eğitimi yıkıcı bir faaliyet olarak göreceklerdir. Bu nedenle, gelenekçi otoriteyi kabul etmemeli ve herhangi bir mevcut eğitim kavramına sarılmamalısın. Kuracağın üniversite eğitim dünyasında öyle bir devrim yaratacak ki, eski inanışlar ve zihinsel kalıplar ve bunlarla birlikte de eskimiş okullar ve kurumlar sonsuza dek yok olacaktır. Yalnızca top yekûn bir değişime hazır olanlar, bu devrimi kabul edecek olanlar ayakta kalabilecektir.

Oluş bütünlüğüne dikkat et! Hiç kimsenin veya hiçbir şeyin ona zarar vermesine izin verme. Onu bakir tut ve öyle kal!

Başarı, bütünlüğün doğal sonucudur.

Tam bu sırada, 'yaygın üniversite' terimiyle ifade edilebilecek sıradışı bir fikri, Okulun başarısında ve eğitim modelinin dünyanın akademik ortamı tarafından kabul edilmesinde çok önemli bir paya sahip olacak düzenleyici yapıyı örneklerle anlattı.

Geleceğin savaşları dev savaş gemileri kullanılarak değil, hareket kabiliyeti yüksek, küçük teknelerden oluşan filolarla kazanılacaktı. Bu kavram, öğrencileri küçük çaplı üniversite birimlerine kabul ederek her birine tek tek dikkat göstermeye izin vermekle kalmayıp aynı zamanda hem büyük hem de küçük olan bir kurumun bünyesinde ideal ve paradoksal koşulları da yaratacaktı.

Kendisine güvenen, kendi 'düşlerine' inanan ve bunu ancak bir Oluş okulunun bünyesinde gerçekleştirebileceğini bilen az sayıdaki öğrenciyi kabul edip yetiştirecek olan yeni Üniversite, tüm dünyanın başkentlerindeki çeşitli binalara ya da kampüslere dağılmış olarak organize edilecekti.

Dreamer'ın ilkelerinden esinlenen ve artık Aristotelesçi olmayan, ayrıca sadece bir bölgede veya bir şehirde yeralmayacağı gibi, sabit bir ders programına, tek bir milliyete, bir dile de bağlı olmayacak, aksine her kıtada birbirleriyle aynı felsefede sıkıca bütünleşmiş birçok yüksek okuldan oluşacak olan bu yeni Okul, geleceğin üniversite modeline ışık tuttu ve sınırları olmayan yepyeni bir üniversitenin doğumunu müjdeledi.

Dreamer, *"Yunan şehirlerinde duvarlar, bir hatibin sesinin ulaşabileceği yükseklikte inşa ediliyordu ve yer verilen alan da karşılıklı konuşmayı izleyecek halkı içine alabilecek genişlikte yapılıyordu, işte aynı şekilde sen de kuracağın üniversite birimlerini, bir parçası olmak isteyenlere 'düş'ü ve amaçları bilmelerini sağlayacak boyutlar içine uygun olacak şekilde yapmalısın,"* dedi.

8 Okul'un doğuşu

Casa del Pensamiento'da Dreamer'la karşılaştığım ve görevi üstlendiğim günün üzerinden bir yıldan biraz fazla geçti. O zamandan beri kendimi bütünüyle projeye verdim. Üniversite doğdu ve ilk birimi Londra'nın merkezinde, Belgravia'da açıldı. Kaydolan ilk öğrencileri, ilk akademik yılı keyifle tamamladılar.

Okul, bir yandan kuruluşunu sürdürürken, bir yandan da her gün şaşılacak bir biçimde büyüyordu. Gelişim süreci boyunca, zaman ve mekanın sıradan bağlarından ve sınırlamalarından kurtulmuş, onları hiçe sayıyor görünüyordu. Akademik formülü, geleceğin yapı taşlarına sahipti. Bünyesinde olağanüstü bir biçimde, İngilizlerin enternasyonalizmi ile Amerikalıların katı pragmatizmini, İtalyanların biçim ve kültür anlayışı ile klasik uygarlığın binlerce yıllık kusursuzluk ve güzellik arayışlarını buluşturdu. Öğrencilerin daha ilk yıldan itibaren girdikleri yoğun ve uygulamalı staj yada pratik kazandırma programı, onların dünyanın en büyük kuruluşlarında çok genç yaşlarda çalışmalarına olanak sağlıyordu.

Okul'un felsefesiyle güç kazanan öğrenciler, Lupelius'un savaşçı keşişleri gibi, bin yıl önce Tanrılar Okulu'ndan geçen öğrencilerin izinden, yıkılmaz ve yenilmez olduklarını kendi kendilerini hakkıyla sınayarak görüyorlardı. Okul'un, Dreamer'ın felsefesiyle yoğrulan nitelikleri, onlara uçuşta olan bir uzay gemisinin gövdesi ile Antik Çağların en saygın okullarının kadim yüreğini veriyordu ki o yürek bir zamanlar Klasik Yunanistan'ın kahramanlarıyla savaşçılarını işleyerek şekillendiren okulların bağrında atmıştı.

Dreamer beni içerdiği çağdışı kavramlarla yanlış bilgilerin boşluğunu gizlemesi her geçen gün daha da zorlaşan lüzumsuz şeylere paha biçilmez bir kürk gibi sarınan, eskimiş, tozlanmış üniversite dünyasının içinden geçen bir uzay aracının idaresine atamıştı. Okulun, hem İngiliz, hem uluslararası ve ondan da önce İtalyan akademik sahnesinde görünmesi Roma'da ilk kampusunu açtıktan sonra Plutakhos'un eğitim üstüne görüşlerini kapsayan kitapçığının keşfiyle karşılaştırılabilir. Yok olup gitmiş sayılan bu eserin Latince'ye tercümesi, bir uygarlığın yansıması olan Yunan eğitim modeliyle Ortaçağın dini okullarının dogmatik gericiliğini aynı mercek altında karşı karşıya getirmişti. Sonra, birbirlerinden yalnızca yüzyıllarca değil, bilinç düzeyi bakımından ışık yıllarınca uzaklıkta olan iki dünya, aynen şimdi olduğu gibi birbirleriyle ilişki kurmuştu.

Kuruluşundan çok kısa bir süre sonra anıldığı adıyla 'Düş Üniversitesi', Klasik Yunanistan'daki eğitim ideallerinin tek mirasçısıydı. İnsanın sorumluluğunu yüklendiği işi ve ruhunu birliğe götüren ve giderek artan gerilimiyle gelişeceği görüşü, Okulun kesin inancını ve eğitim felsefesinin dayanağını oluşturuyordu. Okulun düşüncesi ile yeni ve eski mesajlarıyla kendine çektiği öğrenciler dünyanın dört bir yanından akın ettiler. Dreamer'ın tanıtım malzemesinde yer verilen sözleri, sanki sihirli bir flütün sesinden uzak diyarlara ulaşıyordu. Dünyanın her yerinden düşleyenler bu sözleri dinleyip yürüyüşe geçtiler.

Bir devrim düşledim. Bir Okul düşledim.
'Düş'ün var olan en gerçek şey olduğunu 'hatırlayan'
Yeni Nesil Liderler düşledim.
Etik ve ekonominin, eylem ve derin düşüncenin,
sevgi ve finansal gücün asırlardır bilinen düşmanlıklarına
uyum getirebilecek liderler düşledim.

Yeni Üniversite'nin o öncüler döneminden beri insanlar, olaylar ve koşullar şaşılacak bir biçimde birbirine bağlandılar. Gerekli kaynakların, sanki bir doğumdaki en karmaşık organlardan en uç nöronlara kadar her şeyin en doğru şekilde ve kusursuz bir zamanlamayla aynı yaşam projesine mucizevi uyumu gibi bir araya geliş biçimleri beni sürekli hayrete düşürdü.

9 Okul'un Misyonu

O sabah, yaklaşmakta olan günün ağır yükümlülüklerinin bilinciyle gün doğmadan uyandım. Beni bekleyen çetin görevlerin arasında Okul'un tüm eğitmenleri ile yapacağım genel toplantı ve hepsinden öte, özellikle zorlu geçeceğini bildiğim, banka müdürleri ile olan randevularım bulunuyordu. Dreamer'ın sözlerinden ilham almak için güçlü bir istek duyuyordum.

Güney Amerika'da, o şeffaf, dipsiz yeşil derinliklerin üzerinde hayal meyal beliren dağların, görkemli zirvelerinin huzurunda bana Okul'u kurma yetkisini verdiği son karşılaşmamızdan bu yana Dreamer'ı tekrar görmemiştim. Rasgele bir defter seçtim ve kendimi çıraklık yıllarım boyunca toparladığım notlarla dolu olan bu sayfaların içine gömdüm. Okurken, onun yanında bulunduğum zamanlarda, tenimde oluşan o aşikar ürpertiyi hissediyordum ki aniden, hayati olan bir şeyi unutmuş olduğumun farkına vardım ancak, engellemek için her şeyi yapabilecek olmama rağmen, kendimi çok bitkin ve tükenmiş hissettim… Onun özlü sözlerinden beslenmeyeli çok uzun zaman olmuştu, öyle ki, varolan dünya görüşünü ters yüz eden, saçmalıkları anlamlı kılan o zekasından süzülen ışığın doğrultusundan sapmış, dünyayı alaşağı edip bir atom boyutuna indirgeyebilecek vizyonunun engin gücüne yaklaşmaz olmuştum.

Dünya üzerinde, onun bu tek başına mücadelesini, ölüm yalanı adını verdiği ölümün yenilmez olduğu ön yargısına karşı sürdürdüğü bu muazzam meydan okuyuşu, rüzgarla dalgalanan sancaklarda izleyebileceğim ya da borazanların çalarak bu savaşı ilan ettiği herhangi başka bir yer bulamazdım. Dreamer hayatımı aydınlatmıştı, buna rağmen belki de onunla karşılaşmış olmanın olağanüstü talihinin ne anlama geldiğini hiçbir zaman tam olarak kavrayamayacaktım.

Şimdi, kurduğum European School of Economics'in (ESE) öğretim kadrosu ile yapacağım toplantıya giderken, bu ilk karşılaşma için Dreamer'ın bir kaç sözünü işaretlemiş, yanımda götürüyordum. Beni bekleyen tüm bu kadın ve erkekleri şahsen tanıyordum. Hepsi, en iyi akademik özgeçmişlere sahip, saygın İngiliz ve uluslararası üniversitelerde bir çok deneyim sahibi olmuş mükemmel profesörlerdi. Her birini bizzat kendim seçmiştim, ancak göstermiş olduğum tüm çabalara rağmen biliyordum ki, bu toplantı, onları Okul'un üzerine inşa edildiği ana felsefe ve ilkelere yaklaştırmanın ne kadar zor olduğunu bir kez daha kanıtlayacaktı. Bütün bu eğitmenler, çoğunlukla devlet bursu alarak, bildiğimiz geleneksel üniversitelerde okumuşlardı. Onları, bu genç üniversite'nin vizyon odaklı eğitim sistemini kabul edebilmeleri için kalıplaşmış fikirlerini değiştirmeye yönlendireceğim düşüncesi, ya hayatlarının temeline oturmuş dini inançlarından tamamen dönmelerini, ya da biyolojik bir eşikten atlayarak başka bir türün varlıkları haline gelmelerini istemekle aynı anlama geliyordu.

"Okul'un kuruluş düş'ü, misyonu; genç liderler ve yeni bir insanlığın hücrelerinden oluşan nesiller yaratmaktır. Bu misyon, iyi programlar ve iyi eğitmenlerden çok daha fazlasının varlığını gerektirir. Binlerce eğitim kurumu zaten tüm bunları sağlıyor" diyerek bu zorlu toplantıya başladım.

Toplantı odasının geniş pencerelerinin ötesinde uzanan Buckingham Sarayı'nın kraliyet bahçelerinin görüntüsü bana, İngiliz İmparatorluğu gibi iktidar sahibi bir oluşumun bile, onu var eden prensipler unutulduğunda ve yönetenleri düşlemeyi bıraktıklarında nasıl çözülüp dağılabileceğini anımsatıyordu. Dreamer'ın Şangay'daki antik çay evinde dile getirdiği kelimeler şimdi açıkça ve kuvvetle dudaklarımdan dökülüyordu:

Şu ana kadar bütün ekonomik sistemler, varlığını sürdürebilmek adına insanların temel ihtiyaçları olan yiyecek, barınak, giyecek ve çoğalma ile ilgilendiler. Gelecek onyılların ekonomisi, hayatta kalmakla değil, ölümsüzlükle ilgilenecektir.

Until now all economic systems have dealt with survival, with peoples' basic needs food, shelter, clothing and reproduction. The economics of the coming decades deals not anymore with survival, but with immortality.

"Ölümsüzlük fikrinin bir Ekonomi Okulu, özellikle de Ekonomi - İşletme ana dalları için neden bu kadar önemli olduğunu bana açıklar mısınız lütfen?" Soru, genç, parlak zekalı ve Uluslararası Strateji Yönetimi (International Strategic Management) konusunda ders veren bir öğretim üyesinden gelmişti. İkna edici bir cevap alabileceğine dair şüpheli yaklaşımı, ses tonuna apaçık yansıyordu. Kibar, ince bir alaycılıkla ekledi:

"Belki de Okul kapsamında yeni Felsefe Departmanı'nın açılışını duyurmayı planlıyorsunuz?" *"Vizyon ve gerçeklik bir ve aynı şeydir"* diye cevapladım. Dreamer'ın deyişleri içinde en gözde söylemim buydu ve o sabah okuduğum notlar arasında da aynı netlikte belirivermişti. Bu bayanı ikna etmem gerektiğine dair en ufak bir endişe duymuyordum. Biliyordum ki, Okul devasa bir kulaktı ve her bir hücresi, en uzakta olanı dahil...hatta Grosvenor Place'ın tüm bu duvarları bizi dinliyordu. Kelimelerim, okulun köklerini, misyonumuzun tam kalbini hedeflemişti: "Ekonomi, Oluş'un bir yansımasıdır. Sonsuzluğun en ufak bir kırıntısı bile, muazzam, cesur fikirlerin, tasavvur edilemez çözümlerin bir araya getirilmesi için yeterlidir. Bizi sınırlayan, yaratıcılığımıza zincir vuran ve her türlü kısıtlamanın kökeninde yatan gerçek sebep, ölümün kaçınılmaz olduğuna olan inancımızdır.

İhtiyacımız olan tek şey ölümsüzlük fikrini bir yaşam prensibi olarak korumak ve bu şekilde kendimizi zamanın esaretinden bağımsız kılmaktır. Onun kurbanı olmaya son verebiliriz; onun daimi tehditlerine ya da varlığının doğal sonuçları olan kaygı, kuşku ve yenilme korkusu ile yaşamaya katlanmak zorunda değiliz. Ölümsüzlük Sevgi demektir, Sevgi: *Amore, A-mors*, yani ölümün yokluğu demektir. Ölümsüzlük, sunduğu sonsuz imkanlarla sınırsız bir yaşam demektir. Öğrencilerimizi besleyeceğimiz en temel fikir bu olmalıdır; kuruluşların bünyelerinde deveran etmesi gereken en kıymetli kaynak budur. İyi bir ekonomist, büyük bir işadamı, iş hayatının hükümdarları, bu insanlar bütünüyle an içinde, geçmişin ve geleceğin hipnotik kavramlarından bağımsız yaşarlar.

Medeniyetimizin, insanın kendi yarattığı zaman hapsinden kaçıp kurtulmuş 'zamandan bağımsız liderlere'; bütünlük sahibi, azimle vizyonlarını genişleten ve böylece varolan gerçekliği değiştirebilecek insanlara; bireylerin, kuruluşların, bütün bir ulusun finansal kaderini değiştirip, ilerletme becerisine sahip 'sağlıklı liderlere' ihtiyacı vardır. Konuşmam boyunca Chris H., şaşkınlığını ve gittikçe artan görüş ayrılığını belirtircesine kafasını sallarken, dökümlü saçlarının beyaz bukleleri de hafifçe dalgalanıyordu. Chris H. en itibarlı eğitmenlerimizden biriydi. Bu sessiz, ve şüphesiz tek başına kalmayacak yorumu fark etmemiş gibi yaparak sözlerime devam ettim:

Gerçeklik olarak adlandırdığımız şey sadece, Oluş durumumuzun aynası, düşlerimizin bir yansımasıdır. İnsan aklı çatışmacıdır, mantığı karşıt kavramlar aracılığıyla çalışır, gerekçeleri her an çatışmaya hazır bir şekilde silahlanmıştır. Bu sebeple biliyoruz ki, sadece hayatta kalma odaklı bir ekonomi sınırlara inanır ve ölümün; gezegenin önde gelen endüstrisi, ulusların servetlerini ayakta tutan, destekleyen mihenk taşı haline gelmesine izin verebilir. Silah imalatından çevre kirliliğine, tıbbi malzeme üretiminden organize suçlara kadar, insanlar ve uluslar felaket, yıkım ve çatışma ekonomisine hizmet etmektedir. İnsanlığın tümü, ölümün maaş bordrosunda yer almaktadır.

Gerçek eğitim her türlü hipnotizmadan, bağımlılıktan ve
batıl inançtan bağımsız olmalıdır.
Gerçek eğitim, kişinin iç çatışmalarından kurtulması anlamına gelir.
Bu görüş, dünyayı düşmanlıklardan, çatışmalardan,
şiddet ve savaşlardan kurtararak özgürleştirecektir.

Kendisine işaret ettiğimde Chris H., birdenbire patlayıverdi: "Siz bu dünyada yaşadığınıza emin misiniz? Her gün gazeteleri ve medya kanallarını dolduran ırkçı zulümler ve soykırımlar, terör saldırıları, yüzlerce farklı gerilla çatışma bölgeleri, Irak ve Afganistan'daki savaşlar... peki o zaman, bunlar ne demek oluyor?

Bu okulda bütün bunlara son verecek herhangi bir şey veya bir düş olmayacak bizim öğreneceğimiz, bu saçmalık global ekonomiyi de değiştirmeyecek..

Dreamer'a aynı soruları sorduğumu, iğneleyici bir mizaçla şüpheciliğimi sergilediğimi hatırlıyordum. Chris H. kuşkularımın vücut bulmuş haliydi; sarfettiğim düşünceleri kendi yaşamımda gerçekleştirmeye, onları bir beden haline dönüştürmeye ve Dreamer'ın görüşlerini güvenilir biçimde aktarmaya ne kadar kifayetsiz olduğumu açıkça ele veren dünyanın aynadaki görüntüsüydü.

Dreamer, *"Sen hangi savaştan söz ediyorsun?"* diye sormuştu. *"Şu anda kendi yansıttığın çatışmalar dışında dünyada gerçekleşen herhangi bir savaş yok! Dünyanın içinde bulunduğu koşullar, tam olarak senin içsel durumlarına karşılık geliyor. O yüzden dünya için endişelenmeyi bırak, kendin için endişelen. Dünyaya ancak bu şekilde yardım edebilirsin."*

"Ama şu anda, tüm dünya genelinde, gezegeni yerle bir edip üzerindeki her türlü yaşam formunu ortadan kaldırabilecek güce sahip silahları üretmekte olan endüstriler var" diyerek cevap vermiştim. Tüm insanlık adına, kendimizi böylesine korkunç, yıkıcı bir güçten nasıl koruyabileceğimizi sormak için can atıyordum ki, Dreamer haşince araya girerek bu vahim görüşümü telaffuz etmeme engel olmuştu;

"'Senin dışındaki' hiçbir güç seni yok edemez", derken akıllardan silinmeyecek kelimeler içinde konuşuyordu. *"Kendi rızan olmadan, 'senin dışında' herhangi birşey gerçekleşemez. Tetikte ve uyanık ol! İhmalkarlığından ve tüm belirsizliklerden kurtul. Düzeltilmesi gereken insanlık değil, senin görüşün. Dünyanın içinde bulunduğu koşullar, tam olarak senin içsel durumlarına karşılık geliyor. Bütünlüğüne kavuşur, bir birlik haline gelebilirsen, işte o zaman dünya güvende olacaktır."*

Kullandığı her kelimenin, katlanılmaz bir sorumluluğun ağırlığı ile sırtıma yüklendiğini hissediyordum. Onu dinledikten sonra, tüm o yakınmalarıma devam etmek, bilinmeyen güçleri, kontrol edilemeyen kuvvetleri suçlamak ve korkudan titrer bir halde, kaderine boyun eğmiş bir çaresizliğin affına sığınmak gittikçe imkansızlaşıyordu. *Unutma! Hiç kimse ya da hiçbir şey senin tarafından emredilmeyen ve yönetilmeyen bir şeyi gerçekleştiremez. Çatışmalar, yoksulluk, başarısızlık, hastalık, ölüm veya diğer felaketler nesnel gerçeklikler değillerdir. Senin dışında varolmazlar. Sadece sen onları düşlediğinde gerçekleşirler. Senin içinde savaş yoksa dışında da olmaz. Bu bir kuraldır.*

Kafamı çevirip, onu ararcasına arkamda göz gezdirdim. Yüzünden eksik olmayan o hayranlık dolu bakışları, bana, Okul'a ve 'Düş'e olan söndürülemez inancıyla asistanım Lucia'nın orada olacağını biliyordum.

Dünya bugün yıkılsa, yarın sabah o, bitmek tükenmek bilmeyen işinin başına geçmek için, herkesten önce burada olur, çoğu zaman gözle göremeyeceğiniz çekingen ilgisini cömertçe sunar ve sanki ben onun en değerli varlığıymışım gibi, o tatlı sert mizacıyla üzerime kol kanat gererdi.

Dreamer hakkında konuştuğum tek insan Lucia'ydı. Sürekli onun hakkında sorular sorar, onun her bir kelimesini sevgi ve şefkatle ele alırdı. Müsveddelerimi kontrol eden, onları kitabın ilk taslağı haline getirmek için geceler boyu çalışan da yine Lucia'ydı. Yüzünde beliren o belli belirsiz, yüreklendirici gülümsemeyi yakalamıştım ve hazine niteliğindeki o bir kaç saniye süren suç ortaklığı, beni toplantının bu soğuk atmosferinden korumaya yetmişti.

"Kaderlerimizi değiştirmek olanaklıdır." cevabımı doğrudan Chris H.'ye yöneltmeden, hissettiğim tüm sağlam inancımı ses tonuma yükleyerek devam ettim. "Varolan insan psikolojisini, onun tüm inanç sistemi içine kök salmış, hipnotize eden dünya hikayesini değiştirmek mecburiyetindeyiz. Düş'ü değiştirmemiz gerekiyor. Bunu sadece birey başarabilir. Bu sebeple bir Okul'a ihtiyaç var. Bir Oluş Okulu…varolan öğretim programlarını ve metotlarını altüst ederek, vizyonu yücelten eğitim sisteminde evrensel çapta bir devrim gerçekleştirmeye muktedir bir Okul. Bizim inandığımız ve ileri sürdüğümüz bilimsel rota budur. Değişmesi gereken ilk kişilerin, eğitmenlerimiz olduğunu söyledim.

"Eski insanlık, genç nesillere, kendilerini çatışmacı düşüncelerden, önyargılardan ve geçerliliği kalmamış fikirlerden özgür kılmayı öğretemeyeceği gibi, onları engelleyen ve kısıtlayan oluşumları nasıl bozguna uğratacaklarını ve hiçbir zaman boyun eğmeyecek en iyi olma tutkusunu, kendilerinde nasıl geliştireceklerini de öğretemez." Bu uzun toplantıyı şu kelimelerle bitirdim:

"Bir ulusun zenginliği, ekonomisinin gücü ve ulaşabileceği maddi refah seviyesi, sahip olduğu değerler sisteminin üstünlüğü ve çok daha önemlisi, sağlam duyarlılıktaki bireyler, vizyon sahipleri ve uygulamacı düşleyenler yetiştirebilme kapasitesi ile doğru orantılıdır. Bir ulusun ömrü, bütün bir medeniyetin geleceği bu nitelikteki kadın ve erkeklerin varlığına dayanır. Geleceğin kuruluşlarını eylem filozofları yönetecektir. Bu insanlar dünya üzerindeki girişimlere başarı ve dayanıklılık getirecekler."

Dreamer tarafından bana bahşedilmiş olan bu ilhamın ihtişamıyla sesimin titrediğini hissediyordum. "Bizim misyonumuz bu insanları yetiştirmektir."

Onlara baktım, kafalarının karışmış olmasından çok, hayret içindeydiler. Merkezinde bireyin bulunduğu dünyanın, içeriden dışarıya doğru olan işleyişinin keşfi, Copernicus'un bundan yarım binyıl öncesindeki devrim niteliğindeki bildirisinin yaratmış olduğu şoka kıyasla çok daha iyi karşılanmıştı.

Dreamer'ın açıklamaları, sadece ekonominin kurallarını değil, bu insanların o ana kadar inanmış oldukları her şeyi yerle bir etmişti.

Onları, ölümlerine kadar sürekli tekrarlanacak olan hazin, Sisyphean yazgılarından, gençleri korku ve sıkıntı içinde eğitme görevlerinden ve nihayetinde hayata karşı kendi inkarlarından saptırmaya muktedir olan bu fikirlerin tehditkar dirayetini hissetmişlerdi. Hepsiyle teker teker vedalaşırken, bazılarının yüzlerinde, bu aydınlık serüvene karşı gittikçe derinleşen bir bağlılığın vaadini okuyor, diğerlerinde ve belki de çoğunluğunda- ise kararsızlık ve şaşkınlık görüyordum.

Ancak, açıklamalarım karşısında bölünmüş öğretim görevlilerimin yanı sıra başka endişelerim de vardı. O öğleden sonra, Grosvenor Place'de, Lucia'nın da desteğini alarak, çalışmakta olduğumuz tüm bankaların müdürleri ile görüştüm. İş dünyasının, dünya üzerindeki tüm büyük başkentlerinde merkezleri bulunan, sınırları olmayan akademik bir alan yaratma fikri başarılı olmuştu. Dreamer'ın düşlediği Okul, en iyi ve en itibarlı ekonomi okulları ile rekabet ederek bir kaç yıl içerisinde onlardan üstün konuma gelmek ve tüm milletlerden öğrencileri, bünyesinde toplamak gibi sağlam temelli amaçlara sahipti. Bankalar, projeyi beğenmiş, gelişimine şahit olmuş ve mümkün olduğu müddetçe kredi sağlayarak desteklemeye devam etmişlerdi, fakat Okul'un uluslararası alanda genişlemesinin gerektirdiği artan miktardaki yatırımları, sadece Avrupa'da değil okyanus aşırı ülkelerde de desteklemeye hazır değildiler. Şimdiye kadar en büyük İngiliz üniversiteleri bile bu ölçekte bir girişimi göğüsleyememişti. Sonunda, kredimizin düşürülmesi için yapılan baskılar üstün geldi ve içlerinde bize en derin bağlılığı bulunan M Bank önceden sağlamış olduğu krediyi devam ettirmeyeceğini açıkladı.

10 İnanmadan inanmak

Kapıdan çıkarken, Lucia bir yandan yağmurluğumu üzerime geçirmeme yardımcı oluyor, bir yandan da elime birkaç döküman tutuşturuyordu. Okulun ana girişinin bulunduğu merdivenlerin başında, Grosvenor Place'in yoğun trafiğine akın eden taksilerden birini yakalayabilmek umuduyla sokak boyunca göz gezdirdim. Avukatlarımla olan randevuma geç kalıyordum. Gördüğüm ilk müsait taksiyi yakalamak için aceleyle merdivenlerden aşağı inerken, şehir otobüslerinden biri tam önümde sağa yanaşarak taksiye ulaşmama engel oldu. Birkaç yolcunun inip diğerlerinin binmesini bekledim, ancak otobüs insanı çileden çıkartacak derecede uzunca bir süre orada oyalanmaya devam ediyordu.

Olanca sabırsızlığımla Knightsbridge istikametine doğru yürümeye başlamıştım ki otobüsün yan tarafını boylu boyunca kaplamış olan ilan bir anda gözüme ilişti, daha önce fark edebilmiş olmam için hem çok büyük hem de çok yakın mesafedeydi. Kocaman harflerle Tanrı'nın olmadığı beyanında bulunuyordu. 'Büyük bir olasılıkla Tanrı yok'. İlan, titiz bir teftiş kurulunun denetiminden geçmiş olsa, uzmanlar 'Peki her şeye rağmen ya Tanrı varsa?' diye sormuş olabilirlerdi. 'Olasılık' kelimesini çıkarsanız, o zaman da kelliğe karşı %100 çözüm öneren bir saç losyonunun reklamına benzer bir şekilde rahatlıkla abartılı bulunabilir, daha kötüsü, henüz belirsiz sayıda insanlar için bu cümle basitçe bir lanetlenme ve cehenneme çıkarttığınız davetiye anlamına gelebilirdi. İçimden, eğer durum böyleyse, şeytanın kendisi bile daha iyisini başaramazdı diye geçirdim. Bu ani nüktedanlık, kendimle olan içtenliğim, anlık bir hafiflemeyi, sıkıntı ve kaygılarla meşgul zihnimi rahatlatan ufak bir titreşimi salıvermişti.

O 'şey', bir an içinde gerçekleşti. Dipsiz bir tünel, zaman ve mekanı yutarcasına karanlığının içine çekerek, beni ileriye doğru Tanrılar Okulu'nun kutsal duvarları arasına fırlattı. Lupelius ve öğrencisi Amanzio arasında geçen olağanüstü söyleşiye şahit olacağım zamana ulaşmıştım:

Amanzio: Öyleyse, insan Tanrı mıdır?
Lupelius: Hayır! Ondan çok daha fazlası!
Kendisine hizmet eden bir Tanrı'sı var.
Amanzio: Bu ne demek?
Lupelius: Bu demektir ki, arzu ettiğin her şeyi ondan talep edebilirsin...
Sınırsızca sana itaat edecek, her isteğini yerine getirecektir.
Tanrı iyi bir hizmetkardır ancak iyi bir efendi değildir.
O, hizmet etmeyi sever...
O, sevmeyi sever...

Lupelius, bu kısa ve öz ifadeleriyle, Tanrı'nın varlığına yönelik çözümsüz sorgulamanın üstesinden gelmiş, çağdaşlarının öfkesini üzerine çeken sapkın bir aydınlığı biçimlendirerek, görüşlerinin, takip eden binlerce yıl ve çok daha sonrasında yaşayacak alim ve münzevi nesillere yansıtılmasına olanak sağlamıştı. Tanrı'nın ötesinde bir varlığın mevcudiyetini açıkça dile getirebilme cesaretini gösteriyordu:

Tanrı'nın efendisi: *Sensin*!

Bu sersemletici görüş, darağacındaki bir adamın ayaklarının altındaki zemin sürüldüğünde boşlukta asılı kalmış, çırpınan ve tekmeleyen bedeni gibi düşüncenin kendi ölümünün içine çekildiği bir girdaptı.

Kendimi, güçlükle bu akıl almaz, olağanüstü hatıralardan, hoş kokulu manastırlardan ve Okul'un derin tesirli ilham pınarından koparabildim ve geriye, ayaklarımın yere sımsıkı tutunduğu durumuma geri döndüm. Düşünmem gereken bir dolu başka önemli konu vardı: New York'ta kurduğum ESE Vakfı'nın kaynaklarının arttırılması, Okul'un uluslararası gelişimi için ihtiyacımız olan yeni sermaye olanaklarının araştırılması, kullandığımız teknolojik alt yapının iyileştirilmesi, yeni eğitim görevlilerinin işe alınma ve yetiştirilme süreçlerinin denetlenmesi, bankaların uyguladığı baskılara göğüs gerilmesi ve son olarak ta aynı derecede önemli olan kendi kişisel zorluklarımın çözümlenmesi.

Aslında o öğleden sonra, evliliğimin cenaze töreni kutlamasını gerçekleştirmek üzere avukatlarım beni bekliyorlardı. Bir süredir Heleonore ile aramız bozulmuş, gittikçe daha uzayan dönemler boyunca birbirimizden uzak yaşamaya başlamıştık. Annesinin evinde kaldığı günlerden birinde yaptığımız telefon konuşmasında, artık mümkün olabilecek tek sonuç olan kesin ayrılık kararına vardık. Ne var ki, hepsinden daha kötüsü, her koşul altında tarafların karşılıklı rızasıyla gerçekleşmesi beklenen bir ayrılığın, tamamen basit ve kolay yürütülecek bir boşanmanın, gittikçe daha saldırgan ve doyumsuz bir tavır sergileyen Heleonore'un önceden hiç farkına varmadığım türden bir açgözlülük sergilemesiyle çok daha karmaşık bir hal alması oldu. Öyle ki, üstlenmiş olduğu eş rolünü oynamaktan vazgeçmesiyle beraber, ilişkimiz üzerine sürülmüş renklerden oluşan bu ince örtü sıyrılıp kalkmış ve öncesinde hiç şüphelenmeden beraber yaşadığım bir hilkat garibesi gün yüzüne çıkmıştı.

Dreamer, Heleonore'a hala aşık olduğuma inandığım zamanlarda *"Ona aşık olduğunu iddia ederek kendine yalan söyledin; ve onu Kuveyt'ten ayrılıp tekrar kendi cehennemlerine geri dönmeni sağlayacak mazeretin olarak kullandın."* demişti. Bu düşünce beni yaralıyordu, en azından kendi hislerime yönelik Dreamer'ın yanıldığını düşünüyordum. O zamanlar Heleonore ve ben yorulmak nedir bilmeden Okul projesi üstünde beraber çalışıyorduk ve evliliğimizin sağlamlığına dair herşeyimle bahse girebilirdim. *"Sizin beraberliğiniz başkaldırı ve yalan içinde, en başından ölü olarak doğdu. Bu şartlar altında sana hiçbir şey bahşedilemez, hatta sahip olduğunu düşündüğün ne varsa kaybedeceksin."*

Otobüs hareket ettiğinde nihayet yolu tekrar görebildim. Herhangi birine işaret etmeme gerek kalmadan taksilerden bir tanesi aniden önümde durmuş, çoktan kapısını aralamıştı. İçine atlayıp, sürücüye avukatımın adresini uzattım. Taksinin içerisinde tekrar keder bulutlarımın içine gömüldüm. Ancak bu sefer, özel hayatımın cehennemi andıran bölgelerinin, acılar, dertler ve zorluklardan oluşan kafilem eşliğindeki geçit töreni, zamansal bir tutarlılık sergilemeksizin, *öncesi* ya da *sonrası* olmadan, bir damla zamana iliştirmiş gibiydi.

Aklıma gelen bu düşünceler, ayrı durumlar ya da olaylar olarak değil, kümeleşmiş bir bütün halinde, telafisi olmayan sabit ve tek bir yenilgi halinde belirmişti. Baskın bir acizlik hissi çöktü üzerime..

Varlığımın adeta bastırılmış bir formu ve içine hapsedildiği fiziksel bir tuzak olan bu taksi ile kendi yaşamım arasındaki tek fark, benimkinin içinde kaçıp kurtulabileceğim bir kapının bulunmamasıydı. Kaygı, yenilme korkusu ve karşı konulamaz vazgeçme ihtiyacı... hepsini çok iyi tanıyordum; tüm bunlar, etraflarında sadece felaketin mayalanmış olduğu eski arkadaşlarım gibiydiler. Geçirdiğim yılların ayrılmaz yoldaşları olmuşlardı ve sadece Dreamer'ın huzurunda onları teşhis edebiliyor, dönüştürebiliyor ve üzerlerinde hakimiyet elde edebiliyordum.

Yolumuzun üzerindeki trafik lambalarından bir tanesinde takıldığımız kırmızı ışık, sonsuzluk kadar uzunca bir süre sanki hiç yeşile dönmeyecekmiş gibi yanmaya devam ederken pencereden dışarıya göz gezdirdim. Bir otobüsün yan tarafında, tam göz hizasına denk gelen başka bir ateist kampanyanın sloganı bulunuyordu: "Kötü haber Tanrı'nın ölmüş olması, iyi haber ise ona ihtiyacınızın olmamasıdır." Konu ile ilgili düşüncelerimi tekrar ele aldığım o anda, Dreamer'ın bir zamanlar söylemiş olduğu birşey aklıma geldi:

Kendilerini ateist olarak adlandıran bu insanların Tanrı'yı ortadan kaldırma girişimleri, aslında kendilerinin bile bilmediği, içlerindeki ölüm korkusunu koparıp atma girişimidir. Öyle bir korku ki, onlara diğerlerinden çok daha fazla hakim olup, acı çektiriyor.

Böylelikle Dreamer, ateistleri güçlü, insanlığın geri kalanının yaptığı gibi Tanrı'nın yanıltıcı dayanaklarına yaslanmayı reddeden insanlar olarak gören alışılmış önyargıyı tersine çevirmişti, zayıflığı ise bu öğretinin ortak bir paydası ve açıklaması olduğunu ileri sürüyordu.

İçsel birliğe erişememiş sıradan insanlar için inanmak ve inanmamak aynı yalandır.. Ateist, ilk önce ilahi gücü kendi dışına taşımış, daha sonra da onun varlığını reddetmiştir. Bu sebeple, ateizmin ölümcül günahı Tanrı'ya olan inançsızlığı, onun varlığını reddetmesi değil, kendine olan inançsızlığı olmuştur. Bu sözler Dreamer'ın daha önce söylemiş olduğu başka bir şeyi anımsattı bana, böyle bir enginliği bu kadar uzun bir süre boyunca unutmuş olduğuma inanamıyordum. Onları nerede ya da hangi karşılaşmamızda işitmiş olduğumu tam olarak gözümde canlandıramasam da, içime çok derinden işlemişlerdi ve şimdi hafızamın yüzeyinde tekrar beliriyorlardı.

"İnanmak zor değil...herkes birşeylere inanır... Ancak, kendini inanmaya zorlamak çok az sayıda kişinin yapabileceği bir iştir" sözleriyle Dreamer, düşünceyi mantık ötesi doruklara hücum ettirebilecek nitelikteki kavramları dile getiriyordu.

'İnanmadan inanmak'... icat ettiği bu çelişkili söylem, kocaman bir katedralin güçlü gövdesini, bir kelebeğin kanatları ardına gizliyordu.

O zaman bu mesajın yüceliğini özümseyebilecek durumda değildim, ama şimdi onun amansız ışığı altında, inancın, övgü dolu hitabet sanatı ile ne kadar bağlı olduğunu ve her çeşit fanatizmin kökenine nasıl tehlikeli bir biçimde iliştiğini görebiliyordum.

"Kaynağı senin dışında olan her çeşit ilke ve inanç seni yalancılar ordusuna kaydederek yalancılık öğretisinin bir takipçisi yapacaktır."

Dreamer'ın vizyonunda, inanmak; inançlarını icra eden kitlelerin hayatlarını kimlik ve aidiyet peşinde geçirmeye çalışırken adeta zaman sinekliğine yapışmış insan yığınlarına üye olmaya teşvik edicidir. Ateistlerin de iddia ettikleri gibi, Tanrı'ya olan inançsızlık bile, onları, aşırı tutuculardan, hoşgörüsüz, dogmatik insanlardan, her tür mezhebe ve ideolojiye bağlı kişilerden oluşan büyük denizin dibine *-mare magnum-* eşit olarak çeken bir inanç şeklidir.

Dreamer, kendilerini 'gerçeğin arayışında' ya da ruhani kişiler olarak tanımlayan insanlarla hiçbir zaman ne tanışmak ne de en ufak bir iletişim içinde olmak istedi. Bir keresinde bana "gerçeği dışarıda aramayı bırakıp, esas yalanı kendi içlerinde bulabilseler daha iyi durumda olabilir, daha fazla fayda sağlayabilirlerdi."demişti. Herhangi bir karşıtlık yaratmadan, inancın yatay ve miskin tekdüzeliğine dikey yaklaşan bir boyutta 'inanmadan inanmak', yani Dreamer'ın, bireyi serbest kılan, hurafe ve kolay inanmışlıkların esaretinden kurtaran özgürlükçü vizyonu bulunuyordu.

Herhangi bir suç, günah, kader ya da ceza yok.
Yaşadığının ötesinde bir hayat, evrensel yargı, cennet ya da cehennem yok.
Sadece bu an var, kutsal, sonsuz ve herşeye kadir olan.
Onu iyi kullan! Çünkü o senin tek şansın.

There is no fault, no sin, no karma or punishment.
There is no life beyond and no universal judgment, no heaven and no hell.
There is only this instant, sacred, infinite, and omnipotent.
Use it well! For this is your only chance.

'İnanmadan inanmak', kişinin kendi niyetini belirleyip, sarsılmadan sonuna kadar onun peşinden gitmesidir. Bu, yalanın ortadan kaldırılmasını talep eden, Oluş'un yüksek seviyeye ulaşmış bir durumudur ve sadece bütünlük sahibi, *Art of Acting* - rol yapma sanatını - bilen ve uygulayan bireylerin erişebileceği bir Oluş halidir. Şimdi kendime soruyorum, hiç böyle bir özgürlük durumuna dokunabilmiş miydim?

Hiç kendimi tamamen özdeşleştirme ihtiyacı duymadan, bir köle gibi boyun eğip teslim olmadan, bir öğretiye, fikre ya da ilkeye inanabilme, ya da bir rolü icra edebilme yetisine sahip olabilmiş miydim? Gerçekte, ateistlerin sloganları kendilerine olan inançlarından çok kusursuz bir biçimde dünyanın anlattığı hipnotik masalın içindeki inancı ilan ediyordu. Ateist olan bendim, sıradanlıktan ve her türlü bağımlılıktan kurtularak Dreamer'ın yanında olmak isteyen, ama onun yerine sınırlara inanmaya devam eden, yıllardır unutmuş olduğu 'düşe' sadık kalacağına söz veren o adam bendim. Bu durum, yutmak zorunda olduğum acı bir yumru gibiydi.

Farklı durum ve karşılaşmalarda, bu konu üzerine büyük bir ilgiyle toparladığım bol miktarda notlarımı derleyip bir kitapçık haline getirmeyi düşünmüştüm. Ancak sonunda, okuyucunun kabullenme kapasitesini aşacak açıklamalarda bulunmak yerine onları kendime saklamaya karar verdim. Ayrıca, bu Kitabın içeriğine yönelik olarak belirtmek isterim ki, bazen belli bölümleri, gerçekleri ve koşulları; Dreamer'ın biraz fazla ileri gittiğini, büyük olasılıkla politik, akademik ve dini kurumların ya da aşırı tutuculuğun her kesiminden yükselecek antagonizmi uyandırabileceğini düşündüğüm türden açıklamalarını, anlatmak konusunda tereddüt ettim. Bu yüzden, aslında her koşul için devrimsel nitelikte olmalarına rağmen, günümüz insanlığının anlayışına sızabilecek olanları seçmeye çalıştım.

Bir gün, kimsenin daha önce kalemine değmemiş ölümsüz sayfalar yazacaksın. Sözlerimin en kabul edilmez olanları, coşkun bir nehir gibi önüne çıkan her engeli süpürüp ortadan kaldırarak kaleminden fışkırıyor olacak. Ta ki bu sözler, arayışta olanlara ve önceden bilenlere ulaşana dek...

11 Yapmanın sırrı

Bu derin düşünceler arasında, benimle konuşana kadar taksi şoförüne bir kez olsun göz atmamıştım.

'Sen İtalyansın değil mi?' diyerek, Cockney aksanı ve yüzünde az önce kendisiyle girmiş olduğu iddiayı kazanmış olmanın verdiği tatminkar gülümsemeyle başladığı sözlerini vereceğim cevabı beklemeden sürdürdü:

'Babam İtalyan'dı. Bana Fiorello adını veren odur.'

Taksi şehrin trafiği içinde yavaşça ilerlerken, Fiorello çoktan aile hikayesini anlatmaya başlamıştı bile: okuma yazması olmayan büyükbabası önce Avustralya'ya daha sonra da İngiltere'ye göç etmiş, kurduğu ayakkabı fabrikası sayesinde çok zengin olmuştu.

Babası ise, beraber squash oynadığı üç arkadaşının, sahip olduğu her şeyi borsaya yatırmasına izin vermesinden birkaç hafta sonra beş parasız kalmıştı. Fiorello, bu olanlardan dolayı babasına içten içe beslediği kinden, çok genç yaşta geçimini sağlayabilmek için şarkı söylemeyi bırakmak zorunda kalışının yarattığı ve hiçbir zaman silinmeyecek o hayal kırıklığından bahsederek benimle sırrını paylaşıyordu. Babasından kalan tek miras olan taksi ruhsatını, bir zamanlar vazgeçmeye zorlandığı düşü, şimdi kendi oğlunun gerçekleştirebileceğine dair olan umudunu, hem okulda hem de evde olağanüstü zeki tavırlar sergileyen ve gelecekte muhakkak çok büyük işler başaracak olan birbirinin tıpatıp aynısı ikiz torunlarını anlatıyordu. Bu çocuklar, hiç kuşkusuz, fabrikatör atalarının bir zamanlar kurmuş olduğu imparatorluğu yeniden hayata geçireceklerdi.

Fiorello hikayesine devam ederken, sesi gittikçe endişelerimin arka planında alçalmaya başlamış ve kendimi çocuk halimle berber Saverio'nun pudra kokulu dükkanında, yaldız çerçeveli tozlu aynanın yanında buluvermiştim.. Küçük bir çocukken, Saverio'yu işinin başında, annemin kesin talimatları doğrultusunda tıraş edilen ensemin sonsuz tekrarının görünümleri arasında izlerdim. Arkamdaki o hafif eğik aynanın içinde sadece kendi görünümlerimden oluşan defalarca yinelenen ben, taksi şoförünün hikayesindeki nesillerin tekrarı gibi, sanki zaman içindeki bir yaradan ileriye fırlatılıyordum.

Bu ardışık, babadan oğula aktarılan duyarsız yaşamlar ve parçalara bölünmüş ölümsüzlüğün çaresiz sefaleti midemi bulandırıyordu. Bu koşullar altında var olmak istemiyordum. O anda, aralıksız tekrar eden, her zaman aynı olan görünümlerin ve olayların, korku ve endişe altında ezilen, programlar ve hesaplamalar arasında hırpalanan sıradan insanların yaşamlarının olumsuz duygulara nasıl yem olduğunu ürkütücü bir inandırıcılıkta fark ediyordum.

İnsanlar birbiri ardına, babadan oğula aktarılarak, yaşlanmaya, hastalanmaya ve ölmeye amansızca mahkum olmuşlardı.

Hayatımın labirentini, kendi eserim olan o sinsi hapishaneyi, mantığa aykırı olarak, hem gardiyanı hem de tutuklusu olduğum ve doğası gereği içinden çıkış olmayan bu zindanları tanıyordum. Çözümleyip sonsuza dek geride bıraktığımı sandığım zorluklar ve problemler hala oldukları yerde duruyor, görünürde hiçbir çözüme ulaşmadan ve giderek daha acı verici bir halde yineleniyorlardı.

Ne zaman beni zorlayacak durumların acı veren duyumuna kapılsam ya da, beni ezmeye hazır ve benden daha büyük mücadelelere ve problemlere göğüs germek zorunda kalsam, kendimde, kaçıp kurtulmak için duyduğum o utanç verici güçlü isteğin sürekli tekrarlanışına şahit oluyordum.

Dreamer'ın söylemiş olduğu bir şey, bu derin korku halime aniden parlayan bir ışık gibi çarptı:

Sadece kendi korkuları ile yüzleşmeye zorlananlarla,
kendi acizlik ve eksiklikleri üzerine düşünmeye katlanabilecek olanlar
başarılı olabilir.
Only those who are forced to face their own horror
and can bear to contemplate their impotence and incompleteness,
can succeed.

Daha fazla devam edemedim, incelemeye ara vermek zorundaydım. Bu içsel araştırmayı sürdürdükçe, esas gözlemlediğim şeyin, damarlarımda akan kanla bana bağlanmış, hiçbir zaman görmek ya da bilmek istemeyeceğim türden bir denek hayvanı, garip, bir tür hayvansal yaşam formu olduğunu görebiliyordum. Henüz bilmediğim bir yönümün hayat verdiği Fiorello'nun hikayesinin tetiklemesiyle o sabah seçtiğim notlardan birini tekrar okumak için ani bir istek duydum:

"Zihin kaderi oluşturur, kader de zihni. Hatıralarına inandığın ve içten içe kendine hayatının gerçek olmayan hikayesini anlatmaya devam ettiğin müddetçe, onu gözlerinin önünde yansıtmaya devam edecek ve bir geleceğin olduğuna ikna olacaksın, halbuki gördüklerin sadece tekrarlanmakta olan geçmişin!
Zihin ve kader, geçmiş ve gelecek...bunlar aldatmacadır. Onları sadece bu anın eş zamanlı görüntülenmesi, Şimdi'nin yansıması olarak kabul et, ve böylece serbest olacaksın."

Anın içinde yenilgi yoktur, sadece zafer vardır.
In the Now there is no defeat, only victory.

Tam bu noktada Fiorello o harika tenor sesiyle Puccini'nin Turandot adlı operasının son perdesinden, güzel fakat zalim Turandot'ya aşık olan meçhul prens'in kendi zaferini ilan ettiği bölümden "Tramontate, stelle! All'alba vincerò...vinceroooòò..." bir arya seslendirmeye başladı. Arada sırada, arkaya göz atıyor, bir yandan şaşkınlığımın keyfini çıkarırken, bir yandan da onu takdir etmemi bekliyordu. Ancak, zafer şarkısının seslendirilmesi ve Dreamer'ın sözlerinin aynı anda ortaya çıkması arasındaki bu eşsiz rastlantı, yenilgiye boyun eğmiş düşüncelerim ile kurduğu zıt fakat ahenkli birliğin parlak ifadesi, beni aniden son derece çalkantılı bir duruma sokmuştu.

Fark ettim ki, bu güzel isimli, iri yarı adam, oturduğu koltuk ve direksiyon arasını, pelteleşmiş vücudunun hacmi ile sımsıkı kaplayarak, sanki taksinin bütünleyici bir parçasıymış ve ondan hiçbir zaman ayrılmayacakmışcasına doldurmuştu. Dikiz aynasından daha dikkatlice baktığımda, onun da bana baktığını gördüm ve o anda damarlarımdaki kanın donduğunu hissettim.

O gözlerin bu şişman surat ile hiçbir ortak yanı olamazdı. Sanki bir uzaylı, bu sevimli adamın vücudunu ele geçirmiş, şimdi de beni gözlemliyordu. Alnım terden sırılsıklam olmuştu, yutkunmaya çalıştım ama tükürüğüm yapışkanlı, lastiğimsi birşeye dönüşmüş, beni boğuyordu. O gözlerin içinde belli belirsiz bir gözdağını, kurnazlık ve sakin bir yırtıcılığın dışa vurumunu görebiliyordum. O kaçamadığım gözler... o içime işleyen gözler... Dreamer'ın gözleri. Sanki birden uyandırılmış, atalarımdan kalma uykum yarıda kesilmişti.

Ani bir karar verdim:

"Unut o adresi..!" dedim, arya söylemeyi ve rahatlamamın ardından beni izlemeyi bırakan Fiorello'ya. Kimseyle buluşmaya gitmeyecektim, en azından boşanmamı tartışmak üzere avukatla buluşmayacaktım. Taksi, herhangi bir istikameti olmadan ilerlerken, ben de düşüncelerimin girdabı içinde hararetle, o gün olan olayları, sanki mozaik taşlarını yerleştirir gibi toparlayıp, biraraya getiriyordum.

Bunları, şafak vakti yayılan ilk ışığın eşliğinde, Dreamer'ın sözlerini okurken tenimin altında hissettiğim o uyarıcı ürpertiyle beraber anlamış ve bu ana kadar, ard arda attığım her adım, her olay, karşılaşma ve düşünce, her ince ayrıntı gözle görülemeyecek bir merdivenin, beni ona çıkaran basamakları haline gelmişti. Hiç bu kadar şiddetle onu görmeyi arzulamamıştım. Ona dünyanın her yerinde ulaşabilirdim, yeter ki nerede bulacağımı bileyim.

Bir anlık bir göz kamaşması, beklenmedik bir ışık huzmesi içinde, Dreamer'la buluştuğum yüzlerce mekanın iç içe geçtiği bir kaleydoskopun renk cümbüşü yuvasından fırlayan bir görüntü, adeta içimde infilak etti. O güne damgasını vuran sözlerini işittiğim yeri artık biliyordum.

Sesimdeki coşkuyu kontrol etmeksizin şoföre seslendim "Beni Spaniards Road'a götür". Ansızın parlayan o fikrin, onu, Londra'da en son buluştuğumuz yerde arama düşüncesinin peşinden koşuyordum. Taksi bu tek ve narin ipucunu takip ederek beni hedefime taşırken, o akşam onu tam orada, Hampstead'deki Spaniards Inn'de bulacağıma dair garip kesinlik de, gittikçe içimde büyüyordu.

Dreamer'dan düşlemenin herkesin doğuştan elde ettiği hakkı olduğunu öğrenmiştim. Ve şimdi, tenimde, eklemlerimde ve nefesimde hissettiğim o kesinlik duygusu, uzak bir ihtimal olarak gördüğüm bir görüşmeyi en kati randevuya dönüştürüyor, beni ona bağlayan zayıf bağ, çelikten bir halata dönüşüyordu. Bu, Dreamer'ın bana aktarmaya çalıştığı 'eyleme geçmiş bütünlük' demekti; yıllar boyunca beni verimsiz bir toprak gibi gören, Düşleme Sanatı'nın canlı tohumuydu. Eğer bu, tamamlanmışlık, canlı olmak anlamına geliyorsa, ben aylar ve yıllar boyunca bir ölüydüm yani, onu hiçbir zaman bulamayacağım bir haldeydim.

Geçirdiğim günün, bir çeşit oksijen çadırı işlevi gördüğünün farkına varıyordum; muhtelif anlarda üzerimdeki baskıyı hafifleten aşamalar, ta ki sonunda ona, bütünlüğe, hayata ulaşana dek, gündelik ölümlerin uçurumundan kademe kademe yukarı yükselmemi sağlamıştı. Bu muazzam buluşa tutunabilmek için nefesimi tuttum. Kişinin kendini o seviyede tutması, ölümün tek bir atomunun bile, varlığına nüfuz etmesine izin vermeden, uyanık ve canlı olması *Yapmanın Sırrıydı, Secret of Doing.*

Taksi beni Spaniards Inn'in girişinde bıraktığında, Dreamer'ın geleceğinden emindim, ya da, yüksek dalgalar hayatıma çarpmak üzere tehditlerini savurmuşken, güçlü niyetime ve büyük bir coşkunlukla onun yanımda olmasını talep edişime tam zamanında karşılık vermek üzere çoktan içeride bekliyordu.

12 Geçmiş bir yalandır

İçeriye girmeden önce kalp atışlarımı sakinleştirmek için bir süre kapı eşiğinde bekledim. Burası, bira lekeli duvarlarla kaplı, leş gibi bayat jambon kokusu ve birahane müşterilerinin gürültülü, işe yaramaz konuşmalarıyla sarmalanmış, Dreamer'dan edindiğim unutulmaz öğretiler eşliğinde 'karşılaşmalar oyununun' başladığı mekandı. Yemek servisinin yapıldığı alan beni, yarı karanlık sıcak bir ortamın içine aldı. Hatırladığımdan daha küçük görünüyordu.

Yemek salonunda sadece birkaç müşteri gördüm; bazıları masalarda oturmuş, çoğunluk ise barın kenarında ayakta durarak kendilerini sessizce, tuhaf biçimdeki büyük kupalardan içkilerini içmeye kaptırmışlardı. Çoktan orada olacağı umuduyla hızlıca etrafıma bakındım, odanın her bir köşesine göz gezdirdim, sonra dosdoğru merdivenlerden yukarı çıktım. Konuşmaların ve ortamdaki genel gürültünün sesinin gittikçe yükseldiğini duyabiliyordum. Bir önceki buluşmamızı ve Dreamer'ın tercihini hatırlayarak bu sefer o kattaki sarhoş insanların en gürültülü olduğu, en kalabalık odanın ortasındaki bir masayı seçtim. Oradaki yetkiliye ya da garsonlardan birine, O geldiği zaman bana haber vermelerini rica etmem gerektiği aklıma geldiğinde Dreamer'ı ne şekilde tasvir edeceğime dair hiçbir fikrim olmadığını fark ettim.

Ne görünümünü ne de yaşını tahmin edebilirdim. Bu düşünceyi bir an önce kafamdan attım. Lupelius, kendisini köle, serseri, politikacı, banker ya da zengin bir tüccar gibi çeşitli kılıklara sokarak, bu rolleri stratejik olarak kullanmayı amaçlardı. İster bir kralın tacı, isterse bir rahip elbisesi olsun, Lupelius bunları öğrencileri ile birlikte üzerine geçirir, onlara nasıl belli bir kimliğe bürüneceklerini öğretirdi.

Bu şekilde, o şahsiyeti keşfedip, gizli kalmış her köşesini, her sırrını öğrenir fakat hiçbir zaman 'oyun'u unutmaz, rolün mahkumiyetine teslim olmazlardı.

Pencereden, sokağı ve Hampstead Heath'in yeşilini görebileceğim bir yere oturdum. Ne kadar bekleyeceğime dair hiçbir fikrim yoktu. Bir an için günün yoğun duygusallığını sakinleştirmek için gözlerimi kapattım ve kendimi Okul'un Büyük Salonunda buldum. Dreamer, savaşçı rahiplerin eşliğinde salona giriyordu. Keşiş elbisesi ve şövalye gömleği arasında birşeye benzeyen bir kaftan giymiş, uzun saçları geniş bir şapkanın içine saklanmıştı. Lupelius'un suretinin ortaya çıkarak onun içinde çözüldüğünü gördüm. Tanrılar Okulu, bin yıllık bir uzaklığın ötesinden, zamandan bağımsız arayışının kanıtı olan, ölümsüz ilkelerinin asasını uzatmıştı.

Sanki sadece birkaç dakika geçmiş gibiydi ancak pencereden dışarıya baktığımda havanın kararmış olduğunu gördüm. İnce uzun, kızıl saçlı bir garson, ayaklarını engebeli döşeme tahtası üzerinde ağır ağır sürüyerek odanın öbür ucundan yaklaştı: bir beyefendi gelmişti ve aşağıda beni bekliyordu.

Onu odanın en uzak köşesinde otururken gördüm; kısa ceketi, hafif ve yumuşak bir malzemeden yapılmış kusursuz kesimiyle hala üzerindeydi. Tereddütlü duygular içinde, kısa adımlarla ona doğru yürüdüm. Seçmiş olduğu masa, bara en uzak mesafedeydi, üzerinde bir zafer hatırası olan, 18.yy Kenwood ayaklanmasından kalma harquebuses silahlarının çaprazlamasına yerleştirildiği bir vitrin bulunuyordu. Onu görmeyi o kadar çok istememe rağmen şimdi, eskiden de birçok kez yaşadığım gibi, onu görüyor olmanın sevinci ile ihmalkarlığımı ve tüm sınırlarımı olduğu gibi ifşa eden o acımasız ayna ile yüzleşecek olmanın korkusu arasında bölünmüştüm. Görüşmemiz, herhangi bir kelime veya giriş cümlesine gerek kalmadan başladı; sessizlik devam ettikçe, bütün mesafenin azaldığını, zamanın ortadan kaybolana dek uzaklaştığını hissediyordum.

Şimdi, onun yanında otururken, Güney Amerika'da, *Casa del Pensamiento*'daki buluşmamız, tek bir göz kırpması kadar kısa bir süre önce gerçekleşmiş gibi geliyordu. Ona anlatacak çok şeyim vardı ancak Dreamer daha ağzımı bile açamadan sessiz olmam için bana işaret verdi.

"Kuveyt'te olanlar, görevinden vazgeçip, bir krallığı, sıradan bir işin aldatıcı güvenliği ile takas edişin, şimdi kendini tekrarlıyor. Bugün, bir kez daha, kendi kurtuluşun için sana emanet edilen her şeyi bırakmaya hazırsın". Ses tonu sertti ama aksi değildi, kelimelerinin taş bloklar kadar ağırlığını hissediyordum.

"Hayatındaki durumlar ve olaylar kendilerini tekrar üretiyorlar, sapkın bir mükemmellikle, en küçük detayına kadar aynı, hayali bir yinelenişin motiflerini, gerçekte varolmayan fakat senin inandığın ve kendini ondan bağımsız kılamadığın döngüsel bir kaderi takip ediyorlar."

Ona, varlığım içindeki sıkıntıların kaynağı olan yüzlerce problemden bahsetme gereği duymadım. Dreamer biliyordu. Hayatım hala aynıydı çünkü içimde gerçek anlamda değişen hiçbirşey olmamıştı. Buraya, ondan bunları duyacağım düşüncesiyle geldiğimi sanıyordum fakat onun yerine Dreamer'ın sözleri beni serbest kılıyor, her şeyin yinelenmesi Karma hurafesine çok benzeyen düşüncesinin ağırlığıyla beraber Oluş'umu çoktan karartan pişmanlık ve kendine acıma duygularını silip süpürüyordu.

Geçmiş sadece görünürde kendini tekrarlar. Gerçekte, ne burada, ne bir insanın hayatında, ne de medeniyetler tarihinde bir 'geçmiş' vardır. Geçmiş bir yalandır. Ne bir karma, ne önceki yaşam, ne de suç, günah ya da cezalandırılma var. Öteki dünya, evrensel hüküm, cennet ya da cehennem yok. Sadece bu an var; kutsal, sonsuz ve herşeye kadir olan. Onu iyi kulan. Onun dışında başka hiçbir şansın olmayacak. Bu an'ın dışında, aciz, zamana bağımlı, sınırlı, kırılgan ve ölümlüyüz.

Geçmiş bir yalandır. Ve hafızaya ait olan her şey de bir kurgu. Geçmişte yaşadığına inandığın ne varsa gerçekte hiç yaşanmadı. Geçmişte meydana geldiğine inandığın her şey şimdi, tam bu anda oluşmakta. Sonra ya da önce olan bir an yok. Her şey 'Şimdi' gerçekleşiyor çünkü Şimdi'nin dışında hiçbir şey yok. Şimdi; her bir elektrondan Tanrı'ya kadar, zamanı olmayan başlangıç ve her döngünün sonu gelmeyen sonudur.

13 Bulunduğun yer, içinde olduğun durumdur

Spaniards Inn'deki görüşmemiz boyunca boş bulduğum her yere, mönünün arkasına, peçetelere, zamansız sözler karaladım. Onları hala, çok değerli kutsal emanetler gibi büyük bir sevgi ve özenle saklarım.

Ara verdiğimiz ve ortamın artık daha rahatlamış olduğu bir anda Dreamer'a, bu tuhaf ve alışılmışın dışında mekanı seçmiş olmasından dolayı ne kadar şaşırdığımı söyleyebileceğimi düşündüm. Dreamer stratejik yaşıyordu. Yaptığı her seçim, en önemsiz görünenleri bile, amacına hizmet etmekteydi. Sessiz bir kahkaha cevabından önce geldi. Benimle alay edercesine, esas nedenin biranın kalitesi olduğunu söylüyordu; burası en iyi siyah biraya sahip olmanın haklı övüncüyle, son dört yüzyıldan beri hala kendi işletmesi dahilindeki zanaatkarların elinden, bira üretimini sürdüren az sayıdaki Londra kuruluşlarından bir tanesiydi. Devam etmeden önce birkaç saniyeliğine bira bardağını dudaklarına götürdü. Ancak yiyecekte de yaptığı gibi bir yudum bile sayılmayacak miktarda, hafifçe tadına baktı.

Sonra bana, Spaniards Inn'in bir zamanlar hırsızların, eşkiyaların ve soyguncuların buluşup şu anda oturduğumuz bu masalarda yemek yedikleri ünlü bir sığınak yeri olduğundan bahsetti. Bu insanlardan bazıları, hukuki sayılamayacak yöntemlerle yargılanmış, hüküm giymiş ve mekanın dışında, birkaç adım ileride bulunan bir ağaçta asılmışlardı.

Sorduğum soruyla anlatmış olduğu bu hikaye arasındaki ilişkiyi 'hırsızlar' kelimesini açıkça vurgulayana kadar tam olarak çözememiştim. Dreamer, bilerek sözlerine ara verdi, sessizlikte bana bakıyordu. Gülümsemesi kaybolmuştu ve bakışlarının sertliğinden zor anlar geçireceğimi anlıyordum. Gözlerinin deliciliği altında, kısa ve sık nefes almaya başladığımı hissettim. Tekrar konuşmaya başladığında şöyle devam etti:

Sen kendi kendinin hırsızısın. İçten soyuyorsun kendini. İş hayatındaki ortakların, ya da özel hayatındaki eşin, dostun, her zaman içinde bulunduğun koşulların, Oluş durumlarının mükemmel bir yansıması olacaklar. İnsan sadece ne ise ona sahip olabilir ve sadece hak ettiği ölçüde seçer ya da seçilir.

Hayatımın gidişatına yapılan bu gönderme daha açık ve daha net ifade edilemezdi. Dreamer daha sert darbelerle tekrar saldırıya geçtiğinde, duyduklarımın acısı artık dayanılmaz bir haldeydi.

Dünyadaki en kötü eş bile senin kendi kendini aldatmandan ya da kendinden çalmandan daha kusursuz biçimde seni aldatamaz ya da senden birşey çalamaz. Bu çekiç darbelerinin her biri tam yuvasına isabet etse de, Dreamer'ın ağzından çıkan her kelimeyi olduğu gibi yazıyordum. Ara verdiğinde, notlarımı tamamlamak ve bu çetin dersi iyice sindirmek için zamanım oldu. Sonra, o anın özündeki üstün kavrayışı ayrıştırdı:

Bulunduğun yer içinde olduğun durumdur. İnsan, Oluş durumuna karşılık gelen fiziksel bir alanı kaplar. Bulunduğu yer, çevresi, karşılaştığı insanlar, tüm bunlar onun Oluş durumları, duygularının ve düşüncelerinin kalitesi ile fevkalade bir uygunluk içinde olduklarının göstergesidir.

O ana kadar etrafımızı saran, görüşmemizi ortamdan ayrı bir baloncuğun içine mühürleyen sessizlik yarıldığında, birahane yaşamı sıkışmış bir projektörden yansıyan eski bir filmin görüntüleri gibi umarsız bir gürültü içinde, aceleyle üzerimizden geçti. Etrafımızdaki insanlara ve eşyalara baktım, sanki kendi kişisel evrenimde daha henüz belirmişler ve Dreamer, onları o anda benim için yaratmış gibi inceleyerek süzüyordum. Oda, Toulouse-Lautrec'in kendi gibi biçimsiz evrenine benzeyen insanlığın olanaksız karışımı ile doluydu.

Ürkütücü derecede zayıf ya da abartılı biçimde şişman yaratıklar, karganınkine benzer sesler çıkartarak gevezelik ediyorlar, ya da umutsuzca boşluğa bakıyor, sessizlik ve hiçlik içinde kayboluyorlardı. Lime lime olmuş gömlekler askılık görevi görebilecek cılız omuzlardan gevşekçe sarkarken, bazıları da aşırı şişman vücutların üzerinde patlama noktasına varıncaya dek gerilmişlerdi. Yara gibi açılmış parlak kırmızı dudaklar gülümseme taklidi yapıyorlardı. Tüm bunlar, nefesten yoksun genç yaşamlar, kadın ve erkeklerin çoktan bozulmuş sahte görünümleriydi. Onlar, geçmiş ve gelecek denilen iki keder arasında mekik dokuyarak kendi cehennemlerinden bir anlık bir ertelenme bekledikleri için buradaydılar.

Tıknaz bir adam, sanki uyuşturucu bir maddenin etkisi altındaymış gibi gözleri yarı kapalı, sersemlemiş bir ifadeyle ağır bira bardağını ağzına götürüp köpüklü içkisini mideye indirdi. Şişkin karnı bar tezgahı ile arasında belli bir mesafe oluşturmuştu. Hayatlarının akışkanlığı içinde, dalgalanmalarını ve boşa harcanıp dağılmalarını bir cam parçası ardından izleyerek kendimden ayrı tuttuğum bu karakterlerin, uzaktan kısa süreliğine gözüme ilişmiş, her an unutup geride bırakabileceğime inandığım bu varlıkların, aslında sadece bana ait olduklarını şu an fark ediyordum. Cansız dokuların, vücudumdan başlayarak etrafımdaki her varlığa, bu sahne içindeki her bir ayrıntıya ve birbirlerine bağlanışlarını, sanki tek bir organizmaymışız gibi bizi besleyen, ayrışmaz ve korkunç bir ortak yaşama kenetleyen bu karmaşık, yoğun atardamar düzenini oluşturmalarını izledim.

Dreamer'ın yanımda olmadığı hissine kapıldım. Tek bir kasımı bile hareket ettiremiyor olmama rağmen, onun artık görüş alanım içinde olmadığını söyleyebilirdim. Ensemin üzerinde hissettiğim basınç, beş duyumu birbirine karıştırmıştı; artık o dünyayı algılamıyorlardı ama onu oluşturuyorlardı...

Sanki insanlar, eşyalar ve evrenin tüm atomları bir araya geliyor ve benim her bir bakışımın içinde çözülüyorlardı. Burada, Dreamer'ın yokluğu, nefes, ses ve ifade olmuştu.

Burada, içinde taşıdığın o kalabalığı, orduyu görüyorsun. Onlar senin 'Oluş' halinin bir görünümü, içinde bulunduğun durumlarının fiziksel birer temsilidir.

Bu meçhul kalabalıkta, zamanın ötesindeki yüz buruşturan o acının içinde, tüm sosyal ayrımcılıkların, bin yıldır süren savaşların ve katliamların mazereti sayılan insanlar arasındaki tüm bölünmelerin, ırksal ve dini farklılıklarla beraber, bir çok rollerin eriyen maskeler gibi gözümün önünde çözüldüğünü gördüm. Geriye, açık ve samimi bir şekilde, tek amaçları benim kendi bilinçsizliğimi tasvir etmek olan erkekler ve kadınlar kalıyordu. Bu alacalı, gürültülü sirk, bu dehşet veren gösteri, tüm bu zaman boyunca kendimde görmek ya da dokunmak istemediğim birşeyi gözlemleyebilmemi sağlamak amacıyla düzenlenmişti.

'Bulunduğun yer, içinde olduğun durumdur' diyerek yineledim, benden ayrılmış, dışsal ve yabancı bir dünya yanılsamasını yerle bir eden bu sloganın derin kavrayışının içine işliyordum. Kaybolmuştum.

Yeni bir zihin açıklığı doğrultusunda birahanenin teatral sahnelenişini bu umutsuzluk deposunu, okullardaki ve üniversitelerdeki sınıflarda gözlemleyebildiğim ortamlarla bağdaştırabiliyordum. Kendi çöküşlerini içki içinde boğmak üzere buraya gelen bitap düşmüş bu insanlar, bilgiçlik taslayan vehamet ustaları, modası geçmiş otomatik ezberciler, almış oldukları kadim eğitimi devam ettirme konusunda devre dışı kalmış olan diğer kategoridekilerle, eksiksiz bir benzerlik içindeydiler. Genç insanlara öğrettiklerini zannettikleri, gerçekte kendi bilmedikleri, açıkladıklarını iddia ettikleri, esas kendilerinin anlamadığı ve hiçbir surette hayatlarına uygulayamadıkları şeylerdi. Tüm bunlar, saç çıkarmayı garanti eden saç losyonu satıcısı kel işportacı ile servet yaratma sanatının yol göstericileri, kıtlık mümini ekonomistlerin biçimsizce yamanmış Oluş'ları içinde boy gösterdiği bir saçmalıklar tiyatrosundan başka birşey değildi. Dreamer, *"Sana emanet ettiğim Okul, bu başıboşluk ve sıkıntı yuvasından farklı bir yere dönüşmüyor."* dedi. *"Değiş, yoksa gittiğin her yerde insanlar onu taklit edecekler, çünkü o senin dışında değil."*

Bu manevi çürümüşlükten kurtul, böylece, üzerine üflediğinde, dünyanın küller gibi uçuşup yok olduğunu göreceksin. Gördüğün ve dokunduğun dünya senin düşünün bir ürünü. Duygu ve düşüncelerin, inanç ve eylemlerin, tarih ve kader, seni saran olaylar ve insanlar, hepsi senin içsel Oluş'un tarafından yaratılır ve şekillendirilirler.

Kendini olumsuz ruh hallerine kaptırırsan, kendi düşlediğin ve yansıttığın bu dünya tarafından yenilgiye uğratılırsın.

"Gereksiz her şeyi temizle. Bu düşüşe şimdi engel olabilirsin, tam bu anda... bunu sadece şimdi yapabilirsin.' Dreamer kışkırtıyordu; *Şimdi, var olan tek zaman ve içinde eylemde bulunacağın tek dünyadır. Bir saniye önce, eğer başka bir 'Şimdi' olsaydı, bundan tamamen farklı bir dünya olurdu ve bir saniye sonra tamamen unutulurdu.*

Dreamer'a olan sözümü yeniledim. Yeni üniversite hiçbir zaman derin uçurumlara yuvarlanmayacak, şahit olduğumuz o canlı, yaşayan bir damla tarafından nefessiz bırakılmayacaktı.

O, bir Oluş Okulu; çatışma, korku ve kederden arınmış bir insanlık için yeni hücreler üretebilme gücüne sahip, Dreamer'ın düşlediği, medeniyetimizin ihtiyacı olan eylem filozoflarını, uygulamacı düşleyenleri ve vizyon sahibi liderleri vücuda getirecek evrensel bir organ olacaktı.

Varolan tüm sağ ve sol yönelimli ideolojiler çağdışı kalmış ve artık kullanılmamaktadırlar. Kitlelerden değil fakat bireyden kaynaklanan iktidar ve güç, hiç durmadan yaşamın temel ilkelerini yeniden yazıyor. Sen de, bir birey olarak, bütünlüğün vasıtasıyla yeni bir insanlık yaratmak, kendi içinde yeni bir ekonominin yeniden tasarımını yapmak, yepyeni bir çağı yansıtmak ve yeni bir yazgıyı hatırlamak üzere görevlendirildin.

14 Önce Kral ol, Krallık arkasından gelecektir

Okul konusunu ortaya atan Dreamer oldu. Okulun yönetimi, gelişimi ve ihtiyaçlarını farklı açılardan derinlemesine konuşma imkanı yakalamıştım. Anlatırken, olabildiğince somut olaylara bağlı kalmaya, tarafsız, objektif açıklamalarda bulunmaya çalıştıysam da ister istemez kullandığım kelimeler ve ses tonum giderek bir yakınmaya dönüşüyordu. Ona özellikle projenin finansal durumu ve acil olarak yeni sermaye bulma ihtiyacımızdan söz ederken, bankalarla olan ilişkilerimizdeki zorluklara değindim.

Bu noktada Dreamer müdahale ederek, ileri sürdüğüm bu cahier de doléances'ı, problemler ve engeller hakkındaki nefsime düşkün yakınmalarımı yarıda kesti.

"Okul çoktan kuruldu. 'Düş'ün' dikte ettirdiği tasarıma itaat etmenin dışında yapabileceğin ya da ekleyebileceğin birşey yok!" Öyle yüksek ve öfkeli bir sesle bağırmıştı ki diğer tüm müşterilerin dönüp bize bakacağından korktum. Ne var ki, kimse bu haykırışı duymuşa benzemiyordu.

"Üniversite 'düşün' sadece bir parçası. Onun hayata geçirilmesi, sen ve iştirak eden diğer herkes için, asıl hedef değil ancak değişmeniz için bir araç ve rehber, sizi daha yüksek bir yaşam görüşüne doğru götüren bir yoldur."

Sonra, usanmış bir ifadeyle bana bakarak, sıkıcı bir deneyi gözlemleyen bilim adamı edasıyla sözlerine devam etti;

"Seni Okul'un dümenine, düş hızında hareket eden bir uzay gemisinin komutasına yerleştirdim ve sen onu zorba rollerin uygulandığı, alışılmış korku ve endişeleri tekrardan yarattığın bir hapishaneye çevirdin."

Söylediklerinden hiçbir şey anlamadığımı ve bahsettiğim problemlerime yönelik, hala inatla ondan somut çözümler beklediğimi fark ettiğinde şunları söyledi:

"Oluş halimiz başımıza gelen her şeyin gerçek Yaratıcısı'dır. Sorumluluk seviyeni yükselt, verdiğin sözü yenile, göreceksin ki, ekonomi ve iş dünyası Oluş'un kanunlarına boyun eğecek. Esas çözüm bu! Kabahati kendi dışında arayarak dünyayı, koşulları, diğer insanları suçlama. Şimdi, kaybolan temeli geri kazanmak, kaybettiğin bütünlüğünün parçalarını tekrar biraraya getirmek zorundasın.

Çözüm budur. Bütünlük, bir Oluş hali; kararlılığın, eksiksizliğin, canlılığın duyumu; korkunun yokluğu durumudur. Onu teninde, bedeninde, kalbinde, nefesinde hissedersin. Bütünlük rehberliğinde yönetilen hükümetler ve milletler, kuruluşlar ve işletmeler refah içinde, mutlu ve uzun yaşamlar sürerler."

"Önce Kral ol, Krallık ardından gelecektir," diyerek hem benim, hem de öğrencilerimin hayatının simgesi haline gelecek kelimeleri dile getiriyordu.

Oluş halindeki Krallık her zaman bir hükümdarlığın doğuşundan önce gelir.
'Olmak', 'sahip olmaktan' öncedir, tersi mümkün değildir.
Hiçbir zaman bir kral niteliklerine sahip olmadan krallığın oluşmasını
arzulama - bu seni parçalayıp toz haline getirir.

Royalty of the Being always precedes the birth of a reign.
'To be' comes before 'to have,' never vice versa. Don't ever wish
for the kingdom to appear before kingliness – it would crush you into dust.

Kelimeler, meyhanenin belirsiz loş ortamında, kocaman bir çanın sesi gibi açık seçik duyuluyordu ve bana öyle geliyordu ki, her biri, pek yakında gerçekleşmesi muhtemel bir tehlikeye karşı yükselttikleri kalkanlarla beni koruyorlardı.

Ne zaman, üstesinden gelemeyeceğini, karşı koyamayacağını düşündüğün bir durumla karşılaşırsan Dreamer'ı hatırla!... Sözlerimi, 'Düş'ün' ilkelerini hatırla. Tüm sınırlamaları kendi içsel durumların üzerinde saptayabilirsin. Bunun farkına vardığında, onlar da ortadan kaybolacaklardır. Parasızlıktan dolayı endişelenme. Para eksik çünkü sen o konuda endişeleniyorsun. Kendini gözlemle ve anda durumunu koru. Her şey zaten yapıldı. Tek bir engel var: O da sensin.

15 Banka

"Adanmışlığın, içten verdiğin söz, ihtiyacın olan tüm kaynakları sana sağlayacaktır," sorduğum soruların en ısrarlı olanına Dreamer'ın verdiği cevap bu olmuştu.

Adanmışlık yatırımdır... Adanmışlık şanstır... her şeyini ortaya koy... tek bir atomun bile sorumluluklarının yörüngesi dışında kalmasına izin verme... sahip olduğun ve daha henüz sahip olmadığın her şey üzerine bahse gir, kendi üzerine, fikirlerin üzerine... böylece tüm dünya da senin üzerine bahse girecek.

Casa del Pensamiento'da söylediklerini hatırladım: en ihtiraslı projeleri gölgeleyen başlıca engel finansal desteğin eksikliği değil, aydınlık fikirleri barındıracak, büyük bir düş'ün sorumluluklarını göğüsleyebilecek kapasiteye sahip, imkansız olana inanıp tüm enerjisini onu gerçekleştirmeye adayacak ve tüm bu süre boyunca, bedeli önceden ödemesi gerektiğinin - ki bu oldukça büyük ve erken ödenecek bir bedel demektir - bilincinde olacak insanların eksikliğidir. *Finansal bir problemle karşılaştığında cesaretsizliğe kapılma...sakin ve dingin ol...derin nefes al...tüm dikkatini kendi Oluş'una odakla, tüm talihsizliklerinin gerçek sebebi olan içindeki ölümlerin farkına var... ve kazan! Yardımın ve olağanüstü imkanların, her talep ettiğinde bol miktarda ve tam zamanında geldiğini göreceksin.*

Birbirimize veda etmeden önce kısa bir ara vermek üzere onu bahçeye doğru takip ederken, Ağustos sonu akşamlarının o serin havası etrafımızı sarmıştı. Gece geç saatti. Ayışığı, meyveleri çoktan toplanmış kiraz ağacının dalları üzerinde ve Dreamer'ın koyu renk ceketinin altından görünen uçuk renkli gömleği üzerinde parlıyordu.

Bu an, adeta askıya alınmış, durdurulmuş bu zaman, onun varlığı sayesinde hissettiğim, bu özgürlük hali ve benim için çok nadir olan tüm bu duygular hiç bitmesin istedim. Sesi, içeriden gelen yoğun gürültünün üzerinden rahatça süzüldü.

Yumuşak ceketinin önünü kapatırken, *"Hadi gidelim, bu bahçe kusmuk kokuyor"* dedi. Yaptığı yorum, saç diplerime kadar kızarmama sebep oldu. Bu haşin sözler, içinde bulunduğumuz bahçeden çok, varlığım üzerindeki acı hüküm ile ilgiliydi. Görüşmemizin bitiminden önce yanında birkaç metre yürürken, akşamki konuşmasını, doğrudan anlattıklarının özüne inerek tamamladı.

Para gerçek değildir. İnsanın, adanmışlığı ve sorumluluk bilinci vasıtasıyla kendi Oluşunda galip geldiklerinin, kendisine karşı kazandığı zaferlerin, zaman içinde görünür olmasını sağlar. Aynı şekilde, düşteki en ufak bir çatlak, finansal bir imparatorluğun, temelinden sarsılmasına neden olur.

Sonra ekledi: *"Banka'ya git ve neye ihtiyacın varsa iste. Masanın diğer tarafında Dreamer'ı bulacaksın!."* Bunlar, bana söylediği son sözlerdi.

M Bank'ın merdivenlerini tırmanırken bu kelimelerin, ekranlardaki elektronik harfler gibi, aklımda hızla kaydıklarını görebiliyordum. Bir noktadan sonra fark ettim ki, aslında onları bir mantra gibi, başıma üşüşüp 'düş'ün içine işlemeye ve bu mucizevi şeyin güçlü fakat hassas motorunu ezmeye her daim hazır olan endişe sürüsünü savuşturmak için ezberden okuyordum. Dreamer bankadan istemem gereken miktarı önermişti; muazzam ve aşırı oransız bir rakamdı.

Başlangıçta verdikleri krediyi bile zorla devam ettiren bu bankanın, Okul'un büyütülmesi adına gerekli olan yeni yatırımları yapabilmemiz için birdenbire on katı fazlasını vermeye ikna olabileceklerini aklım almıyordu. Mantığım, bir kez daha hiç aksatmadan gün be gün projenin gelişimine eşlik ederek tüm bu yıllar boyunca hayatımı dönüştüren mucizelere karşı yine mücadele veriyordu.

Onun yanındayken, sadece bir cücenin arkasında bıraktığı, havada uçuşan toz ile koca devlerin yere indirildiğini, dağların yer ya da şekil değiştirerek bir çocuğun tırmanabileceği tepeciklere dönüştüğünü görmüştüm. Ne çok içinden çıkılması zorluğu, umutsuzca kaybedilmiş durumu, Dreamer'ın, bir dümencinin hünerli parmaklarıyla çözdüğü düğümler gibi çözdüğüne tanık olmuştum. Ve ne çok imkansız düelloyu o yanımdayken kazanmıştım.

Ve tüm bunlara rağmen hala kuşkuluydum!

Dışarıda karşılaştığın engeller senin içindeki sınırlardır.
Tam ol, bir bütün!
Sahip olduğun her şeyi 'düş' üzerine yatır, tüm bahisleri 'düş' üzerine oyna.
O zaman bankanın taahütünde sınırların olmadığını göreceksin

M Bank ile olan zorlu görüşme gitgide yaklaşırken, bu sözlerden aldığım ilhamın etkisiyle içimde güçlü bir kabullenişin geliştiğini hissediyordum. Dreamer bunu 'evet tavrı' olarak adlandırmıştı.

Düş'ün ilkelerini unuttuğun zaman, sadece benim vizyonumdan
vazgeçebilir ve kaybolursun. Bir bütünlük haline getir kendini!

Dreamer'ın bana olan inancına ihanet ederek, fiilen başarısız olabileceğim düşüncesi dayanılmazdı. Tüm cesaretimi topladım ve onun şu sözlerini hatırlayarak niyetimi kuvvetlendirdim:

Görüşmek üzere olduğun bankacı benim.
Seni Ben gönderiyorum, Ben karşılayacağım, Ben dinleyeceğim seni.
Eğer Ben beğenirsem seni, banka da beğenecek.
Eğer benim varlığımı ve sözlerimi hatırlarsan, sana 'evet' diyecekler.

Gündelik hayatın ince kabuğu bölünerek açıldı ve birdenbire kaynağı, yaşamlarımızın gölgelerini, insanların gerçeklik olarak adlandırdığı durum ve olayları yansıtan sihirli feneri gizlice gözetlemeye başladım.

Eşikte hazır bekliyordum, ancak bankanın değil, sadece dünyanın betimlenmesinden ve onun aldatmacalarından kurtarılmış bir insanlık tarafından geçilebilen, bir devenin bile cehalet, batıl inanç, keder ve korku dolu olan bir adama kıyasla içinden çok daha kolay geçebileceği, İncil'deki iğne deliğinin, görünmezliğe açılan o dar geçidin eşiğinde bekliyordum...

16 Para gerçek değildir

Bu sefer Dreamer, benden ne beklediğini dile getirirken fazlasıyla hızlı ve sert davranmıştı.

"Okul'u İtalya'ya götürmenin zamanı" dedi keskin bir ses tonuyla. *"Orada, olmasını ümit edebileceğin en acımasız ve sinsi Antagonist ile karşılaşacaksın. Onun, bu yeri doldurulmaz yardımı sayesinde sınırlarınla yüzleşmek ve kendini fethetmek için en büyük şansı elde etmiş olacaksın."*

Dreamer, en başından beri bana Okul'un, sınırları olmayan, iş dünyasının büyük başkentlerinde bölümleri bulunan akademik bir evren olması gerektiğini söylemişti. Ama, Londra'nın kalbindeki bu iki Georgian tarzı malikaneye ek olarak, Okul'un bir sonraki merkezinin kuş uçmaz kervan geçmez bir yerdeki şato olabileceği aklımın ucundan bile geçmezdi.

Dreamer'ın önerdiği mülk muhteşemdi, ancak oldukça ıssız bir yerdeydi. Villa del Ferlaro, aristokratlara ait bir sayfiye konutundan çok bir kraliyet sarayıydı. I.Napoleon bu mülkü, imparatorluğun kadın varisi olan karısı Avusturyalı Marie-Louise'e vermişti.

Finansal çöküşle paramparça olmuş bir sınai servetten geriye kalan tek parça olan bu mülk, yıllar boyunca, kimsenin katılmadığı hukuki müzayedelere maruz kalmıştı. Güzelliği ve sürekli indirilen satış fiyatına rağmen kimse ona sahip olma cesaretini gösterememişti ki, bunun sebebi kısmen, Villa'nın birbiri ardına gelen sahiplerinin talihsiz kaderinden sakınan yerel batıl inanışlar, fakat daha çok şehri yöneten güçlü elit tabakaya ters düşmekten kaçınmak olmuştu.

İtalya'daki müzayedeye katılmak üzere hazırlanırken, Villa'nın olabilecek her türlü görüntüsünü biraraya getirerek üzerinde çalıştım. Böylece, enfes duvar resimleri ile iç mekanın tüm detayları, büyük terasları, Barvitius'un iki yüzyıl önce tasarladığı İngiliz bahçesi ve etrafını saran muazzam park hakkında oldukça bilgi sahibi oldum.

Villa, bir yandan beni büyülüyor, diğer yandan düşüncelerim onun ağır yükü altında eziliyordu.

Yeni üniversitenin akademik açılımı, İngiliz katı disiplini ve enternasyonalliğinin ötesinde, İtalyan kültürü ve güzellik anlayışını içine dahil ediyorsa, kimse bundan daha uygun, aynı zamanda da sahip olması o denli zor bir yer hayal edemezdi. O güzelliğin tasavvuru, harika odalar, tablolar, alçı kaplama dış cephe dekorasyonları...tüm bunlar, birçok kadın ve erkeğin yaşamlarının, tüm o kısa ömürlü hikayelerin, kırılgan hayatların, iki yüzyıl boyunca Villa del Ferlaro ile sarmaş dolaş olmuş bu umutsuz kazazedelerin varisi olabileceğim düşüncesiyle içine sürüklendiğim korku ve endişelerin sis perdesi ardında gölgeleniyordu.

Napoleon'un düşüşünden sonra Marie-Louise'in burada yaşadığını ve Colonel Neipperg ile gerçekleştirdiği ikinci evliliğinden olan çocuklarını bu villada yetiştirdiğini öğrendiğimde, müzayedeyi kazanmanın sadece bu bina ve etrafındaki araziye sahip olmak değil, fakat aynı zamanda, gerekli sorumluluk düzeyinde olmayan, dikkatsiz birinin mülkiyetinde, onu ezip yok edebilecek bir asalet ve kendine özgü bir tarzın tarihi içinde rol almak anlamına da geleceğini çok daha derinden kavrıyordum.

Villa del Ferlaro, kraliyet konutu kimliğinin ötesinde, şehrin bütün tarihini özetleyen bir sembol gibiydi. Londra'dan gelip burayı ele geçirmek, Dreamer'ın bana verebileceği en çetin görevlerden biri olmuştu; öyle ki daha ilk andan beri kendimi bu işi başarmanın olanaksızlığına kaptırmıştım.

Bunun sebebi, altından kalkması başlı başına büyük gayret gerektirecek finansal yükümlülüklerin yanı sıra bölgede hala etkili olan, halkını sevmiş ve karşılığında onlar tarafından sevilmiş bu kraliyet prensesinden yadigar her bir kalıntıya duyulan muazzam hürmeti de dikkate almamdı. Döneminin en büyük bilimsel ve sanatsal açılımlarını bölgeye çekerek, buradaki ekonomik ve kültürel aktivitelerin temelini atan Marie-Louise olmuştu.

Dreamer, *"Olanaksız olan, olanaklı olanın alçaktan görünüşüdür,"* diyerek beni yüreklendirmişti. *"Daha yükseği hedef al, Oluş seviyeni yükselt. Düşleme sanatının, inanma ve yaratma sanatının tamamıyla, olanaksızı olanaklı hale ve sonunda da kaçınılmaz olana dönüştürebilme kapasitesi olduğunu anlayacaksın. Bu, bütünlüğünü sağlaman için birinci koşul."*

Dreamer, anlayışımın sert duvarlarını zorlayarak, iyice derinlere nüfuz etmelerini sağlamak amacıyla bir sonraki kelimelerini yavaşça ve özenle dile getirdi;

"O mülkü satın almak için paraya ihtiyacın yok. Kendini adamaya ve Oluş'unun derinlerinde vereceğin söze ihtiyacın var. Adanmışlığın tam olmalı! İçsel sorumluluğun ve bütünlüğün sahip olacağın finansal varlığın boyutunu belirler, ve bunun için ihtiyacın olan tüm kaynakları oluşturur. Para gerçek değildir."

"Gerçek olan, bir insanın adanmışlığı ve inancının kuvvetidir. Para ve kaynaklar sadece bu meziyetlerin doğal sonucu olarak ortaya çıkarlar... kendilerini düzene sokarlar ve düşün kendi paylarına düşen sorumluğunu üstlenirler."

Dreamer'ın bu sözleri benim için, ders kitaplarında bulunmayan, ekonomi okullarında öğretilmeyen olağanüstü bir anlayışı gözler önüne seriyordu. İlk defa sosyal, bilimsel ya da ekonomik kazanımların ki insanoğlunun bu alanlardaki herhangi bir girişimi bile başarının sembolü olarak kabul görür, para ile elde edilmediğinin farkına varıyordum. Para, sadece doğal bir sonuç olarak ortaya çıkıyordu.

Görünürde olanaksız olan tüm zaferlerin ardında her zaman bir insanın, bir bireyin düş'ü, onun kusursuz kararlılığı, bütünüyle inanma kapasitesi vardı. Düşüncelerim bir süre gezindikten sonra tüm büyük girişimlerin ve serüvenlerin, kaynakların varlığıyla değil, bir adamın güçlü vizyonu ve sarsılmaz inancı sayesinde başarıya ulaştığı gerçeğine tutunarak soluklandı.

Bu derin düşünceler, artık geçerliliği kalmamış görüşlerin yığıldığı bilincimin tavan arasında ekonomik hesaplamalar ve yatırım getirisi üzerine inşa edilmiş karar kuramları ve rasyonel kapitalizmin prensipleri için yer açıyordu.

Dreamer, *"Bütün olmuş biri için her şey olanaklıdır. Kendin ve fikirlerin üzerine bahse girersen, tüm dünya da senin üzerine oynayacaktır"* diyerek düşüncelerimin fırtınasında bana ulaştı. *"Fikirlerine olan adanmışlığın tam olmalı. Yaşamının niteliği ve başarısı bu adanmışlığın derecesine bağlıdır."*

"Düşleme sanatı, inanma ve yaratma sanatı, bir özgürlük ve kesinlik hali, kuşkunun tamamıyla yok olma halidir." diye devam etti Dreamer.

"İçten adanmışlık yatırımdır ve tek gerçek paradır. Olayları gerçekleştiren, tüm fırsatları ve gerekli kaynakları ayağına getiren senin adanmışlığındır. Dış dünyada yaptıklarının başarısı, sadece adanmışlığının bir yansımasıdır."

17 İnan, sonra gör

Görevimi düşünürken mideme dayanılmaz kramplar giriyordu. Dreamer'ın sözlerinden fışkıran berrak ve kayıtsız kararlığının etkisiyle kasılmalar diniyor fakat birkaç saniye sonra daha şiddetli olaraktekrargerigeliyorlardı. Müzayededen önceki gece uyuyamadım. Tanrılar Okulu'nun ilkeleri doğrultusunda herhangi birşey yemekten kendimi alıkoydum. Lupelius'un sözleri ezberimdeydi : *"Savaş öncesi oruç tutmalısın!"*

Oluş'un gıdası niyet.
Aklın gıdası sükunet.
Bedenin gıdası oruçtur.

Kendimi tüm kalbimle adamış olsam bile, bu törensel uygulamalar etkili olmuyor, müzayedenin sonucunun ne anlama geleceğine dair kaygılarımla beraber, içimdeki endişenin de giderek büyüdüğünü hissediyordum. Müzayedede teklif verebilmek için garanti olarak temin etmem gereken miktar M Bank'tan aldığım kredinin büyük bir kısmını silip süpürmüştü. Bundan daha eziyet verici olan, müzayedeyi kazansam ve mülk benim olsa dahi, geriye kalan miktarı bir kaç ay içerisinde nakit olarak ödemek zorunda olmamdı.

'İnan, sonra Gör' kralların kaçınılmaz kanunudur, ve kendi kendini yönetenlerin kanunudur. İnançlı ol, Düşleme Sanatı'na iştirak et... bunlar Dreamer'ın en temel vasıflarıdır.

Boşluğa, bilinmezliğe adım atan bir kişi tek bir saniye bile kuşku duymadan inanmalıdır ki, ayaklarının altındaki zemin, cesur hareketinin, parlak çılgınlığının doğru olduğunu kanıtlarcasına şekil alacaktır.

Bunlar, Londra'dan ayrılmadan önce Dreamer'dan duyduğum olağanüstü sözlerdi. Ve hala, iki baş döndürücü düşünce arasındaki dar yamaçta ilerlediğim hissinden kurtulamıyordum. Kazanırsam, çok kısa bir süre içinde parayı bulmak zorundaydım, diğer taraftan hiç denemezsem bir daha karşıma çıkmayacak bir fırsatı, Dreamer'ın benim için yaratmış olduğu en önemli fırsatlardan birini kaçırmış olacaktım. Onun yanında geçirdiğim tüm bu yıllar boyunca, çözülmeyeceğine inandığım her problemin her zaman süratle ve kolayca çözülmüş olduğunu düşündükçe tekrar cesaretleniyordum.

Lupelius'un ve savaşçı keşişlerinin manevi gücünü en tehlikeli ve ölümcül eylemlerden hiç zarar görmeden çıkmalarını garanti eden korkusuzluklarını kıskanıyordum. Yıllardan beri Tanrılar Okulu ve Lupelius'un elyazması üzerine çalışmış, onun kurallarını, içimizdeki kırılgan ve güvensiz kişiyi bir kahramana, dünyayı kendi eseri olarak gören bir yarı tanrıya dönüştürecek sırrı almıştım. Yükseklerde uçuşan zirveler ve dipsiz derinlikler arasındaki gergin bir ip üzerinde yürüyerek yaşıyordum. Bir tarafım, Dreamer'ın sesinin, bir savaşçı çığlığının kudretiyle yankılandığı cesaret ve özgürlük dünyasına çekilmiş, diğer tarafım ise korku ve şüphe ile hapsolduğum bir acizlik hali içine sürüklenmiş, ıstırap dolu bir belirsizlik içinde çürüyordu.

"Aradığın kararlılığı sadece kendi içinde bulabilirsin" dedi Dreamer. *"Güvenlik duygusu, kendi içinde kazandığın bir zaferdir ve dışarıdaki herhangi bir durumdan ya da kimseden değil, sadece senden gelir."* Sonra kısa bir süre için özgürce uçabileceğimi hissettim ve ani bir ışıltı içinde labirentten çıkış yolunu gördüm. Fakat tüm kararlılığım, avuçlarımda topladığım tüm cesaretim, duruşma salonuna girdiğim o ilk anda karşılaştığım kalabalık karşısında suya gömüldü, dahası, tek olduğumu düşünürken, bu kalabalık salonda Villa'ya teklif vermeye hazırlanan oldukça büyük bir insan topluluğu ile karşılaşmıştım.

Hakimin çağrısıyla teker teker adlarımız anons edilirken boğazımda müthiş bir tıkanma hissettim. O çok iyi bildiğim yenilme duygusuna karşı savaşmalıydım. Varlığımı tıpkı bir zehir gibi ele geçirdiğini, her bir dokuyu hissizleştirip, her bir hücreyi hasta ettiğini ve tüm enerjimi boşalttığını hissediyordum.

Resmi olarak gizli tutulması gerekirken, davetsiz bir misafirin, Londra'dan gelmiş bir yabancının, teklif vermek için gerekli olan parayı yatırmış olduğunu öğrenmek, şehrin hiç zamanını almamıştı. Ve yıllardan beri ilk defa, bu müzayede odasının ıssızlığı, garanti için gerekli olan depozitoyu ödemiş onbir ilgili teklif sahibi tarafından bozuluyordu. Doğal olarak gerçek ilgililer bu kukla adamların ardına gizlenmişlerdi. Sanayiciler Birliği, devlet üniversitesi, iki lider banka ve tüm diğer güçlü oyuncular buradaydı; mevcut durumu gözetleyen ve şehrin her nefesini kontrol eden tek bir hayvana ait gözleri ve zehirli dişleriyle bu adamların her biri Hydra'nın kafalarından birini oluşturmaktaydı ve ben çok yakında dokuz kafalı korkunç bir yaratık ile yüzleşecektim. Kafamda, tüm bu rakiplerimi yenme olasılığımı hesaplamaya çalıştım. Onların sınırsız finansal olanaklara sahip olduklarını ve her karşı teklifte fiyatı gittikçe yükselterek beni oyunun dışına çıkmaya zorlayacaklarını düşündükçe güç kaybediyordum. Oyundan çekilme düşüncesi başlı başına kendimi çaresiz hissetmeme neden oldu...Güvensizlik ve böyle bir başarıyı elde edememe korkusu beni bir cüce boyutuna indirgemiş, ve böylece dış dünya gittikçe büyüyerek daha tehditkar bir hal almıştı.

18 Müzayede

Son teklifimi sundum. Bu cüretkar miktar kalabalık salonda yankılanmış, öfkeli mırıldanmalara ve gittikçe hararetlenen yorumlara sebep olmuştu. Yavaş yavaş mırıltılar dindi ve sonunda tamamen kesildi. Zaman askıya alınmıştı. Zaman ötesindeki evrenin tek bir atomunda, hakimin törensel hareketleri ağır bir resmiyet içinde ilerliyordu; önce ilk mumu sonra ikincisini söndürüşünü izledim.

Müzayede sonunda bu tarihi mülkün devrini ilan edecek tokmağını indirmeden önceki o biricik an, sonsuzluktan düşen bir damla gibiydi. Tüm hayatım gözlerimin önünde belirdi. Kendi kendimi yok edişimin sarhoşluğu, bütün aşağılanmalarım ardında yatan bilinçsiz baltalamalar, her düşüş ve kaçıp kurtulabileceğim bir çıkış keşfederek, tüm insanlara kaderlerimizi değiştirmenin mümkün olduğunu kanıtlayacak fırtınalı seferleri yıldızlar geçidine dönüştüren o imkansız zaferler...

Yaşlanıp hastalanmaya ve ölmeye mahkum edilmişliği kabul etmek zorunda değildik. Dreamer'a, beni elimden tutup, zamanın ve ölümün olmadığı, zenginliğin ne hırsız ne de yıkım tanıdığı cesaret ve kusursuzluk dünyasına sürüklediği için sonsuz minnet duyuyordum;

Teklifimin ardından gelen sessizlikte, rakiplerimin geri çekildiğinin anlaşılmaya başlamasıyla beraber, gittikçe belirginleşen zafer ihtimalinin, içimde hızla ilerleyen bir sevinç akınına dönüşmesini hissediyordum. O an için, kazanmam kesin görünüyordu, fakat daha bir kaç mutluluk atomunu oluşturmaya fırsat bile bulamadan, üstlendiğim yükümlülüklere dair düşünceler içimdeki korku girdabını yansıtıyormuşçasına fışkırarak büyüyen sevincimi yarıda kesti. Oluş'umdaki bir tutulma, o ana kadar devam etmemi sağlayan sınırsız bir güce sahip olduğum hissini yok ederek tüm kuşkusuzluğumu kararttı. O anın karanlığında dünya solgunlaşmış, etraf kurşuni bir renge bürünmüşken, sergilediğim davranış, kararlılık ve cesaret dolu hareketlerim, şimdi tamamen düşüncesizce ve sorumsuzca görünmeye başlamıştı. Gittikçe kontrolden çıkan tasavvurumda, önerdiğim miktar muazzam, devasa, akla hayale sığmayacak birşeye dönüşüyordu. Ve şimdi, oldukça şiddetli bir çekişmeye sebep olan Villa del Ferlaro'nun mülkiyetini kazanmaya sadece bir nefes uzaklığındayken dizlerimin çözüldüğünü hissediyordum. İçimden yükselen bulantı dalgasını bastırmak zorundaydım.

Dreamer ile olan görüşmeye ve bu düşüncesiz yatırıma dahil olma kararına bile sövmeye başlamıştım.

Yapışkanımsı bir şey ağzımı kaplıyor, her zaman hayatımı yönetmiş olan o aşikar acıyı hissediyordum. Hala aynı tiksindirici sevimliliğe ve kedere bulanmış olan kaybetme korkum, kazanma korkusuna dönüşmüştü. Panik, dehşet ve yalnızlık dünyamı tehdit ediyor, uzuvlarımdaki bütün kanın, ölümcül bir hastalık tarafından emilerek çekildiğini hissediyordum. Vücudumu terk etmeyi, sıyrılıp atılmış bir deri parçası gibi orada gitmeyi isterdim.

"Korkunun, seni dışarıdan ürküten ya da tehdit eden bir şeye karşı geliştirdiğin doğal bir tepki olduğunu düşünebilirsin" demişti Dreamer, başka koşullar içindeyken, *"Gerçekte, seni korkutacak birşeyin kaynağı ve asıl sebebi en başından beri senin korkundur."*

Bir kez daha başa çıkılması imkansız bir görev, aşılacak başka bir okyanus ve tırmanılacak başka bir zirve verdiği için Dreamer'ı suçluyordum. Buraya neden gelmiştim? Neden sahip olmadığım bir özgüveni gösteriş yaparcasına sergilemiştim?

Beni buraya sürükleyen 'düş' dağılıyordu. O sonsuz anın süresinin dolduğunu, o ebediliğin parmak uçlarımın arasından kayıp gittiğini hissettim; eriyerek, zaman içindeki Styx ırmağı'na düşen bir zerreye dönüşmüştü.

Duruşma salonuna, işlemlerin devam ettiği bir sonraki sahneye geri çekildim, salonu dolduran gölgelerin arasında adeta bir karartı, kendi dramında farkında olmadan oynayan bir aktördüm. Kapıya doğru kaçamak bir bakış attığımda aralık olduğunu görmek kısa bir anlığına da olsa beni umutlandırdı.

Bir an için, fırtınalı bir denizin kükremesiyle henüz patlamamış kocaman kristal bir piramidin üzerine yansıtılan, korkudan biçimsizleşmiş ve elaleme rezil olmuş yüzümü gördüm. Patlamanın üstüne Dreamer'ın bana kendi nefesimden daha yakın olan sesini duyduğumda, havadan hala kristal parçacıkları yağmaya devam ediyordu.

"'Burada' ne zaman, ne de ölüm var" dedi *'Benim dünyamda geri adım atabileceğin, suçlayabileceğin ya da pişmanlık duyabileceğin bir alan yok. 'Burada', Dreamer'ın yakınında, zayıflık, şüphe ve korkuya teslim olabileceğin bir yer bulamazsın.'*

Geriye kalan rakiplerimden birinin kendinden emin ve yüksek ses tonuyla benimkinin çok daha üstünde bir teklifi sunduğunu duyduğumda, Dreamer'ın bu sözleri hala kulaklarımda yankılanıyordu. Gittikçe büyüyen bir umutsuzluğa kapıldım: zafer, gözlerimin önünde kaybolup gidiyordu. İç ve dış dünyalar, gerçekte bir ve aynı olduklarını gözler önüne sererek, birbirlerinden ayrı oldukları yanılsamasına neden olan engelleri ortadan kaldırıyorlardı. Sürekli yanımda taşıdığım mağlubiyet hissi tekrar somutlaşıyordu. Saniyeden de kısa bir süre içinde hiç kuşkusuz müzayedeyi kaybetmiş olacaktım. Hakimin tokmağını kaldırması sonsuzluk kadar uzun sürdü. Onun havada asılı, yere inmeye hazır duruşunu izledim. Sona eren müzayede değil, ebedi esarete mahkum edildiğim bu amansız yargılama süreciydi.

Ani ve tarif edilemez bir acı, çelik pençelerle boynumun sol tarafını kavradı. Hiç böylesine zalim ve tam bir acı hissetmemiştim. Bayılmak üzereyken tıslarcasına söylediği kelimeleri güçlükle işitebildim.

Ben, içinde ölmeye karar vermiş ve ölümden beslenen herşeye karşı ölümcül bir tehdidim. Tanrılar Okulu'nun en yüce hedefi Ölüm'e karşı kazanılan Zafer'dir.

Hava giderek karardı. Diğer teklif verenlerin yüzlerindeki vahşi ve alay edercesine küçümseyen ifadelerini görebiliyordum; beni ezip geçmeye hazır düşman ordusu ilk dalgasını oluşturuyordu. Salonun duvarları yıkıldı ve kendimi, silahların ve savaş çağrısı yapan borazanların sesleriyle kuşatılmış açık bir alanda buldum. Orduların ve binlerce azgın beygir toynağının güçlü ayak vuruşları altında yerküre sallanıyordu.

Baltayla kesilmiş, etrafa savrulan kollar ve bacaklar arasındaki bu mezbahanın dehşeti içinde, kendimi Lupelius'un savaşçı keşişlerinin yanında buldum. Kılıçlarını kuşanmışlardı ancak Okul'un isteği doğrultusunda zırh ve kalkan taşımıyorlardı. Kendi zarar görmezliklerine olan yıkılmaz inançlarının koruması altında mevkilenmiş, görünmez milislerin arasından geçiyorlardı. Muhalif düşman ordusu, fırtınalı bir denizin göz alıcı renklere bürünmüş dalgalarıydı. Yaralıların çığlıkları ve pis kan kokusu ile ağırlaşan havada nefes almak olanaksızdı. Muazzam büyüklükte bir ok bulutu, korkunç tiz sesler içinde gökyüzünü karartarak yukarıya fırladı. O en kritik esnada Dreamer yanımda belirdi.

"Geri çekilmek yok" savaş gürültüsünden daha yüksek bir sesle bağırmıştı. Sesinde, hiç durmaksızın aradığı, çok uzun zamandır kendini hazırladığı hayatının köklerini tanıyabilmiş birinin coşkusunu ve baş döndürücü sevincini duyabiliyordum.

"Hamleni yap! İçinde bulunduğun bu ölümcül durumdan kurtul yoksa saf dışı edileceksin. Oluş'unun bütünlüğüne geri dön, birliğini geri kazan, sadece bu şekilde incitilmez olabilirsin. Bir an bile tereddüt etme çünkü bu savaşın sonucu, zafer ya da yenilgi tamamıyla sana bağlı.

'Tanrılar Okulu' elyazmasında, dayanıklılık eğitimi ile ilgili okuduklarımı hatırladım: *"Lupelyanlar, diğerleri üzerinde üstünlük, kontrol ve güç sahibi olmak amacıyla savaşmazlardı. Lupelius savaşçı keşişlerini, fakir, mazlum ya da düşkünler uğruna savaşmak için değil, ölümü fethedenler olarak, iç dünyalarında elde etmiş oldukları başarıları savaş alanında tatbik etmelerini sağlayacak basit bir sınav için biraraya toplardı. Lupelius'un eğitimi, insanları kendi hayatlarından vazgeçip herhangi bir ideoloji ya da inanç uğruna şehit ya da kahraman olmaları için hazırlamıyor, yegane bir amaç doğrultusunda, önce kalplerinde ve sonra doğal olarak bedenlerinde, ölümsüzlüğe açılacak bir geçit oluşturabilmelerini hedefliyordu."*

Dreamer, *"Bir savaşçı için, kendisinin teşvik etmediği, ona sonsuzluğun kapılarını aralayacak bir savaştan daha fevkalade birşey olamaz."* diyerek sözlerini tamamladı.

Etrafımıza, ölümcül dalgalar halinde yığınla ok yağıyor, yüzlerce asker ve atlı şövalye yere yığılıyordu ve ben, mucizevi bir güvenlik içindeki halimizi seyrediyordum. Savaş en kritik noktasına ulaşmıştı. Ordunun merkezinde, uçuşan zafer bayrakları eşliğinde, bozguna uğramış düşmanı takip ederken Asya kapılarında, Granicus nehrinin telaşla akan sularını geçtim. İçimdeki her dokuda, dünya kurulduğundan beri kahramanların damarlarında atan cesaret, kararlılık ve zafer hissini duyumsuyordum ve saniyeden çok daha kısa bir süre için, bir ölümsüzün kelimelerle ifade edilmeyecek sevincini tattım.

Tam o anda rüzgardan daha süratli, jilet gibi keskin bir ok ile vuruldum. Kulak mememi yırtıp geçerek, ardında şiddetli bir acı bırakan bu saldırıyı; savunmasızlığımın hatırlatılması, ölümün bir bildirisi olarak duyumsadım. Birden hava değişti. Diğer tüm seslerin arasında belirmekte olan kocaman bir atlının görüntüsünden önce, dört nala koşan bir savaş atının gürleyen sesini duyabiliyordum. Zırhı, alevlerin ışığında parladı. Yaklaşırken atını şaha kaldırmış, atın toynaklarından birinin yüzümü sıyırıp geçmesine ramak kalmıştı. Kendimi korumak için tam zamanında hafifçe geriye çekilmiştim. Yenilginin kaçınılmazlığını ve teslimiyetimi, içimde yükselen dehşetin sessiz çığlığından bile önce hissetmiştim. Ani bir hareketle çıkartıp attığı miğferi mekanik bir kuş gibi havada uçarken, kılıcını çekti. Kül rengi saçları serbest kalmış, rüzgarda dalgalanıyordu, onu tanıdım. Ölümcül düşman oydu: Dreamer. Vuruşu için kılıcını yükselttiğinde, gözlerindeki pırıltı haricinde yüzü ifadesizdi. Bıçağın etimin derinlerine işlediğini hissettim. O ana kadar hayatımı oluşturan çok sayıda parça birbiriyle kaynaşırken, hurda olmuş döküntüler de, malum yok oluşlarından önce uyum içinde haykırıyorlardı. Dehşet feryatları atarak ellerimi boynumun etrafına sıkıca doladım, bu umutsuz teşebbüsle ölümcül yaramın uçlarını biraraya getirerek fışkıran kanı durdurmaya çalışıyordum. Destanlar, ölümler, kahramanık ve trajedilerle yaşanan bir dünyadan, duruşma salonunun hakikatsizliğine geri yuvarlandım. Herkes beni seyrediyor, bir sonraki hareketimi bekliyordu.

Dış dünyada bu müzayedenin sembolize ettiği bir oyunun açılan perdesi gibi, ben de dünyanın pinekleyen örtüsünün üzerimden çekildiğini hissediyordum, zira gerçekte bu dram, bütünüyle içsel bir hikayeydi. Esas bahisin ne üzerine olduğunu şimdi anlıyordum. Nihai, kesinlikle yenilmez, tüm korku ve şüphelerimle beraber kalan rakibimi de geride bırakacak teklifimi son anda yetiştirebildim. Villa del Ferlaro ve etrafını saran muazzam parkın yeni sahibi bundan sonra European School of Economics idi. Bu zafer aynı zamanda, kraliyet konutunun uzun yıllar maruz kaldığı ihmalkarlığın sonu ve yeni kaderinin başlangıcı anlamına geliyordu. Uzun ve şiddetli alkış sesleri, oldukça çekişmeli geçen mücadelenin sonunda mülk üzerinde varılan hükme eşlik etti.

Yüzyıllar boyunca, her nesilden düşünür, münzevi, ezoterik bir düşünce okulu, manastır ve ashram, Düşlerini buraya, Okulu İtalya'ya geri getirmek için çabalamışlardı. Şu anda tek önemli olan şey buydu.

Kalabalığın arasından yollarını bulup ok gibi fırlayarak haberi tüm şehre ve ülkeye duyurmak için ilk harekete geçen gazeteciler olmuştu. Bu olay, mülkün değişken kaderini ve sahiplerinin başına gelen talihsizlikleri yakından takip eden tüm medya kanalları ve gazeteler için baş haber olacak nitelikteydi.

Ve sarkaç, tepe noktasına doğru yön değiştirerek salınmaya başladığında, muhalif güçler çoktan silahlarını doldurmuşlardı. Antagonist sadece görünürde karşıt olan rotasına doğru çoktan yola koyulmuştu. Eylemleri, Dreamer'ın öngördüğü gibi zalim fakat gerekli olacaktı.

"Her şey senin nihai zaferine hizmet ediyor" demişti Dreamer, müzayedeyi takip eden aylarda ona karşılaştığım güçlü muhalifleri, dokuz başlı Hydra ile olan mücadelemi, yolum üzerinde üreyen engelleri, Okul'un İtalya'daki başarısına karşı ekilmiş siper ve barikatları anlatırken.

Sana karşıymış gibi görünenler bile Düş'ün hayata geçmesi için kasıtlı rollerini oynayarak, gelişimin ve kavrayışın için anlamlı bir fırsat sunarlar. Senin dışında var olan ne bir antagonist, ne bir düşman, ne de bir şeytan var. Oluş'unun en derin, en saklı kalmış girintilerine yerleşmiş düşmanı ortaya çıkar... ona hakim ol. Binlerce düşmanın yok, sadece bir düşman, kazanacağın tek bir zafer var, o da ölüme karşı olacak! Kendine zarar vermeyi bırakıp, çatışan düşünceler, olumsuz duygular ve yıkıcı tavırlarınla Oluş'unu kirletmekten vazgeçersen, tüm antagonistler de ortadan kaybolacaklar.

Bir zaman sonra Dreamer, müzayedenin diğer teklif verenleri hakkında şu yorumda bulundu: *''O adamlar oraya sadece görünen birşeyi almak için geldiler, ya da gönderildiler. Para, mülkün değeri ve ona sahip olma hırsı ile büyülenmişlerdi. Tutku zamandır, ve zamana ait olan her şey hatalı. Zaman içinde ne birşey elde edilebilir, ne de bir çözüm, bir çıkar yol bulunabilir. Bunu sadece kendi içinde 'Şimdi', yani tek gerçek zaman hüküm sürdüğünde anlayabilirsin." "Kibir ve tutkuyu Düş'ün yerine geçirdiğinde* - Villa için rekabet ettiğimiz en can alıcı anda beni zayıflatan ve tüm gücümden sıyıran, Oluş'umun tutulma anını hayalimde canlandırmaya zorlayarak - *sen de onlardan biri oldun, ve sen de sorumsuzca ona sahip olmak isteyen tüm diğerleri gibi aynı kaderin acısını çekecektin."*

Ekonomik bir çatlağın öncesinde, her zaman
Oluş'ta meydana gelmiş bir çatlak bulunur.

Bir gün, Villa del Ferlaro'nun son sahibi R.Salvi'nin ve sahip olduğu sınai imparatorluğun çöküş hikayesini anlatacağım.

"Düş ile birleş!" diye devam etti... *"Düş, zamanın ve ölümün yokluğudur. Burada olmanın sebebi bir takım arzularını ya da sahip olma ihtiyacını tatmin etmek, ya da Okul için yeni bir yer bulmak değil, insanın en korkunç batıl inançlarının, kökleri en derin yalanlarının üstesinden gelmek."*

Dreamer burada durarak, sert bakışlarını üzerime dikti, sanki çok güçlü bir mesajı iletmeden önce devam etmek için gerekli bir işaret gözlüyordu. Çıraklığımın son aşamasını açığa çıkarmak üzereydi, onun ve vizyonunun özüne yakın olabilmek için sonsuz çaba sarf edilmesi gerekiyordu. Kalbimin olduğu bölgede bir acı dalgası kabardı. Mesajını, sonsuzluk ve ölümsüzlük nefesini arayan ve onu dinlemeye hazır olanlara aktarabilmek için dikkatlice kaydettim. Tekrar konuşmaya başladığında tonlaması derin ve ağır fakat sesi canlıydı.

Kalıplaşmış kaderininin yönünü değiştirmek, imkansız olanı, değiştirilemez seni değiştirmek için burdasın. İşte sana zamanı fethetmek, fiziksel ölümün başlangıcı ve yegane sebebi olan iç dünyandaki ölümlere karşı zafer ilan etmen için bir fırsat. Tek bir sebep için buradasın; sonsuzluğa, ölümsüz yaşama uzanan geçidi açmak.

İçinde ölmeye son verdiğinde, artık senin dışında bir 'zaman' olmayacak...öyle ki bu dışsal zaman hayatın üzerine bir tempo oluşturuyor, yaşlanıp hastalanmana ve ölmene sebep oluyor. İçinde ölmekten vazgeçtiğinde, gerçek hayat seni aşarak varlığının tüm atomlarını işgal edecek.

Yüzlerce problemin çözülmesi değil, sadece senin çözülmen gerekiyor. Gerçek zafer, çözüm bir tane: kendine geri dönmek! Bütün, tam ve eşsiz olmaya geri dönüş. Bir savaşçı, bütünlüğünün tek bir atomunu bile kaybetmeyi göze alamaz, o sadece bütün olabilir. Kendini tüm kuvvetinle iç dünyanda sev, böylece dünyadaki her şey kusursuz olacak.

Her şey derken, geçmişi de içine alan her şey, senin bakış açını üstlenerek kusursuzca senin tasvirinde yaratılacak.

Çok dikkatli ol! Dreamer'a daha yakın olmayı istedin. Bu durum, alışkın olduğun şekile hareket etmene ve hatta aynı şekilde düşünmene ve hissetmene artık izin vermeyecektir...

Dreamer'a yakın yaşamak sadece çok az kişi için mümkün olabilir. Bu risktir, ona yakın yaşamak, üstlenebileceğin en zor görevdir. Burada kendini unutursan, anında kendi tehlikeli geçmişine atılır ve orada kaybolursun.

Burada, Dreamer'ın yakınında en ufak bir zayıflığa, pişmanlık, şüphe ve korkuya düşkünlüğün yeri yoktur. Burada güçlü olmalısın. Burada, Dreamer'ın yakınında sadece saf ve bütün olabilirsin.

Düş, var olan en gerçek şeydir. Düşlemek, var olan en gerçek şeydir. Onun zamandan bağımsız eylemi, yıllarca arzuladığın fakat sahip olamadığın her şeyi yaratacaktır.

Bir daha kesinlikle unutmayacağıma dair kendime söz verdim.

Düşle, düşle, düşle...
asla düşlemekten vazgeçme.
Gerçeklik arkasından gelecektir.

Stefano D'Anna

Tanrılar Okulu

Özgün Adı:
La Scuola degli Dei
İngilizce Adı:
The School for Gods

Sinedie yayınları

www.sinediepublishing.com

İletişim:
info@sinediepublishing.com
info@tanrilarokulu.com

İngilizceden çeviri ve düzelti:
Nehir Ötgür

ISBN
978-605-61052-0-3

www.profstefanodanna.com
www.futureleadersfortheworld.com
Facebook@tanrilarokulu(official)
Facebook@profstefanodanna
Twitter@tanrilarokulu
Instagram @tanrilarokulu

Bu kitap
Bilnet Matbaacılık ve Yayıncılık A.Ş.
tarafından baskıya sunulmuştur.
www.bilnet.net.tr

FLW Eğitim Programı

Kendi hayatının düşleyeni ol!

Dünya için bir düşünüz olsun!

Bütüne ait olmanın derin anlamını ve felsefesinde bütünlüğü barındıran şirketlerin nas tüm zamanların ötesine taşınacağını konu alır. Kişinin gerçek düşünü ve hayattaki özgi misyonunu tanımlaması, içsel sınırlarının üstesinden gelmesi, mükemmellik hissi geliştirmesi, kişininn bütünlüğünü yeniden kazanması üzerine Tanrılar Okulu kitabın yazarı Stefano D'Anna ve Sinedie Yayınları tarafından özel tasarlanmış bir eğitimdir.

Düşlerini öteye taşımak ve önce kendisinin lideri olmak isteyenler için gerçek bir dönüşüm programıdır.

: Future Leaders for the World
: Stefano D'Anna
: Tanrılar Okulu

: @FleadersWorld
: @stefano_danna
: @TanrilarOkulu

: Tanrilarokulu
: TheSchoolforGods

www.futureleadersfortheworld.com

"Her insani başarının ardında, her bilimsel veya sosyal zaferin kökeninde, dünyanın en zorlu çabalarının, ticari girişimlerinin, güzel, faydalı ve varlıklı olan her şeyin ardında... İstisnasız, tek bir birey ve onun düş'ü vardır."

Stefano D'Anna